中国古典文学名著丛书

乾隆游江南

U0733780

[清] 不题撰人 著

华夏出版社
HUAXIA PUBLISHING HOUSE

图书在版编目（CIP）数据

乾隆游江南／（清）不题撰人著. —北京：华夏出版社，2013.01（2024.09重印）
　（中国古典文学名著丛书）
　ISBN 978 - 7 - 5080 - 6350 - 8

Ⅰ. ①乾… Ⅱ. ①不… Ⅲ. ①侠义小说 - 中国 - 清代 Ⅳ. ①I242.4

中国版本图书馆 CIP 数据核字（2011）第 080919 号

出版发行：华夏出版社
　　　　　（北京市东直门外香河园北里 4 号　邮编 100028）
经　　销：新华书店
印　　制：永清县晔盛亚胶印有限公司
版　　次：2013 年 01 月北京第 1 版
　　　　　2024 年 09 月北京第 2 次印刷
开　　本：670×970　1/16 开
印　　张：27.5
字　　数：419 千字
定　　价：55.00 元

前　　言

　　《乾隆游江南》原名《圣朝鼎盛万年青》，又名《万年青奇才新传》、《乾隆巡幸江南记》，清代著名侠义小说，共八集七十六回，作者不可考。

　　《乾隆游江南》是以乾隆帝为主人公的一部小说。乾隆帝即清高宗，名爱新觉罗·弘历（1711～1799），是清入关后的第四任皇帝，也是一位很有作为的皇帝。他在位期间，政治上实行"宽严相济"之策，整顿吏治，厘定各项典章制度；经济上奖励垦荒，兴修水利，免除钱粮，促进了封建经济的繁荣；军事上多次平定西部少数民族贵族叛乱，反击廓尔喀对西藏的入侵，完善了清朝对新疆和西藏等地区的管理，进一步巩固了多民族封建国家的统一，奠定了今日中国的版图；文化上编修了《四库全书》等大型文化典籍；外交上以"天朝上国"自居，和周边属国友好往来，而对西方则坚持"闭关锁国"。乾隆帝还能文善书，喜欢游山玩水，在位六十年间，曾经借颐养皇太后或视察海塘的名义，南巡江浙一带六次。后来有人将乾隆的私生活或是南巡，写成文艺作品，为大家所爱读。小说《乾隆游江南》就是这样一部作品。

　　《乾隆游江南》写乾隆皇帝在京梦得江南人才众多，故化名高天赐，微服出访，查寻贤良，兼观景色的一路经历。所到之处，乾隆亲见官吏贪赃枉法，豪强鱼肉乡民，豪杰壮士效忠报国。福建少林寺至善法师及其门徒方世玉、胡惠乾仗恃武功，聚众作恶，乾隆于是惩贪官，除恶霸，延揽英雄，并派兵剿灭了福建少林寺。值得注意的是乾隆皇帝翦除贪官时，往往仰仗绿林豪杰，用他自己的话说："到得江南以来，历遭艰险，都是那班人辅助，虽系绿林豪杰，亦属朕之功臣。"

　　《乾隆游江南》的作者已经不可考，但作者对江南景物风俗的描写如数家珍，因此，可以推测此书应是南方人所作。该书问世后，深受南方百姓的欢迎，书中的故事广为流传。

　　《乾隆游江南》对武侠小说的发展也产生了很大的影响，成为港台武侠影视取材的蓝本。观众所熟悉的港台电影中的洪熙官、方世玉的形象，均源自此书。在本书中，洪熙官、方世玉都是反面典型，最后都被官府消灭了。但在其流传过程中，书中反抗官府的所谓反面人物洪熙官、方世玉等，却成了被歌颂的英雄，成了反抗清廷的好汉。这其实反映了当时百姓对官府的失望，他们渴望替天行道的侠客出现来拯救自己。现在我们所熟悉的洪熙官、方世玉故事与原小说已经相差甚远了，并且我们也认可了这种转变，反倒是最早的故事原形不为我们所熟知了，这是民间口头流传和演义力量的最佳体现。

　　此次再版，我们对原书中的笔误、缺漏和难解字词进行了更正、校勘和释义，对原书原来缺字的地方用□表示了出来，以方便读者阅读。由于时间仓促，水平有限，其中难免有所疏失，望专家和读者予以指正。

编　者

2011 年 4 月

目　　录

第 一 回
北京城贤臣监国　瑞龙镇周郎遇主

话说自李闯乱了大明天下，太祖顺治皇帝带兵过江定鼎①以来，改国号大清，建都仍在北京，用满、汉、蒙古八旗兵丁，由北至南，打成一统天下。开基创业以来九十余年，传至第四代仁圣天子，真个文可安邦，武能定国，胸罗锦绣，腹满珠玑；上晓天文，下知地理，三坟五典，无所不通；诸子百家，无所不读；兵书战策，十分精通；十八般武艺，件件皆能。是时天下太平，人民安乐，八方进贡，万国来朝，真所谓马放南山，兵归武库，偃武修文，坐享升平之福，此所以有诗为证：

天地生成大圣人，文才武艺重当今。

帝皇少见称才子，独下江南四海闻。

却说一日五更三点，圣驾早朝，只见左边龙凤鼓响，右边景阳钟鸣，内侍太监前呼，宫娥翠女后拥，净鞭②三下响，文武两班排，圣天子驾到金銮宝殿，升坐龙床之上。王公大臣、诸侯贝勒、四相六部九卿、翰詹科道及内外大小功臣，山呼万岁，朝见君皇。圣上传旨，即赐卿等平身，随开金口说道：“朕今仰承列祖列宗基业，借你大小臣工之力，上天眷祐，风调雨顺，国泰民安，坐享太平，实乃万民之福。昨日偶然想得一对，汝等众卿为朕对来，重重有赏。”众大臣齐声答道：“陛下有何妙对？求御笔书下赐与臣等一观。”圣上闻言，即命内侍捧上文房四宝，浓磨香墨，慢拂金笺，御笔写出上联云：

玉帝行兵，雷鼓云旗，雨箭风刀天作阵。

写毕，赐与众臣观看。诸大臣见了此对，各人面面相觑，均如泥雕木做，并无一人可以对得。圣天子在龙案之上见了这个光景，龙颜不悦，大有拂然

---

①　定鼎(dǐng)——定都。

②　净鞭——帝王仪仗的一种。亦称“鸣鞭”。振之发声，使人肃静。亦作“静鞭”。

之色。斯时,有一大臣上前启奏,圣上一看,乃是文华殿大学士陈宏谋,随即问道:"卿家可能对得此联否?"陈宏谋奏道:"老臣才学浅陋,何能对得此对! 老臣有一门生,是广东广州府番禺县人,现是新科举子,来京会试的,姓冯名诚修。此人才高学广,必能对得此联,望陛下准臣所奏,宣召冯诚修到来,定然对得。"天子闻言,问道:"此人现在何处?"陈宏谋道:"现住臣家。"圣上即着黄门官传朕口诏,前往陈宏谋府内立召冯诚修前来见朕。黄门官领了圣旨,直到陈府,开读已毕,冯诚修望阙叩头谢了圣恩,随了黄门官直入午朝门。黄门官带领引见,俯伏金阶,三呼万岁万万岁。朝见已毕,圣天子即开金口,御赐平身,问之曰:"闻卿广学多才,特宣卿对来,重重有赏!"冯诚修奏道:"小臣岭南下仕,学识庸愚,谬承陈老师保奏,诚恐对得未工,有辱君命,其罪非小。望陛下恕臣之罪,赐臣一观。"天子闻言,御手在龙案上取了上联,交与内侍,赐与冯诚修观看。随着内臣另赐文房四宝一副,犹如殿试一样,慢慢对来。冯诚修接了那金笺,展开一看,略不思索,举笔一挥而就,殿前官接了,晋呈御览。圣天子龙目一看,写得龙蛇飞舞,十分端楷。对云:

> 龙王夜燕,月烛星灯,山肴海酒地为盆。

天子看了,不觉哈哈鼓掌大笑,极口赞道:"卿才压中华,深为可喜!"又将龙目一看,只见冯诚修眉清目秀,一表人才,出口成文,如此敏捷,圣心大悦,即着御前供俸官在金殿之上赏赐御酒三杯,金花彩红,护送回陈宏谋相府,俟会试之后,另行升赏。冯诚修叩头谢过圣恩,得意洋洋,回到陈府,不在话下。

且表圣天子赏了冯诚修后,随问大臣:"孤家意欲前去江南游玩一番,卿等众臣,有何人能保朕躬前往?"连问三次,并无一人敢应。圣天子不觉大怒,说道:"寡人不用你等保驾,独自一人前往,又有何妨!"随即传旨,卷帘退班,各官退出。圣驾转到太和殿,御笔写下全旨一道,交与掌宫太监荣禄,面谕道:"朕前往江南游山玩景,久则十年,少则五载,自然回来。汝明日早上,可将此旨意交与大学士陈宏谋、刘墉等,开读便了。"说完,装作客商模样,出后宰门去了,不提。

再说次日五更三点,各官齐集朝堂,不见圣驾设朝,只见掌宫太监荣禄将昨日圣上留下圣旨一道交与大学士陈宏谋、刘墉等观看。二人在龙书案上展开同读,只见诏书上写着:

朕离燕地,驾幸江南,迟则十年,早则五载,江山大事,着陈宏谋协同刘墉,秉公料理。各大臣见陈宏谋即如见孤皇耳!钦此。
圣旨读完,各大臣均皆不乐,各自退朝回府而去。这且慢表。

单讲圣天子出了后门,扮作客商模样,慢步行来,不觉到了瑞龙镇。只见六街三市,闹热非常。迎面一座酒楼,十分高敞,招牌上写着:绮南楼仕商行台。又一招牌上写着:"满汉酒席京苏大菜"。天子看了,展开大步,直上楼中坐下。店小二上前赔着笑脸问道:"客官是用酒饭,还是请客?"天子道:"并非请客!你店中如有上等酒菜,尽行取来便了。"小二闻言,忙将上好酒菜一席,弄得齐齐整整,摆列桌上,请客官宽用,随站一旁伺候斟酒。圣天子一面用酒,一面问道:"你这瑞龙镇倒还闹热?"小二道:"敝处是京师通衢①大路,原也闹热,近因迎赛神会,所以更加人多,客官不妨明日到此一游。"天子点头道:"好!"一宿晚景不提。

次日用了早膳,即将包裹寄在店中,信步前行。只见街市之上,人如蚁密;各店坊中,百货充盈,倒还公平交易。天子见此太平景象,心中十分欢喜。行了半天,腹中饥渴,望见前面有坐酒楼,名曰聚升楼,起得十分华美。远望三层酒楼,高有数丈,楼上吹弹歌舞,极其繁华。门外金字写着:包办南北满汉酒席,各色炒买俱全。进得门来,一望酒堂之上,席无虚设,饮酒人极多。再上一层楼,客虽略少,陈设比下边更胜。直至三层楼上,摆设着无数名人字画、古董,甚为清净雅致,只是客座之上,并无饮酒之人。天子拣了一个最好客座坐下,酒保跟着上来,站在一旁:"请客官将酒牌点了菜名,小的照办便是!"天子说道:"你店有什么上好酒菜,只管搬来便了。"酒保闻言,随将荤素酒肴,尽行送上来,开怀畅饮。遥望楼下会景,赛得十分闹热,人山人海,拥挤不开,圣心大悦,直饮至申牌时分,会景散场,看的人也散了。是时,天子饮得酩酊大醉,方才慢慢一步步下楼。

酒保在楼上将酒数看了,连忙跟下楼来,即向柜上说:"此位客官共用酒菜钱八两六钱四分。"天子闻言,将手去身上一摸,不觉呆了:岂知来时未带银包,只得连声说道:"来得匆匆,未曾带银,改日着人送来何如?"店家道:"岂有此理!这位说未带,那位又说没有携银子,饮了酒,吃了菜,若都如此说改日送来,小店还用开么?就有泰山这样大的本钱,也还

① 通衢(qú)——四通八达的大道。

不够,若是未有银子,请将衣服留下!"天子闻言,勃然大怒,道:"若不留衣服便如何?"店家说:"若不留衣服,便出不得店门!你就是当今万岁,来吃了东西也要还钱;如无钱,龙袍也要留下。"天子闻言,大喝一声,犹如平空一个霹雳,起一脚将柜面踢翻,望着店家一掌打去。这天子文武全才,力大无穷,店家如何挡得他住?早已打得各人东倒西歪。

正在打得落花流水,酒堂人走的走了,散的散了,打得不能开解之际,忽然门外来了一个少年童子,生得唇红齿白,目秀眉清,一表人才。急忙上前拦住说道:"有话慢慢讲,千祈不可动气!"圣天子正在大怒之时,忽见此小童将他拦住,满面随笑,再三劝解,有如此胆识,不觉圣心大悦,自然住手,随即问道:"你这小童因何将我拦住?难道店家是你亲眷不成?你姓甚名谁,说与我知道。"小童说道:"好汉说哪里话来!四海之内皆兄弟也,见有不平之事,断无袖手旁观之理。我非店家亲眷,不过偶然经过,见好汉如此生气,特自上来劝解,万望暂息雷霆之怒,把他不是之处对我说知。或是小事,请看薄面容情一二。古云:人情留一线,日后好相见。小人姓周,名日青,本处人。舍下离此不远,请好汉过茅居一叙,何如?"圣天子见他说辞伶俐,举止安闲,问答清楚,心中喜悦,就将吃了店家酒菜,身上未曾带银子,他说若无银子,就是当今万岁爷也要脱下龙袍,如此无理。小童闻言,说道:"此乃小事,未知好汉欠他多少酒菜银子?代好汉付他便了。"忙于身边取出银子一锭,约有十两纹银,完了酒钱,一手携着圣天子手说:"方才匆忙,未曾请教高姓大名?"圣天子答道:"姓高名天赐,北京城里人。"

问答之间,不觉已到日青家里。忙问日青:"你家内还有甚人?"方才十两银子,恐其父母追究。日青道:"父亲亡过,只有寡母,老伯请坐,容我进内禀知母亲,请出来相见。"随即进去,将上项事情,详细禀知母亲。那黄氏安人见儿子小小年纪有如此志气,交结世人,也自欢喜。即着青儿倒了一盅香茶出来,双手敬奉。圣天子接了茶。随着日青进去,替我与你母亲请安。黄氏安人在屏风背后回说:"不敢当!"一面用眼观看,见此高姓客人,龙眉凤目,一表人才,心中暗思必非常人。只见高姓客人问道:"令郎如此英俊,不知现年几岁?因何不与他读书?将来必有上进。"黄氏安人答道:"小儿今年十五岁也。念过书,粗识几字,但恨他总是交结朋友,学习武艺,不肯用心读书。万望贵人指教,就是小妇人之福了。"圣天子说道:"我有句不知进退话说,未审夫人可容纳否? 你令郎有这样气概,他日必非居于人下。小可现在军机大学士刘墉门下,意欲将令郎认为螟蛉①之子,将来谋个出身,不知尊意可允从否?"黄氏闻言,十分欢喜,连道:"若得贵人如此提拔,小妇人感激不尽!"忙叫青儿上前叩头拜见契父,圣天子用手在九龙暖肚上摘了一粒大珍珠,作为拜见之礼。日青谢后,送与母亲收好。黄氏说道:"贵人意欲何往? 可否将小儿带去?"圣天子道:"我今欲到南京一游,令郎愿往,不妨同去一走。"黄氏应允,即着家人摆上酒宴,至申牌时分,用完晚膳,日青背上包裹,辞母亲,随了契父出门,仍回绮南楼客寓住了一宿。明日起来,完了店钱,出了瑞龙镇,望着海边关一路而去。

晓行夜宿,不觉来到海边关内。是日尚早,投了人和客店。小二打扫洁净地方,安顿包裹床铺,泡了一壶好茶,将洗面水盆放下。圣天子一面洗去面上尘垢,一边问小二道:"此处可有什么好游耍地方否?"小二回说:"虽有几处,均属平常。只有海边叶大人公子叶庆昌在庆珍酒楼旁边起了一座大花园,其园内起座杏花楼,极其华美,为本地第一顶好去处。叶公子每日在此楼上游玩,不许闲人进去。客官如遇公子不在,进去一游,胜别处多矣。但叶公子每日早晚必在楼内饮酒,午后回府。现下已过午时,客官碰巧前往一游,回来用晚饭未迟。"圣天子随问:"店家姓甚名谁? 与我们看着包裹,我去一游就回来便了。"店家说:"小的姓周,名洪,坐柜的是我妻舅,姓严名灵。小的郎舅在此多年,请客官放心前去,早些回来便了。"圣天子随即带了日青,出了店门,问店家这杏花楼从那条路去,店家说道:"由此东边大街直行,转过左手,海边街上最高这座大楼就是。"周日青闻言,随即上前引着前往。正是从此一去,弄出弥天大事,有诗为证:

帝皇无事爱闲游,柳绿花红处处幽。

毕竟恶人有尽日,霎时父子一同休。

按下不提。

再表圣天子与周日青望着东边一路而来,转了弯,果见近海旁大街上,远远有一座高楼。走近楼下,四围砖墙围着,上有金字蓝地匾额"庆

① 螟蛉(míng líng)——养子的代称。

珍酒楼"。生意极为兴隆,来游的拥挤不开。随即分开众人与日青进了头门,看见两旁时花盆景摆列甚多。一望酒堂上,客位坐满。正欲上楼,只见酒保上前赔笑说道:"客官碰巧来得迟了,小店楼上楼下都已坐满,先来的客已无位坐,所以都站门外了,请客官改日再来赐顾。"圣天子闻言,答道:"我们不吃酒,只要你引我到杏花楼上一游,我重重有赏。"酒保道:"虽然使得,只是叶公子申牌时要回来的。客官进去游玩不妨,第一件不要动他东西,第二件务要申牌时以前出来,切勿延迟。误了时刻,被叶公子看见,累小人受责。"圣天子说道:"我都依你便了。"

于是酒保在前引路,来到杏花楼院门口,遂将门开了。进得门来,一条甬道,都用云石砌得光滑不过。迎面一座小亭,横着一块漆地沙绿字匾额,写着"杏花春雨"四字。转过亭后一带,松荫接连一座玲珑嵯峨假石。上了山坡,来到山顶一望一片汪洋,活水皆从四面假石山中曲折流聚于中。这杏花楼起在塘中间,此山顶上有度飞桥,直接三层楼上。两旁均用小万字栏杆围起,高在半空中,极为凉爽。然此特为夏季进园之路,若冬天,另有别条暖路,避去风雪,至楼内上层。此楼造得极其富丽,十分精巧,游廊上摆着各色定窑花盆,两边的是素心兰花。进得楼来,四面屏风格子俱用紫榆雕嵌,五色玻璃,时新花样,椅桌俱用紫檀雕花,云石镶嵌。各处挂着许多历代名人字画、古董玩器,为大家内所无的。

圣天子畅游一番,游时忽见三层楼上酒厅中,摆着一桌十分齐整满汉酒筵,并未有人入席,随问酒保道:"你方才回说没有空座,头酒菜都卖完了,因何又有这一席?难道自己受用的不成?好生可恶!还不快去暖酒来,我就在这里开怀畅饮。食完了,伺候得好,重重有赏。"酒保闻言,惊得面如土色,连忙说道:"此酒席是叶公子备下,申刻到此用的,谁敢动!未曾进门之先,已与客官说明,不要妄想。务望到各处游玩,早些出去为妙,不要闯祸来,小的就万幸了。现今将近申牌时分,倘若再迟延,碰见公子,非但小的性命不能保全,连客官也有不便。"圣天子闻言大怒,喝声:"奴才胡说!难道你害怕叶庆昌,就不怕我么?等我给个厉害你看!"说着将手将酒保提起来,如捉鸡一样,殊不费力。高高举起,望着窗外说道:"你若不依我,管叫你死在目前!"酒保大叫:"客官饶命,小的暖酒来便是。"圣天子冷笑了一声,轻轻将他放下,随道:"你只管放心搬酒菜上来,虽天大事情有我担当。"酒保无奈,只得将叶公子所备下各种珍肴美味送上楼来,随即着人暗中报知叶庆昌不表。圣天子与周日青在杏花楼欢呼畅饮。

再谈叶庆昌公子是海边关提督叶绍江之子,奸恶异常,倚着父亲威权,谋人田宅,占人妻女,包揽人命重案,刻剥百姓,鱼肉客商甚于强盗,所以家内如此富厚。叶绍江见他能做帮手,十分欢喜,言听计从,狼狈为奸,万民嗟怨,不知费尽多少银子,起造这座杏花楼。每日早晚同一班心腹,狐群狗党到此欢叙,设计害人。

不料这日正在府中与手下人商议要事,忽见看守杏花楼的家丁跑奔回来报道:"现在有两人硬进杏花楼,将公子所备的酒席押着店家卖与他吃,酒保不依,他就要将酒保打死。已经在楼内畅饮,请公子快去!"公子一闻此言,暴跳如雷,即刻传齐府内一班家丁教头人等约有一百余名,执齐各色军器,飞奔杏花楼而来。到了门首,公子吩咐:"各人均在楼下前后门口分头把守,听我号令,叫拿就拿,叫杀就杀,不许放走一人,违者治罪。小心捉着这两人,重重有赏。"随带了八名教头、两个门客当先拥上楼来,来到第三层楼酒厅之上,见座中一人,年约四旬以上光景,生得龙眉凤目,威风凛凛,相貌堂堂。旁坐一少年童子,年约十三四岁,生得眉清目秀,酒保侍立一旁,满面愁容,十分怕惧。公子看了,上前大喝道:"何方村野匹夫,胆敢威逼酒保,强占本公子杏花楼,食我备下的酒菜,问你想死还是想活?敢在太岁爷爷头上动土,难道你不闻公子的厉害?快把姓名报上,免我动手。"那酒保见了公子,急忙跪下磕头,说道:"小的先曾再三不肯,无奈他恃强,如若不依他,几乎把小人打死,只求公子问的他,宽恕小人之罪。"说完就在楼中地上叩响头,犹如捣蒜的一般,震得桌上杯盘齐响。

圣天子看了这般形景,不觉拍手哈哈大笑,不知说出什么言语,后来如何动手打死公子,叶绍江起兵擒捉忽遭阴谴等情,且听下回分解。

第 二 回
杏花楼奸党遭诛　海边关良臣保驾

诗曰：

> 为官岂可性贪赃，纵子胡行更不良。
>
> 此日满门皆斩首，至今留下恶名扬。

话说圣天子正与周日青干儿在此杏花楼上开怀畅饮，忽见楼下拥上一班如狼似虎之人，为首一人蛇头鼠眼，形容枯槁，声如破锣，身穿熟罗长衫，外罩局缎马褂，足蹬绣履，口出不逊之言。酒保跪在他跟前，叩头不住，口称公子，知是叶绍江之子叶庆昌，听了他一片胡言，不觉呼呼大笑，随说道："你老爷姓高名天赐，这位是我干儿，姓周，名日青，偶游此楼不觉高兴，就吃了备下酒菜。你又怎么样？若是知趣的，走上来，叩个头，赔了罪，快快把这狐群狗党退了下去，既不扫了老爷们的兴，我自然用完了多赏你几两银子。倘若牙崩半个不字，管叫你这班畜生一个个死在目前，若走了一个也不算老爷的厉害。"叶庆昌一闻此言，激得无名火三千丈，暴跳如雷，大叫："快与我拿他下来。"当下各教头手执军器蜂拥上前。圣天子此际手无寸铁，难以迎敌，忙将酒席踢翻，随手举起坐下紫榆宫座椅，望着各人打将过来，力大又势猛，众教头早有一人打倒在地。叶公子见势头来得凶，正欲走时，早被地下酒菜滑跌在地。圣天子飞步向前，双手将他提起，各人大惊，要救也来不及，只见圣天子说声："去吧。"望着窗外如抛绣球一般，在三层楼上，抛在假山石上，这楼有八九丈高，抛入塘中山石之上，周身骨如碎粉，各人大叫："不好了！打死公子。"随即，有几个家人飞奔下楼，回府报信。各教头现在楼上，不便动手，随即一齐退了下来，把杏花楼前后门户重重围住，恐怕这人走脱。当下，圣天子招呼了周日青从楼上打出来，一层层都是桌椅，将去路拦住，拨一层又是一层，已有三分倦意，打到门口，又早有各打手及教头截住去路。圣天子在楼内拾了一对双刀，周日青也拾了一对铁尺，尽力往外打来，势如猛虎，勇不可挡。无奈人多，虽已打死数十人，仍然拼命拦着，死也不肯退去，这且按下不表。

　　再说海边提督叶绍江正在衙内与各姬妾作乐，忽见有两个家人飞跑回来，跪在地下哭，叫道："不好了，公子在杏花楼被两人从三层楼上提了起来，抛在假山太湖石上，死得脑浆蹦出，骨如碎粉。"叶绍江一闻此言，登时大叫一声，魂飞魄散，气死交椅上，左右侍妾慌忙用姜汤救了半时之久，方才渐渐醒来，放声哭叫："孩儿死得好苦呀！"随即喝问家人："因甚事情与这两个争斗起来？"家人就把上项事情详细禀知："现在各打手已经被他伤了数十人，还拼命围着与他死战，不肯放他走脱。我等众人一面守着公子尸首，飞跑前来报知老爷，只求快些点兵去协同各人捉他回来，以报公子之仇要紧，如若迟延，定然被他走脱了。"说完只管在地上叩头。叶绍江听了，气得无名火高三千丈，七窍生烟，即刻拔下令箭，亲自点兵齐了，提标部下五营四哨马步兵丁，飞风前往杏花楼来。不论诸色人等，有能当场捉猎其人者，重重有赏。一面出令，一边飞马前来，早望见杏花楼前一派喊杀声，一望，只见家将们被这两人打得抵挡不住，眼看要出重围。当下，叶绍江喝令马、步大小众士，一齐协力上前，见他如此勇猛，难以就擒，暗暗着部下人，远远将长绳及板凳绊他脚下。

　　且说圣天子正在如狼似虎追杀各打手，忽见兵丁越杀越多，就知接应的来了，心中一想：招呼日青打出去吧。只见许多长绳、板凳绊将来，日青早被绊倒在地，急忙上前救时，自己也被绊跌。心中一急，此乃万民之主，有百神保佑，泥丸宫，真龙出，见金光万道，雾爪云鳞上冲霄汉，直达灵霄宝殿。

　　这日玉帝升殿，查检下界善恶，查得海边关提督叶绍江前身，本属灵猴，修炼千年，合入地仙之队，因与太行山八百年硕鼠有父子尘缘，故令先后转胎下世，望他身到朝堂，为国效忠，爱民惜福。不料他二人投入官家，前言悉背①，凌虐子民，无恶不作，所犯诸大过早经虚空过往神祇，日夜伺察络续奏闻。是日玉皇查察之余，拍案大怒，忽据守殿仙官跪称："当今天子被叶绊倒，亟须速护，并去奸臣。叶氏父子恶贯满盈，应早收灭"等语。为饬南天门黄灵官钦旨传饬，该处城隍土地诸神，分头遮护。你道城隍是谁？原来曾做太仓州属嘉定县之陆稼书大老爷归真之后，玉帝以其生前正直，即饬赴该处城隍之任。到任以来，迄将一载，深恨叶氏父子行

———————
　　①　悉(xī)背——全部违背。悉，全部。

为，而不忍即行示罚者，冀其父子改过自新，以消前愆①。今闻煌煌天语，即传同当方土地，带同文武各官，神兵二十名，竟奔杏花楼而来。只见叶绍江正见指挥狐群狗党，城隍因大怒，即举手向叶心一指。却说叶绍江正见了打死儿子的仇人，眼中火出之际，忽觉心中大痛，大叫一声满地就滚。那些手下的狐群狗党，见此光景，早将绊天子的绳丢了，赶拢问慰，只见叶绍江口吐鲜血，面色渐白，大叫数声，呕血斗余，一命呜呼，恍如路毙。众人只得设法用软轿抬回署中，所有中军等官与诸将士，不明其故，互相惊异，一时哄动了合城人民，齐来观看、探问，有谓气极而死者，有谓受阴箭而亡者，内有学问深者，谓该父子同日死于非命，以其平日之作为，按之定受阴谴，此系恶报。于是皆知天谴，大快人心，一霎时纷纷散去。

却说圣天子绊倒在地，翻身立起，忽见众兵丁交头接耳，丢了绊绳，纷纷走散，不来对敌。忙将干儿子扶起，顺手在地拾得短刀两把，日青亦拾得铁棍一条，正欲开步动手往外打出，忽见人渐散去。传说叶提督呕血而亡，实深骇异，暗想："此等恶人，即不遭天谴，定干国法，今虽身死，必使戮尸之律，方快天下人心。"正在与日青闲论，一面说话提刀而行，遥见客店中掌柜之严灵跑来，走得满头臭汗，气吁吁地说道："因有人传说客官在此与园主打架，恐有吃亏之处，故奔来探听。"圣天子一见严灵，心中大喜，说道："来得甚好。"即与日青、严灵转入杏花楼帐房内，随手抽花笺一张，信笔写成一信，封好了口。正欲与严灵说话，忽闻日青道："孩儿想，今叶奸臣虽心痛自毙，然比是朝廷大官，今日之事，定有奸党为伊报仇，拦住我们不能脱身，请干爹早定妙策。"天子道："吾儿放心，管叫除尽此害，只要烦严灵速将此信连夜送入京城，就有天大的罪名都可消了。"事不宜迟，即唤严灵来前，不可泄漏，附耳低言："速将此信送入京城大学士刘墉府中，说有圣旨，他自然会接你进去，你把目前情形说知，叫他快来，他自有法儿，你不用害怕，胆大上前，不可泄漏，误我大事。"严灵、日青至此，始知就是圣驾。严灵速忙跪下，口称死罪。圣天子嘱他："不要声扬，立刻去为妙。"当下二人就知当今天子，不觉当时且惊且喜，十分放心。

那日，刘墉正在府中静坐，忽见守府家人来报："外面来了一个人，说有机密圣旨。"不觉大惊，即将严灵请进，排开香案叩头，跪读诏曰：

① 前愆(qiān)——以往的过失。愆，过失；罪咎。

朕游历江南，驾至海边关庆珍酒馆内杏花楼饮酒，因该关提督叶绍江之子叶庆昌欺朕，被朕打死。其父提兵赶来，虽受天谴，当场呕血而亡，但查得平时作为，实堪痛恨，望刘卿见旨，即命九门提督彦汝霖提兵前来，除将该叶氏父子外，并着满门抄斩，以伸国法，速速此谕。

刘墉读毕，大惊失色，急忙拜会九门提督，将圣旨与他看了，随即点齐十八名侍卫，御林军三千，飞风般似竟到海边关来叩见。天子随即密传口诏："着彦汝霖将叶绍江父子戮尸，全家拿下，满门斩首。行刑之际，合关军民，无不称快。所遗海边提督篆务，即着山西提督军门姚文升署理，钦此。并着查抄叶绍江家产之后，彦卿家即可带同侍卫等回京复命。"说完赏了周洪、严灵，即着回寓，将行李送来，即与大将军分手，带着日青，直望江南海青县进发。

一路上天气晴和，山青海碧，鸟语花香，各村户中鸡犬不惊，人民乐业，太平景象，十分开怀。晓行夜宿，慢步行来，已到大江旁边。是日，天色已夜，只得投店住宿。次日，天明起来，托店家雇了一只过江便船，随与周日青携了包裹行囊，下得船来，随见络绎先后搭客货物，也亦落满了载。幸喜船内倒还宽舒，远望船主，手拿一本红签簿子进入舱内，从头舱客起，次第向捐舟中所搭的客人或是银子，或是铜钱，都是现交的付与船主，嘱其虔诚敬祷，求神庇佑，不知是甚缘故。圣天子见了，好生诧异，随即请教同舟一位老诚客人，细问："端的为着什么事情要向各客捐银？做何所用？"老客说道："客官是初入客途，不知风俗，听在下的慢慢说来。离此数里大江之中，有座石山，此石山之上，历来有间老魔神庙，这位老魔神十分显圣，来往官船、商船，在此庙经过，都要捐银，备了猪羊、酒礼，虔诚到庙致祭，求其庇佑，自然太平无事，安安稳稳渡得过江。若不如此，就是风平浪静将到彼岸，也撺转来，霎时间天昏地暗，狂风大浪，舟沉覆溺，性命难保，此是向来规矩。少时间，客官们与老汉等到了庙前，也要一齐上去烧香拜祷一番。现在船家亦向各人随意略捐银钱，买办祭礼品物，方才开船。"一边说着，那船户已经走到面前。圣天子冷笑说道："你们不用如此破费银钱买祭物，只管放心开船前去。大江中如有风浪险阻，老魔神作怪时，我曾遇异人传授灵符神咒，使将起来，不要说这小小老魔神，就是四海龙王，敖家兄弟，也不敢逆我法旨，包管平安无事。"各人听说，齐说："客官如果没有银子,不如直说,我等众人共同代你两位多出些便了。这样事情不是当玩的,不要说你自作自受,心甘情愿,如要带累合船数十口都有性命之忧,事到临头要悔之不及。"当下众人都肯代他出银子,不信他有法术。

圣天子看见众人不肯依从,眉头一皱,计上心来,回手在贴肉汗衫内,五宝珍珠钮上解开活扣,脱下一粒避水珠藏在手中,这珠有五粒,金、木、水、火、土,五行宝珠做在贴肉汗衫钮上,因此刀兵水火不能近身,将来后段当此汗衫之时,再为详细表明,按下不题。随对众道:"列位不信,看念经咒语,分开海水与你们看看何如?"众人齐声道:"如此极好。"随即来到船边,各人争先来看。天子将此宝珠握在手中,假作口中念咒,将手在水中一分,只见海水登时裂开一条白光,直射水底,那水两边离开有数丈之远,丈余之深,众人大以为奇,齐声喝彩!圣天子将手提起,水仍合拢,船中各人深信不疑,船主将先前预备买祭物银钱,按名派还。看见客货已经满载,随即起桡①开船,挂上风帆,乘着顺风,顺水如箭一般行来。看看到了老魔神庙前,远远望将上去,只见庙里鸣钟擂鼓,香烟霭霭,庙门外海边之上赛神,停着船只约有百十号,鸣锣放炮之声,十分热闹。只有这圣天子所搭之船,并不湾泊停留,一直冲波破浪的前去。船上望见岸旁有许多人望着此船,指手画足,似是说他大胆,不要性命的。此时正当日午,风清气朗,天色融和,那船正往前途,走到大江之中,忽见一阵狂风,天色一变,波涛涌涌,大浪掀天,打得船上来,舟不能进,帆为风吃住,欲下又不能下,各客人坐在舱内,衣服也被浪花打湿了,众人大叫:"客官快些画符念咒,救命要紧!此必老魔神来显圣了,若再迟延,我等与老兄都要葬在江鱼之腹了。"

此际圣天子闻言,心中一想:"当日唐太宗跨海征东之时,在东海也遇龙王来朝,风波大作,几乎翻船,后来御笔写了'免朝'二字,放下海中,风浪即止。大约寡人今日偶然到此经过,必然大江之中龙王来朝,断非老魔神与朕作对,何不我也写个'免朝'二字放下水中,看是如何?"随对众人说道:"看我弄法驱妖。"即在帖套中取了一张红笺,口中假作念咒样子,舒开御腕,一笔写成'免朝'二字。即着日青走出船头,放落水中,说

---

① 桡(ráo)——船桨。

也奇怪，只见一霎时天清地朗，浪静风平，各客商们见了如此灵验，随即欢呼大喜，深深拜谢。自此以来，曾经圣天子金口说过，不用拜祭，这老魔神不敢擅作威福，直至今时，来往客商省了无数虚费钱财，此皆仰籍圣天子兴利除弊之福。表过不赘。当时既得平安，一路行来，别无阻挡。

有话即表，无话即短。不觉船到埠头，当下众人纷纷起货上岸，各投住处去了。周日青也雇了小船，随圣天子沿岸而来，只见海旁一带，造得极其富丽，与江北景况大不相同。往来游船、画舫、笙箫鼓乐、吹弹歌舞，不绝于耳，听来词曲皆操南音。妇女裙钗，多穿绸缎。走上码头，完了小船力钱。周日青背了包裹，二人慢步行来，街市大阔，打扫得洁洁净净，人来人去，闹热非常。各行店铺开设两边，酒馆、茶楼多是高搭数层之外，走过几条街市，都是推挤不开，抬头见许多牌坊，都是题着古来忠臣节妇孝子义士之名，流芳旌表①，以风于世，好一个南京地面。

正在观之不足，玩之有余，不提防顶头来了一人，与圣天子撞了一个满怀，一脚踏在袜上，弄得满鞋泥浆，其人慌忙打恭，赔了不是。又欲向前飞跑，满面愁容，眼光不定，望着前途，若有所候。圣天子看了这宗光景，知他必有紧要之事，随回身赶上，将他一把拖住，问道："老兄到底因甚缘故这等慌张？请道其详。"其人说道："小可适才污了尊足，实出无心，请即放手，勿耽误救命的大事，要紧，要紧。"说着又要挣脱而去，圣天子笑道："方才小事，何必介怀，你有什么救命事情，不妨对我说知，或可分忧一二，也未可知。"其人闻言，回嗔作喜，深深揖拱，说道："阁下声口似不是这里人，请教高姓大名？何方人氏？到敝处有何贵干？愿请道其详。"圣天子答道："在下姓高，名天赐，北京人，系现在中堂刘墉府中帮办军房事务，闻得南京好风景，特地到此一游。这位是我干儿子，姓周名唤日青，带了他来长长见识。你有何紧要事儿，快快说与我们听听。"此人听了，拍手喜道："踏破铁鞋无觅处，得来全不费功夫。小可正为兄叫我出来查访大贤，不期巧巧遇着，这是我侄女儿灾难满了，应该救星到了。在下姓陈，名登，哥哥陈青，本地人氏，家中颇有家财，只可惜我兄弟二人并无儿子，只有哥哥单生一女，名唤素春，今年才十六岁，因为许萧家亲事，现在

---

①　旌(jīng)表——封建统治者用立牌坊或挂匾额等方式表扬遵守封建礼教的人。

择日来娶,忽被妖魔侵害,弄得素春侄女七死八活,命在垂危,骇得我一家人惊慌无主也。曾请过许多法师来收他,都不中用,几乎这些鬼迷道士也被妖怪吃了,无奈又请高僧打斋念经,亦不中用,闹得我兄弟二人没法可施。昨晚我哥哥梦见一位金甲神人托梦,说是今日今时,搭船到了北京来的一位高天赐老爷,一位周日青公子,打从这条路来此,二人有绝大的神通,能收妖怪,救得女儿性命。千祈请他回来,不可当面错过,失了机会,汝女儿就无生路了。所以我哥哥绝早吩咐我在此守候,敦请回家,救我侄女之命。不期神圣之言,果然应验,走出来恰遇二位大贤到此,实乃三生之幸也,务望二位大贤,大发慈悲,广施法力,救得侄女残命,愚兄弟情愿酬谢白金三万两,明珠一百粒,以答活命之恩。"不知圣天子如何回答,能否收得这个妖魔,后事怎样,且听下回分解。正是:

　　欲观天子擒妖怪,更见佳人配艳夫。

第 三 回

退妖魔周郎配偶　换假银张妇完贞

诗曰：

> 假托妖魔却是神，只因作合结成亲。
>
> 可怜世宦官家子，为骗钱财丧了身。

话说陈登把神人指点：今日幸遇贵人，总求大发慈悲，请回舍下，救出侄女，收了妖魔，胜造七级浮屠，不但侄女儿感激活命深恩，就是愚兄弟合家人口也沾二位贵客莫大之恩。说罢倒身下拜，叩头不止，圣天子不待说完，连忙扶起，心中十分惊异，答道："不瞒陈兄，说高某实在未曾学过收妖捉怪的法术，若论武艺功夫，倒还晓得些须，不怕他铜皮铁骨猛虎蛟龙，我也可以擒拿得他，只是妖魔鬼怪，云来雾去，无形无踪，你不见他，他能见你，有力也无处可施，这就难以效劳，纵使勉应也是徒然，老实对你说，倒不如另访高人收除妖怪，免得误你大事。"陈二员外闻得此言，疑是不肯捉怪，只骇得汗流浃背，两泪汪汪，双膝跪下，不住在地叩头，哀恳道："贵人到此，神人预先指引，如此应验，是叫我去什么地方另请高人？若是贵人不肯垂怜，我就死也跟着二位高贤，断断不肯当面错过这番机会，误了侄女的性命。"说完伏在地上痛哭哀求，早有跟随陈登的家人，飞跑回家，报知大员外陈青。陈青一闻此信，即刻备了两乘轿子，亲自押着，忙忙赶来，赶到跟前，也就跪在地磕头，恳求："救我女儿性命。"

早有那往来行人，看见这个光景，不知是何缘故，前前后后，推推拥拥，四下里围了一大堆人，弄得水泄不通，幸而南方各处街道尚阔，那些看的人，也有知道陈员外家内遭妖魔侵害的事情，必定请他们去收妖怪；也有不知此事的，七言八语，议论纷纷，十分挤拥，倒把这一位圣天子弄了没得主意，也只得先把员外两兄弟极力扶了起来，说道："有话慢慢商议，且站起来，不用如此惊慌。"正欲用些言语宽慰着他，再慢慢自己寻条良法，以为脱身之计，不料旁边站着的周日青到底是孩子脾气，不知妖魔的厉害，年纪又小，心肠又软，经不起人家哀求兼且这般凄惨，他早已流下泪来，口称："干父素肯做方便事情，济困扶危，救人性命往往不辞，何不就应许了他，同孩儿到他家内，拼力会一会这妖怪，或者能个捉着，与他们除了一害，也未可知，何必苦苦推却，使他兄弟二人跪在这里，引得街上看的人塞满了，有什么好看，还望干父看孩儿面上应了罢。"话未说完，早把个陈员外兄弟二人喜得跳了起来，欢呼道："令郎已经恩准了，万望不要再推，快请进轿到舍下去罢。"当下不由分说，二人把圣天子推到轿内，周日青随后也坐了一顶，分开众人，望着陈家庄而来。早有手下人把中门大开，一直抬到大厅，方才下轿。那些看的人也就陆续散了。

此际圣天子只得开言说道："我们实在不会使法捉拿妖怪，见你等这样哀恳，小孩子应承了，也只得舍了自己性命去会一会这妖怪，捉得来是你们的造化，如果捉不着，不要见笑。但不知这妖怪现藏在什么所在，还要你们带了我等去看，方好动手。"陈青道："这自然要同去的，但只是现在天色尚早，妖怪还未曾来，小女的卧房在后花园牡丹亭内，大贤请宽坐片时，愚兄弟备杯薄酒，与贵人助威。"圣天子说道："既然如此，可请令爱到别处藏躲，这酒席可就摆在牡丹亭上卧室之内，我饮着酒，守候妖怪到来，见机而作，或可捉住。"陈登答道："不知大贤要用何物，请即吩咐，我好预备应用。"圣天子说道："只取一支铁棍，我做军器，其余只要多挑几名有胆力壮丁，随着我儿，一见妖来，在亭后边鸣锣擂鼓，施放洋枪花筒火炮，高声叫喊以助威风。这堂上堂下四围耳房，各处多备灯球火把，另将上好玻璃风灯多点几盏，恐怕妖物来时，风大吹熄了，火最是要紧，闻得妖是阴物，最忌阳气，那火药东西总要多烧些，最能避邪，你们有惧怕的，只管请便，不用在此碍我手脚。"

当下陈氏兄弟二人，随即命人照样齐办应用各物，将酒席设在牡丹亭卧室内，随请他父子进后花园来。到了亭中，只见摆着一桌齐齐整整满汉酒席，随尊他父子二人坐了客位，自己两兄弟主位相陪。是时已有未牌时分了，事已到此，圣天子也只付之无奈，放开酒量，开怀畅饮，与他弟兄们高谈闲论，渐觉投机。看看饮到黄昏，酒也有了几分醉意，随即用了晚膳。撤去残席，另换果碟儿下酒，慢慢等候这妖魔到来，众人一齐下手。

闲谈多时，已交二鼓，一轮明月当空，照耀得牡丹亭前阶级之下如同白昼，这园内树影扶疏，枝头宿鸟，凄凄檐下，虫鸣唧唧，夜色苍茫，人声肃静，彼此又谈，既久，圣天子将身离席，举步下阶解手之余，背着手与陈氏弟兄、日青契子在阶前小步，举头望月。

　　将临三鼓，忽见东北角上，远远一朵黑云如飞，直奔中庭而来，霎时间起了一阵狂风，飞沙走石，遮得月色无光，天乌地暗，四围灯烛灭而复明。众人知道妖物来了，都皆躲入后座，圣天子龙目一看，只见半空中落下一个道者，年约三十余岁，白面无须，身穿蓝袍，头戴角巾，脚蹬云履，腰束丝绦，身旁佩剑，手执拂尘，慢步而来。到了亭中，喝问道："谁敢在此饮酒？扰吾静室，阻吾佳期。"圣天子大声骂道："何方牛鼻子野道，在此兴妖作怪，光天化日之下，淫污良家闺女，不守清规，不畏王法，自恃妖术，大胆胡行，罪在不赦！好好听我良言，早早收了念头，改邪归正，倒还罢了；如不见机，迷而不悟，目前就要五雷轰顶，复现原形，受永远地狱万劫沉沦之苦，悔之无及。可惜你修炼多年，始得人身，为破色戒，一旦付于大海，你可仔细想来，勿贻后悔。"道者闻言，大吼一声，喝道："你好大胆，管贫道事情，想是活得不耐烦，要寻死路了。我与陈素春有宿世姻缘，他家也曾请过许多高僧高道，个个都说神通广大，只也奈何我不倒。贫道因见他们都是哄骗钱财的角色，所以才饶了这班徒的狗命。你今有多大本领，敢如此出言无状，得罪贫道，我劝你快快避开，若再多言，恐你的赏钱就不得到手了，连性命都丢了。你若要同贫道比较高低，快把名儿报了上来，候出家人动手便了。"

　　这一席话，只激得圣天子气冲斗牛，大叫如雷，说："我高天赐，若不将你这妖道劈为两截，也不算好汉。"说着举起这条熟铁棍，照头就打。道者连忙拔剑来迎，二人搭上手，你来我往，一冲一撞，战有数个回合。此际，棍去剑迎，叮铛响亮，火光乱碰。圣天子使得性起，只见那条铁棍，上如雪花盖顶，下若老树盘根，左插花，右插花，风不透，雨不漏，使到妙处，只见一派寒光，总不离妖道面门、头顶、咽喉、左右打将去，后面各人齐声喊杀，金鼓之声如雷振耳，一面助威，一边周日青督着手下人洋枪花筒齐向妖道乱打，妖道一时抵挡不住，手中剑又是短兵器，哪能敌得？圣天子这条铁棍神出鬼没，变化无穷。招架不来，望着园中空地方，虚劈一剑，忙忙就走，大叫："不要追来。"圣天子不舍，随后紧紧追了下去。当下众人也就远远跟追。妖道回头看见追得紧急，随即在地一滚，即现出原形。圣天子正在发脚追赶，忽见妖现出原形，身高丈余，腰大数围，头大如斗，满头红毛，青面獠牙，眼似铜铃，周身金鳞，张开血盆大口，舞动利爪，望着圣天子顶门，挥将下来，此时吓得魂飞魄散，那泥宫一声响亮，现出一条五爪金龙，将妖物挡住，那道者就知是当今天子龙驾到了。随即化作一阵清风，留下一张红柬帖而去，是时圣天子见他逃走去了，后面日青及其各人也赶上来，齐说道："幸亏方才一道金光，吓走了妖怪，不然几乎被他伤了。"日青随在地上拾起了一张柬帖，呈与契父。圣天子接了，在席上灯光之下，众人观看，只见帖上写着一首诗词道：

> 前生注定这鸳鸯，不该错配姓萧郎。
>
> 太白金星神阻挡，日青素春结凤凰。

当下陈员外兄弟二人听见，圣天子读红柬帖上四句诗词，连忙以手加额道："却原来小女儿与萧家无缘，应该配恩公干令郎周日青公子。既蒙神圣前来点化作合，但不知恩公可肯允从否？如蒙不弃，愚弟兄愿与恩公结为秦晋之好。"圣天子闻言不胜之喜，随即答道："如此极好。"但是客途无以为礼，随在九暖肚之上，解下一粒明珠，送与员外作为聘礼。陈青收了，随即大家一同焚香燃烛，当天拜谢太白金星为媒之德，就请他父子二人在书房安歇。兄弟二人告辞，进内将此情由说与院君女儿们知道，彼此十分欣慰，一宿不提。

次日绝早起来，吩咐家下人备办成亲酒宴，萧家因素春为妖魔侵害之时，员外早与当面说明，四处出下榜文。有人能除得妖怪，救得女儿性命，愿把素春许配与他为妻。萧家久以应承退亲，所以现招赘日青时，毋庸与他说知，故而嫁妆一概现现成成的，极为省事。随即到书房见圣天子，问了日青今年十五岁，素春大他一年，现在十六岁，就把二人八字写了去请位算命先生，择个良时吉日成亲，选了明日寅时大吉，员外随即着人知会亲友，就将牡丹亭绣房打扫干净，预备嫁妆什物，做了新人卧室。富贵家办事不消说是繁华美丽，而况员外兄弟单生此女，现在日青又有恩惠于他，太白金星作合为媒，日后定有好处，所以尽自己百万家财力量办得十分丰盛满足。一到次日吉期，各亲友皆来拜贺，笙箫鼓乐，送入洞房花烛，郎才女貌，十分恩爱。员外安人得这个女婿，也亦称心满意，这且毋庸多赘。

单表圣天子在此欢饮了喜酒，韶光①易过，不觉已过三朝，随对陈氏

---

① 韶光——美好的时光。

兄弟说:"知因有公事在身,不能久为耽搁,刻下就要动身,再图后会可也。"当下带了日青,拜别起程,员外众人实在依依不舍,殷勤送出庄来,珍重而别。日青背了包裹,随着契父一路观看,只见青山绿水,一派荒凉,已出村场、市镇、海青界外,晓行夜宿。

一日天色将晚,正欲投店,忽见前面海边树林阻住去路,耳边水声不绝,转过林外,见一条大河,一片汪洋,一带并无渡船,只见一怀孕妇女抱着一个岁余孩子,后面一串携着次第三子,最大的亦不过五岁光景,嚎啕痛哭,掷手投足,叫地呼天,意将投水,凄惨之形,人不忍见。圣天子急忙拦住,此女子反倒放下面来骂道:"我与你这汉子非亲非故,兼且男女授受不亲,你何得擅自动手阻我去路,如此非礼,快快与我站开些。"圣天子被骂怒道:"古云:救人一命值千金,岂有骂我之理? 你既寻死路,必有冤情,何妨对我说知,或可代你出力,免累几条孩子性命。"女子说:"我这满腹冤情,除非是当今万岁爷,方能与我做得主意,诉与你知,也无用处。"圣天子说道:"我高天赐是现在办理军机宰相刘墉的门生,尽可为你申冤,你可细细说来,我自有道理。"女子道:"如此高爷爷听禀。"未曾开言,泪如雨下,悲切之声不能成语。圣天子抚慰道:"你不必悲啼,慢慢说来,我自然为你做主就是。"

此女子随哭道:"奴乃本处人高氏,配前村张桂芳为妻,丈夫卖了一担鸡儿,共该备银十两三钱八分。我丈夫是小经纪生意的人,不识银子,谁知交来的银子都是铜的,慌忙与他回换,他又不肯招认,我丈夫着了急,随与他争闹,错手打伤区翰林左额,被他喝起家丁,把奴夫锁解到金平县大堂之上,严刑逼认,白日行刑,问成死罪,现已收监,要把小妇人卖落烟花,被逼不过,万分无奈,只得母子们一同投水自尽,以全贞节。恳求客官哀怜,搭救丈夫出狱,沾恩万代,未知贵人肯与小妇人做主否?"

圣天子闻言,大怒,骂道:"区仁山这狗子如此无理可恶,倚势欺压平人,我因有要事,不便久留与他作对,也罢。高某赠你洋银百两,即可将去到区仁山家内,与善言讲和,息了官司,赎回丈夫便了。"此女子千欢万喜,拿了银子叩谢起来,携儿带女,行了数步,仍复转来跪下说道:"不识恩人上姓大名,住居何处? 小妇人夫妻好来拜谢。若区仁山不允和息,也来禀知,另求设法救我丈夫性命。"圣天子微笑答道:"我姓高,名天赐,偶然经过此地,你也毋庸致谢。倘若怕区仁山不肯甘休,我明日准到你家中探听消息便了。"

当下分手，就在本村投了客店，住过一宿，明日清早起来，还了店钱，与周日青一路问致张桂芳家内，见了高氏，她婆媳二女十分感激，叩谢一番，高氏就请婆婆带了这百两银子去区仁山赎取丈夫。婆婆杜氏拿了银子，出门往区家庄去了，约有两个时辰，只见她披头散发，叫苦连天，一路痛哭，拿着银包回来说被区仁山将铜钱顶换我一百银子，将我乱打出门，口称不肯私和，定要把我媳妇卖入烟花，如此良心尽丧，欺我寡妇孤儿。圣天子一闻此言，实难忍耐，随即命杜氏引路，直至区家庄。到了门首，命杜氏先行回去，就叫庄客通传区仁山，接了入去，到了书房坐下。茶罢，彼此通个名姓，就将张桂芳之事再三讲情，务望仁兄念吾薄面，可怜他一家老少性命，若能释放，弟亦感德不尽。区仁山说道："既是如此，可将十万两银子交来，我就放他便了。"圣天子因在海边关闯过大祸，所以凡事忍耐，总以善言相劝。不料区仁山恶贯满盈，出言无状，激怒圣心，按捺不住，说道："你要十万银子也不为多，只问我的伙计肯与不肯便了。"区仁山说道："你这伙计现在何处？"圣天子两手一扬，说道："这就是我的伙计。"说时迟，来时快，将仁山一掌打倒，跌去丈余，跌得屎屁直流。仁山爬将起来喝令："二三百庄丁拿齐军器，将前后门团团围住，不许放走，当下众庄客一声答应，如狼似虎，手持军器，分头守紧，内有数名教师，手执枪刀，入书房来。不知后事如何，且听下回分解。正是：

　　　　任君纵有冲天翅，难脱今朝这是非。

第 四 回

区家村智退庄客　金平城怒斩奸官

诗曰：

倚势欺人总不宜，祸到临头悔恨迟。

为官若欲徇面情，管叫性命丧当时。

话说区仁山齐集庄丁、教头，喝令捉拿高天赐，重重有赏。已把各处路口守得水泄不通，自己站在旁边观战。当下圣天子举起座下宫椅，往着一起人打将过去，早将一人打倒。飞步上前，夺他手内双刀，大杀一阵，虽然杀伤十余人，因是重门紧闭，看守严密，各庄客拼命死战，不肯退下，四围无路可出，看看围急，忽然一想：孤今别无出路，何不用关云长单刀赴会，拿鲁肃出围之计，以救目前之急！立了这个心，就一步一步退到区仁山身边来了，看看至近，出其不意大叫一声，将双刀往身上一护，就地一跳已到仁山面前，随着就将右手的刀向庄客们面上虚砍一刀，各人急忙一避，早已将仁山拦腰一把，挟了起来，就将左手的刀在仁山头上磨了两磨，仁山此际吓得神魂飘荡，大叫好汉饶命！圣天子喝道："你这狗子若要狗命，快教庄客们退下，开了门送我出去便罢；若稍迟延，我先杀了你，再杀他们。"仁山连忙说道："是、是、是，我、我、我，就、就叫他们退去开门便了，随叫众人快快不要动手，丢了军器，开了各重门户，请高老爷出去。"庄客们一声答应就把军器丢了，一路开门不敢拦阻。圣天子随将刀架在仁山头上，眼看四面，耳听八方，挟紧了他，慢慢由书房出走，出门之外，意欲将仁山放了，回心一想：这狗头，我若将他放了，他定必带手下一班狗崽追来，须无大碍，也要大杀一阵。万一被他暗算了，到底不妙，莫我拿这狗子到县里去，再摆布他便了。"当下就一手挟着仁山，大踏步往着平城一路而去。那区仁山一路杀猪的一般叫喊救命，庄客们远远跟着，又不敢上前相救，那些看的百姓，有曾受他害过了，都是口中念佛，这恶人今日也遇着对手了。这且不提。

再说圣天子一路入城，来到金平县衙前，将区仁山放下，拿住他辫顶，上前提起拳头将鼓乱打,大叫:"申冤!"县主随即升坐大堂,着衙役将二人带进,问:"你等有甚冤情,快快禀上来。"仁山被挟喘气未定,不能即答。圣天子随即上前说道:"区仁山私铸伪银,恃势混骗张桂芳鸡儿一担,因换银子,彼此争论,反捏张桂芳白日持刀行凶,绅士瞒禀父台,又要将他妻子发卖烟花,勒逼他母子投河自尽,幸遇小可救回,因怜无辜,赠他银子百两,着桂芳之母杜氏前往仁山家内求恳赎还桂芳,和息争讼。不料仁山良心尽丧,胆敢暗将伪银顶换,乱棍把杜氏打回,哭诉于我,只得亲去仁山家内,再三善言解劝,意欲多补些银子,了结此事,免伤几条性命。仁山出言无礼,要索十万银两,方肯罢手,小可以正言责了他一番,不但不从,即刻喝令手下家丁二三百名齐举军器围我,万难脱身,不得已拿他开路,吓退庄客,来见县尊,务求明镜高悬,为民申冤除害,实为公便。"

此时仁山喘气定了,方才上前打拱说道:"这高天赐是江洋大盗,聚集强徒,意欲打盍劫小庄,被晚生识破他的机关,不能脱身,反陷区仁山私铸伪银,强逼民命,望老父台明见万里,洞烛其奸,为晚生做主,感恩不浅。"

圣天子就将区仁山顶换铜银壹百两,当堂送上说道:"请县主验明伪银。即刻着人查抄他家内,必有凭据,如有虚言,愿甘反坐高天赐之罪便了。"这位徐知县老爷虽是清廉,但性懦弱,诸多畏惧。当下听了他二人口辞,腹内明知区翰林品行不端,倚势强横,为害子民,因他府尊同年交好,往往朋比①为奸,自己官小,奈何他不得。看这高天赐一貌堂堂,有如此胆量,必是有脚力之人,亦不敢难为,只好将二人解到府衙,听其发落,有何不妙!随传集两班衙役带了高、区二人,随本县亲解上府,听候发落。连忙坐轿摆道,望金平府署而来。到了府衙,带了高、区二人,随本县亲解上府,当即千退回衙。胡知府随升坐公堂,传进二人,略问几句,不管青红皂白,就将区仁山释放回家,在公案上将威风子一拍,喝令将高天赐候办。圣天子不觉勃然大怒,大骂:"狗官,枉食朝廷俸禄,包庇乡宦,偏断重案,通同作弊,剥害良民,问你该当何罪?死在临头,还知道谁敢办我!"此际胡知府被骂,只激得三尸神暴跳,七窍生烟,喝教手下:"与我重打一百嘴

---

　　① 朋比——相互勾结。

巴。"差役答应一声，正欲上前，早被圣天子飞起左脚，将这差役打下丹墀①丈余远近，又有数人扑上前来，意欲合掌，被打得东倒西歪，不敢上前。知府见势不好，正欲逃走，早被隔公案一把拖将下来，按倒在地，胡知府大呼救命，谁敢上前相救！圣天子打得性起，用力太猛，只见胡知府七孔流血，呜呼哀哉。

早有衙役飞报臬台②，该臬宪姓黄，名得胜，字弼臣，湖南长沙人，与弟有胜同在衙中，忽闻有人在公堂打死金平府，这还了得，即刻飞调金平游府，点兵前往捉拿要紧，又忙传令将各城门紧闭。一面点齐役衙，前往会营擒拿。各处紧要路口派人把守，按下不题。

再说圣天子进入二堂，寻了一把大刀，复出大堂，将胡知府一刀斩为两段，随即出了府，着意欲前走，行来数步，只见街上兵马团团围住，别无去路，心中一急，只得奋勇杀将上来，手起刀落，连杀十余人，手中大刀已经不堪用了，兼且越杀越多，不能透出重围，街路又狭，不便用武，两边店铺都闭了门，将板凳丢出街心，阻住去路。游府许应龙，督领兵丁，会集署，差人用绊马绳绊倒圣天子。幸而身上内穿五宝衫护着龙体，再有神兵暗助，因此毫不受伤。各兵一拥而来，同到臬台衙中。黄得胜即刻升堂，吩咐将人带上，定睛一看，原来是当今圣上，得胜前在京师内当差多年，因此认得圣容，斯时大吃一惊，不知圣驾因何到此？只见圣上昂然直立，冷笑两声说道："黄得胜，你可认得我吗？"得胜此时连忙吩咐将他带进后堂，传令掩门，书差各人退下，与弟有胜急速上前亲解其缚，请圣上上坐，朝见已毕，跪问："圣驾因何到此？臣等罪该万死！还求陛下宽恕。"天子道："不知者不罪，卿家何以认得寡人？"得胜道："臣当年在京当差，所以仰识圣颜。"圣上道："卿既忠心为国，朕当嘉奖，今日之事，卿宜秘密不可传扬，预备人马，候朕旨到捉拿区仁山，不可有误。朕因欲往江南一游，就此去也。"兄弟二人即易便服，私送出城叮咛而别。

再说圣天子回到店中与日青说明，一宿无话，次日早起写下密旨一道，着店家即刻送往江苏巡抚署内，赏银十两作为路费，嘱其切勿迟误。店家领取书银立刻起程去了。遂命日青收拾行囊，投往别店住宿不题。

---

① 丹墀(chí)——古时宫殿前的石阶以红色涂饰，故名。
② 臬(niè)台——明清时按察使的别称。

再说现任江苏抚台,姓庄名有恭,系广东番禺县人,由状元出身,历升江苏巡抚。一日在署,忽接得密旨一道,忙排香案跪读曰:

> "朕来游江南,路经金平府区家庄,遇民妇张桂芳之妻高氏,携男带女五口连孕六命,欲投水自尽,凄惨之形,自不忍见。再三询悉为仁山区翰林诬陷其夫于死罪,威逼此妇发卖烟花,因欲全贞,故而自尽。朕当即面见仁山调处,几为所害。金平府胡氏,狼狈为奸,被朕杀了,幸遇臬台黄得胜送朕出城,卿见旨即点起人马会同该按察司捉拿区仁山,就地正法,不得违旨,钦此。"

庄大人读罢圣旨,谢了恩,火速点齐五千飞骑,与中军王彪亲自统带,连夜赶到金平府扎下行营。着人知会黄得胜,当下,臬台带领合城文武及预备人马来行营,参见随行各官,排齐辇驾,到店迎接圣驾。岂知已于昨日起行去了。此时不敢怠慢,即与各官会合,大军将区家庄团团围住,水泄不通,区仁山一闻,官兵前来攻打,就知不好,慌请齐庄内一班亡命之徒四围紧守,因他向日包庇响马,坐地分赃,因此多财逞强,私造军器,庄外四围倒十分坚固,炮火一应齐备,急切难以攻下。一连困了两日,然不敢出来迎敌,一味死守,官兵亦不能近他庄。大人见他如此坚守,恐怕误事,随与臬台商议,分兵四路,自攻打他南路,黄按察攻打北路,王彪攻打东路,金平游府施国英攻打西路,四面一同着力攻打,使他首尾不能相顾。

果然至第三日午刻,庄内炮石用完,箭亦用尽,抵挡不住,官兵四面扒墙而入,开了庄门,大队涌进,如斩瓜切菜一般,那二三百庄丁一时杀尽,区仁山带着死党教师十余人往外拼命杀出,正遇王彪马兵,将他围住,一阵乱箭,射死数人,仁山与余匪身被重伤,尽行擒捉,当下打入庄中,不分老少,尽行捆绑,抄没金银数十万,军装器械不计其数,房屋放火烧为白地。庄有恭,即委提刑按察使司,黄得胜将各要犯分别办理,男丁自十五岁以上者一概就地正法,女眷除该犯妻妾女儿外,所有下人及从匪家属等均各从宽赦免。是日,请命共办男女匪犯五百二十三名,释放妇女小孩七百余名,庄有恭督同文武各官拜折后即各归衙署。张桂芳及所有被害之人均皆当堂释放,归家不表。

再说圣天子躲在一间避静小客店中,打听得庄巡抚从宽办妥此案,十分欢喜,念张桂芳之妻高氏贞节可嘉,临难捐躯,实为难得,草诏一道,交日青持往面呈按察使司黄得胜。见旨,即在区仁山抄没家产内拨银十万两赏与该氏，奖其节义。桂芳自得此银之后，居家富厚，兼且乐善好施，方便为怀，后来五子俱皆成名，出仕皇家，此是后话，略表不提。

再说周日青回店复命，圣天子随即起程又往别处游玩，按下不提。

花开两朵，另表一枝。且说广东省肇庆府高要县孝悌村有一富翁，姓方，名德，表字济亨，娶妻李氏。自少离乡出门贸易，做湖丝生理。历年在南京城朝阳门内大街，设开万昌绸缎店，因是老店，人又诚实，童叟无欺，所以生意极为兴旺。家乡有两个儿子，长名孝玉，次名美玉，都已成家立业，掌守田园，方德每岁回家一二次。店中所得银两陆续带回广东，因此家中颇称富厚，现在年近六旬，怕那路途极其跋涉，往来辛苦，近年都是两个儿子去的。

一日方德偶然在铺闲坐，时将午刻，天变起来，下了一场倾盆大雨，风又急，正在吩咐伙计等将店内暂闭，避过风雨再开，忽见一老者挑了一担盐冒雨走进铺内，口中说道："求各位大掌柜，容老汉避一避雨，免得淋坏这担盐，感恩不浅。"伙计们只因嫌他盐箩不洁，怕弄脏铺面，一面推出，一面说："请往别处吧，我这里要闭门，不能相留。"方德一见，听他声音是广东，动了乡情，又怜他老迈，连忙应道："不妨，只管请进来避雨。"伙计见东家开口，不敢拦阻，让他挑了盐担，入门放下，随向各人见礼，站在一旁。方德道："请坐！请问仁兄是广东那一县人？在下也是广东。"老者拱手答道："原来东翁也是粤东人，失敬了，小可乃是连州连山八排洞裹土人，姓苗，名显，流落在此，已经十有余年，初时因为友人请来，教习拳棒，不数年间，因病失馆，人地生疏，无人引荐，又无盘费，不能回乡。前年老妻去世，举目无亲，又无儿子，只有女儿翠花，今年十六岁，父女相依相命，万分无奈，贩盐度日。幸而老汉有些手段，那些巡查的人奈何我不得，因此稍可糊口，今日若非东翁可怜方便，我这一担盐就被雨水冲融了，没有本钱，纵不饿死，也难过活了，实在感激不尽。敢问乡亲高姓大名，那县人，望祈示知。"方德答道："岂敢！在下肇庆府孝悌村人，姓方，名德字济亨，开此万昌卅余年，妻儿还在家乡。如果苗兄不弃，得便倒可常来小店谈谈，彼此既是同乡，如有本钱多少，弟虽不才，也可资助一二。现有银十两送与苗兄，须做别项小本生意。卖盐一事，乃是违禁之物，虽易赚钱，到底不妥，更加见雨就化水，连本多亏了，似非良策。"苗显喜出意外，接了银两，千恩万谢，说道："方东翁如此疏财仗义，惜老怜贫，世所罕有，不知现在有几位公郎？可否在此？俾得拜识为幸。"方德答道："小儿两个，年中轮流到此。前日已经回乡去了，大的今年廿岁，小的十六岁，都已娶有妻室，在府城也是开设绸缎生理，将来苗兄弟见他们，还望指教一二为幸。"苗显说道："好说！"彼此谈谈说说，那雨下得连绵不止，斯时已是申牌时分，店中已安排晚饭，方德就留他用膳再去。苗显也不推辞，适天晴雨止，才挑了盐，拜谢一番而去。

自此常来店中走动，犹如亲眷一般，果然听方德所劝，不做卖盐生理，每每缺少本钱开口借贷，方德无不应付，就是遇见孝玉美玉兄弟二人，由粤到店省亲，无不仰体父亲交厚之心，尊为世伯，着意敬重，苗显因见屡次有借无还，他父子并不介意，如此多情，十分感激，就将生平全身武艺尽行传授孝玉美玉二人。更见方翁如此壮健，虽是六旬年纪，面貌却是四十余岁样子，随与女儿翠花商议，欲将他送方翁为妾，以报其周全之德。翠花也就愿意，次日到店内，与方翁说知，方德再欲说道："年岁老了，误却令爱青春。"因此执意不允。苗显流泪道："第一来老汉受恩深重，无以报德；二则小女得随仁兄，终身有靠，他自己心情意愿，实有天幸，并非人力；三来老朽向来身子多病，近日更甚，倘或不测，死也放心，务求俯念我父女一片真诚，曲赐收纳，实为万幸。"方德见他如此诚恳，就对孝玉儿子说知，孝玉也因父亲年老，身边无一妥当人服侍，今见他送女为妾，父亲远离家室，也可得他照应，所以就一力劝成。方德见儿子力劝，次日，苗显再来恳求，亦只得勉强应允。随即选了吉日，接翠花入万昌居住成亲。各亲友及同行中人，见其暮年纳宠不亚新婚，因此皆来送礼，恭贺，故方德也备酒筵，欢呼畅饮，无庸多叙。

未及半年，苗显一病身亡，临终之时，将一生力学，秘传武艺功夫，跌打妙药，尽心传授女儿。亡年七十二岁。方德见苗显归世，与妾苗翠花痛哭一场，只得厚备衣襟棺木收殓。以半子之礼，就在他住处开丧挂白，七七做了些斋事，因无儿子，就在南京择地安葬。

办完之后，不觉韶光易过，又及半年，苗氏生下一子，取名世玉，满月之时，各亲友俱来道喜，方翁晚年得子，十分得意，加以店中生意顺遂，财丁两旺，苗氏入门以来，性情和顺，服侍小心，所以心满意足。请了几天喜酒，一场闹热过后，苗氏因遵父亲苗显遗训，就将孩儿世玉自满月起先用铁醋药水匀身洗浸，次用竹板柴枝铁条着层换打，使其周身筋力、骨节、血

肉坚实,如铁一样。自少苦练,到了三岁时,头带铁帽,脚着铁靴,学跳过
凳,慢慢加高,初跳过来,学拔竹钉,次拔铁钉;六岁扎马步;七岁开拳脚,
八岁学军装,至十四岁,十八般武艺件件皆精,力大无穷,周身盘筋露骨,
坚实如铁,性情又烈,专打不平,终日在外闲游闯祸,未逢敌手,人皆知道
他万昌儿子。有家子弟将板门抬了受伤之人到店,睡在柜台面上,多方讹
诈①,方德只得自认晦气,出此伤费,幸而方翁平日和气,街邻善为调处,
不至十分有亏,如此非止一次。方德虽然极其管叫,奈其母苗氏一味姑
息,爱如掌上珠宝,每每闹出事来。稍可遮掩得过的,就不与他父亲知,私
和人命,赔银了事。世玉知道母亲肯与他遮瞒,越发胆大,专交朋友,挥金
如土,结纳英雄,初时还不过在本地左右引是招非,到后来弄得江南都知
他方世玉打不平的名号。方翁无可奈何,只得将树条乱打。谁知用尽平
生气力,打他也作不知,亦不见痛,仍旧顽皮不改,其母在旁多方护短,方
德又不愿因此与爱妾反目,也只忍气吞声,付之无奈。

　　偶然一日,欲往杭州收账,是晚,就与翠花说知,嘱其将一应铺盖、行
李、衣服、日用什物打叠齐备,说明日下船出门,苗氏一面查点各物,一面
说道:"世玉在家如此淘气,何不带他出去走走,一来长些见识,二来在你
身边不敢十分作怪。"方老说道:"出外非比在家,畜生若再惹祸,我如何
担当得起。"苗氏道:"男子汉非同女子,将来终要出门做生意谋食,如何
畏得许多? 带他出去走走,或者得他改变,也未可知。"方翁见她说得有
理,只好应承,一宿晚景不提,次日起来,父子二人一同起程往杭州去了。
此一去有分教:

　　　　擂台之上倾肝胆,会馆门中夺美名。

　　要知后事如何,且听下回分解。

---

①　讹诈(é zhà)——借故向他人强行索取财物。

第 五 回

雷老虎擂台丧命　李巴山比武欺人

诗曰：

武艺虽高不可夸，擂台设计把人拿。

岂知更有强中手，天眼原来总不差。

说话方德带了儿子世玉往着杭州而来。在船非止一日，已到杭州码头。湾了船，父子二人雇了一只小船，一路见西湖佳景，名不虚传，水陆两途，画舫青骢往来不绝，楼船箫鼓，歌音清楚，粉白黛绿，摆列船头。钱塘江边，一望天空海阔，富贵繁华，别开生面，与金陵景象大不相同，真个观之不尽，玩之有余。到了岸旁，催人挑着行李，直入涌金门，往着广东会馆而来，随路人山人海，拥挤不开，那各行店铺，陈设着各样货物，十分华美。酒楼茶馆也是清整齐雅，此处地方因有洋盐两市，所以买卖比别处热闹些。

闲言少叙。且说方德来到会馆门首，着人通报，向来知己相好掌管会馆值师爷陈玉书知道。玉书闻说方德到来，即刻出迎，见了十分欢喜。因多年隔别，请进书房坐下，一面着人捧茶，一面指点手下人将行李安顿在上等客房之内，床铺均是现成的，不到一刻功夫，均已安排妥当，出来从新见礼，坐下细谈。

玉书问："为何许久不到敝处？贵号生意好否？嫂夫人及孝玉两位贤侄在家一向可平安否？同来这位小孩子又是何人？几时动身？如何今日才到？虽常有信往来，弟之渴想无日不以一见为快。"方德一边答应，一边回首叫世玉过来拜见叔父，玉书急忙还礼说道："不知哥哥几时又添了这位英俊侄儿，深为可喜。"方德就将收纳苗氏生下此子，因他不知人事，所以带他见些世面，并将家乡及万昌近年诸事慢慢谈了一番。随又问玉书："近日光景如何？有了几位令郎。"玉书答道："小儿只有一个，家事亦勉可过得。"说完不觉长叹，皱眉说道："只此间会馆，十分丢面，弄得不好看相了。"玉书道："近日此地有一外来恶棍，姓雷，名洪，混名雷老虎，在清波门外高搭一座擂台,摆得十分威猛。他因在本处将军衙门做教头,请官府出了一张告示,不准带军器内手,上台比武,格杀勿论。有人打得他一拳,送银一百两;踢得他一脚,送银二百两;推得他跌一跤,送五百两;打得他死不用偿命。如无本事,被他打死者作为白送性命。擂台对面,有官员带着六十名老将在此弹压,不准滋事。台下左右有他徒弟三百名,拿了枪刀在旁守护,台中间挂一匾额,写着无敌台。两旁有一对联,写得是:拳打广东全省,脚踢苏杭二州。自开此台,今将一月,不知伤了我多少乡亲,一则因无人敌得他手段,二来他规条上虽如此说,那不过是骗人的公道话,纵若有人能打倒他,也逃不过台下三百徒弟之手。苏州及本地的人因此不愿上台比武,我们乡亲好胜者居多,上台白送性命者不计其数。"方德听罢答道:"清平世界,有这样无王无法之事。"随低下头,叹了一口气,说道:"也算广东人遭此一劫了。"世玉听了这番言语,只气得二目圆睁,带怒上前说道:"明日待孩儿打死这雷老虎,与各乡亲报仇便了。"方德喝道:"黄口小儿,乳牙未退,敢夸大口,想作死不成? 还不与我退下!"

当下世玉忍了一肚子气,回房安睡,翻来复去总睡不着。明日一早起身,侍候父亲梳洗已毕,换了衣服出门收账,带了家人李安出门前往。因怕世玉出门闯祸,将房门由外锁了,佩着钥匙而去。世玉候父亲去了,就从窗上跳了出来,带了母亲与他的防身九环剑靴,镶铁护心宝镜,结束停当,外用衣服罩了,袖中一双铁尺,静静溜将出来。出了会馆门口,一路私下问人:"擂台在何处?"那人说道:"望南边去,这一堆人都是去看比武的,你只跟着他,一出涌金门就看见擂台了。"世玉谢了一声,随即追上这伙人,跟着走过几条大街,穿出城门,果然见一座擂台,十分宽大,高约丈四五尺,抬头一望,只见正中悬着一方匾额,上写着"无敌台"。两边一副对联,写着:拳打广东全省,脚踢苏杭二州。台左贴着朱批官府弹压告示一张,上写着:

　　钦命镇守杭州等处将军,为给示张挂擂台事,今有擂台主雷洪,武艺精通,欲考天下英雄,比较四方豪杰,今将规条列左:

　　一我营伍之兵不许登台。

　　一儒释道三教不许登台。

　　一妇女不许登台,恐男女混亲,有伤风化。

　　一登台比武只许空拳,不得暗带军器。

一登台之人要报明省份、籍贯、姓名、年岁,注册方许登台比武。

除此以外,不论诸色人等,有能者只管上台比武,此擂台准开百
日为满,百日之后,毋得生端,各宜凛遵毋违,特示。

最后一行是写的开擂台年月日子。世玉也无心看了,随转眼,看到台
右边有雷洪自己出的一张花红赏格,与陈玉书所说有打一拳,送银一百
两,以下的一番言语,一般无异。又见擂台对面,搭着一座彩棚,当中设了
一张公案,是弹压委员坐的,棚下约有数十名兵丁。擂台左右前后均有数
百门徒,手执枪刀、器械守护,离台一箭之地,那些买卖经济之人,就比戏
场更加闹热,来看比武的人如同蚁队,一群群摩肩擦背,拥挤不开。世玉
看完,正欲候他到台决个胜负,岂知在人丛中摩拳擦背,候至日中,还不见
来。询及旁人,始知雷教头本日往金陵公干去了。

世玉闻言,涌身来到台前,用一个大鹏展翅功夫,将两手一拍,跳上擂
台,将对联及匾额除了下来,三脚两脚,踏得稀碎。当下守台门徒及那些
弹压兵丁看见,一齐鼓噪起来,大叫:“快拿这个大胆小孩。”一涌上前,枪
刀齐落,四方截住去路。世玉不忙,袖中拿出铁尺,大声喝道:“我乃是广
东方世玉,特来取你教头狗命,今因不遇,容他多活一天,故此先将擂台打
烂,明日叫他到会馆寻我便了。”说完,跳下擂台,使开手中铁尺,打得这
班守台的门人只恨爹娘少生两只脚,走得迟的死五六个,伤者不计其数,
因此无人敢拦阻,他就慢慢仍由旧路入会馆。走进房内,照旧上好窗子,
此时玉书正在帐房办事,有谁人晓得他出去闯了大祸回来,直至晚上,方
德收账回来,开了房门,用过了晚膳,大家才歇,一宿晚景不提。

再说雷老虎到金陵公事,已连夜飞马回杭州,早有各门徒迎着。说将
上项情节详细哭诉。雷教头一听,只气得暴跳如雷,急忙查点门徒,被世
玉打死六名,已经收殓,还有二十一名打伤的,随即着人用药医治,即刻点
齐手下一班门人,拿了各式军器,自己上了乌骓马,手提大劈刀,顶盔贯
甲,飞奔广东会馆而来。一到门前,此时已有辰牌时候,即忙传令。就将
前后门户团团围住,吓得守头门之人不知因甚缘故,忙把会馆头门闭上,
如飞报与陈玉书知道。玉书一闻雷老虎将他会馆团团围住,惊得犹如打
败公鸡一般,心吓得犹如吊桶的一上一下,连话都说不出来,歇了一刻,定
了神,只得勉强挣扎,爬上前楼一望,只见雷老虎骑在马上,在门前指手画
脚,高声辱骂。玉书只得高声问道:“雷教头,因何将我会馆围住?请道

其详。"雷老虎骂道："陈玉书,你这老狗才,好生大胆,你敢叫方世玉小畜
生拆我擂台,打死我六个徒弟,伤了数十人,问你该当何罪? 你还诈不知!
好好快将他绑住了送了出来,赔还我徒弟性命便罢。如若迟延,我打将进
来,寸土不留。"陈玉书答道："馆中虽有方世玉,但他不过是个小孩子,焉
能敢犯教头虎威。他由金陵随父到此收账,只住了两日,并且绝无本领,
今年才得十四岁,若说打死你徒弟,断无此事,望教头千万莫听旁人言语,
陷我会馆。"雷老虎怒道："陈玉书,你这老狗头,休得奸诈,纵然说出天花
龙凤,怎能推得干净? 你快叫他出来,待我手下徒弟看过,如果不是,与你
无涉。"玉书道："既然如此,请教头将人马带下一箭之地,我就命他出来
会你便了。"当下雷老虎答道："也罢,权且依你,不怕你们飞上天去。"随
传令门徒,各人暂退一箭之地,在外专叫方世玉出来不表。

　　且谈陈玉书入内,对方德说知此事,这是你儿子做得好事,雷老虎围
了会馆,问汝过意得去否? 方德此际只吓得目定口呆,匀身冷汗,大骂畜
生,害死为父,子世玉上前跪下说到："孩儿出去杀雷老虎就完了。叔父
也不必埋怨爹爹,大丈夫做事,岂肯累人!"随即结束停当,手提铁棍,吩
咐开了大门,冲到门前,大叫："马上坐的可是雷老虎么?"教头答道："然
也,小奴才可就是方世玉? 拆我擂台,打死我徒弟,问你该当何罪? 世玉
道："我打死你徒弟,你着恼,你就将我乡亲打死就不算了? 汝今日到来,
分明是插标卖首,特来寻死,不必多言。放马过来,取你狗命。"教头听
了,无明火高三千丈! 大喝道："小畜生,休得夸口。爷爷来取你狗命
了。"坐下乌骓马一拍,举起大刀,兜头劈将下来,犹如泰山压顶一般厉
害。世玉乃是步战,叫声来得好! 两手将铁棍一迎,顺手还一棍,照马头
就打,教头忙架开,两个搭上手,一骑一步,从辰至未,大战八十个回合,难
分胜败。世玉将身跳出圈外,大叫一声："且住。"教头停手,问道："有话
快些说来。"世玉道："我与你在此厮杀,惊动官兵,碍人行走,更时今天夜
了,明日上擂台决个雌雄何如?"雷老虎应道："使得,明日要来。"世玉说:
"难道怕你不成?"彼此即时分手。世玉返入会馆,玉书见他如此英雄,心
中大喜,这回必能与我广东人争口气了,即晚亲自敬酒,以壮威风。一面
知会本地英雄壮士,明晨齐集会馆,各拿军器,同赴擂台,以壮观瞻。兼之
保卫,一宿晚景。

　　次日,各乡亲前来会了世玉,威威武武,摆齐军装,一队队望擂台而

来。到了台下,只见此日来看的人比往日更多数倍,越发人头涌涌,分拨不开。早见教头已先到台停候。世玉即将各乡亲分列一边,自己将身一纵,上到台中,看见雷老虎头戴包巾,身穿战袄,扎大红绉纱带,脚登班尖快鞋。教头见方世玉上台,看他头戴一顶英雄软帽,身披团花捆身,胸前结一大红绉球,内藏镶铁护心宝镜,足踏九环剑靴,腰系湖色绉纱带,头圆面满,背后腰粗,四肢坚实,脚步稳如泰山。虽只如此英雄,还是小孩子身材,身高不满四尺五寸,比自己矮了一半,那些看的人见雷教头身高八尺,头大如斗,拳似沙煲,大家倒替方世玉捏了一把汗,断难敌得他住,徒然枉送性命而已。

这且不表,当下雷老虎喝道:"你这小畜生,乳牙未退,黄毛未干,就如此大胆,在太岁头上动土,竟敢来与我做对,就打死你也污了我手,既来纳命,快快过来受死。"世玉道:"你虽高大,不过条水牛,哪里在小爷心上,休得夸口,有本事只管使来。"说罢,就摆开一路拳势,叫做狮子大摇头。雷教头就用一个饿虎擒羊之势,双手一展,照头盖将下来,好生厉害。世玉不敢迟慢,将身一闪,避过势。往他胯下一钻,用一个托梁换柱之势,就想将他顶下台去,教头见他来得凶,也吃一惊,急忙将双腿一剪,退在一边,就势用扳铁手一千字望世玉颈上打了下来,世玉也避开。此时二人搭上手,一来一往,一冲一撞,一大一小,一高一矮,看看走了百多路拳势,彼此有二百余个照面,一场大战并无高下。台下看的众人齐声喝彩道:"这个小孩子十分本领。"就是雷教头也见他全无一些破漏,心中也暗暗称赞,随用一路秘传功夫,名唤阴阳童子脚,大喝一声着世玉心口打一脚,照将过来,把护心铁镜打得粉碎,一跤跌下擂台去了,这一脚若是别人被他踢着,就要连心坎骨也都碎了,幸而世玉是自小用药水浸练,匀身骨节,犹如铁铸一般,更加外有铁镜挡护,所以不能伤得,世玉跌下台来,随涌身一跳,复上擂台,叫声好家伙,果然厉害。教头大吃一惊。为何这一脚踢他不死,伤也不伤,真真奇怪,莫非他是铜皮铁骨不成?方才踢他一脚最轻亦有五百斤力量,他也挨得住,纵然打他一拳,也不中用。心内思思想想,未免有些怕惧。

世玉复身上台,必定要报一脚之仇,那拳就如雨点一般,都向致命处打来。雷教头虽然力大拳精,因是心里一慌,手足就慢了,此时反倒有些招架不及,说时迟来时快,早见一声响,左腿上被世玉打了一九环剑靴,鲜血淋漓,幸而身骨强壮,尚可支持迎敌。世玉见他着伤,心中一喜,越发来得势猛,一连在他肋下踢伤两脚,筋断骨折,雷教头大叫一声,跌下台来,一命呜呼!台下四面八方看的人齐声喝彩,他手下门徒被世玉打过的知道厉害,不敢动手,即刻将师父抬回馆中,报与师母去了。当下陈玉书及广东全省乡亲均皆大喜,一路鼓吹,花红鞭炮。世玉骑了高头骏马,回至会馆,大开中门,摆酒贺功,闹热非凡。饮酒之间,众乡亲都极口夸赞方老伯有如此一位少年英雄儿,一则为广东人争气,二则也为本地除去大害,此番功德,实为无量,于是你一杯,我一盏,将酒轮流敬上。方翁父子一面谦逊,一面着世玉回敬各人,会馆中欢呼畅饮,我且按下不表。

再说雷老虎妻房李氏小环,正在武馆闲坐,想起为何今天这时教头尚不归家,看看日落西山,仍不转来,心中思想,不晓何故?忽闻外面人声嘈杂,已将教头尸首抬了进厅。各徒弟就将被方世玉打死情形细说一番。李小环闻言痛哭,眩倒在地,仆妇丫环急用姜汤灌救,许久方才醒来。大骂:"方世玉小畜生,我与你杀夫之仇,势不两立。"骂罢来尸前观看,只见丈夫满身血污,是被九环剑靴所伤,更加凄惨,"小杀才好生狠毒,暗藏利器伤人,也非好汉,明日我必照样取他性命。"当时买办衣巾衾棺椁,从厚装殓,自己披麻挂孝,举哀成服,因欲报仇,不知吉凶如何?就时安葬。诸事办完,将身装束整齐,暗藏双飞蟠龙虎的钉靴,约齐手下门徒,白旗白甲,带了军器飞奔广东会馆而来。到了门首,着人通报方世玉知道。

世玉闻报,禀知父亲,随将各乡亲公送的盔甲、名马,新买的护心宝镜,披挂齐备,带了广东各英雄各拿枪刀,自己手提镔铁棍,一马当先,迎了出来。举目一看,见是一个中年妇人,年约二十七八,柳眉倒竖,杏面含嗔,内衬素铠,罩麻衣,虽非绝色佳人,也是青春少妇。当下小环一见方世玉虽然英雄还是小儿身体,心中诧异丈夫岂有敌他不过?就是剑靴也断断不致遭他毒手,况且我丈夫有阴阳童子脚,踢他下台,毫无损伤,谅必是我同道中人的儿子,自小苦练,浸硬筋骨,轻易不能取他性命。想罢开口问道:"来者可是方世玉么?"应道:"然也,你这妇人姓甚名谁,到此何为?"小环骂道:"小畜生!洗耳恭听,老娘姓李名小环,乃雷教头之妻。杀我丈夫,特来取你狗命!"说完,举起手中绣鸾刀,兜头就劈。世玉连忙举棍架住说道:"且莫动手,有话讲明,再战不迟。"小环道:"既然有话,快快讲来。"方世玉道:"你原来是雷教头之妻,前来报仇,这也难怪,只是汝丈夫摆设擂台标明长红,分明写着上台比武,彼此格杀勿论。计自开台至今,损伤我乡亲不知多少,昨日就是丧在我手,也是各安天命,当场比武,拳脚无情,孳由处作死而无怨,难道我省的人被他打死许多就是该死的么! 古语说得好,冤家宜解不宜结。又道是先礼后兵,故此善言相劝,论理你既上门来寻我,难道我就怕了你不成! 你自想:你丈夫如此英雄,尚且遭我手上,你自己想想:莫非比他还强么? 我因是已年轻,父亲嘱咐再三,凡事总要存心忠厚,有势切莫使尽,今日既不得已,伤了你丈夫,可以害汝性命,所以有这番议论,还三思可也。"

　　小环闻言,更加气怒。骂道:"小奴才,自恃本领,目中无人,我丈夫虽然摆设擂台,规条上标明不得携带利器,暗算害人,你却暗藏剑靴,伤我丈夫,今日在奴家跟前,用此花牙利嘴,惶恐人心,汝若真有本事,一拳一脚比较,打死我丈夫,公公道道,有何话说。今日仇人相见分外眼明,放马过来拼个死活。"说罢举刀乱劈下来,世玉挡住说道:"今日天色已晚,明朝到台与你拼个死活何如?"小环道:"也罢,容你多活一夜。"于是两下分手,各归安歇,晚景不提。

　　到了次日天明,各带护从人等同赴擂台,小环一见世玉,就想要即刻把他吞在肚里,方泄此恨,世玉也不敢迟慢,二人摆开拳势。只见左一路有鹏展翅,右一路是怪蟒缠身,前一路杀出金鸡独立,后一路演就狮子滚球,龙争虎斗,一场恶战难解难分。二人都是从小练浸筋骨,父母传授功夫,与别个中年学习的大不相同,好生厉害,看看战到二百个回合,不分胜败。小环防世玉先下手,此时就将双脚一起,一个双飞蟠龙脚照着世玉前心打将过来,把护心打成粉碎,靴鞋尖钉打入胸旁乳上,鲜血直流,跌于台下,十分伤重。幸而有护心镜挡了一挡,心窝幸未着伤,当下各乡将他救回会馆,死而复生者数次,吐血不止,命在垂危。方翁此际吓筛忙脚乱,陈玉书即速命人请了别处有名跌打先生前来医治,都说伤得十分沉重,恐怕难保十全,虽然上等妙药下了,仍然不知人事。方德说道:"必得他母亲到来方能救得。"就即刻着家人李安飞马连夜赶回南京寄信,接苗氏前来搭救,不表。

　　再说苗氏翠花在家闲坐,忽见送回书信,李安备说小东人被人打坏,十分危急,详细禀知,苗氏魂不附体,随将来书拆看。书云:

　　　字达爱妾庄次启者,孩儿随我至杭收账,即在粤东会馆居住。岂料有一恶棍姓雷,名洪,混名老虎,摆下擂台,上挂对联:拳打广东全省,脚踢苏杭二州。将我本省乡亲打死不计其数,孩儿恃勇,不遵父训,赴擂台将雷老虎打死,伊妻李小环为夫报仇,用钉靴蟠龙双飞脚踢伤孩儿胸膛右乳之上,命在垂危,见信速即连夜赶来,救治世玉,至要至要,未书之言,询问李安便知详细。

当下翠花看完书信,细盘问李安,浸练筋骨一番,随道:"既然如此,大事不妨,我儿自小坚固,与别人不同,我去用药即能医好。"说罢将行李衣物,跌打妙药,包做一包,叫李安背上,自己全身装束,披挂停当,手提梨花枪,飞身上马,主仆二人望着杭州赶来。金陵至杭郡,陆路甚近,不觉来到杭城,进入会馆见了丈夫,随与各人见礼毕,就来看视孩儿,取出妙药,如法外敷内服,果然神妙。霎时之间,肿消痛止,伤中渐平。

　　世玉醒了转来,一眼看见母亲,双珠流泪,大叫:"娘亲,务必与儿报仇。"苗氏安慰一番,就道:"你安心调养,为娘自有主意。"随即命人通知小环,叫她明日仍到擂台比武。方翁再三阻止,只是不从。当下差人回来说道:"小环答应明天准到擂台,即晚加倍用药医治世玉,到一天明,胸前筋骨已经有了八分痊愈,所欠者生肌长肉未能平满耳。此时夫妇二人才始放心,当下母子二人匀身装束,内披软铠,将护心镜藏于胸前,小剑靴穿在足上,上马提枪,带齐随从人等直奔擂台而来。李小环已经在台守候了,翠花就命同来各乡亲列在台下,以便接应。自己双足一点,上了擂台,见小环全装素铠,头上腰间均用白湖绉紧紧包裹,足蹬小钉靴,虽是中等身材,却是个中道友。随说道:"这位就是李小环么?你丈夫作恶多端,死由自取,你却自恃强恶,擅敢报仇下毒手打我孩儿,幸我赶来就转,不然丧在你手。今日我特来先请教你的双飞蟠龙脚,有本领不妨尽演出来。"此际小环听了这番言语,就知他是世玉母亲,连忙喝道:"你这泼妇,纵子行凶,用暗器伤我丈夫性命,我就打死他也是为夫报仇,理所当然。你既来做替死鬼,何必多言,管叫你来时有路,去就无门。"一面说,一面看翠花与自己年岁相仿,结束得十分齐整,见他方才上台之势,就知是我辈中人。只见翠花一声大喝,用一个猛虎擒羊势扑将过来,小环忙用一个解法叫做双龙出海,彼此搭上手,大战二百回合,难分胜败,斗到天晚,各自归家安歇。自此连战三日,不分高下。

　　再说白眉道人首徒李雄,混名巴山,是日因到杭州探望女婿雷老虎,小环接着对父哭诉冤情,巴山大怒,即时亲到广东会馆,招寻苗翠花上台比武。翠花见是师伯,忙即上前赔罪,便自认孩儿不知误伤令婿,还望师伯开恩恕罪。巴山不肯罢手,定要世玉上台见个雌雄,翠花再三恳求,见李雄执意不许,只得约以半月,俟孩儿伤愈再来领教。巴山权且应允而去,翠花当下想:"孩儿断非师伯敌手,因想只得亲往福建少林寺面求至善二师伯到杭,以解此厄。"就将这个主意对丈夫儿子说知。嘱其小心调养:"孩儿,我此去,不久赶回来。"随即带了干粮路费,藏了双靴,就飞身上马,望着福建泉州而来。幸而翠花自小跟随父亲苗显卖武走江湖,到后来老贩卖私盐穿州过省,无处不走的,因此日夜兼程来到福建少林寺,下马直入方丈,拜谒至善禅师。早有手下门徒接应,认得翠花是师妹,就问:"师叔为何不来?今汝独到此何干?"翠花就将父亲去世及今被李巴山所欺、特来求二师伯解救等事说了一番,沙弥答道:"来得不巧,师父前日起程到各处云游去了。"翠花听言,长叹一声,正欲辞出,沙弥说道:"你何不赶到云南白鹤山求五枚大师伯下山解救,且他比我师父还易说话,心又慈善,功夫只第一。"翠花闻言大喜,连忙谢道:"多蒙指教,我就此赶去便了。"当下出了寺门,取路望白鹤山,连忙的进发,不知此去能否请得五枚下山帮助,且听下回分解。正是:

　　少林寺内难相助,白鹤山中请解围。

第 六 回

梅花桩僧俗比武　西禅寺师徒相逢

诗曰:

同道中人最要和,擂台欺敌动干戈。

欺人毕竟还欺己,报应昭彰理不讹。

话说苗翠花一路奔驰,往着白鹤山而来,非止一日,已到山前。直入静缘庵中,见五枚师伯,拜倒在地。五枚扶起细问:"因何到此?"翠花就将雷老虎摆设擂台起,至李雄要报仇雪恨等事细说一番,特来恳求大师伯,大发慈悲,下山搭救世玉孩儿性命,感恩不浅。五枚说道:"出家人自归山修隐以来,拳棒功夫久矣抛荒,就去也不济了,谅敌李巴山不过。你倒不如仍来请至善二师伯解救,包管妥当,今知他到粤城,住在锡光孝寺,汝毋庸耽搁,快些去罢。"翠花闻他推却之言,吓得两泪交流,十分悲切,再三哀求,始得五枚应允下山帮助。苗翠花大喜,五枚嘱咐徒弟:"紧守山门,我不久就回。"随即收拾行囊衣履应用什物,提了禅杖,骑了驴子,翠花也别了师兄跨上马,一齐往杭州赶来,返到广东会馆,恰才半月。当下方家父子带领各人拜见五枚。其时世玉已经身体复原,翠花十分欢喜,即着人去约李巴山父女,明日擂台比武。

到了次日,天明起来,翠花侍候五枚结束停当,吩咐孩儿世玉与大师公提了铁禅杖,自己也披挂整齐,各人上了坐骑,带着一班乡亲,一个个明盔亮甲,威风凛凛奔擂台而来。到得涌金门外擂台之下,就命各人雁翅排开,站立一边以壮观瞻。五枚跳下驴背,用一个金鸡独立势,双手一展,单停一足,飞上擂台,台下众人齐声喝彩!这回因是半月以前标明长红,约定今日比武报仇,所以来看的人越发更多。见此时李巴山已经早到台中,摩拳擦掌,专候方世玉到来,代女婿雷洪报仇。出其不意,忽见一个老年师姑,约有八九十岁,童颜白发,身高七尺有余,腰圆背厚,头大如斗,拳大如钵,她是黄花少女,自小修炼成功,那精神比少年更加几倍。

巴山仔细定睛一认,识得是白鹤山五枚,是红眉道人的首徒,好生厉害，非同小可，连忙站起身来，将手一拱道："师兄请了，不知驾到，有失迎候，望祈恕罪，但不知禅驾到此意欲何为？莫非要与小弟比武不成。"五枚也忙还礼说道："贤弟出家人到此非为别故，特有一言奉劝，不知可容纳否？"李雄答道："师兄有话请道其详，如果有理，无不听从，若不公道，断难遵命。"五枚道："出家人自归隐以来，世情一介付诸度外，那争雄斗胜之心，拳脚技艺之勇，久矣摆荒，岂有特来与贤弟比武之理。只因前月云游到杭，闻得令贤恃贤弟秘授功夫，高设此台，竟拳打广东，脚踢苏杭，拳脚之下伤害生灵，不计其数，如此行为，不但目无王法，兼且欺负我辈同道中人，今日就是死在侄孙方世玉之手，虽然稚子无知，误伤尊长，这也是上天假手为地方除害，以救生灵。今方世玉曾被令婿小环将他打得死而复生，幸他母亲赶来医好，也就泄了心中之仇。今日看我薄面，恕饶了他，我着他母子在师伯面前叩头认罪，仍叫他父亲方德补回一千两止泪银子，大家彼此不失和气，据我的意见，如此调处，未知贤弟可肯依否？"

李巴山闻言，激得二目圆睁，浓眉倒竖，答道："据师兄如此讲来，我女婿冤情沉于海底了？他当日比武之时，若不用九环剑靴暗算我女婿，彼此拳脚所伤就死了，也是自己没本领，倒还可以看师兄面上饶他性命；今将暗箭伤人，要我放饶了这小畜生，除非我女婿重生，舍此之外，无用多说。师兄既然到此与他出头，我也顾不得许多，有本事只管使来便了。"五枚见劝他不从，随高声叫道："老头儿，出家人一动手，就顾不得那慈悲二字了，你将来莫要懊悔。"李雄大怒喝道："我怕你老师姑不成。"说罢一推山掌，望着五枚心坎打来，五枚不慌不忙，口中念了一声阿弥陀佛，将左手挑开他的推山掌，右手坐马一拳，照肋下打将过去。李巴山也格过一边，二人搭上手，分开拳脚，犹如龙争虎斗，一场恶战，十分厉害，彼此都是绝顶功夫。今日正是棋逢敌手，将遇良材，擂台之上只见得烟云滚滚，日色无光，那些台下的人，看得眼都花了。只见他俩个一进一退，好比弄风猛虎，一去一往，赛过戏水蛟龙，真好武艺，看看斗到日色西沉，战有二百四十个回合，方才住手，不分高下，李巴山道："三日后，待我摆下梅花桩，你敢与我比武否？"五枚应说："就饶你多活三日，我在梅花桩上取你性命便了。"李雄说道："不必夸口。"二人当下分手，各带从人回寓。

且说李巴山拣了擂台旁边一块洁净地方，搭棚遮盖，随往木行卖办木料，按照方位步法，四围钉下一百零八路梅花桩，此桩每步用木桩五个，中间一个,四旁四个钉就梅花式样。比武之人,足踏此桩,一进一退,匀有法度,迎敌之际,手脚相合,稍若错越分毫,一失足性命难保,此是雄拳技艺,秘授门中一等绝顶功夫。布置停妥,专候临期,引五枚去上取他性命,按下不提。

且谈五枚回到馆中,只见方世玉走上前来,请问太师公:"怎样是梅花桩的武艺?"要求老人指教。五枚随将如何措置,怎生厉害,慢慢说与他知道,各人闻言,伸了舌头,缩不进去。翠花就说:"当日父亲虽然教过我,也有图样留下,只是侄女未曾习练。今日若非大师伯到来帮我母子二人,定必遭他毒手。"五枚吩咐:"你们不用惊慌,出家人自有主意,他既苦苦不肯放松,连我都想算计,也难怪我不容情了。昨日我还存心体念师父白眉道人面上,原要替你两下调处,免伤同道之情,所以方才相斗之中还带着三分饶让,不忍便下毒手,不料他全然不知好歹,倒转想结果我这条老命,管叫在梅花桩上送他见阎罗天子便了。"众人闻言,各皆欣欣得意,陈玉书亦每日备上等斋筵、素酒,恭恭敬敬,加意款待。日中间暇,五枚就把生平绝技功夫传授世玉,十分欢喜他心性灵敏,手足便捷。

光阴转眼到了第二日下午,李雄差人来约,明早梅花桩上比较武艺。到得来朝起身,五枚会齐各人,装束停妥,一同来到擂台,见了李巴山,说道:"你自恃本领,目中无人,欲摆下这梅花桩来欺我,是何道理? 我看你许大年纪,全然不识进退,一味凶狠霸道,可见你女婿也是你教坏了,所以才有今日之祸,弄得抛别妻儿,丢了性命,你若不听我良言,一经失手,只可惜辜负了你师父白眉道人一番心血,望你开创他的教门,扬名天下。你这样所为,岂是你师尊所料么? 还望按心想想,莫要后来追悔就迟了。"

这一席话,把个李巴山说得满面通红,无言可答,自己理亏,当初不该叫女婿摆此擂台,枉送性命,所以执意要与他报仇,今日遇了五枚,明知她厉害,拼命摆此梅花桩,也是缸瓦船打老虎,尽此一煲的主意,勉强喝道:"我不与你斗口,你有本事上梅花桩与我见个雌雄么!"五枚道:"既是如此,你先上去走一路与我看,随后我就来破你的便了。"

李雄闻言,脱却上身衣服,将身一纵,站在桩上,从人见他年岁虽有六旬,海下一部斑白胡须,身高八尺五寸,体阔腰粗,两臂有千斤之力,面如螃蟹,眼露凶光,威风抖抖,杀气腾腾,将双手望四方一拱,道声失礼,随展开手段,按着雄拳步法使将起来。只听得匀身筋节沥沥的响,果然有拳降猛虎、脚踢蛟龙之势,进退盘旋均依法度,就将九九八十一路雄拳走完,跳下桩来。望着五枚说道:"你也走一路我看。"当下五枚也将外罩衣除去,脚穿多耳麻鞋,一个飞脚打在这方平一亩梅花桩中间,至桩头上站立,将手四面一拱,说道:"老尼献丑,诸公见谅。"道罢随将生平所学一百零八路雄拳折法功夫施展出来。初起时还见她一拳一脚,到后来只见一滚来滚去、或左或右、或前或后忽然跳起数尺之高,忽然一下,风声呼呼,威风凛凛,果然绝妙拳法,犹如蛟龙戏水,胜过大蟒翻身。看的人齐声喝彩,五枚使毕武艺走下桩来,神色不变。

李雄暗暗吃惊,不料她也精此法,比我更强,事已到此,难道罢手不成? 只得硬着头皮私下嘱咐小环,若为父敌她不过,你可将我用的雌雄鞭暗中抛去,助我一鞭便了。小环答应道:"我预备去。"李雄上前对五枚道:"你敢上桩与我一角胜败乎?"五枚见他与女儿附耳低言,谅必有诈,口中一面答道:"使得。"李雄即纵身桩上,五枚随吩咐翠花世玉母子二人:"小心在桩旁照料,提防小环暗算我。见他父女二人,方才交头接耳必有奸计。"翠花世玉闻言答声:"晓得。"随分两边留心照顾。

当下五枚就飞步踏上桩中,只见李巴山已摆下一个权势,叫做狮子摇头,五枚就用一个大火烧天拳势,抢将进去,二人搭上手,一场恶战,好不厉害。只见愁云惨惨,冷雾飘飘,战到将近一百个回合,李巴山看有些抵挡不住,因今日五枚并不念情,拳拳望他致命下手,李小环见父亲有些不济,急忙拿出双靴,正要照准五枚打去,早被世玉眼快,即举起铁尺兜头就打将下来,小环急忙架住,见是杀夫仇人,更加气愤,二人就在梅花桩旁大战起来。且自不提。

再说李巴山看见女儿被世玉绊住,不能接应,心下更加着忙,越急越不好,脚步一乱,一失足陷落梅花桩内,早被五枚照头一脚,将颈踢断,呜呼一命,断送无常去了。后人有诗为证:

诗曰:

　　枉设机关巧计谋,良言相劝不回头。

　　英雄半世今何在? 血向梅花桩下流。

再说小环见父死在五枚之手,五内崩裂,痛切心肝,随拼命将世玉杀败。举鞭直奔五枚,五枚手中并无寸铁,难以招架,只得将身躲过,幸而翠花赶上敌住。五枚就问世玉取了禅杖,喝退翠花,对小环道:"你好不见机,还不好好回去,若再行凶,管叫你死在目前。"小环并不回言,那双靴犹如雨点一般望着五枚身上乱打,五枚大怒,将禅杖急架忙迎,大战三十余个回合,哪是五枚的敌手,被她拦开了鞭,照头一杖打得脑浆迸出,死于非命。后人看至,有诗叹其节孝堪嘉,只惜其不能劝夫谏父,行于正道,至有今日之祸。

诗曰:

　　节孝堪嘉李小环,闺名久已播人间。

　　只因夫婿冤仇结,父女同时上鬼关。

此际小环手下各门徒见他父女同时死了,各人正欲逃命,五枚看见,随即高声大叫道:"你等不必惊慌,你们亲眼看见我苦苦劝他不住,反欲伤我,因此万不得已,将他父女结果性命,与你等各人无涉,你各人可好好将他二人尸首用衣巾棺椁收殓,擂台亦快快拆去。"说罢,随与翠花等一行人同返会馆。查问方知雷洪有一子,名唤大鹏,约有十余岁,送在武当山冯道德道士处学习技艺,家中尚有亲人照料,五枚因将他父女打死,心中十分过意不去,此时也无可奈何,随即收拾行装,别了各人,起身回山。苗氏夫妻及世玉十分挽留不住,陈玉书送上白银三百两,以作酬劳之敬。五枚执意不受,玉书道:"此是馆中公费及晚生等一片诚心,送与师伯宝庵,作为佛前香油之费,务祈当面收下。"五枚见却情不过,只得收下,别过众人,再三嘱世玉留心学习目前所授功夫,将来可效力皇家,以图出身。翠花母子依依不舍,远送一程,挥泪而别,方德也带了妻儿,收拾行李,别了会馆各乡亲,着李安雇备船只,由水路回到金陵,将万昌生意一概料理清楚,交与得力伙计掌管,随即收拾一应家中箱柜椅桌,零星什物,检点齐备,雇了一只快船,选择吉利日子,起程望着家乡一路回来。在路无话,行程将近二十日,孝玉、美玉两个孩子接见父亲,当下翠花带领世玉叩见主母,又拜见两位嫂嫂,一家团圆,十分喜悦,设了酒筵洗尘接风,各亲友也来探贺,这且不必多赘。

再说方翁因翠花要到省城拜访至善禅师,将孝玉等三个孩儿求他教习武艺,所以就与老妻言明,带着苗氏翠花及三个儿子出了孝悌村,到肇庆府,行李什物落了渡船,到了省城,就租屋在仙湖街安顿了什物。兄弟三人奉了父亲庶母之命,约齐到光孝寺拜访至善禅师。寺内主持说:"至善老和尚,现在西门外西禅寺教习。"

随望西禅寺而来，出了西门，正到第六甫，忽见有个后生，年约二十一二岁，身高八尺，面白唇红，眉清目秀，一表人才，上穿蓝小绒夹袄，下着京乌布裤，足蹬白袜缎面双梁鞋，被一群人追上围着痛打，连叫救命，并无一人解救，左右店铺，只顾生意，不出相救，世玉暗问旁边过路之人，方知是机房中人，被打的名叫胡惠乾，各店中人怕机房人多，恐惹是非，故而不敢相劝。他兄弟三人说："岂有此理，清平世界，难道由他打死人不成？"世玉将两臂一分，那些机房众人犹如推骨牌一般都立脚不住，一连跌倒十余个。扑到此人身边已经将近半死，急忙将他扶起，本不欲招事，救了这人出来就罢了，不料各机房中人看他抵得三人，推跌了他们，又将仇人救了，均各大怒，一齐拿出短兵器，上前四面围住上来，把他四人围在中心，铁尺铁铜，照头乱打上来。世玉勃然大怒，顺手拿住一人，夺了军器，孝玉兄弟也帮着动手，早打得扑的扑，碌的碌，如狂风吹败叶一样，没命的飞跑，逃走去了，把各器械丢得一街，幸亏孝玉怕事，每每拦住，嘱咐不可伤他性命，不过略略动手，吓走这班人就算了。世玉若认真动手，不知要伤多少人命。世玉见此人被伤，甚难重以行走，将他背上，同奔西禅寺而来。

到了寺中，拜见至善二师，呈上苗氏庶母禀帖，一则请安，二来拜恳推念父亲苗显面上，教习他兄弟拳脚武艺。至善看见三人，十分欢喜，一口应承，随后谈及在杭打死雷老虎之事，细说一番。至善随问世玉道："你背着是甚人？因何打得这样厉害？"世玉道："弟子在第六甫遇见他被机房中人打伤，无人敢救，因将这班人赶散，救他到此，望师公赏些妙药救他性命。"至善赞道："你兄弟如此义侠倒也难得。"随取出跌打还魂丹，补骨生肌止痛散，与他外敷内服。少时，重痛渐消。此人睁开两目，口中吐了几口瘀血，方才醒转，十分感激，叩谢他兄弟活命之恩，老师傅医治之德。

至善问道："你为何与机房中争斗，被他打坏，姓甚名谁？哪县人氏？"答道："小可姓胡名惠乾，新会荷塘人氏，现年二十二岁，家中还有母亲杜氏，妻房何氏，儿子亚德。先父胡成在时，向在机房丛中开设聚利酱料杂货小店，历年被这伙人欺负，因他人多，不敢与他争论，前数年，这班人因见我年轻貌好，都教我做契弟羞辱，我父亲恐怕生事，打发我往外埠雇工，前月回来，始知我父亲前两年被他们推跌，因知中风而死。店中伙计只得将尸收殓，运回家乡，也因受气不过，立脚不住，将店歇业，母亲恐我闯祸，不肯与我知道。昨返家，始知详细，特地到省来与他们理论，不料反被他串合同行中人，今日在第六甫将我痛打，设若不遇恩人兄弟相救，定遭毒手。"

诉了一番，把方世玉激得大叫道："岂有此理。"众人也为他不平。世玉道："胡兄即便到官告他，谅也敌他们不过，如若拜在师公门下，将来学成拳棒，把这些狗头见一个打一个，见两个打两个，此时他才知厉害，后就不敢强行霸道，欺负平人了。你今拿不定谁是凶手，官也不能替你做主，不如依我学武报仇，包管不错。"各人都道："说得果然有理。"胡惠乾道："只是小子家道贫寒，身体软弱，恐怕力气不足，且不知老禅师可肯大发慈悲，收留教训否？"至善答道："我出家人以方便为门，生平所教徒弟，医治跌打损伤，贫富皆同一体，未尝计较。论钱财，均是自己酌量酬谢，气力是练得出来的，武艺功夫，你肯专心，无有不成。只是凡在我门下的徒弟总要心平气和，不许持棒生事，救人则可，伤人则不可，预先讲明，心中情愿，方可拜我为师。"各人齐声应道："师父明训，敢不遵命！"惠乾勉力爬起身来，走到至善跟前，跪下叩头，拜了师尊，又与世玉兄弟结为生死之交，拜为异姓手足。日后患难相顾，这且不必多赘。

至善和尚在西禅寺内开设武馆，摆列着埋桩、木马、沙袋、飞陀，及一十八般军器，弓箭、石砧，件件齐备。在前已有六人，今连方氏昆季、胡惠乾等四人，共是十人。老禅师着他各人用红纸写列姓名，备办神福酒筵，纸马香烛，在关圣帝君像前拜为兄弟，日后彼此照应，如有负义为非，神明监察，所有姓名，开列于下：

李锦纶　谢亚福　梁亚松　柳亚胜　洪熙官

童千斤　方孝玉　方美玉　方世玉　胡惠乾

拜罢起来，欢饮而散。自此至善用心将生平所学技艺功夫，传授这班徒弟。

光阴易过，岁月如流，将及半年光景，忽然一日，对各徒说道："我离少林已将一载，放心不下，意欲暂回料理，再来教授你们。只因你各人初学，手脚马步虽已稳当，然各门武艺还未得精，我若走开，功夫丢生就误事了，因此再三想了一个两全法子，我有一个徒弟，姓黄名坤，在我手下学习多年功夫，与我差不多，精神比我更好，现在汕头黄安祥盐鱼船做押帮，莫若待我写信叫他来替我教习你等，功夫武艺既不抛，我也可以放心回去，将少林寺事务慢慢办理清楚，再到此间，岂不两全！你众人意下何如？"

当下众人答道:"既然如此,只求预早付信,请黄坤大师兄到馆教习我们功夫,还望师父早些回来,以免我们仰望。"至善和尚看见各人应允,随即取过文房四宝,修下书信,寄往潮州,自己在西禅寺静候黄坤到来,方始动身。只因这封书引出奸夫淫妇许多奇事。正是:

　　　　无边冤枉奸淫事,不意铺张做下方。

　　欲知后事如何,且听下回分解。

第 七 回

林胜捉奸遭反捏　　黄坤抱屈遇高僧

诗曰：

> 祸患多因强出头，险教性命不能留。
>
> 当时若识反间计，何至凄凉作死囚。

话说黄坤，字静波，潮州府揭扬县人，少年家资颇厚，不喜读书，专好武艺，曾到福建泉州少林寺拜至善和尚为师。学习技艺，练得件件精熟，英雄无敌，为至善生平最得意的首徒。

他自己也有一个徒弟，姓林名胜，师徒二人是拳降猛虎，脚踢蛟龙，因性情豪侠，最宜结交朋友，贪吃懒做，不数年间，把父亲遗下数万家财尽都化为无有。妻子甘氏，妹子黄玉兰，年纪三十二岁，膝下尚无儿女，近来时运蹭蹬，就连教拳也没人请教，妇人家眼最势利，妻子未免有些言三语四，抱怨丈夫不济事，还亏玉兰妹子再三解劝，不致夫妻反目，黄坤逼于无奈，将就在黄安祥盐鱼船上做出海押帮之人，冒险出洋，暂避家中吵闹而已。

自黄坤出门之后，她姑嫂二人，恃着几分姿色，就娇装打扮起来，到各处庵堂游玩，每日早晚在门前遮遮掩掩，轻言俏语，任意互相调笑，不顾羞耻。

这日正遇新科武解元①马钊群在门首经过，正是狂徒淫妇彼此都迷，知是黄坤家眷，不是好惹的，心中却又放这两个美人不下，每见她两人常到蛾眉庵张李二尼姑处游耍，因思此二尼与我十分投机，何不到庵内同她说知，看她两个有何妙计。随即转过长街走入庵中，张静缘、李善缘二尼见马钊群来，笑逐颜开的问道："今日甚风吹得解元公到此，有何贵干？请道其详。"马解元连忙答道："一则特来探望，二则有件事情拜烦顶力，玉成自当厚谢，未知二位师傅可肯为我出力否？"静缘献上香茗，随说道："小庵屡蒙布施，虽然佛面之光，也是大檀越一片善心，无量功德，小尼们

---

① 解（jiè）元——清明两代，称乡试考取第一名的人为解元。

感激不尽,诸事还要仰仗贵人之力,如有用得着小尼姊妹二人之处,就是赴汤踏火所不敢辞。只求说明什么事情,自当曲为设法。"善缘带笑问道:"莫非新近看中哪家娘子,动了火,要我们二人撮合么?"钊群拍掌笑道:"小鬼头,倒被你猜着了,我且问你,前街黄坤家常来你庵里这两个女子是黄教头谁人?"

二尼闻言,伸了舌头,缩不进去,都道:"我道是谁,原来是他!就是些费手了,若问这两个女子,都是水性杨花,倒易入手,只是碍着黄教头师徒好生厉害,惹他不得。"马解元争着道:"到底是他甚人?何妨直说,我自有主意。"二尼道:"那年纪二十六七岁,鸡蛋面、杏眼、桃腮、肥肥白白四寸金莲,不高不矮,俏俊身材的是黄坤之妻甘氏,那年纪十五六岁,瓜子脸,柳眉凤眼,樱桃小口,杨柳身材,三寸金莲,打条松辫的是他妹子名唤黄玉兰,二人虽是荆布钗裙,却是风流性格,所以与我二人十分意合,每遇空闲,必到庵中玩笑。解元如果合眼,这黄玉兰尚未对亲,小尼倒可与你说合,娶来做个偏房,谅黄教头现在景况不佳,多许些银子,定然愿意。况且解元娶他岂有不顾之理,若欲冒险勾当,被他师徒二人知道,就有性命之忧了,不识尊意如何?"

这马钊群乃是一个好色之人,生平贪爱女色,最好新鲜,名为"割早",未十分中意的,也不过一月半月就丢开了。恃势强横,害却多少良民闺女,若是别人,他就用强行霸,已经到手多时,也因忌着黄坤师徒,想用善法遮瞒。趁黄坤不在家中,暂图一时快活,原不欲娶玉兰为妾。今听二尼如推托,忙在袖中摸出银子三十两,摆在桌上说道:"这些须银两,望二位师父收下,聊借斋粮,事成之日,再当重谢。至他师父本领,我岂不知,今喜黄教头出海押帮,断难速回,我今着人将林胜请到别处教习,将他师徒绊住不放回来,天大事情也不妨碍了,你也知我的脾气,不过一时适意,过了一月,兴致完了,丢开手就是。他师徒回来,知道并无凭据,也奈何我不得,你们更不相干,你道这条计策妙也不妙?"

二尼见了雪白的银子,已经不忍释手,又听这番详论,果然妙计,早把黄坤林胜的厉害,将来性命交关的念头,都忘在九霄云外,即忙说道:"些小事情,岂可以要破费解元公的银子,这却断然不敢领的。"钊群说道:"此不过略表寸心,将来还有厚谢,二尼虚让一番,忙着收了,随道:"事不宜迟,明日解元先请到来,躲入禅房,便待我备下斋筵,将他姑嫂邀来饮酒,酒至半醉,我如此如此,这般这般,包管妥当。"钊群大喜,计议明白,拜别而去,这且不提。

再说二尼次日起来,忙着备下一桌斋筵,摆在卧房之内,早见钊群打扮得富富丽丽,走进禅堂,见了礼,将身坐下。他相貌原本魁梧,今日罗绮满身,虽然不及潘安宋玉的风流,也是一个偷香窃玉的鼻祖,腰包内又摸出银子五两,送与二尼作为今日酒筵之费,二尼谢了收下。三人同早膳,吃茶酒,二尼就请他躲入静室内,张静缘就着李善缘去请他姑嫂,李尼答应晓得,出了庵门,来到黄家,正见甘氏与姑娘在门里窥街,一见李尼到来,忙开了门,笑问:"这几天总不见师父,静师父也不见来,定然是庵中现在孟兰胜会,附荐人多,施主们到来住宿,不得空闲?"善缘答道:"正因为此,所以失候,今日庵中功德圆满,师兄特着我请大娘及姑娘二位到庵随喜,并无外人,并令小尼陪伴前往,千祈勿却。"

二人闻言,十分欢喜,一面入房预借香资,玉兰捧了茶来,又递水烟筒过来,让她吸烟,姑嫂随即换了衣服,将门锁了,与善缘一齐行走不多路,已到庵中。静缘接了进去,彼此谦逊请坐,二尼说道:"我二人因各施主到此斋醮,略借素菜,今年靠菩萨庇佑,各檀越的善心,也还剩些斋粮,今日酬神了愿,特请大娘、姑嫂到来一醉。"甘氏道:"又来叨扰。"随将带的香资,双手奉与静缘,说道:"些微之敬望师父在佛前同我上炷好香,保佑家门清吉,身体平安。"二尼道:"大娘既是诚心拜佛,小尼们只得权且领下,替你上香作福,求菩萨庇佑,早见弄璋①之喜,便是大官人在外,也求神力扶持,水路平安。"说完,将钱收了。

茶罢,一面暖酒,邀入内室,见斋筵备得十分丰盛,甘氏姑嫂连忙说道:"这席斋筵若是因我二人而设,怎生过意得去?"二尼道:"这叫做借花献佛,都是各施主办斋多余剩的素菜,并非用钱买的,大娘、姑娘只管请用。"二人信以为真,彼此分宾主坐下,开怀畅饮,所谈的都是些风流的话儿,看看将醉,二尼用言相挑,说道:"我二人少年时那些风花雪月也就快活过来,皆因主妇不容,丈夫管束,赌这口气剃了头发,中年出家,现在虽是中年的人,入空门二十余年,每遇酒后必要想那少年风流之事,姑娘是未曾尝过滋味的倒不必说,只大娘如此青春,现在官人不在家,这般慎重,

---

　　①　弄璋——生儿子。

若遇花朝月夕,顾影生怜之际,何不想个法儿及时行乐?"那甘氏本是一个行为不端之妇,今已半醉,被二尼抓着痒处,认为知己之言,随长叹一声,答道:"那冤家却与我无缘,他生平不以我为事,所以有他在家犹如出外一样,还亏了我这姑娘,性情相合,彼此说得投机,倒可消却心中烦闷。"静缘答道:"原来大官人既如此无晴,天下有情人最多,何妨结识一个,终身受用,且可趁着年轻,弄他几个钱,以作将来防老之资,若到了我们这般年岁,颜色衰败,就不中用了。这些话,原不该我出家的人说的,只是大娘姑娘如此好人,偏偏嫁了这般不济事的丈夫,我所以不避嫌疑,不知大娘意下何如? 大姑娘将来要望菩萨庇佑,配个姑爷,千万不要你哥这样,无情无义才好。"

这一席话把甘氏说得透心适意,也因饮了些酒,古云:酒乃色之媒。随红了脸,答道:"虽然久有此心,只因难遇其人,该受这番磨折了。"

马钊群躲在外房,早已听得明明白白,故意撞将进来,大声说道:"二位师父如此上好斋筵,不知会我,你食得过意否?"一面讲,就坐了下来,呵呵大笑。甘氏姑嫂正欲起身回避,二尼一边将他姑嫂一人捺一个,归了座位,说道:"毋庸躲避,这就是新科武解元马钊群老爷。这老爷是我蛾眉庵中大施主。"随诈问道:"解元公无事不登三宝殿,大约又想打斋,莫非到庵中叫我们念经超度,是不是这件事?"钊群会意,就把眼目揉红,假做悲伤之状,答道:"正因这冤家自从去世,虽然诸事从厚,究竟弄得我梦魂颠倒,心思恍惚,做了许多斋醮①,总不能梦中会她一面,明日是她周年之期,特来请众师与我做一坛功德,以了心愿,只是不知有客在此,冲撞勿怪。"

二尼假意称赞:"解元公十分情重,也是这位娘子有福,结识着你,许多富贵人家,正室也没有如此追荐的。"钊群道:"这也算不了什么事情,不过尽我一点心罢,想她病时到今共费银子千两有余,生平用的不计,只是劳而无功。"一面说,假意用手帕拭泪,趁势问道:"这二位娘子尊姓?谁家宝眷?"二尼答道:"这位是黄坤教头的夫人甘氏,这是他妹子玉兰。"今日请她吃斋,不期有缘与解元相会,都是姊妹一般,又无外人,何妨同席。解元公若不嫌残杯,就请宽用几盅素酒,甘氏姑嫂信了他一派胡言,

---

① 斋醮(zhāi jiào)——道教的一种仪式,以求神免灾。

错认马钊群是个怜香惜玉之辈,兼且一貌堂堂,口虽推辞,身却不动,二尼知道合意,连忙重整杯盘,再倒金樽,饮到酩酊之际,二尼借事走开,让他三人畅饮,不提。

后情同胶漆,自此常在黄坤家内暗去明来,直至冬至。这日,合该有事,正遇林胜因师父出门许久,未晓曾否回家,今日冬节,徒弟不在馆中,偷闲到黄宅探候。一进门,撞看奸夫淫妇三人在厅上饮酒,林胜大怒,一脚将桌踢翻,追上前来捉拿,吓得姑嫂二人大惊失色,急忙死命上前缠住林胜。马钊群趁势逃脱,林胜到底是个徒弟,不敢十分将她姑嫂难为,只得声言要说与师父知道,恨恨而去。当下甘氏与玉兰惊得浑身冷汗,说道:"不好了,虽然马解元未曾被他捉着,你哥哥回来,他定不肯遮瞒,你我性命难保,这却如何是好!"玉兰道:"莫若如今你我走向庵中,与二位大师商议,一人计短,二人计长,或者有什么脱身之策,也未可定。"于是二人走到蛾眉庵,诉与二尼知道,她两人也着急,说道:"追究起来,连我二人亦要该死的。"忽见静缘眉头一皱,计上心来,笑道:"不如候大官人回来,你先下手为强,只说林胜冬节饮醉酒来,强奸汝姑嫂,二人总要装模造样,说得千真万真,下个毒手,等他一见面就将林胜杀了,使他开口不得,说也不信,这事就不妨了,你道好不好?"姑嫂闻计大喜,说道:"果然妙计。"随回家静候黄坤回家,不表。

再说黄教头在黄安祥拖罟盐鱼船押帮,幸得太平无事,近因将近年底,各船回港过年。本年出洋,风和顺利,船主获利倒也不少,黄坤所得押帮工银及花红厘头共亦有洋五六百元之多,虽非大财,却也略觉宽心。黄安祥船到汕头湾泊,各水手都回府城,黄坤也将随身行李搬回家中,发了挑钱,方才坐定。甘氏与玉兰放声大哭,诉说:"林胜诈醉,前来调戏强奸我姑嫂二人,官人若早回三日,就免受他这番淫辱。他见我二人不从,他就把马家教拳银子来引诱我们,先用甜言蜜语,到后来又哄吓道:'你两个若不顺从我,将来见了师父,就说你们在家偷汉子,被我看见逃脱等情,你二人性命就不保了。'意欲用强,因见我二人性命刚正,难以下手。设遇别个水性妇人,将你脸面不知丢在何处去了。"黄坤闻言,激得怒目圆睁,大骂林胜小畜生,忘恩负义,调戏师母,罪该万死,我不杀这贼子,誓不为人。是晚,用过酒饭,归房歇宿,甘氏又在枕边悲悲切切,搬弄无数是非,装点得千真万确,十分狠毒,自古道:"青竹蛇儿口,黄蜂尾上针,两般犹自可,最毒妇人心。"这晚把个黄坤几乎气得肚皮都是爆穿了,一夜翻来复去哪里还睡得着。一到天明,爬起身,藏了腰刀,叫甘氏闭了门:"我就去找林胜来。"甘氏见他中计,心中十分欢喜,这且不提。

再说黄教头出了家门,直奔大街状元亭巷而来。林胜向来在此处滩馆看守门口,充当打手,得钱度日。方黄坤走到巷中,只见林胜从馆里出来,看见师父正要施礼,不料黄坤一见林胜,犹如火上加油,拔出刀来照头就劈,大骂道:"小畜生,你做得好事。"林胜大惊,幸而他会功夫,连忙躲过。大叫:"师父,且莫动手! 有话请说。"黄教头哪里肯听,只是刀刀向致命处劈来,又因时候太早,无人劝阻,林胜见不是头路,又不便回手,恐怕被他伤了性命,只得一面招架,一边逃走。退出巷口,此时街口栅柱,尚未尽除。黄教头追到那里,尽力一刀劈来,林胜拔下一根木柱,趁势用力一迎,那刀斩入柱内五六寸深。林胜将手一放,一溜烟飞奔逃脱去了。黄教头拔刀时,他已走七八丈远,到底年轻脚快,黄坤哪能赶得上。此林胜也不敢回家别母,心中想道:"师父如此定有缘故。斯时盛怒之下,谅难分辨,不如出门避过势头,再求分清理白未迟。"随即搭船到广东去了。

这且慢表,此时黄教头因追林胜不上,不曾杀他,心中忿忿,回至家中,还是怒气勃勃,见了妻妹,就将斩着栅柱,拔下刀来,被他走脱等情说了一遍。甘氏及玉兰闻言答道:"幸亏官人回来,方才泄了这口恶气,千祈日后遇见,定要将他结果才为好汉。"黄坤道:"这个自然。"自此,黄坤就住在家中,初时甘氏因要他杀林胜,所以竭力奉承的。姑嫂二人又想起情人来,未免嫌他在家碍眼,就私下着二尼与钊群计议。马解元道:"姑嫂如要与我做长久夫妻,须在海阳县中出首说黄坤历年出洋,以押帮为名,专门交结海洋大盗,各咸鱼船,如有不挂他包帮名号者,暗中串合群盗,将该船劫掠一空,因此做一个海盗坐地分赃头目。如有官兵捕拿,他就预先知会,若遇捉住,他便代其上下使通门路,保全强盗性命,氏等为其妻妹屡谏成仇,将来事发,恐被牵连,只得在大老爷台前出首,祈望笔下超生,感恩不尽。一面待我亲自去见县主,将他重办,我们就可做天长地久的恩爱夫妻了。"姑嫂听了,千欢万喜,果然依他口气请人做下状词,三八放告之期,暗中瞒着黄教头,在县递了。

知县见是首告窝盗重案,不敢怠慢,即刻出了火签,捉拿黄坤到案审办。当下承差岑安、邱祥等禀称:"黄坤甚精拳棍,有百人之勇,他在本处历做教头,十分厉害,谁人不知? 求太爷宽限几天,只可用计擒捉,不宜声张,他若知道,就难下手了。"县主点头道:"昨天马钊群解元禀他打劫当铺,也说黄坤武艺高强,包庇贼人,为害地方,可见情罪真确,你等务须小心机密,限你五天,务要拿来,本县重重有赏。如若走漏风声,重犯逃脱,即行从严究办不贷。"二总役领了县主签票,退下堂来,归入差馆,传齐通班、皂役、捕快,各人商酌停妥,约定明日下帖去请黄坤到来教习功夫。

这黄坤历年教授营伍差馆武艺,居以为常,哪里晓得暗中有人害他? 所以并不推辞,一请就到,被这伙差人酒中下了蒙汗药,将他灌醉,用几条大链锁了手脚,又上了铐,用箩抬了。数十名衙役,弓上弦,刀出鞘,押解上堂,方才醒觉。自念生平并不为非作歹,何至遭此冤枉? 细问熟识差人,始悉妻妹出首及马解元告他打劫当铺,本县捉他到案,此际方悟林胜之事当日中了奸计,追悔无及,长叹一声道:"我黄坤不料遭在妇人毒手!"

只见县主升了公堂,吩咐将犯人带上,差役一声答应,将他抬上丹墀,放落在地,因捆得紧,不能直跪,只可缩做一团,县主喝问:"你可是黄坤么?"答道:"小人正是黄坤。"县主骂道:"你好生大胆,窝串海洋大盗,私受陋规,勒索出洋船只,包帮花红银两,打劫当铺,坐地分赃,问你该当何罪?"黄坤趴在地上叩头说道:"小人历年均在黄安祥咸鱼船押帮,并未押过别船,每月工食钱不过数元,至于花红,是由船主盈余利息银内抽出,从公分派各水手,均得分沾。若无利息,此项不给,小人出洋拖罟多年,如有勒索情弊,该船岂可容留? 今因黄安祥拖罟船,于冬节回港湾泊汕头,唯思小人回家只得数天,倘若打劫当铺,安能插翅飞回,只求大老爷明鉴。小人每年出洋日子居多,在家日少,这马钊群必与小人妻妹有奸,捏造重罪,欲置小人于死地,所以才有这番首告之事。若蒙天恩行查黄安祥船主,便知小人冤枉了。"县主拍案喝道:"不动刑谅你不招!"吩咐左右:"与我用头号夹棍,夹将起来,重重加签!"因这黄坤练就筋骨坚硬,非常耐得疼痛,当下差役已将绳索收尽,只是不认。县主无奈,只得命人将他放下,就把告他这两张状叫传供差役念与他听。说道:"本县今日有了你自家妻妹首告状词,岂肯轻轻放过你,今认也是死,不认也要熬刑死,你可仔细想来,如再不招,我就要用极刑了。"黄坤低头想道:"这狗官,他想领功,断难饶我性命,不如权且招认,免遭极刑炮烙之苦。"答道:"行劫之事,我本未曾做得,今被逼不过,只得认了罢。"知县大喜,连忙录了供词,将全收监,候通禀不宪照办。马钊群奸夫淫妇闻此信息,十分快活,这且不提。

　　再说林胜赴省,缺乏盘川,一路卖武度日,已到省城。久闻西关地方,十分闹热,就到西门外西禅寺摆开武场,耍弄拳棍,看的众人齐声喝彩,惊动武馆。各人请他到里面饮茶,恰遇至善禅师,见是徒孙,急问:"因何到此?"林胜慌忙上前叩见,将师父追杀情由细说一番,至善及从人都道:"此必是淫妇挑唆使的。"至善随将此事细细写了一封信,即刻着林胜赶回潮州,"叫你师父来见我,自有道理,千祈莫迟,恐怕他性命还要遭此淫妇之手哩!"林胜即时拜别起程,连夜飞奔,赶回潮州,见了母亲,方知师父果然被害,监禁死牢之中,十分伤感,随即带了师公所赠书信银两,走到监门,幸而都是认识之人,用了些小费,进监见了师父,抱头大哭一场。呈上书信,黄坤看了。嘱咐林胜:"快些赶到省城,求师公来救我性命。"林胜将前后各事谈了一番,把身边所余银两送与师尊在监中应用,宽心静候徒弟相救便了。这正是:

　　　　妻妹已将身陷害,师徒犹幸体安康。

　　要知林胜、至善禅师如何救黄坤出监,且看下回分解。

第　八　回

下潮州师徒报仇　游金山白蛇讨封

诗曰：

> 义侠师徒三下潮，奸夫淫妇命难饶。
>
> 只因盗印稀奇案，三罪同邀赦宥条。

右词一首，赞金山雷峰之盛。

金山右寺暮云笼，观不尽那山前黛色与青葱。名利商帆一望中，夕阳西照满江红。奇联佳句斗玲珑，西湖美景塔雷峰。白氏夫人显神通，黑虎将军受帝封。乾殿下魂飞在碧空。圣明治世重神功，华夷一统乐无穷。

话说林胜在监中别了师父，出了狱门，到家对母亲说知，就即起程，望省城赶来，在路无词。不数日，已到省垣西禅寺，见了至善，哭拜在地。至善扶起，问知黄坤被害在狱中，也觉心中异常悲惨，随对各人说知，方带了方世玉、胡惠乾及林胜，仍由潮州旱路赶来。此时馆中诸徒唯有惠乾报仇心急，专心苦炼，孝顺师父。那世玉自小习炼，手脚精便，性情灵巧，这二人最得至善欢喜。已得秘授功夫，所以带着二人，叫林胜引路，往府城进发。四人在路，过了些青山绿水，村庄市镇，到得府城，天色已晚，共到林胜家内，见了他母亲，彼此礼毕，款待晚膳，度过一宿。

次日绝早，林胜起来，引他师徒到海阳县监，前后左右，窃探一番，看了上落门路，回来嘱咐林胜，下午先进狱中，知会黄坤，更带了十两银子进去买办酒菜，请各狱卒饮酒，已便行事。四人商议妥当，已是申刻，林胜到监中见了师父，通知此事，出来与各看守人见礼，说道："师父感众位照应，无以为报，今夜命小弟备一东道，请各兄一醉。"随在腰中取出白银十两，送与众人，备办酒菜各物。众狱卒说道："原来林兄这样慷慨。令师在难中，徒弟能如此尽心是十分难得。"遂着买办烹爆，是夜摆齐酒菜，开怀痛饮，林胜又极力奉承，再三劝酒，至将醉时，下了蒙药，分敬各人一杯，此时已是二更。早见至善从屋上跳将下来，取出铁尺，打开黄坤手铐脚镖,二人齐飞上屋,捷如猿猴,并无声响。林胜将母亲藏往乡间,当下五人会齐,飞出城墙,往着省城大路而去。

到了次日,各狱卒醉醒,方知黄坤走了,吓得魂不附体,急忙报官,县主大怒,重责狱卒,一面悬赏查缉。查起根由,方悉林胜所为,即将他的房屋封锁。一面移文附近州县,一面追捕,十分严紧,其时乃是正月初一日,且将此事搁过。

一边再说四人在路奔驰,到西禅寺,已是正月初九午后了。馆中各人接见,黄坤拜谢师尊活命之恩,又与各师兄弟见了礼。林胜说起奸夫淫妇十分狠毒,断难放过,黄坤求师父索性为弟子报了此仇,自己因查缉甚严,不敢回潮。至善应允,说道:"贫僧为汝再走一遭,唯要稍停数天,待他们查缉稍松再去不迟。"就着黄坤在馆教习各师弟技艺,因他曾做过教头,规条本领也与至善相似,且精神倒比师父还强,各师弟倒也欢喜。

时光易过,不觉已是二月初一日。至善带了世玉、林胜,收拾起程。正是仲春天气,雨水连绵,行路不便,就搭了老隆船望岐岭进发。由惠州直下龙川过潮,走七渡河口,顺下而行,半月方到潮州。船泊竹排门外,师徒上岸,往竹枝山青竹寺而来。此寺乃是少林分院,主持名鸟空和尚,当有小沙弥报知,与众徒弟接进师兄。至善入寺礼毕,鸟空问道:"师兄现从何处云游到此? 这两位谅是令徒,近闻黄坤被诬窝盗,于初一夜越狱。县官追捕甚紧。"至善点头,即暗暗对他说知,鸟空大喜说道:"马钊群这狗头,十分可恶,去年意欲霸占寺田,幸遇太守廉明,与我有交,将他斥退,这才罢手。师兄若来结果他,务要机密方好。"至善称是。

次日,随与林胜到马家庄前后看了门路,又到黄坤家,也踏了路境,回到寺中,饱餐斋膳,到晚带了世玉、林胜,先到黄家。三人越过墙,托去了房门,此时已交三鼓,适直是夜钊群不在此处歇宿。甘氏姑嫂从梦中惊起,早被林胜、世玉,取出腰刀,架在颈上,二人吓得魂不附体,连叫"饶命"。林胜骂道:"尔若声张即杀!"随将二淫妇押到至善面前,至善问道:"你这两淫妇,听谁人唆使下此毒手? 当初系何人引诱,与马钊群通奸,快快从实招来!"二人见林胜在此,断难巧辩,只得将张李二尼设计请到蛾眉庵吃斋,如何听她唆弄,后被林胜撞见,二尼又教她反捏强奸,直至马解元出首控告,从头细细说了一遍。二人说完,叩头饶命,自认该死。林胜骂道:"我与尔无冤无仇,师父与尔有恩有义。你二人下此毒手,我师父性命险遭你贱人之手,我看尔两个心肝是怎样颜色的。"随与世玉一齐动手,将这两淫妇慢慢凌迟剐死,然后将金银首饰分缠腰间,就把鲜血在墙上写下四句泄恨诗。诗曰:

　　奸夫淫妇太无良,惨害师徒险共亡。

　　县官欲问谁人杀,林胜黄坤手自戕。

各事弄妥,三人仍从瓦面跳落,爬过城墙,来到马家庄。走过庄桥,恶犬狂吠,林胜取出乱发烧饼丢去,群犬啮着不能再吠。相继纵上瓦面,落下大厅,恰遇打更人走来,被世玉一把拿着他,就要声张,世玉将刀在他面上晃了两晃,道:"尔若高声,我便杀尔这狗头! 尔说明马钊群现在何处?我便放你!"庄客求饶道:"家主现与爱妾在牡丹亭作乐。""亭在何方?"庄客道:"在后花园中,走进这厅后下阶,忽见园门,只求好汉饶命。"世玉将他带至园门口,说道:"尔卖主求生,饶尔不得,一刀去罢。"三人直奔后园,远见一座八角亭,里面灯火辉煌,笑声不绝,三人闯将进去,先杀了一个丫环,那使婢将要叫喊,也就一刀杀到亭中。

早见马钊群赤条条与两个姬妾在此淫乐,男女都无衣裤,十分可丑,一见他三人拿着明晃晃的刀,杀将进来,这一惊非小。钊群此时已有八分酒意,急忙举起坐下一张紫榆宫座椅,前来迎敌,那两个姬妾喊得两声救命,却被世玉、林胜一人一刀,已经不活了。至善来杀钊群,他若是不醉,手中有军器,也还抵敌得数合,今哪经得三人前后夹攻,他手中又无利器,全靠这椅子,怎能挡得住,早已收场,大喊两声救命,已不能言了。师徒三人,一阵乱刀,将他斩成肉酱,搜了金银细软,正要走出,只见四面灯球火把数百。庄客拿着枪刀,将亭子围住,大叫:"不要放走贼人。"当下至善见有人来,知道不能静去,索性放起火来,随在腰边取出硝磺引火之物,在亭内放起火来。趁着火势杀将出来,犹如猛虎一般,把各庄丁乱斩乱劈,众人发声喊,重重围裹他三人在中间,拼命大战,黑暗之中,好一场恶斗,足有一更多时,被他师徒杀死十余人,伤者数十人,各人方知厉害,四面躲藏,不敢拦阻。他师徒三人慢慢走出庄外,回转青竹寺,换了血衣,取了行囊,别了鸟空和尚,搭船回省而去。

将近天明,马家庄附近乡村前来救护,岂知贼已去得久了,本庄各绅士只得到来查点死伤人数失物,一面救熄了牡丹亭一带之火,一面禀官相验死伤各庄丁尸首。亭内马钊群及二妾之尸,均被火烧为灰烬,无从检验。是日,海阳县里又得黄坤附近居民禀报,一家被杀,因是城内,应行先验,看见墙上之诗,已知缘故,连忙抄附案内,又到马家庄验罢,入城面禀府道,重出花红赏格,书影图形,捉拿黄坤、林胜,这且不表。

再说他师徒三人,二月下旬赶到省中,回转西禅寺,见了各人,就将上项事情细说一番。黄坤方知是二尼奸计,师徒二人十分痛恨,随上前叩谢了师父,又拜谢了两位师弟。当下他师徒三个,将杀奸夫淫妇时取来首饰财物在腰间解下,交与黄坤,叫他收了,黄坤再三不肯。至善和尚说道:"为师的,特为尔中年丧偶,无家可归,故而顺便带来。不然出家人要此钱财何用? 难道尔跟我多年,我的脾气难道尔还不知么?"众再三相劝道:"师兄,莫辜负师父这番美意,若再推辞,他老人家就有些不高兴了。"黄坤只得收下,随说道:"徒弟还有未了的心事,求尔老人家做主。"至善说:"有事只管说来,师徒犹如父子,何用客套?"黄坤道:"蛾眉庵这两个贱尼十分狠毒,害得弟子师徒二人家破人亡,几乎性命遭他毒手,若非师父搭救,难出图圄①,如此仇人,怎么放得他过! 务求师父回少林之便,取道潮州,一总结果了他才好。"老禅师道:"张静缘、李善缘,这两个狗贱人,玷辱佛家,败坏规矩,当时我本要杀她,为该处妇女除却一害,因事情急迫,所以忘了,既是尔心中放不下她,我就替尔收拾这两个贱尼便了。只是县中追捕你二人甚急,赏格又重,此地离潮不远,尔师徒断难栖身,可速收拾随身行李,把首饰交在西荣巷银号生息,作速绕道由韶关过福建入少林寺,暂行躲避。我因这馆内一个门徒未曾习练木人木马功夫,带了他们由潮州取道办了尔这件心事,亦回少林。"各人闻有这路武艺,都愿同去。约定三月初一日,由省中水路动身。黄坤、林胜,赶紧弄妥各事,就于二月廿五日拜别众人,叩辞师尊,先行起程去了。各门人也打点行囊,雇办老农船,到了四月初一早晨,别过西禅寺僧人,一齐下船,解缆扬帆直往潮州而来。这回师徒共是十一人,包了两个船舱,其余搭客货物倒也不少,都是要往老隆嘉应潮郡一带贸易者居多。一路并未耽搁,度过岐岭,不觉就是府城。连换船起早,阻隔两天,共走了十三日,也算极快的了。闲话休提。

这日舟到码头,他师徒随将行李什物,雇夫挑往竹林山青竹寺而来。

_____

① 图圄(líng yǔ)——监狱。

鸟空和尚接着,吩咐徒弟帮着安顿房屋,铺了寝帐,一应使用家伙,忙了半天,才弄停妥。心中暗想:师兄此番带许多不安静的人来,不知又要闹出什么事来,却又不敢得罪他。只得佯问道:"师兄因何回省不久,又带了众位师侄来? 有何贵干? 请道其详。"至善答道:"我欲带他们回少林学习木人木马功夫,顺道来此办件事情。"随附耳说知,"因为这个缘故,并不久留,不过一两天就要起程的。"鸟空会意,虽然担心,也无可奈,随命徒弟预备晚膳。用完,至善就与世玉进城到蛾眉庵探路,嘱各人不可乱往外边去。二人举步入城,此时将有申刻光景。将近海阳县衙前,就见此庵门面却不甚高,看罢赶回寺中,二人换了一身乌黑衣裤,腰束黑丝带,头扎软包巾,脚着多耳麻鞋。

是日,因下微雨,月色不明,正好行事,趁着齐黑关城时候,两人混入城中,在街下闲看些纸影戏文,府城此戏极多,随处皆有,若遇神诞,走不多远又见一台,到处热闹。有催本地戏班者,有京班苏班者,盐分司衙门时常看演,人脚虽少,价却便宜,他师徒心中有事,又穿着黑衣紧身,未便观看,专在巷后静守。

将交三鼓,二人纵身上屋,爬在天窗口探听,听见二尼闲谈道:"黄坤之事,幸了他不知是尔我引线的,若彼晓得,你我也做了刀头之鬼,还活得到这时候么。"又听见一个答道:"大约是尔我早晚诚心,拜恳菩萨保佑,所以能瞒得过他,也未可知。细想我二人,自入空门以来,除了未曾亲手杀过人,那奸淫邪盗谋财陷命的事,也不知做了多少,到今日,我积了好些银子,人家说天理昭彰,到底是难凭信的。"这个说道:"尔也说得有理,件件都讲天理良心,饭也不用吃了,凡事总要做得机密,也便无妨。"

她二人恶贯满盈,这些言语师徒爬在上面听见,大怒曰:"若不杀这两狗贱人,不知还要害多少人?"守到灯熄人睡,二人就拔开屋瓦,放下软梯,至善跳将下来,走到床边,照着颈上,一人一刀,又将二尼心肝挖出,随搜着她不义之财约有三百余金。至善一想,带去救济穷苦也好,就叫世玉在上接了。他在黑暗中,远远见有一人蛇行猿跳,快捷非常,瓦上全无声响。至善老禅师炼就一双夜眼,最能分得清楚,观其行动,亦是道中朋友。就命世玉:"在此稍候,我去看来,随放出飞腾本领赶上,只见他下落海阳县衙中,少时又上屋顶,亦即跟他,即见如飞走回惠潮道上房,跳将下去,见他有妇人接着,在怀中取出一颗铜印,将他妇人收好。至善看了好生奇异！随即回旧路与世玉说知,也不明甚缘故,一齐越过城墙回寺,已经五更三点了,方才安睡。次日起身,将此事说与各人知道。本欲即刻起程,因为这件奇事,暂且留心探听两天,再行未迟。此事按下慢表。

再说海阳县主石岐,在昨夜三更时失了印信,吓得魂不附体,急忙闭了宅门,从上房起各处细查,地皮都反转,哪里有印的影踪,又见报蛾眉庵两尼被贼杀死,财物劫去一案,石知县也无心去验,只委捕厅何福祯前去勘验。此际石岐急得上天无路,入地无门,万难之中,想起本府王廷槐与他同是杭州同乡,十分相厚,倒不如直将此事与他商议,求设法保全。随打轿望潮州府衙中而来,见礼已毕,禀明此事。王太守一惊非小,回心一想这事只可暗访,不能明查,上台知道许多不便。随叫石岐回衙,就告病上来,所有县里事情,需用印者,待本府与尔代行,代折,暂行代理。尔可出悬重赏,暗中密查,候过十天半月,再作道理。知县拜谢回衙。

再说钦加按察使衔惠潮嘉兵备道台赖大鹏乃是一个海贼头目,他自少在武当山冯道德道士手下为徒,学习得浑身武艺,十分高强。今因潮郡富厚之地,特费重资捐官到此,意欲剥削百姓脂膏以济群贼军饷,只为知府王大老爷爱民如子,石知县虽非十分清廉,倒也奉公守法,所以诸事均为监制。现因贼中急用,假公济私,欲与海阳县借库银十万两,石岐不肯应承,赖道台衔恨在心,盗印害他,谁想本府与他遮瞒并不通禀,他就一不做,二不休,索性第三晚又将知府印信亦都偷了。当下弄得府县二人手足无措,几乎急得寻死。本府因县里失印之后,却将府印携带在身,时刻不离,他有本事,候其睡着连袋割了去。至善此际留心打听明白,亲到县衙,到了大堂,叫把衙差役进去报与本官知道,说有少林寺至善大师,因有要紧大事求见太爷。差役见说急忙报官。

石知县正在忧心如结,闻和尚求见,就知有些来意,心下大喜,即刻吩咐大开中门,穿了衣帽,亲自迎出大堂而来。举目一看,见这和尚头圆顶平,方面大耳,十分肥壮,年岁虽有八旬光景,眼还似铜铃一般,英气勃勃,相貌堂堂,知非常人。抢步上前,恭身施礼,说道:"不知佛驾光临,有失迎候。上人勿怪。"至善大笑道:"老衲闻使君与太守被人暗算,特来解厄①,了此心愿,但此处不是讲话之所,到里面再谈。"随携了石岐之手,走

① 解厄(è)——解除灾难。

将进来,到了花厅后,施礼坐下,手下献过香茗,县主急欲请教。至善道:"请将从人退下,方可将言奉告。"县主随将伺候人等一概退出,至善此时方将黄坤被诬在狱,自己三次来潮救徒,杀奸夫淫妇及诛二贼尼,在蛾眉庵瓦面遇见赖大鹏盗印,入道台衙中等情细说一番,"我今特来为使君太守捉贼,取回两颗印信,将功抵罪,何如?"

　　石岐听了,吓得惊疑不止,说道:"原来赖道台是海阳大盗,有功升授,怪道前日与下官支借县库钱粮,因我不允,故而设计陷害,幸得禅师今日言明相救,不然,我与太守必定性命难保,那黄坤之事,本来是我不明,冤枉了他,马钊群、甘氏、玉兰、二尼等死有余辜,老禅师何罪之有? 此案待下官禀明本府,注销就是了。唯这赖道台乃我们上司,并无证据,如何敢去他衙中搜取?"至善道:"待贫僧见了太尊,议定一个善法,包管手到拿来。"县主说:"既如此,下官就与老禅师去见本府便了。"吩咐下人,不必跟随,自己便服与至善同上府衙而来。王太守慌忙迎入,礼毕。石岐就将前项情节细细禀明道:"卑职已经许将此案注销,现在禅师说要见太尊,好设法去办这事。"知府听了,连忙向至善称谢道:"费老上人的心,请教怎样一个办法?"至善答道:"不瞒太守说,老衲想来久矣。这赖大鹏,既是不端的人,必有许多匪徒留在衙中,近闻附城各富户,失窃金银等案,曾见叠出,未能破过一案。太尊使君悬赏构缉,不曾拿到一贼,非他包庇而何? 目今须我师徒分开,四边埋伏,在他左近瓦面守候数晚。一见他署中有贼出来,即便跟着,待其有贼返衙之际,即将他擒下,带回衙中盘问,问出真情,知他将印藏在何处,禀明大宪,会同起赃之后,各大人便可会奏参他。"府县听了点头称是:"果然妙计,事不宜迟。就今晚起烦劳老禅师带同各位高徒一走,事后重重酬谢!"

　　至善随辞了府县,回青竹寺,派令世玉守东方,胡惠乾在西方,林胜居北,自己在南,皆暗藏道署左右四边民房之上,各带暗号器械,如遇有贼出来,让他过去,暗暗跟他尾后,待其有贼回来,将他擒下带回衙中。三徒弟遵令,分头而去。是晚,果捉得贼人十余名拿回衙中,府县会同盘问明白,知藏官印赃物所在,立即上省禀明大宪,会同各官前往道衙擒拿盗贼,搜回二印。王知府即委海阳县暂行代理府事,即同至善师徒,连夜将赖道台及赃物官印二颗押解上省,数日之间到得省垣。禀知各大宪,均大为惊异,随委三司会审情确,大宪又详加复勘无异,果实情真理确,只得奏闻,请旨将赖大鹏拿京正法,此是后话。

本府当审实案情之后,蒙上台饬回本任,随与至善师徒回到潮州,本欲厚谢他师徒,因至善坚执不受,辞了出来,带着一班徒弟,回到青竹寺,别了鸟空和尚,即日起程,往福建少林寺而去。

再说圣天子此时与周日青到了金陵。此处是日青家乡,其母自从将他过继高客人,跟随出门之后,自己就回来居住。此时日青入门见母请安,圣天子也彼此见了礼,就在书房中安歇。日青又慢慢将一路经历事情及定下亲事禀明母亲,母子二人十分欢喜。次日起来,整备早膳,伺候契父用完,一同出门,随往金山寺游玩,一路驾了小艇来到山前,只见此寺建在江中,十分巍峨雄壮,景象辉煌。到了玉书台前一望,见往来商船,源源不尽,何止千艘,远看水色天光,玲珑如画,果然好一座名胜禅林,圣天子此际满心喜悦,就在案上取了一管笔,向粉墙上题诗一首:

> 龙川竹影几千秋,云锁高峰水自流。万里长江飘玉带,一轮明月滚金球。远观西北三千界,势压江南十二州。好景一时观不尽,天缘有分再来游。

写得笔走龙蛇,一挥而就。

咏完诗句,搁下笔,走进寺门,只见山门外立着哼哈二将,二门内坐的是四大天王,大雄宝殿中,香烟霭霭,两游廊十八尊罗汉皆用金装,打扫得地方一尘不染。见主持达机老和尚带领着一班僧人出来迎接,请入方丈待茶,连随吩咐厨下备斋相款,圣天子取出香资二十两,送与当家。略略坐谈一会,看见天色尚早,携了日青要往山前山后散步,僧人本欲随行随喜,日青道:"我自认得,不烦引道。"二人走出山门,到处游玩,将到塔前,忽闻一声响亮,狂风大作,黑雾之中现出一条大白蟒蛇,身长五丈有余,头如米箩,口似血盆,张牙舞爪,飞风迎来,吓得日青魂魄全无,一跤跌倒在地。

圣天子此时也着了忙,急在腰中拔出龙泉宝剑,定睛一看,只见此蛇将到身边,就伏在地上,将头乱点,似朝参一般,方悟他来求封。随喝道:"孽畜,快现人形,听朕封赠。"妖蛇就地一滚,变成一个道姑,跪在地上叩头,圣天子就封他为雷峰塔主白氏夫人,在金山寺受万民香火,白氏谢恩起来,化阵清风,两个仙童,一派仙乐,引回本位为神去了。日青此时惊定,睁开眼,不见妖蛇,连忙爬将起来,细问,方知是来讨封的。看见天色将晚，二人转回寺中，主持达机和尚已整备斋筵，盛意款待。是晚，就在方丈歇宿，三更时分，偶然起来解手，忽闻一阵风声，一只黑虎在后追来，吓得天子大惊，正是：

　　　　白蛇已沐皇恩宠，黑虎还求帝德封。

　　欲知后事如何，且听下回分解。

第 九 回

英武院探赌遇名姝　诸仙镇赎衫收勇士

诗曰：

聚赌窝娼犯禁条，宏基罪恶本难饶。

贪心当铺心难足，利己骗人种祸苗。

却说圣天子起来，步出方丈，正欲小解，忽见一只黑虎伏在地下，把头乱点，也欲求封，随用手一指道："朕封你为镇山黑虎将军，受万民香火，快些去罢。"黑虎点头谢恩，化阵清风，往山前去了。天子解完手，仍回方丈歇宿。

次早，起身换了净洁衣服，上大雄宝殿参拜如来三宝圣佛，各僧鸣钟擂鼓。回到方丈，用过早斋，与日青辞了达机和尚，回到日青家内。路上闻人说：英武院十分热闹，日青也说道："此处有叶兵部之弟叶宏基赌馆。他是本地一个劣衿，财雄势大，家中养着无数教习，专门包揽讼词，恃势欺压平民，就是大小文武衙门，也奈何他不得。不论你什么人，到他馆中赌博，若无现银，就将兄弟叔伯的产业写数与他，也肯借银子与你，输去之后不怕你亲族中人不肯认还。更有那无天理，无王法，损人利己的事情，指不胜屈，所以得了许多不义之财，起造这座花园，十分华美，我们何不到他园中走走。"

圣天子闻言道："他如此行为，倒比强盗更厉害了。我倒要去看看是真是假，为地方除了大害也好。"说罢随同日青慢步望着英武院而来。到得门前，果然话不虚传，十分热闹。进得头座园门，只见松阴夹道，盆景铺陈，香风扑鼻，鸟语惊人。走过甬道，迎面一座高石桥，桥下弯弯曲曲一溪清水。远望假山背后，影着许多亭台楼阁，船厅里面，便是赌场，因欲前去看他行为，所以无暇往别处游玩。携了日青，走进场中，将身坐下，早有场中之人，奉上茶烟，走前来，笑容相迎，问道："二位老爷，想必也要逢场作戏么？"圣天子将头略略一点，说道："看看再赌。"那人随又递上一张开的摊路，一边慢慢细看，场中已经开过两次，不过是些平常小交易，倒也公道赔偿，随在手上拿下一对金镯，交与柜上，兑银子一百五十两筹码。圣天子押在一门青龙之上，此际开摊之人，见此大交易，自己不敢做主，与叶宏基知道，宏基静静走来一看，见是面生之人，早已存下个有输无赔的主意，暗中吩咐，只管看开，恰巧是圣天子所押之门，即青龙，取回筹码，就向柜上兑这四百一十八两五钱银子。宏基闻言，走出说道："你这客人，难道不知本馆事例？小交易不计，大交易必要赌过三摊方有银兑的。"圣天子喝道："胡说！赌多少摊由我中意，谁敢要赌逼我三次，速兑银来！若再迟延，我就不依。"宏基答道："莫说不依，就永在这里也奈何我不得。"随望着外边叫道："左右何在？"一班恶徒抢将进来。这些赌客见势不佳，一哄散了。日青也跟着这干人混将出去，在外探听不表。

此时，圣天子看见日青退出，他就奋起神威，在身边取出一对软鞭，大叫："叶宏基！你今日恶贯满盈，待我为这地方除害！"舞动手中鞭，如飞前来捉拿。早有一班打手，团团围将上来，截着厮杀，一场争斗，好不厉害。宏基指点众人："如拿此人，重重有赏。"不料，圣天子十分勇猛，早被他手起鞭落，把这班人打得落花流水，头崩额裂，死者数人。宏基无奈，传齐各教师上前对敌。

看看战到日光西坠，到底寡不敌众，孤掌难鸣，筋疲力尽，势在危急，本境城隍土地十分着急，慌忙寻人救驾。看见百花亭上总教头唐奂在此打睡，走上前说道："唐奂，你还不醒来救驾？等待何时？"说罢，将身一推，唐奂惊醒，爬将起来，听得叫杀之声不绝，连忙取了军器，飞步上前，看是何事，来到船厅，看见一班徒弟，围着一个中年汉子，一表人才，在那里死战。询问下人，方知缘故。看见此人只有招架之功，并无还兵之力，连忙上前喝道："各家兄弟，权且退下，待我来捉他。"

当下众人正在难以下手，却是为何？因有城隍土地带领小鬼暗中帮助，否则圣天子有些抵挡不住，各人望见师父到来，乐得闪开退下，唐奂上前虚战几个回合，四下一看，见各人离得远，随说道："好汉，快随我来。"自古聪明不如天子，当下圣天子看见唐奂这个形景，就知他有意来助我，随跟着他一路追将出来。唐奂手内假意拿着一枝飞标在前走，口中叫道："不要赶来送死！"这些人以为唐教头引他到无人的地方取他性命，怕误中飞标，所以不敢跟来。宏基也算唐奂引他入后园去无人所在，将他结果，所以也不提防，让他二人直往后园去了。唐奂看见诸人并不敢来，心中十分欢喜,一路引着圣天子走到后园围墙假山之下,自己将身一纵,跳上墙头,解下腰中怀带放将下来。不料围墙极高,虽有假山垫脚,腰带放尽,仍属太短,圣天子急将自己腰间宝带解下,唐奂复跳将下来接好,再纵上墙,骑在上面,将带放下。圣天子双手拉住,唐奂在上慢慢用力提上,说道:"这围墙外面是礼部尚书陈金榜的后花园,权且下去,再作道理。"圣天子答道:"陈金榜我素认识,下去不妨。"

唐奂复从上边将他吊过墙外,自己也跳下来。当时圣天子再三致谢:"请问高姓大名? 哪里人氏?"唐奂连忙跪下,口称:"万岁,小人唐奂,乃是福建泉州人氏。曾在少林学习武艺,现充府内教头。今日下午梦中得蒙本省城隍托梦保驾,来迟合该死罪。"圣天子闻言,大喜说道:"英雄之有何罪? 快请起来。"随在手上除下九龙汉玉扳指一个,嘱道:"他日孤家回朝,爱卿将此扳指去见军机刘墉,自能重加升赏。"唐奂叩头谢恩,爬起身来,指着前边一带房屋说道:"这是陈礼部上房,万岁小心前往,小人就此拜别。"说罢纵上墙头如飞去了。

天子大加赞叹。此时约有初更时候,月色朦朦,星光闪闪,心中正在思量:陈金榜现在京中,他家女眷们又不认得,怎肯容纳? 这便如何处置?正在进退两难之际,忽见远处灯光,有妇女之声,一路四围照望而来。将近,急忙将身一躲,闪在石山洞内。只听得一个丫环叫道:"小姐,这里就是园西桂花树下了。没有人影,哪里有什么皇帝到此要我们接驾? 昨晚菩萨报的梦是假的,倒不如早些回去禀知夫人,关上门睡罢。免得她老人家还穿着朝衣在厅等候着呢。"又听得一个娇的声气骂道:"多嘴贱丫头!谁要你管我的事,再胡说,还不快去周围照个明白来回话,我在此听信。"丫环连说:"我再不敢多嘴了。"急忙拿着灯笼到各处照看去了。

此际天子听了他主婢二人言语,喜得心花大放,急从假山石洞中走出,将手一拱说道:"孤家在此,毋庸去照,爱卿何以晓得?"小姐此时急用衣袖遮了面,偷眼细看,却与昨夜梦中菩萨所说之圣容服色丝毫不错,此时小姐心中敬信之至,可见菩萨指点之言不谬。丫环亦不敢再开言。小姐即命丫环提灯伺候,急忙跪下,口称:"臣女接驾来迟,罪该万死!"圣天子说道:"爱卿平身,何罪之有?"小婢在地叩头,也叫起来引路,三人慢步走出前厅。小姐急走上前,禀知母亲,杜氏夫人大喜,道:"果然菩萨显圣,前来指点,圣驾到此。"忙请天子上座,母女二人一同朝拜。天子口称

"免礼"。一旁坐下。此时厅上灯烛辉煌,府中仆妇家人两旁侍立,鸦雀无声,有因不能上前近听者,或在窗格之间、门缝之内,偷眼细看,侧耳细听,人声寂静,规模整肃。圣天子随问夫人道:"因何得知寡人到此,细细讲来。"

夫人恭身奏道:"臣妾杜氏,乃是礼部尚书陈金榜之妻室,与女儿玉凤昨晚三更时候,母女二人蒙观音菩萨梦中指点,说今夜初更有当今圣驾到此,应当前来迎接。今实来迟,使圣躬受惊,罪该万死,望我皇恕罪。"圣天子闻言大喜,说道:"难得菩萨指引夫人母女,平身坐下,慢慢细谈。"杜氏夫人问道:"不知我皇因何得此,请万岁明白示知。"天子答道:"朕因私游江南,与干儿周日青到间壁英武院,贪玩赌摊,随把叶宏基恃势不肯赔钱,反被他手下围困,虽然打死几个,因为人多,战到近黑时候,险些遭他毒手,幸遇教头唐奂,也蒙城隍土地点着灯来接引,跳过墙头之事,细说一番。丫环捧上香茗,连忙备办酒席,摆得十分齐整款待。圣驾饮酒之际,圣天子吩咐陈府中人不许传扬出去,违者治罪。恐防叶宏基前来陷害,及各官知道难以私行游玩了。杜氏夫人道:"臣妾府谅宏基不敢前来查问!"随差一妥当家人到日青家内知会此事。

这日青与众人忙中逃了出来,在外探听,并无消息,心中十分着急,夜更回家,禀知母亲,正要设法,忽得这个信息,方才放下愁肠,在家静候,不提。

再说叶宏基因见唐教头追赶诈败,引那人入后园之内,意必将他结果方来回报,故此将门户关锁,听候唐奂回话。不料等到三更时分还不见来,心中着疑,莫非两个都逃了不成?此是城隍土地,特意将他蒙混,好待圣驾平安,所以这叶宏基一时毫无主意。等到夜深,方才命各人提灯烛火把,进院查看。一面着家丁将打死尸骸收拾,打扫洁净,他自己也随着众人一路细查园子,又大闹了一夜,周围搜遍,哪里有个人的影迹。是时方悟唐奂放走,自己也逃出园外去了。

叶宏基勃然大怒,即差人到本省州县文武各衙门知会说:叶府教头唐奂盗去钦赐物件,昨夜走脱,所有各城门派人前来协同密密稽查,各官无不遵从,弄得江南城内商民出入好生不便。那些叶府家丁人等复狐假虎威,借端索诈,小民叫苦连天,各家关门罢市。陈府家人将此情由禀知主母,杜氏夫人大怒,即着家人与本府说知:"再若如此是官逼民变,定即禀知相公,奏闻主上,勿谓言之不先也。"知府着忙,也怕弄出事来,只得知会宏基,将各门照旧放行,商民依旧开市,这且不表。

再说圣天子在陈府书房中暂住,颇觉安静,有时翻看古今书籍,有时游玩花园,光阴易过,已住五天。此时圣天子欲往河南省诸仙镇游览,随即辞了陈府夫人小姐,起驾而回,到日青家内取了行囊,同了日青出门,望着河南省诸仙镇而来。久闻该处是天下四大镇之一,所以特意到彼处游,以广见闻,行了七日,方到。

果然好个镇市,闹热非凡,各行生意兴旺,胜过别处,因此是居天下之中,四方贸易必由此镇经过,本地土产虽然不及南京富厚,出处不如聚处,所以百富充盈,酒楼、茶肆、娼寮更造得辉煌夺目,街道宽畅,车马往来不绝。天子与日青就在歇店住下,直至把身边所带零碎银子用完,方悟预先汇下河南银票失漏在日青家内。他是用惯阔惯的人,无钱焉能过得? 虽可回京取来,其中耽搁日子也要用钱,只得将身上护体五宝绸汗衫暂为典质以作度用。

即命日青去当,走了数家,当铺不识货。来到大街成安当铺,有一姓张,名计德,乃是一个识货朝俸,认得五宝衫钮乃是五粒连城宝珠,即刻叫写票人写了一张一百两的票子,当了一百两的纹银,交与日青去了。

铺中各伙计不知是宝,对东家说道:"今日柜面老张,也不知是什么缘故,还是发痴发狂,一件旧绸汗衫,一口价就当一百两银子,好生奇怪。"东家听了众伙计言语,急取汗衫一看,果然是件旧绸衣服,随问计德道:"因甚将我血本这样做法? 莫说是旧绸汗衫,即便就是新的,也不过二两余银,至多不过当一两或八钱,你今当了一百两,岂不要我折本么?"计德笑道:"莫话一百,就是一千两,此人定必来赎,断不亏本。"东家说道:"你莫非真是癫了不成。"张计德笑道:"东家若要知道这件汗衫的值钱之处也不难,只要请齐本行各友同上会馆,待我当着众人面前,将这件旧绸汗衫试出他值钱好处,只怕同行各朋友都要赞我果有眼力,斯时要求东翁每年添我束脩①,还要多送些,又另要酬劳。如果试来并无好处,我愿在俸内扣除照赔。不知东翁可否?"东家大悦,忙说道:"说得有理,兼可叨教同业,心中也舒服,我还有什么不愿意呢!"

① 束脩(shù xiū)——送给教师的报酬。脩,古时为干肉。

随吩咐家人快去将各当执事即刻请来商议,明日同行齐集会馆。家人去不多时,各执事陆续请到,就将此事详细说明,各人也觉奇怪,随问:"计德怎样一个试法?"计德道:"做出便见,毋庸多讲,只须预备大缸十个,满贮清水,再备新铁锅十口,炭一担,烧红放在锅内,利刀十把,监期取用。"各执事答应道:"就依办便了。"当下说完各散。

到了次日早上,计德约同铺中东家伙计众人,来至会馆。早见合镇当押行中,各家朋友陆续先后齐集,约有数百余人,彼此礼毕,茶烟之后,计德将汗衫呈出,放在桌上,细细把缘由说明。众人齐声赞好,接来细看,并不见甚好处,其中有几家是日青当过,不肯还价的。就说道:"昨日我们亦曾见过这件衣服,他开口要当一百两纹银,就许他五粒钮子是珍珠的也不值这个价钱,故而没理他。不意张兄有这般好眼力,其中好处祈望赐教。"计德道:"这五粒珍珠钮,乃是连城之宝,难定价值。当日狄青、五虎平西取回的珍珠,旗上有避土、避火、避风、避尘、避金五颗宝贝,就是此物。君不信,待我试与列位观看。"

取过预备下的十把利刀,分与十人拿着,将这件绸汗衫移放砧板之上,摆在案上,吩咐这十个拿刀的人,只管放胆乱斩,就显得那避金珠的功力。十人照说用力斩着百多刀,刀口已经崩缺,那件汗衫毫不损动,众人大惊,齐声道:"果然好宝贝,亏得张先生指点我们,这番见识,千古奇闻。"计德又叫这十人将大扇扇红各锅中炭火,随将此衫盖在头一锅炭火之上,即见锅内猛火往下一缩,不及一刻功夫,通红一锅炭火尽都熄了。取起又向第二锅盖上,仍复如此,一连十锅,未到一个时辰,尽行熄灭,各人鼓掌称奇。又见计德拿着宝衫,走到十缸清水旁边,将衫放在缸内,只见缸中之水如飞,由四围泻出,缸内一滴不留,衫并不湿,当下各执事走来,拦住说道:"请不必试第二缸了,恐怕弄湿了地方,一缸既然避得,其余九缸都是一样的了,难得张兄这般博识,可敬可敬! 从此本行要推老兄首席了。"计德再三谦逊不敢,众人就此而散,成安当铺主回入店中,备办酒席,与计德酬劳,饮至晚间,见衫上宝珠放光,计德眉头一皱,计上心来,意欲吞没此宝,随唆使东翁将宝珍假珠顶换。商议定当,即将五粒宝珠藏起,把假矾珠穿在原衫之上,等候取赎。

再说圣天子当了宝衫,权作用度,自己住在客店,打发周日青星夜赶回,将银票取来。日青奉命起身,往返就耽搁约有十日光景,已经取到,随往本镇银号,兑了银子,提出足色纹银一百两零外加足一月利息,走到成安当铺将衫赎回。圣天子一看出矾珠,心中大怒,追问日青,回说:"孩儿不知,这必是当铺作弊,将珠换了。"圣天子即携同日青亲到成安,追索原宝。

张计德及店主等均一口咬定说来当就是这五粒珠儿,并没什么宝珠,不肯招认。圣天子见他死口不认,欺心图赖,随与日青二人,纵过台柜,将他东伙二人一齐拿下,腰中拔出防身宝剑,向他颈上磨了两磨,大骂道:"我把你狗头碎尸万段,才泄这气,怎敢贪心吞没我的珠宝?若再胡赖,管叫你二人死在目前。"此时当中各伙计等,意欲上前救护,又怕伤了性命,也有明知此事不该做的,所以无一个敢走上前劝阻。成安当主吓得魂飞天外,埋怨计德道:"都是你惹出来的祸。"随恳道:"是我一时糊涂,误听人言,贪小得罪好汉,万望不要动手,饶了我,即刻将原物叫人取来送还好汉便是。"就对写票伙计说:"你快去开了珠宝柜,将那五粒宝珠拿来送还原主。"

当下那人连忙入内,拿了出来,双手呈上。圣天子冷笑几声,说道:"算你见机造化,这狗头又难饶他,不得轻轻放了。"当下抢上前,将计德踢了几脚,踢得他在地乱滚,父子二人方才大骂出门而去。张计德心怀不服,吩咐各伙计,快关了当门,自己爬将起来,跑上更楼,将锣乱打,大叫:"打劫,快来捉拿!"向来规例,当铺鸣锣,附近各街当铺一齐接应锣声,街坊铺户闭门,驻防官兵闻警,即四面跑来捉拿,况白日鸣锣,非同小可,惊动了大小衙门,差役持着军装飞奔,随地方官前来会营捉拿。

此时圣天子与日青二人走出成安当铺未远,就见他将门闭上,继又听见传锣捉人,也就吓了一跳,心也觉着忙。又见各店闭门,走得数家,后面早有张计德带着成安当中各伙计引着兵差追来。圣天子勃然大怒,拔出宝剑,翻身迎来,计德正叫得一声:"这个就是!"一言未了,早被手起剑落,斩为两段,当下兵差见他行凶,伤了人,大喊一声,一齐围将上来。这诸仙镇又是紧要地方,官兵又多,将他二人四面重重围困,水泄不通,战了半日,看看危急,越杀越多,不能得出重围,这些保护神兵、当方土地着了忙,急寻救驾之人。一眼看见更楼之上睡着更夫,此人姓关,因好打抱不平,所以名唤最平,乃是一员虎将,一身武艺,两臂千斤之力,因为时运不通,埋没在此,今日合该运来得功,随走上前,梦中叮嘱一番,将他推醒。

　　最平爬将起来,转眼不见托梦神人,好生奇怪,耳边听得金鼓喊杀之声,如雷震一般,推窗一望,看见有两人被兵差围得十分着急,那人头上现出红光,想必就是神圣所言。当今天子有难,合该我救,随即叩头谢了上苍,跳起来取了铁棍,飞奔下楼,一路用棍打来,这些兵役如何当得起此八十斤重之棍! 只见撞着就死,遇着即亡,各兵将见如此凶狠,发声喊让开一条大路,关最平直杀到圣天子面前,双膝跪下,说道:"小人来迟,罪该万死。请主上随我杀出去罢。"圣天子龙颜大悦,道:"恩兄,快快与孤一同杀出就是。"于是关最平在前开路,正遇本镇协台马大人挡住去路,大战十余个回合,被最平顺手一棍扫下马来。兵役等拼命救了,不敢再来追赶。

　　当下圣天子再叫:"壮士,复身杀入重围,救出吾儿才好。"最平闻言,提了铁棍,回身再入重围,各兵丁知他厉害,谁敢阻挡,早被他寻着日青,招呼他重新杀出,圣天子见他如此勇猛,问起名姓,方知姓关名最平,江南人,神人点他来救驾之事,此时三人来到店中,取了行李,走了十里,天色已晚,投入客店,用过晚膳,就在灯下写了一道圣旨,交最平进京,投见刘墉放为提督之职,赏了他盘费用度银两,最平谢了圣恩。次日起程进京去了。正是:

　　　君臣际会成知己,父子同游订素心。

　　欲知后事如何,且看下回分解。

第 十 回

杨遇春卖武逢主　僧燕月行凶遭戮

诗曰：

> 君臣已自如鱼水，奸贼何劳起毒心。
>
> 佛地扫除诸污秽，石莲花放圣人临。

话说圣天子打发关最平进京之后，随即与日青算还了店钱，携了行囊出店门，顺着大路一直行来，意欲往镇江游玩。岂知走了半天，问及土人，方知前面乃是临青，若到镇江，须回旧路才是。他父子二人听了这番言语，将错就错，莫若先到临青一游，再到镇江便了。随望临青一路赶来，该处是中州到南京必由之道，往来车马辐辏，亦极热闹，虽不及诸仙镇，也比别地不同。沿途另有一番景象，晓行夜宿，走了两天，进了临青界内。只见三街六市，店铺整齐，坐贾行商往来贸易极大。来到大街，投入万安客寓住宿。次日起来，梳洗已毕，与日青问明路径，随到各处游玩。暂且不提。

再说现任两广总督部堂杨寿春，原籍浙江余杭人，由两榜出身，历任清显位，列封疆大员。地方整肃，洁己爱民，清廉勤慎。家中有弟遇春，不遵家教，懒习诗书，弃文就武，专好结交天下英雄，学习了技艺拳棒，虽则十八般武艺件件精通，有兼人之勇，只因性喜嫖赌，不务正业，亏空了家中银子，逃走出来，流落江湖之上，无以为生，暂卖拳度日。

是日，天气晴和，正在临青关帝庙前聚人卖拳，欲想众人帮助盘费。他到底是公子出身，不惯江湖事例，未曾拜候本地土棍，因此得罪了这临青地面一位姓段名德混名小霸王。因他当场吩咐，看的不许打彩与他，谁敢不遵！遇春还自不知，因此耍了半天拳棍，用尽生平武艺，不但分文没人肯出，就连喝彩也并无一人开口，只得说道："小弟偶然经过贵境，缺少川费，故而略呈技艺，欲求各位见助一二，济我穷乏之极，不意贵镇虽大，并无好义之人，若以小弟拳技荒疏，不足观赏，何妨请哪位兄台，同弟一角，俾得领教何如？"段德喝道："你要拳友，全不知江湖的规矩！也要学

人卖武,自古道:'入山要拜土地,出外要靠贵人。'汝到我本境卖武,也不
来拜我,我不开口,谁敢喝彩! 今看你这个声口,还想与你老爷试试手段
不成?"遇春答道:"既然如此,倒是小弟失敬了。敢问仁兄高姓大名,贵
居何处? 改日登堂谢罪何如?"段德喝道:"天下走江湖的朋友,哪一个不
识我是小霸王段德? 俗云:'粪桶也有两个耳,'难道瞎了眼不成? 你方
才夸下大口,欺我本镇无人,我若不当真,将你打死,也不算为好汉。"说
罢照着当胸一推山掌,望着遇春打将过来,好不厉害。这段德乃是当地有
名恶棍,两臂也有数百斤的气力,若是别人也就挡他这一掌不起,遇春是
会者不忙,忙者不会,见他来得凶勇,叫声:"来得好。"将左手往上一挑,
格过他的推山拳,趁势飞起左脚,正踢在段德小肚之上,早把段德踢离数
尺,一跤跌倒在地,满脸羞惭,忍着痛,跳将起来,拼命扑上,再欲争斗。

　　适遇圣天子也在人群之中,与日青同看耍拳。看见此人人材出众,相
貌魁梧,虎背熊腰,威风凛凛,声似洪钟,语言有礼,拳如醋钵,武艺高强,
耍了半天,无人喝彩,正要上前问明名姓,厚赠他的盘费,结识他,将来好
与国家出力。忽见段德如此无礼,急与日青上前将他两个拦开,随问道:
"请教卖武壮士,尊姓大名,仙乡何处? 本处无助之人,何须计较。小弟
这里有白银二十两,送与仁兄,以作路费,祈望笑纳。"此际,日青也将段
德劝开,说道:"四海之内,彼此都是兄弟手足,何必动怒相争,失了和气,
又是同道中人,千万看弟薄面,莫要动手。"段德见那位客人送了他二十
两路费,随圆睁怪眼,喝道:"你这个客人,特意与俺做对。让他在我临青
地方称凶么!"说着指手画脚,一边走,一边骂道:"总叫你这两个认得俺
老子手段就是了。"圣天子因是闹过许多惊险之事,所以忍耐得住,闻言
只是付之一笑,随拉着遇春的手道:"我们三人且到前边酒店慢慢细说何
如?"遇春深深致谢,十分感激,忙将武具收了,联步同望临青镇上而来。

　　走不多远,已至酒楼,抬头一看,招牌上写的是"得月楼",随意小酌,
同上楼中,拣了一所洁净座位,从新施礼,分宾主坐下。酒保送上茶来道:
"请问客官,用何酒菜? 小的照办就是。"日青道:"你店中有上等酒菜备
一席便了。"小二连忙答应下去,陆续先后搬运上来。圣天子持杯说道:
"壮士如此英雄,何不投身营伍,与皇家出力,以图上进,而乃浪迹江湖,
自甘弃暴,殊深可惜,请道其详。"遇春闻言,不觉长叹一声道:"某本籍浙

江余杭,姓杨名遇春,父祖以来,世代簪缨①,家兄寿春,现为两广总督。因自少懒于读书,性好拳勇,因而弃文就武,结交天下英雄,因将我名下家资散尽,学就满身武艺,只因恃勇闯祸,兼好狎邪之游,素为家兄所责,只得改换姓名,流落江湖,不得不以卖武为生。今遇长者下问,不敢虚言,有辜雅意,不知二位上姓尊名,贵乡何处? 到此何干? 仰祈示知,俾资铭感。"圣天子知他是寿春之弟,十分欢喜,随将私下江南游玩实言对遇春说知,嘱其不可声张。当下遇春闻言,且惊且喜,急忙拜倒在地,连称:"小臣有眼无珠,望陛下恕臣死罪。"天子扶起,切嘱不可泄漏机关。从新入席,再倒金樽,直饮至夜,算还酒钱,三人一同回寓,共宿一处。不提。

再说段德是日回家用药敷好伤处,随着手下徒弟打听,知他三人同寓万安客栈,就与各门徒商议定计:诈称请杨遇春到家教习拳棒,预先埋伏打手及绊脚索,将他擒获,捆送本县,诬捏捉得江洋大盗,我再亲见县主,作为证人。本县向来与我相好,言听计从,定能将他极刑拷打,问成死罪,如此办法,不怕他三头六臂,插翅亦难飞去了。众门人都道:"好计! 事不宜迟,即刻就去骗来。"段德随分布各人安排停当,约定明日绝早打发门徒到万安客寓来请遇春。这正是:

　　　　挖下深坑擒猛虎,安排香饵钓鳌鱼。

天子、日青、遇春三人在店一宿无词。次日起身梳洗已毕,正欲一同前往各处游玩,忽见店主引进两个大汉,说是拜访师父,遇春急忙出迎,各人见礼,彼此通问姓名,一个姓林名江,一个姓李名海,二人也回问了三位姓名。因道:"某昨与李贤弟在关帝庙前,看见老师耍弄拳棍十分精妙,意欲请回家教习某等技艺,若蒙许允,按月每人送教费三十两,其余食用衣物均由某等兄弟供应,未审老师可否俯允。"遇春未及回言,圣天子说道:"既然如此,杨兄不妨在此少留,俟我镇江转来再做计议。但不知尊府在于何处,回时来拜访。"二人道:"小可寓所离此不远,一问店主便知茅舍。"遇春当下也只得应允,随即取了包裹、行李、铁棍作别而去。

一日,圣天子同日青前往玩耍,游到申牌时分,方才回店。于路风闻小霸王捉了卖武之人,送往临青县严刑审实,乃是福建海洋大盗头目,现已收禁,候详军门办理。回来急忙根究店主,始知前日早上二人就是段德

---

① 簪缨——簪和缨,古时达官贵人的冠饰。代指官宦权贵。

徒弟设计来暗请去的。店主因惧祸不敢直言相告。不表。

圣天子问明端的，不觉大怒，即刻飞奔临青县署大堂而来，将鼓乱击。县主贾到化正在私衙晚膳，忽闻大堂鼓声如雷，早有衙役报称有一汉子击鼓鸣冤，求老爷定夺。县主闻言，即刻传齐书差、衙役、升座大堂，只见击鼓之人，气概轩昂，知非等闲之辈，随问道："有甚冤情，快将状词呈上来。"圣天子用目一看，这县主虽则为民父母，闻得遇事贪婪兼好酒色，形如烟鬼，随说道："我无状词，只因友人杨遇春与段德恶棍口角，被他捆下，台下严刑拷逼，陷为江洋大盗，收禁监中，特来保他并非强盗，愿县主莫信此无赃无据一面之词，释放无辜，实为公便。"县主喝道："你姓甚名谁？是该犯何亲？何故胆敢前来保他？本县已通详各宪，就要起解赴省，岂有轻易释放之理？汝必与他同是一党，再若胡言，定当一同拿解，姑念无庸，从宽不究，还不与我退出去。"圣天子勃然大怒，骂道："朝廷律例：获盗赃定罪，今你这奸官，贪功枉法，我高天赐虽非杨遇春亲眷，亦是朋友，怎肯容你将他平白致死！而且你知他是何等样人？乃现任两广总督杨寿春之胞弟，寄迹江湖，学习武艺，因而到此。伊兄若然知道亦不甘休，斯时只怕你这狗官悔之无及。"知县大怒，拍案骂道："大胆！花口敢在公堂之上藐视本县，自古道：王子犯法与民同罪，难道他是杨寿春之弟，本县就惧怕于他不成！"喝叫左右："快与我拿下。"

早有两个倒运差役上来动手，却被圣天子一拳一脚，打得如踢绣球一般，趁势上前，隔公案一把将知县提了下来，冷笑道："你这狗官，要生还是要死？"此际，贾知县犹如杀猪一样大叫："好汉饶命！"圣天子喝道："要我饶你，快将杨遇春放出来！"县主无奈，自己性命要紧，只得着手下人到监放了遇春来到大堂。天子看遇春，并无伤处，将知县放下，骂道："权寄你这颗狗头在颈上，日后来取。"二人正欲出署，早有本城文武各官闻县衙中大闹公堂，劫拿犯人，急忙点齐各差衙役，拿了军装，即来擒捉。本衙差役也拿了器械，从内与知县一齐追将出来，前后截杀，好不厉害。岂知君臣二人哪里把这些人放在心上，早被遇春打倒两个，夺了军器，一路杀将出来，勇不可挡，犹如虎入羊群一般，大杀一阵，那些兵差只恨爷娘少生两只脚，跑的跑，躲的躲，走个干净。杀得家家闭户，路少行人，因此并未打死兵役，不过打伤二三十人，君臣二人走出城外，正遇着周日青打着包裹行李在此停候，三人招呼，同往着镇江大路而去。

再说城内各官,一面申文报省,一面悬赏通缉,医治打伤兵役。

且说圣天子与日青、遇春三人走了一程,约有三十余里,天色已晚,投入恒泰寓内。此处名为瓜洲,乃是镇江丹徒界中,前临扬子江,对河就是扬州府江都甘泉两县地方所管,为南京必由之路,官商要路,住宿一宵。次日三人到了镇江南门外,寻了一间连陛客寓住下。

次日起来,日青因感冒风寒,腹中疼痛,泻痢不止。圣天子随着遇春进入城中,请了一个医生前来看脉,医生说道:"不过外感,只要疏解安静二天,是无大碍。"圣天子是最好游乐之人,哪里耐烦在店守候。路上闻说本处石莲寺最为灵验,兼有一朵石莲胜景,立心要去随喜。就留遇春在店调理日青,自己独自一人问了店主路径,往着该寺而来。已有辰牌时分,慢慢走过几条长街短巷,只见市井繁华,人烟稠密,富庶景象稍胜北京。此寺却在城外,毋用进城。

到了寺门,看见一个小沙弥,年约十五六岁,生得姿容美丽,体态轻盈,犹如绝胜佳人。观其行动,毫无男子风气,已经心疑,再复留神细辨。喉无节骨,决是女子无异,这小沙弥回身看见有人立定看她,似有惊慌之意,急忙转身向内去了。

圣天子方才走进二层山门,仰见两旁坐的四大天王。那金身都有丈余高大,倒也打扫得洁净,往后一看,两边放生池中,夹一条甬道直达宝殿,青松白鹤,连接池边,正欲举步进内,早见当家和尚带着一班僧人迎了出来,引至客堂见礼。已毕,献上香茗。和尚欠身问道:"不知大檀越驾到,有失迎候,祈望勿罪,敢问贵姓大名,仙乡何处?"天子答道:"小可顺天人姓高,名天赐,打断老禅师静功,休得见怪,素闻宝刹石莲胜景为天下所无,求老和尚指示一观,实乃三生之幸。"和尚闻言,随着似女子的小沙弥,引客官到各处随喜。圣天子斯时来到正殿,恭过三宝,跟着这小和尚往后花园石莲之下而来。过了几座佛堂,由殿侧月门又入后花园中,只见四围花果,香气袭人,菩提棚下,异鸟飞翔,荒地上种着的蔬菜,颇觉清净可爱。忽见石塘之中,朱漆栏杆围着一株斗大石莲花。小沙弥指道:"这里便是。"

只见此莲,高约一丈,梗如中碗之粗,四边山石,形若荷叶,或高或低,天然围护,十分奇异,正在赞赏之际,只见石莲根起了一阵怪风,这座石莲望着圣天子连点二十四下,犹如朝参一般。忽然霹雳一声,爆开一朵千层石莲花,比前大了数倍,天子此时且惊且喜,只见小沙弥双膝跪下,将头乱叩,口称:"万岁爷搭救奴家蚁命。"圣天子急忙将她扶起,说道:"尔果然是女子,快把冤情诉上。我定然设法救你便了。"小沙弥哭道:"本寺主持燕月和尚,十分凶恶,收集亡命之徒为僧,出外行劫资财,遇有美貌妇女,设法带回寺中收藏地牢之内,次第奸淫,如若不依,他即杀死,弃尸扬子江中,历年如此。现今还有三十余名妇人收禁牢内,奴家姓潘,名玉蝉,父名德辉,母亲何氏,乃是粤西梧州府苍梧县人。贸易至此,前年父亲亡故,棺木寄停此寺旁庄房之内,母女二人奔驰千里到此,意欲运柩回乡安葬,就在寺内打斋超度先人。贼僧因见奴家美丽,将母亲踢死,弃尸灭迹,强逼要奴成亲,奴家愿死不从,蒙神圣托梦,说石莲开放,万岁到来,救你脱离灾难。因燕月曾容我守孝三载,方与他成亲,所以将我剃了头发作为小沙弥样,因不是本处人,别无亲故,初时还防我逃走,近来已不疑心,故得出入自如。总求万岁天恩,搭救我们三十余人蚁命。"

圣天子听了这番冤情,不禁大怒,方欲开言,遥见燕月和尚,手拿缘簿,走将进来,随忍口不言。小沙弥迎上,说诉方才石莲开花之事,燕月大惊,暗思:昨夜土地报梦说道:今日午时三刻圣驾私行到此,石莲花放,嘱我千祈不可起心杀害。今见小沙弥泪眼尚盈,谅必被他盘问识破,所以哭诉怨苦,我若不将他杀了,他断难饶我,莫如骗他上楼,结果了罢。随笑口相迎道:"恭喜大檀越洪福齐天,石莲开放,深为可贺。"旁一僧人奉上香茶一盏,主持就将香资缘簿呈上,请施主大发善心,签助香资。圣天子一边逊道:"小可何能何德,过蒙老和尚称许。"随在怀中珍珠暖肚上摘下明珠一颗,放在茶盆之内,说道:"些小路资,仰祈笑纳。"燕月忙打一稽首①,口称道:"阿弥陀佛。"合掌致谢,随将斋筵设在楼上,款待施主,小沙弥闻言,吓了一惊,预知立心谋害圣驾了,此楼乃是谋人性命之所,起造得极其凶险,内有生死机关,若非寺内门徒,必然错踏死路,遭他陷害。尚幸潘玉蝉近随燕月也学得一身武艺,当下急回自己房中,取了两副军器结束妥当,藏了双刀、铁尺,紧紧随着师父相机暗助万岁。

再表此际燕月见门徒来报,斋筵已备,随请施主上楼赴斋,假意小心殷勤引路。圣天子已经尽悉伊淫恶之罪,圣心大怒,只因独自一人,恐众

---

①　稽首——道士举一手向人行礼。

寡不敌,反为不便,哪里还有心吃斋!再三推说有事,改日再来领惠。燕月道:"大檀越既有公干,不便久留,略饮三杯水酒,少尽贫僧一点诚心。"极力相留,只得往楼上而来,沿途但见都是小巷曲曲弯弯,十分险阻,难认出路,只见潘玉蝉紧随身边,因此放胆上前。到得楼上,看见四围密不通风,中间摆着一席斋筵,倒也十分丰厚,随即分宾主坐下。燕月有意将他欲灌醉,方才下手。谁知圣天子彼此应酬,并不沾唇,坐了一时,即起位告辞。燕月看了这个形景,早知被他识破,诈称解手,取出戒刀,发声暗号,合寺三十余僧齐拿军器赶上楼来。天子此时手无寸铁,正在慌张之际,见小沙弥潘玉蝉将双刀递上,高叫:"万岁跟奴杀出去。"天子大喜,接了双刀,大骂:"贼秃!你等恶贯满盈,死在目前,还敢如此无礼!"燕月和尚咬牙切齿,大骂贼婢,我不杀你,难消此恨,喝教徒弟们紧守要路,谅你两个插翅也飞不出去。举刀望着玉蝉就劈,玉蝉举铁尺相迎,圣天子将手中刀一展,忙杀上前,各僧人亦刀棍乱杀,这些贼秃哪里是天子对手,早被他伤了几个,只有燕月这口戒刀厉害。二人且战且退。下得楼来,路口分岐,难以认识,且各隘均有贼僧把守,幸而玉蝉熟识,不至错踏坑内,一层一层,往外杀将出来。燕月在后紧紧追赶,前后夹攻,极力死战,不肯放松,天色将夜,日落西山,黑暗中防其恶算,一时间又杀不出去。

　　且说店中周日青虽服药颇觉身子爽快,尚未痊愈,看见主上从早往石莲寺游玩,至今将晚,不见回来,随命遇春前去跟寻,看是何故?遇春随即一路访到寺前,直入正殿,不见一人,好生奇怪,随一路往后殿而来,欲找一个僧人追问,曾否有姓高客人来寺内,正往里走,顶头撞着一个僧人,满身鲜血淋漓,逃将出来,遇春见了,心中就知主上在这里边定有缘故,忙抢步上前,一把提起这个受伤贼僧,喝道:"你们干得好事,快快从实招来,稍若支吾,取汝狗命!"僧人高叫:"好汉饶命!这未干老僧之事,乃今燕月老和尚决意杀害高天赐,反被他杀伤我们寺内不少,我如走得迟,命都伤了,只求好汉恕饶蚁命。"遇春急问:"高客人现在何处?汝引我去,便饶你。"随将此僧放下,拖着他引路,转弯抹角,大步飞奔,来到夹巷之中。早见几个僧人倒关闸门,手持军器,极力顶住。只听得里面叫杀之声不绝,此际就把引路僧人踢开,扑上前,将守路几个贼僧打散,急忙开了栅门,看见圣天子与一小沙弥同众僧巷战被困。随大吼一声,如半空中打个霹雳:"俺杨遇春来也!"天子看见栅开,遇春杀来接应,大喜,随并力杀入。各僧哪里抵挡得住，燕月早被遇春夺了器械，劈倒在地，各僧跪下求饶，圣天子喝教各僧，领看地牢，随进一间小室，陈设清雅，桌上摆一铜磬，一僧将磬敲响，有一女子自内推开座中字画后面门户，将画卷起，如帘一般，陆续三十余名妇女从夹墙内走将出来。

潘玉蝉随对各妇女说明，这班女子犹如遇赦一样，跪地叩头，拜谢活命之恩，哭诉被奸僧淫污之苦。天子吩咐遇春及玉蝉，找寻寺内麻绳，将未打伤几名奸僧绑起来，其中死伤约廿余名，连忙修下圣旨二道，一道与地方官："将石莲寺奸僧一概正法，所藏各妇女有父母翁姑者领回；将寺内现存银两酌量远近分给路费。另潘玉蝉自愿为尼，特赏给银一千两以奖其功，择静庵堂安顿出家。无亲人领之各妇人，每名给银五十两，当官择配，其石莲寺即由该县选择禅林，拨僧主持，除分给租粮，多余赃物银两缴存库中，以备济饥。钦此。"遇春办完此事，回京将第二道旨交大学士刘墉："将遇春由军机处记名，以提镇补用，以奖其救驾之功。钦此。"当下遇春叩谢圣恩。办清此事，回京不提。

再表圣天子恐怕文武各官前来接驾，急忙回店，吩咐店主道："有人来访，你说我已经赴南京去了。"随与日青携行李投别店住宿，后来各文武官及遇春等遵旨办理，将各奸僧斩首，妇女安顿，到店缴旨已经不遇，只得散了。杨遇春也就回京而去，不知后事如何，且看下回分解。

第 十 一 回

遇诗翁蔡芳夺舟　访主子伯达寻江

诗云：

诗对风流岂易言，无才含愧夺花船。

圣人自灵云神护，害父欺君万世传。

话说前因天子不欲见本城文武各官，所以寓居镇江南门外直街聚龙客店，令日青在店养病，圣天子独自游玩，早出晚归，更无别事。近日周日青身子亦复原，兼届端阳，向例在扬子江中大放三日龙船，官民同乐，极为大观。江边各搭高棚，摆列着花红赏牌，酒菜旗帜，鞭炮烟火等物，乃各处富商、巨贾备做夺标之彩。这几天画舫游船蜂屯蚁聚，城中男女到此玩赏，如云如水者，正所谓万人空巷。更有那些文人、墨客、酒友、诗翁，或骑驴子，或雇轻车，或数人公唤一船，或携友缓步闲行，那些年轻浪子，或携妓女于高台，或访美人于陋巷，评头品足，觅友呼朋，船中五音齐奏，岸上热闹非凡。

天子久闻此处风光，这日与日青用了早膳，同到码头，雇定画舫，言明游行一日，价银十两，酒菜点心，另外赏给。船用二人荡桨，一小童入舱伺候，另加赏犒。下了船，即唤开行，望着热闹之处四面游览，只见满江锦绣，到处笙歌，城市山林，桃红柳绿，远望金山古寺，高接云霄，怪石奇峰，插天兀突。正在玩赏之际，忽迎面来一队大艇，每船长有十余丈，高如楼阁，内分上、中、下三层，两旁各布飞桨百余枝，中层摆了各色景致扎成戏文，上层是秋千、走马、行绳诸般奇巧耍物，围以绸缎，高约二丈，船身通用五彩画成，如凤鸟一样，旁施锦帐如凤翅然，自头至尾，列桅三条，锦帆风送，势如奔马，争奇开胜，夺帜抢标，十分热闹。随看随行，见了一只大座船边，有许多小艇在旁停泊。

圣天子与周日青坐在舱内饮酒，忽见那大船船头上横着一匾，写的是"兴仁社诗联请教"，不觉技痒起来，吩咐水手将舟移近，搭扶手跳板渡过船来。走进一看，中座是社主，架上摆着雅扇汗巾，纱罗绸缎，扳指、玉石鼻烟壶、各种酬谢玩物,面上贴着诗赋、对联、诸般题目,中舱案上设列笔砚、花笺、已有十余人背着手走来走去,或想诗文,或观题纸。周日青也跟了过来共看,适社东上前招呼请坐,手下人捧上了香茗,彼此请教姓名,知此社东是丹徒县陈祥之少君,名玉墀,乃广东番禺县人,与表兄福建武探花萧洪因回乡省亲,路经此处,正逢端阳,他虽武弁①,倒也满腹诗书,最爱此道,所以约了同来,意欲借此访几个鸿才博学的朋友,问了二人姓名,十分恭敬。天子本天上仙才,那些章句之读,诗词之事,可以立马千言,何用思索,随将咏荷珠一题取下,提笔即成:

诗曰:

  风裳水佩出邯郸,手撤珍珠颗颗圆。

  金谷三升风里碎,江妃一斛雨中寒。

  露丹凉滴青铜爵,鲛泪香凝白玉盆。

  持赠苏公须仔细,休将遍水悟相看。

写得走笔如龙,快而且好,字法亦直追二王。陈玉墀、萧洪二人极口称赞,连忙送上金面苏扇一柄。天子再三推让,方才收下,又接连取下数张诗联题目,日青也只得将就捡了咏船即景诗题一张,写道:

诗曰:

  淮扬一望锦装成,谁夺龙标显姓名。

  蒲艾并悬迎瑞气,藕菱同进祝遐龄。

  红莲朵朵鸳鸯聚,绿柳枝枝蝴蝶盈。

  日费斛金浑不定,愿将诗酒诵升平。

陈、萧二社主连声赞好,说道:"到底不及高诗翁,老成历练当推独步,还望此时,勿吝赐教。"天子与众互观,已将诗联一笔挥就:

  冬夜灯前夏侯氏读春秋传,

  东门楼上南京人唱北西厢。

  枣棘为薪截断劈成开四束,

  闾门起屋移多补少作双间。

  七里山塘行到半塘三里半,

  九溪蛮洞经过中洞五溪中。

---

  ①　武弁(biàn)——旧时称低级武职。

西浙浙西三塔寺前三座塔，

北京京北五台山下五层台。

咏金山寺诗云：

金山一点大如拳，打破淮扬水底天。

醉倚妙高楼上月，玉箫吹彻洞龙眠。

花月吟：

花香月色两相宜，爱月怜花卧倒迟。

月落漫凭花送酒，花残还有月催诗。

隔花窥月无多影，带月看花别样姿。

多少花前月下客，年年和月醉花枝。

各人读完了，齐声喝彩道："如此仙才，我辈拜服之至。"当下陈、萧二社主将各诗联所有谢赠之物着人送过来，周日青代为收下。他自己也得了汗巾一条，喜气洋洋，十分高兴。

不料旁边恼了一人，此人乃是三江总镇蔡芳，虽读书多年，仍是腹内空空，性情又极鄙劣，因见各诗中摆着许多什物，自己一团高兴，装腔做势，假做斯文模样，带了眼镜与几个朋友看过龙船，预先夸下大口，要到社中吟诗作对，务必得些彩头回去。他自以为别处恐难如愿，此陈玉墀、萧洪必然看他父亲面上，就是胡乱几句，他定必将就说好也，送些物彩。岂料定下这个主意，及至走入中舱一看，各对联是极难下手的。随在舱里走来走去，背着手想了多时，却拟社主必来招呼，讵陈、萧二位社主除进来招呼茶烟之外，毫不假以面情，只因素来知他品行不端，闲话亦不与他多答一句，这正是：道不同，不相为谋。所以忍着一肚子羞恶闷气，那些手下人说道："我以为今日高兴，所以带了包袱来拿谢教东西，谁知踱来走去，一句不成，莫若早些回去吧。"蔡芳此际正在怒无可泄，见周日青欣欣得意，他素性眼浅，见他两人得了许多物件，遂即借题发挥，以消此气。说道："据我看，你这首咏龙船即景诗算得什么好诗？不过遇了瞎眼社主给你物件，你就轻狂到这个样子。"

日青正在高兴，被他骂了数言，羞得满面通红，心中大怒，回言骂道："你这小贼种，我与你素未识面，你敢管我的事么！你若有本领，照题也做一首，果然胜似我的，情愿将我二人所得诸物送你；若不能胜我，只好写个门生帖子，在我跟前赔个不是。"于是彼此争闹。古语云：酒逢知己千杯少,话不投机半句多。闲气劝君忍耐些,免教平地起风波。只因日青与蔡芳一场口角,结下仇恨。当下,天子与陈玉墀、萧洪一同上前善言劝解。将他二人劝开,蔡芳自知理亏,在此没趣,只得恨恨而去。陈玉墀道:"这个混账东西,最惯借端生事,如此恨怒而去,不怀好意,二位倒要留心防备为妙。"天子问道:"他是什么样人?强横至此。"玉墀即将他姓名说明,兼且平日专要倚势害人,以王法为儿戏,所以镇江大小商民畏之如虎。他父亲每每听他唆摆,来县托家父拿人陷害。家父不肯为他枉法,因此面和心不和,伊父亦不能奈何,故小生兄弟亦不甚理他。仁圣天子问明他父子恶迹,将姓名存于心内,随道:"我们莫管他,且尽今日之兴,为是彼此相逢,断非偶然。二位诗翁,何不一吐珠玉,开我茅塞。"二人忙道:"敢不遵命,只不知以何为题,请即示知。"日青云:"方才所咏风月倒也别致,莫若二位各做一首以广见闻。"二生如命,略不思索,提笔立就,陈先萧后,写得字画端楷,各人争来观看,日青随高声朗诵:

　　　　仿花月吟　　陈玉墀
　　开尽心花对月论,花身月魄两温存。
　　花朝月夜餐云母,月窟花房绕竹孙。
　　急系花铃催月镜,高磨月镜照花樽。
　　拈花弄月怜光惜,重叠花阴罩月墩。
　　　　仿花月吟　　萧洪
　　花辉玉萼月菱楼,问月评花尽夜游。
　　花露朦胧残月度,月波荡漾落花流。
　　多情月姊花容瘦,解语花姑月佩留。
　　对月长歌花竞秀,月临花屿雁行秋。

天子看完,喜道:"二位仁兄,诗才敏妙,不相伯仲,藻词既妙,立意清新,令我有月现星之愧。"陈萧二人再三逊谢道:"小生兄弟,才疏学浅,还求长者指教为幸。"是时天色将晚,诸人散去,本日社中也有许多佳文妙对,不及细录。

　且说天子与周日青起身作别,意欲回舟。萧探花及陈公子哪里肯放,决意挽留一醉,天子见他二人如此敬爱,也不便过于推却,因伊船内已经备下酒筵,将舟湾泊堤边,随即入席,彼此开怀畅饮。席中天子引经据典,考究一番,二人应答如流,言词敏捷。陈玉墀更为渊博,凡诸经典,无所不通,言论投机,各恨相见之晚,痛饮至夜,订期明日到此再叙,珍重而别。

到了次朝,天子与日青用过早膳,慢步往南门码头而来。正遇着蔡芳在彼雇舟游江,与天子昨坐之船议价。该船水手看见高老爷周公子,想他昨日游江赏封,何等丰厚,知道蔡公子那性情极劣,即使订明价钱,还要七折八扣,因此不肯载他,反赶上来,笑容相迎道:"高老爷周少爷想必今日再去游江,小人船在此处,请老爷就此上船,价不谕多少,听凭赏给。"说罢,移舟搭跳,扶了上船,十分恭敬。蔡芳见此情形,勃然大怒,骂道:"奴才欺我太甚! 敢在太岁头上动土,难道我没船钱与你么? 想是你活得不耐烦了。"船户道:"小人怎敢欺负公子? 只是他二位昨日已经定下小人的船,今日所以不敢另接他人,还望公子恕饶。"说完,跪在地上叩头认罪,蔡芳哪肯容情。圆睁怪眼,喝令手下伴党:"先将船拆了,再与我痛打这奴才一顿。"这些人向来惯以恃势霸道,欺压平人,一闻公子喝令,就如狼虎一般,七八个大汉抢上船来,一面拆舟,一面揪着船家正欲乱打,吓得众水手魂不附体,叩头如捣蒜一般,连呼:公子饶命。天子见此情形,哪里忍耐得住,周日青也忿火冲天,齐声大喝:"休得动手,我来了。"这一喝,犹如打了霹雳一般,抢步上前,轮拳就打,这班人哪里抵挡得住,早打得一个个头破面青,东倒西歪。

蔡芳看着势头来得厉害,正要逃走,却被日青赶上前,当胸一把,按倒在地,想起他昨日无故羞辱,更加着恼,顾不得招灾惹祸,奉承了他一顿拳头。那蔡芳乃是一酒色之徒,娇养惯的,如何经打? 不消几拳,就口吐鲜血,初还乱滚乱骂,后来呼救不出。天子已将众恶奴打散,深恐日青失手将蔡芳打死,虽则与地方除害,终不免又多一事,故遂上前阻止,早见蔡芳血流满面,喊救无声。众船户见此光景,料其父蔡振武知道不肯甘休,均怕累及。也有将船撑往别处躲避的,也有搬了物件弃舟逃生的,所有傍岸的许多绣艇,顷刻间一艘无存。这且不表。

再说三江总镇蔡振武正在衙中与姬妾作乐,忽见一班家人背了蔡芳回来,满身血污,高叫:"爹爹,快与孩儿报仇!"蔡振武只吓得匀身发抖,急上前抱着儿子问道:"为甚事被谁打得这般厉害,快快说来,为父与你报仇。"蔡芳哭倒怀中,把上项事情细诉一番。蔡振武不听犹可,听了无明火高三丈,拔下令箭,着旗牌立刻飞调部下五营四哨,千把外委,大小兵丁,自己先带一百名亲军及府中一班家将旗牌,齐执军器,飞奔码头而来。

各店铺立即闭户,路少人行,沿途再令中军到江口调集水师巡船,带了打伤家人,作为引线,恐怕逃走此人,不得有误,中军得令飞马而去。

当下蔡振武统兵来到码头,不见一人,只见一只空花船停泊岸旁,忙吩咐各兵沿途跟缉,行见数里,见前有两人在岸上慢行,被伤家人指道:"打公子就是这两个。"各人闻言,发声忙喊,齐举钩枪,上前乱搭。天子与日青正在闲行,出其不意,手无寸铁,日青向能游水,随望江内一跳逃去了。天子方欲回身对敌,不料钩枪太多,已被勾住衣服,各人蜂拥上前。因蔡总台要亲自审问,遂命带领入城。途遇丹徒县陈祥,由两榜出身,实授此缺。为官清正,百姓爱之如父母,今见蔡镇台带着许多亲兵,弓上弦,刀出鞘,如狼似虎,怒目圆睁,带一汉子进城,迎面而来。此人相貌堂堂,似是正人君子,今日被他拿着,定要吃亏,我莫若要了这人,回衙审问明白,若然冤枉,也可设法。想定主意,随即下轿,迎将前来,只见一队队兵丁,排开队伍,拥着这人过去,后面把总外委、武弁、官员,拥护着蔡振武而来。果然威风凛凛,杀气腾腾,坐在马上,怒容满面。陈祥不慌不忙,怀中取出手本,双手一拱说道:"卑职丹徒县知县,禀见大人,愿大人少停,卑职有禀。"

蔡镇台素与陈县主不甚相得,因他为官清正,极得民心,毫无错处,虽欲害他,无从下手,兼之文武不统管属,奈他不得,彼此同做一城之官,见了面却情不过,只得跳下马来,吩咐随行各员,暂立稍候,随勉强笑道:"贵县如有要事,请至敝衙酌议,何必急迫如是? 请道其详。"陈知县答道:"无事不敢冒渎,适才遇见大人亲督兵弁,拥带一人,不知此人所得何罪,乞望示知原委。俾得带回衙中审办,详细禀复。"蔡振武冷笑一声道:"岂敢动劳贵县! 这人胆敢在花艇码头强横霸道,目无王法,还有一帮凶之人赴水逃走,将小儿蔡芳打得吐血不止,死而复醒。随行家人也被他打伤数名,我今捉他回衙,均是重伤,还要追究主使及帮同下手之人,按律办理,不便交与贵县。"说罢,方欲起行,陈县主正色厉声道:"这非营伍中人,或是本处百姓,或是过往商人,应该本县审办。既然打伤公子,朝廷自有律例,百姓岂无公论? 谁是谁非,应照大典,还请大人三思,卑县就即告退。"振武见知县拂然作色,因思想:自己做事任性,必招物议,莫若交县带去,再差心腹人会审,谅老陈也不敢放松。立定主意,遂趋前几步说道:"仁兄,方才所论极当,请即带回贵署。容再差员会审,小儿及各家人受伤轻重,烦即到敝衙一验,务望严究,勿为所欺,实为公便。"知县连忙拱手答道:"卑职自当仰体宪章,秉公办理,终期无宽无纵便是。"彼此一揖,各回衙署。

　　到得次朝,蔡振武差人前来,请本县陈老爷赴署验伤,验得蔡芳并各人被伤深浅,均非致命,填明伤格。蔡振武再三嘱托:"务必追究伙伴,照律重办。明日行堂,我再委本城守府连陞,到贵衙会审。"陈县主只得答应,茶罢,打拱告退回衙。因前日自己儿子与萧探花游江回来,已将诗社中得遇高天赐、周日青及后被蔡芳当面相欺,与日青口角,几闹事端等情早经说知,所以这案情由陈县主已略知底细,更兼平时素晓蔡公子是恃势欺人,专管闲事的,他自己向来最肯替人申冤理枉,怎肯将儿子的好友屈办,奉承蔡振武耶?回衙后,查明高天赐起事情由,果是蔡芳欺人太甚,惹是招非,意欲想一善法,怎奈无可藉词。陈公子也再三在旁恳父亲设计解化。萧洪道:"小侄陞辞出京之日,适与巡视长江河督伯大人一同起程,昨闻宪牌已到大境,莫若姑丈推说办理供给,无暇提审,待他伤口平复再审,便可减轻。"陈玉墀说道:"表兄这话虽似有理,无奈已经验过填明伤格。"陈县主点头说道:"也延迟数天,只可如此,碰机缘罢了。"当即传唤门上家人道:"这几天连老爷到来办会审案,你等回说本县因办巡江总督伯大人公务,绝早出衙去了,请大老爷迟几天再来会审。"

　　家人接连回复连守备几次,把个蔡镇台激得暴跳如雷,大骂道:"这是陈祥主使来打吾儿的,待我审详抚院,看你做得成官否!"随与幕宾商议,捏就虚言说:"伊陈玉墀与己子蔡芳不睦,胆敢暗嘱别人将蔡芳毒打吐血几死,家人亦被打伤,今已捉获,督同该员验伤在案,岂意该县意存祖庇,并不审办,欲行私放。"此词做得千真万确,飞禀抚台,庄有恭大人得接这封文书,素知陈祥是老成稳重之员,此事或有别情,遂面托伯大人到江巡阅之际查办这事。伯达道:"我在这里许久,不能访得主上踪迹,谅必在此左近,我明日到镇江访驾,顺查蔡案虚实。"当下庄大人辞别回衙,一到次早,会同各官到行台送行,伯总督辞谢各官下落坐船,往着镇江进发,一路留心巡视各处防务,均颇安稳,并无冲坏倒塌之形。

　　到了镇江,早见文武大小各官均在码头伺候。船泊码头,众官鱼贯而入,各呈手本,传见已毕。伯大人道:"只留丹徒县问话,余饬回衙办事。"各官闻命,纷纷散去。只剩丹徒知县陈祥,巡捕带领复进中舱,只见伯制军已经换了便服，吩咐免礼，一旁坐下有话细谈。陈祥急步上前，打了一拱手，说道："卑职在此伺候，不知大人有何钧谕①。"说罢即垂手旁立，伯达道："请坐，毋庸大谦。"陈知县连连称是，退到下首末位，侧身向上坐下。伯达道："本部堂从省中下来，庄大人托访蔡总镇告贵县欺藐上司，容纵儿子陈玉墀招聚强徒，将伊子蔡芳及家人数名打伤几死，且伊曾督同贵县亲自验明填格在案，命贵县将人带回衙中，延不审办，意欲相机释放，不识果有此事乎？本部堂在路素闻贵县官声甚好，庄大人亦闻蔡振武父子强霸殃民，所以托我访问，倘贵县有话，不妨从直说来，自有道理。"陈祥闻言，连忙离座打拱道："下官怎敢纵子胡为？还望大人明见。"伯达道："坐了，慢慢细说。"

陈祥复身归坐，遂把儿子陈玉墀、内侄探花萧洪游江看龙船开诗社，遇高天赐、周日青二人，后来怎样被蔡芳欺负口角，次日自己路上遇见蔡镇台亲带兵丁，拥了高天赐进城，因见其相貌轩昂，力带回衙，伯达不等说完，忙问："高天赐现在何处？曾被伤否？"陈祥道："尚在卑县署中，未曾着伤，原欲设法释放，岂料蔡镇台迁怒卑职，捏词上控，幸蒙二位大人秦镜高悬，不为所动，不然，卑县已坠其术矣。"伯制军遂即斥退伺候人员，附耳说道："你果有眼力，这天赐乃是圣上的假名姓，我陛辞之日，已依陈刘二位大人嘱托，沿途查访，恭请圣安，并恳早日回朝，所以一路留心暗访，不意却在此处？你急回衙，不可声张，我随后换了便服来见圣上，快去。"

陈祥闻言，吓得惊喜非常，急辞出来，飞赶回署，附耳与儿子说明，请出这位高天赐，直入签押内房。其时伯达已到，当下一同叩见，自称："臣等罪该万死，望陛下赦宽无知。"天子道："陈卿父子何罪之有？可速守着门外，勿令下人进此。"当下，陈祥父子叩头退出，天子端坐在椅上，伯达跪下奏道："奴才出京之日，蒙大学士陈宏谋、刘墉嘱咐，访遇天颜，代为奏请，恳以国计民生为重，务望早日回京，以安臣庶，上慰皇太后倚闾之望②。"说罢，叩头不止。天子道："朕不日便回，汝且起来，无庸多奏，另有别说。"遂将前在南京叶兵部之事说了一遍，"卿可将他一门家口拿解京都，与兵部府中眷属同禁天牢，候朕回京再办。这蔡振武父子为害地方，

---

①　钧谕——旧时的一种敬辞，下级对上级所用。

②　倚闾(lǘ)之望——形容父母盼望子女归来的殷切心情。闾：古代里巷的门。

若无陈祥,朕躬几被所谋,亦即拿解,着交庄有恭按律量办,以除民害。丹徒知县陈祥,官声极好,救驾有功,暂行护理三江总镇,其内侄萧洪是福建人,新科武探花,武略祥民,俟省亲后,即在该镇中军帮办操防军务。"说罢就在签押桌上写下圣旨二道,交与伯达,仍着会同庄有恭,妥商办理复奏。说罢起身出署而去。伯达、陈祥父子暗暗跪送。伯大人随将督署三江总镇旨意与他父子看了。陈祥连忙望阙叩头谢恩,并谢伯大人玉成之谊,彼此谦逊一番。伯制军因有要事,不敢久留,回船即委中军官带领兵丁并捧了圣旨,到三江总镇衙中,将蔡振武全家拿下,备了移文,解赴省城,并将密旨封在文内,庄抚台见了圣旨,跪读已毕,也将叶兵部家属拿解京都,另委干员署理丹徒县事,陈祥交卸后,则即换了顶戴到任三江,署理总镇印务。各官多来贺喜,不表。

再说此日,天子出了丹徒县衙,适遇日青在署前探听消息,二人同出城来,取了行李,遂搭便船,望那松江府属,一路游览而来。远望洞庭山及太湖风景,又与江中大不相同,渔舟聚集,烟树迷离,别具一番气象。数日之间,船到府城码头,投入高升客店,次早用过早膳,询问店主道:"素仰贵府有四腮鲜鱼为天下美味,是否真的?"店主笑道:"四腮鲈鱼乃敝地土产,每年二三月间极多,现下甚少。"天子道:"原来不是常有的东西。"又问了些风景,遂同了日青出门慢步,一路游玩,只见六街三市,贸易纷纭,市侩牙行,居奇极富,那生意之中以布匹为最,绸缎次之,其余三百六十行,无所不备。苏松自古称为富庶之邦,诚为不缪。将近午牌时候,走过许多海鲜店,留心细看,果无四腮鲈鱼,自以为远游到此,不能一试美味,正在思想之际,忽见两人抬着一个水盆,内中养着活的四腮鲈鱼,不觉满心欢喜,急忙招呼。日青道:"且买了再走。"遂问:"此鱼取价多少?"渔人道:"此鱼在春尚便宜,今这暑天,深潜水底,极为难得,所以一月下网,只获此数尾,每条要费纹银五两,少就不卖,已经新任府里少爷着人一月前预嘱,有即送去,不论价钱的。"说罢抬起就走,飞步向前。

天子只要试新,那惜这些银子,急唤抬回,正欲取银,忽遇一人,身穿轻纱长衫,足着京履,手持金面,头后面随着几名家丁走近,向卖鱼的道:"我前月也曾吩咐,叫你有鱼即刻送来,你既有了怎敢发卖他人?还不与我抬去?"这两个卖鱼的吓得魂不附体,诺诺连声说道:"小的已经说明,他要强买,不干小的之事,求少老爷恕罪。"那人怒目相视,指着天子与日青道:"你好生大胆! 可恶,可恶。"一面押着鱼担,往前面而去。天子就知他是新任松江府之子,满面横纹,凶恶异常,全无一些斯文之气。那旁边看的道:"你算高运的,未曾被他拿回衙中治罪,也就好了。这位伦尚志府大老爷,上任一月有余,未见办过一件公道事,一味听儿子伦昌的主意,鱼肉百姓,若久做此官,不知还要怎样作恶为害地方哩。"天子闻这些言语,心中大怒道:"买鱼可恕,殃民难饶。"急赶上前,拉住鱼担,高声说道:"你虽预先定下,也要让一条与我。"吩咐日青拿鱼,伦昌怒从心起,喝叫家人:"与我拿这两个回衙!"众人正欲上前,早被日青三拳两脚打开,伦昌一见,自恃本领,抢上前用一个高操马的拳势,把日青打倒在地,飞步抢来,意欲捉人,天子见知他拳势不弱,不敢怠慢,飞起一脚,正踢在伦昌会囊之上,登时倒地乱滚叫痛,不知这场人命如何了局,且听下回分解。

第 十 二 回

夺鲈鱼踢伤伦公子　投村庄收罗众豪杰

诗曰：

英雄片语便倾心，喜见姚磷动义情。

绿林自有真豪杰，出场努力诛奸臣。

话说伦昌自恃拳勇，将日青打倒，抢步上前。天子眼明手快，出其不意，骤起蟠龙脚，向着他下部踢来，正中在伦昌肾囊之上，即刻倒地乱滚叫痛，吓得几名败残家人急忙上前救起，飞奔回署去了。日青已经跳起，忙与天子跑回店中，拿了行李，店主因离得远，未知缘故，随收了食用钱。他二人出门去了，本处街邻皆因素恨伦昌，所以都不查问，各自关了铺门，不管闲事。

再说新任知府伦尚志得知儿子受了重伤，气得火上加油，一面请医用药，一面自己亲带三班衙役飞风赶来，到时已经连人影都不见了，只见两面店铺各闭门户，追究街邻，齐说方才打架之后，各自奔散，不知去向。尚志无可奈何，带了几个附近居人回衙追究此人何等服色，出了赏格追缉，不提。

再谈天子与周日青，是日防人追赶，不行大路，向小路而去，连行三十里，天色已夜，只得就近村庄借宿。适遇庄主姚磷，乃是山西巡抚姚国清之子，乃父为官清廉，百姓叫他姚青天。天子也素来知道。今这公子亦极肯疏财仗义，交接四方英雄，所以一见倾心，彼此情投意合，与日青拜为兄弟，认天子为义叔，盛意款留在庄。耽搁数日，欲行，姚公子说道："本处中元七月十五日，有水陆孟兰胜会，大放花灯，超幽施食，以度无主孤魂，热闹非常。"力留二人在此玩赏，再行未迟。仍旧在书房，请二人安歇。天子见他实心相待，也就安心住下。到了这日，城厢内外，均建醮兼放烟火，沿海岸边各设花坛，僧道两教各修法事，各行店铺，此三日内，连宵斗胜，陈设百戏及古玩人物景致，以夸富丽，而祝升平，所以金吾不禁，玉漏莫催，官民同乐，胜过中秋佳节，说不尽那水面胜景，海市奇观，四方之人，

扶老携幼,都到郡城来看热闹,兼到寺院庵堂布施金钱,以结万人胜会,有诗为证:

长江灯市闹喧天,月似中秋赛上元。

千朵莲花浮水面,九层珠塔插云端。

金鳌玉象来三宝,琼阁瑶台列八仙。

普渡慈航逢此节,官民同乐万人欢。

闲言表过不提。

且说天子同日青住在姚磷家内,十分相投,这姚磷乃是一个最肯结交朋友的。今见高周二位,肝胆相照,更加亲爱,而且遇此中元令节,每日在庄与丈人王太公酒筵相待,极尽地主之谊,饮到酒浓之际,或谈诗赋,或讲经典,兵书战策,拳法技艺,精究其理,以广见闻。说至高兴,即到庄外,走马射箭,演习诸般武艺,以消永日。适逢这位天子文武全才,胸中渊博,有问必答,无所不知,各种技艺又高人一等,因此姚公子只恨相见之晚。自十三日前后这几天,都是自己陪着在附近村庄及海旁一带看那水陆灯景,到了十五晚上,姚磷身子不快,不能亲自同往,天子独带了几名庄客与日青信步游行,闻城里今年灯市比往年更胜,即命备了两匹马,与从人一路到松江府城而来。时已二更左右,到了城边,果见城门大开,灯市大兴,一时得意,早把踢伦昌一事忘了,所乘之马,交与庄客看守,自与日青及从人走进城来,看各行店铺排列着许多奇异灯彩,每到寺院之前,更加热闹,醮坛之外,高架鳌山海市蜃楼,装点得极其精妙,比别省上元灯节另是一番气象。一路闲行,不觉已到府前,正在观玩,却被前日跟随伦昌的家人撞见,急忙回署报知伦尚志,他见儿子伤重难愈,正在烦闷,忽得此报,忙传令闭城,知会武营,又亲自带了三班衙役追上前来,顶头遇见。天子与周日青也因这晚饮得酒多,浑身无力,一时抵挡不住,所带几个庄客已经乘乱走了,兵役又多,虽然打退几人也不中用。二人看这光景,料敌不过,回身要走,却被两下长绳绊倒,拥入衙中,正要开堂审问,本境城隍土地及护驾神恐伤圣体,护驾神举手将伦尚志面上一掌,尚志一阵头痛,不能坐堂,只得吩咐权且收入,明日再审。自此每欲坐堂,便觉头痛。

慢说诸神救护。再谈是日夜,姚府庄客躲到众百姓中,混到五更,逃出城门,会同看守马匹之人,飞奔回庄报知,姚磷吓得惊疑不止,大骂伦尚志赃官,定为案情紧急,贪冒功劳,捉我世叔义弟,来塞海眼。我姚磷怎肯甘休！即欲带了拳师庄丁等去讨索，倘若不允，定要动手。王太公道："他是父母官，莫若先礼后兵，写信求情，他如不放，再做道理未迟。"随进书房，修好书信，差家人姚德飞马入城，投递知府衙中，守候回音。姚德接了，赶到府署交与门上，请其呈进。这日伦尚志正在养病，忽接姚磷之信，拆开观看。书曰：

尚志老公祖大人钧座，敬禀者：昨有舍亲高天赐、周日青二人进城看灯游玩，不知因何起见，致被贵差送案，窃查此二人是由家严署内回家公干，在庄一月余，并未出门，岂贵差私意或线人搪塞，抑因案情紧急，欲以面生之人胡乱结案乎？严刑之下，何求不得？肯即推念愚父子薄面，曲赐怜释，感激高谊，非止一身受者已也。谨此保释，仰祈俯允，实为公便。治晚生姚磷顿首。

伦尚志拍案大怒道："原来是姚磷这狗头，仗父之势，主使高天赐、周日青二人将吾儿打伤，幸吾将此二人拿着，他还敢写信保释，分明恃势欺压我，难道惧你不成？"越想越气，喝门上家人，将下书人带到面前，姚德上前叩头，伦知府将案一拍，大骂道："你主人好生可恶！暗地使人将我公子踢伤肾囊，死活尚在未定，还敢写信来保，明欺本府奈何他不得，你问他，应得何罪？"喝令左右与我乱棍赶他出去。将来书丢在地下，姚德拾起，早被衙役一路打出府署，只得忍着痛，奔回庄中，见了姚磷，把上项事情哭诉一番，气得姚磷暴跳如雷，到底是少年公子，不知王法厉害，一时性起，点齐合庄家丁，共有二百名，暗藏军器，分作几起，赶进松江府城。到了府署头门，也不来见知府，亲自带领三十余名家丁闯入府署，谁不认得是姚公子，急忙闪开，姚磷喝问："高周二位现在何处？"差役只得带他相见，随即同了二人出城回庄而去。

及至伦尚志闻报，点齐差役追来，已经去得远了。只得回衙说道："姚磷畜生，如此目无王法，待我禀知上宪，再来问你。"随唤打道，正欲出门，适本县到来请安，兼问姚磷因何这样。知府就把始末详细说知，遂约他一同去见苏松太道朱良材，设法擒拿，随即一同上轿，到了道署中，参见已毕，伦知府将事详细禀明，求大人捉拿姚磷治罪，以警凶横。朱道台闻言也吃了一惊，说道："这还了得，只是若要点兵围捉，万一有伤官兵，这事就弄大了。而且姚巡抚面上也不好看，彼此官官相卫，岂不存些体面，不如用计骗他到来，将这几个一同拿了。知会他父亲，始行照办，此为正礼,兼且公私两尽。"府县齐声道:"大人高见极是,只怕他不肯来,这便如何办法?"道宪云:"这姚磷也没什么大罪,所不合者,抄闹衙署,若高、周二人斗殴伤人致命,亦不过以一人抵命,谅他必然肯来!"议定随即着妥当门丁,拿道县名帖,即往姚家庄请姚公子明午到衙赴席,兼议要事。姚磷不知是计,应许明日准到。

是日各官同至道署,专候姚磷。这姚公子自恃血气之勇,全无惧怕,公然乘轿进城,竟入道署赴席。当下见道宪及府县均在座中,随即上前见礼,各官念他父亲面上,也只得先以礼待,各自礼毕茶罢,一同入席。饮至中巡,朱道台开言问道:"昨闻贤侄亲到府署中抢回高天赐、周日青二人,其事果否? 这两人原因踢伤伦昌贤侄,死活未定,所以本府将他暂收,以候伤愈再行公办,贤侄知法犯法,如此行强,若本府通详上宪,请旨办理,这就连令尊大人也有不便之处,本道因念彼此世交,不忍贤侄遭此无辜,力为调处,务即将此二人交出,自有公论。若仍恃勇不交,本道亦难徇情曲庇矣。"姚磷拱手说道:"晚生承大人见教,敢不遵命,只是高天赐、周日青二人自到舍下,将近一月矣。每日不离晚生左右,未曾出门,从何打伤伦公子? 讵于十五夜进城观看灯景,竟为伦府家人错认拿住,斯时晚生也曾专禀伦公祖代为辨明,不料伦知府偏信家人胡指,急于为子报仇,不容分说,将晚生家人姚德棒棍赶出,是以晚生气愤不过,亲至衙中,带回高周二人。如果确有凭据,自当即刻交出,若无打伤确切见证,只听自己下人一面之词,枉屈无辜,断难从命。"伦尚志闻言,气倒座上,道宪见姚磷再三不允,也就变脸,命将姚磷拘禁,随委知县王云到姚家庄捉拿高、周二人,一同候审,叮嘱不可乱动府物件,以存体面,姚磷自知中计,只可耐着性子,再作道理。

再谈本县王太爷即来到姚家庄下轿,步入中堂,命人请贾氏及老太君出来,把上项事情详细谈知。仍安慰道:"这事原与公子无涉,不过暂行留着,恐他生事,只要交出高、周二人,并无他碍。"天子在内听得,恐怕连累姚磷家属,与日青挺身而出,自愿同去。别了太君,跟随去了,老太君吓得心惊肉跳,挂着儿子,坐卧不安,随请亲家王太公入城探听消息。王太公闻言也觉十分着急,忙奔入城,花了些银子,走到县中见女婿并高、周二人。大家商议脱身之计,姚磷托他亲到海波庄面见崔子相,请他设计。王太公即放下些银两,嘱托差役代为照应,急赶回庄,对老太君说知,并且安慰女儿一番。即日起程,往海波庄而来。

再说这崔子相,世居海波庄,乃是水陆响马头领,家中极为富厚,专打抱不平,交结英雄好汉,生得相貌堂堂,身高七尺,力大无穷,学就武艺拳棒,件件精通,手下一班结义兄弟,都是多谋足智,武艺高强,并无打家劫舍为害百姓等事。若打听得有赃官污吏与私走大贾,断断不肯容情,必欲得而甘心。且保护附近一带村庄,店铺,田地,圩场,坐享太平,并无别处盗贼敢来侵犯,所以各居民自愿私送粮米与他,文武官员见其如此正道,亦不来查问。姚磷自小与伊同师学习技艺,结为生死之交,彼此义气相投,肝胆相照,遇有患难,互相救护,赴汤蹈火,在所不辞。是日,崔子相正在庄中与各家兄弟比较枪刀拳棒各种战法,庄客报道:"姚家庄王太公要见。"崔子相知是姚磷的外父,急忙出迎,请进庄中,见礼已毕,捧上香茗。王太公又与各好汉一一相见,彼此坐下,子相拱手问道:"不知老伯驾临,有失远迎,祈望恕罪。令婿近况何如? 老伯因甚光降? 请道其详。"王太公道:"岂敢! 老汉特为小婿被困县中,着我赶来,恳求务望出力相助为幸。"子相大惊道:"原来贤弟受屈,不知因何起见,老伯说明,小侄当为设法。"王太公随把起事情由详细诉明,崔子相听了沉吟半晌,方才说道:"我处带齐众兄弟们,暗入松江府城,救出贤弟及高、周二人,也非难事。只因姚老伯现任山西巡抚,如此做去必然带累,这便如何是好?"旁边激怒一位义弟,名唤施良方,大叫道:"事到如今,也顾不得许多,只要我们进去,并不惊动百姓与官库钱粮,只结果了伦尚志狗官父子,将姚二哥等三人救了出来,到我庄居住。预先请王老伯将姚府家眷搬到此处,他就请兵来捕,我等与他对敌,就不干姚老伯之事了。"子相此际也无别法,只得叮嘱王太公快些回去,搬取姚府家眷上下人等到海波庄居住,以免受累。随后带着施良方、金标,这两个头领都是少林寺门徒,皆能飞梁走壁,如步平阳一般,拳棒武艺,十分高强,也算海波庄头等好汉。当下与手下庄客十余名,兄弟三人分作三起,陆续混进城中,在府署前后赁房住下,暗约王太公搬定姚府,到来知会,就着入内,通信定下计策。到了八月十五晚上,王太公买办三牲羊酒等物,着人挑进县里,说是姚磷公子在此多蒙照应,因此与你们大家一醉,各役闻言,十分喜悦,接了进去。忙办齐整送至姚公子房内摆下,姚磷只顾劝酒,待他们欢呼畅饮。酒至半酣,暗将蒙药浸入酒中,把役灌醉,是时,已及四鼓,房檐之上跳下施良方,走上前将锁链开了，复上瓦面接应着他三人。走出门外，爬过城墙，此处埋伏几名庄客，预先在此等候，同伴出城。

再说崔子相与金标，将军器马匹叫手下人预先带到北门外关王庙旁僻静地方守候，他饮至三更时候，走到衙门后花园慢慢爬过后墙，跳将下去，走入后堂。遥见伦尚志还与爱姬饮酒，只听见伦尚志道："你看今晚，这月被云遮掩，令人少兴。我因公子受伤，医家皆云难治，是以久不见功，今仇人虽获，尚未定实罪名，听道台的意思，是不肯难为姚磷这狗子，我真气闷不过，兼之我前日办了几件案情，未免弄些银子，本城的百姓传说我贪赃枉法，若被上司知道，有些不妙，想将起来也无心饮酒，莫若早些安睡罢。"又听得有一年轻女子答应道："老爷，何不将此造首事的愚民，办他几个警戒，以后就不敢乱说了。"伦尚志道："也说得有理，明日就差你哥出去暗中访察，捉几名回来，办他一个毁谤官长的罪名，枷在头门作为样子也好。"即命下人收拾杯盘，进了上房，闭房门上床睡了。直至四鼓，方各睡熟，崔子相在腰中取出火种，点着闷香，托开房门，来到床前，一刀结果伦尚志，又到伦昌房内，也就一刀，走将出来。从瓦面飞跳出去，飞身上马，离了关王庙，赶到小路，大众会齐同回海波庄而来。到得庄中，姚磷与高、周二人再三致谢各英雄，彼此畅谈，唯姚磷愁眉不展，恐父亲为官为他所累，高天赐极力安慰说道："京中军机刘中堂与我有师生之谊，纵有天大事情，自有高某担当，你不必愁闷，只管放心。只要禀知令尊，请他无庸害怕，我这里自有回天手段，断不累汝父子。"姚磷闻言大悦，进内堂安慰母亲妻子。

且说松江城内十五晚上知府父子被杀，县中又走脱姚磷、高天赐、周日青三人，道宪连忙飞调兵差，将姚家庄团团围住，打开庄门，并不见一人，连家中什物也都搬了干干净净，明知此事必是姚磷私约贼人谋杀知府，一面审详巡抚总督，一面出列赏格，购线追缉各凶手，军民人等有能捉获及报信者，赏给花银千两，各门张挂告示，画影图形，追拿甚严，不数日，闻有人通报，探得姚磷家眷逃往海波庄崔子相家内，苏松太道朱大人闻报，即刻赏了探子，禀知抚院庄大人发兵调将前来会办。登时调集属下武营各官马步兵丁，除留守府城外，共带兵马一千，飞奔海波庄而来。巡抚庄有恭，接了该道请兵文书，吃了一惊，即命抚标中军高发仕统精兵五千，浩浩荡荡杀奔海波庄而来。

再表是日,崔子相与姚磷各家兄弟正在庄中同高天赐、周日青、王太公大众议论兵机战策,各家武艺,钦服高世叔才高学广,正讲得高兴之际,忽见庄丁飞跑到厅,禀道:"列位老爷,不好了! 小的探得庄大人委高发仕统带精兵五千,从省城一路杀来,朱道台亲自带领人马一千,分水陆两路由府城一路杀来,两处人马在即日就要到庄。请令定夺。"各人听罢,齐吃一惊,虽然招齐水陆响马各处山寨英雄,亦有数千,可以迎敌,只是官兵势大,兵连祸结,不是好事。姚磷更加惊慌,各人也有不乐之意,只见高天赐呵呵笑道:"你们不用惧怕,有我在此,这些人马包管无用。看我略施小计,自然平安无事了。"众人听了半信半疑,不知他有什么手段。姚公子急忙拱手说道:"世叔即有妙计,请即早日施行,莫待兵马到门就迟了。"高天赐点头道:"是。"走回自己卧房,即时暗中写下圣旨,盖下御印,外用纸封好,不与各人知道。对日青附耳说知,叫他一路迎着高发仕这支人马,见了高发仕,说有圣旨要见庄有恭,着他暗中知会朱良材,暂将两路人马分扎庄外,差官同你进城投递,不许声张。周日青会意,即刻起程,走不多远,正遇高发仕人马,随即进营,备细说知,这高参将也知近日圣驾在江南游玩,只得遵旨。一面知会朱巡道兵马一同安下营伞,一面着手下都开府陈邦杰护送日青到抚辕,对巡捕说知,庄有恭连忙大开中门,排列香案,跪接之后拆开一看,乃是御笔草书,写道:

朕昨到松江欲尝四腮鲈鱼,几为伦尚志父子所害,该员性极贪鄙,鱼肉子民,朕已命姚磷等于救驾出去之时,将其父子杀却,此案可即注销,毋容追究。差来海波庄人马,火速调回,知会刘墉等不得归罪姚磷之父,朕日内亦将往别处游行,卿宜照常办事,不必前来见朕,以避传扬,钦此。

庄有恭接过谕旨供在中堂,随即请了圣安,与日青见礼,请教名姓毕。日青道:"大人只宜机密照办,不可声张,小可即刻回庄报知,以慰圣心。"抚院相送出衙,日青复命不提。

再说庄巡抚刻即着调回两路兵马,将松江案注销,另委知府署理松江府印务,移文军机,毋庸议山西巡抚纵子私害命官之罪,一概妥协,安静如常。是时,庄中崔子相、姚磷诸人,只见周日青带信去后,果然两路官兵安扎庄外,偃旗息鼓,并不耀武扬威,住了数日,周日青回来,这两处人马随即退去。各人十分惊喜,私相忖度,大约高天赐世叔必是王亲御戚,始有这样回天手段,均各倾心敬重,极意奉承。崔子相将自己亲生四子,长子崔龙,次子崔虎,三子崔彪,四子崔豹,胞侄崔英,拜求高世叔教习诸儿武艺,天子因见诸人都有忠义之心,这五个孩子年虽幼小,都在成丁之岁,相貌英俊,技艺虽略知晓,未得名师指点,不能精妙,倘能学成,都是国家梁栋之器。崔子相又如此敬爱,义气深重,所以就极口应承,暂住庄内,与各英雄高谈阔论,讲究兵机,或跑马骑射,以及武勇,倒也快乐。这且不说。

再说抚标中军高发仕,此人乃是白莲教中人,是时回省复命之后,因知天子现在海波庄,遂起了谋反之心,私下差人暗约白莲教军师朱胡吕。此时朱胡吕奉了八排白莲教洞主杨、宾二太王之命,私下游历江南,接交群贼,与各赃官入教者相机而动。意欲谋为不轨,今得了高发仕之信,满心欢喜,连忙知会宾、杨二位,发贼兵陆续到来接应,一面招集附近会中各路群贼,共有二千余人,高发仕也带了心腹亲军五百名,私出省城,暗将家属移往别处,前来助战,将海波庄前后困得水泄不通。此际,庄内崔子相等并无防备,忽见贼兵杀到庄前,四方围困,吓得大众惊疑,不知是何缘故?再三着人探听,方知白莲教匪起兵前来劫驾谋反。幸而崔子相也是雄霸一方,这海波庄虽无城郭,也起造得极其坚固,庄丁等共有千余精壮,各头领除施良方、金标、崔家父子、姚磷外,另有十余名,都是武勇高强,尚堪迎敌。事到其时,天子只得据实对他们说知。面许各人,奋勇退贼,各加重赏,各人连忙叩头谢过圣恩不究失敬之罪,诸人此际雄气十倍,情愿效死以保圣驾。崔子相忙奏道:"此事还须着人杀出重围,到省城调取救兵,内外破贼。"随有金标挺身愿往,天子即时写下圣旨一道。命其到省见庄巡抚,叫他发兵前来。金标答应,结束停当,提枪上马,怀中藏了圣旨,一马当先冲出贼营,不知能否杀出重围,且听下回分解。这正是:

　　仁君被困孤庄内,义士冲围取救兵。

第 十 三 回

妖道人围困海波庄　玉面虎阵斩高发仕

诗曰：

　　　　邪正原来自古分，白莲教匪枉劳心。

　　　　群雄赴义施威勇，杀贼安邦辅圣君。

　　话说金标饱餐战饭，上马持枪，当先冲出庄门，杀奔贼营而来。这时朱胡吕安营未定，措手不及，被金标拼命杀进营盘，远者枪挑，近者铜打，自古道：一人拼命，万夫莫当。这金标乃是有名勇将，一条枪、一柄铜何等厉害，所向之处，锐不可当。正在冲踹贼营，忽见当头一员贼将拦住去路，金标抬头一看，见这贼将头戴镔铁盔，身穿乌油铠，座下乌骓马，手执赤铜刀，生得两眉倒竖，面肉横生，蛇头鼠眼，海下连鬓胡须，左悬弓，右插箭，虽不惊人，倒也猛勇。金标认得他是抚标中军高发仕，遂大骂道："反贼，枉食朝廷俸禄，助奸叛逆，禽兽不如。"高发仕被他骂得羞惭满面，低头偷看来将，银盔素甲，白马银枪，腰佩银装铜，飞鱼袋里藏弓，走兽壶中插箭，面如满月，唇若抹脂，生得威风凛凛，相貌堂堂，声如洪钟，骂声不绝。高发仕答道："该死奴才，休得无礼！快把狗名报来，好待我取你性命。"金标道："我乃海波庄义士玉面虎金标是也，绿林中朋友谁不畏我！"

　　高发仕闻言，暗暗吃惊，却因久闻海波庄玉面虎之名，倒要留心。金标纵马挺枪，分心就是一枪，高发仕连忙架开，回手一刀，兜头就劈，两个搭上手，走马盘旋，冲锋过去，却战有八九个回合，马打十余个照面。金标恐有贼人前来接应，不敢久戏，恐误正事，买个破绽，虚闪一枪，往前冲围而走。高发仕不舍赶来，金标大喜，故意将马一慢，高发仕追到，双手举刀，从背后尽力劈来，金标扭转身来，左手横枪向上，将刀格开，右手抽出腰中银铜，望高发仕颈上打来，打得连头不见了。这叫个秦家杀手铜，高发仕尸身倒下马来，手下将兵奋勇围将上来，被金标连挑数员，杀散众兵。飞马往省城大路而来，朱胡吕赶来已经去远，已追不及，只得收点残兵，这一阵被金标杀死上将十余员，精兵七百余名。朱胡吕十分气恼，随即收葬各尸,另派贼人把守要路。

再说天子与各英雄在高楼之上,用千里远镜照见金标打死贼将,杀死贼兵不计其数,冲围而去,心中大悦,说道:"金标武勇如此,堪为国家上将!"诸人齐声称贺道:"此实圣上洪福使金标立此奇功。"此时,圣主再将庄外四面一看,只见近庄围绕都是鱼塘,只有进庄一条大路,生得弯弯曲曲,都要经过各炮台,庄外围墙起得极其坚固,楼上排着钢炮、鸟枪,火箭等物,军装齐备。崔子相奏道:"请主上宽心,小臣庄内粮草可以支应半年,火药炮弹亦堪足用,弓箭军器颇可应敌,只须派人轮流看守望楼,他就有数万贼兵,也难进庄,兼且附近围墙均有陷坑,内有毒药、竹钉,人若误踏,见血即死,纵来攻打,亦不惧他。"天子随命子相分拨诸将各守望楼,崔子相就派姚磷、施良方与四子一侄及自己各带副头领二名、精壮庄丁五十名分守庄内八座望楼,东、南、西、北各路要口,又请周日青统带五百名庄丁巡查,兼且接应各楼砲子、火药、弓箭等物,将庄桥扯起,紧闭庄门,落下千斤铁闸,仍留王太公陪伴圣驾。更派妥人司应饭食,茶水,油烛,火毯,以防夜战。天子见他调度有方,守备得法,倒也安心。自与王太公各处游行,以观动静。

且说朱胡吕到了次日早晨升坐帐中,唤高发仕之子能霸将他父亲棺木运回安葬,他因安营未定,先丧名将,即欲攻打,以泄此恨。当下高能霸领棺回去,后至半路,遇风沉船,一家大小尽葬鱼腹,此乃为臣不忠之果报,后人有诗记之。诗曰:

　　欺心奸贼逼明君,天灭全家绝祸根。

　　只为帝王洪福大,绿林豪杰也归真。

是时,朱胡吕打发高能霸去后,遂问帐下:"哪位将军前去打庄,待贫道押阵用法相助?"只见一将应声愿往。胡吕一看,乃是先锋毛英,随吩咐小心,毛英说声:"得令。"连忙结束停当,头顶竹叶水磨铜盔,内穿苗锦战袍,外罩连环锁子甲,腰藏十二枝飞标,座下一匹卷毛赤兔马,手持一把三尖两刃刀,面如獬豸①,海下一部连须,一马当先,来至庄外。朱胡吕亲押后队,随来讨战。天子在庄台上望见贼兵耀武扬威杀奔庄来,忙问崔子相等:"谁去退敌,杀败贼人,朕当封赏。"只见姚磷挺身而起:小臣愿与贼

————————————

① 獬豸(xiè zhì)——传说中的异兽。

人决一死战。天子正欲允行，忽见施良方上前奏道："姚贤弟，未可轻身。臣闻白莲教军师朱胡吕擅用妖术，适才遥望贼阵，后队八卦旗下，有道装妖人，谅必是他，今只宜先令一员勇敢副将，先探虚实，臣与姚磷等分兵两翼，各备枪弩，埋伏在左右阵内，以便接应。庄门之内，整齐火炮，以防冲进，如此方不至疏失。"天子闻言，点头应道："施臣所见极为妥当。"随问副头领中，谁去破敌建功？早见一员猛将应声愿往。众视之，乃是步军教头雷文豹，此人臂力甚大，武艺皆精，现充庄内教习头目。

子相大喜道："雷教头出阵极好，只要小心，防化妖术。"雷文豹说声："得令。"带领五百步兵，姚磷、施良方亦各点五百名马步庄丁，各藏火箭、枪炮，分左右后队，一声炮响，大开庄门，杀将出来，三队人马，品字不可成阵势。雷文豹手提铁棍，当先出阵，大骂："何方毛贼，敢来送死。"此时，贼将先锋毛英正在辱骂讨战，只听得一声炮响，战鼓如雷，庄门大放，三员大将带领三队兵马，陆续杀将出来，为首一员步将，身高八尺，膀阔腰粗，头如巴斗，眼似铜铃，身披软甲，足蹬多耳皮鞋，手中铁棍约重三四十斤，威风凛凛，杀气腾腾，高声大骂，飞步前来引战。毛英在马上喝道："来将通名受死。"雷文豹大怒道："吾乃海波庄崔大王麾下大头领雷文豹是也！你这苗贼，快把狗名报来，功劳簿上好记我大功。"毛英激得獬面通红，大叫道："吾乃八排国师朱麾下正印先锋毛英是也。奉了将令，前来捉你君臣，你若知机，快快回去叫崔子相将天子献出，得了天下与你平分；如若不然，杀进庄来，寸草不留，悔之无及。"雷文豹大怒，喝声："苗狗！休得胡说！看老爷取你性命！"手起一棍，照马头扫将过去，毛英忙用三尖两刃刀相迎，马步交腾，一场恶战约有三十个回合，马步打了六十个照面，那雷教头使动手中这条四十斤的双头铁棍，犹如风车一般，进退灵便，棍棍都往毛英要害打来。这毛英虽然猛勇，怎奈步骑相交，十分费力，却被雷教头左一棍，右一棍，或在前，或跳后，毛英顾人顾马，勉强招架，杀得呼呼气喘，力尽筋疲，只得拖刀纵马，望着本阵败将下来。雷文豹喝声："往哪里走！"踩开大步紧紧赶来，手下步兵一齐奋勇追杀苗兵，如斩瓜切菜，上前乱杀。

朱胡吕在门旗内看了大惊，急忙拔下宝剑往东方一指，喝声道："疾"。登时起来一阵怪风，天黑地暗，日色无光，他在葫芦中倒出一把草豆，望空一撒，口中念念有词。雷文豹正与手下各庄客追杀贼人，忽然伸手不见五指，飞沙走石，撞面打来。忽见一队神兵，带着无数豺狼虎豹，抢来扑人，吓得各步兵魂不附体，回头就走。胡吕指点苗兵乘势追杀转来。雷文豹身带重伤，五百壮丁自相践踏，夺路败回。幸遇后队姚磷、施良方，一见黑雾遮天，就知妖法作怪，连忙放起火箭，点着火把，败军往光处奔回，后面妖物引着朱胡吕大军追杀前来。施良方急传令：各人不许乱跑，违者斩首。各庄客站定，同将火箭枪炮，尽力望着那怪物打去，只见各妖物被火药、阳光冲开，不能抢前。朱胡吕见有准备，也只得收回妖法，退入妖营。此时姚、施二将，分兵两翼，让过败兵，护着雷文豹慢慢退进庄来。这回一胜一败，两家都有伤损，雷教头虽被重伤，幸不致命，急忙用药医治。天子各加奖劳，令崔子相记上各人功劳，死伤庄客查列名姓注册，候朕施恩，又连称赞：幸得施良方能于料敌；苟不如此，设被此庄必为所乘，论功当居第一。古人云：多算胜，少算则不胜，良不诬也。是日，大排筵宴，为众压惊，这且不表。

再说朱胡吕收军回营，查点各兵，共死伤五百余名，偏将被雷文豹杀死八员，伤者十余员，这回若不是我用法取胜，毛英必死在这个贼之手。先锋毛英即上前叩谢军师搭救之恩，座中忽有一员大将，高叫："军师！何长他人志气，灭自己威风。明日待本帅临阵，管叫杀他一个片甲不回，如不能取胜，敢当军令！"朱胡吕看见统军大元帅苗威，此人力大无穷，使一把溜金锁重六十四斤，有万夫不当之勇，在八排苗洞之中，推他为头等好汉，故此目中无人，敢夸大口。朱胡吕带笑说道："既是元帅亲自出马，也要小心。这崔子相等也是有名上将，素号无敌。你看前日冲围的金标，就可概见了。高发仕如此英雄，尚且丧在他手，临敌之际，务须加意提防，不可徒然恃勇，是所切嘱。"苗威道："本帅自有道理，军师放心，毋庸畏惧。"朱胡吕道："但愿马到成功，旗开得胜！我主之幸也。"到了次日天明，朱胡吕国师升帐，早见统军大元帅、蚂蚁山山狮洞主苗威全装披挂，带领本部八百精壮苗兵别了朱胡吕，提锐上马，杀奔庄前而来。朱胡吕见他恃勇轻敌，恐防有损锐气，暗暗领兵遥为接应，这且不提。

是日，天子在聚义厅中汇集各英雄，商议退贼之计，忽见庄内守门军卒跪报："庄外有贼人讨战。"忙问施良方、姚磷、崔子相等道："朱胡吕妖贼厉害，当用何法可破？"施良方奏道："臣已整被乌鸡、黑狗，出阵时杀血和杂污秽、粪草、缚附箭枪码之上，若遇邪法，一齐施放，或藉我主洪福必能克敌,今我军仍分三队,首尾衔接,以便救应,何惧贼兵之有。"天子大喜道:"卿调度有方,定能制敌。朕有何忧!"早有姚磷、崔子相、崔龙三人愿与施良方一同领军出战,议定姚磷当先破敌,施、崔二人左右救应,那时节便唤起庄丁五百名,各暗藏枪炮,箭附秽物,埋伏两翼之内。分派定妥,各自提了军器、放炮,杀出庄来。且说前队姚磷来到阵前,把马勒住,只见对阵一员苗将,獬面环眼,海下浓须,身高八尺有余,腰粗臂阔,手持溜金锏,座下青鬃马,内衬苗锦战袍,外罩鱼鳞甲,头戴铜盔,生得十分凶恶。姚磷看罢,大喝道:"贼将通名受死!"那苗威正在讨战,忽听炮响,庄中飞出三队人马,品字摆开,为首一员大将,头顶金盔,身披锁子连环甲,内穿大红战袍,左悬弓,右插箭,生得面如冠玉,目若朗星,颏下微须,身长九尺,腰大十围,座下赤兔千里马,手持青龙刀,貌如天神,年约三十岁光景,耀马扬声喝问姓名。苗威答道:"本帅乃宾大王驾前统兵大元帅苗威是也!你若知本帅厉害,快快下马投降,免你一死,如若不然,不要后悔。"姚磷笑道:"无名鼠辈,有何本领?不过借此妖道邪术,今日遇了本公子,只怕死在目前,还敢夸口胡言!吾乃山西抚院大公子姚磷是也。奉旨前来取你狗命!"大喝一声,犹如平地打了一个霹雳,耀马一刀,望着苗威顶梁门盖将下来,势如泰山一般,好不厉害!苗威大叫:"来得好!将锏往上一架,走马冲过:回手尽力一锏,劈将过来,也是非同小可,二人搭上手,如走马灯一般,一冲一撞,一来一往,战有数十个回合,马打百个照面,正是棋逢敌手,将遇良才,不分高下。施崔二将,左右八字样押住阵脚。苗阵上毛英及各副将一字排开,遥为接应,两边摇旗呐喊,战鼓如雷,从辰至未,仍无胜败,暗中想道:"这苗威,果然枭勇,必须用拖刀计斩他。"随虚晃一刀,回马就走,施良方见他刀法未乱,忽然败走,料知是计,知会崔龙,仍然押住阵脚,不来救应,诈作不知,苗威见姚磷败回,大呼:"走的不是好汉。"随后飞马追来,姚磷听得后面铃音,知他中计。对阵朱胡吕远望苗威恃勇追赶,恐防姚磷有诈,急令鸣金收军,苗威哪里肯听,只顾赶来,姚磷待至近身,忽勒马回身,出其不意,用尽平生气力,举刀迎头劈来,苗威一时措手不及,想招架也来不及,大叫一声,连人带马劈为四段,姚磷取了首级,复领兵冲过阵来,逢人就杀,勇不可当。苗军抵敌不住,毛英败走。后阵朱胡吕赶到,接着混战。施、崔二人,分兵两翼,进前助战。

朱胡吕料难取胜,心中十分气愤,急忙作起妖法。顷刻间,天昏地暗,鬼哭神号,狂风大作,飞沙走石,无数神兵押着群怪杀将过来！姚磷与各庄客大惊,退后便走,施良方急命发着火器,让过退兵,将各秽物一齐射上前去,只见一霎时,各怪物变为纸剪草人,纷纷从空跌下,天色开朗,风沙尽息。朱胡吕见破了法术,越加愤怒,急在豹皮囊里取出五毒神针,拿在手中,口念真言,望半空祭起五色如云,往对阵打来。姚磷正在当先,乘破撒豆成兵之术,奋勇攻杀,不提防他一神针当头打将下来,大叫一声:"不好了！"将头一偏,中在左膊肩背之上,痛苦难当,几乎堕马,伏鞍逃回。朱胡吕连祭此针,打伤副头领及各庄丁数十余人。施良方一见大惊,急用强弓、硬弩、火箭、枪炮敌住贼人,保护着姚磷并受伤诸人一路陆续退入庄内。吩咐闭庄门,挂起庄桥。朱胡吕也因鸟枪弓箭厉害,不敢十分逼近,当即取了苗威尸首,引兵退归,用棺收殓,就地埋葬。一面修表奏知苗王宾、杨二元帅,请即火速添兵前来助战。

再说天子在望楼之上,看见姚磷斩了贼帅,我兵大胜,施良方连破妖法,圣心大悦,正在赞叹诸将忠勇之际,后来看到姚磷中毒,兵将受灾退回,此时圣驾忙来看视,只见姚磷等被伤诸人纷纷进庄,各皆昏迷不醒,着伤之处,肿胀黑硬,极其沉重,命在顷刻。姚家婆媳王太公及伤者各人父母妻子皆来围着,虽哭声凄惨而各无怨言。此时圣心忧愁之下,忽悟自己所穿五宝珍珠衫最能避邪解毒,其避水火二珠已经历试不爽,何不将来一试,或能有济,诸人就有生机,一面想,即将贴身宝衫脱下,先在姚磷伤处将宝衫四围旋转,似觉随手消肿,未及数次,肿毒全消,其痛若失,姚磷如醉方苏,跳将起来。各人均如法医治,一时尽愈叩谢天恩。皆云:"陛下有此神物,实乃国家之福。"崔子相吩咐备酒与众人压惊。天子席中与众将商议道:"破贼不难,总要设法拿了妖道余党。"诸将道:"我主所谕极是,然妖道朱胡吕十分厉害,怎能捉得他？倒要先访一人,将他治服,说话才稳当。今除非暗地差人到江西龙虎山,召请天师府张真人来,始可破他妖法,否则即金标召得勤王军士到来,谅这些兵将遇了妖术,也难抵挡。"

天子正欲允行,却见崔子相长子崔龙跪下奏道:"小臣师父云霞道人,姓黄号野人,系山东罗浮山黄龙观主,前云游到此,收臣兄弟为徒,教习武艺、韬略已经三年,每年必到臣家住数日或数月,驱邪治鬼,祈雨求晴,又肯方便济人,故所至之处,民皆遮留,因此亦不肯轻出。半月之前到此,现住吕祖庵中,此庵在本庄香火颇盛,唯师父一切食用均由臣家供奉,当此之际,询其破妖之事,定有良谋。"崔子相忙接口说道:"非臣儿提起,臣儿忘却。三载之前,伊曾云:三年内,此庄必有大敌,恐被妖人所困,宜先在庄内起造四面望楼八座,庄外添设鱼塘,修固四面墙垣,以资防守,方保万全。今所有进庄盘道,各楼一概形势均伊布置,并嘱多贮余粮、炮械,更丞教练庄丁,今日有备不为苗贼妖道所乘者,皆借此道人之力,似其预知今日遭困,故特传授臣儿技艺,指点微臣,整理战守,实则保护圣躬。正所谓:圣天子有福百灵相助,诚非虚语。"

天子听罢这番说话,满心欢悦,说道:"这道人既能知断非凡辈,且有大功于寡人,若非早说,几乎使朕当面错过,卿可代朕前往恭请此道长来到。崔子相连忙领旨,亲到庵中,见了黄道长,告明此意,道人并不推却,欣然同了子相上马来到府前,同入府中。圣天子见他童颜白发,飘飘然有神仙之态,连忙起座相迎,着以常礼相见。黄道长上前稽首,口称:贫道山野庸夫,知识浅陋辱承顾问,唯恐失当,望陛下宽恕疏狂,实为万幸。"仁圣天子温语慰劳,谢其布置保护之力。随询可破朱胡吕妖术之策,道人奏道:"陛下合该有这几日虚惊,今已应过,且待各路勤王兵马齐集,便能截断贼人归路。斯时待贫道自能破其妖术。朱胡吕等不难一鼓而擒,现在外援未至,纵使取胜,贼必四散害民,不若权且忍耐,以俟内外夹攻为妙。"天子大喜道:"得仙长如此仙机,朕何忧焉?"遂命人出探救兵,准备破敌,一面送道者回庵,待时而动。

再说金标奋勇冲出重围,飞报中丞,有机密圣旨,直入抚署,命把门军士,飞报中丞有机密圣旨,快须迎接。庄巡抚即刻接进内室,排开香案,拜读诏书。诏曰:

朕在海波庄,现为苗贼朱胡吕所困,特命金标冲围前来,卿见诏,宜即火速调集附近水陆各军,星驰前来破贼,速速!勿延,钦此。

庄抚院见诏大惊,忙与金标见礼,金标随把高发仕通贼劫驾等情说知,大人宜火速调兵前去,恐庄内不能久守,万一有失,非同小可。庄有恭闻言惊道:"原来他参将胆敢谋叛,此乃下官失察之罪也。不道伊两日前告假出省,悖逆至此,幸为将军所杀,其功不小。"语罢,不敢久待。立时点齐步马水陆各军,暂命副将徐昭署理中军事务,带领战将十员,从水路督率战船先行,自与金标部下将领,由陆路星夜飞奔海波庄而来。再出令,除留兵官紧守城池外,更发水陆兵三万,前来接应,一面知会海边关提督姚文陛即是姚磷胞叔，并河道总督伯达，各起兵飞来助剿。

当下兼程倍道，不分日夜，赶到海波庄，离庄三十里，探马报道："我军不可前进，前面数里就是贼营，请令定夺。庄大人闻报，随将水陆两军相度要隘安下营寨，知各军一路辛苦，歇息一宵，次早升帐。探子来报海边，闻提督姚文陛、河道总督伯达二位大人，亲统精兵五千赶到，现在营外，请令定夺。庄有恭大喜，即时请进营中，彼此相见，议定本日各带本部人马分四路一齐奋勇杀贼，议罢回营。拔塞齐起喊杀连天，伯大人从东方督领部下中协，杨应龙统兵杀入庄，提督与各官军大喊一声，从北方杀入，金标领了五千人马，从西方杀入，徐昭领本省抚标精兵，从南方杀入。是时，朱胡吕陆续聚集土苗各匪，虽乌合之众，也有数万，贼将廿余员正在商量攻打，奈四面鱼塘围绕，地形险峻，进庄大路又为各望楼枪炮轰击，不能立足，日夜窥探，毫无善计。

这日，忽见四面大队官兵杀进营来，势如风火，就知各路救兵已到，自恃妖术全无惧怯，即督领毛英等一班土苗贼，将上马杀出营来，分头迎敌，庄内敌楼上望见我军旗帜四路杀入贼阵。圣天子即请黄道长统领庄内各将，自内杀出，此际贼营大乱，内外受敌，首尾不能相顾。朱胡吕见势已急，恐官兵伤他部下，忙拔雌雄宝剑，书符念咒，霎时天乌地暗，顺手在葫芦里倒出草一把，并纸人望空一撒，登时狂风大作，飞沙走石，一群怪物妖兵向对阵扑来，庄内各兵等吓得魂飞魄散，正欲退下，欲用秽物破他。只见黄野仙不慌不忙拔出背负桃木剑，对各怪物一指，口中念动真言，举手发一个掌心雷，只听得一声霹雳，妖物全消，天色开朗。朱胡吕一见，大怒喝道："何方野道人敢破我仙术！"黄野仙骂道："你这苗贼，敢逞邪术，逆天害民，死在目前，尚还不悟！"朱胡吕躁跳如雷，大骂道："我不杀你，难消此恨。"随在豹皮囊中取出八宝五光神石一块，念动真言，发手向黄道长顶上打来，只见霞光万道，好不厉害。黄野仙急将桃木剑飞起，口诵咒言，用手一指，一声响亮，将宝石斩堕地下，分为两半。朱胡吕大惊，只得把毒针祭起，黄道长知此针毒气太重，恐伤兵将，忙把背上风火蒲团取下，祭起空中，命黄巾力士将此针卷回罗浮山，候吾法旨。黄巾力士一声答应，将针凭空卷去。朱胡吕只激得目瞪口呆，心中大怒，竟把雌雄二剑如雪片一般望道长面门乱劈，黄真人也将宝剑相迎，战有数合，是时各队官兵已将苗土群贼内外夹攻，杀得七零八落，十去其七，朱胡吕见势不好，方欲借此遁去,早被黄真人祭起桃木宝剑斩为两段,庄大人正在指挥诸将,见贼首已诛,随传令军士,降者免死,候旨定夺。余贼尚有数千,闻言一同跪下投降饶命,庄伯二位大人随即鸣金收军,带领大小各官入庄朝见,跪请圣安。天子大加慰劳,通饬各文武暂回本任供职,候朕回朝,论功升赏,余匪及善后宜着庄有恭妥为办理。吩咐安排筵宴,庆贺功劳,黄真人即欲告别回山,天子御口亲封为清虚妙道真人。道长谢过圣恩,霎时不见,各官均称奇异,诸文武饮罢酒筵谢恩,各散回本任去了。是日天子降敕一道,交与崔子相、姚磷、金标、施良方、雷文豹五人着即进京谒见兵部以提镇参游都司简放。五人叩谢圣恩。天子分遣诸事已毕,带了日青,仍前装束,望姑苏游行,一路花明柳暗,水秀山青,到苏州虎邱山亲捉贪官,拳打劣绅,元妙观面缚妖尼。后及甘凤池,阊门保驾,五宝衫被窃等事一俟再传告。印呈公览。备见朝迁之所以仁孝治天下,而中国之所以为全地球各国之尊为大国也。后人颂曰:

圣谟①洋洋,朝廷有光。

鼎新大定,盛德靡疆。

---

① 谟(mó)——策略。

第 十 四 回

少林寺门徒私下山　锦纶堂行家公入禀

诗曰：

> 父仇不报非人子，友谊何深胜弟兄。
>
> 事到渐骄机渐险，贪财有客送残生。

前集已说到圣上望姑苏游玩，暂且不题。再说福建住持至善禅师与手下门徒在寺里教习拳棒，忽新会胡惠乾上前跪禀道："弟子欲拜别师父回广东一转，一来祭扫先人坟墓，二则报机房杀父冤仇，望师父哀怜俯允！"至善老禅师听罢惠乾跪禀之言，随即用手扶起，从容说道："你急于为父申冤，想回粤东，可见孝心。此事原也不难，出家人亦无不允。只是本寺向来规矩，所有入门学艺诸徒，均要功夫十足，学满十年，打得过这一百零八度木人木马，由正门直出，方准放行，始不辱没少林寺传授声名。若被木人打倒，必须再行苦练，总以抵挡得木人为例。你今功夫只得七成，年份不足，出去谅必敌人不过，万一被人打伤，不但枉送性命，且本寺名声亦有关碍。"惠乾听师父之言，随道："弟子今日试与木人比较，看能打得出否。"至善允从，惠乾手提银棍，排开势子，一步步抢进木人巷中。

岂知这地下步步暗设机关，一经发动，第一步木人就是一铁棍打来，惠乾极力架过；进第二步，那第二木人又用大刀劈来，惠乾按着拳法，预先招架，始不被其打着；若一有疏漏，就被他打得筋断骨折。谁知尽着生平所练，极力抵敌，捱到第三十六度木人，被其打倒，大叫："师父救命！"至善和尚急命各徒弟将木人下面总机关扣住，然后进去救起惠乾，负至法堂，众师兄弟大家一看，已经打得颈崩额裂，鲜血淋漓。幸他负伤之后，随即睡在地上，木人脚下机关定住，所以未伤筋骨，尚不致命；若当时逃退回头，心慌意乱，踏错机关，只怕连头都要打碎，性命难保。各人见了，伸出舌缩不进去，齐道："果然厉害！"至善即吩咐将惠乾抬放药缸之内，以药水浸透受伤筋骨，一面用好药酒冲服续筋还魂丹，立刻止痛，徐徐洗净伤口污血，敷上神妙生肌散，用布包好，扶出缸来。未交一时之久，肿散瘀消,行动照常。诸徒齐赞:"师父妙药,天下无双。"惠乾上前跪禀师父医治之恩。老禅师随即善言安慰一番,道:"贤徒,只宜在此耐性苦练满年,待功夫精熟,出家人自然准汝回乡报仇。此时不必性急轻举妄动!"惠乾无奈只得权且答应道:"谨遵师命!"语罢,各散回房安歇。

惠乾到自己床上睡下,翻来复去,心中十分难过。想道:"人生世上,父仇不共戴天,兼且被人欺到极地,岂可奴颜婢膝,远避他方?贪生怕死,不以父冤为重,岂是人类?倘果日延一日,青春不再,白发将来,纵学到老,谅难打得过这一百零八度木人,怎能有报仇之日?"意欲私逃回广,怎奈寺中向有规例:学技诸人住房之上,盖有铁天笼子,四面墙壁,坚固非常,插翅也难飞越。除设木人之外,另有本寺僧人把守,非奉师命,不许擅自出外闲游。一来恐闯祸生事,遗累寺中;二则防功夫未曾学全,出外失手被人取笑,辱没山门。这是初入门时即行当面订明愿意,方能收留传授武艺;尚有别款规条,不暇细载,所以少林拳棒,天下闻名,此乃立规精详,有序教授也。今惠乾再三思想,无计可施。偶然想到寺中沟渠极其宽大,直通墙外,何不带了盘费包裹,逃走出外,奔回家乡,再作道理。一时想定脱身之计,满心欢喜,调养不数日,伤痕平复如初。是晚三更时候,各人及师父均皆熟睡,带了盘费包裹,暗至渠中,扭破铁网,越出墙外,连夜攒到城边,躲至天亮,出了泉州省城,搭便船循海回广。

再表次早,至善起身,各徒请安已毕,单单不见胡惠乾。各处搜寻,始知弄破铁网,从沟渠逃走去了。老禅师十分烦恼,长叹一声,骂道:"畜生!不听为师良言,此去性命难保,枉费我数载教授心机,且可惜一点为父报仇孝心!"诸门徒闻言,只得再三劝慰道:"他既不遵教训,请师父不必念他,由他自作自受便了!"而至善平日最爱惠乾,所教功夫也比别人用心,情同父子,今日见他逃走,当然记挂,也就无可奈何。

且说胡惠乾搭着福建赴广海船,直到潮州府,由潮州仍搭汕头盐船,始到省城。随来到西禅寺中,探候三德和尚及洪熙官、童千斤各位师兄弟,就在寺中住下,并不提起私自逃回之事。各人问过至善老师及众师兄弟安好,即日备酒筵与惠乾洗尘接风,吹呼畅饮。席中谈论在少林寺所学功夫及一切规例,与木人木马比较功夫之事。众师兄弟直饮至夜而散。

次日,惠乾对众说明,专打机房之人,以报父仇。各师兄弟素知前事者,为他久抱不平,且少年好胜者居多,略有一二老成之辈深谋远虑,恐怕闹事,力为阻劝,也拘不住。惠乾即往灯笼铺定造西禅寺头门外头号顶大灯笼一对,要可以点得四两大牛烛者方合,其余手执小灯笼数十盏,讵附近灯笼店,因怕机房,各不相接。后到远处定就。至晚,即点悬寺外,旁边一带点小灯笼数十盏,照耀得十分光亮,通写红墨"新会胡惠乾专打机房"八个大字。此时各机房中人见此气氛,传锣齐集数十余人,各到外馆,各提五色家伙涌来寺外,意欲先打烂灯笼,后打入寺,找寻和尚做对。不料胡惠乾先派各兄弟守着灯笼,自己提着铁棍,专等大斗。一见各机房人跻涌鼓噪,齐拿军械打进寺来,随将身一纵,跳出头门,大叫:"胡惠乾在此,机房中人快来纳命!"众机房大叔不由分说,一涌上前,乱劈乱打,胡惠乾宿恨已深,咬牙切齿,使发手中这条铁棍,犹如蛟龙戏水,猛虎离山。机房中这些人哪里是他对手? 只打得落花流水,血肉齐飞,棍起处人人丧生,脚踢去个个身亡,所有平日自称教师、恃勇上前、先下手者,共计当场打死十三人,着伤者不计其数,余众没命奔逃,一时走个干净。惠乾得胜入寺。

次日,机房中人通行禀报南海县主周太爷,求其到场相验,捉拿凶手,以正国法。禀曰:

锦纶堂东西家行司事陈德书等,禀为逞凶不法杀毙一十三人命,伤者数十人,乞恩追办,以申冤抑而正国法事。窃身等向业湘丝织造度日,安分营生,历来守法无异。祸因恶棍胡惠乾、贼僧三德和尚、洪熙官、童千斤等,胆于昨夜在西禅寺头门高挂大小灯笼数十个,上写"新会胡惠乾专打机房"。敝行集众与论,不料恶首胡惠乾,手提铁棍,打伤行友多命,情实难甘,只得泣叩大老爷莅验①,究办申冤,感激宪恩,公侯万代,谨禀。

南海县主周鸿宾太爷看罢状词,也吃一惊,清平世界,胆敢如此行凶,实属目无王法。急忙出了硬签,差人捉拿胡惠乾至案,一面打道,亲来到西禅寺,排开公案,传集尸亲凶手,当堂将各尸身如法相验,注明尸格,又将各受伤人等,先别轻重,一同附卷存案,打道回衙。饬将各尸收殓埋葬,立即审问胡惠乾起衅缘由。惠乾哭诉当日父亲被机房中人推跌,因伤致命,后至自己被打重伤几死,幸遇方孝玉救脱,引见至善禅师,带回少林寺

---

① 莅(lì)验——临视、检验。

苦练武艺，今日为父报仇，只求太爷明鉴做主，小人死而无恨。周县主见他供词，反壮其志，细想："他今挺身投到，并不惧罪逃走，且看他相貌不凶，况本县到任以来，风闻机房恶少恃强凌弱，曾见西关居民铺户被该行恃众横行，欺压之案，不知凡几，此事谅必非虚。"随开言道："这事若果真确，你倒是有志气的孝子，本县当通详大宪，为汝开脱罪名；只是他们打伤你父有何凭据？"胡惠乾禀道："小店开设多年，父亲受伤致命之事，街邻所共见共闻，只求太爷细加访察，无有不知。如有虚言，将小人碎尸万段，甘受毋辞。"周县主随即退堂，首犯收监，无辜自释，三德和尚、洪熙官、童千斤等，暂回寺内听候本县察核明白，通详大宪定夺。

过了两天，县主易服私行，与人闲谈，佯以胡惠乾胆大行凶，打死许多人命，大约此人定是颠狂，不然岂不畏王法耶？一日，周太爷私行从前胡惠乾开店之处，与闲人闲谈，仍佯以胡惠乾为颠狂，该店左右邻舍不识县主，代抱不平道："不知其事者，以他为颠狂；知其事者，还说他有志气的孝子。"周县主闻言，连忙根究其故，这人道："你这位老先生是外路人，我不直对你说，否则多言惹祸。说起来，此事已有数年之久，虽有人知，也无人敢说。只因锦纶堂行中人众，财雄势大，又最义气，一闹出事，通行出钱出力帮助，东家行是有身家者居多，倒还素来安分肯省事；若这西家行都系手作单身汉子十居七八，争强斗胜，闯祸最为踊跃。一经有事，东家亦不能禁止，反要随声附和，以博众伙伴大叔之欢心。若不如此，有些不满处即上会馆，知会东西行家不接你这字号生意。故此，有每因小事议罚东家放多少万串炮，通行排酒赔不是者，以为常事。此是该行东弱西强的向例。"

随把胡惠乾之父曾在本街开设酒米杂货店多年，某时被机房中人推伤，回乡身死，及后胡惠乾到街投诉，声言为父申冤，结下嫌隙①，在第六浦几乎被打伤命，幸遇西禅寺武馆中人救去，数年以来未闻音信，又将近日强横事情及伊自己受欺哑忍之事，详详细细逐件说得清清楚楚。县主方才告别，仍恐未实，又往附近确询，果然情真，即返衙内，心中大怒。原来该行强行霸道，岂有此理！立时据实通禀各大宪，奉批将案注销，胡惠乾释放，当堂诫以此后不许再行滋事，本县念汝孝行，从宽发落，务宜安分

---

① 嫌隙——因猜疑或不满而产生的仇怨。

营生,若再闹事,定行重办不贷。立即出示,分贴机房一带及西禅寺前,以禁械斗闹事,示内云:

　　特授南海县正堂加一级纪录五次周,为晓谕事照得除暴安良,所以为民除害,申冤理枉,本当与国理刑。本县一秉至公,力挽颓风,你民众口无私,积弊当除。案据织绫湖绉丝行锦纶堂司事陈德书等,实称胡惠乾不法逞凶,棍毙行友一十三命,伤损数十人,当即验明附卷,该凶手自行投到,供称父仇未雪,身屡重伤,机房恃众凌寡,殴辱难堪,情急拼命斗杀,为父报冤,乞恩公断。案关出入,只得详加访察,前情属实。你锦纶堂恃众凌寡既毙其父,复绝其子,孽由自作,夫复何辞? 除将此案通详大宪注销,姑念无知,两免究办。你锦纶堂务宜恪遵训示,痛改前非,各安生理。自示之后,仍敢故蹈前辙,倚势横行,一经告发,或被访问,定即从重治罪,勿谓本县不教而诛也。凛之遵之无违,特示。

　　当下机房众友见这张告示,自知理亏,兼畏胡惠乾凶勇,各人也就收心,各做生意,并不滋事。岂料胡惠乾贼心不解,自不知足。他打死许多人命,官府不究追办,更加凶横无忌,每日在街上闲行,身藏铁尺,撞着机房中人,平空就打起来,伤者不少;又每晚与武馆中那些不安分的师兄弟,皆暗藏军器,提着专打机房的灯笼。在带河基、晚景园、龙须桥、金沙滩、青紫坊、高基医灵庙一带机房街巷,横行直撞,见之立即生事,无不被其打伤。虽不致命,亦必断手折足,头破额裂,方才住手,任意猖獗。所以,后来大宪访闻,将他立正典刑,皆因自取也。

　　是时锦纶堂东西两行中人受伤甚众,被辱不堪,只得闭了店门,通行罢市,齐集会馆。西家师爷陈德书、东家师爷李桂芳,当年值理祸首白福安等,吩咐传单,请本行各店铺机房、东西主伴众人一同商议道:"本行昔日各友生事闯下祸根,拖累通行。现为县太爷访问示情,不准为伤亡各行友申雪冤抑,事出万不得已。推原其故,本属理亏,兼且无人敌得胡惠乾这贼拳脚功夫,权为忍耐。已经约束众行友,此后务各安生意,切莫仍前滋事。各友忍气吞声,各做生意,怎料胡惠乾明欺官不肯为我等做主,倚执强横,逆面相欺,寻隙嫁祸,接连这几晚又打伤我众行友数十人。此事告官,谅来断然不准;如此日夜不能安身,其势已迫。为今之计,当设何法以济目前? 大众有什么高见,不妨直说,自古一人计短,二人计长,大家有主意只管请议。"

　　此际众人见各东家一番议论，其中就有那些曾闯过祸的，自悔当初不该行凶惹是招非，结下冤仇，致有今日之祸。亦有那素来安分老成之辈，暗中恼恨诸人平日任性横行，弄出事来，今日连累通行遭此惨报，心中敢怒而不敢言。彼此面面相视，并无一人答应。各东家见众人这般景象，谅无长策，遂叹一声大气道："被人欺到这样极地，通行拼却不做生意，也要争还一口气，难道罢手不成？然而我们肯罢手，恐这贼子反不肯让我众人安静也。"祸首白安福道："为今之计，只有不惜钱财，访请一个精于拳棒之好汉到来，将这狗头打死，以泄这口恶气，除却本行之害！"众人齐道："此计极妙，但不知何处才有武艺高强之人？若是本领平常，徒然枉费心机，不能争气。"白安福道："闻得武当山老道士八臂哪吒冯道德门下第三徒弟，姓牛名化蛟，现在西炮台开设武馆，教习拳棒，若能请他到来，何愁胡惠乾贼种不灭乎？然若不加重厚礼以结其心，恐他不肯下毒手取胡惠乾狗命。"众行友大喜，即忙凑备花红银三千两，就着白安福立刻往西炮台武馆，敦请牛化蛟教师到来，助灭胡惠乾。

　　当下白安福奉了众人之命，袖着银单，一路来到西炮台武馆中，见了牛化蛟，彼此礼毕，门人捧上香茗，通罢姓名，就将来意详细说明。牛化蛟听罢，答道："既承不弃，邀打胡惠乾为诸位出气，这事无不应允。若要伤他性命，今清平世界，如何使得？断难应承。"白安福见其推却，随在袖中取出三千两花红银单，双手奉上。说道："师父只管放心动手，伤了他命，纵有天大事情，有敝业担当，决与老师无涉。如果不信，就在会馆当众在花红单上写注明白，以为日后凭据，何如？"牛化蛟本不敢应承，因见聘金有三千两之多，已经动心；又听得对众立下凭据，不干自己之事，故即满口答应道："若得如此，我便放心，包管取他性命便了！"白安福闻言大喜，连忙雇轿，请牛化蛟坐了，自己也就坐着一顶，一同回锦纶堂会馆而来。牛化蛟手下一班徒弟，除留二人看馆外，其余四人，都跟轿后随伴同来，以观动静。

　　少顷，不觉已到锦纶堂会馆门首。白安福急忙下轿，先进内厢通报。是日，该业因为罢市，未曾开工，所以东西两行人到集议之后，仍聚馆内，你言我语，议论纷纷。忽见祸首请了教师回来，各人喜跃出迎，大开会馆中门，十分恭敬。牛化蛟下轿，与众人拱手，一路让进客厅。各行长及东西行家师爷,彼此礼毕,分宾主坐下,带来各徒弟四人,亦皆列坐师爷之旁,馆中人恭敬茶烟,一面通名姓,行长矜耆何世谦拱手道:"素仰老师威名,如雷贯耳,今得光临相助,实乃众人不胜之幸也。还望老师俯念敝业伤亡各友死得无安,我等众人屡遭羞辱强横之苦衷,大展威勇,结果胡惠乾狗子性命,我等通行感恩不浅,生者既保全工艺不至失业流离,死者得申雪枉屈免却冤沉海底,真杀一人而救万命者也!"牛化蛟也忙拱手答道:"某本一介勇夫,知识庸愚,学力浅薄,谬承过奖,兼承厚礼,实深惭愧。然而生平最肯锄强扶弱,不要说胡惠乾也是个人,就是生老虎,也不难将他治服。若要将他结果,只是人命关天,非同儿戏。列位还须斟酌!"陈德书连忙说道:"老师放心! 今日即可当众立明合同,倘然胡惠乾死后官司追究,由敝业担当自理,不干师父之事便了!"牛化蛟道:"若得如此,小弟自当遵命而行,包管取他狗命,以泄列位之恨!"就请二位师爷即刻写明合同,送与牛化蛟收执为据。

当下大排筵席,款留他师徒五人。饮酒之间,细将起初情由查问清楚,随拍案怒道:"岂有此理! 就是父仇当报,也只须将害死他父亲的这几人置之死地,亦已太过;怎能连累通行都是仇人? 难道杀绝一行? 岂有视贵业中人尽为仇敌? 难道要尽杀贵业之人以报父仇? 有是理乎? 看将起来,这胡惠乾虽与我无仇,如此横行,断然饶他不得!"随即约定明日标贴长红,约胡惠乾三日后在医灵庙摆台比武,免得在街与人截斗,误伤行路之人。各人听说皆称有礼。是晚,牛化蛟师徒就在会馆安歇,按下慢表。

且说西禅寺主持三德和尚及洪熙官,乃是老成之辈,再三力劝胡惠乾不可过于滋事,若不听,只得写信禀知师父。胡惠乾闻言,吓了一惊,道:"二位师兄千万不可写信,我从今日起,机房中人惹我,我亦不乱打他们便了。"三德和尚大喜道:"这样便好,贤弟你在这里生事,连累为兄的出家人声名也不好听。前日打死众人之际时,若非菩萨保佑,县尊明鉴,你却性命难逃! 幸你一点孝心,化险为夷,若再有第二人命闯将出来,县太爷仍肯饶你么? 岂不是又朝死路走将进去了? 凡事宜知足方不辱。你乃是一个聪明的人,想想我二人的说话,劝得你错不错?"胡惠乾此际也知自己的过分行凶,只得答道:"谨依师兄教训便是!"岂知事有凑巧,不知费了许多唇舌,始将胡惠乾回心转意,一到次早起来,却见寺外照壁贴了

长红,上写道:

　　启者:我织造行锦纶堂与胡惠乾有隙,屡被欺凌,伤毙多人,冤无可诉。现请到牛化蛟教头,三日后在医灵庙水月台上当场比武,以台上者胜,台下者输,生死不追,各安天命。你胡惠乾如有本领,至期赴台相斗,以定雌雄;若贪生怕死,不敢前来,非为好汉也。

　　　　　　　　　　　　　　　　　　锦纶堂通行预启

　　胡惠乾见此长红,勃然大怒,我肯听劝饶他,他反来寻我,一不做,二不休,越发戏弄他一番,以消此气。暗藏利刃,闯进附近一带机房,将织机头拦中截断,各人均不敢与他交手。及至请得牛化蛟赶来,惠乾已经剪罢回寺去了。牛化蛟遂即分派带来四名徒弟李雄、马勇、周威、侯孟,各领机房中精壮有力打手数十人,暗藏军器,在附近各街严加守护,防其再来。自己与众约定:一闻锣声,即行奔救对敌。一面命人将医灵庙前水月台上打扫干净,在台板上铺设毡毯,台面高挂彩绸,将长红贴在台前,台正中用红彩绸架裱着黑乌绒,横书“仗义争雄”四个大字,两边台柱高挂彩联:

　　　为友报仇义气堪夸拳伏虎,

　　　与人泄忿雄心可羡足降龙。

摆设威威武武。一到第三日绝早,锦纶堂通行东西家首事众人齐集会馆,请牛教头装束定当。只见他头戴软包巾,辫盘在内,仍用绉纱包裹,身穿软甲,内藏护心铜镜。腰围绉纱花红带,脚登班尖铁嘴靴,生得面阔眉粗,一部胡须,眼露凶光,身高八尺五寸,腰圆背厚,两臂有数百斤气力,十分威武。用轿抬着,一路连烧串炮,手下徒弟都是全身装束。机房中人约有千余,簇拥来到台上。是日因预先标贴,所以四方来看比武之人极多,已将庙前空地站得拥挤不开。牛化蛟分拨随来的众人及徒弟立在一边,以备接应,随即立在台上向台下各人道:“某因路见不平,为友出力,今日之事,预早标明,你众友之内,谁是胡惠乾,请上台来,以定雌雄!”言犹未毕,只见人群之中有一青俊少年,双手在众人肩上轻轻一按,纵身扑上台来。

　　牛化蛟见这人并无装束,平常打扮,头戴黑缎小帽,身穿二蓝绉纱夹长衫,上罩天青缎马褂,足踏双梁缎面鞋,手持金面折扇,身高八尺,生得目清眉秀,面白唇红,十分风雅,气宇安闲。牛化蛟心中忖道:“好生奇怪,这样一个人,有甚气力? 更必容易下手。”随拱手道:“来者可是胡惠乾么?"胡惠乾答道:"然也! 你可就是牛化蛟乎? 且听我一言再斗未迟。"化蛟道:"你且讲来!"胡惠乾道:"我与阁下天各一方,素未谋面,所谓风马牛不相及者也。今者锦纶堂机房中人与某有杀父之仇、切齿之恨,性命险遭毒手,幸赖友人救活,苦学多年,以图报复。县尊访察属实,尚且怜而宥我,况且汝师八臂哪吒冯道德乃吾至善禅师之弟,彼此同门,均有手足之情,何苦贪人钱财,替人出力,同道相残,莫若听我良言,免伤和气。一经动手,拳脚无情,悔之无及!"

牛化蛟见他以言相劝,必是功夫不及,更兼欺其文弱,随答道:"据汝所云,就是报仇泄恨,只须将行凶之人除却便罢,岂有全业之人都是冤仇之理? 且当日,不过因伤致命汝父一人,汝已当场棍毙一十三人,伤者不计,天下报仇果有如是之惨毒者乎? 汝若知吾厉害,快到锦纶堂中自认不是,叩头赔罪,代各亡友开丧挂孝,从厚安葬,此后远走他方,不许在此滋事。如此,尚可看至善二师伯面情,饶汝性命;不听我言,休想得活!"胡惠乾大怒,喝道:"大约你死期到了! 正是天堂有路你不走,地狱无门闯进来!"随将外罩衣服卸了,卷付台下,同来各师兄弟接了,用手将辫挽好,把腰上湖绉花巾扎紧,内穿蓝袖捆身,腰间已经束好牙湖绉纱带,两手将袖一卷,大叫:"牛化蛟,我来取汝性命!"双手一展,用一个黑虎钻心势扑将过来。牛化蛟叫声"来得好",趁势用一路解注,名为银龙探爪,将右手尽力一拨,挡开他钻心掌,左手五指望着胡惠乾右胁插将过去。胡惠乾也就纵身躲过,两个搭手上,挥开四平拳,排开八字脚,一来一往,可比蛟龙出海;一冲一撞,犹如猛虎离山。拳拳不离致命,脚脚都向心窝,打在一处,斗在一围。一个想为父报仇,一个欲与人泄恨,彼此皆是名门高第,武艺精通,从辰至未,只杀得天愁地惨,水月台上,沙尘滚滚,日色无光,不分胜负。正是:

　　棋逢敌手分高下,将遇良材各显能。

台下四方之人及两人随来之众,都看得呆了。起初时,还见他二人拳脚相敌,胯臂相迎,后来只见拳快如风,脚急如雨,看得众人眼都花了,齐声喝彩。

且说洪熙官带领各师兄弟及手下徒弟,暗藏器械,站立台前,以防有人暗算,整备救应,关照十分留心。况见牛化蛟身材雄伟,状貌凶狠,胡惠乾文弱,恐非其敌。续后看见胡惠乾迎敌所用雄拳,折法功夫,一进一退,与师父差不甚远,比自己所学较胜得多,始信他数年苦练,坚心尽力,竟得其妙,怪不得师父偏爱,尽传秘授,今日看来,若非惠乾身轻借力取巧,论气力,断敌化蛟不过。不知胡惠乾如何能胜牛化蛟,将他打死,及吕英布前来报仇,后事怎样,且看下回分解。正是:

　　化蛟只为贪财礼,蛱蝶掌中把命倾。

第 十 五 回

牛化蛟贪财丧命　吕英布仗义报仇

诗曰：

　　自古知机为俊杰，只因财利可忘身。

　　报仇曲直当分定，英布无端惹祸深。

话说胡惠乾在医灵庙前水月台上与牛化蛟拼命争斗，两人各显平生武艺，你要我心肝为父报仇，我要你五脏为机房众人出气，极力杀了大半天，只因胡惠乾身材比牛化蛟又矮又细，气力自然抵挡不住，心中暗想：若再力敌，必为所害，幸吾尚有至善禅师秘授花拳，名唤雁落平沙，若遇力不及人，用此可以反弱为强，定能取胜。想定主意，即将拳势交换，并不尽力招架，只往来趋避，其快如风，或前或后，或左或右，跳脚如猿猴飞捷，乘牛化蛟稍倦，转动略迟，提防一疏，他就尽力将其要害部位打将过去，及至牛化蛟转得身来，还手打他，胡惠乾又跳到他身后去了。

这牛化蛟原本身躯肥壮，力量虽大，跳舞进退，焉能及得胡惠乾灵便身轻又经名师指点，专以此为长技，加之牛化蛟素来未曾见过这路拳法，正在专心尽力一拳一脚想将胡惠乾打死以泄机房中人之辱，不意反被胡惠乾连跳带打，一阵乱打，弄得自己眼都花了，手忙脚乱，拳不成拳，马步不成马步；顾得前，顾不得后；顾得左，顾不得右；只得四面提防，跟着他旋来转去，将有一个时辰，头略一眩，手略一慢，早被胡惠乾向要害地方着实奉承了两拳，幸而自己壮健，勉强捱得痛苦，挣起精神，欲还这两拳之仇，向着胡惠乾尽力打去。不料拳头又落了空，他仍一缩，又窜到身后去了。急忙翻转身来与他对敌，十分费力，诸如此类，出其不意，攻其无备，斗到后来，只两个时辰，天色已将申牌，杀得牛化蛟浑身冷汗，气喘如牛，加之几次被胡惠乾暗算要害地部，得被重伤，周身筋络骨节疼痛酸软，意欲跳下水月台，又怕被众人取笑，羞愧难当。

此际，胡惠乾见这般狼狈，自己得胜，心中大喜，精神百倍，极缠住他手脚，不容一刻放松。是时，牛化蛟手下四个徒弟，及锦纶堂值事众人，皆欲上台相助,被西禅寺武馆中各师兄弟洪熙官等十余人拔出利器,护着台前道,大喝:"此是标明各自一人比武,至死不究,谁敢上台偏助?"台下四方来看之人亦齐声骂:"有人上台帮助,我众人先打这人!"一声鼓躁,也有拿石欲掷,也有拍手叫打的,因此,他徒弟并机房各人吓住不敢上台助力。说时迟,那时快,忽在诸人躁闹之中,只听得一声响亮,牛化蛟早被胡惠乾用尽生平气力,一个八卦蛱蝶掌打下水月台来,跌离台有丈余远,想是肠都损断了。兼之地上石片,撞得头破额裂,其软包巾亦已裂开,血从大小便流出,流得裤子及地上通红,四方看的人齐声喝彩,赞胡惠乾好武艺,果是英雄好汉。

是时徒弟及机房中各人,只得用板门将牛化蛟抬回锦纶堂会馆,用药灌救多时,方才苏醒回转气来,开眼一看,叹了一声道:"我牛化蛟一世英雄,不料今日丧在胡惠乾之手,只要你众人快到武当山拜恳吾师冯道德,访请我师兄吕英布前来,必能为我报仇,泄你众人之忿,不可迟误,紧记吾言。"说罢一声大叫:"痛煞我也!"口吐鲜血而死。手下徒弟及会馆众人见他死得凄惨,各徒放声痛哭。诸人俱皆下泪,随即厚办衣衾棺木收殓,就在双山寺租下一所地方,暂停棺木,以便打斋建醮,做七七之事。是日,锦纶堂众人一齐挂白送行,徒弟戴孝引魂,一路鼓乐,采亭摆着全猪全羊,沿途祭奠,倒也十分热闹,送入寺中去了。此事不提。

再说会馆中首事赶紧办完牛化蛟丧事,随即问他首徒李雄道:"你师伯吕英布功夫比你师父何如? 现在武当否?"李雄道:"吕英布师伯前有信来,说在肇庆府南门大街开设武馆,若论武艺,比我先师胜得几倍,只恐不肯来。若肯来,就是两个胡惠乾也敌他不过。"各人闻言大悦,忙又凑备聘金,仍是三千两银单,带了牛化蛟四个徒弟,搭船望肇庆府来。后人看到此处,笑牛化蛟因贪财送了性命,又要举荐师兄来此送命,可谓好勇无谋之至,随作诗一首,其讥言妄。诗云:

　　　好勇贪财送命该,魂归枉自哭泉台。

　　　如何至死犹难悟,还欲师兄泄恨来。

住讲锦纶堂备银即往肇庆府请吕英布前来报仇泄恨,且说是日胡惠乾在水月台上,用一八卦蛱蝶掌,打牛化蛟跌下台去,当堂而死。洪熙官等各师兄弟急忙上前护着,接他下台。此时,胡惠乾也觉力尽筋疲面如土色,因当众人面前,要卖余勇,勉强支持,硬做神气安闲样子。各师兄弟请他坐了轿子,一路花红串炮,径回西禅寺武馆,十分热闹。胡惠乾下轿,方欲举步,忽觉一阵头眩,四肢无力,犹如酒醉一般,往后便倒。各人一见大惊,急急扶起,抬到他自己床上睡下,三德和尚与洪熙官等知他今日用力过度,那牛化蛟武艺本不弱的,气力又强,因胡惠乾得师父秘授花拳,所以能胜,故有此病,随即将跌打活血行气药丸化开灌下,又以舒筋活络散瘀药酒与他匀身骨节搽擦此药,皆是至善禅师所制,预备各徒弟遇有伤损之用,果然灵妙如神,药到未及片时,胡惠乾精神复旧,周身胀痛尽解,爬将起来,拜谢众兄弟救护接应之恩。诸人均道:"手足相助,分所当为,何足挂齿?"随即安排酒席为胡惠乾贺得胜之喜。

饮酒时,三德和尚与洪熙官对胡惠乾道:"看来牛化蛟必死无生,这仇愈结愈深倒还罢了,只怕他师父武当山八臂哪吒冯道德老道士。乃是我们师叔,倘然知道,定不甘休。根究起来,总不肯说他徒弟不该帮助机房生事,总说我们不念他面情,擅将他门人打死。他若出手,非但胡惠乾师弟难逃,即是我等众人亦有所不便。此事还须设法预先救解为妙,总是胡师弟你不该下此毒手。"胡惠乾道:"我初意何曾不欲留情?只因牛化蛟力大心狠,若不伤他,定然伤我,势所不能留情。为今之计,只可听天由命罢了。即使师叔到来问罪,不容分诉,难道真束手待毙不成?只好拼命与他争斗一场,就死在他手,也说不得了!"三德禅师道:"列位贤弟,事已到此,悔已无及。这事据我看来,细将此中缘故照直飞禀吾师,必有解仇之法。不识你等以为何如?"各人都称师兄高见不差。洪熙官就即刻写了禀启,专差向提塘惯跑信的千里马,一夜赶到,议定信资银十两,先给五两,信到在八日之内,再给五两。若过期,迟一日减银一两。差人接了要信,由陆路赶到潮州,上福建去了。

不说西禅寺各人专候信息,再讲少林寺中至善和尚每日专心教习各徒弟技艺,当时思念胡惠乾,恐他逃回广东报仇心急,惹出祸来。

忽然一日,接着来信,顿足大惊,急忙照给信资,一面拆开从头至尾看完,大骂:"畜生!果然招祸!这牛化蛟是道德师弟心爱徒弟,他闻知死在胡惠乾之手,怎肯相饶?畜生自作自受,心甘情愿,只是枉费一番传授心机。因他学习比别人用心,所以我数年以来,得生平绝技尽力教授,又因他气力弱,故预先教他花拳,不料今日这畜生以此闯祸!将来一旦失手,玷辱我少林寺名声,殊深痛恨!"说着不觉两泪如珠,一心慈悲,就是师徒情谊,一时也舍割不下。众门人见此光景,急忙请问师父广东有甚急事,用此重资寄信,内中必有所因。禅师随将来函念与各人听罢,方孝玉道:"师父,现今还是救他不救他,请道其详。"禅师道:"本欲打发你们前去,设法救应,只因各人功夫未曾学足,若敌得木人过,为师始可放心,允许你们同去救他。"方孝玉自恃武艺,从小学习精熟,随道:"我们今日试打木人,看打得过否?"禅师应允,孝玉约会各师兄弟:"你等只跟定我手脚就是了。这一百零八个木人,亦不过是照着那一百零八度雄拳折法功夫,脚下的机关,不要管他,只管按着拳路慢慢一步步施进去,定能打开。"各人果然依他带路,竟将木人打开,由正门走出寺外。

至善大喜,说道:"事已到此,不得不从权。本来只有孝玉颇可做得,只要以后你教众兄弟便了!"孝玉应允,至善随嘱咐各徒,准备起程,同救胡惠乾。诸徒恋恋不舍,哭拜在地,老禅师也挥泪相扶,嘱道:"天下无不散之局,只要你等此去,将来报效皇家。若得一官半职,上可以报国,下可以救民。他日封妻荫子、显我教门,更要兄弟相和,手足相顾。"各人谨遵师命,拜谢教习之恩,唯有谢福山情愿削发为僧,侍奉师父,不肯回乡。师父见其平时真心,随许事后回来,再传衣钵,乃赠铁鸳鸯一对,如遇敌人勇猛,只要雌鸳鸯对面打去,其臂即断,只宜慎重,若非危险之际,不得擅伤人命。又赠锦囊一个,若是冯道德亲来报仇,即着方孝玉将此信求请大师伯五枚相救,他见我信,定肯出力。"众人别了师父及寺内僧人,各携行装,星夜赴羊城而来。

来得省城,各自回家见了父母妻子,随即公众赁了光孝寺作为武馆,因西禅寺现与机房有隙,所以不便再踏是非之地。暗中知会三德和尚及洪熙官等,叫胡惠乾到光孝寺练习拳棒,以备应敌。三德禅师得悉师尊打发少林各兄弟回粤救应,十分欢喜,约齐各师兄弟至光孝寺,英雄聚会,谈论往事,都责胡惠乾不应恃强生事,带累师父忧心。惠乾只得一一认过,不敢与众人分辩。心中因此与众人不睦,自恃武勇,不来习练。李锦纶再三劝慰说:"师尊临别,切嘱叫你用心习练,恐怕或有失手,辱没少林名望。"胡惠乾只是不从,众兄弟也无奈何,暂且不表。

再说牛强马勇四师兄弟与锦纶堂众值事等一路急急往肇庆府南门大街武馆之内,拜见吕英布。牛强跪在地下哭诉,师父因与锦纶堂泄恨,被胡惠乾用花拳蛱蝶掌打下水月台身遭重伤,临终遗嘱,请师伯与他报仇,现在锦纶堂各值事备银三千两恳求念在先师手足之情,代为出力,感恩不浅。吕英布听罢,放声大哭:"吾半月之前,朦胧之间见化蛟贤弟浑身血淋,求吾与他报仇。我正欲上前追问,被谁所害?转眼之间忽然不见,吓得我一惊而醒,不知如何吉凶。岂料今日果被他胡惠乾狗子害了性命,死得如此凄惨,真真可恨。"随大骂道:"我不拿胡惠乾碎尸万段,也不为好汉!"

锦纶堂首事连忙呈上通行公请的帖子,及带来银单礼物,说道:"敝行务恳师父不惜一行,上为令师弟报仇,下与我通行泄气,不胜幸甚。薄具洋银三千两,聊为聘请之礼。仰祈弗却是幸!"吕英布道:"本来化蛟师弟不该招是惹非,致遭杀身之祸。今日之事,若为吾弟报仇则可,其他非某所敢致。这银子断不敢领。"各值事再三劝道:"义士原重报仇,只是敝行既蒙除害,此恩此德,岂得不少申微敬?还乞赏收才是。"牛强等再三苦劝,吕英布无奈,只得收下。随即收拾行装,嘱咐各徒弟,毋得跟随。我有牛强等各师侄随从,你等只宜谨守馆门,有人来访,说我不日就回。随即搭渡,望羊城进发。

数日之间,到了省中。将行李搬入锦纶堂中居住,白安福上前拜见,说道:"老师来得凑巧,现在闻说少林寺至善禅师打发手下一班徒弟回粤,在光孝寺开设武馆,接应胡惠乾,将来相会,是必须加意提防。"吕英布道:"既然如此,倒也不妨,他人多亦不在我心上!"吩咐备办酒筵祭礼,亲至双山寺哭奠牛化蛟。一化了纸钱,就着白安福引路,往光孝寺而来。见过寺僧,礼罢如来佛祖挽僧人带进武馆,会见各位英雄。李锦纶等连忙接进,分宾主坐下,问道:"师兄到来何干?请道其详。"吕英布带怒答道:"特来为化蛟师弟报仇,你们还诈不知么?"锦纶道:"原来为此,只是这事胡惠乾本与机房中人有杀父之仇,故此冤冤相报,命案相连,官亦推原其情,出示免究,即此可分曲直。不意化蛟师弟贪图钱财,偏听一面之词,恃勇帮助,以势欺人,苦劝不从,标明比武,两下生死不追。拳脚之事,既经言明,虽父子亦不能饶让,不是你死,就是我亡,又何仇之可报?今日化蛟师弟已死,只宜各安天命,还望师兄三思而行,莫再失和弟等,不胜幸甚!"

吕英布道:"无用花言巧语!哪一位是胡惠乾,不妨见我。他既良心丧尽,自古打狗亦须念主,全然不把我师道德放在眼内,就念同道之情,也该留情一二,怎忍下此毒手? 今日我吕英布痛入肝肠,誓必报仇! 知事者,只教他来会我,万事全休。"方世玉道:"这也不难,只是牛化蛟死了,师兄到此报仇,将来胡惠乾死时,我们难道就不报仇?"吕英布闻言,红脸低头,半晌不语,叹气一声,说道:"也罢! 看你众人之面。就叫胡惠乾出来叩三响头,我便罢手。"李锦纶答道:"惠乾住在西禅寺内。"

吕英布即时别过众人,径奔西禅寺而来。小和尚通报进内,各位英雄不觉大惊。胡惠乾自恃本领,全不在意。吩咐着他进见。吕英布入里面,喝道:"谁是胡惠乾?"胡惠乾挺身而答曰:"即我便是! 来者可是吕英布?"英布道:"然也!"胡惠乾道:"既闻我名,还来送死不成!"英布大怒,飞步向前,挥拳便打,胡惠乾也就不肯容情,却被三德主持、童千斤等急急上前将两人分开。三德和尚再三以好言劝解,吕英布哪里肯听? 即时大怒,回转锦纶堂,立刻标出红条,写道:

> 兹我锦纶堂历遭胡惠乾惨毒之祸,现有吕英布教头,非贪财利,欲与师弟牛化蛟报复前仇,胡惠乾如不怕死,明日到水月台比武,以定雌雄。

这张长红贴在西禅寺头门外照墙之上,武馆中各人见了,都替胡惠乾担忧。他自恃武勇,竟然不放在心上,准备明日到台对敌。光孝寺中众英雄闻知此事,十分惊惧,方孝玉约齐众师兄弟前来西禅寺与三德和尚、洪熙官等商议一番,彼此大家极力劝阻,胡惠乾明日不可赴台轻敌,他只是不从。各人无奈,难道眼看胡惠乾死在英布之手? 若不设法相救,岂不失却我少林寺名望? 正在为难之际,忽见谢福三拍手道:"有妙计了!"各人忙问:"何计?"谢福三道:"吾师临别时赠我铁鸳鸯一对,嘱遇敌人枭勇难当时,暗中飞起打在他手盏上,即刻筋断骨折,反败为胜,务宜慎重,不得乱伤人命。今我已学习精熟,百发百中,万无一失。今日事已危急,不得不用。明日我藏了铁鸳鸯逼近台前,相机暗助胡惠乾一臂之力,有何不妙?"众兄弟均各大喜,方世玉道:"我有软甲一副,及护心镜,借与贤弟,以壮威风。"胡惠乾满心欢悦,一一致谢不提。

且说次日早晨,吕英布装束齐整,会集锦纶堂众友,带了四个师侄,骑了一匹高头骏马。头带软巾包,亦盘黑湖绉带,身穿窄袖软甲,内隐护心镜,腰围大红绉纱带,足登班尖铁嘴鞋。生得面如满月,眼似铜铃,一部浓髯,腰圆肩厚,两臂有数百斤之力,身高八尺,声如破锣,十分威勇,来到医灵庙前，水月台是预先打扫清净，那远近来看之人，跻涌台前。吕英布下马，便上台中，对下面众人将手一拱，说道："英布此来，专为师弟报仇，非贪财与名者也。望你众人见谅，共为证见，实为万幸。"道罢端坐台中静候。将近辰刻，还见胡惠乾满面酒容，坐轿而来。前后跟着一班师兄弟，涌至台前，步出轿门，他就卖弄功夫，将身一点，纵上台中，轻如飞鸟，一尘不动，面色安闲，果然妙技。台下众人齐声喝彩，看他头戴平顶皮软冠，身穿白皮捆身，胸前一面护心镔铁镜，腰束嗬蓝湖绉带，脚蹬一双九环剑靴。这副装束，乃是方世玉借他用的，果是人才出众，相貌超群。

吕英布喝道："胡惠乾，你伤我师弟，此仇不共日月，今日自来送死，莫怪我不念你师父之情。"惠乾闻言，拍手笑道："吕英布，你欲为师弟报仇，只怕你灯蛾扑火，惹祸忘身，这叫天堂有路你不走，地狱无门闯进来。管叫你到鬼门关与牛化蛟相会便了。"吕英布闻言，那无明火直高三千丈，正是怒从心上起，恶向胆边生，也不回言，就一个扑面虎，伸开醋钵拳头，尽力打将过去，好不厉害。惠乾不敢怠慢，连忙将身闪开，就一个千字铁闸手向吕英布手腕横打下来。吕英布急收回拳，将身一低，双手一展，用一个推山塞海势，往胡惠乾便打，胡惠乾将身一纵，一个猛虎偷羊势，复手打来，两个搭上手，走了二十多路解法，从辰至未，约斗四十回合，吕英布越战越有精神，越加勇力，拳脚功夫一毫不漏。而胡惠乾身材比吕英布细小，气力自然不及，所恃者少林支派至善秘传折法，工于趋避进退，迎敌借势取巧，只能勉强支持，杀个对手。

及至后来，斗到申牌时分，二人战有七十余回合，胡惠乾自谅难以取胜，只得仍用花拳对敌，那跳急如飞，或东或西，或前或后，身轻手快，功夫是其生平所长。这吕英布忽见胡惠乾花拳变用，闻得牛化蛟当日遭此伤命，心中也着一惊，因自己亦未习过这路功夫，身躯又不及他灵便，随十分用神，只因眼目对日炼过，一任胡惠乾如飞跳舞，他能看得亲切，两目全不昏花，拳不错乱，所以胡惠乾无从下手，不能取胜。看官，你道何为对日炼睛？且听在下说来。

大凡名家教习拳棒刀枪功夫，必令学者于早辰时扎定坐马势，对正太阳，将两眼睛睁开，向日直视，两手叉腰作势，以受日中精华炼我睛力。初炼时眼如锥插，极为辛苦，一刻之久，头昏眼花，黑星乱碰，合目片刻，复向日看，如此渐视渐久，渐不畏日之光，及至看日如看月一样，视久不倦，将来临敌,即便剑戟如麻,刀枪乱劈,拳脚交加,急迫之际,眼门亦不为所乱,兼不避风,又能除诸目疾,是雄拳秘授门中第一等法。

闲言少表,再说胡惠乾因为自己花拳无用,必为所败,心中一急,略跳慢得半步,吕英布一见,满心大喜,乘此机会,用尽生平勇力,一罗汉五行拳照胡惠乾顶梁门盖将下来,势如泰山压顶,好不厉害。胡惠乾大惊,正难躲避,谢福三在台前看见惠乾力不能胜,难以迎敌,这一拳性命难保,其势已逼,急在袖中一拍,飞起铁鸳鸯,相对正吕英布手腕打去,此铁鸳鸯即是今之风枪一样,袋口摄石能收回原子,暗中伤人,不露形迹。是时吕英布一心专顾胡惠乾,不提防拳与铁鸳鸯相撞,一声响,手腕折撞,鸳鸯落在台毡之中,早被谢福三暗中收回。只因小如鸡蛋,毡面既无声响,吕英布手腕虽折,并无血出,所以远望近看,众人十个有八个看不出。胡惠乾一见,心花大放,趁势一拳,照吕英布耳边命门就打,这吕英布手腕骨折,痛切归心,低头急欲败回台去,耳上着了惠乾命一拳,只觉天旋地转,一跤跌在水月台上,若是别个慈善稍有人心的就罢了,偏遇这胡惠乾又是最狠毒手,又起一脚,向他颈上踢去,将筋骨打断,岂能再活?吕英布登时一命呜呼,死在胡惠乾之手。后人看到此处,可惜他一身本领,手足情重,不幸被人暗算,作诗叹之:

> 手足情真义更深,弟仇未报反捐身。

> 虽然惨被奸人算,留得贤名贯古今。

当下各师侄及众行友皆飞扑上台来救,已经筋断骨折,死在台上。胡惠乾将身一纵,一个飞脚,跳下水月台,站在庙前,慢慢坐进轿内,神色如常,四方来看之人,齐声赞羡,果是英雄,好本领。胡惠乾洋洋得意,各师兄弟一路串炮花红,威威武武迎回西禅寺武馆去了。

再说吕英布是当时毙命的,尸首难以抬进会馆收殓。各首事只得将他就在庙前搭了孝棚,仿照牛化蛟一样,备办衣衾棺木,从厚殡殓,仍然暂停双山寺内。各行友办妥丧事,是日会集会馆,各东家对师爷及白安福道:"我等尽数千两资财,反累却两位教头死于非命!到如今人财两空,冤上加冤,进不能报仇,退不能安生业。列位有何妙计,除此心腹大恶?自古道,一人计短,二人计长。不妨大家来想想。"言犹未毕,只见牛化蛟首徒牛强上前说道:"各位仁兄且休烦恼,为今之计,只宜将我师父师伯两副棺木,待我师兄弟等与贵行各友,雇备船只亲事运到武当山,见我师公八臂哪吒冯道德，禀知此事，哀求老道士下山报仇，谅师公闻知一连伤他两个得意门生，定然心痛，亦且防天下耻笑我武当山武艺不及少林寺精妙，岂不失却威名？据我看来，这位大师伯力敌胡惠乾，人目共见已有八九分胜意，他变用花拳也奈何师伯不住，到得将要结果这狗头之际，突然之间不知怎样右手腕七寸之上筋骨被他暗中打断，因此丧在胡惠乾之手，至今手腕着伤之处，极类铁器所伤，此中人从旁下手。这事只因未得实据。难以为凭。"众人都道："这件事我们也奇怪，只为当场并不见何铁器，所以不疑。既如此，必对你师公诉明，下次会敌，不可徒用空拳，宜以随身军器应敌，兼且防备暗算为妙。"锦纶堂各人齐道："有理！"这日通行斟酌妥，整备厚礼及牛强两位教头剩下花红聘礼银六千两，并两口棺木，即派司事四名与他徒弟四个，雇了一只大船，即日起程，往武当山而来。

且说武当山玄天上帝庙内主持道士八臂哪吒冯道德及徒弟雷大鹏，即是雷老虎之子，师徒二人因观中道众人多，香火极盛。他性喜清静，迁入后殿居住，以避烦恼。一日，打坐蒲团运气，往来之际，到了三更时分，朦胧间见了牛化蛟、吕英布二人，满身伤痕，跪在跟前哭叫："师父为弟子报仇！"冯道德吃了一惊，急欲追问被谁人所伤，不觉阳气一冲，将两个冤魂呵散，转眼都不见了。醒来吓得冷汗淋漓，不知主何吉凶。次日正与雷大鹏谈论此事，忽见牛强等及锦纶堂值事到来，把上项情由一切诉明，老道士闻言大叫一声，气死在地。不知后事如何，且看下回书。

第 十 六 回

雷大鹏别师下山　胡惠乾送儿入寺

诗曰：

　　　　前后逍遥两寄儿，学成拳脚也非宜。

　　　　只因自负天生勇，同往泉台觅道师。

　　话说牛强及锦纶堂值事一共八人，带了礼物，运着两具棺柩，一路到武当山玄帝庙前。这庙起得十分雄壮，皆因明太祖当日在此湖中征灭陈友谅，蒙圣帝显灵相助，所以拨帑建庙，以报神恩。着该管地方官春秋致祭，且来往商船及四方之人到此进香，极其闹热。此时各人也无心赏玩，随一道童引进通报。

　　却说道德道长正在想着昨夜之梦，忽道童引着牛强，全身缟素，走到跟前，跪下叩头，把师父师伯与锦纶堂泄气，先后被少林寺至善和尚徒弟胡惠乾在广东西门医灵庙水月台比武，用狡计打死，皆因他有十多个师兄弟暗中帮助，现在该行已将两具棺柩并两次聘银六千两，另备厚礼，特差四人与弟子等兄弟四人特求师公与师父师伯报仇。说罢伏地叩头痛哭。冯道德一听两个心爱门人都丧胡惠乾之手，师徒如父子，心如刀割，大叫一声："气煞我也！"登时眩倒蒲团之上。牛强与雷大鹏急忙救唤半晌，方才醒转，犹自悲哀不已，即命牛强引进值事及徒孙，与各人见礼，分宾主坐下，各徒孙也就上前跪见师公，又叩见师叔雷大鹏。

　　老道长向白安福等说道："小徒等不能为贵行出气，反遭此祸，又承厚意，不辞跋涉，远送柩来，始终高义，感激难忘。"白安福连忙拱手道："弟子昔日也曾拜过化蛟牛师父为师，算来也是道长徒孙。各友都因二位师父为与敝业报仇，遭此非命，代运棺木，分所应为。更因过意不去，特备微礼及两次花红银两，专差我等送来，面求师公，一则代令徒报仇，二则为敝行泄恨。今被胡惠乾狗子弄得我通行数千人不安生业，若蒙除此心腹大患，即如救我等数千人于水火之中，阴功莫大！还望师公大发慈悲！"说罢与同来者拜伏座前，叩头哀恳。冯道德急忙扶起道："贫道恨胡惠乾已入骨髓,岂有轻饶这小畜生之理!他既不念我与伊师至善和尚手足之情,下此毒手,暗伤我徒,就使他师父亲到羊城,我亦不能饶此胡惠乾狗命!"

正要打包收拾起程,只见雷大鹏上前跪下,说道:"割鸡焉用牛刀?何劳师父亲行!弟子今愿前去,一来为师兄等报仇,二来要寻方世玉这小畜生,与我父母申冤,还望师父俯允。"冯道德点头道:"汝去也可做得,只要加意提防,是所切嘱。"当下雷大鹏拜别师尊,收拾行囊,提了八十二斤铁棍,与各人也别了道长,下船回广而来。冯道德吩咐童儿收拾送来银两及各样礼物,择下吉日,将两口棺木安葬后山,这且不表。

再说胡惠乾自从打死吕英布,回到西禅寺武馆,备办酒席,与各师兄弟欢饮庆功,深感谢福三暗助之力,拜谢福三道:"彼此手足相顾,何劳挂齿!只要贤弟此后,不可再行生事,大家安享太平,比谢我还更欢喜。"三德和尚亦再三相劝,胡惠乾也就收心,不向机房闯祸。

席散之后,歇息两日,搭渡回归新会。见了母亲及妻房夏氏。昔年分别往少林学艺之时,家中生下一儿,初生是肉球一个,割开时见是个男子,此时已经七岁,祖母取名叫做友德。胡惠乾今日始得见亲生子面,只见他生得形容丑怪,大不类父母相貌,蛇头鼠目,尖嘴缩腮,身材又极矮小,浑身皮骨倒还坚而且实,筋络包缠十分难看。惠乾见了,心中不悦。适有同族兄弟到福建贸易,他就与母亲说知,忙带胡友德往少林寺,写了一封信,求至善禅师收为小徒弟,以便浸练筋骨,将来学成,定有出头日子。夏氏生性贤淑,听从丈夫做主。惠乾之母因见儿子去少林学得浑身武艺回来,报得丈夫之仇,也愿孙儿前去习练,他日长成学就,可以上进,亦免受人欺侮,所以并不阻挡,只虑友德年小,离了父母,寺中恐怕无人照管。胡惠乾说道:"请母亲放心!那至善老禅师,最喜欢小孩子,极有心机抚养的。兼之素性慈祥,又清闲无事,就是所养的猫、狗、猿猴、雀鸟一概玩物,也爱惜如同珍宝,轻易不肯难为。只要我这里常常寄银及衣物去就是了。"婆媳二人听了道:"既然安乐,随你托人带回去便了!"喜友德也不甚依恋祖母母亲,欢欢喜喜愿意前去。

当下打叠衣服、铺盖、鞋袜及十两贽见①银子,共锁箱内。惠乾命人

①　贽(zhì)见——此指求见时所拿礼品。

挑着行李,亲自携了儿子,那时就往福州贸易兄弟家内。适其正在发货落船,惠乾就命儿子拜见叔父,自己亦拜托路上留心教导等语。其人连忙还礼,满口应承。惠乾又嘱友德几句言语,起身作别回家。遂逐日往探各亲友兄弟,彼此谈论往事。各人因他出外学艺,今日能与父亲报仇,称为孝子。又闻他武艺高强,十分敬佩,备酒相待。所以接二连三不得空闲。将近二十余日,接了少林至善禅师回书,得悉已经收友德为徒孙,慢慢浸练筋骨,学习武艺。信中嘱胡惠乾务要与各师兄弟和睦,时常请他们教习,用心操练技艺,预防武当山冯道德命人前来复仇,我曾面嘱各徒教你功夫,切莫任性,不听师兄弟教道,千万不可恃本领招灾惹祸,以犯王法,切记莫忘的言语。惠乾见了,全然不以为意。

且说省中光孝寺内各英雄,也就陆续各自回乡省亲去了。单讲李锦纶回到家乡,因见侄儿李开生得身材甚好,才貌清奇,有抱牛过水之力,锦纶即收为徒弟,将平生所学少林技艺,尽心传授,后来李开在白莲教余党为师,三败杨遇春后,被少林寺英雄活捉正法,此是后话不提。

再说雷大鹏与各值事及牛强等到锦纶堂会馆,于是通行会集,备酒接风。饮罢之时,雷大鹏手提铁棍,命人引到西禅寺会见胡惠乾及方孝玉弟兄等。三德禅师道:"众人于一月之前,各自回乡省亲去了。"大鹏怒道:"既如此,你速写信,各人前来会我,便不干你出家人之事;若不写信,莫怪我得罪了你各僧人,勿谓言之不先也!"说完回锦纶堂而去。三德和尚急忙与洪熙官、童千斤等,分头飞信通知各人。各师兄弟闻信,即到省垣光孝寺聚集。惠乾亦回西禅寺内,只有孝玉三兄弟路远,是日还未得到。

雷大鹏这日来到光孝寺,遇见李锦纶等,各人吃了一惊,勉强出迎,延进馆内,分宾主坐下。李锦纶佯作不知,春风满面问道:"师叔近日法安?"雷大鹏答:"托福,甚健。"锦纶又问:"师弟不在武当学技,到此羊城,有何贵干?"大鹏怒道:"杀我两位师兄,方世玉这小畜生昔日又害我二亲,此仇此恨深若沧海,你这班狼心负义之徒,全无同道之情,一味恃你人多,暗下毒手,自以为强。今日还诈什么蒙懂①?称什么师叔师弟?某今奉师命,特地前来先杀胡惠乾、方世玉,以报二位师兄及父母之仇,后杀你等一班狗头,以泄胸中之恨,以显我武当山的厉害!"众豪杰听雷大鹏夸

---

① 蒙(mēng)懂——糊涂。

口辱骂,勃然大怒,一齐喝道:"雷大鹏小畜生,你怎敢藐视我等? 管叫死在目前! 你比那牛化蛟、吕英布武艺何如? 想当日你父母原因自恃勇猛,目中无人,欲灭天下同道,天故假手方世玉母子之手,你这不长进的东西,就该前车可鉴,缩首山中,苟延残喘,接续祖宗香火,使雷氏不至绝后,方为智士。不料丧心病狂,谬妄至此,分明自寻死路,可为有其父之愚,必有其子之不肖也。"

一席话,骂得雷大鹏满脸通红,就要发作,厮打起来,却被李锦纶及寺里僧人拦阻,又劝开各师兄弟。李锦纶随对雷大鹏说道:"师弟既要与我们相斗,何用性急? 请回锦纶堂会馆,预备标贴长红,约定日期,当场比武,众目共见,一人敌一人,生死不究,始为正理。若在我们馆中,即便打胜了你,也被旁人议论,说我等以众凌寡,不为好汉。"随他来的白安福亦极力阻止,雷大鹏只得忍着一肚皮闷气,恨恨连声,带着跟来之人,出门而去。

李锦纶见他去后,随对众师兄弟说道:"闻得这狗子是从小送上武当山,三师叔将他浸练筋骨,身坚如铁,武艺拳脚极精,气力又猛,使八十二斤铁棍,非常厉害,比牛、吕二人更觉难敌。我等各人,谅非敌手,只有方世玉或能抵挡,因他亦是幼练成功的,现今仍未赶到,为之奈何? 还有胡惠乾那些花拳,亦可支持,兼之事由他起,只得要他鼎力了。"谢福三道:"据我看将起来,世玉师弟身材矮小,力量有限,何能受得八十二斤军器? 胡惠乾花拳他虽不晓,谅难近得他身,以力相敌,必不济事,宜用智取。"各人道:"乃须要用铁鸳鸯收拾他,何如?"谢福三正要回言,却见方氏三兄弟及胡惠乾走将进来,诸人大喜,说道:"正愁世玉贤弟等赶不上会敌,天赐其便,今日赶到。"彼此一齐归座,方孝玉道:"我等接着三德师兄之信,就连夜兼程而来,岂有赶不上之理? 只是现今事体,怎样应敌为妥呢?"李锦纶随将方才雷大鹏无礼之言说了一番,激得世玉、胡惠乾两个摩拳擦掌,咬牙切齿,十分气恼。只因知他如此勇猛,又防自己敌他不过,万一伤在他手,也有些惧怕。谢福三道:"你们不必疑畏,他此回必防我等暗器,不用空拳对敌,定用军器比较,留心关防吾等暗算。那铁鸳鸯若不待其力倦眼慢、疏于防备之际,断难下手。为今之计,临敌之时,必须众兄弟轮流上台会敌,约战数合,下台又换一人,仍复如此,最后世玉尽力支持,使他累疲,斯时,我相机从旁用铁鸳鸯暗助,如此包管一战成功,万无

一失。"各人均皆称妙,就照此而行,商议定当。正是:

　　挖下陷坑擒猛虎,安排香饵钓蛟龙。

　　且说雷大鹏带怒径返会馆,立即着人写了长红,四方标贴,上写道:

　　锦纶堂公请教师武当山雷大鹏,兹因我武当山兄弟被少林寺连用暗器伤残师兄牛化蛟、吕英布二命,大鹏今奉师命到此。仍在医灵庙前水月台上,与胡惠乾、方世玉等当场比较武艺,以分高下,而报前仇。准于三日后早晨聚集,先此预闻。

武当山雷大鹏谨启

这长红一贴,那些远近军民人等,一人传十,十人传百,都相约到期观看。更有做小生意之人,如赶戏场一般,预备各种食物,设摊而卖,故比先两回更加闹热。雷大鹏预先着人将台打扫清净,一到这日清早,即便装束齐整,手提八十二斤镔铁双头棍,带着四名师侄及会馆众人,骑马来到庙前。只见人如蚁集,跻踊异常。少林寺各人齐在台下,左边一个个全身结束,手持军械,威风凛凛,杀气腾腾。雷大鹏就分拨各随来之人分布台右,不许少林寺各人逼近台口。自己以为得计,谁知是日谢福三已扮作平常看客,站在台旁,专待相机暗助。雷大鹏乃是粗鲁之夫,哪能晓得?当时拨罢,各人防备,他就在马上将身一纵,跳上台中,将身倚着棍,双手望台下一拱,说道:"大鹏今日为师兄报仇,请你众人共为证见!"一言未了,只见李锦纶跳上水月台,将手中铁锏一提,说道:"某来与你见个胜负!"

　　只见大鹏今日装扮比前不同,头戴软包巾,身披软甲,胸前挂一面护心宝镜,脚蹬快靴,身高八尺,膀阔腰圆,果然头如巴斗,眼似铜铃,满面横肉,生得十分威武。手中铁棍长有八尺,粗如杯口,好生厉害。李锦纶则身高七尺五寸,面如满月,海下浓须,生得腰粗背厚,骨骼坚强。手提双锏,头戴尖铁帽,身穿软护甲,胸挂铜镜,腰围红绉纱带,足蹬多耳皮靴。雷大鹏一见,大喝道:"李锦纶,你何苦前来替死?"李锦纶道:"雷大鹏,你休夸口,我劝你及早回山,尚可保全残命,免绝你父母根苗。再若执迷不悟,恃强欺人,只怕死在目前,悔之不及!"

　　雷大鹏一听此言,气得双眉倒竖,二目圆睁,将手中铁棍望李锦纶兜头盖将下来,如泰山压顶一般。李锦纶即举双锏望上尽力一架,震得两臂酸麻,大叫道:"好家伙!"连忙让过,借势用锏拦腰打去,雷大鹏亦用棍格开,二人搭上手,各用铜棍,往来战到有七八个回合,李锦纶自觉气力不如,抵敌不住,只得将双铜一让,说道:"技不及你!"纵身跳下台来,看的人齐赞雷教头果好武艺。只见洪熙官将铁尺一摆,一个飞脚跳上台来,那雷大鹏因战胜李锦纶全不费力,正在得意洋洋,听众人喝彩,随高声叫道:"少林门下再有谁人敢来对敌!"忽见洪熙官奔跳上台,装束齐整,手持双铁尺,面如美玉,大叫道:"我来了!"举起铁尺,迎面打来。雷大鹏顺手用棍挡开,两个就大战起来。一来一往,约有五六个回合,这洪熙官乃是斯文人出身,怎挡得住?只得卖个破绽,败退下台。众人又齐声喝彩,喜得机房中人心花大放,各以为此位雷教头必定能报仇泄恨了,更喜未及一个时辰,有童千斤、郑亚胜、梁亚松、黄坤、林胜、方孝玉、方美玉等,轮流各战数合,均败下台。雷大鹏听见台下四方之人同声称赞,且机房各友更加欢声如雷,因此他洋洋得意,更觉威风,只是气力比初上时略退一二分。

正挺立台中,高声喝问:"谁敢上台纳命?"喝声未毕,方世玉手提铁棍,跳上水月台来,大喝道:"匹夫休得逞强,我来取你性命!"手起一棍打将过去,雷大鹏急忙架住,叫道:"来者通名受死!"方世玉答道:"你父母当日如此威猛,也死在我母子之手,只怕你今日也难逃一棍之灾!吾乃方世玉是也。"雷大鹏听见方世玉三字,正是父母之仇,不共戴天,喝道:"我今日不报父母之仇誓不为人!"举起八十二斤双头镶铁棍,如狼似虎,没头没脑,如雨点一般打将过来。方世玉不敢忽略,急架忙迎,只见他两个拼命相交,比先时对敌大不相同:使开两条铁棍,只听得呼呼风声,如蛟龙戏水,猛虎出山,左插花,右插花。上如三花盖顶,下若老树盘根,一场大战,只杀得天乌地暗。台上被他二人踏得尘沙滚滚,众人齐赞真好棍法!约战到五十个回合,那方世玉力量本不及雷大鹏,今日能敌四五十个回合者,一来因他自小苗氏娘亲浸练成功,二来曾经五枚、至善两个老师秘授真法,棍中功夫精熟,其三因雷大鹏已与各人久战,故气势略衰,有三层缘故,方世玉所以能敌战。到后来,到底气力不及,只得虚晃一棍,败下台去,只气得雷大鹏暴跳如雷,恨不得生吞世玉。

正在恼怒,忽见少林师兄弟队内,有一个清俊后生持着一条凤尾铁枪,跳上台来,轻捷如猿,一尘不动。头上包巾,外用绉纱包裹,身穿铁叶软棉护身甲,胸悬镶铁镜,腰束大红湘绉带,足蹬班嘴铁头靴,生得脸如满月,齿白唇红,身材俊雅,不类武艺中人。雷大鹏连忙喝问:"来者何名?"

胡惠干笑道："你欲问我名姓，只怕说将出来，也要吓你一跳！我就是阴司差来的勾魂使者，牛化蛟、吕英布吾已勾去，今日料你也难逃此劫，我即胡惠乾是也！"雷大鹏一听此言，正是火上加油，气得三尸神暴跳，七窍内生烟。仇人相见，分外眼明，大吼一声，便一个朝天一炷香，一棍照胡惠乾顶梁门打来。胡惠乾叫声："来得好！"急忙用枪挡过，就势顺着枪尖，望雷大鹏咽喉一枪刺去。雷大鹏吃了一惊，这个枪法名为就势刺喉枪，十分了得。他见枪势神速，挡已不及，只得将身一低，胡惠乾的枪在他头顶上刺了过去，大鹏就一棍望惠乾双脚横扫将来。这路棍法名唤乌龙摆尾，胡惠乾也着一惊，急忙将枪向地下一点，双脚一纵，跳起有八九尺高，却反纵在大鹏背后，落将下来，照他背门就是一枪，雷大鹏火速返身架住，二人搭上手，来来往往，可比弄风猛虎；冲冲撞撞，犹如戏水蛟龙。

战到三十余合，约有六十多个照面，胡惠乾有些抵挡不住，只得仍变用花枪，连纵带跳，尽力迎敌。谁知这雷大鹏从小练就眼法，任你怎么乱跳，他两眼全然不花。战到七十余合，那胡惠乾只有抵挡之功，并无还枪之力。势将危急，谢福三此时扮作常人模样，逼近水月台口观看，留心乘机帮助。今见其势已急，迎忙暗在怀中探出铁鸳鸯来，把机关拨好，对准雷大鹏手腕打去。只听得雷大鹏哑呀一声，早把手腕七寸骨撞折，疼痛难当，手略慢得一些，手中棍自然一松，胡惠乾满心欢喜，趁势一枪，直贯咽喉，顺手将尸挑下台来。牛强等及锦纶堂行友，一时要救也来不及，只得抬回尸首，搭棚收殓。众人心内明知今日又被暗算，十分愤怒，料敌不过，只索付之无可奈何。

且说少林众师兄弟，一路串炮连天，回西禅寺武馆，摆酒庆贺，欢呼畅饮，热闹非常，按下不提。再谈机房众友用上好衣棺，殓好雷大鹏尸首，仍托牛强与前次去过之人，雇船运回武当山而来。见了冯道德，将仍被少林徒弟暗算，致雷大鹏伤了手腕亦遭胡惠乾毒手情由，详细禀明。老道士闻言，两泪交流，痛惜三个得力徒弟，无辜伤在胡惠乾之手，枉费平生教练心血，而更使我武当山威名一朝扫地，因此十分悲切，痛恨非常。各值事及牛强等从旁再三哀恳道："老道长何不亲到羊城，将胡惠乾打死，以报三位令徒之仇，兼与敝行申此不白之冤，岂为不美？"道德闻言，低头不决道："贫道归山多年，原不欲管红尘烦恼。岂可又开杀戒乎？"各人见其心动,乘机用些忿激言语从中挑唆,弄得老道长怒冲牛斗,吩咐各道童:"谨守山门,为师的亲到羊城,打死胡惠乾这孽障,与你三个师兄报仇,随即返山!"各值事及牛强等十分欢喜,即刻带齐应用什物,下落原船,一路望粤东而来。不知此次能否泄恨,且听下回分解。

第 十 七 回

下武当道德报仇　游羊城五枚解急

诗曰：

　　门徒被害痛归心，亲报三徒此恨仇。

　　岂期又遇豪强劝，一腔怒气不能收。

　　话说冯道德及锦纶堂诸位值事各徒孙等一行人，由武当起程，连夜赶来报仇，这且不表。

　　再说云南白鹤洞五枚尼姑，素与粤省西关龙庆坊龙庆庵主持尼姑小唐十分深厚，每三两年间，不是你来探我，就是我来访你，断不失约，真可谓如胶似漆，胜如管鲍①。一日，五枚闲坐佛堂，偶然想起小唐。自前载到来探我回去，至今久无音信，不知他近况如何。心中放他不下，兼之数年未到广东游玩，何不趁此一行两得其便，岂不是好？

　　主意已定，随唤小云徒弟道："为师的欲与你到广东一游，一来探望小唐，二则看该省新有什么英雄豪杰，借卖武为名，或者收得一两个英俊门人，岂不是好？你意以为何如？"小云大喜道："弟子蒙你老人家尽心教导，学了满身武艺，也欲出去施展些手段。今得师尊高兴，是极妙的了！"五枚道："既然如此，你一切应用之物，铺盖衣服装一担儿挑着，就此去罢。"遂又吩咐："庵中小尼姑并青火道婆，小心看守门户，如有人访我，就说我到广东云游，不久就回。"各人领命不表。

　　且说五枚与小云在路饥餐渴饮，夜宿晓行，历了些风波险阻，约将一月，至羊城龙庆庵。小唐见了五枚，喜出望外，加意款留，盛情相待，促膝谈心，一连数天，阔叙久别之私。

　　其时乃端阳佳节，粤东风俗，例闹龙舟。这数天海幢寺闹热非常，五枚上年来游，也曾到海幢寺伽蓝殿开场卖武，此次在庵做过节，就到初十

---

① 管鲍——春秋时管仲和鲍叔牙。两人相知最深，后常用以比喻交谊深厚的朋友。

日。绝早叫小云带齐各样军装器械,前时寄放海幢寺的粗重行头,及一百零八度梅花桩,早与前几天着小云、小唐两个预先备置停当。这小唐乃是龙庆庵中一个有钱主持。因素来仰慕五枚手段功夫,拜在门下,名虽徒弟,那五枚见他不惜钱财,十二分孝敬,故而亦另眼相待,作为师友,情投意合,交结胜常。

此际三人结束妥当,就在西炮台埠头,雇下一只小艇,过海而来。船到海幢寺前湾泊,上岸入寺,与静海大师及众师兄弟,稽首见礼已毕。寺里众僧亦十分敬重,更有曾学过五枚拳脚技艺的,更加小心伺候,恭敬非常。当下静海赔笑说道:"不知师伯法驾光临,有失远候,仰祈勿罪为幸!"五枚答道:"岂敢!师侄法戒精严,有光佛教,深为可喜,寺内法事定必兴隆,檀越门布施广大,剃徒繁衍,深慰鄙衷。今日老拙又要来寺献丑,搅扰静地,深觉不安,望勿见怪!"彼此套谈数语,随到三宝诸殿各处参拜我佛,随方丈饮茶,略坐告辞,与静海并各僧人到伽蓝殿中而来。早有该殿值堂和尚迎接,五枚抬头一见,只见自己所有行头一概布置得十分齐整,那丹墀下梅花桩按着法度摆列无讹,满心欢悦,遂上前拜过了关夫子圣容,又与本殿和尚见过礼,三人就将外罩袈裟卸下,走到月台。五枚当中坐下,左边小唐,手中提一对九节镶铁软鞭,右边小云,拿一枝丈二长铁梨木单头棍。二人站立两旁,早见那游玩的人渐来渐多,因此时方交辰初,看武的人还不十分跻踊。

再说洪熙官,乃是一个富庶子弟最高兴的人。因这日端阳佳节,雇了一只紫洞横楼艇,约齐少林寺一班师兄弟到海幢寺前看闹龙舟,饮酒作乐。方孝玉兄弟二人回家与父母拜过了端阳节,亦即赶来。各家兄弟无不欢欢喜喜,一同出武馆上船过海而来。一路欢呼畅饮,舟中远望,观不尽珠江富丽,粤海繁华。只见那大小洋帮沙面埠向南一带,妓歌画舫,烟花夺目,美景宜人,只听得一派笙歌,箫鼓、琵琶、夹着诸般弦索,令人心荡神飞。各人上岸入寺,各处随喜。

洪熙官、童千斤两个信步走入伽蓝殿来,望见正中月台上坐着一个老尼姑,年将百岁,生得身高体胖,面大睛圆,目露神光,英风凛凛。左右两尼,一约中年,一则卅①许光景,倒还斯文清雅,似非勇猛之辈。唯见手中

---

① 卅(sà)——三十。

所拿九节双鞭、单头木棍,均是兼人之具,未知他可能使得。兄弟二人正在私相议论,只听得那中坐老尼立起身来,走到月台边,对众将手一拱,说道:"列位请坐,小尼每数年到贵境一次,在此伽蓝殿丹墀下摆列梅花桩一百零八度,及一十八般器械,并拳棒诸技。闻贵省最多豪杰,只恨自己无缘,未逢敌手。列位中倘有武艺超群者,与小徒一角胜负,俾领教一二,是所万幸。"说罢回头叫:"小唐、小云,汝二人各走鞭棍与诸位一观。"

遂见那中年尼姑将手内双鞭望外一拱,说道:"小尼献丑,诸公见谅。"说声失礼,将身一扭,双手一排,两脚一起,用一个蜻蜓点水势,飞上梅花桩正中央站立,双手运动九节铁鞭,慢慢按照步法进退,使将起来,初时还见她一来一往,犹如两条蛟龙一般,呼呼风响。使到妙处,变了一派银光,连身不见了,只见一百零八度桩上,一团白气滚来滚去,或上或下,一似弄风猛虎一般。步法既精,鞭法又熟,众人看到梅花绕乱,齐声喝彩,共赞好鞭法。使完颜色如常,毫不改变。按步收鞭,退返原位。只见小云将身一展,一个飞脚打上桩中,说声:"我来献丑,以博诸公一笑。"随用左手将棍拿定,犹如朝天一炷香;右手一伸臂,在那茶杯粗铁梨木棍上一弹,只见这棍风摆杨柳一般,头尾皆摇,惊得闲看人伸出舌来缩不进去,都道好大力量,果然厉害。小云将棍一挺,打横又是一弹,几乎把这大棍震断。拔开脚步,在桩上排开棍势,按着四门一百零八度变化,使将起来。只见她紧一紧那棍尾,就有碗大一个圈儿,十分威勇,便捷非常。技艺既精,气力又好,所以运动如意,全不费力。众人看了,极口称扬,都道好棍法。

那洪熙官看罢无言,不料童千斤自恃本领,待小云收棍时,他就飞身上梅花桩,大喝道:"何方泼贱贼尼,敢到我广东地方卖弄本事,目中无人,你认得我童老爷么?"小云正欲收棍下桩,忽见人群里跳上一个大汉,身高八尺,膀如斗涧,蟹面浓须,声雄气壮,口出恶言。轮起两个沙保盆大的拳头,威风凛凛,相貌堂堂,特来比对。小云忙将棍交与小唐,翻身骂道:"你这狗头,到来比武,自应以礼相称,何得破口伤人,是何道理?你既来领教老娘的拳脚,快把狗名报上,待我好送你归西!"童千斤大怒,暴跳如雷,厉声喝道:"你老爷行不更名,坐不改姓,我乃旗人童千斤,粤东省城谁不知我?你今日遇着我童老爷,只怕你死日到了。"

小云冷笑两声,殊不放在心上。随即在桩上摆开一个高探马的拳势,童千斤就用一个黑虎钻心的解法,抢将进去。小云见他来势极猛,搭上手,也知他气力不小,不敢怠慢。收回拳,变了一路解法,叫做鬼王拨肩。双掌往童千斤身上打来,童千斤吃了一惊,急忙闪过,早飞起左脚踢去,小云亦躲开,两人在桩上,彼此都是惯家,按定步法,一丝不乱。众人也看得呆了,那五枚坐在月台之上,看看徒弟有些敌那人不住,急忙自己落下月台,纵身跳上梅花桩,将他两人分开,叫:"不可动手,我有话说!"

童千斤正欲取胜,忽见老尼亲来拦住,大怒道:"就让你两人齐来,老爷也不怕你!"洪熙官当五枚上桩之际,正想上前帮助,见这老胖尼姑口称有话说,故亦权且站立桩前,看她有甚议论。小云见师父上桩,将身退在一边,听候吩咐。童千斤虽然住手,仍是怒容满面,大叫道:"有话快些说将上来,待我取你狗命!"五枚笑容可掬,说道:"壮士高姓大名? 尊师是何法号? 请道其详。"童千斤骂道:"我老爷又不与你结亲,查根问底做什么? 不过你见徒弟战我不住,故此上台支吾,想用花言巧语,以图脱身之计罢了!"五枚闻言,不觉勃然大怒,喝道:"你这不识抬举的贼子,休得胡言夸嘴! 出家人手上不知死了多少英雄好汉,何在乎你这不成材料的东西! 只因我老人家生性慈悲,见你用来拳脚都是我同宗共派所传,谅必自己师兄弟中弟子。恐怕一时彼此错手,有失同门和气,故而好言询问明白,方才与你见个高下,纵然下了毒手,也叫你死而无怨!"

童千斤不听犹可,一听此言,气冲牛斗,那无明火高了三千丈,怒发如雷,夹面就是一拳,照着五枚顶门,迎头盖将下来,势有千钧。五枚看见,付之一笑,何曾放在心上! 小云正要上前架住,五枚道:"待为师的来对敌!"她随即伸手,轻轻架过,也似乎有些斤两,到底心中不忍下绝情手段,故只用了七成功夫,搭上手走了几路解法,卖个破绽,童千斤就一脚踢将过去,五枚并了三个指头,将右手望他小腿一削,那童千斤大叫一声,如中刀斧一般,一跤跌下梅花桩来。洪熙官即忙上前扶起,已经寸步难移,五枚呼呼冷笑,复回原座。

当下洪熙官只得命人背了童千斤回船,见他疼痛难当,叫唤连声,急用药敷,仍然叫痛。随后各师兄弟陆续游玩返船,问起缘故,众人大怒,当下李锦纶为首带齐谢福三、林胜等共五位英雄,飞奔伽蓝殿而来,意欲报仇泄恨。进到丹墀,看众人还在此观看,并没一个敢上前比试,耳边听的还是议论纷纷适才童千斤被踢之事。且见梅花桩旁,摆列十八般军器,个个都是加额沉重厉害东西。又见那老年师姑,盘膝坐在月台太师椅上,犹如泰山一般,精神气概,果是惊人。

李锦纶报仇心急,也管不得许多,分开阶前众人,抢步走到丹墀,望着月台高声喝道:"哪里来的泼贱贼尼,擅敢伤我弟兄,老爷特来取你狗命,以泄公忿!"那五枚正端安坐,忽见人丛内走出几个大汉,为首一人生得虎背熊腰,紫膛面色,声音雄亮,一表人才,口称泄恨,谅来适才所伤乃同辈之人,急忙起身迎下丹墀下,道:"来者通名比武!"锦纶答道:"俺姓李名锦纶,便是你这贼尼,胆敢伤我师弟,是何道理?"五枚道:"出家人历年到此卖武艺为名,原欲借此结纳天下英雄,岂料你师弟自恃无敌,目中无人,破口伤我,故而略用三分力,把些记认与他,儆戒其下次不可欺人,孽由自取,有何仇隙,今你到来,仍然不识进退,开口就得罪我。想必活了不耐烦!来自寻死路!"

李锦纶听了,激得心如烈火,各家兄弟一齐大叫:"大哥,还不动手扪死这贼秃,更待何时!"五枚闻言,高声骂道:"你这班狗男女一齐上来,老身也不惧你!"众英雄听了,越加气愤,怪叫如雷,同扑上前,一齐动手。五枚大叫:"你两个徒弟不许动手,待出家人发付他便了!"随即将身一纵,上了桩中站定。当下李锦纶、谢福三、梁亚松、邓亚胜、林胜五个好汉一齐上来,各站方位,团团如走马灯一般。五枚手下小唐、小云两个徒弟,因师父吩咐,不敢上前帮助。远远站着,遥为接应,谅这几个断不是她老人家对手。那些看的人,皆昂首远望。见众人都是空拳,谅不伤命,只见他五个人围着五枚,一场毒战,打有一个时辰,在梅花桩上踏来步去,风车一般,忽听得一声响,早见李绵纶掼下桩来。其余四家兄弟,还拼命将五枚围着,拳脚交加,死也不肯放松。暂且按下不表。

再说方孝玉、美玉、世玉三兄弟,因是回家与父母拜节,胡惠乾亦因有事出外,所以未曾同来。及后赶到船中,见童千斤被人打伤。问起根由,一齐大叫:"这还了得,真真气死我也!"飞风赶往伽蓝殿来接应,正遇锦纶被踢下桩之际,急急上前救起,正要行凶,方世玉一眼望见是大师伯五枚,吓得魂不附体,大叫:"梅花桩上各家兄弟不可动手,这是五枚大师伯。"各人闻言,一齐吃惊,急忙跳下桩来,大家一齐跪在地下叩头,口称死罪。五枚亦即刻飞步下桩,亲身扶起各人,说:"不知者不罪!所以我初时再三查问童千斤是何人弟子,因见拳脚武艺用将出来,都是一家变化,诚恐误伤同辈子侄,看将起来,功夫也算八九,但不知曾拜谁人为师?

坐下慢慢请道其详。"

世玉从新上前,代母请了安,又与自己师公叩头,五枚生平最喜欢的是他,许久未见。今日一旦相逢,喜得眉花眼笑,急忙一手挽到身旁,口称:"我的儿!为师的几年不见,你倒也长成气概,比先倍胜。你母亲现在何处?快快说与我听。"世玉随把母子随父亲由南京回来,现居省中,及助胡惠乾打机房报父仇,现与三师叔手下三个门人结怨,今日已将他打死,只怕三师叔不肯甘休。这一班都是少林至善二师伯门徒,及至善在省设教,到湖行事,现已返回少林,各事略略禀明。阶下看的众人,见她都是一家之人,知道没甚好看,一齐散了。小云、小唐两个,亦上前与各人见过了礼。五枚忙叫小云向药箱中捡出自己所秘制的还魂如意丹数丸,送与童千斤、李锦纶,就命世玉赶回船中,如法服食敷搽,功效极速。

世玉领了师公丹丸,如飞奔回船来,对他们说明缘故,童千斤等说道:"原来就是大师伯,怪不得师父当年说过她的功夫远强,果然不错。"洪熙官即与二人敷药,又吃了丸药,药到病减,十分灵妙,比自己馆中制备的更灵。世玉与洪熙官同入伽蓝殿,代童李二人拜谢赐药之恩。洪熙官抢步上前,参见师伯,五枚扶起,命他坐下。各家兄弟分坐两旁,小云、小唐与各人见礼,献上香茶,众人略谈一会儿,随齐心请师伯师兄一同上船回馆款待,少尽孝敬之忱。五枚见了这班英伟师侄,一个个如龙如虎,心中着实欢喜。吩咐小云仍旧寄下粗重器械,随身物件,辞过海幢寺各道友,师兄弟侄,与这一班少林豪杰同到船中。因五枚师徒是日不用荤菜,洪熙官即忙命人赶办素筵,让她师徒首坐,自己与众兄弟两旁陪伴,轮流敬酒。是日将船在省海珠花池一带尽情畅游,一来看龙舟,二则览观水上景致。因五枚虽到羊城几次,未曾领过这番高兴。那小云、小唐,更是平生仅见。师徒三人开怀畅饮,众师兄弟亦大放心花。饮到半酣之际,五枚问道:"适才初见,因阶下闲人极多,未经细问到底。你等与三师叔门人因甚结仇,彼此同道法门,岂可不念师父情面?一旦弄到几条人命,难道王法也不畏惧?你等可将此事起止,从头细说,我听谁是谁非。倘三师叔亲来报仇,这八臂哪吒的厉害,你们难道不知的么?我出家人或可分忧一二,也未可定。"

众人听了,一齐以手加额,若得师伯如此用情,此恩此德不但我等没齿难忘,就是师父知道,也感激不尽。只见胡惠乾含着一汪珠泪,走到五枚身旁,双膝跪下叩头,痛哭道:"弟子有杀父冤仇,各师兄弟都因救弟子残命起祸,恳求师伯大发慈悲,搭救弟子,万世沾恩不浅。"五枚用手挽起,说道:"不必悲伤,有甚冤情,说来出家人自有道理。"胡惠乾含泪退归本位,将当日父亲被机房伤命,及自己得世玉兄弟救出,拜至善大师到少林学习武艺,心急私自逃回报仇,师父恐防有失,打发众兄弟合同帮助,复至机房标帖长红,请了牛化蛟、吕英布、雷大鹏陆续前来。弟子几次死中得活,皆得众师兄弟同心暗助之力,保全残命。近闻锦纶堂备办厚礼,到武当山求请八臂哪吒三师叔。若他亲来,弟子要遭他毒手。只是家有老母,年近古稀,无人奉养。恳求大师伯看家师薄面,救弟子一救,沾恩不尽。"

　　五枚听罢根由,点头叹息,口称:"善哉善哉,原来你是一个孝子,立心为父申冤,却也有些志气。也罢,出家人且权在此少留,与你解此冤结。只是日后见了三师叔,小心赔罪,不许恃强,先礼后兵,我自有道理。"众人大喜,称谢。是时天色将晚,将船泊西炮台,齐送他师徒回龙庆庵,方才入城,共返武馆。次日清晨,备了三乘轿子,接他师徒入光孝寺中,拜过如来,与各僧少叙片刻,始进武馆而来。各英雄十分敬重,就求他指点功大。五枚亦尽心传授,苗氏夫妻亦来叩见师伯,拜谢当年恩德。从此,每日教习至晚才回庵歇宿,暂且不表。

　　再谈八臂哪吒冯道德一行人,连夜赶赴羊城而来。是日,船到省城上岸,各值事雇了轿子,将老道士抬入锦纶堂会馆。众行友恭迎进内,一同拜见。礼毕,又有白安福等徒孙上前叩见师公。茶罢,摆酒接风。老道士即刻吩咐:"各值事标列长红,到光孝寺西禅寺约胡惠乾前来受死。"各人从命,标了长红,惊动光孝寺武馆一众师兄弟。

　　是日,适值五枚未到馆来。惠乾亦在西禅寺教习手下徒弟,不在光孝寺馆中。李锦纶一见标红,随与各家兄弟商议,不若我等先至锦纶堂见了三师叔请罪,探其意见如何,再作道理。众人均道有理,随即一同来到会馆门外。守门人报将入内,老道长正在饮酒。闻言即传各人进见。当下李锦纶为首,带同一班兄弟来到关帝厅上,一齐拜见师叔,请了安。道德喝问:"你等谁是胡惠乾? 胆敢伤我三个徒弟! 今日又来见我,有何话讲!"锦纶答道:"胡惠乾近归新会,不在馆中。我等闻三师叔到此,特来请罪。打死牛化蛟、吕英布、雷大鹏三位师兄,皆与我众兄弟无干,万望师叔看我师父薄面,高抬贵手,恕饶我等,感激不尽。"冯道德大喝道:"你这班畜生!用暗器帮助胡惠乾打死我三个徒弟,又来花言巧语,想我赦宥①你们。若念师父之情,当日也不该用此毒手,打死徒弟。你今回去,叫胡惠乾一齐赴台受死。杀人偿命,欠债还钱,更有何言!"骂得一个个哑口无言,只得退了出来。齐道:"这事连我们也有些不妙,只有同去求大师伯设法解救。"于是一行人往龙庆庵去了。

　　且说锦纶堂众友与白安福上前禀师公道:"胡惠乾现在西禅寺,未回新会去。谅因见师公到来,逃走躲避,亦未可定。莫若我等请师公前去,将他捉来,与师兄等报仇,岂不爽快!"各人齐赞有理。老道士即命白安福、牛强等做眼线,别了各值事,即向西禅寺而来。正遇胡惠乾在馆教各门徒功夫。白安福指点师公,抢进门来。胡惠乾一眼望见白安福指引一个老道士抢入门来,心中料定必是八臂哪吒到了。急忙迎下阶来,口称:"来者莫非三师叔!弟子胡惠乾叩见!"道德此际,仇人相见,怒火中烧,恨不得一拳打死,方得称心。今见他跪在地下叩头,口称师叔,随应声喝道:"小畜生!谁是你三师叔!你若有我在眼内,何至将我三个徒弟打死?今日我特来寻你,有本领只管放将出来,何用花言巧语,欺瞒出家人?"说罢抢上前就是一脚,胡惠乾连忙侧身躲过:"请师叔息雷霆之怒,容弟子一言告禀。"道德骂道:"我与你这孽障有一天二地之仇,三江四海之恨,任是口似悬河,牙如利剑,说也枉然。"胡惠乾说道:"当初牛化蛟师兄贪图锦纶堂花红银两,自恃本领高强,与人出力,欺压弟子。斯时弟子也曾再三哀恳,劝以师父师叔同道中人,岂可为了他人自伤和气?千言万语总不肯依,一定要结果弟子性命。师叔想着,拳脚功夫一动手,至亲骨肉尚且难以饶让,彼此标明,格杀勿论。一时失手,打死化蛟师兄,也是骑虎之势,逼迫无奈。及至吕英布、雷大鹏二位师兄前来报仇,弟子九死一生,方才逃得残命,自知罪大如天,万无可宥。只是自问自心并不欺人,恳求三师叔高抬贵手,体谅弟子苦衷,感恩不浅。"

　　老道士哪里肯依,抢上前,拳脚交加,犹如雨点一般,照胡惠乾致命地位打来,惠乾亦知难以理说,只得用尽平生本领,极力抵挡。敌到十余个回合,冯道德心中暗想:"怪不得三个徒弟遭他手上,原来也有些斤两功

---

①　宥(yòu)——宽恕。

夫。"随卖个破绽,引胡惠乾一拳打到他身旁,另用一路绝技功夫,叫造铁甲手,一声响,早将胡惠乾左臂连骨打断。胡惠乾大叫一声,急往西禅寺外飞奔逃出,白安福急忙上前,意欲拦他去路,却被胡惠乾抱着痛手,当胸一脚踢倒,踢开约有数尺,其余牛强各人,见他着此重伤,仍然凶勇如此,不敢拦阻。只见后面冯道德紧紧追来。胡惠乾心忙意乱,急不择途。有路即奔,将到顺母桥边,八臂哪吒看看赶到,势在危急。

且说李锦纶及众师兄弟赶到龙庆庵,见了五枚,禀知前事,恳求她老人家设法解救,我等兄弟感恩不尽。大众跪下叩头,五枚用手扶起,安慰一番,说道:"有我在此,料也不妨。"随即带着小英雄一班,离却龙庆庵,步行望锦纶堂会馆而来。到得门前询问守门的,方知已经往西禅寺找寻胡惠乾报仇去了。听了这消息,大众吃了一惊,一齐拥了五枚师伯,飞风往西禅寺来。走近顺母桥上,顶头遇见胡惠乾,如打败公鸡一样,抱着一只断手,脸色焦黄,气喘呼呼上桥来,冯道德已经随后赶到,举拳往后心打来,不知胡惠乾性命如何。正是:

　　　　强中自有强中手,一山还见一山高。

五枚此番劝解可否听从,且听下回分解。

第 十 八 回

刘阁老累代光昌　　赵芳庆武艺无双

诗曰：

　　姑苏天下最繁华，吴王霸业至今夸。

　　子胥①经济②兼雄略，一腔忠义在邦家。

　　且说哪吒冯道德飞步追赶胡惠乾，一路追到顺母桥边，已经赶上，满心欢喜。用尽平生千斤神力，一拳照正后心打来，十分厉害。莫说胡惠乾曾经受伤，挨他不起，就是铜皮铁骨，也挡不起。五枚一眼看见，忙叫声："不好"，急忙抢步上前，伸开右臂往上尽力一格，大叫："为兄在此，三弟不可动手！"因是要救胡惠乾，自己似觉用力太猛，这一架把个冯道德一连退了十多步，震得手臂酸胀，出其不意，大吃一惊。晃了两晃，方才站稳。

　　五枚含笑上前，口称："贤弟，为兄的一时着急，恐你伤了惠乾性命，冒犯之处，切勿挂怀。"说罢，连连拱手谢罪。冯道德向来与其同师学艺，平素知她厉害，适才这一格，尚且如此，谅来敌她不过。她与至善最厚，彼此同门，即如自己的一般。平生最肯锄强扶弱，当年雷老虎师徒父女也曾遭她手上。今日来助胡惠乾，我若不见机，不但徒弟之仇报不成，连自己也有些不妥。想定主意，慌忙上前稽首，口称："小弟怎敢见怪？只不知师兄法驾几时到此，请道其详！"五枚答道："为兄的云游到此，偶尔相逢，不知贤弟因甚与这胡惠乾结下深仇，下此毒手！"道德的两泪交流，随将三个得力门人陆续丧在胡惠乾及这班少林门徒暗算之事，从头至尾细细说明，还望师兄秉公与小弟做主，为小徒申冤，感激不尽。

　　五枚道："这等说来，原是牛化蛟不合，不该贪图别人钱财，与自家同道作对。贤弟你也失于检点，过听旁人唆弄，打发吕英布、雷大鹏下山。

---

① 子胥——伍子胥，春秋时吴国大夫。

② 经济——经世济民，治理国家。

胡惠乾乃是一个孝子,立志为父报仇,原与你武当山风马牛两不相及,并非有心敢欺贤弟。至于拼命争持,拳脚之下,性命所关,断难饶让。贤弟既将他手骨打折,现在人虽未死,已成残废,此恨亦可尽消,若听愚兄调处,推念他师父及我的面上,就着胡惠乾众师兄弟公众出银补贴三位令徒家属,每家止泪洋一万元,另外打斋超度,在贤弟跟前叩头认罪,此后不得再与锦纶堂争斗,彼此讲和,若不听为兄的好言相劝,听凭贤弟高见便了。"

冯道德听罢这番议论,自己低头一想,谅难对敌,当初原是牛化蛟这畜生贪财惹祸,自己作死,我也一时错见,白白断送两个徒弟。今日既这老尼前来硬做架梁,替他们出力,此仇定然难报。我再不见机放手,只怕自己也有性命之忧。只得权且忍气,说道:"师兄见教,小弟怎敢不依?只是三个徒弟一旦无辜死在胡惠乾暗算之手,十分凄惨,若果功夫不及,死在拳脚之下,倒也无怨,今日若将胡惠乾轻放,旁人必耻笑,说小弟无能,还望师兄与我做主。"五枚道:"清平世界,动不动以报仇为名械斗,经年累月,不知伤害多少人命,一则目无王法,二来也非你我出家人所宜。你今定欲打死胡惠乾,我纵然不理,他是二师兄至善和尚心爱之人,谅难容得。你还是听我良言,及早放手,免失和气为妙。"

冯道德无奈,只得勉强应允。锦纶堂各行友听见胡惠乾永不滋事,亦皆愿意讲和。所有街上来看之人,及西关一带各店铺,因不能各安生业,齐声称赞:"这位老师太果是慈悲为本,方便为门,方才所论,极为有理,不但保全许多无辜性命,连我等附近各街邻,均沾厚德。"五枚连称:"不敢!出家人有何德能,谬承诸位施主夸奖?殊切不安!"随着胡惠乾带着伤与师兄弟一同上前,在三师叔跟前跪下,一齐叩头,谢罪,约定择了吉日,就在擂台之上改设坛场,请了七七四十九个高僧打斋建醮。超度牛化蛟、吕英布、雷大鹏及胡惠乾父亲及机房中伤亡各位行友,早登仙界!随即送奉各家安家银两。那冯道德为势所逼,不得不重忍着一肚子冤气,带领众人同返锦纶堂中。对众人说:"这老尼十分凶勇,连我也制她不住,有伊出头帮着胡惠乾报仇,此恨料应难报,所以只得从权应允,再作道理。"自古蛇无头而不行,众人见老道士尚然如此畏惧,谁敢惹祸?也就各不多言。

再说五枚不回龙庆庵,与众师侄到羊城光孝寺武馆中,身边取出返骨还魂丹,亲与胡惠乾服下,外用生雄鸡一只,和药鸡溶敷上,立刻止痛,将筋骨续连,真所谓药到伤痊,胡惠乾及众师兄弟叩谢大师伯活命大恩。五枚扶起各人,说道:"自家子侄,何须如此多礼!"是日,馆中备办荤素酒筵,款待五枚。众英雄轮流把盏,饮至黄昏,始用轿送回龙庆庵安歇。

有话即详,无事则略。届期建醮已毕,冯道德先回武当,五枚亦转云南。未久,那方孝玉父亲亡故,兄弟三人与苗氏庶母扶柩回肇庆安葬,兄弟送别之后,亦陆续回乡省墓去了。只有洪熙官及童千斤两个,在省见各师兄弟散去,极无乐趣,随将武馆军装器械一切技勇什物,权且寄放光孝寺中,关了馆门,各自回家歇宿。按下不表。

再说圣上因欲游玩苏、常风景,兼欲亲访白太官、甘凤池二英雄,以备他日将材之选。是日,水波庄大开筵席,诸人执盏饯行,送出庄外。周日青仍负了衣包被褥,跟随在后,由崇明到苏甚近,车舟便捷,因欲沿途流览,自航海抵南汇、上海、嘉定、太仓、昆山,一路采风问俗,夜宿晓行。行了半月,一日,时已将暮,红日下山,行抵苏州娄门入城,直行至护龙街,已见满街灯火,夜市喧闹。抬头见有客寓灯笼,大书"得安招商客寓"字样,二人进入。寓主姓张,号慎安,苏州洞庭山人。见客进门,殷切接待,自不必言。日青即择定安静房间,将包袱放下,寓主命厨司速备晚膳。

且说白太官来苏访友,今已他去;而甘凤池因早得其在水波庄为佣之至亲毕成名来信,言近日水波庄诸事,及圣上与周日青面貌。甘凤池得信之后,因自思流荡江湖,终非上策,极欲俟圣上来苏,得一引进之人,献呈技艺,得邀奖赏,始不负此一生习练功苦。

一日,独行至护龙街,过得安客寓,忽见二人站在门口,寻思面貌,恰与其至亲毕成名信中所说圣上及周日青相同。心中大喜,遂径向寓主详问二客来踪,更加欣悦。正苦无人引见,忽见周日青独在庭中看月,甘凤池即上前施礼,彼此问询,早各知名。寓主在旁,不知就里,见他们一见如旧相识,疑是旧友。当时日青即行禀明圣上,立蒙召见。圣上见他生得魁梧奇伟,名望相符,十分欣喜,即赐以游击职衔。因其在苏已久,熟人太多,不便同行,令伊暗中随驾,将来入都授职。甘凤池遵旨,谢恩退出,嗣后唯与日青时常谈心,结为弟兄。是夜,圣上用过晚膳,日青因身子困倦,思欲早睡。圣天子独自一人出游夜市。

是时,六街三市,一齐点着各式各样玻璃洋灯,五彩辉煌,如同白日。

每店排列三层花样,颜色各自不同。大店铺每层用灯五六十盏,小店铺亦有二十余盏,斗巧争奇,彼此赌赛,就那剃头铺点得如灯店一般,间间都是上中下三层坐满了人,剃头招牌上写着:"向阳取耳,月下剃头"字样。圣天子心中诧异,难道这苏州地方,日里都不剃,定要晚间剃的么?随向旁边一位老翁请教这个缘故,老者道:"原来客官初到敝地,不晓我们此处晚上剃头的规矩,待老拙说与你知道。这苏州日间剃有两等行情:若剃荤头,都是那班相公们做摩骨修痒的功夫,把客人的邪火摩动,就是妓女一般,做那龙阳勾当,所化的银子,或数两,或一二两不等;若剃素头,剃头、打辫、取耳、光面、摩骨修痒,五个人做五层功夫,最省不过也须每人给钱五十文,手松些的或一百或二百不等。所以动不动剃一回头,费却一千八百,不以为奇,故而日间剃者甚少。这晚上不论贵贱,都是十六个铜钱剃一个头,打一条辫,其余一概不做,故而这些人均是晚上剃的居多。"圣天子闻言,点头微笑,拱手道:"多蒙指教!"转身向着那边走来,更加热闹。

姑苏夜市,天下有名,近水一带,越觉好看。遥望那花船酒艇,来往游行,娼寮中万盏银灯一齐点着,映得水面上下通红,耳内只听琵琶箫管弦索、笙歌悠扬快乐。太湖里小艇如梭,飘飘①荡桨,果是繁华富丽无双。天子此时龙颜大悦,顺步走进码头,早有船上少妇一群儿抢上前来,你掼我扭,口称:"老爹,我的船又轻又便,又宽舒,十分洁净,游湖探妓,请上艇来;水脚价钱,听凭赏赐。"众口合声,都道自己船好。圣天子拣了一只上等花船,踏跳登舟,走进中舱,将身坐下。船家一面开船荡桨,口中请问:"老爷要去游湖,还是回府饮酒?"只见那艇稍后面,走出一对十二三岁俏女童,罗绮满身,打扮齐整,一个用茶盘把出一盅龙井的茶,放在茶几之上,一个手提银水烟筒,吹火装烟。艇中摆设倒也不俗。圣天子说道:"且与我到那热闹地方玩一番,再到那本处有名第一等的妓女寮中去饮酒便了。"艇家听罢,将船望着湖中极盛之处慢慢摇来。圣天子推窗纵目,畅饮欢游。

且说苏州有一富翁,姓张,名廷怀,表字君可。家资百万,最爱结交天下英雄,四方豪杰。生平好锄强助弱,济困扶危。性情慷慨,挥金如土。因此上,学就浑身本领,文武全才,所以太湖强人,绿林响马,一闻他,无不

---

① 飘(yáo)。

倾心仰慕。若是正人君子，寄足其中，借此隐名埋姓，虽为强盗，心存忠义的人，伊亦广为结纳。其祖上历代贩卖两淮私盐，所以绿林朋友彼此相通，取其缓急之际，籍为照应，因此廷怀所运私盐，贩往各处埠头，历年未曾失手。家中广有姬妾，生性最好狎邪，不惜缠头①，若才貌双全之妓，便觉称意，挥霍不吝。烟花队里，行户人家，无不均沾其惠。因此，上苏杭地方花船，行中起了他一个混名叫做品花张员外。

是日，也雇了一只长行快艇，顺流飞桨，沿途驶来。其行如箭，迎面而来。是时微有月色星光，一时让避不及，与天子所坐花船挨舟擦过。快船人多力大，一声响，早将花艇桨杆撞折，船身摆动，船妇高声喝骂索赔，快艇水手不依，彼此口角相争，惊动了张廷怀。步出船头，询知缘故，随将自己水手责备一番，即着手下人拿了三吊铜钱，送过船来，说道：“这钱是张老爷赏你卖桨杆的，不必吵了！”此际，圣天子也到船头上来观看，意欲调停此事，听见他先将自己水手骂了一回，随拿钱来赔偿，此人举动大方，谅来定是一个豪杰。随向船妇道：“小小桨杆，能值几何？焉可破费他主人赔钱？待我赏多你一二两银子便了！”船妇即忙将钱送还过去，张君可连连拱手道：“适才曾犯宝舟，原是小弟快船水手粗鲁，老先生既不见罪，又将小弟所赔之钱送还转来，小可愧感不安，望乞赐示尊姓大名，以资铭感。”圣天子即忙以礼相还，答道：“些些小事，何足挂怀！在下姓高名天赐，乃直隶顺天人氏。不敢动问仁兄上姓尊名，贵乡何处？”廷怀忙道：“小弟即是本处苏州人，姓张名廷怀，贱字君可，因欲探望相知，不期得遇高兄，实乃天缘凑合，断非偶然。古人云：四海之内皆兄弟也。如蒙不弃，何不请过小舟，一同前往，俾得少尽地主之宜，实乃三生之幸！”

天子举目将他一看，见他仪表非常，年约三旬，眉目清秀，面如满月，声音雄亮，举止端方，此人必是英雄，何妨与伊结识，观其品概，以备日后为国家出力，岂不为妙？立定主意，答道：“足见张兄雅爱，只是小弟未经拜访，造次相扰，殊切不恭，容日到府拜候，奉陪何如？”这张廷怀天生一对识英雄的巨眼，一见高天赐龙眉凤目，满面威仪，年岁与自己相仿，谈吐间声若洪钟，目射神光，气象轩昂，居然是一个王侯品貌，一心要与他结纳，焉肯轻轻错过？即忙走进船旁，一手挽着花艇船边，渡将过来，躬身施

---

①　缠头——古代歌舞艺人表演完毕，客以罗锦为赠。

礼,口称:"高兄若果如此客套,非像你我英雄了!"天子还礼,道:"既承雅爱,焉可再辞?"随即携着手,同到快艇中来。

步进中舱,重新见礼,分宾主坐下。见舱内陈设与那小花艇格外不同,所有名人字画、古玩、椅桌,色色华丽,水手及使用下人,约有二十余人之多,席罢茶烟,廷怀吩咐将那小花船扣在自己快艇后梢,一路游玩,要到得月楼寮中,去访姑苏名妓李云娘、金凤娇诸姊妹去。水手遵命,飞桨便往。一面摆点心、糖果、围碟等物,放在红木桌中,廷怀恭请高兄上座,彼此谦逊一番,方才就位。二人谈论经纶,略用茶点。廷怀指点沿途经历景象,一切湖里繁荣,证古评今,自吴王建业,子胥筑城,到今本朝所有先后贤人。圣天子层层考博,那张廷怀议论风生,百问百答,极称渊博。廷怀有所难辩,天子亦详为讲解分明,彼此言语投机,各恨相见之晚。

话说之间,船到得月楼一带娟船之前。快艇水手将船扣好,将近万字栏杆旁边。天子举目看时,见一字儿湾泊着许多画栋雕梁,铺金结彩极大的花船,大者高约丈余,长四五丈,舱内均建层楼,横阔丈余,或八九尺不等。四面花窗式样奇巧,花窗内镶嵌玻璃,船头碧绿栏杆上面,挑出五色花绸遮阳,箫管琵琶,摆列船头。鸨儿与一班弦索手站立两旁,一齐打千与二位老爷请安。张廷怀携着高天赐手,踏过船头,李云娘早已迎到舱门,笑道:"今日什么风吹得二位贵人到此?"缓步金莲,上前万福,二人亦以礼相还。进得舱门,廷怀忙尊高兄上座,三人谦逊一回,方才分宾主坐下。丫环捧上三盅香茶,就在旁边伺候装烟。

圣天子看那舱中陈设,极其富丽:两旁挂着许多名人题赠的诗词,留心看着李云娘,倒也十分标致,眉如新月,眼若秋波,面白唇红,腰肢袅娜,体态轻盈,虽不及沉鱼落雁之容,也有六七分姿色。只见他轻启朱唇,请教此位贵人上姓尊名,仙乡何处?廷怀忙道:"此位敝友,乃北京人,姓高名天赐,适才路上相遇,倾谈之下,随成莫逆之交。特地邀来拜访,博览群芳,诸姊妹中谁人才貌称最者,请来一会,以尽今日之欢。"高天赐连忙逊道:"岂敢岂敢!小可不过奉陪张兄到此,以图一夕之欢,望勿见哂。"云娘答道:"素仰尊名,幸蒙光降,何幸如之!但姊妹中难言才貌,诚恐辜负雅意,切勿见怪!"左右邻船几个有名的妓女一齐装扮得如仙女一般,送到云娘艇里来,一同上前与二位客人见了礼,两旁坐下,就中有一个姓金名凤娇,年方二九,生得玉貌花容,颇称姑苏水陆教坊中班头领袖,虽则她貌如苏子，才胜薛涛，远在李云娘之上，只因她性情骄傲，恃才傲物，不肯做迎新送旧、转脸无情之态。即如富似张员外，稍有一言不合，她就冷淡如水，不做曲意交欢，以图宠爱。诸如此类，与客无缘，虽然才貌超群，反落诸妓之后。今闻直隶高客人要访才貌双全之妓，谅必此人不俗，特意来一会。看见圣天子有龙凤之姿，天日之表，果然气概不凡。暗想："这高客人品貌虽高，只不知他胸中如何，少间一试便见。"

彼此谈了些谦逊之言，鸨儿来请到酒厅赴席，随一同步进中舱酒厅当中，大圆桌上摆了一席极其丰盛满汉酒筵，两边弦索手五音齐奏，丝竹并陈，却也华美不过。于是团团坐下，共倒金樽。酒至数巡，是晚，乃七月初旬，暑气仍甚，仰见银河耿耿，月色溶溶，对酒当歌，人生几何？高天赐偶然想得一联，乃道："良朋相对饮，酒兴初浓，不可不以诗词已记其盛。"随高声朗念出来，对曰："新月如舟，撑入银河仙姐坐。"廷怀不暇思索，应声对曰："红轮似镜，照归碧海玉人怀。"金凤娇即唤侍媪小莺，拿了文房四宝，放在案上，提起笔来，写在那笺纸之上，彼此称赏一番。圣天子见凤娇写得笔走龙蛇也十分欢爱。张廷怀亦随即想出一联，提笔写在纸上："六木森森，桃梅杏李松柏。"高天赐接过对曰："四山出出，泰华嵩岳昆仑。"廷怀大加赞叹，倍加敬重。是日，天气炎热，扇不离手。凤娇将自己手中棕骨金面纸扇，求高贵人大作一题。高天赐接过扇儿，铺在桌上，一挥而就，意存规诲，指点迷津，只见八句诗词咏道：

> 体态生成月半钩，清风流畅快心愁。
>
> 时逢炎热多相爱，秋至寒来却不留。
>
> 质似红颜羞薄命，花残纸烂悔难谋。
>
> 趁早脱身休落后，免教白骨望谁收。

金凤娇看罢，十分感激，道："贱妾久有此心，但恨未遇过其人，非敢久恋此地。今蒙金石良言，这诗当为妾座右铭，以志不忘也。"圣天子道："急流勇退，机不可失，愿各美人勉之。今日之会，殊快心怀，张兄何不就将美妓为题，作诗以见其慨，何如？"张君可即遵命提笔，写了八句道：

> 二八佳人巧样妆，洞房夜夜换新郎。
>
> 一双玉臂千人枕，半点朱唇万客尝。
>
> 做就几番娇体态，装成一片假心肠。
>
> 迎来送往知多少，惯作相思泪两行。

李云娘见了道："郎君所见不差，我辈心肠原是假的，但未可一概而论。此中未尝无人，至于当日李亚仙之逢郑元和，卖油郎之遇花魁女。若杜十娘之怒沉百宝箱，则倒是李生辜负于她，其余为客所累者，指不胜屈，安可不别贤愚，不分良莠①乎？"金凤娇道："员外应罚一盅！"于是复归席上，再倒金樽，饮至更阑，张君可仍在云娘船内歇宿。圣天子就与金凤娇携手到她舟内，谈谈说说，吟诗下棋等情，不知不觉，将近天明，略为安歇。到了次早起来，洗过脸，仍到云娘舟中相会，略用茶点，君可取出纹银二十两作缠头之费，另付席金五两，赏赐开厅弦索手，伺候人等三两，一总交与云娘支结。随二人携手作别，走出船头。二妓与妈儿一齐送将出来，再三叮嘱后会之期，珍重而别。高张二人各下原来花船、快艇，站在船头，两下问明住址，殷勤作别。

圣天子来到岸边，赏了花艇三两银子，连赔桨杆在内，即刻回店与日青说知昨晚之事。用过早膳，换了衣裳，同日青直往张家庄而来，门人侍从人等，认得主人新交贵客，连忙报入书房。廷怀大喜，倒屣②相迎入内，三人一同见礼，分宾主坐下，茶罢细谈曲衷。天子随道："张兄你我既是相投，如蒙不弃，何不结为八拜之交，日后手足关照，岂不为美？"君可道："小弟久有此心，未敢造次启齿。"就命家人备办三牲酒礼，当天拜为生死之交。排起年庚，高天赐长张廷怀一岁，尊为兄长。周日青上前叩见叔父，大排筵宴，在书房款待。差人随日青到客店搬取行李什物，就在张家暂歇，天天饮酒谈心，议论古今，甚觉舒畅。

一日，张廷怀出外，日青也不在跟前，圣天子一人独坐，心中闷闷不乐。举步出门游玩，直往大街而来。不觉到了一所大庄院，抬头一看，真乃楼阁连云，雕梁画栋，宛似皇宫帝室无异。迈步行至大门前观望，方知是刘家相府。心中一想，此间莫不是刘墉家中么？再看门上，见有一匾，匾上写着"天下第一家"五个大字。天子一见，心中大怒，想你刘家不过是一宰相，何得为天下第一家？朕乃贵为天子，富有四海，方为天下第一家。你如此妄狂，毋乃自己看得太大了？细思此匾，必有缘故，不欲待朕进去探查个明白便了。心中主意已定，举步进大门，即问把门老者一声，

①　莠（yǒu）——品质不好的人。
②　倒屣（xǐ）——急于出行，把鞋穿倒，后用以形容热情迎客。

将高天赐名片拿出，烦劳与我进内通传，拜尔主人。称言："我在京中与刘相爷厚交，今日到来问安！"家人领命，接片，立即进内禀知。少顷，只见家人出来，称说家爷相请。圣天子即随家人进内，直过丹墀，见有一座四柱大官厅起造得十分华美。早见三四个少年，生得十分文雅，同在厅边恭候。分宾主坐下，小童奉上茶烟，一少年后生曰："请问老先生高姓大名，贵乡何处？"天子答曰："余乃北京顺天府人氏，姓高名天赐。"少年又曰："请问高老爷在军机处现居何职？"天子又答曰："某由翰院出身，在军机处与刘相爷协办。为因丁忧闲暇到来贵省游玩，顺路拜访府上。"少年曰："不敢当，不敢当！"圣天子问曰："请问尊府门前所上之匾写着'天下第一家'五字，是何解法？"少年答曰："我年少无知，请高老伯入二堂上，问我家父。"圣天子答曰："烦为带进。"少年即命老家人带入二堂。

圣天子立即与这少年告辞，即随老家人转入二堂门内。只见二堂外一所丹墀，直上官厅，亦与头进一般。家人请天子在官厅上坐，待我禀知家主出来奉陪。话完转过花厅而去。须臾，步出一人，年约四十余岁，衣冠楚楚，丰致飘然，趋承而上，与仁圣天子见礼，分宾主坐下。家童献过香茗，即开言曰："不知高老爷贵驾光临，望祈恕罪！"仁圣天子答曰："小弟顺道拜候，得观芝颜，慰乎我怀矣。"其人又曰："请问高老爷在军机处与家兄同事几年矣？"圣天子曰："已在军机处五载矣。请问尊兄，府门前之匾写着'天下第一家'是何解法？"其人又曰："此匾之解法，小弟不知，请高老爷入三堂问我家父便知。"

圣天子曰："请尊兄命人通传引进。"家人请圣天子在堂坐下，回身转入左边花厅，即见一人年约六十余岁，随身即便出来，体壮神清，飘飘然笑容而来。一到堂上，与圣天子见礼，分宾主坐下。其人曰："请问高先生到来，有何贵干？"仁圣天子答曰："小侄在京丁忧，闲暇无事，到来探望庄大人同年，顺路游玩贵省江南景致。闻得刘兄府上在此，特自到来拜候老伯金安。"其人答曰："尊驾与小儿相好，彼此即是世交，无事屈驾在舍下居住数天如何？"圣天子答曰："感领感领！小侄现在张员外家下居住，迟日再来打搅便了。请问老伯，贵府门上之匾写着'天下第一家'是何解法？"其人答曰："此匾五字，我都不知，高先生要知匾内端的，请入四堂问我家父便知。"天子闻言，心中十分疑惑，为何个个俱称不知，其中定有缘故。他叫我入四堂问他家父，我便入去问个明白便是。仁圣天子想定，开言曰："烦老伯命人引我进去。拜候公公便是。"其人即命家人带圣天子进入四堂。

圣天子即便起身揖别，径至里面，见丹墀两旁有四柱大厅，悬着许多名人书画，直上大堂，比三堂更加华美，金碧辉煌，古画奇珍，不计其数。圣天子叹曰："怪不得说上天神仙府，人间宰相家。孤家宫殿都不如他也。"家人即请高老爷在堂上坐下，待我禀知家主出来奉陪。说完即入花厅而去。少顷，见一位白发公公扶杖而出，年约八十余岁，三缕长须，十分精神壮健，直到堂上与圣天子见礼坐下。公公曰："请问高先生到来敝省，有何贵干？"圣天子答曰："到来贵省探望庄友恭大人，现在张廷怀员外家下居住，顺道特来府上拜候。"公公曰："尊驾无事，不妨在此留住数月，遍游敝省地方，江南胜景，甲于天下。"圣天子曰："到来贵省，一则游玩地方，二则探望知己朋友。请问公公：贵府门前之匾上写着'天下第一家'五字，是何解法？"公公答曰："门上之匾，是我家父百岁上寿，各亲友共送三匾，后堂两匾，门前一匾，请高先生入后堂问我家父便知明白。"圣天子闻言，此公公尚有家父，百岁以上之人，居住后堂尚有两匾，未知如何写法，随即开言："求公公命人带吾进观，感领感领！"公公即叫家人带了圣天子进内堂。

圣天子起身作揖而别，随家人转入后堂。只见四边奇花异草，青青绿绿，香味远飘，恍似仙洞一般。圣天子叹曰："此间真仙境也！"步到堂前，见上挂一匾，书的'百岁堂'。家人曰："高老爷在此等等，待小的上堂禀明家主，然后请见。"圣天子曰："烦劳烦劳！我在此等候便是。"家人即便上堂，未久，出来言曰："高老爷请进！"圣天子即随家人进内，只见堂上精洁不凡，桌上有龙涎香一炉，香烟馥馥，到此令人神清气爽，如广寒仙洞一般。圣天子直到堂上见一耆老坐在睡椅之上，左右有二小童侍立，发与须眉俱白，红颜皓齿。圣天子上前作揖曰："老公公，有请公公一见。"天子即命小童扶起，拱手回礼："请坐请坐！"宾主一同坐下，公公曰："高先生光临茅舍，有何见教？"圣天子答曰："小侄孙乃北京人氏，在军机处与令孙同事。今日顺道到来拜见老公公，得观尊颜，十分荣幸。"公公曰："贤侄到此，可曾游玩各处胜景否？"圣天子答曰："曾游玩数处，贵省好景，一时观之不尽，天下可算第一胜地也。"老公公曰："高先生现在何处居住？"圣天子曰："在张廷怀员外家居住。"圣天子随即问曰："请问老公公今年贵庚①几何?"老公公答曰:"老拙今年一百零八岁。"圣天子闻言,叹道曰:"真乃高年老长者也。"又问曰:"请问老公公贵府门前之匾,书'天下第一家'五字,是何解法?"老公曰:"高先生有所不知,老拙上年百岁大寿,众亲朋友来上三匾,门前之匾曰'天下第一家',堂前之匾曰百岁堂,堂内之匾是'序吾家事'。高先生请看堂内之匾,便知明白。"圣天子闻言,即便抬头观看堂内之匾曰:

> 天嘱其希,地嘱其希,帝嘱其希,家内老少亦嘱其希;父为宰相,子为宰相,孙为宰相。如我富不如我贵,如我贵不如我父子公孙三及第,如我父子公孙三及第,不如我五代结发夫妻百岁齐。

仁圣天子看完曰:"此真第一家也。"又与老公公言谈几句,作别回庄而去。

圣天子回到庄上,廷怀曰:"今日往何处游玩,去了一日?"圣天子答曰:"往刘家庄住了一日,他门前之匾上书'天下第一家',我不解其故,后至入门,问他少年后生,叫我问他家父;着人引我入二堂见伊家父,即至二堂,又叫我入三堂问他家父;后至直入五堂,有一百八岁公公,叫我看其堂匾,方解其故。"将前事一一说明,张廷怀曰:"刘家富贵寿考,真系天下无双。"大众言谈一回,晚膳已完,各归寝所。

光阴如箭,不觉到了八月十五中秋佳节。本处风俗,专以打擂台为例。到了是日,张廷怀命家人摆设酒筵,与圣天子开怀畅饮。饮完之后,张廷怀曰:"我们去打擂如何?"圣天子曰:"甚好,甚好!"即便一齐同出街前,说说谈谈,到了龙王大庙前打擂台之下,看见人如蚁队,来看打擂台,摆卖什物,不计其数。台主乃是赵芳庆,本处有名的教师,手下徒弟数百余人。圣天子与廷怀二人,一齐来到台前,只见台上有一对曰:

> 武勇世间第一,英雄天下无双。

左边有一规条,曰:"上台比武,不论军民人等,不得私带暗器;拳脚之下,生死两不追究。"只见台下各人挤涌,闪开一条大路。见有数百摆齐五色军,簇拥一位教师到来,生得十分武勇,犹如天将一般。到来台下,约离数丈,一跃上台,在台上耀武扬威,口出大言,声言:"有本事者上台比武,无本事者不可上台枉送性命。拳脚之下,断不留情。"说了数句,怒

---

① 贵庚——敬辞,问人年龄。

了台下一位武探花萧洪金,一跳上台,开言曰:"赵芳庆,我来与你比武!"赵芳庆曰:"萧洪金,你乃本处一大绅衿,不宜来上擂台,恐妨交手,拳脚无情,有伤贵体。"萧洪金曰:"不妨!你有本事,只管放过来。若是知机者,快快下台藏拙,不宜在此夸张大口,目下无人。"赵芳庆曰:"既然如此,尔来,尔来!"萧洪金曰:"就来!"即装开架势,用一路双龙出海扑将过来,芳庆用一路大鹏展翅,双手格开,你来我往,斗了三四十个回合,萧洪金自己渐渐气力不佳,叫声"不好",登时就被教师芳庆飞起一脚,将他踢下台去,跌得萧洪金头破额裂,鲜血淋漓,昏迷不省人事。台下之人,大笑不止,众家人扶他回家而去。

圣天子一见心中大怒,想萧洪金乃朕之臣,别人被他踢伤犹可,今探花被此重伤,若不与民除却大害,恐妨民间丧命不少,且无了局。主意已定,欲上擂台,旁边闪出一人,叫声:"高仁兄,且慢上台!割鸡焉用牛刀?待弟上台将他打下便了。"天子急视其人,乃系张廷怀。遂答曰:"尔要上台,须要小心!"廷怀曰:"晓得!"就即将身一跳,飞上台去,叫声:"我来也!"芳庆抬头一看,见有一人,面如满月,相貌惊人,遂开言曰:"来者贵姓大名,说过明白,方能交手。"张廷怀曰:"我系姓张名廷怀,便是特来与你相会,尔不得自恃英雄,目中无人。尔只放马过来。"自己装定手段,用一路猛虎下山扑将过去,芳庆叫声:"来得好!"将身闪过,就即用一路双飞蝴蝶,照廷怀颜上打将过去。廷怀就用一路出海蛟龙双手推开。尔来我去,尔往我迎,斗了七八十个回合,廷怀自知气力不佳,难以取胜,卖个破绽,跳下台去。芳庆见廷怀不是对手,在台上扬声大叫曰:"台下英雄,有本事者方可上来。"仁圣天子奋力将身一纵,飞上台中,叫声:"我来与尔见个高低!"不知仁圣天子与赵芳庆比武谁胜谁负,且看下回分解。

第 十 九 回

赵教头知机识主　朱知府偏断身亡

诗曰：

自古豪杰要知机，曾记芳庆把勇施。

台前能识真命主，万载留名在一时。

话说赵芳庆见一人上台，生得龙眉凤目，相貌惊人，遂开言曰："来者留名方能交手。"圣天子曰："吾乃姓高名天赐，特来与你比较。"芳庆曰："既然如此，只管放马过来！"圣天子将手一展，用一路狮子滚球的手段扑将过去。芳庆一见，叫声："来得好！"即用一路猛虎擒羊双手格开，斗了百有余合，谁知不分高下。天子奋勇抵敌，随值太白金星云游经过，见天子在台上，乃大呼曰："芳庆，不可动手！与尔斗者乃当今天子！"芳庆闻言大惊，心中一想，遂开言曰："高仁兄，且慢动手，我不是你的对手，某有讲话。"圣天子闻说，即住了手，开言曰："教师有话请讲！"芳庆答曰："我自历年间摆擂台，见尽了天下多少英雄，未曾逢过敌手，今仁兄武艺高强，我非仁兄敌手，情愿拜服，望乞指教为是。"仁圣天子闻言大喜，便曰："教师休要自谦，请回张家庄，再行慢慢细谈！"

赵芳庆闻言，立即吩咐各徒弟，将擂台尽行扯去，并各色军器等报清，随与圣天子、周日青、张廷怀，一同到张家庄中，然后分主宾坐下，彼此逊了一回，芳庆坐了客位。家人奉过了香茶，芳庆开言："某家有眼无珠，不识泰山，望乞恕罪！情愿拜仁兄为师！"话毕，在陛下双膝跪下，叩了三个响头。圣天子用手扶起，答曰："赵教师，你的武艺我尽知了。方才在台不过相让，何必如此过谦？若蒙不弃，彼此指点！"就在张家庄用膳，大排筵席。正是：

酒逢知己千杯少，话不投机半句多。

却说数人在席上谈论些武艺，用完酒食，吩咐家人收了碗碟，大家谈论一番，不觉谯楼鼓打三更，着家人打扫东书房，安置赵芳庆打睡，然后各人归房就寝。到次日，各人起身，梳洗已毕，用过早膳，赵芳庆始行告辞，分别回家。圣天子命暗中降旨,着发萧洪金回朝供职。

天子在张家庄住了半月,闷闷不乐,意欲同周日青前往杭州游玩,即日起行,吩咐赶路。来到杭州地方,就在城外十字街口,寻了一间客寓,名曰牛家店。有店主牛小二接入:"请问客官,有几位贵客?"日青说道:"不过我两人,要寻一所净房子便是。"小二答曰:"小店有座客房甚为广大,可以住宿。倘二位贵客不弃,请上楼房。"周日青就叫牛小二将行李搬进,入内房居住。是日,天子与日青二人就在该店用膳,过了一宿,次早天明,店家倒水洗面,饮了香茶,仁圣天子向店家问曰:"此处杭州地方,有何处好游玩地方,烦为指引。"牛小二答曰:"此处杭州许多热闹,莫如夜市。这许多奇异物件,摆卖珍珠、玉石、奇花大小等项,不计其数。客官不妨前往游玩,买些什物。"圣天子闻言,十分喜悦,吩咐店家:"今晚早些弄膳,待我用了,前往夜市游玩!"店家闻言领命。到了午后,即弄些上好酒肉饭菜,搬进房中。

圣天子与日青用完晚膳,立即起行。逢人便问,一时行至夜市,看见人如蚁队,摆卖奇珍异宝,食果等物,无不全备,比别市更加兴旺,大不相同。后人有诗赞诵杭州夜市:

诗曰:

> 此地甚稀奇,奉告与君知。
>
> 无事不杀生,黄昏不下池。
>
> 有情饮水饱,无情食饭饥。
>
> 杭州一夜市,不得两更移。

是夜,天子与周日青同游夜市。游罢,买些饼食等物回店,着店家泡茶,用过饼食,闲谈数句,然后安睡。谁料该店家将女嫁了新任朱知府为妾,持有包庇,专门偷窃客人银两什物。是日,见天子包袱甚重,窥天子、日青二人往外游玩,无人在房,将天子包袱内珍珠、宝物、金银等类,尽行调换。到了次日,天子、日青二人起身洗面已毕,欲往别处游行,向店家取回包袱。打开一看,那所有金银什物,一概失去,不觉大惊,即向店家理论,大家扭上知府公堂。

那知府姓朱名仁清,因他贪赃要钱,所以众百姓取他混号叫做珠珀散。又系该店家牛小二的女婿,谁人不畏?那知府是日在后堂安坐,忽闻击鼓连声,立即传齐差役升堂,喝令将击鼓之人,快快带上来。差役领命,即将牛小二并圣天了一同带上堂来。差役喝令跪下，天子立而不跪。知府喝曰："这里是什么所在？你是何方人氏？胆敢不跪么？"随向牛小二问曰："你到来所禀何事？"小二上前跪下禀曰："大老爷明见，昨日小店有客商二人到店投宿，无钱交结，反说小人偷他金银珠宝什物，要小人将各物交回，小人不服，故此扭上公堂，求公祖大老爷公断，勒令清结店钱，就沾恩了！"那知府闻言，即向天子喝曰："你叫什么名字，欠了店家房饭钱，无钱清结，捏店家偷窃尔的金银珠宝等物，该当何罪！"喝令："众差役，与我拿下他，重打一百！"

天子闻言甚怒，骂曰："我系北京来的，姓高名天赐，你识我吗？你个赃官，不知受了那店家多少银两，难道不管前程么？"知府闻言大怒，大喝一声："速速拿下，不必多言！"众差役领命，率同伙伴一齐动手。仁圣天子早已立定章程，伸开手段，飞起左脚，打得众差役头破额裂，俱不敢招架，各自奔走。那知府见势头不好，早已走入二堂内，由后门走出，知会协镇马如龙，传齐守备冯德标，右营千总李开枝，带同两营兵役数百余人，将知府衙门围住。天子见此情形，奋勇欲斗杀出，为有周日青又与众兵对敌，一时杀出，损伤兵丁不计其数。天子寡不敌众，被各兵役上前拿住。于是众人将他拥上公堂，那知府升堂，大声喝令："用重刑！"谁料知府登时昏倒在地，众差役见知府如此，即将天子暂行留住，禀知上宪，再行定夺。早有周日青在外打听明白，为是独力难持，无法可施。谁知行到中途，逢教师赵芳庆，说知情由，芳庆闻言大惊，曰："事到如此，我亦无法解救。不若与你二人前往苏州张廷怀庄，再行商酌。"日青曰："既然如此，大家前往。"两人主意已定，立即起行。

行了两日，早已到张家庄。两人将身进内，见了张廷怀，日青开言大哭起来，叫声："叔父，不好了！契父投宿店，被店主牛小二将契父金银珠宝等物尽皆盗去，今契父与他争论，扭到知府公堂，知府乃系牛小二之亲，他又是受赃奸官，喝令主上下跪，连声叫差役行刑。主上用飞脚踢起来，打得众差役俱以受伤，走出后，被协镇千把总带兵内外困他，主上现被杭州知府拿提，在于府中，万望叔父设法搭救主上为要！"张廷怀闻言大怒，即对赵芳庆商酌："事已如此，有何良计可能搭救他出杭州否？"赵芳庆道："我想杭州知府贪官污吏之辈，非财不行。不如带些金银珠宝，前往打算赎他出来，再行设法取回珠宝，方为上策。"张廷怀曰："既然如此，遵命就是。"说完天色已晚，大家用了晚膳。到了次日，张廷怀取齐行李，带了金银珠宝，二人即同起行，日夜赶到杭州城内，寻所客店居住。芳庆道："须托该处有名绅衿，向知府说情，用了银子十余万两。那个知府得了此银，或者可能放出。"廷怀道："弟有个故人李文振，前数年已中了进士，他与那贪赃知府十分相好，托他前往讲情，无有不合。"主意定了，次日廷怀亲身进城，来到李进士第门前。

张廷怀取出名片，对门公说曰："烦尔进去通报主人话，有故人前来拜候！"那门公领了名片进去，不多一会，出来说曰："家主有请老爷进去相见！"廷怀随即跟门公进去，那李进士下阶迎接，二人携手来至客厅，分宾主坐下，家童奉茶，饮过香茗，李进士曰："不知仁兄光临，有失远迎，伏祈宽宥。未知有何贵干到此？"廷怀随将圣天子往游夜市，被店主调换包裹，偷窃珠宝金银等物，不料那知府系店家的女婿，故此，知府受情，通同武营拿进府中，特来拜托仁兄用些银两，转求知府将他放出，一一细讲一番。李进士曰："既有此等委曲，待弟明日前往衙门，与知府讲情，求他将高天赐放出便了。至允应多少银两，必须照数送上，不可短少为是。"张廷怀曰："谨领遵命！所应允之银已预备，不必挂心。"李进士曰："既然如此，仁兄就在茅舍住下，一二日听候佳音便了。"

一宿已过，次日黎明，李进士用过早膳，立即带了跟班，打轿往知府衙门而来。到了二门外，吩咐跟班投了名片，那衙役领了名片入内，未久出来说："老爷请进相见！"打开中门，李进士吩咐轿班直抬进二堂下轿，早有知府降阶相迎，二人齐到官厅，分宾主坐下。家人献茶，茶罢，知府开言曰："不知尊兄驾临，有失远迎，望祈恕罪。但不知仁兄到来有何见教？"李进士曰："岂敢，岂敢！无事不敢到来搅扰！"遂将高天赐之事细谈一番，现在厚送银十万两赎罪，万望体念小弟情面，将他放出。所应许银两一一照数送上，不敢短少。

知府闻言，喜曰："那高天赐实在横行无忌，胆大妄为，罪应不赦。既系尊兄来讲情，弟处无有不依。所许之银，如数送来方可。"李进士曰："谨遵尊命！"说完即刻拜别知府，上轿回到自己府第。下了轿，进入房，早有廷怀接住，说曰："前往事体如何？"李进士曰："所讲之事，业已知府许允，惟仁兄所许之银，务求预备，准明日交结。"张廷怀曰："此项银两计算已久，不必忧心。"遂将带来金银珠宝约估值银一十五万两，列单点明，一一跤与李进士收贮。到了次日午后，李进士着廷怀写具保领，自己抽起五万两，将珠宝金银约值十万两放入箱内，带同保领人夫，打轿抬进知府衙中，跟班先投名片，把衙将名片往内禀明，然后请进二堂。知府迎入，说曰："昨日所说之事，何如此之速？"李进士曰："公祖台前，何敢说假？"遂将带来珠宝金银两单呈上，那知府将单与得力家人一一点明，着人抬进上房，立即差役前去知照，将高天赐带到二堂交李进士领出。将张廷怀保领存案。正是：

　　　　无钱共鬼讲，有银鬼也灵。

　　却说李进士别了知府，再雇轿一顶，与圣天子坐下，一同来至李家，下了轿转入书房，有廷怀迎住相见，说曰："高兄受惊了！"天子向李进士拜谢曰："多蒙说情，此恩此德感谢不忘！"李进士曰："些些小事，何足挂齿？"当日，天子与廷怀恐日青、芳庆在店中挂望，立即别了李进士，来到店中相见。是日，几人就在店歇宿，到黎明用过早膳，结了店钱起行。

　　行了两日，到张家庄，一齐坐下。茶罢，圣天子即向张廷怀谢曰："诸蒙照拂，又用了许多银两，感谢良深，可恨那知府如此胡为，实由店主牛小二偷吾金宝起衅，以致如此周折，此恨实属难消！二位仁兄，有甚计策取回珠宝银两？我即欲同周日青游玩观音山，数日便回。尔等不必同去，就此分别。"

　　再说廷怀、赵芳庆二人商议，芳庆曰："这里牛头山英雄，一名冯忠，一名陈标，隐居此山，二人俱有万夫不挡之勇，与我曾为八拜之交，莫若如今待我前往，请他们到来，同入杭州城内，取回珠宝银两，将知府与店小二杀却，与民间除害。"张廷怀曰："既然如此，明日即往牛头山走一遭。"一宿已过，次早用了早膳，赵芳庆挑齐行李，即日起程，晓行夜宿，行了两日，已到牛头山。走到庄门，自有庄丁入内通报。少顷，中门大开，只见二位英雄迎将出来，齐声说曰："不知大哥驾临，有失远迎，望祈恕罪！"芳庆答曰："闯进贵山，多有得罪。"三人携手，来至堂前，分宾主坐下。庄丁献过了香茶，冯忠先说："自从别后，已两年矣。不知大哥近来世景如何？望乞示知。"芳庆答曰："自从与二位贤弟分别，在苏州城内开设武馆，教习拳脚武艺，约有门徒数百余人。每年八月中秋，在于城内开设擂台，未曾逢过敌手，上年遇着一位英雄，姓高名天赐，武艺高强，到来打擂，愚兄斗他一阵，因此与他结识。"

遂将圣天子前往杭州,趁游夜市,被店家牛小二调换包袱,偷盗财宝金银起衅,那知府受贿,通知武营留在府内,后来与张廷怀用银十余万两,知府得了银,始行放出。现在心怀不忿,特着愚兄到来,请求二位贤弟带了宝庄家将,前往杭州,杀了知府、店家,并取回珠宝金银。愚兄亦挑选得力门徒,从中帮助,万望二位贤弟应允。"陈标曰:"大哥吩咐,敢不竭力?只是约定何日行事?"芳庆曰:"即于本月二十日为期。贤弟二人挑选精壮庄丁一百名,分两队进发,就在杭州城外扎下;愚兄亦选二百门徒,到期相帮。"是晚,兄弟等排筵款待,次早用过早膳,芳庆辞别,望苏州而来。不日,来到张家庄,进入书房,张廷怀见芳庆回来,即问事体如何,赵芳庆曰:"弟往牛头山见了二位兄弟,已蒙答应,约定本月二十日在杭州城外相会。"

转瞬到十八日了,那芳庆预先通知众人,共计有一百余名,扮作诸色人等,各各暗藏了刀械。张廷怀扮作道士,带了二十人,作为伙伴前往取齐;芳庆扮作卖武,胡青山扮作乞儿,各带十人,一同由杭州进来,到城外各寻客寓住宿。胡青山所带十人,扮作乞儿,早已进城,寻庙宇住下不提。再说冯忠、陈标各带精壮家丁数十名,扮作九流,身带军器,齐望杭州而来。到二十日,亦在城外分店投歇。是日,芳庆见了,即寻一所密静住房,邀同陈标、青山、张廷怀一齐商酌。张廷怀曰:"趁此人马齐备,明日辰刻行事。"着芳庆带人马五十名,扮作流民,直进知府衙内,趁知府坐堂,乘势将知府杀了;青山带人马五十名,在衙门附近放起火来,然后打进监中,将监犯放出;冯兄带人马四十名,守住协镇衙门,用二十名守住千总衙门,俱不容他一兵出入。小弟带人马二十名,将牛小二等杀了,搜夺珠宝、金银、金印等物;陈兄带人马四十名,守住南门,但见火起为号,一齐动手,凡左手上有红带者,便是自己人马。各人依命,分投住宿。到了次早,各带干粮,遵令而行。正是:

无智非君子,不毒枉丈夫。

却说青山带了引火什物,将到辰时,就在知府衙后放起火来。那知府还在梦中,忽报衙后火起,匆匆起身,传齐差役,前往救火。忽报外面有流民数十人进衙讨赏,知府升堂,早被芳庆等蜂拥围住;又报监犯尽行放了,又报库银被劫了,知府大惊失色,欲逃不得。芳庆督同各人抽出利刀,大骂赃官,手起刀落,分为两段。走进上房,搜去金银珠宝,并将婢仆尽行结果,知会青山杀出衙外,早有人马接应,出南门而去。却说张廷怀带了人马,与胡青山一同杀进牛家店,先寻牛小二,即行一刀,分为两段,把店内衣箱查取金银珠宝金印等物,再行杀出来,喝令一众人马会齐,直向牛头山而去。各武官见有人马守住衙前,不敢去敌,后来见人已去,即时督带兵役数千人赶了一程,他见众人逃往二三十里之遥,是时无奈,收兵回衙坐定,将张廷怀、胡青山等纠率贼党数百余人,杀死知府,并及太太奴婢尽皆丧命,又把牛小二店内人等杀了,一一做好文书,会同杭州道县,出禀详明。臬台移请苏州按察行札,苏州知府悬赏花红,拿捉张廷怀数人。欲知后来能否捉拿张廷怀等到案,且听下回分解。正是:

　　所思谋财遭杀害,致令污吏并伤心。

第 二 十 回

苏州城白花蛇劫狱　牛头山黄协镇丧师

诗曰：

> 天下太平世间稀，真主闲游谁人知。

> 为官不用奸贪巧，事到头来恨也迟。

却说杭州臬台接到杭州道府县并协镇详文，大惊。即日传书办入内，立即做备移文苏州臬司。批行苏州府县武营将张廷怀等按名捉获，无许漏网。是日，苏州臬司接到杭州臬台移文，立即札饬苏州府县出示悬赏。那苏州府县札谕出下告示，并示各武营查拿。札曰：

> 钦加道衔，特授苏州府正堂萧，为悬赏查拿事照得本府。现奉按察司张札开、准杭州按察司李移开据杭州县详称：前月二十日，有苏州城内豪恶张廷怀，包庇牛头山巨盗等，纠率贼匪数百余人，打进杭州府衙门，放火杀死知府一家，劫库银五十余万两，私放贼犯三十余名，同日又杀死店主牛小二全家，并掠去珠宝金银等物，走出南门而去。追捕不及，等情，详报前来，合就移情，札饬查拿等。因转札到本府，奉批饬行，文武官员并一体通缉外，合行悬赏。无论军民人等，有能将张廷怀等捉拿到案者，赏银一万两；余党赵芳庆，赏银五千两，犯到赏给，决不食言。

某年月日赏格

却说张廷怀、芳庆、胡青山、冯忠、陈标自从杀死知府并牛小二等一家数命，回牛头山而来。住了数日，张廷怀家中有事，早已先回庄中，谁料被武营兵丁打听，禀知苏州知府，协镇立饬本营中军都司赖有先，会同知县差役，督率兵丁数百余人，将张家庄重重围住。早有家人报入庄中，说道："老爷，不好了！现有大兵将庄子围住了！"张廷怀情知杭州事发，急取铁棍在手，突见都司亲带兵丁数十名打进庄内而来，那都司手持双刀，喝叫兵丁上前围住，被廷怀手持铁棍，杀得那些兵丁头破额裂，受伤者不计其数。那都司见不得他敌手，喝令急传弓箭刀牌手数十名，将张廷怀围困乱射，此时廷怀右手被箭射伤，不能抵敌，却被都司督会兵丁上前，将他绳穿索绑，所因胡青山外出，芳庆又往牛头山居住未回，并无帮手。庄丁虽有十余个，皆是懦弱之人，偶有数个少壮的，总是寡众不敌，救之不能，遂被拿捉而去。正是：

　　龙逢浅水遭虾戏，虎落平阳被犬欺。

　　当日都司督同兵丁，将廷怀拿住，解往苏州知府衙内而来。那日萧知府正在后堂打坐，忽见家人上前禀曰："启上老爷得知，有本城赖都司捉获强徒张廷怀，解来领赏，特来禀知。"那知府闻报，吩咐家人传见。将廷怀先交差押候，俟会客后再行提审。那家人领了主命，立即出来对赖都司说曰："有请老爷进去相见！其强徒廷怀先行交差看守便是。"那都司闻说将廷怀交值日差收押，立即整齐衣冠，随同家人进内，来到二堂，早有知府降阶相迎。二人齐至客厅分宾主坐下，家人奉茶。茶罢，知府言曰："那件天大功劳被老兄占到了，令弟喜不自胜，可恨张廷怀如此可恶，犯的弥天大罪了。若非老兄有如此手段，断难捉获。所出赏格花红之银现存库内，自然奉上，照数便是。"赖都司答曰："都是朝廷之威，并托公祖大老爷之福，与弟何干？那廷怀他不过独自一人凶恶，所以先时围捉，已伤兵丁数十人，不能将他捉住。后来见势头不好，再传刀牌、弓箭、兵丁上前拿捉，乱箭射伤他右手，不然吾亦难以捉获。今幸业已就擒，谅无忧矣！唯是余党赵芳庆等不知落在何处，须要上紧，按名弋获①。应领花红银两，伏乞即交弟手转给各兵丁分用。"知府曰："谨奉遵命！至未捉之余党赵芳庆等，伤恳设法擒获，破此重案。俟案结后，待弟将老兄之功劳详上台转奏朝廷，定然高升！"赖都司曰："全凭公祖大老爷裁成便是。"家人再奉香茶，知府吩咐家人将贮库房之花红银两，点交与赖老爷收用。话完，两人再用过茶。茶罢，那赖都司立即拜辞知府，那知府起身送至阶下，随同家人来至库房，着看库兵役将花红银一万逐一点明，赖都司着带来兵丁，抬回自己衙内，当即抽起三千两，其余受伤各兵丁，重者给银三十两，轻者，给银一十两，作为请医之费。然后按名赏发，不提。

　　却说萧知府见都司去后，立即着令家人，传齐书差皂役人等，自己束

①　弋（yì）获——此处指缉获罪犯。

带，衣冠升堂，来至公案坐下，早有两旁书差皂役带齐刑具伺候，喝令差役速将张廷怀带到公案前，喝令跪下。那廷怀立而不跪，知府大喝曰："这个是什么地方？见了本府还不跪下，尔快快将包庇巨盗，纠同贼人数百，杀死知府、店主牛小二，放走罪犯等，一一供出。如若延慢，刑法难免！"廷怀曰："我是本城富绅，安分守己，我素不相识巨盗，杀死知府店主之事，一概不知。尔若将我难为，天理难容！"知府喝曰："尔等自己所做之事，时常与巨盗往来，谁人不知？现有杭州臬台移文为凭，快快供来，以免动刑！"张廷怀曰："我常在家内闲坐，并没出门，不识什么！尔不过见我有钱，助我罪名，诬捏于我，想讹诈我三二千万银两是真。"知府闻言大怒："你自己做了弥天大罪，不招认，反说本府见尔有钱，做个罪名讹诈于尔，实属可恶，若不打尔，断难招认！"喝令两旁差役将他拉下重打一百。两旁差役闻言，立刻上前将他执住。此时廷怀虽欲施威，奈被锁住，右手又伤了，被数个差役推倒在地，打了五十大板。那知府喝令："住打！问他招不招？"廷怀曰："冤枉难招！"知府曰："如此口硬，再打五十板！"各差役再将廷怀打了五十板，打得皮开肉绽，鲜血淋漓，睡在地下。有书吏上前禀知："他受重伤，不能用刑，待小吏上前相劝，或者愿招不定。"知府曰："尔只管相劝便是。"那书吏对廷怀："尔做的事，人人皆知；尔若不招认，老爷断难容尔。尔今业已受伤，不能受刑，还须暂时招认，再行打算为是。"廷怀听了书吏言语，细想："不如暂且供招，赵芳庆等在外，定必设法搭救。"想定主意，即对书吏曰："我今受刑不起，情愿招了。"那书吏闻言，即向知府禀曰："他愿招了！"知府大喜，吩咐书吏，将纸笔交与张廷怀，写了供词存案。张廷怀写了供词单，写完交过，那个书吏呈上，知府观看供单曰：

　　具供单张廷怀，系本县人氏。今在大老爷台前，缘有好友被杭州知府捉拿收监，我因与他相知，设法保出，后来闻得知府偏断他案，将他收监，故我商酌，起齐弟兄，打进杭州知府衙门，私放监犯，放火杀死知府一家数命，至店家牛小二，曾经偷窃珠宝金银起衅，故此一同杀死。以泄心中之忿。所言是实。

　　　　　　　　　　　　　　　　　年月日张廷怀供单

　　却说知府将供单看了一回，点头曰："果然写得明白。"吩咐书吏将供单存案，将审过廷怀口供做角文书，详明上台，说完，即写监牌一面，着令

各差役将廷怀收监,知府立刻退入后堂。正是:

　　　英雄入了牢笼地,纵然插翅也难飞。

　　却说众英雄在牛头山住了半月有余,那日正与冯、陈二位谈论,忽有庄丁报到:"启上二位老爷,不好了! 小人奉命下山打听杭州之事,前几天,将张廷怀回庄,却被赖都司带了兵丁,前往庄中捉拿去了,解到苏州知府衙内,严刑酷打,招了案情。现在监内有知府出下赏格告示,捉拿我等数人等语,小人将告示抄了,特来禀知二位老爷定夺。"说完,即将告示呈上,那冯、陈接了告示,在于抬上一齐观看,又与赵芳庆将告示看了一回,即对冯、陈二位说:"事已如此,有何良计可能搭救得廷怀出监否?"冯忠曰:"待弟带了家丁,混入苏州城内知府衙中,将廷怀劫出监来如何?"赵芳庆曰:"不是那等容易! 苏州城内人强马壮,不比杭州,此等无用昏官,还须想个善策为妥。还是着胡青山并几个精细家丁,带了银两前往监中,通了门头,上下使用,并往廷怀府上安置家人,叫他不必忧心,自然有法搭救。"那冯忠闻说,立即向胡青山曰:"尔今带银一千两,并同家丁数人,前往苏州城内知府监中,与廷怀通了门头使用,兼买些食物进去,倘进监见了廷怀,着其欢心听候,定必设法搭救。所带银两,除头门使用,余剩交与廷怀使用,并往张家庄安置清楚,速速上山报知。"胡青山领了言辞,即刻带了银两,与山上两个家丁立即起程。

　　行了两日,来到知府衙内,进监寻着看役,讲明门头使用银两。那禁子等人得了青山银两,即将青山带进与廷怀相见。青山曰:"我今奉了各人之命,叫好汉不用忧心,定必设法搭救。"廷怀曰:"如今我在监中无银使用,我的家人未知何如?"青山曰:"现今带来银一千两,除通门头及买物件并我数人使用,尚存银六百两,交与你收用。好汉,尊府诸事,我自然前往安置妥当,即将食物银两亲手交了你,将银两务须广用,勿惜小费,到时自有方法搭救。"张廷怀见说,即刻将银两食物收了。

　　是时胡青山将银两物件交代清楚,即时别了廷怀,出监房,与两个家丁走出衙前,寻座酒楼坐下,叫酒保来:"有好酒好菜,只管搬上来!"酒保闻言,上前答曰:"有有,不知要多少酒肉?"青山曰:"牛肉二斤,肥鸡一斤,烧肉八两,好酒二斤,猪肚汤一大碗,快快搬来,食完有事!"酒保答言:"知道。"连忙走下楼来,一一照数搬上,摆在台上。青山即与两个家丁,各饮了几杯,忽见一人走上楼来,在对面桌子坐下。叫酒保:"快搬酒菜来,食完有事!"青山即视其人,身长八尺,面如重枣,细看,不是别人,乃当日松柏岭白花蛇杨春。青山思想:目今正在用人之间,即速上前曰:"杨英雄,多年不见,近景好么?"杨春答曰:"我道是谁,原来是胡青山!一别几年,近日你在何处?"青山曰:"一言难尽! 快请过来同席慢慢细言。"

杨春立即过席同坐,青山再叫酒保加上牛肉二斤,好酒二斤,猪肚汤一碗,烧肉半斤。酒保闻言答应一声,下楼照依搬上来,二人持酒再饮了数杯,青山先开言曰:"自那年别后,好汉现在做何事业? 望乞示知。"杨春答曰:"此地人多,不是讲话之所,俟寻过静所再谈。"胡青山曰:"一言难尽,亦须另寻地方,然后说明。如欲见我的义友,待我去张家庄讲几句。"说话便同好友一同前往相会,细谈便了。说完二人开量饮了一巡,方行用膳;用完了,青山即对杨春说曰:"我现在牛头山居住,有紧要事欲与好汉商量,勿惜一时之劳,务须前往为是。待我结了饮食钱,再往张家庄讲几句,说话就回来,与好汉一同起程。"杨春曰:"我有包袱行李在南门外周家店,老兄一面往张家庄行事,我在店内等候。"说完,各人起身下楼,付清酒饭钱,出门而去。

不说杨春在店等候,单讲青山同两个家丁来到张家庄,直入书房坐下,请廷怀妻子李氏出来说曰:"我今奉了牛头山众英雄之命,带银一千两,进去知府监中,见了你夫,通了门头,已将银两数百并食物统交与他使用,特来说知。嫂嫂不用忧心,务须设法救出便是。"李氏曰:"足感尔等大恩!"青山说完,别了李氏,出了张家庄,同家丁回店,挑齐行李,直来南门周家店。那杨春正在店中挂望,见青山到了,亦挑齐行李,挂了腰刀,一同前行。来到牛头山,一直上山而来。是时,赵芳庆等正在盼望,一见胡青山回来,即问曰:"办事若何?"胡青山上前禀明:"弟奉命前往府衙内监中,用银通了门头,余银尽交廷怀收用,随即往张家庄,安置之事业已清楚,后在酒楼遇着白花蛇杨春,现在同他到来,商量此事。"诸人喜曰:"快快着他进来!"青山走出山前,对杨春曰:"有请!"杨春即同上山,与众人见过了礼。众英雄问曰:"多年不见,佳景如何?"杨春答曰:"自别兄台,流落两年。去岁在太湖寄迹,因此结识兄弟甚多,光景颇胜。前时不知仁兄如何在此,望乞示知。"

芳庆曰："一言难尽！我与贤弟别后，往各处游玩，遇事甚多。"即将前事一一说知，并昨日遣青山往监中使通门头，幸在酒店得遇贤弟，务求设法搭救。杨春听罢，想了一想，即起身答曰："事已到此，须大起人马，打进监中，将廷怀劫出方为上策。老兄起人马一百，赵兄起人马一百，弟起人马一百，必须急往太湖，回来行事，万无一失。"赵芳庆曰："此计甚好。陈兄带人马一百名，在苏州城外二里埋伏，一闻炮响，杀出接应；令冯兄带人马一百名，在南门外左右埋伏，不许闭城。一闻炮响，杀出接应。小弟与胡兄带人马二百名，在南门内四处埋伏杀出，但遇各衙门兵出，即当击退；如无，不必杀出。杨兄与青山再带人马一百名，打入监中，劫出廷怀。待弟打进上房，将知府杀了，准于本月十八日早晨行事。青山带了银两、蒙汗药，将各看役饮醉，着青山引路，带到监中，一齐动手。"商量已定，杨春是晚在山上停歇。到了次日早，起身用过了膳，别了众人，由太湖进发。众英雄吩咐胡青山曰："尔带银二百两，并蒙药一包进去监中，见了廷怀，与他商量，乃如此而行，不可有误。可同家丁二人前去，不必回来报知，就在城内听候，切宜机密，至要，至要！"青山领命，就带二人起程，向苏州城进发。行了两日，到了苏州城内。三人寻所店房歇宿。次日，用了早膳，午牌时候，来到监中，见了廷怀，将情事向廷怀耳边如此如此细说了一番。说完，出了监房，来到店房，听候到期行事。

光阴似箭，日月如梭，不觉到了八月初十，不久便是中秋佳节。各家俱往茶楼饼店买些月饼，预备庆贺中秋，此乃年年如是，不必细说。

却说当日杨春别了众人，来到河边，雇了舟子，摇到太湖水寨。上了大营，各头目喽啰一见杨春回来，遂起身两旁站立，说曰："大王回来了么？"杨春答曰："然也。现今二大王在何处？"众头目曰："二大王在山上大寨！"杨春见说，回落小舟，即叫水军喽啰摇过大寨而来。到了岸边，将身登岸，直到大寨聚胜堂前。那二位大王，一位二大王周江，一位三大王张文钊，正在牛皮帐坐下。一见杨春回来，一齐下了帐，上前齐声说曰："大哥回来么？不知打听苏州城内事体如何？"杨春答曰："事情甚好！现在有一庄大生意特来与二位贤弟商量前去做了。"遂将在苏州城内酒楼上遇着胡青山引至牛头山，见了诸头目，起人马前往劫监等事，说了一番。周江曰："大哥，有何高见？"杨春答曰："我在牛头山与各位商酌定了，我本山带人马二百名，牛头山带人马二百名，准于本月十六日早晨行事，十二三日就要起行,我与贤弟下山走一遭,留三弟收寨便是。"周江曰:"如此甚好。现在日期已到,赶紧挑选精壮人马,刻日起程。"杨春立即发了将令,传齐头目,挑选能干喽啰二百名,起程不提。

牛头山头目急挑选人马二百名,叫赵芳庆带齐徒弟,到期一同前往。随即发令,望苏州进发。再说杨春、周江来至苏州城外,去城十里扎下,未及半日,牛头山人马也到,大家会齐时已八月十三。杨春见众人到了,即同周江到来相会,说:"日期已近,人马俱到,特请仁兄发令。"诸头目曰:"还照前议。"随对赵芳庆曰:"你须将人马调拨,务取万全。"芳庆对杨春曰:"你预先与青山去张家庄,对廷怀家人说知。将家中软细家私先行搬上牛头山等候,以防后患。"并令青山克期引路进监,后令周大王共带人马一百名,五十名进监救出廷怀,五十名进杀上房,将知府一家杀了。小弟与仁兄共带人马二百名,埋伏南门城内,如有兵出应,即奋勇挡住。"又命陈兄带人马一百名去城二里埋伏,再令冯兄带人马一百名,在苏州城外左右埋伏,但闻炮响,便杀出接应。准十五日申刻进城,不得有误。各人得令去讫。

却说胡青山在店中对家丁说曰:"现在八月十四矣,你可打听两寨人马到否,前来报知。"家丁领命而去,青山即来监中,对各看役牢头说曰:"张廷怀兄蒙各位招呼,无恩可报,明晚中秋,有饼百斤,并银二十两,送与各位兄台做些酒菜,庆贺中秋。"即将银一封并单一纸交上,那看役接了单银,不胜之喜,说:"如此厚赐,何以报德?"胡青山说:"些些小费,何用多谢?"说完,去见廷怀曰:"我已将饼单银两交与各位兄台了,明晚做节,尔与列位兄台多饮几杯。"遂向廷怀将各情于耳边细说一番。廷怀点头,青山即刻出来,到店房,已见前去打听的喽啰同杨春在店等候。青山问曰:"事体如何?"杨春答曰:"人马到了,准明日申刻进城,尔所干事件早些齐备了,尔可于十六日晨刻,在店外听候,引我进监,一齐动手。赶紧先往张家庄说知,叫他细软家私,令庄客搬出城外,自有接应。"说毕出店去了。

胡青山见杨春去后,起身即往张家庄。书房坐下,叫家人请李氏出来相见。青山即说:"现今人马俱到了,准十六日早晨时行事,尔可将细软家私挑齐,即令壮丁即挑出南门,自有接应,不可有误。"李氏立即吩咐婢女、庄丁打点。青山辞了李氏回家,次日是十五中秋,各家铺户贺节。是晚,明月一轮普照,各家瓦面皆有示旗,旗上有灯笼,两个十分光辉。

是晚,监中各看役牢头得了胡青山那二十两银子,果然办了鸡鹅鸭酒,做了二十多席酒席,与各犯人畅饮。唯廷怀自得了青山二百两之后,将银钱使用,与许多勇力之犯人,将自己情由对他们说知。是夜,饮至三更时候,廷怀同几个知己犯人出来,对各看役说曰:"弟自进监以来,蒙各兄台招呼,特来敬酒一杯,以报各位之德!"各看役立即起身对曰:"张兄既已破费,又来敬酒,真正有劳!"廷怀曰:"正是本分的!"遂斟酒数杯,各人饮了一杯,趁势下了蒙汗药,然后返本位坐下。是时,各看役见廷怀进去,对各伴曰:"我们在此当差数十年,所有犯人,未有廷怀如此疏财仗义者,怪不得能干那大事情。我们今晚既蒙他盛情,大家都要痛饮几杯。"各人听见,举起大杯乱饮乱食,不觉大醉浓浓,睡倒在床,亦有睡在地下。廷怀心中大喜,暗中先将自己桎梏①除下,然后与十余个知交犯人一概除了,听候行事,不提。

却说杨春与周江二人带了人马一百,陆续进城,各投店房安歇,即来周家店寻着胡青山商酌,不必再说。到了次日,杨春立即起身与青山寻周江,吩咐各人食了干粮,着周江同青山带人马五十名打进监中,将廷怀救出,自己带人马五十名,打进知府上房。当时,廷怀见胡青山人马已到,此时看役俱已大醉未醒,遂打开监门,与十余犯人蜂拥而出。青山见廷怀已去,即着有力的家丁将他背出衙门,犯人亦跟往而来,早有芳庆接应出城,不提。那知府当时听见炮响,又见家人报到有贼劫监,将犯人放出,不觉大惊失色,正欲出外观看,早被杨春带人马杀进内堂。各差见人马众多,不敢对敌,各自逃命。知府是时见难与对手,正欲逃走,早被杨春上前拿住,大喝曰:"昏官,尔知我么?"一刀分为两段,就即打进上房,将他家人妇子一刀一个杀了,然后杀出衙外,再放号炮一响,会齐人马,一齐冲出城外,人马接应,直奔牛头山而来。是时,各武营虽知有贼人劫监,唯闻炮响连天,不知贼人多少,不敢出敌。及见去了已远,遂带兵赶出城外。此时,诸头目与杨春赶着廷怀第一队人马先行,赵芳庆与各人押住后阵,陆续而行。回头看时,见有尘头大起,赵芳庆对冯、陈二人曰:"观此尘头大起,必有官兵追赶,索性将他大杀一阵,方知我等厉害。"冯忠曰:"谨遵将令。

---

①　桎梏(zhì gù)——脚镣和手铐。

计将安出?"芳庆曰:"冯兄,尔带人马去左边山脚埋伏,待他兵到,放他过去,然后赶杀。"冯忠领了将令,带人马去了。又对陈标说曰:"陈兄,尔带人马走去右边山脚埋伏,待官兵过了一半,即行杀出,将他冲作两截,到时我自有计。"陈标领了将令,带齐人马去了。俱见响为号。芳庆见两路去了,自己带了人马后行。

却说赖都司与左营千总,右营千总,带了三百兵丁,一路追赶而来。因是贼人不远,即一马当先,喝令兵丁奋力追赶。正赶之间,闻炮一响,早有一支人马从右杀出,将他冲作两段。陈标手持长枪,大喝曰:"你送死来么?"赖都司急忙手持大刀近敌,两人战了二十余合,胜负未分。又闻号炮一声,赵芳庆已回头杀到,手拿双刀,直冲过来。两路夹攻,两员千总已被周江在后敌住,不能助战,此时赖都司急欲奔逃,无奈兵丁各自逃命,并无辅救,措手不及,被赵芳庆一刀斩于马下。当时两个千总与冯忠正战之间,忽闻兵丁报赖都司业已战死,无心恋战,回马就走。冯忠正欲追赶,忽见鸣金收兵,遂带了人马,会齐赵芳庆等,往牛头山而去。来到山上,见诸位将官兵追赶,用计杀了赖都司,退了官兵,说了一番,众皆大喜,吩咐宰牛马庆贺。此时张廷怀家中之人,业已上山了。张廷怀急急上前,向杨春、周江并冯陈等及众人拜谢曰:"多蒙搭救,又将家眷搬上山中。此恩粉身难报!"杨春曰:"彼此手足,胜如同胞;患难相救,何用拜谢? 但是劫了监犯,杀死官兵,事大如天,不久自有大兵到来征剿,还须设条良计复敌,方为善策。"冯忠曰:"还望杨兄与小弟主张。"杨春曰:"即速命人下山打听,再行商酌。若有官兵到来,用计杀他一阵,然后尽将人马搬过太湖,大家聚议敞寨,人马约有五千,粮草可支三年。莫若先将女眷并软细银两各物,先行搬去,尔各位意下如何?"众英雄俱各从命。

不说牛头山人马准备,却说二位千总,带了败兵,进入苏州城教场,查点兵士,死者七十八名,受伤不计其数。命人查访贼人踪迹,方知在牛头山。急速做备详文,禀知协镇与臬台,火速发兵剿除,免贻后患。当日黄得升接到详文,立即过衙与臬台邹文盛说曰:"目下牛头山贼人如此猖獗,实心腹之大患。前者掠劫杭州,杀死知府一家,今又来苏州劫犯,杀死知府,兵士死亡过半,若不速发大兵前往征剿,酿成巨祸,苏州实难保全,望大人思之!"邹臬台曰:"本司访得圣行游玩,遍访贤才,改名查江南地面,泰革各官,亦属不少。若往剿除,胜则有功,败则必死。倘若被圣上知之，如之奈何？"黄协镇忿然曰："如此大事，须得速办，待弟带兵往剿，有功则归大人，有失弟自当之。"邹臬台曰："即系如此，难以阻挡，兄台还须打算。"黄协镇带怒而出，曰："庸懦之辈，实难同事！"带了从人回衙，立即发令，立传左营守备罗大光、右营守备区镇威并前左右营二千总，每各点兵一千，前往教场操兵，三日祭镇出师。当日，黄协镇坐在帅台发令，先传罗大光上帐，说曰："尔带兵三百名前部先行，逢山开路，遇水成桥，前往离牛头山五里扎营，不得违令！"罗大光得令而去。又传右营守备区镇威上前曰："尔带兵三百名作第二队，前离牛头山五里与罗大光分营扎下，候本协镇兵到，再行定夺。"区镇威得令，带兵去了。又传左右营二千总上前，曰："尔随本协镇带兵前往，将营扎下，再行调度。"二千总即令同在两旁，黄协镇发令已完，三声炮响，人马起程，直望牛头山进发。正是：

　　奸佞①不晓兵机妙，不杀其身誓不回。

　　却说杨春、赵芳庆各人正在讲话，有探子报上山来，启说："列位，不好了！有苏州协镇黄得升带兵一千到来，在山下五里扎营，请令定夺。"诸头目闻说，即对众说曰："大兵已到，列位有何良计退之？"早有张廷怀上前献计曰："前者小弟被困苏州，幸蒙列兄搭救，此恩此德，没齿不忘。待弟略施一计，杀他片甲不留。"即升帐中坐下发令。即对陈标曰："尔带人马一百名，各带硫磺引火之物，今晚二更时候，前去他大营，在上风头放火，不得违令！"陈标得了将令，带兵去了。又令冯忠曰："尔带人马一百名，带了引火之物，今晚二更时候，向他左营在上风头放火，火着之后，即奋勇杀入，我自着人接应。"冯忠领命，即带兵卒去了。又对杨春曰："杨兄亦与周江带人马二百名，由山后绕出，前去十里，截他归路，候他兵败即行截杀立即要起行，杨春二人领命，共带人马去了。又对赵芳庆及任千曰："尔二人各带人马一百名，今夜二更时候，如见火起，攻他中营，不得有误，弟在帐中听报捷音。"二人闻言，即带人马去了。此时，九月初旬，北风初起，若用火攻，安得不胜？

　　闲言少叙，却说黄得升带了人马，来到牛头山下五里，与守备罗大光分营扎下，约半里之遥即扎西营。守备到帐说曰："我人马初到，安息一夜，明日开帐。"右营守备区镇威曰："人马初到，未知贼人消息，万一到来

---

① 奸佞(nìng)——奸邪谄媚的人。

劫寨,此害非小,大人还须提防!"黄协镇曰:"宵小之辈,有何智谋? 闻我大兵一到,俱丧胆志,尚敢来劫营么?"区守备不敢多言,与罗大光退出帐外。回到营中,对罗大光曰:"协镇如此轻敌,必当败绩。我与兄台今夜必须提防。"罗守备曰:"说得有理!"遂吩咐各队曰:"人不离甲,马不离鞍,务宜醒睡预防。"不提。却说是夜,北风大起,初交二更,陈标带了人马,来黄协镇大营,在上风放起火来。此时黄协镇与二千总正在熟睡,闻报火起,遂急起身着衣,早被飞山虎任千带了一支人马杀进帐中,黄协镇急上马持枪奔走。正走之间,又被陈标人马截住去路,遂落荒而走,马不停蹄。走有十里之遥,早有一支人马拦住去路,乃是杨春、周江二人,勉强交战。战无数合,心慌意乱,更兼气力不佳,早被杨春一刀斩于马下,各败兵叩头乞命,杨春见败兵如此狼狈,尽行放去,带齐人马而回。

且说两个千总各持大刀敌住,是时,各兵丁四散奔走,被陈标人马逢人便杀,死亡甚多。右营千总与飞山虎任千战无数合,右营千总气力不加,早被他一枪挑于马下。左营千总拨马便走,又被陈标截住,措手不及,斩于马下,各兵败走逃命。再说冯忠,是夜带了人马,二更时在左营上风头放起火来,唯区守备颇知兵机,早已与罗守备预防,一闻火起,立即穿甲上马,持枪督令兵丁不许摇动。是时,赵芳庆人马虽杀到,有守备区镇威敌住,不能得入,彼此攻击,杀到天明,兵士均有受伤而逃,冯忠与罗守备交战,不分胜负。两营守备闻报大营已失,二千总阵亡,遂无心抵敌,两人杀开血路,拨马而行。赵芳庆见他去了,上前追赶。二守备正走之间,此时任千与陈标二人杀了二个千总,尚未收兵,又被陈标截杀一阵,两人遂拨马而走。未及半里,早有任千排开人马,截住去路。区守备吓得魂不附体。连忙下马叩首曰:"不知大王驾到,某等实乃奉上差遣,不得不来,情愿领罪。"罗守备见此情形,亦只得下马拜伏于地,曰:"某等情愿投顺。"任千等即对二守备曰:"吾今放汝回去,整顿人马再来厮杀,若再捉住,决不轻饶!"二守备抱头鼠窜而去,遂与周江等合兵一处,同上牛头山不提。且说区、罗二守备收拾败残人马,正欲回城,迎面来了二人,区镇威近前细看,遂即下马,跪倒叩头不起。不知区守备所遇何人,且看下回分解。正是:

只因圣恩同封赠,致令豪杰尽归农。

第二十一回

接圣驾区镇威擢①职　结亲谊周日青吟诗

诗曰：

　　从来圣主百灵迎，堪笑庸臣枉用兵。

　　更有英雄同辅助，永保江山定太平。

　　却说圣天子与周日青游玩观音山，数日之间，将各处胜境游览一遍。这日，纷纷传说官兵与牛头山人马厮杀，官兵死亡极多。圣天子即同日青回张家庄而来，行至半路，却值二守备收兵回城。区镇威见是圣上，随即跪下奏曰："臣自赴京引见，得观圣容，后令供职江南，业已两载。不知圣驾临幸，有失保护，罪该万死！"遂将出兵征讨牛头山，并协镇黄得升不听良言，以致兵败阵亡，上项之事，一一奏明。圣天子对区镇威曰："汝之用兵，深得韬略，朕所久知。今即着汝署理协镇罗大光署理都司牛头山之事，或另发兵马征剿，或是招安，候朕另旨定夺。尔等且各回衙训练兵卒，暂且罢兵，免致生民涂炭。朕今即欲同周日青去扬州一游，尔等不许声扬，毋庸远送！"区、罗二人跪送，圣天子起身后，遂即回城，赴臬辕禀见臬台邹文盛，言："黄协镇不听良言，以致兵败阵亡，回至半途，遇着圣上，卑职引见时认得圣容，下马请罪，现着卑职署理协镇，罗守备署理都司，且勿许扬言，大人须将江浙之事按下，不日自有圣旨到来定夺。"邹臬台曰："区协镇、罗都司，且各回衙候旨便了。"二人即辞，回衙不表。过了一日，江苏巡抚庄有恭接到密旨一道，着将牛头山并太湖水寇尽皆遣散，其中如有武艺超群为将材者，记名选举，毋得徇情滥报。庄有恭随即遵旨施行，将张廷怀、杨春、赵芳庆、陈标等举保，不提。

　　却说天子同日青来到场州，见一老人，白发红颜，背负着一个招牌，上写着"相法如神"四字，老叟停步问曰："那位往何处去？抑或访友？日已西落，为何不入店栖宿？"天子同日青答曰："余因访友不见，为何尔招牌

---

① 擢（zhuó）——提拔。

上写着'相法如神'四字,未免夸口。尔既然识相,且与我相一相!"叟曰:
"不若投店住宿,然后慢慢细谈。"于是,三人行过了小教场,转南门,寻了
一所客店,名曰李家店,三人觅一间好房坐下,老叟曰:"论相,贵贱在于
骨肉,强弱在于容色,成败在于决断,以此参之,万不失一。"圣天子道:
"先生相我如何?"老叟曰:"相君之面,不止封侯之相,相君之背,贵不可
言。"圣天子曰:"何如?"老叟曰:"尔乃龙眉凤眼,相貌骇人,唯我相君,天
子相也!"圣天子曰:"如此说不灵了! 我系直隶省人氏,商民耳。先生如
此说,岂有不羞?"老叟曰:"尔如果系平常商民,即将我招牌打破,决无反
悔。尔从前历遭凶险,大难重重,幸有左辅右弼,以致危而复安。现在,印
堂明亮,凶去吉来,可喜可贺!"又相日青曰:"尔眉目清秀,少年得志,且
两度明堂光彩,定小喜来临,日间必有一好亲事。"圣天子大笑曰:"我父
子二人在客旅之中,哪有这等好事? 更属胡言!"老叟曰:"如此说实难言
了!"明日遂不辞而行。你道此老叟是谁? 乃吕纯阳老祖,见圣天子屡次
遇事,所以特来点化。

圣天子见叟去后,自想:"此老叟非常人也! 我的事情,他一一尽知。
又说日间有一门亲事,未知是否有验!"店主李太公拿了酒饭到来,说曰:
"离此五里,有一柴家庄,柴员外有女招亲,他去题诗,如果题诗好,便招
为女婿。客官二人不妨前往试试,或者得了未定,本月十五日开考。"当
时圣天子听见,答曰:"既然如此,到期不妨走走。"到了十五日,圣天子与
日青前往柴家庄来。果见彩楼高搭,引动多少俊秀子弟齐走来到庄内。
是时,那彩鸾小姐,年方十八岁,生得唇红齿白,眉如秋月,真个有沉鱼落
雁之容,闭月羞花之貌。当日奉了父命,来到彩楼,出下一诗题,着丫环拿
出,对众人说曰:"列位君子,我家小姐有对联,请列位观看,对得通,吟得
通。对上一联,即便招亲。"众人答曰:"快快拿题来看。"对句云:

> 白面书生肚内无才空想贵。

是时,各人俱低头细想,并无一人对得通,不晓对。圣天子微笑,代日青
对曰:

> 红颜女子腰间有物傲英贤。

日青即时举笔,写了交与丫环,去见小姐,与他看。小姐见了大喜。
偶然,地上跳有蟾蜍一只,小姐手拈金钗,刺死在地,命丫环拈金钗将蟾蜍
出去为题,各人要作诗一首,各人亦不能作得出。圣天子代日青作诗一

首,曰:

　　　　小小蟾蜍出御沟,金钗刺死血长流。

　　　　早向也曾吞过月,嫦娥今日报冤仇。

　　是时吟起,交日青写过,再交丫环交过小姐。那小姐接了此诗,慢慢细诵一回,说曰:"真才子也!"立将诗交丫环呈上员外,即同丫环回房而去。柴员外看罢曰:"这首诗是小姐取为第一么?"丫环答曰:"不差!"当日众人见取了日青的诗,自己无分,即出庄门回家而去。有柴员外请,圣天子并日青到了客堂,分宾主坐下。家童奉茶,茶罢,员外开言曰:"老兄尊姓高名?何处人氏?请乞示知,小女有福,得配贤郎,实为万幸。"圣天子答曰:"某乃京都人氏,姓高名天赐,干儿日青,一经未谙,幸赘东床①,殊深有愧。既蒙不弃,代与干儿卜日行聘便是。"

　　说完别了员外,即与日青回店,即着店主同进城办些饼果杂物,并礼金等,雇人夫抬往柴家庄而来。当时员外接了礼物、聘金等,先行打发人夫回去,后请四亲六眷齐到,带了礼物,来贺员外,即着人家搬上酒席款待。是夜,各亲友饮至三更方行散席。再过五日,圣天子再雇人夫抬礼物欲征典大礼,命日青亲身送到。是夜,就在柴家庄,夫妻二人参拜天地,然后再拜员外,是夜送入洞房,早有丫环摆下花烛酒在房,二人饮了半晌,小姐曰:"我出一对,你对得通,方与尔成亲。"日青曰:"快将对头出来。"那彩鸾小姐当将对脚写出,交日青看了,其对联曰:"好貌好才真可爱。"日青想了一会,答曰:"同衾同枕莫嫌贫。"彩鸾观完连声赞曰:"真才郎也!"二人各相爱慕,说完,宽衣解带,一同携手上到牙床,共效于飞之乐。此乃人人如此,个个皆然,不必细说。

　　到了次日朝晨,日青、小姐来至厅前,见员外,叩礼已毕。员外先说道:"贤婿才高八斗,诗对皆能,小女得配,实出意外。"日青曰:"小婿庸材,乃蒙岳丈誉奖,令人难以克当。"员外又问曰:"此时尊大人在何处居住?"日青曰:"现在李家店安歇。"员外又曰:"彼此属系亲眷,我庄上尽有地方,不若请令尊大人同来居住,俾早晚得以细谈,不知贤婿意下如何?"日青曰:"既蒙岳丈不弃,待贤婿禀明契父,请他搬来庄上便了。"说完,即进房中,将员外相请契父到庄居住,说了一番,那彩鸾小姐闻言大喜,对日

──────────

①　东床——指女婿。

青曰："如果亲翁老爷到庄,妾得以早晚侍奉,以尽媳妇,又得以郎君相见叙,赶紧亲身前往店接他到庄为是。"那日青与岳丈、妻子亦皆欢喜,立即将身离了柴家庄,直往李家店而来。

来到店中,见了天子,禀曰："干儿岳丈并小姐请契父往他庄上居住,恐契父在店无人侍奉,着我来请契父务须前往为是。"当时,圣天子见日青不在身边,自觉无聊,今见日青到店,说伊岳丈要请他到庄,不胜之喜,当即备齐行李,雇人挑起,同日青望柴家庄而来。到了庄中,日青先行入庄报知。柴员外闻报,即行出门迎接,来到中堂,分宾主坐下。员外开言曰："不知亲翁光临,有失远迎,伏乞恕罪。"天子答曰："荷蒙过爱,是以到来搅扰。"员外曰："彼此至亲,何用说此谦话!"随吩咐奴婢,速将东厅打扫洁净,安置亲翁行李,抬进过去居住。自此之后,天子就在柴家庄住下,日则出去游玩,晚则回庄安息。或吟诗作文,或弈棋为乐。

正是光阴似箭,日月如梭,不觉住了数月。此时正是四月初旬,景色宜人之际,却与日青出外游玩。行到这马王庙,看见这所庙宇,果然广大,看之不尽,摆着卖什物、医卜、星相,无所不有。入到二门内,又见有人讲书。与日青站立了步,听见这人所讲之书,乃系正德皇帝下江南的故事,酒楼戏凤,不觉失声叹曰："江南好景色,游之不厌,古之帝王亦曾到此,岂止朕乎?"听了一回,不觉天色已晚,与日青走出庙,正欲回庄,行至半途,忽见一少年哭哭啼啼而来。上前问起情由,未知这后生如何对答,且看下回分解。有分教,正是:

从来美色多招祸,无端惹出是非来。

第二十二回

黄土豪欺心诬劫　张秀才畏刑招供

诗曰：

　　　　湛湛青天不可欺，举头三尺有神明。

　　　　善恶到头终有报，只争来早与来迟。

话分两头。却说扬州府城外同安里，有一土豪，姓黄名仁字得明，家财数万，广有田庄，婢仆亦无算。只有四子，长子飞龙，娶妻朱氏；次子飞虎，娶妻王氏；三子飞鸿，四子飞彪，未曾娶妻。唯飞龙与飞虎已入了武学。这黄仁捐了一个同知衔，平日霸人田屋，奸人妻女，无所不为。

当日清明佳节，家家上坟，那时却有一妇人杨氏，年约五十余岁，因丈夫计昌身故，并无男儿，与女儿月娇二人上坟拜扫，将祭物摆开，先拜各祖先，然后，来拜父亲的坟墓。适有土豪黄仁父子亦在此处扫墓，那第三子飞鸿窥见，在旁边目不转睛，见她生得美貌，眉如秋月，貌似西施，心中依依不舍，又不知是何家之女，哪处居住。拜毕，即随其后，一直跟到月娇母女回家。向邻查问，然后知系计昌妻氏女儿。

回到自己家中，将此事与母亲李氏说知，欲娶她为妻。可在父亲面前说明，着媒往问。当时李氏得了飞鸿日间言语，是夜就对丈夫黄仁曰："今日这飞鸿三儿前往拜山，在山前见了一女，生得甚好，他十分中意，要娶她为妻。后来查得殷家之女，名月娇，他父亲计昌现已身故，止存母女二人孀居，想她亦属情愿。断无不肯之理。尔不妨着媒前去讲过。看她如何？"黄仁曰："怪他不得，今日在坟前见伊母女回家，见墓亦不拜，跟随而去，三儿既系中意，待我着媒往问，谅必成就。"说完，即叫家人黄安进内，吩咐曰："尔可前去和安里第三间陈妈家中，着她立刻来，有要事使她。"那家人黄安领命，直望和安里而来。

来到陈妈家中，适见陈妈坐在屋内，进去说曰："我老爷叫你去，有事使你，可即刻走一遭。"陈妈听说曰："有什么事，如此要紧？待我锁了门，然后同尔走走。"即刻就将门锁了。即随与黄安直走到黄家庄，立即进内,转过书房,见了黄仁,上前说曰:"不知老爷呼唤老身到来,有何贵干?"黄仁曰:"尔有所不知,只因昨日我父子上坟扫墓,看见殷计昌之女月娇,生得颇有姿色,我欲娶她为媳,将来配与三儿飞鸿。尔可与我走走,倘若得成,媒金自然重谢。尔可实力前往讲讲为是!"陈妈曰:"老爷大门户,岂有不肯之理? 待我前去问过,看她如何对答,再来复命便是!"当即别了黄仁,来到了殷杨氏家中。

立即进内,杨氏迎接,两下坐下,杨氏开言曰:"不知妈妈到来,有何贵干?"陈妈答曰:"非为别事,现今有一门好亲事,特来与尔相酌千金之庚帖,来将与黄家庄上三公子飞鸿合配,不知尔意下如何?"杨氏曰:"甚好! 唯是月娇父亲在生时,已许了人家。"陈妈曰:"此时许了何人?"杨氏云:"已许了张廷显之子张昭,现在已进了学,所因亲翁上年身故,服色未满,所以未有迎娶。此次实望妈妈虚定走一遭。"陈妈曰:"令千金已许了张秀才,这也难怪,待我回复黄老爷便了。"说完,当即起身辞了杨氏,复到黄家庄上而来。到了庄中,即向黄仁说曰:"昨奉老爷之命,前往殷家将亲事说了,谁想那殷月娇之母亲杨氏说,伊女儿亲事殷计昌在生之时已许了张昭,上年已入了学,因丁父忧,所以未迎娶过门,故此特来复命。"黄仁曰:"此事确真,亦属难怪,待我查过,再着人寻你未迟。"陈妈见说,立即回家去了。

即着飞鸿进内说曰:"殷杨氏之女月娇,我已着陈妈前去问过了,他的母亲说已许秀才张昭,那张昭因为丁父忧,未曾迎娶伊女过门,待为父与你另寻过亲事便了。"飞鸿听说,口虽无言,心中不悦,辞了父亲,遂进自己房中。此夜发起病来,一连数日,并不起身。有丫环前来书房问候,得知飞鸿有病,即禀知老爷、夫人知道。黄仁夫妻进入房问曰:"三儿,尔有什么病,因何连日不起? 究竟所患何症,可对我说知。"飞鸿答曰:"想儿自从那日上坟回来,心中自不安。前日身上发热,夜来更甚。"说完,即合眼不言。黄仁夫妻两人闻言,即出房门而来。至厅中商议,三儿之疾,他说上坟回来即起,莫若着人去请一位方脉先生来,看他如何。即着黄安进内吩咐:"尔可前往请位方脉先生来,看你三公子之病。"黄安领命,立即而去。请了一位何先生,名曰何有济。当日从了家人黄安进内,先入书房看病。黄安在床边说曰:"现在奉老爷命,请了一位先生来诊脉,三公子起来看视。"飞鸿曰:"我一身骨痛,不能起身,可请先生进内与我诊视。"黄安一闻言,即请先生近床,将飞鸿左右手六部之脉,细细诊了一回,并问了病源,遂唤黄安来至书房坐下。向黄仁说曰:"医生诊得令郎之病,左关脉弦大,右足洪数实,乃阴火上乘,肝郁不舒,心中有不如意之事,非安心调理不能痊愈。"说完即开了一方,该药无非清肾之剂,谈论一番辞去。

是晚,飞鸿服了这剂药,仍不见效,一连数日诊视,病体益剧。黄仁心中烦闷,即对安人李氏说:"尔可速进房将飞鸿细问,实因何事以至于此?"是夜,李氏果实进房,向飞鸿曰:"尔父亲着我问你,究竟因何事致疾如此?"飞鸿曰:"我的病源,母亲尽知。自从那日上坟见了月娇之面,时常心中牵挂,所以一病至此。纵使扁鹊复生,难医此病痊愈,想儿亦不久人世矣!"说完,合眼即睡。那李氏听言,即出来对黄仁说:"三儿之病,实因三月上坟见了月娇,不能忘情,料想治疾无用,老爷只须设法,免误三儿之命。"黄仁想了一会,说曰:"那月娇已许了人,想亦难设法。莫若明日唤陈妈到来,看他有怎么良计可以治得三儿之疾?"到了次日,即着黄安进去说曰:"尔可再往陈妈处,着她速速到来,有要事商量。"黄安领命去了。不久,将陈妈带进前来。黄仁先问曰:"我今叫尔到来,非为别事,所因前月着尔前往问月娇这件亲事,我对三儿说知,他就一病不起,医生调治,全不见效,特叫尔来,究竟有何法解救?"陈妈曰:"这样之病,有药难施,殊非月娇肯嫁,三公子方得愈。老爷还须打算!"黄仁曰:"那月娇现已许配张秀才,何能肯嫁我儿? 没有什么打算。"陈妈曰:"此件事,老爷不想她为媳则已,若想她为媳,老身想条良计,包到手。"黄仁曰:"计将安出?"陈妈曰:"我将张昭想了一番,不过一个贫穷秀才,着人与他往来,劝他将妻相让,把三百两银子与他,他若不允,老爷着人将赃物放在他家,就说他包庇贼匪,坐地分赃,老爷与知府尊交好,求他出差捉拿,解案强逼招供,收在监中,将伊害死。那时不怕月娇不肯。此计老爷以为如何?"黄仁听了大喜:"看不到妈妈有如此高见,待我明日着人前往便是。"此晚,陈妈就在黄家庄食了晚饭方归。

次日,黄仁即寻了一人,名叫做伍平混,平日与张昭颇好的,将银十余两交他手中,着他如此这般,吩咐一番。那伍平混得了银子,寻着了张昭,说曰:"我有友人,欲求张兄写扇数把,不知要笔金多少?"张昭曰:"彼此相识多年,笔金随便就是。"那伍平混即将扇子并笔金一并付下,便说曰:

"弟今得了数两横财，欲往酒楼寻些美酒佳肴，如秀才不弃，一同往取。"张昭曰："如何破费仁兄？"伍平混曰："彼此朋友，何必谦话！"于是两人同往，找了一家酒楼，觅一好座位，大家坐下，即唤酒保拈些好酒来即是。酒保从命，连声答应，将各酒并菜摆开席上，两人执杯就饮。伍平混曰："多年不见，究竟近年光景如何？今令尊福否？俾时荣娶否？"张昭曰："上年家父已故，因丁忧未娶妻。历年闲住，不过写扇过度，未有十分光景。"伍平混："比时你尊生时，定下尔之亲事，是何人之女，不妨说与弟知。"张昭答曰："家父生时，已定了殷计昌之女，岳父亦已故去世，两家亦有服，故嫁娶两字，暂且放下。"伍平混曰："莫不在邻街？伊母杨氏年约五十余岁，此女名唤月娇么？"张昭曰："正是，兄台何以得知？"伍平混曰："别人我亦不讲，余与贤兄多年相交，情同莫逆，不得不细悉言之。此妇甚属不贤，自己少年已属不端，又教她女不正，私约情人，个个皆知，难道贤兄未有所闻？"那张昭一闻言，想了半晌，方开言曰："究竟此番说话是真的么？情人果是何人？"伍平混曰："我也闻得人说，与黄仁之第三子飞鸿有情，时常往来，怪不得贤兄近日之世景如此不佳，将来若过了门，贤兄还须要仔细，万一与情人往来，性命定遭毒手，贤兄早为打算！"

张昭当闻了伍平混这番言语，饮食不安，又未知真假，草草饮了一回，遂问曰："伍兄所说之言，乃是人言，或是目睹？迄今我一贫如洗，难与计较；究竟有何良计教我？"伍平混曰："弟有一句不识进退之言，不知贤兄肯容我讲否？"张昭曰："伍兄既良言，不妨说出！"伍平混曰："此等不贤之妇，纵使迎过门，亦属不佳，必有后患。莫若将她休了，任她嫁了飞鸿，着人往去要她银子二三百两，另娶一贤良的，不知贤兄以为如何？"张昭曰："此等事情，实非浅鲜；所听人言，未必是真；待我访过明白，下日再来复命。"于是两人用了膳，当即下楼辞别了，即行分手而去。当时已夜，张昭回到馆内，夜不成眠。次日，即着人到岳母处略将此事查问了一回，始知黄仁曾打发媒婆陈妈到门求过亲事，不就。方知伍平混在酒楼所云之事是假，遂立定一个主意：将伍平混所付下之扇一一写起，待他到来。不数日，伍平混果然到来取扇，张昭先将各扇拈出，交与伍平混，说曰："伍平兄，尔前数日所云的话，余已访得的确，大约伍平兄尔误听外人言语不真，几乎余将妻休了。尔可对黄仁说，勿要妄想坏了心肠为是。"说完这几句，立即进内去了。

伍平混自觉无味，拈了几把扇子，出门直望着黄家庄而来。来了庄门，立即进内，转过书房，见了黄仁，言曰："此事不妥！"就将见张昭求他写扇为凭，带到酒楼说了一番，谁知他查到几日，今日我去取扇，他将我骂了一场，叫我回来对叔台父子说，不要妄想，反坏了心肠。说完这几句，立即进内，就不与余讲了。如此行为，令人可恨么！叔台还须想个方法，弄他九死一生，况叔台又与知府相好，这寒士未必是敌手，那时月娇不怕她不从。未知叔台有什么良计否？"黄仁曰："此事容易，莫若我明日做了一禀，去知府衙门报劫，求他差捉张昭，说坐地分赃，尔可先将赃物放在他屋内，那时人赃并获，尔道此计如何？"伍平混曰："甚好！赶紧即行！"当时黄仁执起笔，做了一个禀，交了伍平混看过，其禀曰：

具禀职员黄仁，年六十岁，系扬州人。抱告黄安，禀为串贼行劫，贼证确实，乞恩饬差查拿，起赃究办，给领事切职。向在治属同安里居住，历久无异，不料于本年四月初五夜三更时候，被匪三十余人，手持刀械，撞门而入内搜劫，单开首饰银物等，而喊追不及。次早投明，更保知证职，随即命人暗访。始知各赃物落在邻街秀才张昭馆内，而且有贼匪时常躲匿，显庇贼行劫，坐地分赃，若不禀请查拿，地方奚能安静？迫遣家人黄安并粘失单匍叩台阶，伏乞移营饬差，查拿张昭到案，起赃给领，乞按律究办，公侯万代，为此上呈。叩公祖大老爷台前，恩准施行。

年　四月　日禀。

计开并粘失单一纸：

黄金镯五对,重五十两　　金叶三百两,
白银二十两　　珍珠二盒,约二百余粒,
袍挂五套　　朝珠二副,
玉镯五对　　缪纱男女衫十件,
金戒指四只　　茄楠珠三副,
香案三副　　锡器约三百余斤,
缪纱被八条　　古玩六十余件,
钟表五个　　珊瑚树大小三十余枝,
金器首饰约二百余件　　银器首饰约二百余件,
铜器杂物大小约计　　另碎玉器约百余件,

扳指三只　　绸衣约五十件，

布衣约二百件　　尚有多少什物难尽俱列，

共计约银三万余两。

当时伍平混看完，即将此禀交回黄仁，说曰："此禀做得甚好，赶紧命人投递便是。"黄仁即写信一封，并禀着黄安带往知府衙门，交号房递进去。当日知府见了黄仁的禀并信，立即差了四班差役，并伙役二十余人，同了伍平混来到张昭馆中，不由分说，张昭即被差役锁住，那伍平混预先带了赃物在身，假进张昭房中，搜出赃物，一齐带到公堂。有知府早已在堂候着，立即喝令将犯人带上。各差役立将张昭带上堂来，并喝令跪下，知府喝曰："尔好大胆，身为秀才，不守本分，胆敢包庇贼人行劫黄家细软之物，坐地分赃，今日人赃并获，有何理说？"张昭含泪禀曰："生员读书明理，安分守法，怎敢串贼行劫，都是黄仁窥见了生员之妻姿色，欲娶为媳，着伍平混到馆劝生员将妻卖与飞鸿为妻，生员不从，骂了伍平混几句，所以挟恨，遂因此就诬生员串贼行劫，坐地分赃等，求公祖大老爷查个明白，释放生员回家。就是沾恩了。"

知府曰："尔说不串贼，为何各物赃证落在尔房？还来抵赖，不打何肯招认？"喝令重打。此时各差役俱得了黄仁的贿，立即将张昭除了衣服，推下打五十板。知府曰："问他招不招？"张昭曰："冤枉难招！"知府曰："若不重刑，断难招认！"喝差将张昭上了背枕，吊将起来，约有一刻之久。有书办上前禀曰："现在已吊昏了，求老爷将他放下，待他醒来，小书上前劝他招供就是。"知府闻说，即着差役将他放了。当时张昭已被吊得魂不附体，及至醒了，该书吏上前曰："张秀才，尔若不招认，必然再受重刑。不若权且招供，再行打算为是。"张昭自思："今日再不招供，何能受此重刑？不如招了，免受苦刑。"也罢！遂对差役曰："我招了！"差役上前，禀他愿招了。知府大喜，立即将他放下手链，饬差将纸笔交他写供，那张昭接纸笔，无奈将供案写上来，交差役呈上。供云：

具口供：生员张昭，年二十二岁，扬州府人。今赴大老爷台前，生员因历年事业贫苦难度，与匪交游，四月初五夜，纠同贼人前往行劫黄仁家中，以冀得银分用，今被捉拿，情愿招供，所供是实。

年　　月　　日供

当日知府看他供词，立即写下监牌，唤差役带他收监，那知府即行退堂。有伍平混打听明白，即速来到黄家庄，见了黄仁，说曰："如今那张昭业已在知府堂上认供，将他收监，还须用些银两，嘱差役绝他米粮，将他饿死。然后将饼食、礼金等物抬至杨氏家中，若再不从，再做一禀，说他赖婚，捉拿母女到案，不怕她不肯依从！"黄仁曰："既然如此，照式而行。"当时即交与伍平混银两，带去监中。伍平混即领命，将银携在身上，来至监门，向差役曰："我今有事与你商酌。现奉了黄仁老爷之命，有银一封，送上兄台，求将秀才张昭，绝他米粮，将饿死。如果成事，再来致谢，此不过暂行致意。"差役黄江曰："尔今回去对黄老爷说知，总之从命。"就日即将此银接了。伍平混办了此事，出城来见黄仁。这事已办妥了，赶紧定了饼食，修了礼金，再过几日就行事了。黄仁曰："尔再将银子前往饼店，定下为是。"伍平混将银携带，前往不提。

却说差役黄江得了银两，将张昭饿了数日，后用猪油炒了一碗冷饭，将与他食。那张昭已饿极，即时食下。是夜发起热来，黄江再用一碗芭豆泡茶，作为凉水与饮，谁知张昭饮了这碗茶，疴痢不止，不上两日，呜呼一命归阴。当即禀过府，委了仵作验过，禀报实因得病身死，并没有别故，见出了结存案。时值伍平混到监打听明白，立即来见黄仁，曰："张昭已结果了，赶急寻了陈妈行事。"黄仁立即着令黄安前去，不久，将陈妈引进。黄仁就吩咐曰："陈妈，尔今夜就在我家里住下，明日与伍平混抬了食饼、礼金，前去杨氏家中放下，说道六月初二日到来迎娶。看她如何回答？"

到了次日，这陈妈带了伍平混并人夫十余人，抬了十余担饼食，一直来到杨氏母女家中。见了杨氏，即上前曰："恭喜，恭喜！"月娇见了陈妈到来，早已入房去了。话犹未了，忽有十余担食物，一直走进前来，杨氏见了，不胜惊骇，曰："究竟为何事？莫不是你们错搬了不成？"陈妈曰："一毫不错！前月奉了黄老爷之命到来为媒，定下令媛为媳，安人业已情愿，难道不记得么！趁今良时吉日，为此抬礼金、饼食来过礼。准六月初二迎娶过门。"话完，即将礼金、饼食摆在厅前。杨氏曰："我前番业已讲过，小女已许配秀才，一女安能嫁二夫？"陈妈曰："因尔女婿张秀才串贼行劫，坐地分赃，被知府大老爷捉拿到案，已认了供，收在监中，闻得已押死了。我想黄老爷乃当今一大财主，又有钱，且有田，更有体面，此等门户，还不好么？尔纵然不肯，亦不得了！"杨氏曰："结亲之事，总要两家情愿，岂有强逼人家为妇的道理？难道没有王法？"陈妈笑曰："现今知府与黄爷相好,尔若不允时,只怕拿捉尔母女到堂,那时悔之已晚!"杨氏曰:"东西尔快将抬去,代我与姨甥林标商酌,延日乃来回音未迟。"陈妈曰:"礼物权且放下,限三日我再来候尔回音。"话完,即同伍平混各人去了。

杨氏自知独力难持,难与理论,乃控天无路,诉地无门,即入房与女儿月娇说曰:"如今此人到来强逼,他说你丈夫已被知府押死,尔我在家尚属未知,待我着人寻访尔表兄林标到来,前往打听,再行商量。"月娇曰:"这些强人如此无礼,倘若再来逼勒,我唯有一死而已!母亲快去找寻表兄,叫他打听我丈夫被何人所害?因何身死为是。"杨氏闻了女儿言语,当即出来,托了邻人前往找寻,不久带了林标到来,说曰:"不知姨母唤甥到来,有何事情?"杨氏道:"你不知昨日有陈妈带了多人,抬了礼物,说黄仁要娶你表妹为媳。我说已许秀才,他说张秀才串贼行劫,坐地分赃,被知府捉拿押死。尔可前往,将表妹夫为着何事、被何人所害,一一打听明白,回来与我说知。"林标听见,说曰:"既然如此,待甥前去就是。"

说完,立即起身进城。到了申刻,始行回来。说曰:"姨母,不好了!甥奉命前往,查得三月姨母与表妹上坟拜扫,被黄仁第三子看见表妹生得美貌,欲娶为妻,着陈妈来问,姨母不从,云已许了秀才张昭,后来黄仁再着伍平混寻着表妹夫张昭,写扇为名,同到酒楼,说表妹不贞,劝他休了。妹夫不从,骂了几句,他就怀恨在心,即控妹夫串贼行劫,坐地分赃,告了知府,捉拿到监,押死,着人抬了礼物到来强逼。"一一细说一番。当日,月娇闻得这段情由,大哭曰:"这强人如此没良心,害我丈夫,若再来逼勒,誓死不从!"当即换了素服,吩咐母亲,立了丈夫的灵位守孝。杨氏见女儿如此贞节,只得从顺,任他所为。留住林标在家,防陈妈再来,得个帮手。

过了数日,果然陈妈又来候音。有林标上前骂曰:"尔这老猪狗,果然再来么?你干得好事,用计害了妹夫,还逼表妹为婚,如此无礼,若不快的回去,定将尔重打出门!"陈妈曰:"你是何人,如此行为?你表妹已受过黄家茶礼,受过黄家聘金,胆敢将吾辱骂?快快将名说出!"林标曰:"我姓林名标,系月娇的姨兄,杨氏系我姨母,尔不认识我么?你若不信,等你知道我的厉害!"说完即提起拳头向陈妈打去,打了两拳,杨氏慌忙,犹恐将她打坏,连忙上前劝曰:"姨甥不必打她,将她推了出门,就不必与她理论!"林标听了姨母之言,一手将陈妈推了出去,闭上屋门,全不理他。

当日陈妈得了怠慢,被推出门,街坊邻舍俱畏黄仁势力,不敢公然出头,内中有知道杨氏母女受屈,出来相劝曰:"你老人家,如今又夜了,赶紧回去为是。"亦有三五年少后生不怕死的,替杨氏母女不平,将她辱骂。陈妈看见街邻言语多般,遂得风便转,急急奔走出城,回到黄家庄,见了黄仁,就将杨氏不从亲事,反着伊姨甥林标出头辱骂,说了一回。黄仁闻言大怒曰:"尔受我礼物、聘金,又不允我亲事,反着你姨甥出头辱骂,若不发此毒手,尔如何知我厉害!"陈妈曰:"须害他女婿的手段,方为上策。"黄仁曰:"我也知道!"思了一回,遂做下一禀。词曰:

具禀:职员黄仁,年六十岁,扬州人。抱告黄安禀,为欺骗财礼串奸赖婚,乞恩饬差役捉拿,押令完婚,以重人伦事。切职三子飞鸿,凭媒陈妈于本年四月说合殷杨氏之女月娇为妻,当即抬了聘金、礼物前往,一概收下,回有婚书为据。前月再着陈妈预送星期,订明六月初二迎娶,讵料杨氏反悔,不允亲事,着令姨甥林标出头辱骂殴打,赶逐出门,该媒回语不胜骇异。迨再三细查,方知兄妹同奸,不肯过门。有此欺骗财礼、串奸赖婚,目无王法,迫得遣叩台阶,伏乞饬差拘杨氏母女并逞凶之林标到案,究明串奸实情,勒令杨氏将女过门完婚,以重人伦,便沾恩切。赴公祖大老爷台前,恩准施行。

计开:

殷杨氏系骗财礼不允亲事人,

殷月娇系杨氏之女与姨兄有奸人,

林标系杨氏之姨甥乃兄妹有奸不令过门人。

年　　　五月　　　日禀

当日黄仁将禀写完,看过清楚,立即修书一封,即着家人黄安进内,吩咐曰:"尔可将此禀并信带往知府衙门,转交号房投递。"那黄安领了主人之命,一路进城而来。到了知府衙门,立将禀、信来至号房放下,并付下小包号役书,挂了号,带进门房,摆在公事台上,即回号房而去。是夜,知府坐在内堂观看公事,看到黄仁这张禀词,并这封书,从头至尾看了一回,再看这封信,无非求他快的出差捉杨氏、月娇、林标三人这等说话。自思曰:"前番已害了张昭,今又来入禀赖婚等事,莫若明日先行出差,打发一个与他借银一千两,他若应允,方可实力与办;如有推却,即将此案搁下,看他如何对我!"立即写信一纸:"杨氏之件业已出差,唯目下需银一千两,恳求仁兄俯念交情,暂为挪借,俟粮务清完,即行归赵"等语写下,即着家人往黄仁家中呈递。那黄仁接上此信,分明要他银千两方肯与办,无奈即将银如数兑足,着黄安带了此款银两,随同知府家人进了衙门,禀知府主人说,此项业已收到,日前带来之件,一一照办便了。那黄安见说,当即辞了知府,来到主人面前,说曰:"小人所带之银,前去衙内,亲手奉上,知府大老爷他着小人回来禀知,说银两业已收到,前者投递之件,亦遵办便了。"那黄仁听见,立点了头,着令退出,自己也往书房听候,不提。

却说知府见黄安去后,立即传差役进内,吩咐曰:"你可速去将杨氏、月娇、林标勒限两日内到案,毋得刻延,有误公事。"这几个差听了知府言词,立即出外,唤齐伙役,一同前往杨氏屋内。不由分说,将杨氏母女、林标三人一并上了锁,一直带到公堂禀知知府。杨氏等到了,立即升堂。早有两旁书差伺候。当日知府坐了公案,喝令差役,先将杨氏一人带上。那差役得令,即将杨氏带到堂上,喝令跪下,知府喝曰:"黄仁告你欺骗财礼,纵容杨氏女儿与表兄林标通奸,不肯过门,尔可听本府吩咐,将女配与黄飞鸿为妻便罢,再违抗,法律难容!"杨氏禀曰:"小妇人怎敢受他的财礼? 只因他第三儿子在山前见我女儿美貌,后着陈妈到来欲娶为妻,我说已许张秀才,不能再嫁二夫,是以不敢从命,推却而去。及至前月带同人抬了财礼,说我张婿张昭串贼行劫,坐地分赃,业已被捉押死,硬将财礼放下,不肯抬回。后来我着姨甥林标前行打听,女婿实系被他害死。细思他实仇人,我女儿情愿守节,奚肯改嫁于他? 现在财礼原存在家,分厘不动,求老爷查个明白,将小妇人等放出,然后将财礼尽行交回,就沾恩了。"

知府闻言,大喝曰:"尔好糊涂! 分明你纵容兄妹串奸,欺骗财礼是真,快些遵断,以免动刑。"杨氏曰:"婚姻大事,总要两家情愿。今日逼我女儿忍辱事仇,宁愿一死,誓不从命!"知府曰:"你好硬嘴,不打,你断然不从!"喝令差役掌嘴,那差役闻言,立即上前将杨氏打下二十个嘴巴,好不厉害! 打得皮开肉破,鲜血沐漓,牙齿去了二个。知府曰:"问你肯不肯?"杨氏曰:"如此将我难为,纵然打死,亦不从命!"知府令差役,再将杨氏右边嘴巴打了十下,此时杨氏打得昏倒在地,那知府喝令差役,急将她救醒,已不能言,死在地下。遂命差役将她抬出,并将月娇、林标二人分押到监中,仔细看守,即行退堂,不提。要知月娇、林标遇着谁人打救出监,与夫报仇,后事如何,且听下回分解。有分教,正是:

土豪几番施毒手,致今奸佞并遭殃。

第二十三回

伯制军两番访主　唐教头二次解围

诗曰：

奉命督师视长江，为国勤劳到此方。

顺道几番寻圣主，麟阁名留百世芳。

当日这知府因劝殷杨氏将女月娇从顺黄氏亲事，杨氏执意不从，反出言顶撞，一时乘怒之下，将她活活打死。自问心上不安，又受了黄仁的银两，不得不如此断法。故此，这月娇、林标二人不带上堂审问，权且收监，着令管监之伴婆慢慢相劝于她，望其从顺。谁知月娇果然贞节。这知府亦属无奈，只得将相劝月娇的言词还不肯对黄仁说明，且将套话弄络自然，将月娇劝到相从，并劝黄飞鸿不必心急，定然有日到手。这飞鸿听了知府的言语，信以为真，这病好得几分，当时即能起身行动了。此事搁过一边，话分两头。

却说伯达自从在镇江丹徒县衙门得见圣容，求他回朝，不从其请，只因天子到江南来久，地方多未游尽，是以未肯回朝。伯达遵旨，差委中军官带了兵丁，捉拿蔡镇开一家解省。再将密旨交与庄巡抚，捉拿叶兵部一家解京；再将自己带了兵丁，却来巡视长江一带。一年期满，回京复命，将在丹徒县得见了圣上，一一在太后驾前禀奏一番。太后随即吩咐伯达，二次巡视长江，务即寻着圣上，劝他回朝，不可久延于外。当日伯达领了太后密旨，即刻带了从人出京，雇舟直望江南而来。来到码头湾，将船定泊，早有地方官迎接，公馆住下。却令心腹家人，四处打听圣主踪迹，数月未知。伯达与家人四名雇舟来到扬州地方，着家人寻了客店住下，然后各处细访，有时微服往各处游玩，顺访民情，并本城各贤愚，不提。

却说天子游玩，到那一日，见一少年后生，哭哭啼啼，问起情由，那少年上前说曰："小人姓林名豹，因有个姨丈名唤殷计昌，乃广东人氏。家财数万，娶妻杨氏，生有一女，名唤月娇。在本处贸易，上年业已身故。本年三月，母女上坟拜扫，被彼处一土豪姓黄名仁，与三子名飞鸿，看见月娇生得貌美，强逼为婚，姨母不从，那土豪先将表妹夫张昭捉拿在知府监里押死，硬将礼物聘金搬入殷家屋内。姨母将他骂了几句，他假做婚书，复禀知府拿捉姨母母女二人，并哥哥林标收监。姨母因与奸官顶撞，已被当堂打死。现在哥哥与表妹在监，定然有死无生，无法打救，因此啼哭。"

天子本欲与他出头，因见从前用人所做之事，历遭危险，不敢妄动，说曰："待我做禀，你拈去递过，知府不准，再来商酌。余在李家候你。"林豹曰："客官高姓?"天子曰："余名高天赐。"说完即将禀做起，看过一遍，然后交日青写正，交与林豹。又唤日青取了银锭，并交他手，吩咐曰："你须仔细前往为是。"林豹当日拈了禀词，并圣天子所赠银两，一直奔到知府衙门而来。那日正是初八放告，早有许多百姓到衙递禀。是日午牌时候，差人两边侍立，知府坐堂收禀。那些百姓陆续将禀呈上，俱皆收了。及至收到林豹所递之禀，即时张目观看，其词曰：

具禀人林豹，年十九岁，系扬州人。禀为土豪恃势，图婚诬陷，叩乞当堂省释，免遭久押拖毙。事缘豹有姨母，于本年三月与女月娇上山省墓，被本处土豪黄仁父子窥见表妹月娇颜有姿色，强迫为婚，硬将礼物聘金担进屋内，姨母不肯，遂假做婚书，诬以包庇贼匪，串监赖婚等情，诬告捏陷，致差拿姨母母女并豹兄林标到堂，勒令了案。姨母云女已许配秀才张昭，不肯结婚。先将张昭押死，以致姨母受刑身故。并将豹兄暨①月娇妹收监，有此夺婚诬陷，情何以堪？迫得据实禀叩公阶，伏乞立将豹兄林标并表妹月娇开释，免遭押死。并请拿土豪黄仁父子，并媒婆陈妈、恶棍伍平混到案究坐，万代沾恩。上赴公祖太老爷做主施行。

　　　年　　月　　日禀

当日，这知府看了林豹所递禀词，大怒，拍案骂曰："你这糊涂东西！你哥子奸人媳妇，霸人妻子，本已经查得明白了，你还敢到来混诉？本应将你治罪，姑念你少年无知，权且饶恕。"喝令各差赶出，即将该禀词扯碎。当日，林豹被差人赶出，立即来到店中，见了天子，将知府妄为如此，不肯收禀，谈了一番。

天子闻说大怒，曰："待我再做一禀，你即往省城按察衙门再告。"林

---

①　暨(jì)——和；及。

豹曰："求高客官快写，待小人往禀便了。"圣天子当即提笔思了一回，做起这告按察的禀词。看过改正，再令日青写正成就，取了银子一锭，交与林豹，吩咐曰："你赶紧前往省城，将禀去递，不可有误。我在此候你声音。"林豹得了银锭及禀，速忙来到江边，雇舟望省城而来。那一日，到了省城上岸，林豹见天色已晚，找寻歇店居住。

次日，林豹着店家备了饭食，进来用过了膳，然后进城打听按察递禀日期。此时业已初七日，桌台未有出衙，不能拦舆投递。迫候到申刻，始行回店安歇。到了次日，食些干粮，粘了禀词，一直进城，各百姓将禀纷纷呈上，那按察乃系姓霍名达成，广东人氏，为人清廉正直，办事谨慎，唯是懦弱不振。当日坐在案上，收各百姓所呈之禀，尽行收了。迫收到林豹之禀，乃系控告扬州知府的，不胜大骇。其词曰：

　　具禀人林豹，年十九岁，系扬州人氏。禀为偏断偏押，刑毙无辜，伏乞札行，超我救生以雪冤事。窃豹前姨夫殷计昌，原籍广东人氏，来扬贸易，不幸身故。遗下姨母杨氏与女月娇，凭媒配与秀才张昭为妻。上年三月，姨母与女月娇上坟拜扫，适遇土豪黄仁父子，窥见表妹姿色，强逼为媳，硬将礼物赐金抬至屋中。姨母不从，遂以包庇贼匪行劫、串奸赖婚等语，在知府台前诬告，乃知府不察，立即饬差捉拿姨母母女并张昭、林标到案，勒令结婚。姨母云，女已许秀才张昭，不肯允从。遂喝差役将姨母重打，以致伤重亡命，并将秀才押死。表妹、哥子现押在监，豹赴衙门禀请提释，无奈府尊得贿，不肯怜悯，及将豹禀扯碎，着各差役将豹赶出，谓非财神有灵，谁肯而有此偏断，押死刑毙无辜，若不禀明，冤终莫白。迫得奔叩崇辕，伏乞迅行扬州府，立提哥子林标、表妹月娇省释，着差捉土豪黄仁父子，并媒婆陈妈，恶棍徒伍平混到案究治，公侯万代。上赴大人台前恩准施行。

年　　　月　　　日禀

霍桌台当日看了禀词，即对林豹说曰："你所告府偏押刑毙等事，究竟是真是假，本司难以深信。待本司着人打听明白，即行与你审理。"林豹曰："此事千真万真，若有虚诬，情甘伏罪。"桌台曰："既然如此，俟我查确即办，你快回去听候便是。"林豹见了无奈，辞了走出衙门，到店房挑了行李下舟，行了数日，回到扬州，复至李家店中见了天子。即将桌台吩咐言语谈了一番。天子曰："桌台既如此吩咐，候半月十日再行计较便了。"

林豹曰:"既高客官如此照料,小人从命。"

说完即起身辞别,回家去了。在家候了一月有余,托人往城内知府处打听,并未有臬台文到。原来这臬台因见林豹所呈这禀,系告知府的,他与知府系属世交,故此将禀压住,林豹打听得真,即忙来店中,将此情节对天子细谈一番,望祈设法搭救。天子闻了这段情由,大怒曰:"狗官如此可恶,明日我进城与你计办便是。"是夜一宵已过了,次日着店家:"拈酒饭入来,待我用过,入城有事。"那店家即着人拈去,天子与日青、林豹三人用了膳,一同进城,来到知府衙内。着林豹击鼓。

知府闻报,立即传齐差役,升堂喝曰:"将打鼓之人带上!"两旁差役奉命,将林豹带上,喝令跪下。那知府抬头一看见是林豹,心中大怒,喝曰:"你到来何事?有何禀报?"林豹曰:"小人前月所呈之禀,未蒙收下,今特来求大老爷将小人的哥哥、表妹放出,并捉了土豪黄仁父子究办,万代沾恩!"知府大喝曰:"你好大胆!前月来告知府,念你年少无知,不将你办罪;又往告臬台,云我偏断等语,若不将你重责,人皆效尤!"语完,喝令差役,推下打一百。

有圣天子上前曰:"身为官府,妄将百姓难为!已将姨母打死,又将秀才张昭押毙,已属胆大妄为;我劝你快将他哥哥林标并月娇放了便罢,若稍延慢,王法何在!"知府大喝曰:"你是什么人,在此讲话?这是什么所在?"圣天子曰:"这不过小小知府衙门,就是相府门第,我也常坐。"知府曰:"你这人看小本府,待本府把个厉害你见!"即喝令各差役将他推下,早有几个失时差役一拥上前,被天子三拳两脚打他跌去丈余,知府见事不妙,急急走入后堂,早有差役数十名,各执军装,将天子重重围住。林豹见闹起事来,与日青早已奔出衙外。当日圣天子见一差手持利刃上前刺来,天子闪开一边,乘机抢了这支利刃迎敌。打开一条血路,直走出来,各差役从后追紧,天子且战且走,走出城外,来到马王庙。是日合当有巧。

却说唐卿自从在英武院护了圣驾,得了这只扳指,屡次欲上京,他又无盘费,又不敢回英武院,只得远远奔逃,沿途卖武度日,来到扬州,一月有余。这日正欲在马王庙开场卖武,忽见前途有一人手持利刃,慌张奔走,并背后有数十人各执军器追赶而来。定目一看,认得系前时在英武院所遇天子,不觉大骇,连忙将平日所用之铁棍执在手中,大叫:"高老爷不用慌忙,我来也!"当时仁圣见有人来助,一看,乃系唐卿,赶来帮助。于是两人回头迎敌,早有这班差役,业已赶到,被唐卿大喝一声,手持铁棍,一五一十,犹如蛟龙取水一般,杀得一班差役周身损破,鲜血淋漓,不敢对敌而走。唐卿正欲追赶,天子曰:"不可赶去,你快快将武具收了,一齐回店,慢慢细谈。"唐卿闻说,即时执齐什物,跟随而来。

来到店房,日青与林豹在店听候。一见天子已到,上前问安,圣天子就将唐卿相助细说一番,赶急拿了银钱,"出去市上买些酒肉鹅鸭回来,交与店家弄熟与兄畅饮细谈。快去快去!"日青即时领命,拈银出市,就将银子所买各物交与店主烹调。天子问曰:"唐卿,自从在英武院别后,一向光景如何?"唐卿曰:"臣自与圣上别后,不敢回英武院,欲想赴京,又未知圣上曾否回朝,是以不敢动身。又无费用,只得在大街头卖武过活。请问圣上被众人追赶,却是为何? 望即乞示知!"圣天子曰:"都因自己性近豪侠,专犯不平之故。"将在街上遇着林豹之事,细说一番,"不知唐卿此处有多少兄弟,必须想个善法,前往救他二人出来,并将知府杀却,方泄朕恨。"

唐卿奏曰:"圣上贵为天子,不宜行险,这件事情只要下一道密旨,着浙江巡抚从公断结。况臣前数日在唐家店中,伊有从人患病,臣与医治痊愈,闻其主人,称说系钦命巡江伯总督到来访察民情。圣上不若着他办理此事,尚为稳当,切勿再踏危险。"天子曰:"伯达此番到来,亦是访朕回朝。朕亦欲回朝久矣! 奈因此事未妥,放心不下,你前去对他从人说知,朕前赐与你的扳指交他从人呈上,伯达一看,自后见你便明。朕在柴家庄听候。你对他说知,到时寻访见朕,不可行君臣大礼,免被人知。"唐卿曰:"臣一一从命!"说时早有店家将各酒肉搬上房中摆开,各人拈起酒杯畅饮,饮完各用了膳,即便安睡。到了次日,先着林豹回家,然后好结了店钱,这唐卿检齐什物,直向唐家店去了。圣天子见各人去后,却与日青一齐回转柴家庄。早有员外接入,说曰:"高亲翁这几天往何处游玩?"天子曰:"各处游行,未有定踪。"说完即往东厅听候。

却说唐卿一路去唐家店内,即向从人说曰:"我今奉了高天赐老爷之命,欲见你家主人,如不信,你可将扳指一只交上观看,便知明白。"从人执了唐卿的扳指,进去未久,出对唐卿曰:"我主人请你进去!"唐卿曰:"相烦引进。"入房在旁企立,伯制军问曰:"兄台姓甚名谁? 在何处得遇圣主? 可即坐下细谈。"唐卿曰:"大人在此,小人哪有坐位?"伯制军曰:

"奉圣主之命而来,实与钦差无异,岂有不坐之理?"

唐卿见伯制军如此谦逊,始行告坐,曰:"小人姓唐名卿,乃福建人氏。向在英武院叶兵部之弟叶宏基处当为教头,因圣主到院探访,招出大事,被困在院,小人得神人报梦,上前保驾,后来圣上赠了扳指,即与分别。后闻英武院已封,小人一向流落江湖卖武,前月到扬州马王庙,又遇圣主被人追赶,因此上前保驾,一齐回店。询起情由,方知因扬州知府受贿偏断,遂将土豪黄仁强逼月娇为媳,不遂,后以包庇赖婚等语诬告,打死杨氏,押死张昭秀才,并将月娇、林标收监。林豹呈禀不收,反将禀扯碎,赶出。再到按察呈词,月余未见札行办理。圣上与林豹同往,大闹公堂,被知府差人追赶,因此相助,因访得大人在此,故奉圣上之命,请大人札行查办。"

当日伯制军听了此番言语,说曰:"我正欲来寻访圣上,数月未见。今幸在此,唐卿带我一见如何?"唐卿曰:"小人临行,圣上吩咐在柴家庄上。如果大人往见,切勿行大礼,以免传扬,当作朋友便可。"伯制军曰:"既系有命,我也晓得。"遂带了两个从人,与唐卿一路望柴家庄而来。来到庄中,着人通报,有家人前往书房说:"伯、唐二位友人到访。"圣天子闻言,着日青出去迎接,说曰:"有请二位进去!"那伯、唐两人即跟了日青,来到书房,见过了圣上,只行常礼坐下。天子早已写下密旨,即着日青取来交与伯达,说曰:"你持了此物,回去照办。"伯达就将太后之旨交与圣上,曰:"务须照此而行,不可久留于外,有失问望。"天子曰:"我已晓得了,俟将此事办了,即行回去。你快带同唐卿,与从人一齐办理便是!"伯制军领了密旨,与唐卿从人一齐回店,入房将圣旨开读:

奉天承运,皇帝诏曰:朕游江南,一则寻访贤良,二来查察奸佞。前月偶到扬州,得见小子林豹沿途啼哭,向问情由,据言有个姨丈名殷计昌,娶妻杨氏,生有一女,名唤月娇。迨姨丈不幸身故,遗下妻女在家度日。本年三月上坟拜扫,被土豪黄仁父子窥其表妹月娇颜有姿色,强逼为媳,硬将聘金礼物抬进屋内,姨母云女已许配秀才张昭,不肯允从,土豪遂假做婚书,贿嘱知府桂文芳,以庇贼行劫、串奸赖婚等证告捏陷,以致差捉姨母、张昭并表妹月娇、哥子林标到案,勒令具结,姨母不从,云女已配秀才张昭,何能再配二夫。知府大怒,先将张昭重打收监,以致受伤而故,并将姨母活活打死,即表妹月娇、哥子林标收监。林豹往禀知府,反被知府将禀扯碎,逐出衙来;复告臬台,一月有余，未见札行办理。殊属玩视民命。朕业已查得明白，卿即赶紧札行臬司霍远戚，立即传知府桂文芳到衙押候，饬差并捉土豪黄仁与子飞鸿，并媒婆陈氏，棍徒伍平混收监，分别轻重，按律究办，毋得违命，钦此！

当日伯制军诵完圣旨，即着带来书办写了札谕，着令役人带往臬台衙门递下，并着唐卿作为中军官，前往协同查办。当日霍臬台接了伯制军这道札论，将来打开一看，其谕论云：

钦命巡问长江水师军务总督部堂伯为：

札饬查拿究办事：现据林豹控告禀称：伊有已故姨父殷计昌，遗妻杨氏与女月娇在家，本年三月上坟拜扫，被黄仁父子窥见表妹月娇颇有姿色，强逼为媳。姨母称说女已许配秀才张昭，不能再配二夫，土豪遂将礼金硬抬入屋，姨母不允，遂以串贼行劫、串奸赖婚等词，贿嘱知府，差姨母并张昭，勒令具结，姨母不从，即行重刑打死，将张昭押死。又捉表妹月娇、哥子林标收监，经伊往知府衙内禀请超释，知府大怒，将伊禀扯碎，即逐出衙。兹藉福星移照，喊告台阶，快乞立传知府到衙，并差捉黄仁父子，将媒婆陈妈、棍徒伍平混收监，提出月娇、林标到堂释放等情。该司即便遵照办理。文到之日，立即传知府桂文芳到堂押候。饬差查拿土豪黄仁父子并陈妈、伍平混收监究办，毋得延慢。此札

月　　日文

却说霍臬台看完伯制军的札论，不敢怠慢，即刻传桂知府到衙押候，令差役拿黄仁并三子飞鸿、陈妈、伍平混收监，听候办理。即差人前去知府监中提出月娇、林标。带上堂来跪下，霍臬台安慰："本司业已知道你的冤屈了，如今将你兄妹释放回家，定将黄仁父子究办，与你母亲丈夫报仇。"月娇即大哭起来，霍臬台曰："如今本台业已应允与你报仇，因何尚为啼哭，是何缘故？你可说与我知！"月娇答曰："我的丈夫系被黄仁父子害死，求大人准小女子前往丈夫的坟墓拜扫一番，即沾恩了。"臬台曰："你既要如此，待本司着人同你前去便是。"当日即着差人带了月娇到坟大哭一回，那月娇即撞碑石而死，其尸不倒，那差人不胜骇异，立刻回衙对臬台禀知。臬台闻报大惊，曰："有此奇事！"即着差人引路，见其尸如生人一般，面不改容，企立不跌。即许他将黄仁父子在山坟上正法，并将陈

妈、伍平混各责一百,在坟前枷号一个月示众,这知府发往军台效力赎罪,其尸才跌。当日臬台回衙,将此做了详文,详请伯制军奏明朝廷,饬令地方官四时祭祀,此是后话。且说唐卿已将此案办妥,到柴家庄将此事一一奏明圣上,仁圣天子闻之,长叹一声曰:"真烈女也!"作诗以赞之,诗曰:

> 未逢夫面伴夫亡,非比寻常烈女行。
>
> 白头尚未存晚节,少年谁不度春光。
>
> 魂归阴府乾坤壮,血染岗头草木香。
>
> 朕泪非轻容易落,实因千古正纲常。

　　仁圣天子吟罢词诗,立即写下圣旨,交与霍臬司回京另候选用。其圣旨即着大学士刘墉开诵:

　　奉天承运皇帝诏曰:朕游江南,路过扬州府地方,有烈女月娇,配夫秀才张昭,尚未过门,被土豪黄仁强逼为媳,贿嘱知府桂文芳,捉了其夫押死,并将该女收监,后朕闻之,着霍按察将其释放,伊到夫坟撞碑而死,其尸不倒。如此贞节,朕甚嘉赏,即可饬令地方官建立烈女祠,四时祭祀,以慰贞魂。并于该处库中拨银二千两而置买营业,以为祭祀之需,毋得违旨,钦此。

　　当日大学士刘墉读完圣旨,立即札令扬州府地方官建立烈女祠,并于库拨银二千两置办营产,四时祭祀,后来历历显圣,并传谕霍达成,特授浙江布政,立即前去莅任。早有霍达成当日领了文凭,立即拜别大学士刘墉即赴新任去了。当日,圣天子自降旨后,复念月娇贞节,他母杨氏又被知府打死,不胜嗟叹。着林标承继殷计昌,续他香火,至计昌遗下物业,交与承受。另赏银一千两,给与林标收领娶妻,将来生有二子,一继张昭为嗣,并赏林标七品顶戴,即补把总之职,着其学习弓马,俟林标学得弓马娴熟,即行到任,以表其忠义之心。当日即在柴家庄写下密旨一道,交与那林豹转交伊兄林标手执,并嘱他不必到来谢恩。

　　林豹带旨去了,见唐卿尚在身旁,又吩咐曰:"我今与日青再往别处游玩,你可前往伯达店中,跟他往各处巡视,将来公事完竣,一同回朝京,往军机处,见了大学士刘墉。他见了朕圣旨,自然饬你赴任。今加封了你为协镇。"说完降旨一道,交与唐卿。唐卿接了圣旨,连忙跪下叩头谢恩,前往伯制军处去了。要知后事如何,且听下回分解。正是:

> 只因救主功劳大,他年得伴帝王都。

第二十四回

待月楼奋鹏护驾　寻芳市老虎丧身

诗曰：

  义胆包天地，忠心贯斗牛。

  一朝逢圣主，千古姓名留。

  话说圣天子赏了二千两银子与地方官，在扬州府建一烈女祠，以受贞魂。受圣朝恩泽，又赏一千两银子与林标，并记名实授把总之职，俟其弓马一熟，即行擢用。就在柴家庄发密旨一道，与了林豹。又吩咐唐卿，公事一完，可即回京见了刘大学士，乃封汝为协镇之衔，遇缺即补。唐卿叩谢天恩，前往伯制军处去了。

  圣天子与日青二人离了柴家庄，来到了一处地方，人烟稠密，热闹非常，正是寻芳市地面。行至午刻，就便入了一个酒楼，起造得十分幽静，挂着名人写的招牌，上写着"待月楼"三个金字，与日青拣一张金漆角抬坐下，小二献茶已罢，圣天子即吩咐酒保办了四色鲜菜。俄而酒菜搬上，日青侧坐陪酌，酒未数杯，忽听得楼下喧嚷起来，未知所因何事，但听得云："光棍，你吃了酒不肯还钱，还是你有理么？"光棍云："我赛金刚常常如此，登惯四季帐。"再问时，便手起脚踢地乱打，乃惹动街邻行人满路，拥挤不开。那土棍越逞恶气，越惹得人多，便在身掣出了一对十数斤重的竹叶板刀来，乱劈乱舞，店内家人人逃入去。后来街上的人又不走开，土棍亦难以走出。那土棍带有一个后生，师弟欲挥刀砍去，又恐伤了众人，那时定难走出，乃将扛抬什物乱敲乱打。

  激得那周日青忍耐不住，只在栏杆上一跳。早已落地下来，不言不语便将那土棍抽住就打，那恶棍见有人动手，即大喝曰："你这人不识时务，敢在老虎头上寻虱么？若要性命，快走也罢！"日青闻言，火上加油，与他对敌，未有兵器，乃顺手抢了店内两把大板刀，战有十来个回合，谁料日青气力不佳，看看有些手慢了。天子见了，飞身从楼而下，将他两人隔开，乃问恶棍："去，尔这土棍由何处来？如何青天白日为此不法？不怕王法官刑么?"土棍将天子一看,见他一表斯文,料非对手,便喝曰:"尔这瘦骨书生,不将尔打破头颅,斩去脚骨,不知老子的本事! 此处寻芳市,谁一个不识我赛金刚?"梁海师弟是铁臂子,李蛟原来是寻芳市一个土棍游方老虎,素来无忌,市上人人都怕他。圣天子先礼后兵,便曰:"尔不算酒钱也罢,何定要恃勇欺人,不若就此而去罢了。自后不可恃强欺负人,不然王法无亲,倘若真是不听,那时身入官衙,从重究治,悔之不及!"那赛金刚不听犹可,听了这一席话,乃圆睁怪眼,举刀向圣天子当头便砍。圣天子不慌不忙,将左手用个托山之势,将他隔住,右手即顺拈内一把大秤做棍棒,同二人恶战起来。但见:

> 棍点处如金龙抓老树,扫来似黑蟒揽青山。左则蛟腾宇宙,右则虬反江河;前乃金蛇缠颈,后乃乌龙臂肩。刀起来乃雪花盖顶,刺处是秋月斜腰,左挥则霞光罩目,右砍则冷气侵人。金蛟剪架住乌龙,宝尖峰分开墨怪,即此亡命之徒,乃与万乘共门,是谓贱人而贵敌也。

谁料,圣天子正在肚饥,饮了几杯空心酒,且又眼倦,精神不佳,有些抵敌不住,日青看了,上前来帮,那铁臂子见日青上前相帮,他又拔出双鞭接住厮杀,四人斗在一堆,看看日青敌李蛟不过,乘势卖个破绽,向人头上飞身走了。李蛟见他走了,又不追赶,帮着师兄把圣天子战得浑身是汗,上下左右回顾不及,一双手不能顾得四条臂膊,正在危急之际,欲乘便退走,无奈街上看的人拥挤不开,难以便走。心中十分焦躁,正是:真命天子自有百灵扶助,那跟随了神将当方的土地,见如此危急,即往去唤救星到来。只因:

> 万乘轻身游市上,小人偶共战楼中。

话说那寻芳市西去五十里,有所忠信村,村内有少年十数人,终日以拳棒为业。虽称无赖,从来不生事端,不做打家劫舍行为,专一以英雄自负,村中富户亦得其便,到夜间不用打更,不用保家的看守。逢年逢节,各家送些薪水与他便了。官兵绅士见他不生事端,亦不理他。为首的是苏州人,姓李名奋鹏,有事与母兄共留于此,极其孝悌,温厚恭慎,因此起他一个美名,叫做生弥陀。

一日早饭后,与众朋友来寻芳市闲游,才入市来,便听得来来往往行人传说,今日待月楼梁老虎师弟兄两个又是闹市欺人,食了酒不还钱,又将一个斯文人打得不开交。于是生弥陀一行人来到了待月楼前,双手拨开众人，用日一看，见那外路人生得仪表非俗，及见其手段，只有招架之功，并无还棍之力。且李奋鹏素知那梁老虎惯常欺人，乃抢将上去，将他三人隔开，曰："请列位住手。"于是三人住了手，奋鹏曰："请问因何事打斗如此？必有个缘故。尔伤了他不好，他伤尔又不好。依小弟愚见，大家散了也罢，免至阻滞生意，并碍行人。纵然要打，分清皂白再打未迟。"梁老虎曰："我有我事，关尔何事？"奋鹏曰："虽不关我事，我劝三位息事而已。"梁老虎曰："本市上千余铺并四方街巷，谁人不识我梁海？我与酒店相闹，这不怕死的亡命狂徒，乃胆敢相帮，与吾对敌，本地多少强人，尚且惧我，何况这外来的亡命！尔不用劝我，快快去罢，待老子将他送了性命，正算知我梁老虎的手段！"遂与圣天子复战。

生弥陀见那外路人战梁老虎不过，忍不住怒发冲冠，拔出双鞭，向梁老虎头上劈将下来，好似两条猛乌龙一般，势不可挡。老虎喝声："好家伙！"刀架鞭来，二人接住大战，正是刀来鞭去，好似落叶随风；左遮右隔，又如飞花遇雨，真乃是猛金刚遇强铁汉，揭地虎遇飞天鹏。他二人战至数十余合，街上的人看得呆了，看他越战越精神。李蛟见师兄战李奋鹏不下，急上前动手相帮，被圣天子接住厮杀，那梁海敌奋鹏不住，乃将身一侧，卖个破绽，转回身拦腰一刀砍去，却被奋鹏眼快看见，将身闪避，转过对面，梁海又回身一纵，往下双刀一扫，奋鹏双足一跳，左手将鞭隔开，右手将鞭当头打来，泰山盖顶一般。梁海躲闪不及，被奋鹏连头带脑打去半边，复加一鞭，结果了性命。李蛟见师兄已死，心内慌张，手略一松，被圣天子一棍点正咽喉，跌了数尺，呜呼一命，又往阴司去了。看的齐声喝彩，渐渐散去。

天又近晚，于是数人到里边坐下，店东称谢不已，献茶罢，便请问："二位高姓大名，不知贵府何处？今日虽然替小店出了气，究竟有二人尸首在此，如何了事？恐怕闹起官司来似是不便。"圣天子曰："吾乃北京人氏，姓高名天赐，适来此处探友，与舍亲周日青同伴到来。今不知何处去了。"说犹未完，日青恰好来到。店东又献了茶，圣天子道："请问店东高姓尊名？贵乡何处？来此营生几时了？"店东答道："小人是浙江人氏，姓区名问，与众同乡到此开这酒楼，不过三四月耳！并请这位高姓大名，如此英雄出众？"李奋鹏曰："吾乃本市西去五十里忠信村居住，姓李名奋鹏，混号生弥陀。因与众伴同闲游至此。"于是店东又请众人齐入店中坐下,茶罢,各道了姓名。大家商议:"此二人尸首如何安置? 此或请官来相验。"圣天子曰:"不用惊慌。本府太爷系与我至交,可以了结此事,不怕有碍。"即上楼写了密旨,交日青速往本处投递。

且说本府是湖南人,姓黄名忠存,系由捐班出身,极其清正。圣天子亦颇知其为官正直,并有才能。故将此事说明,不容认真,待朕回朝自行升赏,可即详了此案,即详即销。乃令日青投了书之后,返回店中。同众人入席,酒罢,圣天子问奋鹏曰:"李兄现今做何事业?"奋鹏曰:"小弟家贫无以谋生,只得日日习些粗贱功夫糊口。每每欲与众兄弟投军与王家出力,以图上进,无奈不知何处入手,又无荐引,方今天下太平,武将不甚擢用,是以悠悠忽忽虚度韶光也。"圣天子曰:"此易事耳,本省提台李公与我有些瓜葛,如仁兄肯去,即与我同去,见了提台,即在营中候用,如何? 若有缺擢用,那时便可图个出身。"奋鹏大喜,即叩起来,曰:"多得高老爷如此提拔,感恩不浅也。为是家母在堂,回家禀过再来,如何?"天子道:"此也应该,但我今夜要往别处,难以等你。我今修书一封,尔见了提台大人,便道我已往别处去了。"即提笔暗写了一道旨意,封好,交与李奋鹏去了。真是:

　　　　时来鱼跃天门外,运蹇①龙潜陷阱中。

话说天子见李奋鹏去了,乃即辞了店东。就在寻芳市客店过夜。明日,黄知府来店寻圣上,不知何处去了。乃依旨办理,回衙销了此事,不提。

且说李奋鹏欢天喜地回至家中,对母亲说知:"儿今日与众人偶至寻芳市,遇着一个外路人在待月楼与那梁老虎共斗,被我把梁老虎打死。他与本府至交,完了此案,那人系北京人氏,姓高名天赐,又与本省提台是亲戚,今荐我至提台处做一个遇缺即补的美缺,今特禀知母亲,明日便去投书叩见,大约必准无疑。"奋鹏之兄奋彪是义气深重之人,武艺亦熟,还未及其弟。且待弟有好处,便同去效力。于是李奋鹏寻至提台衙门,求守门人传入此书。提台叩命人唤入,提台便请坐。奋鹏曰:"大人在上,小的何敢坐?"提台曰:"仁兄所见,乃当今圣上,尔尚不知!"李奋鹏闻言,方知高天赐乃当今天子,好不欢喜,于是提台排开香案,开读诏曰:

　　　　奉天承运,皇帝诏曰:朕今南游至此,知卿力为国家,极其有勇有

---

① 蹇(jiǎn)——不顺利。

谋，可谓栋梁也。又遇得李奋鹏，乃忠勇双全之人，故命他在部下，约可有三四品之职缺，可即着李奋鹏补了。待朕回朝，另行召用。卿见此，亦不容见，且朕即日又往别处游玩也。无违朕意！钦此。

诏书读罢，山呼向北谢恩已毕，便唤当值官来查过单，有一都府之缺，立即着李奋鹏补了。于是奋鹏拜谢起身，领了文凭，辞别去了。后来回京，更有调用升迁。暂且不提。

且说圣天子与日青来至一处，乃是本府城南一个村落，十分幽雅，鸡犬相闻，烟花不断。但见：

苍松百株，翠竹千竿，四野青云，一湾流水。莺歌婉转以迎人，燕语呢喃而避客。柳眼窥人似是情，香惜玉桃腮笑容，都缘粉腻脂淀。正是三春美景，日日风光，万卉争妍，时时吐艳。说不尽嫣红姹紫、嫩绿妃青也。

却说圣天子正与日青看得细处，忽听得一声响亮，好似天崩地裂之势，吓得圣天子与日青一惊，不知如何，且听下回分解。正是：

正在温柔看美景，忽然霹雳震空腾。

第二十五回

毓秀村百鸟迎皇　小桃源万花朝圣

却说圣天子与日青正在观看景致,忽然一声霹雳,偶吓得一惊,原来是一株大铁树,高有数丈,润不容桩。此树是本村柳姓所种,已数十年,并未有花开过。今日忽然大放双花,如璎珞垂珠一般。极其华丽,悦目可爱。怎见得? 有诗为证。诗曰:

馥郁芳香千里开,绛云两朵共争春。

蓬莱仙种凡间发,只为朝王正下尘。

自古好鸟亦要好花相衬,莺歌燕语,异色奇香都纷然献瑞也。且说此处名为毓秀村,是那王柳二姓所居。两家起了十座小桃源,百鸟与千花,无所不有。即有新奇之鸟,异种之花,亦不惜多金,皆百计买来,种植于此,故江南一省花鸟之好,莫盛于此。兼且富甲一郡,唯是功名稀少。其子弟皆循良守分的人。王姓有五千余人,柳姓有三千余人。二人祖上乃同窗至爱,至今数代,儿孙皆能继祖宗遗命。那王姓祖上名承祐是一个举人,后以此功名终身,未能上达。柳姓祖上是个宿儒,未曾有甚功名。

再说圣天子正与日青贪看花光明媚,转眼间一阵香风过处,一群彩鸟翔集于前,又一队队各款雀鸟俱皆毕至。天子自想道:"此必群花百鸟朝朕也!"乃端目观看,忽然百花百鸟都不见了,但见满林都是二八佳人,有的打扮娇红嫩绿,燕怯莺羞,香气袭人,光华夺目,不下数百。只见百花之使,百鸟之使,互相争先朝拜。圣天子也不理会她,看这些人如何争斗,则见有一红衣女子娇羞答答上前,正欲展拜,忽而又见一白衣女子绰然惟盈,昂然有志,上前骂曰:"尔这不识羞的小婢,面红红,羞答答,胆敢争先朝拜么? 尔榴花儿虽然有色,却是无香,理宜退避。我乃文采风流,羽仪华丽,岂尔等败絮沾泥、落红随水者所可及哉!"于是榴花仙使晕红上额骂曰:"尔这高脚鹤也,讲什么华丽风流? 肥者则供人日馔,瘦弱者或饿死沙滩,住处则冷气侵人,凄然欲绝,岂似我等所居皆琼楼绛苑,画阁雕栏也? 尔敢争先乎?"白鹤曰:"我二人不用口角,大家请出王者来,在万岁之前评论,看是谁先谁后!"于是榴花仙请到富贵花王,备言其事。牡丹曰:"我面圣,分清先后,断不使这一班畜类先朝。"这边白鹤仙又请出凤凰来曰:"不怕这些贱花败柳如此滋生。"于是一对上前,但见牡丹打扮得:

> 倾国倾城之貌,如脂如粉之容。轻盈可爱,柔软怜人。翠带飘来,香闻十里;锦衾映处,艳照成林。前呼后拥,无非绛袖朱衣;右从左随,却是脂娇粉腻。

那凤凰亦打扮得:

> 光艳照人,辉煌悦目。眼如秋水一泓,眉似春山半笑,唇若涂朱,面如美玉,任尔太真妆罢,难及其娇纵;使飞燕舞来,何胜其美?真是风流文采,裊娜娉婷者也。

二族与圣天子称寿已罢,又向日青礼毕,日青忙忙答礼。圣天子乃开言问曰:"尔二国之族不下数百款,今且不计许多,但各有所长者。当面献与朕一看,或歌或舞,或吟或战,俱皆可呈与朕,细细评论谁国优劣,超者先朝,次者后拜。"于是凤凰呼众上寿,孔雀仙上前,身被五彩霞之衣,乃曰:"文臣献颂。"其歌曰:

> 至圣家传兮万古扬,威仪是式兮众相将。珠林兮凤翥①,玉阙兮鸾翔。振采兮万里,腾辉兮千山。能言出使兮鹦鹉,孤标清洁兮白鹤。识智深机兮玄鸟,奋志雄心兮鸿鹄。布阵轻兵兮鹅儿,有思有义兮雁队。莺歌兮明恩怨,画眉兮奏笙簧。鸳鸯兮多情,乌鹊兮反哺②。任尔天乌地震,都从振羽而飞,不似他暴雨狂风,则落红满地矣。

圣天子点头称赞,又命牡丹:"尔国有佳处,即便奏上前来,如能胜他国,那时又推尔为先。"于是花王命莲花仙子上前奏道:

> 来往蓬莱蕊阙,起居玉宇珠宫。常听梵语以消魔,每得经文而避劫。青莲号兮君子,海棠名曰神仙。其英兮如朔望,灵蓍兮识阴阳。萱草兮忘忧,展轼兮知侫。状元则攀丹桂,及第则许金钱。紫薇兮香飘画眉,芙蓉兮号曰文官。梅花兮独占春魁,薰兰兮品超凡卉。尚有

---

① 翥(zhù)——向上飞。

② 反哺——乌雏长大,衔食哺其母,比喻子女奉养父母。

桃花人面可迎君,柳亦有情而赠别。更有水仙贵品,不上蟠龙;榴火超凡,不污颜色。所以有香国仙人,都归于此,岂他等或笼中而受困,或席上而为珍者哉!

于是二国所奏,想来都是。命百花仙上前先拜,乃传谕曰:"论德行则百鸟为先,论富贵则花王为首。为是羽族有飞禽之号,未得尽佳,就尔花王先祀也罢。"于是牡丹率众上前祝罢,然后凤凰领队上前朝拜了。圣天子大悦,命他二国自后不可各恃所长,互相争竞。即此退下。于是二国谢恩而退,转眼间,一阵香风过处,再后一片霞光,二国俱不见了,仍然流水小桥,松林竹径,依前一样。抬头见一石头,上写小桃源三字。圣天子与日青慢步上前,意欲叩开庄门,借座茶烟片时。就命日青叩门,移时,见一小童子,年可十三四岁,出来揖曰:"来者莫非高天赐、周日青二位贵人?我家老爷听候多时,便请进去!"天子与日青走进里边,则有一对后生出来迎接,过了十数重门,方到一座十六柱的大厅,走出一人,年约五十余岁,向高天赐纳头便拜,拜罢,站立一旁,未敢就坐。天子明言问曰:"请问主人高姓尊名?如何知我的姓名?请道其详。"那人曰:"小人姓王名安国,乃本处人氏。祖父俱是孝廉,某乃只得一领青衿①。因昨晚小女得了一梦,甚属奇异。梦见本坊土地说报,今日必有真命天子名高天赐,并周日青干殿下一同到来,并说与小女有缘该配与干殿下为妻,故生员早已安排佳宴,请万岁爷与干千岁一同谈叙,并求主此婚姻,则生员感恩不浅也。"圣天子乃曰:"原来尔是一个生员,所生几个儿子?"安国曰:"生员娶妻吴氏,所生一子一女。子名家骥,女字芳兰,今年十七岁,尚未许人。小女今早对我云,昨晚得了一梦,梦见有一对青衣童女,请他至一个去处,但见楼阁参差,至一大殿,殿中坐一位判婚女主,对小女曰:'尔与周日青殿下有宿世之缘,并赐与明珠一对,他日产麟儿,绝无痛处。并云,未时即到,同来有个高天赐,乃是当今天子。是以生员早已安排筵席,结彩张灯伺候。'乃吩咐丫环入内,报知姑娘,叫她早换新妆,与殿下成亲。这里圣天子附耳在王安国说了数句话,叫他不可泄漏与人,恐人算计,则说是旧亲可也。并命日青跟王府家人入内,换过新郎衣服,朝拜神圣、祖先已毕,并来拜了干父与岳丈,众人一一礼毕,大吹大擂,饮至更深,各人辞去。王

---

① 青衿(jīn)——指读书人。明清科举时代专指秀才。

安国便命家人请高客官到西书房打睡,好生服侍,不可怠慢;这边新郎与新妇洞房花烛,效鱼水之乐,夫妻恩爱,自不必言。

且说圣天子随书童到了西书房坐下,则见纱窗月朗,花气袭人,窗外虫声唧唧,遂至窗外一赏花月再睡。乃在石凳坐下,忽听有人笑语,又是饮酒行令之声,乃四面张盾,见南边一个亭子上坐着十来个女仙,生得如花似玉,在此饮酒行令,未敢上前细看,上写着"留仙亭"三个大字。听得一人曰:"行令饮酒,厌人无味,不若令拈个诗筒出来。"顺手扯了一签,签内刻着一句四字成语,要题一首七言绝句或五言绝句,须要有关着酒字,又要席上珍肴贴切,道一句古诗,但不拘五言七字,亦要相合。如不能并诗中不关着酒字,总罚三大杯。于是一围下共有八人,仆有丫环数个,左右伺候八人。乃应声曰:"须要年高者先拈。"乃问桂仙:"贵庚几何?"曰:"二十二岁。"桂仙又问:"琼仙是二十一岁,其后凤仙、兰娇同庚,十八岁,瑷玉、莲仙、贵玉、珠儿四人俱十六岁。则见桂仙轻施翠袖,急捏玉环,高飞春笋,轻拔一签,上写着"春景桃花"四个字,她就顺口吟道:

　　春饮屠苏福寿绵,景新物换兴徒然。

　　桃红映就胭脂面,花气侵人醉若仙。"

吟罢大家称赞一回,果是年长的言语,用字老成,再饮一杯,再补酒底,于是桂仙饮了,夹着席上一色珍肴,不说出话来,但是含笑而已。众人催她快说,桂仙尚笑不说。不知如何,且听下回分解。

第二十六回

游花园题赠佳人词　闹新房戏谑风流话

却说桂仙吟了四句七绝诗,众人拍掌称赞不已,乃道:"赏三杯!"桂仙辞以不胜,无奈,被众人强逼不过,只得一气饮了,频举双箸,在席上夹了一片雪梨,乃念道:

> 雨打梨花深闺闭。

其后又到瑶花。瑶仙向诗筒拔了一签,上写着"飞花醉月",乃吟道:

> 飞红上颊点凝脂,花粉香流玉齿时。

> 醉向琼楼眠榻上,月光斜溜照香肌。

吟罢,大家更加叹赏,说:"此诗真是风流美女所为,正所谓无美不备,炼字炼句,色色俱工了。先前佳仙是老成之想,今尔之诗风采所居,应饮三大盅。"瑶仙更不推辞,一饮而尽。不知不觉,面上现出两朵桃花,拈着象箸向席上夹了一片鸡来,乃念道:

> 鸡声惊起鸳鸯梦。

众人鼓掌大笑曰:"果然鸡声惊起鸳鸯梦了。尔是日日心内挂着夫婿,夜夜鸳鸯同梦,真可谓恩爱快乐夫妻也。"瑶仙听了,微笑不言。以后摇筒向兰仙处。兰仙顺手拔了一根,看是四言两句。头一句是"文采风流",次句曰"才高八斗"。头一首要五言绝句,次首乃随其便,乃要二首俱同一韵,补酒底①亦要五言一句,七言一句,若无,罚处不用赏酒,以补其吟诗之苦。于是兰仙吟道:

> 文坛壮胆心,采藻助高吟。

> 风雨惊人句,流霞醉上林。

大家听了,都齐声道:"果是才人,声口与众不同,乃是应该拈着。"凤仙道:"看她下一首如何,料必更佳。"兰仙道:"尔众人话只管讲,若再吵,我就不吟了。"于是众人不言,她再吟道:

---

① 酒底——宴会上行酒令的后半部分。

才人广量正堪夸，高吟低斟句似花。

八股文成因尽醉，斗量酌云倚窗纱。

吟罢，轻开玉笋，拈了一片青梅，念道：

梅子青青挂树梢，青楼堪煮酒。

其后摇筒到琼仙处，琼仙道："我不喜吟诗，免了罢。"众人道："免不得！在先时言明，今已插了诗筒，来推，无有此理，快的犹可，不然先罚三大碗，以助诗肠。"琼仙无奈，只得拔起一签，上写两个字，乃吟一联为是，补酒底一只新歌调，看那二字，其题曰"喜欢"，于是吟道：

喜醉琼林宴，欢酣合卺①杯。

酒底是拈了一片雪藕，乃念道：

大藕如身兮湾碧海，小藕如臂兮枕牙床②。大叶如莲兮疏风避
雨，长枝似篙兮破浪冲波。玉为骨兮生自在，冰为魂兮水中央。纵使
碧玉已开，遂有银丝难割。

歌罢，饮了三盅，随后凤仙接筒，拔出一支签来，看道"华贵雍容"，乃
吟道：

华丽仙娥醉席中，贵妃微露貌溶溶。

雍雍未是身斜倚，容止西来又往东。

说了饮了三盅，在席上拈了一个桃子来，乃念曰：

三月桃花浪。

正在说了，忽听得一片笑声里走出三四个垂髫③佳人，生得一个个如
花似玉，粉腻脂浓，极其艳丽。乃大笑曰："尔众人好快乐，不等我来同
饮，真是不公了！"桂仙道："尔几个在内不来，大约是见人今夜快乐，流涎
已久，想今夕周姑爷与二姑娘不知快活到如何了，尔众人亦不久就轮
到。"四人听罢，乃啐道："我四人誓了不嫁，入道修行以终天寿，大约桂姐
姐心内发兴，欲与姐夫同乐，把热心照在人身上是真。"说着大家笑了一
回，珠儿道："尔四人到此闯席，理宜该罚！如今我三人未拈诗签吟诗，莫
若我三人不吟，情愿各罚三大杯，再行起过新令，如何？"众人齐声道：

_____

① 合卺(jǐn)——指成婚。

② 牙床——有象牙雕刻装饰的床。

③ 髫(tiáo)——此处指女孩下垂的头发。

"好!"于是三人饮了,便曰:"新到者拈,莺妹与鹃妹同吟一首,莺声圆处
鹃声急,七律诗。玉蟾妹妹与秋荷妹妹各吟一首七绝诗,要关着自己份
的,亦不关着玉蟾秋荷字样。后乃我众人亦共和一首长乐歌,方散。"且
听鹭妹与鹃妹同吟,其诗曰:

> 歌声婉转过桥东,惨切悲流血染红。
>
> 或向柳梢迎晓日,急从花底怨春风。
>
> 飞来阁上呈娇语,愁树檐前诉苦衷。
>
> 上苑啼时添万寿,五更叫处命难穷。

二人诗罢,一喜一悲,未知尽善,大家亦请她饮了三盅,且听玉蟾吟的道:

> 深树高吟意自豪,不如日暖与风高。
>
> 枝头咽过秋宵露,品格超凡兴自陶。

秋荷吟道:

> 当时玉貌几天然,不近佳人品似仙。
>
> 可惜经秋枝叶尽,明年方得复娇妍。

吟罢,亦各饮三盅。于是众人共和一首"满堂春",其诗曰:

> 娇贵从来种月中(桂),常居玉阙与珠宫(瑶)。
>
> 馨香自是堪为首(兰),嫩蕊都因意气浓(琼)。
>
> 鬓上无缘依粉黛(凤),髻中有幸伴蟠龙(珠)。
>
> 红颜玉貌多添艳,雅度风流视淡容。

　　众人吟罢,正待举杯共饮,不想,圣天子偶赞一声:"好才女,可谓女
中学士了!"吓得众人一惊,不知谁在此偷看我们的饮乐,好生大胆,即唤
丫环上前看来。且说跟圣天子的后生名唤福儿,急上前曰:"列位姑娘小
姐们,不要惊慌,此位正是周姑爷的干父高天赐老爷。"于是众人大着胆
不散,忙唤丫环前问曰:"既是高老爷好听诗,我们妹妹玩笑之句,不堪污
耳,想必高老爷定是高才,恳请题几句,俾得我姊妹们学些高见,实为幸
甚。"圣天子亦不推辞,丫环递过文房四宝,福儿接手,浓磨香墨,圣天子
执起笔来,一挥而就,丫环接了呈上,众小姐姑娘看其句曰:

> 尔是个珊瑚玉骨,小小琼英;尔是个杨柳之腰,飘飘楚楚;尔是个
> 笑容之面,涩涩羞羞;尔是个游龙插着凤凰钗;尔是个蝴蝶擎来翡翠
> 钿,扣住火齐环,穿着琥珀钏,香盈翠袖。莺莺风摆,罗袂飞燕。汝成
> 夜夜娇,梳就朝朝艳。睡的是象牙床,想的是流苏幔。或则临春之

乐，或则长秋之宴。或似秦娥之忆，或如楚妃之欢。或是卷起绿珠帘，摆开青玉砚，拂净金花笺，捧来铜雀砚。吾乃欣欣焉再尽其语曰：其质与金玉而为贵，其体共冰雪而同清。其神则星日而同精，其貌则花月而并艳。更有纤纤玉指，小小金莲，共成一段风流美女记。

众娇看罢，一齐起身赞曰："八斗七步之才不过于此！"乃呼杯献茗，便请留名幅上，俾得裱挂闺中，以为女儿生色。且才人笔记，亦当珍重留之。圣天子拈笔抬头，不知写个何款。忽想道："有了！"提笔写着"奉签使者。"高天赐上题四字，已隐着奉天承运意思，后来便知。丫环接着呈上小姐们看了，众娇连声称羡。时已四更天气，福儿道："请高老爷书房打睡。"于是众佳人揖送而入，圣天子亦回至书房，解衣就枕，不觉鸡声彻耳，日已东升。日青夫妻起来，正是：

　　　　夫妻欢娱嫌夜短，恼恨邻鸡报晓声。

　　二人梳洗已毕，拜过众人，复开怀畅饮。至晚，众儿童高兴反难新娘。原来此村中娶新妇极其热闹非常，况是富户之人，故一连十余日酒席。是夜，琼筵散后，银烛烧残，一班好事少年出法寻章摘句，计反新娘。那班少年为首的一人是石头太岁，一个是铁嘴莺歌。但题起了新娘，他就十分高兴，纵然主人不请他，他都要千方百计到来拜贺。初时，他便不言语，及至少年反难新娘，他就出起计来，大显神通，玩至无法无天，任尔多能的裙钗①，都不及他诡计。是夜合少年拥从而出，一个曰："我有一句夹联，如夹得通，交落下手，坐观成败，如能做得出来，我就低头不反了。"众人道："快出题！"少年道："是一联七言，不用本题字样，亦要夹着本题意思，对仗俱工，方能准试。"于是出其题曰："夫妇和谐"首句要切夫妇，次句和谐。就命新妇当堂面试，如有更替者，罚金二百，酒席十天，先此声明。那新娘翻来覆去，半羞半怯，偶然想得，便道头一句曰：

　　　　唱随共递三生愿。

众人笑道："果然夫唱妇随，想必是三生有幸，从今夜夜同衾共枕乐鸳鸯。"头一句准了，下一句呢？她又含笑婉转娇声道：

　　　　欢乐同赓百岁歌。

众人齐声赞道："果是才女子！"又一个少年道："此乃小技耳！尔今快走，

---

①　裙钗——妇女的代称。

待我有四句诗词,要她依着意思和吟一首,不得犯着原诗字眼,又要步韵。吟得佳赏酒三杯,吟得不佳,罚酒十大海碗,如不能饮,依罚如前一样,乃念出一首七绝道:

　　　　席染班红痛煞娇,上枪下叶战摇摇。

　　　　风狂雨聚云初罢,流注郎君把目照。

新娘听罢,更不思索乃和曰:

　　　　席两恩情夜夜娇,上歌下舞意摇摇。

　　　　风移芍药羞初罢,流滴春红不忍瞧。

　　众人听罢,拍案赞道:"果然新人口气,好得风流有致!"一人曰:"不然,男子多才,究竟不及女子自居快乐之境,自然是更贴切了。"于是新娘又战胜了一个。石头太岁忍不住道:"我有两个字,请新娘自作出意思,要关着夫妇洞房意思方合。若真是才高句好,我从今不复反人也。"众人道:"尔这个自然是难题的,快说出来!"石头太岁曰:"就用公婆二字,要解着字意,单义之中含洞房乐,方准。"于是新人听了,便不究思想,顺口对道:"公者,夫也,夫为公,妻为婆,洞房花烛乐如何? 公者分开八字脚,大模大样勾入去。上下痴成共公字。婆者,女也。香衿夜夜不离春,有皮有水便生波,合女成之便作婆。请问列位,此意义解得好否?"众都道:"好才女,我众人不及了!"正在得意之际,忽听得门外人嘈马嘶,喧嚷起来,不知何故,后来尚有奇奇怪怪事情,再观三集,便知分晓。正是:

　　　　正在欢谈施巧语,忽然人马到门来。

第二十七回
急脚先锋逢恩得赦　投怀柳燕遇主成亲

　　说话众人正在得趣,忽听门外人喊马嘶,不知何故。王公急唤众家人,快去问来,看他是何处人马到来扰攘。去不多时,家人慌忙报道:"有一班强盗十分厉害,带着十数匹马,刀枪映月,声声要借我银子五千,若不应承,他就矢石齐攻,打入来了。请老爷定夺!"王安国道:"五千银子所值什么? 要借便借去,何必定要带人马来!"吩咐家人:"叫他先退,我待随后便取出五千两银子与他便了。"

　　圣天子在旁道:"何必如此怕他,待我出去骂他数言,包管就退了,下日不敢再来!"即抽身出来开了庄门,大叫曰:"你众人如此无礼,夜深引人马行劫人家,是何道理? 难道不怕王法么?"众强盗正在得意洋洋,忽见庄门大开,这人出来,如此口气,大必有些胆勇。为首的姓黄名天祐,绰号急脚先锋,次的姓张名国俊,诨名小温侯。二人乃绿林中豪杰,只因一时犯着人命之事,故由松江逃到于此,二人结义为兄弟,黄天祐年方廿七岁,生得满面胡须,两眼灼灼有金光,十分勇恶,那张国俊少黄天祐三岁,生得面如冠玉,唇若抹朱,十分清雅,不似武艺中人。当下在本庄东去一百里有座飞鹅山做大王,二人在此已有数载,因他并不打家劫舍,故此官兵不理。他今见山中粮草不敷,故下山来与王生员借转五千两银子,待时而还。不期遇着高天赐出来,将他来喝问。黄天祐曰:"兄弟本事高强,且又有众头目小喽啰来借五千两银子,非是强取,不过因山中粮缺,倘有半个不字,恐怕屋宇俱焚,悔之无及!"圣天子喝曰:"尔等好好快走也罢,尚敢斗胆在此逞势!"黄天祐也不答应,举刀往头上砍将下来。这边圣天子急拔出佩剑相迎,战至数合,庄内走出一群家丁,并日青上前帮厮杀,那边张国俊见有人自庄内出来帮手,他又急上前与众人一齐接住,一场大战,杀得天昏地暗,月色无光。少时,日青敌不住国俊,卖身走入庄去了。这里圣天子正在手慢眼花,看看有些敌不住,又加国俊相帮,一时间被困在垓心,左冲右突不能脱身。正在危急之际,正是:

龙逢浅水遭虾戏，凤入低巢被鸟欺。

不讲争战危急之事，且说本村柳姓有一个燕姑，年方十八岁，生得沉鱼落雁，闭月羞花，诗词歌调，件件精通，且学得浑身武艺，十八般兵器般般娴熟，父名柳春晖，只生此一女，故而任她所学所为，极其痛惜。此女亦幽闲贞静，孝顺双亲，勤习女工。今夜正在闺中与姊妹们下棋，忽听得有厮杀之声，急唤丫环出去问来，立时通报，一时丫环回禀，是村头王秀才家被人夜里打劫，来得入庄。今闻有个亲家与他对敌，被困甚急。燕姑闻言，乃禀知父亲道："咫尺邻居，理宜帮助，女儿愿提刀上马，救他此急。"其父初则阻之，以为女子夜间不可出门，无奈，她一定要去，只得吩咐精勇家丁十数人，随她而去。于是燕姑束起垂丝，拔下金钗，提刀上马，一拥出了庄门。娇声滴滴，杀气腾腾，一直上庄头而来，正是：

金莲小小穿铜镫，玉臂双双挽宝刀。

一队人如飞似跑而来，到了庄前。只见一群强盗把一个人困住，十分危急，燕姑乃叱咤一声，口舌皆香气袭人。众人正在围住得意，忽见马上坐着一个天仙女子，带着十个大汉飞走前来，突围而入。便齐声道："先擒此佳人回山，然后再拿此人！"乃移兵与燕姑共战。燕姑娇声喝曰："来贼，通名受斩。"众人把燕姑不看在眼内，乃曰："不识飞鹅山黄天祐、张国俊么？"圣天子借此跳出圈子来，回身便杀，看见一员女将，带着众人与贼共战，料必是来帮朕的，趁势杀得小喽兵七零八落。那天祐与国俊初时看得那女子不甚要紧，后来见她武艺非常，反有些敌不住，于是天祐奋身举刀向燕姑紧要之处便砍，那国俊又拈着一支方天戟，向着圣天子胸前便砍，四人战共一堆，看他战得：

上打雪花盖顶，下打老树盘根。左打双龙出海，右打猛虎归山。前打将军佳印，后打佳人佩剑。左插花，右插花，金较箭，玉簪钗。一个是至贵之身，能文能武。文可胜人，武能盖众。一个是脂痕透甲，粉帻污绡，恍若浓桃艳李。疆场上赵女秦姬剑戟丛，一个是行如风过，走如飞猿，跳蛇行不及渠；一个是温侯再世降凡间，方天画戟惊神鬼。

且说四人战得俱有二三十个回合，未分胜负。忽然"哈唎"一声，天祐早已被燕姑擒了，国俊正在慌张，眼略一慢，手略一松，早被圣天子用起神出鬼没手段，将张国俊拿了。于是众贼兵将见两个大王都被擒去，无心交战,走的走了,逃的逃了,众家丁并柳家主仆一齐进入王家庄来。自有堂客出来迎接燕姑,不在话下。王家众人把两个强盗捆起,正待送官,且锁住在后园柱上。于是大排筵席,并使人过柳府通知,请柳员外,多谢令媛之能,并请赴席。于是柳家亦有人来,当晚欢宴罢。

次日,王生员正欲把二人解官审过,依正国法,圣天子乃命人带他出来,待我审问他一番,然后送官未迟。众家人答应一声,拥黄天祐与张国俊至,立而不跪。圣天子拍案骂曰:"今日被擒,尚敢抗拒不跪!"黄张二人齐声曰:"要杀便杀,要送官就送官,何必多问!"圣天子见他如此义勇,而且相貌魁梧,乃曰:"汝二人如果是迫于不得已而落草,不妨实对我说,不但不将尔送官治罪,兼能荐尔去投营也,好讨个出身。"二人乃见如此看待,只得从头说出实话来。天祐曰:"请问豪杰贵姓大名?何处人氏?"周日青在旁答曰:"此位是北京人氏,姓高名天赐,是当今丞相至爱门生。我是姓周名日青,是他的干子。凡自京以来,不知收尽几多英雄,除尽几多奸官污吏,路遇不平,必当申雪。任尔文如子建,武若孙吴,俱能答应得通。尔二人如系去邪归正,把家乡来历实说来!"

于是黄天祐先曰:"某本松江人氏,双亲早丧,留下小人,只学得些武艺,且又家贫,并无生意可做。一日,在松江府城过,见一人在街上拿了一个妇人说道:'她丈夫欠钱,将她抵债,要移她回去作妾。'被我问起情由,方知是冯狗官的公子。因见她生得姿容美好,偶同丈夫上坟祭扫,被他看见,与那人讲话,愿将百金买其妻。那人不愿,妻亦不肯,致此假造契券,生他银一百两,如过期无银,将妻准债,任凭作妾。某问他,云是城南人,姓谢名德,贩卖鸡儿为生,故奸人欺他无势力,旁人看见亦不敢做主,被我将他拦街截住,厮打一场。初时意见抢回此妇便罢。后来越打人越多,打得性起,错手将他打死。是以走来此地落草。此个张国俊亦是某家邻村人氏,都因路见不平,打死人命,一同逃至此地。原是望朝廷有用武之际,便当投军归正,今因山中人众渐渐缺粮,故来此庄借转粮银,以图后报。非有反意也。今被擒不杀,反蒙提拔,则感恩不浅矣。"

一席话说得圣天子低头想道:"亦怪不得英雄失志,壮士无颜。"乃开声问王秀才曰:"今日将他二人放了如何?"王安国曰:"此乃随高翁主张。"圣天子便命日青松了他绑,二人起来叩谢站立。圣天子便曰:"我今有书一封,汝二人可取去本省庄巡抚投递,便有安身之所。尔见了庄大

人,便说我二人明日又往别处探友去了,不用来此云云。"二人接了书信,
叩谢而去。先回至山中,与众人说知,尔等紧守山寨,待我二人有实任职
缺,即当来叫尔等共力报效朝廷。黄张二人吩咐一番,即便动身在路。非
止一日,来到巡抚衙门,投递了书信。少时,有人出来呼他入去。二人便
整衣进去,见了庄大人便叩头,拜罢起身,立在一旁,庄巡抚先问曰:"那
高天赐今果在王家庄否?"二人曰:"今这高老爷又已往别处探友去了。
他云见了庄大人,说吾不日回京,不用到来寻访。"庄大人就命二人坐下,
黄张曰:"大人在上,小的怎敢就坐!"庄有恭曰:"不妨,尔识高天赐是何
人?"二人齐声曰:"他道是刘丞相门生。"巡抚大人曰:"那高天赐是当今
天子。偶下江南,游过此地。"二人听了,望天谢过圣恩起来。庄有恭问
曰:"尔在松江府打死人命,今落身山寨,幸得圣上令我销了此案,即依旨
意拿了松江府监候,再拜本进京,听候部复发落。现今无甚缺与尔二人,
可暂补巡城守备,俟有功于国,另行升赏。"二人大喜,谢恩叩头而去。于
是庄大人依把松江府拿了监候,另委简府补上,即销了黄天祐之案,按下
不题。

且说圣天子见黄张二人去了,皆是欢喜,又得了此两个武将,如此忠
勇,乃实对王安国说:"仁兄以我为何如人?"安国曰:"文武兼全,是个贵
公子也。"日青曰:"此是当今仁圣天子。偶游江南至此。然不可声传天
外,以防人暗算。"众人听罢,一齐跪下,山呼万岁,叩头不已,口称死罪。
圣上曰:"不知者何罪之有,我有一言,欲与王兄共论,未知允否?"安国
曰:"万岁有旨,定当从命。"谕曰:"我今命尔为媒欲要柳员外之千金燕
姑,望为速往作伐。"于是王安国一力担承,即往柳员外处,说知此事。员
外听罢,十分喜悦,曰:"怪不得我生女时有飞燕入怀,故而名燕姑,今日
果有此兆。"乃即命人请回小姐,乃同王秀才来至王家庄。见了圣天子,
纳头便拜。安国代曰:"此即柳春晖也。"春晖拜罢起来。便曰:"得圣上
不嫌蒲柳①之姿,上配龙姿,实为欣幸。恐小女粗鄙,不堪服侍。"圣天子
曰:"朕意已决,毋推辞。令嫒文才武艺容貌俱佳,何陋之有?今封尔为
国丈之职,待回京后同享荣华。"柳春晖谢恩而起,又赐王安国举人之名,
一体会试,并赏加五品衔,安国叩头谢过,又启奏曰:"今日黄道吉期,请

---

① 蒲柳——水杨,是秋天很早就凋零的树木,旧时用来谦称自己体质衰弱。

万岁与柳小姐过府成亲。"大张筵席。鼓角喧天,说与人知,是刘丞相京中的门生,大世家的公子。

且说圣天子在柳府住了月余,又思回朝,恐怕太后盼望,乃吩咐王柳二家道:"朕今暂往别处,不日回朝,即当来接二家人眷。"王柳二人苦留不住,只得送别而退。于是,圣上与日青或游或玩,渐渐回京而去。不知后事如何,且听下回分解。

第二十八回

痴情公子恋春光　美貌歌姬嗟命薄

饮数杯儿,唱几句歌儿,拈张椅儿,坐在松阴儿,望下月儿,乘下凉儿,抱瑶琴而理丝儿,弹紫调与红腔儿。人生快乐儿,当及时儿,莫待青丝儿变了白头,如此逍遥儿。可谓一个无忧儿。

——《乐花阴》

却说圣天子与日青别了柳家庄,一路慢往别处游玩去了,暂且按下不表。

乃说镇江有个客人,姓李名修,号毓香居士。喜谈古今圣贤兴废,奇文异录极其有味。或自晨至夜,津津不倦,甚至忘餐废寝,皆如是也。一日,说蓬莱山云梦岸西去三十里,有一座三宝塔,乃是大罗仙所建,至今数千年,仍是辉煌夺目,鸳瓦依然,雕梁不坏,真是仙家妙手,故年湮世远亦居然不变也。今已浮没无定,非有仙气者,不能到也。上一层安着一位如来佛祖,中一层立着一位通天教主,下一层安立一位太上老君。初时乃是众仙聚集其间,后来朝朝引动游人,不免秽渎,故那班真仙少有到来。于是众人见仙踪已杳,看看不甚热闹,甚至香烟亦为之绝,此亦气数地运与人运同焉。暂且不题,后来自有交代。

且说江苏有三个世家公子,皆是富埒①王侯,原系福建人,祖上是个侍郎出身,姓黄名世德,因其祖有功于国,故三代皆袭荫②。然世德生喜清闲,而且家则百万,不袭世职,闲散在家。夫人李氏,单生一子名唤荣新,别字永清,年方二八,才貌双全。更学得丝管吹弹,俱皆清妙,怎见得?有赞为证:

---

① 埒(liè)——同等,相等。
② 袭荫(yìn)——封建时代,子孙承继先祖的官位爵号。

气宇峥嵘,襟怀磊落。面如冠玉,唇若涂朱。才如子建①,出口便可成诗,貌赛佳人,游处即招百美看他。多怜多惜,恍如宋玉当年;有致有情,恰似潘安再世。即是南国佳人,亦当避席,东邻处子,都作后尘也。

看永清本是世家公子,因父母憎其懒读诗书,视功名为无用,故未与他结婚。乃与本城二个世家子相善,一个是姓张名化仁,字礼泉,祖上是粮道出身,一个是姓李名志,字云生,父亲现作御史之职。三个年纪不相上下,家当俱是一百八十万之称,把功名二字都不在心内,挥金如土。三人结为生死之交,真是如胶如漆,日日花艇酒楼,逍遥作乐。父母钟爱非常,不加拘束,然三人虽是世家之子,全不以势欺人,极其温婉,而且满腹经纶,俱是翰苑之才。三人每在一个勾栏②出入。那院为一都之胜,坊名留春洞院,号天香阁,起造得十分华美,如广寒仙府一般。楼分三层,那歌妓亦分三等:头等者居上一层,亦有三般价例,若见面留茶,价金一元;若陪一饮,价金十元;至于留夜同欢者,价金三十元。往来俱是风雅之士,到此必歌一曲,赠一诗,或遇那些大花炮一肚草,则套言灵敏句而已。故上一层到者,都是那些风流才子,贵介宦家者居多。第二层乃是行商坐贾者所到,价照上一层减半,其妓女等亦还次于上的。至于下一层,不过是那工人手作船户之流,贪其价轻,难言优劣矣。

一日,黄永清与张生二公子同到天香阁耍乐,那永清素所亲热上个名唤绮云,生得天姿国色。而且琴棋书画,无所不精。年正二九,推为一院之最。看她那:

眉如新月,眼比秋波,唇不点而红,面不涂而艳。纤纤玉指,恍似麻姑;窄窄金莲,宛如赵女。行来步动轻尘,若迎风之弱柳,呵处结成香雾,如经露之奇花。翠袖分惊鸾,罗裙分飞燕。梳就蟠龙之髻,插来蝴蝶之钗,敛衽③则深深款款,低声则滴滴娇娇。

那张生亦相与着一个名瑞云,年方十七岁,生得雅淡风流,轻盈体态,生平最好淡妆,却是嫌脂粉污了颜色也。而且专好着白衣裳,好似:

---

① 子建——指曹植,字子建,曹操之子,富于才学。

② 勾栏——此处指妓院。

③ 敛衽(liǎn rèn)——整整衣襟,表示恭敬。后指女子的礼拜。

一朵银花依雪下,九天碧月落云中。

袅娜多姿,销魂动魄,虽木石之人,亦当有意也。那李生亦恋着一人,名唤彩云,声色与绮云不相上下,年正十五。三人俱居顶楼。至相亲爱,结为金兰姊妹。唯愿今日各人跟着一个情义人才为望。今见那三位公子都是情投意合,同订永好。

是日六人坐下,小环献茶毕,黄生曰:"今日暮春天气尚寒,趁此饮数杯而饯春,可乎?"张李都曰:"妙,妙!"众人齐声道:"去园中,向花边树底饯春一番,小饮一巡,然后再到楼中共乐。"于是先到园来,但见园中摆设得极其华丽,奇花异果,非常所有;玉树瑶盆,非人间所见。正百花盛放之时,万卉齐芳之候。绮云的丫环名唤待月,瑞云的侍女名唤春桃,彩云使婢名唤杏花。三个丫环都是生得俊俏美丽,好似一群仙女下凡。移时摆上美酒鲜果来,六人入席共坐。绮云靠着黄生,瑞云、彩云各倚着张李二生。三个丫环都在旁站立伺候,酒过三杯,黄生曰:"如今只是滥饮,太慢送春之事了。莫若将此桌子移向桃花树边来,再换过一筵,然后赋诗饯赠花神,你道好否?"众曰:"此正风雅士所为!"即吩咐供养香花红烛一桌,摆着文房四宝,以记饯春之句。不一时,华筵已设,美酒频斟,饯春已毕。永清曰:"今各人有意怜春,故向春花送别,或作一首诗,或歌一阕词为妙。就以送春为题,作得相切,赏他三杯;作得不好,罚依金谷之数。"各人都依了,便请黄生先起。永清曰:"今日就以我为先。"乃作了一首《送春记》,词曰:

唯春既暮,饯春宜勤。春色将残,春光易老。桃李含愁,恨春情之不久;海棠低首,叹春景之无多。春风狂兮落花满地,春雨乱兮飞絮随波。恼莺藏兮不语,防燕掠兮生悲。蝶使飞来,都叹春光薄幸;蜂奴频到,同嗟春色无情者也。

另要七言一句,以一春二字为题,以作酒底,乃说了一句道:

一春无事为花忙。

乃饮了三杯,其后就到张生。正欲开言,忽想,你二人是对天生的,自然一对咏了。看看绮云曰:"快吟罢,免阻我等。"绮云答曰:"君等皆玉堂金马之人,自当我姊妹等后当附骥为是。鄙俚之词,恐污慧听也。"张李二生坚请之,绮云只得先念酒底曰:

一春无暇懒梳妆。

乃续其歌曰：

　　　天生奴兮何飘泊,地载奴兮何贱作！父兮生我何艰难,母兮鞠我
　　何命薄！恨海难填兮万里,愁城难破兮千里。嗟鹃泪之难干,叹莺喉
　　之每咽。花前对酒兮强乐,帐底承欢兮奈何！望多情兮勿负,愿如己
　　兮哀怜。

歌罢,满座为之不乐,勉强饮了三杯,便曰：“奴命似春花,故将奴之心事
而作饯春。今应至张郎矣。”张生更不推辞,便曰：

　　　一春愁雨满江城。

语罢,许久不言。众人道：“快念下的！”因笑道：“莫话满城风雨近重阳,
为催租人所止也。”张曰：“不然,各有所思,迟速不同矣。”彩云曰：“所思
何事？不过是倚着瑞云,兴情勃发是真。”瑞云啐道：“本是姐姐心热,欲
在筵前先传暗意,以图便之故矣。故把些支离语抛在别人身上来。”说着
大家笑了一回。彩云道：“莫来阻住你的情郎！”于是张生顺口念曰：

　　　一闻春去便相思,可惜桃零与李飞。流水无情嗟共别,落花有意
　　恨同悲。花愁抑怨须当惜,酒绿灯红却别离。容易饯春今日去,明年
　　还共慰相知。

道罢,三杯已过,应至瑞云了。彩云答曰：“瑞姐姐,素称多愁多恨,有致
有情,必是大有议论了。”瑞云曰：“你不必大言压我。待我快吟罢！”彩云
曰：“我不是压你！”众人道：“不要笑她,快等她念去！”于是瑞云念道：

　　　杨柳含愁,海棠带怨,日日为春颠倒,甚得旧恨新愁,都是伤春怀
　　抱,总是蝶梦凄凉,莺魂惨切,惨切,惨切,何时别？

于是念酒底曰：

　　　一春无计共留花。

彩云道：“果是多情多恨,情絮纷纷,真是有女怀春,张郎惜之也。”瑞云笑
而不言,双眼瞅着张郎,别具一段风流情致娇姿无限,可对众言。应至李
郎了,于是云生即曰：

　　　宝瑟弹兮开瑶筵,瑶笙弄兮擎翠袖,饯春归兮美酒,留春光兮金
　　波。悲春去之速兮浓桃艳李,怅花香之谢兮惨绿红愁。人悯春而生
　　感,春别人而不怜。莺声婉转唱送春歌,鹃语凄凉洒离春泪。可知物
　　犹如此,而人岂无情乎？

道罢饮了三杯,念酒底曰：

> 一春慢扫满园花。

后至彩云,彩云乃先饮了三杯,先念酒底,后吟诗,乃曰:

> 一春蝶梦到蓬莱。

瑞云曰:"你是真果梦到蓬莱,看来你久后必能成仙,故有此奇梦了。实有奇骨者,李郎不用多想也。"彩云道:"你如此多事,我就不吟了。"说罢,总不出一语。瑞云趁势曰:"今未有人被罚过,刚刚至尾,正遇着罚,该饮三大海碗。"彩云不肯,无奈,被众人拗不过,只得硬饮了。移时,芙蓉面赤,柳叶眉颦,皓齿微开,慢慢吟曰:

> 春情易写,春恨难填。春水多愁,春山空秀。蝶梦谁怜,怅春光之易去;花魂谁吊,嗟春色之难留。从此杨柳生愁,桃花散魄,肠断海棠花下,心悬芍药栏边。千愁万恨因春去,万紫千红共恼春。即普天之下人物皆然。哀哉痛哉!

吟罢,各人称赞不已:"此语较我等更为痛快,真是普天之下,莫不因春光之易老而生悲感焉!确然妙论!当以锦囊盛之!再饮三大碗为是!"彩云不肯曰:"饮小三杯已足了!"各人立请饮三杯。于是入席,三杯已罢,忽听得芙蓉花下咯喇一声,不知何事,吓得众人正待起身,未知什么,且听下回分解。正是:

> 正在兴高吟与饮,忽然花作吓人声。

第二十九回

蕴玉阁狂徒恃势　天香楼义士除顽

话说黄生众人正在吟罢酒令,听得芙蓉花底一声响亮,不知何故,吓得众人欲走,乃见一个白须老者从花底出来,年可七十余岁,生得童颜白发,飘飘有神仙之状,拱手曰:"老汉乃司花之神,感君等至诚祭奠,怜香惜玉,以饯春归。故至诚感格以至吾等,受鉴无可以报,欲救君等脱离苦海,免在尘世中如此碌碌无奇也。"众人闻言,惊魂方定,知是神人,齐齐合掌下跪,口称:"神圣降临,望求超拔弟子等男女众人,离了人间尘世,情愿打扫仙真洞府,也是欢喜的。未知神圣可肯收留否?"神曰:"现下当今天子下游此省,不久便来到这里。尔等须当有危则扶,有急则救。若是见了高天赐,便是。众人当牢牢紧记,不可错过。"说罢一阵香风就不见了。

各人惊喜交集,向天再拜叩谢,又向花前各各拜谢已毕,复上楼来,开怀畅叙,正欲再行重整杯盘痛饮,大醉方始收杯。忽听得楼上西边对面蕴玉阁酒店上饮得大呼大笑。再后,又闻打喊之声,不知何故。原来是一班恶少在此借酒闯祸,打架,往往如此。为首的是本地上一个土豪,姓区,名洪,混名飞天炮,有些家资,请教师学得三两度拳棒,便与一班亡命随处滋事生端,到此酒店小酌,因争座位,便厮打起来。原来他初上楼来,已先有人坐了中座之席,他后到,欲换此座,刚遇了一个硬汉,不肯换他,故口出不逊之言,乃欲恃势欺人,正在吵闹之时,适遇圣天子与日青偶游至此。闻人打闹之声,便上楼来,意欲看出不平,乃下手相帮,听来原是那区洪不合道理,已自早抱不平。后至见他动手把那汉乱打,无奈那汉独自一个竟无帮手之人。左右行看之人,又怕那区洪之势,俱不敢出言拦阻。

日青在旁边忍不住上来,把那些亡命一个个打得东歪西倒,走的走,跑的跑,如风卷残云,下楼如飞去了。那汉向高天赐与日青之前纳头便拜,曰:"多蒙搭救,感恩不浅。请问二位客官的高姓尊名,必不是这处人氏,请道其详!"圣天子笑曰:"我乃北京人氏,姓高名天赐,与舍亲周日青他是三头六臂,法力高强,都不惧,包管见了我就永不敢作恶了。烦老大引进,待我与本地上除了一害。"林老闻言,十分欢悦,曰:"既是高客官有此手段,是我村中之福也。"于是提拐急忙引路前进,至一处大花园边内,便有几个少年出来迎接入去,在那牡丹亭坐下,一个老年先开口问曰:"请问客官贵姓尊名,到此可能收服这妖魔?不知要什么搭坛?一一求为示知,俾是依法备办就是。"日青代答曰:"他乃姓高名天赐,乃北京人,到此探友,因闻行至此,偶闻林老大言府上有那邪妖作怪凌人,故到府上以除此怪,以安人民。某自姓周名日青。便是足下乃尊姓贵名?妖怪几时到此?"少年曰:"小子姓林是本宅的兄弟名叫玉哥。此怪是前月初到来的,至今月余,已闹过了十余次。日间在园中作怪,夜内在屋内将人迷惑。然已是请过多少方士、法师到此,俱未能除服。今日幸得二位到此,收除必矣!"那高天赐曰:"不用搭坛、书符、念咒,又不作持斋请佛,但请吾二人用了晚膳,待我夜来捉此妖怪便了。"于是林府家人手忙脚乱,打扫花园,扫得十分干净,请那二位客官用了晚膳,再为捉怪。

圣天子与日青、林老大、少年四人,在席上谈些济困扶危之事,二人听了,各喜悦不胜,原来都是喜为善事者。晚膳已完,高天赐便与日青二人结束停当,手持宝剑,大踏步往屋内而来,众妇女待早已避去,看看来至房中。二更时分,见来了一个青面黄身老怪,风过处,令人毛骨悚然。但见他打扮得:

头戴紫金箍,身穿金毛小战袄,下着水波纹豹皮靴,足踏小铁车球。面上一部胡须,手拿铁尺,恶狠狠眼如老鼠,嘴如金蛇,跳舞而来。

周日青不慌不忙举剑往那怪劈头便砍,妖怪急架相迎,一去一来,左冲右突,大战有数十个回合,那怪越战越精神,日青看看抵不住,有些气力不加,正待要退败下来,圣天子看了疾飞上前,持剑接住厮杀,日青趁势退下,妖怪见有人上前接战,乃大逞妖法,手中铁尺如雨点打来,二人好一场大战,直杀到三更时分,总是妖邪手段怎及至尊,战三四十个回合,那怪有些怕怯,借金光遁走去了。

圣天子正在大喜,转身吩咐收拾安睡,霎时一阵狂风,腥气转加,风过处,又来一怪,比前打扮都是不相上下,于是命日青在右,自己在左,定睛看那两个妖怪怎样来法?原来后来一个浑身如银白的一般,跳蹦伸缩,极其伶俐。二人各举剑向定妖怪当胸便刺,二妖见来得凶猛,也举兵器相迎，尔来我去，看看将有四更天气，日青二人气力不加，似有些抵不住了。

　　话说当今天子有百灵扶助，本处土地与共值日功曹见在危急之际，早请了一只那金睛玉面猫精来。此猫在西山已修炼有年，未成正果，方今正好叫他来收服这两只鼠精，受封便成正果了。道罢借阵神风，一霎时即到了西山藏修洞中来传旨，命他往林家园去救圣上，便可受封成正果。守洞小童即入内与玉面真人知道，立即谢过功曹，然后吩咐小童，看守洞门，我去就回。小童领命，玉面真人即随功曹火速来至林家花园。只见二鼠精与二位高人在此大战，看那高年者头上现出金光，谅此位必是当今天子了。乃现出真形，运气炼睛，只往老鼠精项上咬去。黄毛怪见了，魂不附体，而正待要走，已不及了，早被咬死，跌在一旁。这个银老鼠见不是头路，欲逃走，又被咬死。一对鼠精现出原形，死在地上。圣天子与日青见了，好是一派寒光，霎时不见了。只道二妖抵不住，如前借法逃走了，不知是玉面真人所胜。于是真人复回衣冠之体，上前叩拜圣天子，高天赐大喜道：“原来是法士，失敬了！”真人道：“岂敢，乃两只鼠精，一黄一白，俱已修炼多年，因性好贪淫，故许久未成正果。又见摄了林家女子不知她藏在哪里，待我再去看来。”将身一跳，早上半空，把金睛往下一看，原来是被收在一个深山积云洞内。便将身跳入洞内，见林家女，正在啼哭，猛见他来了，即惊疑是鼠精，更号啕大哭起来。这边真人道：“不用惊慌，吾乃玉面真人也。黄白二鼠精皆被我杀了，特来救尔回家。”林珠儿闻言，喜不自胜，急忙收泪，乃上前答谢。真人曰：“此乃小事，何须挂齿！”便借神风把珠儿随手一带，早已来到了林家庄前，下落云头，叩门而入。家人见了，悲喜交集，不一时同真人来至花园内，共向高周二客人纳头便拜。

　　圣天子把他一看，见玉面真人生得潇洒磊落，有仙风道骨之状。又见他有功于世，乃问曰：“道长仙真寄迹何处？”真人曰：“贫道不过在西山之藏修洞炼气耳，因承功曹之命，叫我来搭救当今，并收除鼠怪。今可把两只鼠精剥了皮晒干，以驱各样虫蚁。将骨肉弃于那大江之中，以祭鱼腹为妙。”林府家人齐来围看，原来是两只大鼠，一黄一白，大约同水牛般大，家丁扛抬去了。这里日青道：“今已收除妖怪，救了林家女子，应该是真人之力，契父可封他一个法号，好早成正果，以报他收服之功。”圣天子即宣玉面真人上前跪下，乃封他为伏魔仙人。道士叩头谢恩，借一阵清风去了。日青又请封林珠儿一个女道士之名，等她带发修行。圣天子便封她到，一一见过了礼。茶罢，永清开言问曰："三位高姓贵名？仙乡何处？谅非本地人氏，请道其详。"王润曰："小子姓王名润，是本处人氏，在前做泰安绸缎生理。此位是姓高名天赐，乃北京人氏，这位是同来贵亲姓周名日青，前日亦是打不平，搭救小弟的，不期今日又遇了此等恶徒。"

圣天子曰："此是官军不用心，是以弄成如此。待我禀知本省巡抚，把那些武营员弁戒责一番，然后可用心尽力而务国为民了。请问三位贵姓大名？"黄生曰："小弟乃本处人氏，姓黄名永清，这个姓张名礼泉，此个姓李名云生，亦皆本处人。小弟祖上是侍郎之职，此二人亦是世家子也。"高天赐闻言道："如此看来，乃忠臣之后，怪不得慷慨如此。三位公子或在庠①，或在举贡②，请道其详。"永清答曰："小子三人一衿③尚未有。因性好游玩，懒于功名。"说罢，吩咐排上佳筵，六人重新见礼入席共酌，酒数巡，圣天子见他三人如此高义，外貌虽好，未知内才何如，不若在此试他一试，若果经纶满腹之人，日后收他以佐朝廷之用，岂不是好？于是在席上把那古今圣贤兴废、治国安邦之事问他，三人对答如流，便曰："三位公子俱是才高八斗，何必性耽诗酒！倘入科应考，何忧翰苑不到手乎？"三人齐声应曰："此非小子等所愿也！除是国家有危急之事，饥馑④之年，即可出力，以报朝廷。"

圣天子听罢，喜悦于心，酒罢，各各辞别去了。那日青引路，往各处游玩。只见路上言三语四，道有妖怪白日害人。未知真否，且听下回分解。

---

① 庠（xiáng）——古代学校名。
② 举贡——推荐、选拔为贡生。贡生：科举制度中考选升入京师国子监读书的。
③ 衿——此处指秀才。
④ 饥馑（jǐn）——灾荒。

第三十回

东留村老鼠精作怪　飞鹅山强贼寇被诛

话说周日青与圣天子在天香楼辞了黄公子众人，一路往那闹热之所游玩。行不上二三里，只见三群五队百姓走来，口称有妖怪白日出现害人，故此走避。

圣天子便问在何处，众人曰："不可去，恐见了妖怪，难以走脱。如果真要去，前面'青松翠竹环回地，绿水烟村数十家'，即便是了。日青寻路来至村边，只见一位七八十岁老者坐在村口。便曰："请问我老丈高姓贵名？因何青天白日有妖怪迷人之故？请道其详！"老者曰："老汉乃姓林号立德，乃本处人氏。此村乃叫做东留村，村中有个财主姓马名建仁，家有百万家财。夫人王氏，单生一女名唤珠儿，生得貌赛杨妃，身如弱柳，诗词歌赋，件件精通。因去年八月十五中秋贺月，被妖魔乘风摄去，今已数月，并无踪迹。今岁又来打扰，不知是个旧妖怪不是？现在村中，夜间更为猖狂。生得：

> 青面红须赤发飘，黄金铠甲亮光饶。果肚衬腰丹桂带，拔胸勒肠
> 步云绦。一双蓝靛青筋手，执定追魂请命刀。要知此物名和姓，声扬
> 二字是黄袍。

然也。曾请过好多道士、和尚、法师，俱收他不得，反被妖怪赶得几乎性命不保。但如今已无人敢惹他收捉了。兼且要乃众人朝夕礼拜也。要香花酒馔①供养，不然要飞砖掷瓦，更是不堪。兼且啰唝②少年妇女，此道更为可恶。二位客官，尔可要恼惧不恼惧呢？并请教客官，从何处至此，料非本处人氏。贵姓尊名，因何事到此，请为示知！"

圣天子答曰："吾乃北京人氏，与本省庄巡抚大人是好朋友，故无事特与舍亲周日青到此探问。吾姓高名天赐，擅能收妖捉怪，驱邪逐魔，任

---

① 馔（zhuàn）——食物。

② 啰唝——吵闹寻事。

来此探亲,因平生好打不平,故遇有逞恶欺人者,便打之。今见足下一表人物,定非下俗,故叫舍亲相助,打得那班狗头一个个逃走去了。看来真是无用,却还恃势欺人,请问足下贵姓大名?"那汉曰:"在下姓王名润,是做绸缎生理。因午后无事,到此一饮,吾先到此间,自然是拣那好位,正坐,不料此人恃众欺人,要小弟让此座与他。小弟不肯,他就拳脚交加,幸得二位到此搭救,实为恩幸。小店离此不远,请二位到小店一叙,幸勿推却。"圣天子曰:"小小事情,何须言谢!足下既是如此美意,亦当依命。"于是与日青、王润三人出了店门,来至绸缎店中,分宾主坐下。茶罢,王润即吩咐备一桌美筵,留下二人共酌。于是三人施礼入席,酒过数巡,王润开言曰:"二位客官,既是好游,明日共去一个好处去。"是夜,酒罢,留二人在店过宿。

明朝用过早膳,带着一个小童,与高、周二人来至天香阁来。刚刚是日黄永清等众人又在此畅饮。原来此分东西南北四楼,俱是起造得一样。一楼上可容十数席,任是数十客到此,亦觉宽展舒畅的。圣天子、日青、王润即在南面楼坐下,那些粉头便打扮得娇红嫩绿,燕妒莺羞的上来,施礼已毕,入席高谈细酌。一个名唤瑶姬,一个名彩姬,一个名唤丽姬,三人都是年不上二十,生得才貌惊人,丝桐精妙,自不必说。

酒已数杯,遥闻西楼上饮得极其兴闹,细听原是黄永清这一班在此畅饮。且说众人正在强劝彩云饮酒,彩云曰:"列位先饮,妾当后陪就是。"云生曰:"请卿快饮,再有妙谈!"彩云因被迫不过,只得一气饮了三大海碗。众人拍掌大笑曰:"痴情婢子,看她必待李郎强之乃饮,可见钟情之极了!"说罢,彩云桃腮晕赤,急曰:"今被尔等逼我饮了三大海碗,又来取笑,即唤侍儿换上一桌酒筵,待我行一个大大的酒令,以消此饮。今日三位公子与两位姐姐并未饮过多盏,妹子摆下一桌在此,与列位再豪饮一场。如怯者,不算酒中英雄!"说着,大家齐道:"更好!"众人因见她饮了数次三大碗,今又见其出令,十分喜悦,欲想他醉了时好再为取笑。不一时,丫环摆上酒菜来,连椅桌都换过,看她摆得:

琼楼可比蓬莱岛,玉宇翻疑是广寒。

中间摆着一个南京榻雕儿檀架,着些新诗、古画、金简云笺,两边粉壁上挂着的名人字画,梅兰竹菊,左边摆着一对醉翁椅,右边摆着一张贵妃床,楼前短栏外着数盆异草奇花,芬芳扑鼻。中间吊着一盘小鳌山,四面挂着六角玻璃灯，照耀如同白日。桌上早已摆着那瓜果小碟上来，于是六人齐齐入席，丫环两边伺候着，其时天色起更，一轮明月早挂天边。丫环再点起席上蓬花灯来，极其有趣，于是酒正三杯，彩云即命秋月拈令筒来，摆在席中，又拈骰子来，各人先掷一手，掷得红点少者，请先拔签筒之令；如无红点者，先罚他一大海碗。如掷得有红点，不拘多少，都要一个牌名说出来。于是永清先掷。把骰子一撒，掷得五个二，一个么，便曰："这个叫做北雁朝阳。"后至礼泉，掷得一个么，一个五，四个三，这名叫月明群鹤守梅花。云生掷得是三个六，三个四，这个名唤红云散就那边天。那绮云掷了五个么，一个四，乃道吾新改一个牌名尔听，众人道："看她是个什么新样？"绮云曰："这叫做九天日月开新运。"那瑞云不慌不忙也掷了四个三，一个么，一个六，这名做天晚归鸦遇月明。其后彩云也捏手捏脚，掷了六个，都是五，这个牌名唤满地梅花，唯是全黑者。瑞云急道："你是令官，偏偏是你掷得，真是好彩了！你快饮了一大海碗。再后唱出的什么来。"彩云无奈饮了，自愿唱一支解心赔罚。然后再掷。便是众人道："就如此了，快唱，快唱，若迟滞了，便不依你。"彩云只得婉转歌喉，唱道：

清书一纸寄予情郎，思忆多情两泪汪。自第酒阑月夜同私约，誓同生死不分张，点想我郎别后无音信，留惹相思数月长。怅奴才命薄如秋叶，点得化为鸿雁去寻郎。免得香衾夜夜无人伴，蝶帐时时不见郎。又听得鹃啼声惨切。声惨切，自是愁人听得更断肝肠。

唱罢，将骰子掷了一个四，五个六，这名叫将军挂印，于是大家饮了门杯。忽然楼下一片喧嚷之声，大众都惊立不定，往下细听。这边圣天子与日青倚栏静听，原来是一班无赖之徒，那把等有姿色妓女当门抢夺，这里的打手龟奴正在与他厮斗不下。街上亦无人帮手，日青即大喝道："青天白日，登门抢夺，是何道理？"原来在寮中抢夺妓女，于王法亦不甚理。日青见是不平，就向人群内抢回此妓，再夺一对四尺长的刀，把那些无赖杀得七零八落，血溅街衢。一霎时，俱皆走了。原是个个都为无胆匪类，一味大声。及至无架，全不能招了。

于是院中鸨娘与众婊子、龟子等，俱来拜谢。乃安排筵席，请高客人与周王三位同酌。这边黄永清等众人，亦备一桌，请高客三位过楼共酌，并访天下英雄。意见高天赐在王家饮过数杯，又被黄永清着人持帖屡屡催请，只得与日青过西楼。而三位公子见了，急起身相迎，王润亦随后便为贞节道姑,起牌坊匾额,可见我国朝恩典隆重了。珠儿谢过了,入内去了,于是林府众人大排筵席,致谢并请四亲六友,到来庆饮,忙乱了十数日方完,圣天子恐怕人多识破,不便出入,急急辞了林家,往各处游玩。林府众人苦留不住,只得备酒送行。酒罢,便送程仪三百两。圣天子本欲不受,无奈他苦苦强送,只得命日青收了起行。这里林建仁并合一家年高者,送至十里方回。

不说日青引路往别处去了,却说松江府东去一百二十里,有座马尾山,山上有三个大王,屡屡打家劫舍,左右百姓甚为受害。大王周通,二大王马大洪,三大王吴奋蛟,皆是武艺高强的。有一个军师名唤贾少成,山上亦有二三千人马。

一日无事,三个大王与军师议论,方今人马众多,粮食不足,自古道:足食足兵,然后可能久守。如粮草不敷,乃生内变了,为之奈何?莫若军师选一千二百名精壮喽兵,分东西南北四路,东一路周大王领着,喽兵三百,偏将三员,打从东路而去,准以明早下山,明晚二鼓到齐。闻连珠炮响,方许杀奔孔家庄去。且待四路到齐,各用一百五十人守路,一百五十人入庄,不可多抢,约可支敷粮草便可退兵,先用偏将两员押银两,并一百五十名喽兵回山后,正将与偏将押后,一百五十名缓缓回山,不得错乱。倘遇官兵追来,只可杀败他,再出个妙计,往那处借些粮草回山,另作商议。如若不能,一任动兵。

贾军师道:"闻得苏州有个富户姓孔名方,家财数百万,性至悭吝,与一大斗,小秤出,大秤入十分刻薄,故取他一个花名叫做火砖梨,欲咬他一啖,反被他索去口水,虽时节亦不食肉,而且他的家财俱是谋占得来的,抢掠他些回来,不是过,为恐官军追捕,莫若我等分作四路而去,如何?"周通道:"此计为稳,任凭军师调遣。"于是贾军师吩咐切不可杀害,恐怕朝廷一动大兵,此山则难守了。或者三年五载,官长奏闻朝内,得招安,也未可知。于是又吩咐马大王亦带三百喽兵,三名偏将,打从南路而去,明晚二更到齐,闻号炮响,方可分兵一半守路,一半入孔家庄内。又命吴大王带领偏将三员,精兵三百,打从北路而去。一到了,先分兵卒一半入内,一半守路,闻号炮响,方可动手。

三人听罢,各各起程去了。贾军师自带了三员偏将,精兵三百,浩浩荡荡奔往苏州而来。共喽兵一千二百,或扮生理之人,或作行乞之状,挑大公人，一一打扮不等。至次夜二更时，各各到齐，军师这里把炮一响，各分兵一半，守得庄外铁桶相似。六百喽兵齐入内，吓得庄丁家人急走入内报知那火砖梨，立即吩咐各精壮庄客，鸣锣喊救，排定石灰枪箭，遇贼即放灰炮，然后放箭，又放鸟枪，贾军师见了如此有法，乃驱前队与他厮杀，后队暗暗混入内室，把那些妇女尽皆绑起，慌得无胆妇女急急说知银房，众贼兵只抢去不多，出来即便走去，偏将把手一招，各人呼哨齐走，庄丁追出，怎奈守路之贼个个是生力之人，倒把庄丁杀退，及至官军到来，贼兵去已远了。这里孔方是人人厌憎的，故此无人着力救他，及至报官验过，知是失去有限，本处长官为追捕就是了，按下不表。

再说马尾山众人得意洋洋，一路回山而去。至敬忠堂上，众大王看过，收库已毕，大排筵席庆功，按下不表。

且说此山南七十里，有座飞鹅山，山上亦有大王，一个名唤姚飞，混号飞天人，有万夫不挡之勇，手下兵丁约二三百名，行为不正，抢夺妇女上山，无恶不作。正是：

天地为炉物为炭，海水煎枯山石烂。

淋淋大汗出如浆，劳苦行人声浩叹。

话说那姚飞一日带着二三十个喽兵下山消遣，来至一个村落，时天气炎热，赤帝司令意欲寻个地方乘凉，正往兴闹处来游，买杯茶止渴，却又无茶店，只得在那人家借杯止渴，不想遇着一个少年妇人，生得：

玉质温柔更老成，玉壶明月适人情。

步摇宝髻寻春去，露湿凌波步自行。

丹脸笑开花萼面，玉楼歌罢彩云停。

愿教心地长相忆，莫倚章台赠柳情。

姚飞见了魂飞天外，魄散九霄，却被众喽兵推转问道：“大王既是来这里求茶，为甚总不言语？”姚飞曰：“我今见前面横门口之女子，连口都不渴了。尔众人有何妙计与我掠她回去，重重有赏。”于是众喽兵上前，一齐动手，将那女子抢夺去了。这里姚飞押后，一路如飞跑来。

行至半路，刚刚此日周通下山游行，与军师众喽兵等二三十人见了，此等抢人妇女的强人，非是好汉。又听见那女子大声喊救，口里千强盗万强盗，非是好汉。周通上前问曰：“请大哥放下此女子，小弟有一言冒撞，未知可容讲否？”姚飞曰：“我就将她放下，看尔等无名之辈，不是对手，奈兵勇,任从贤侄所用。"全忠称谢不已:"若得如此,生者叩恩,死者戴德于地下。"于是黄守备吩咐备美酒与全忠接风,饮至夜深,各各安寝。至次日,守备即吩咐众兵役着人高搭擂台,要在宽阔地方搭起一个三丈高擂台,台侧又搭一座壮丁棚,摆齐五色兵器,分外鲜明,选三四十个精壮兵丁把守,十分威勇。台上横额写着"清恨台"三个大字,两边一副五言对云:

　　　试吾新手段,泄我旧冤仇。

　　台左挂着一张告示道:

　　　　新会营,守备黄为晓谕事,照得李全忠乃义气深重之人,为雷大鹏之仇未报,故特到此报却前仇,而雪友恨。有胡惠乾子侄亲朋等不妨上台比武,二家生死不追,并不许带军器,拳脚相交,无论诸色人等,皆可上台比试,为儒释道三教不敢领。如过百日之外,无得异言,有能为胡惠乾相交好者,不妨上台。先此言明,拳脚之下,势不容情,各宜知悉,毋违。特示。

　　　　　年　　　月　　　日实贴擂台左侧晓谕

　　是时过往人等,未曾见过打擂台之事,十分欢悦,携亲带友到城相看。那些摆卖什物的,犹如出大会一般,十分闹热,不提。

　　再说李全忠择定八月初十黄道吉日,正好开台,且此时中秋天气,又极凉爽,到了此日,全忠打扮得十分威猛,但见头戴青绉软包巾,身穿湖绉夹袍,内着红锦小战裙,内戴护心镜,下着绿绸夹裤,足踏多耳麻鞋,一路乘马,跟随守备到擂台而来。众兵役早已迎来守备,在厅坐下。移时,守备去了,李全忠来至台下,将身一纵,早已上台,看的齐吐舌道:"有如此纵跳之力,怪不得敢开设擂台了。"看在台下将手一招,说道:"小弟是本府人氏,因与雷大鹏有生死之交,后因有胡惠乾比武,被他暗算,伤了性命,至今冤仇未泄。故特到此,倘有胡惠乾亲属并诸色人等,皆可上台比试,不许暗藏兵器,拳脚对敌,如无能者,不可上台,恐枉送性命,因拳脚之下,实难容情。诸君请为谅之。"

　　说罢,脱下绉袍,坐在台中不言。来看之人如山如海,拥塞不开,看看日已酉刻,无人上台比试,只得收拾下台,仍旧往守备衙门而来。国安问曰:"贤侄,今日上台打了几个亡命?"全忠曰:"半个俱无,想必多是无能之人,故不敢上台了。"守备亦是个好胜无用之人,听了此言,暗自欣喜,称赞全忠先声夺人,故闻名俱不敢比较,于是置酒款待。明日全忠辞了守备,又往擂台而来。扬威耀武,一路摇摇摆摆上了台上,依前又逞说一番,见无动静。一连五十余日,皆是如此,来看的人亦各渐少了。

话休烦絮,且说本处县城外有一个古槐村,村中有一个姓林名发衍,年方十七岁,生得面如冠玉,唇如涂脂,温婉如处女一般。椿萱并谢,并无兄弟,靠在舅母家过活。自小从教师学得浑身技艺,力大无穷。身材虽小,练得如铁一般,两眼向日中炼就金睛闪闪,夜来灼灼有光,可能白昼见星,起他一个美名唤金眼彪。与胡惠乾是至交,在先闻得胡惠乾被欺之时,他尚未曾学足功夫,故未与他出力相帮,再者见胡惠乾得胜,十分欢悦,到如今又见得雷大鹏之友到来报仇慰友,独我不能与友开交么! 于是别过舅母,一路往新会城而来。在永安客店住下不表。

且说李全忠摆设至八十多日,未逢敌手。战了数日,都是无用之人。那日来至台上,对众人曰:“今小弟到此八九十日,尚未见有对手,想必胡惠乾之亲友,个个知他前理俱亏,故不敢上台比试了。”且说林发衍见是天气清和,正好比较,乃问了土人,一直至台下,只见那李全忠坐在台上,威风凛凛,杀气腾腾,十分惊怕,只见他:

　　　　眼露金光惊虎豹,拳如铁镭吓蛟龙。

发衍慢慢挨至台边,四面看过,将手在人肩一拍,早已跳上台来,把那全忠也惊一跳。见他小小年纪,不是武艺中人,便曰:“尔这小生上来则甚? 此处是擂台比武之地,不可上来,快下去罢!”林发衍喝曰:“尔等杀不尽狗子,认得老爷么?”全忠曰:“我不认得无名小子,快报上名来!”发衍曰:“你静听站着,吾乃胡惠乾之友,名唤发衍,你这亡命,可报上狗名来,好待我早早送你归阴!”全忠曰:“吾乃雷大鹏义弟李全忠,与他雪冤报仇,知命者好早早下台,不然死在目前。”

发衍更不答话,挥拳就劈头打来。这里全忠低头一闪,亦还拳向正面上打来。你猛如狼,我勇如虎,拳头好似雨一般,李全忠双手一展,用一个黑虎偷心之势,将右手用尽力气一拨,拨开他拳,发衍左手五指如铁钩一般,望定全忠胁下插将过去,全忠急将身一纵躲过,两个搭上手,挥开四个拳头,一去一来,一撞一冲,一个为友报仇,一个代友泄恨。两个都是自小学习的功夫,故分外流利。一俊一恶,十分好看,真是杀得天愁地暗,日色无光,沙尘滚滚,初时见他两个你来我去,我送他迎,后来只看好如一围黑气滚来滚去,看的人不住声赞好,真是:

强,特来请教!"说罢,渐渐逼上楼来。那冯必忌与饶未达两个强盗十分凶猛,一个手持钢刀,一个手拈长枪,力大无穷,涌上楼来。日青与圣天子不能抵挡,院中众人更是无用,看来战有三个时辰,尚不能胜贼众,正在危急之际,圣天子正在心急,忽楼下贼兵往后便退,一偏将被破开脑袋而死。那吴奋蛟也杀了饶贼,一并捣了首级,那些小兵见贼头已死,无心恋战,退下楼来。正遇着周通等四众,杀得喊苦连天,冯贼被周通一刀杀死,并喽兵杀得干干净净。

圣天子与他四人相见,问了姓名,即封他为都司之职,暂且回山,并有旨一道,即日向庄大人巡抚处投递,便可有缺,但尽心报国便了。于是周通等四人谢恩去了,然后,黄公子等三位方知天赐是当今天子,急上前谢过,便请圣驾到臣家暂住,未知尊意如何? 天子看其意诚,只得相从,往黄永清家而来。于是张李二公子亦常在黄永清府上而来,求圣天子教习文韬武略,甚为得意,并求旨意一道把那天香楼众粉头救出,赦她回家,以免在苦海中受苦,并求绮云、瑞云、彩云等三人赐配与小子等三人,真感恩不浅了。圣天子见他三人俱是才貌双全、忠厚之辈,只得依了。于是发旨一道,着人送此楼者。大约刻薄得人,多是以遇此退财之事。正是:

　　　　时来风送滕王阁,运退雷轰荐福碑。

于是三个公子得了绮云等意中人,满心称意。一日圣天子想着一个去处,即辞了黄永清等而去。三个公子苦留不住,只得备酒饯行,送了程仪,送别去了。不知往何处游玩,且看下回分解。

第三十一回

李全忠寻仇摆擂台　程奉孝解忿破愚关

听哀告，听哀告，友仇流落谁知道？谁知道，极天弥地，愁怨难分颠倒。有人提出火坑时，肝胆常存忠孝，有朝当把大恩来报。

——《减字木兰花》

话说日青与圣天子在天香楼别了众人，又往别处游玩，暂且不提。却说雷大鹏有个至契朋友，名唤李全忠，是自小相契的，二人极其合心如意的胜过同胞一般。后闻他上山学习功夫，是以生疏了。后又闻他代友报仇，高搭擂台，意欲一会，无奈有病在身，未能相见。及雷大鹏擂台丧命，十分丧感，思欲为他报仇，怎奈双亲在堂，时刻管束，故未敢轻动。今已父母去世，此身视为乌有，不若前往新会城摆下一个擂台，看胡家有人出来，待至百日之后，好得耻笑新会之人。于是吩咐家人看守门户，带齐十八般兵器，一路往新会城而来。

因他自小拜雷老虎为师，后又得李小环教习，学得十八般武艺，件件精通，最好一对十余斤板刀，又善使一对如拳大的飞砣，俱有神出鬼没手段，而且练得浑身如铁，两臂有几百斤之力。生得身材矮小，人人都唤他做铁臂子，故恃着自己的本领，欲与雷家翻雪旧仇。唯是到了新会城无有相识，如何摆得擂台？因想起父亲在日，与一个黄守备极其相得，今想他在新会城做守备，何不投奔他，求他出个长红标贴，并请他的兵丁把守擂台，岂不壮助威风？想罢，立定主意，一路来至城中，投店安歇。一宵已过，明日即问了店主道路，寻守备衙门而来。取了一个世姓名帖，烦门上人传了进去。不一时，便传请进去。于是整衣踏步至花厅上，向黄守备叩拜已毕，起来站立一边，那守备名叫国安，乃开言问曰："贤侄不在家中，到此何干？"全忠答曰："叔父大人有所不知，小侄幼与雷大鹏结为生死之交，他丧在胡惠乾之手，小侄十分痛恨。时刻不忘，欲设擂台与友报仇。"说罢泪如雨下。

黄守备答曰："小小之事，何须伤感？明日即命他们搭了擂台，扈从我什么!"便将那女子放下,便曰:"有话快讲!"于是周通上前向那女子问曰:"尔这女有甚说话,从头实说,有我等在此,断不怕他抢尔回去,纵有天大事情,我担当,送你回家便了。"那女子婉转莺喉,哽哽咽咽地答曰:"奴本聚贤村人,姓伍小名若兰,因今午在横门口乘凉,被这贼窥见,初时意欲借茶解渴,后来见了奴家,便起下不良之心,唤了二三十个亡命贼人,青天白日,抢我回去。今幸路逢列位英雄,望求搭救,感恩不浅。且小女子已许字本村胡秀才为妻,万望救了小女,则感恩不浅了。"说罢,呜咽不已。

周通乃上前与姚大王讲情,曰:"请问大哥,几时下山闲游,有阻行踪,望祈恕罪。你我大略都是一当之人,万看小弟薄面,将她放了,真是天大人情了。"说罢深深下揖,姚飞曰:"我不怕你有两个兄弟,人马多众,你有本事即管拦阻,若能胜得我手中贤刀,任你送转她去。"周通大怒曰:"不识抬举的匹夫!即管放刀过来,我不怕你!"二人搭上手,刀来枪去,战有许久,看看有些招架不住,两边兵丁互相混战,周通心生一计,向那女子丢个眼色,若兰会意,在地上撮了堆沙尘,向正姚飞面上一撒,姚飞不提防,被沙土封住眼目,不能抵敌,只得败将下来,且战且走,一路奔回山去了。众喽兵见大王已败,亦走的走,跑的跑,一路而回。这里贾军师说道:"不可追赶,让他去罢!"周通命雇了车儿,送伍若兰回家而去。再说姚飞回至山上,设下一计,莫若明日点齐人马,到他山上,出其不意,杀得他落花流水,以泄胸中之恨。主意已定,天将已晚,吃过夜膳而睡不提。

且说周通与贾军师二人吩咐众喽兵先回山寨而去,我等不用随伴了,众兵听了散去,取路回山,时已初更天气。周通二人来之一所杏花楼,起造十分华美,水牌上写着"海鲜炒卖酒宴点心俱全,任意停车小酌。"于是与贾生入楼而来,至楼上坐下,吩咐店小二将好酒美菜搬来对酌。贾军师曰:"今日之事,姚飞虽然败去,其心定然不甘,明日必当有犯我山,我们在此过宿一宵,打听事体如何,若我兵胜了,自不必言;我兵若不济,可在他山上放起火来,他定要回救,那时前后夹击,使他首尾不能相顾,不怕他猛勇,尔道好否?"周通曰:"此计甚妙,可先往他山脚等候他下山,即便跟他,看其厮杀,若贼败走,亦截杀一阵,若他得胜,即在他山上放火。"二人商酌已定。

次日在路口听候,果见姚飞带领二三百人马,杀气腾腾,往马尾山而来,乃徐徐行之。将到山脚,便闻喊杀之声,战鼓喧天,喊声大震,看看天色将晚,见姚飞兵一路败走而来,他便知马尾山兵胜乃急向前把那些失散喽兵截住,杀他一回,余众走了。不一时,姚飞又到了,见后面追来甚急,前面自家之兵又不见了,只得尽力向前而走。谁料军师同周通看得真切,挺着兵器向正姚飞亡命砍来,姚飞措手不及,呜呼一命死了。周通便上前混作一处,驱兵直捣去飞鹅山,尽降其众搜了库银粮草,放火烧了山寨,一路打得胜鼓回山而来,又得了百余兵并许多粮食、枪刀、器械,自此威声远布,左右草贼都归附之。官兵见他义气之贼,亦不甚理他,积聚四五千人,粮草为是不甚够支。

一夜,周通三更时分得了一梦,十分奇怪,梦见一位老土地报与他知,说道:"当今天子在天香楼被困,可即前往搭救!"这是何兆? 明日醒来对军师说,贾少成曰:"近闻得圣天子下游此地,未知是否然? 神人报梦,尽可信其有,不可信其无。明日可点二三百精壮喽兵,并我等四人下山而去,留下偏将守山,命个熟路留春洞者,先行一路,慢慢而来,在路上毫不惊动百姓。"暂且不提。

却说圣天子与日青这日来至天香楼,便上楼来,欲访那黄永清等。一上楼,便有许多歌女美人上来献茶,道个万福已毕。圣天子即命她等摆上席美筵来,并问黄永清三位公子可有到否? 小环答曰:"数日俱未见来,大约家中有事,亦未可知。"于是摆上山珍海味,正与两个歌姬倾谈,一个名叫遂心,一个叫水心,酒过三巡,遂心便按琴弹一套忆秦娥,音节婉转,令人听之万虑俱消。正欲再弹,忽小环奔来,说道:"黄公子等三位来了。"正说时,三人已上楼来,一见高周二位,喜不自胜。乃曰:"今日正思着,不想又都在此相会,真三生有幸也。"圣天子道:"高某亦是思着二位,因此特地相访,不期大家在此相会。"即命小使至厨下取上等酒馔来,不一时,把残席收去,重新摆过一桌,于是绮云等亦各来到,一并开怀畅饮。

且说本处有个游棍,名叫冯必忌,专门出外攀结那些行街先生[1],无所不至。风闻得当今圣上来游此地,唯是不知落在何方,相与一个草寇,名饶未达,今访知高天赐在此,天香楼下团团围住,声称:"要五万银子使用,立即交出,以济亟需。不然动手抢入楼来,看谁是高某,知他本事高

_____

① 行街先生——这里指草寇。

棋逢敌手分高下,将遇良才各逞能。

看看战至金乌西坠,明月将升,二人住了手,说道:"今已夜了,明日再比罢!"你道让他多活一天,我道让你性命多留一晚,各各回去,用过晚膳就寝,待至天明,早膳后各自装束停当,再到台来,暂且不表。

话说本县城东南有一个长者,姓陈名玉,字奉孝,又名陈孝子。因他事母至孝,故起他一个美名。家私百万,年约三十来岁,夫人吴氏,尚未有子,极其疏财好事,救困扶危,怜孤恤寡,专做善事。救济急难之人,但有难解分之事,他一到了,无有不能解者,今闻得城内高搭擂台,为友泄仇,又闻得是雷大鹏之友,再又闻胡惠乾之友又来帮友报怨,于是别了妻室,取路至城内,寻着擂台所在。

再说李全忠是日早早到了擂台,林发衍亦随即到了。二人正欲动手,忽听台下有人叫声:"二位壮士少停,小弟有话说。"于是二人住了手,他便慢慢挨上台来,向二人拱手曰:"今二位俱是为友之事,果然义气深重了。莫若依小弟愚见,罢息此事为好。"李林二人开言问曰:"请问长者高姓大名?"陈玉曰:"我姓陈名奉孝。"二人闻了齐声曰:"原来是陈孝子,失敬了!闻名久矣,今幸相逢,甚慰生平。既长者前来解释,即便依了。"奉孝大喜曰:"成语有话:解仇忿以重身命,真不谬也!"于是李全忠命人立即拆去擂台,与程长者一路往守备家而来。对守备说知,各各见礼已毕,守备亦重程孝子之名,就在衙中排下佳筵,在花厅留长者在此共饮,至夜方散。次日各各辞去,不知后事如何,且听下回分解。正是:

一言解释胸中忿,片语能开半世冤。

第三十二回

白面书生逢铁汉　红颜少女遇金刚

话说李林二人被陈奉孝一言就解散了许多怨忿,可见人生重孝,不独恶人善士,皆重孝,即使天地神明人君帝子,亦皆重孝也。故一孝字无不能挽回,黎民看此可以悟矣! 唯愿今人把忠孝二字时刻不忘为是。

且说天子与日青来至苏州一个闹热市上,十分挤拥,原来这市倒也十分兴旺,舟船大客商等,俱皆聚集此市,往来人马不绝,这叫做如云市。有数千铺户,乃略一行过,便与日青投下客店,即叫店主备了几色上等好菜来。店主答应一声,不一刻便列桌上,日青在下位相陪。酒过数杯,圣天子偶抬头想道:"朕今来此玩游,逢奸必削,遇寇必除,不知革尽几个贪官污吏,可见食禄者多,尽心为国者少也。然则世态如此,亦无可如何。"想罢,即用晚膳,就枕而寝。忽见一轮明月当窗,乃执笔吟诗,诗曰:

皓皓当空赛镜悬,山河摇影十分全。琼楼玉宇清光满,水鉴银盘爽气旋。处处窗轩吟白雪,家家院宇弄朱弦。今宵杀静来斯地,游玩时逢兴自然。

吟罢,听得远远有读书之声。仔细一听,所读系《离骚》经。次日,即与日青寻到其处,只听读得高山流水,正在门前,便向在侧凉亭中坐下,不提。

且说此地有一个偷儿,十分力大,但遇他手,任你抱柱般大的椇,他即能应手而折,故乡人起他一个混名叫做铁汉。一日,探听得这里有个白面书生,独自一人在此读书,何不今夜越墙而进,偷他一个干净,料无人帮手。于是左右前后行过,看清上落道路,然后方去。日青见他蛇头鼠目,在此东张西望,必定是偷儿无疑了。乃说与圣天子知道,即于是晚自亭上等候那贼来。原来此处叫做深柳堂,是本处富家姓金名起。那些子弟辈不下数十人在此读书。刚刚此数日各人有事去了,单剩下金三郎在此,并书童一个,名唤禄儿。

唯是这金三郎与众人不同。专一勤习青史,以求博得一名,以慰亲报知，黄公子总不理他。吩咐家人不要睬他。谅他官军人等不敢入来。无奈越耐越嘈，大呼小叫，人马喧闹不已。

金刚忍不住便向黄公子曰："为小人之事，有累公子，如此闹嘈，心甚不安，莫若小人出去与他对敌，若杀退他回去，另作别计；若打输了，另寻生路奔走往别处而去。"公子再三劝止不住，只得由他，金刚出了府门，手提长枪，在大门口大喝曰："你这昏官，纵容儿子白日抢人家闺女，该当何罪？幸得某家救了这良民闺女，你的不肖儿子定要与我相争，今我将他打死，除了地方上一个大害，实为百姓之幸！你敢来寻我？好好回去用心报国罢！"这张提台闻言大怒，正是仇人对面，分外眼明，即命各人上前与他厮杀。那金刚奋起神威，杀得那些兵丁败走而逃。张提台见了，急催武营各官一齐上前，把那金刚团团围住。战有数个时辰，无奈金刚寡不敌众，被官生擒去了。张提台大喜，即带回衙中，严刑拷问，金刚总是不招。老张无奈，只得交与本县李连登审问，务必要拷出真情，认了口供，方能请王命正法。此事按下不提。

再说永清见金刚被捉，心内着急，命人访问，知是送与李知县处审问，自思李连登与我甚厚，不若去他衙中陈说，若能救他一命，岂不是好？立即吩咐家人备轿来县衙前，命人传了名片。李知县闻得，急整衣冠，大开中门迎接入去，分东西坐下，李连登曰："不知公子到来，有何见教？"永清曰："无事不敢闯进父台大人处。今因晚生府内金教师，不知与张提台大人有何仇隙，以至起兵马到舍下活捉将来，闻是交与父台大人处审断，未知曾否审出明白，望祈示知。"李知县曰："闻那金刚与王全交好，因张公子与王全不相容，故此金刚将张提台公子张效贵打死，故金刚投在贵府处妄作教师，如今事关重大，明日请公子到来，并通知提台着人一同会审，如何？"永清曰："总求父台大人原情办理就是。"说罢辞去。

次早，李知县即命人请张提台着人到来，一同会审。于是张大人即着叶游击到知县衙而来。后黄永清也到，即吊到金刚来审，那金刚恐连累着黄公子，他却从头招了。知县无奈，只得录了口供，回复提台，候令处决。永清只得辞别回府，叶游击亦别了而去。按下不表。

且说圣天子与周日青也游过许多热闹场中。一日，偶然想起黄永清众人等，正欲到他府中一探，于是，与日青取路来至黄永清府中。家人通报，永清急忙穿衣出来跪接。圣天子急丢过眼色，入内坐下，便叫永清自后叔侄相称，只行叔侄礼罢。永清点头，即唤家人办了些上好酒膳。席间，永清说知金刚之事，对天子从头说了一遍。圣天子闻言怒曰："如此之人，死有余辜，金刚乃义气忠勇之人，待朕明日即发旨一道，与庄巡抚命他将张提台拿问，待朕回朝，自有发落，并将金刚放出来，赏了李连登记名道衔，遇缺即补。是晚把旨意写了，次日即吩咐日青快去庄巡抚处投递，不表。正是：

> 英雄运起逢恩赦，奸佞机谋枉设施。

说周日青领了圣旨，到庄巡台处来，令人传报。庄巡抚即着了衣冠，排开香案跪接。日青开诏读曰：

> 奉天承运，皇帝诏曰：朕今游历江南，为旌扬忠孝，削除奸佞起见，今访得张安仁因纵子行凶，白日抢夺良民闺女，其子已死，无用追究，即将提台拿问进京，俟朕回朝发落。并赏李连登记名道衔，遇缺即补。诸事安办。钦此！

庄有恭听诏已毕，即与日青一同坐下。茶罢，日青拜别而去，回来复旨。这里庄巡抚即排开圣旨，依诏行事，自不必说。

且言金刚出了县，向知县太爷谢过，即回至黄府，向公子叩谢。公子道："此乃当今仁圣天子赦你出来的，快去见过圣驾，叩谢天恩！"于是金刚急上前叩头，谢恩已毕，又向周日青拜过，起身站立一旁。圣天子将武经将略一一盘问于他，金刚对答如流。圣上大喜，即封为游击之职，付手诏一道，命他往庄巡抚处验过，俟候有缺即放。金刚叩头谢恩，又向周、黄叩谢而去。

这黄永清排下佳筵，又命人前往请张、李二公子到来畅叙，于是，张礼泉与李云生一同到了，见了圣天子，叩头跪拜过，起来一同入席，陪侍天子与周干千岁同酌。席间谈及些文章诗赋之事，诸人俱对答如流。仁圣想起他众人是富贵忠义之人，即命人拈文房四宝来，写几个大字赐与黄张李等。三人各人争上前看时，见写得笔走龙蛇，十分佳妙。写毕，递与永清，永清接了谢恩，起来看了是四个大字："江南义士"。上便写着年月日，天子御笔。那张礼泉的是一个大"寿"字，亦有御笔。李云生的也是四个字道："义摇江南"。上便亦有御笔。各各盖了玉玺，三人接了，再拜叩谢，十分喜悦。即令人请木匠雕匾上于门前，是日酒至更深方散。永清

第三十三回
英雄遇赦沐皇恩 义士慈心叨御赐

诗曰：

英雄志气每除奸，手段高强不是闲。

战处蛟龙潜碧海，舞来猛虎隐深山。

话说那金刚因打了不平，救了王碧玉，一时力猛，把张公子打死，十分着急，有路即走，因此事人命关天，非同小可。更是提台之子，只得尽力而走。看看天已将晚，心中着忙，肚中饥饿，难以行走，就在那村边古庙权且安身。日间已是交打过一场，又走过不知多少路，身子十分困倦，渐渐饥鼓雷鸣，自思不合一时粗莽，至把那张公子打死。然又想到，且喜与此地方上除了一害，就伏在神台下蒙眬睡去，不提。

且说此处正是忠乐村地面，此乃关王庙，十分灵圣，但忠臣孝子义士烈女到此拜祷，无不灵验。唯庙堂小小，并无司祝看理，乃得村人朝夕香烛供奉。时正三更，那金刚梦见有一白须神人，叫他来有话吩咐。他不知所以，乃从神人来至一处，但见如殿宇一般，上面坐着一位红面神圣，乃是汉代关夫子。他就上前跪下，口称："小人金刚叩见！"帝君命他起来，他方敢抬头，帝君开言道："唯念你一点仁义之心，不顾自己受害，替人出力，救困扶危，甚是可嘉。今说与你知，方今朝廷招贤纳士，你可即投往黄永清家内，便有出头日子。日后得志，千万要尽心报国，牢牢紧记。"

金刚一一听罢，再拜叩谢，帝君乃命二青衣小童送他回去。路经一个绿水鱼池，十分幽静，正在慢行贪看，不提防被青衣一掌打落水去。大叫一声，正慌急间，惊得浑身冷汗，原来是南柯一梦，十分奇怪。自思关帝君之言，须当紧记。于是起来，向神再拜过，时正五鼓，天将晓色。正是：

鸡声三报天将晓，月落星稀日渐升。

意欲抽身起来，奈肚饥难忍，手酸脚软，只得又复坐神台下。再过片时，取路走罢。

且说此处正与黄侍郎家相去不远，是日，正直黄府有好事酬神，家人搬了礼物,到此庙参拜已毕,各往庙外闲看。那金刚见人到此酬神,正欲待他拜神完毕,求他赐的酒食,以充肚饥。后见各人往庙外去了,以为拜罢去了,乃伸起头来往上一看,见那三牲气烘烘供在台上,急得口角流涎,不顾什么,提起来大饮大食,吃个醉饱,复缩在台下而去。

不一时,黄府各人回来,见那三牲酒食都不见了许多,难道神圣吃了?料断无此理,必定偷儿食了。乃四处盼望,只见神台下有一大汉在此,料是此人偷食了。喧嚷起来,扯那金刚出来,骂道:“你这乞儿,为什么在此偷食人礼物,是何道理?”金刚此时不好意思,只得硬着说道:“是我一时肚饿,偷吃了,多谢多谢!”家人道:“谢什么,我等共你回家去见了公子!”于是拖拖扯扯,一路来至府上。黄府家人入内,禀知永清出来,说道:“是那人食了东西!”金刚即上前曰:“是我!”永清把金刚上下一看,见他相貌魁梧,必不是无用之辈。乃开言问曰:“足下高姓大名,因何如此,请道其详。既是肚饥,再食一顿何妨?”即叫家人搬取酒肉出来,任他一饱,于是金刚谢过,复大餐一顿。

食罢,向公子问曰:“适才未曾请问贵人高姓大名?”永清曰:“我姓黄名永清,家祖黄定邦侍郎!”金刚叩头曰:“小人有眼无珠,不识公子,望祈恕罪。”公子曰:“你既是为祸逃走,可把上项事说与我知,我自有处置。”金刚乃把救王碧玉打死张公子之事说了一遍,黄永清曰:“如此说来,义气堪嘉,现在四处出赏帖,画形图影捉你,你今不必往别处去了,就在我这里住下,教习我的家人武艺功夫。此事自有我在此,料必那张提台亦不敢到此查问。”金刚喜之不尽,就在这个黄府教习他家人各样武艺功夫,按下不提。正乃:

　　英雄暂得栖身地,奸佞无由捉影形。

且说那张提督缉捕了数月,并无踪迹,一日,访闻得在黄永清家中,乃先命人传帖求将金刚交出,以正其罪。乃唤家人办了礼物、名片,即刻到黄府而来。见了黄公子,把名帖呈上,说了家主之意。公子曰:“我家何曾有金刚到此?铁汉倒有几个,你可回去对你家大人说知便了。”家人无奈,返身拜辞去了。回至府中,把黄公子之言对那提台大人说知,老张闻言大怒曰:“我惧你这黄永清么!”即传齐参游、守府,千百把总并五营四哨兵丁,杀气腾腾,怒冲冲来到黄侍郎府前,大叫:“黄永清小子,可把金刚早早交出!迟则到府搜出,恐怕你这世袭有些不便!”黄府家人急入内心。凡有高兴会景,俱不出门。日日杜门绝客,而且胆大之至,鬼贼妖魅俱都不怕。曾有夜偷到此,却被逐回。也曾有鬼混他,他曾与鬼共战一夜。有个大头鬼到此吓他,初来其头大如斗,眼如铜铃,手若蒲扇,舌突如蛇,伸伸缩缩,高不满三尺,令人见之不吓死也要害病。唯是他偏偏不怕,将一个竹篮用纸糊好了,写着五官,套在头上,与他相视,其鬼又变做身高丈二,头顶屋瓦,他又将竹接长双足,其鬼无奈何,只得避之而去。此非是鬼怕其大胆,乃怕其忠厚孝义也。

话休烦絮,再说那铁汉是夜饱食一顿,带了绳刀什物,来到深柳堂外,看静些,然后下手。不想日青定睛再看,因在黑暗,故铁汉不见,于是守至夜深人静。然下手时,正三鼓月明如昼。人道做偷儿的:"偷风莫偷月,偷雨莫偷雪。"他偏向明月时下手,无奈金三郎夜读不倦,或至五更都未睡。正是:

> 三更灯火五更鸡,正是男儿立志时。

> 黑发不思图上进,老来方恨读书迟。

那铁汉听得不耐烦,乃将索向瓦面一掷,早登瓦上,慢慢踏将下去。这三郎早已听见,诈作不知,待他前来,再为收拾。即脱衣假寝在床上,少顷鼻息如雷,乃铁汉便作鼠声。三郎又诈作不知,铁汉即欲开衣柜箱等,被三郎手拈一条大麻绳在后,看正那贼一索捆下,便将膝一顶,乘势推在地上,叫醒书童,共将他绑起,日青在瓦面上看得真切,见这书生如此本领,不用动手,乃慢慢回店去了。于是金三郎把铁汉绑起,即叫书童安排酒菜,乃问铁汉曰:"尔今被拿,有何理说?"铁汉曰:"今已被擒,纵然力大也是无用。但求宽赦,感恩不忘。"三郎曰:"你如肯改邪归正,我就放了!"于是把他松了,"如今排下酒肴,与汝一醉何如?"铁汉上前谢过,拜别而去。自此有偷儿到此,知是金三郎,俱不敢动手,这且不表。

再说日青将此事说与圣天子知道,叹曰:"真正是读书人无所不能了!"次日即别过店主,往别处去了。话说本处西村有个小姓人家,姓王名全聚,妻万氏,夫妻二人年已六十,单生一女,名唤碧玉,年方二八。生得:

> 容貌似海棠滋晓露,腰肢似杨柳舞东风。浑疑阆苑瑶姬,绝胜桂宫仙子。

又有诗赞曰:

秋水精神瑞雪飘,芳容嫩质更妖娆。搔来玉指纤纤软,行去金莲步步娇。凤眼半弯藏琥珀,猩唇一点露琼瑶。自是生香花解语,千金良夜更难消。

王老夫妻二人爱若掌珠,常以千金之器重之。他日欲将此女致富,唯是此女虽是贫女,也会得琴棋书画,件件精妙,每日不是长吟,定是低唱。每有富贵争婚,她总是不肯。

一日,有个本省提台之子到来求亲,那公子名叫张效贵,是张安仁之子,生得十分丑陋,恃着父亲一品大员,倚势凌人,专在花街柳巷,无所不为。一日见王全之女十分姿色,即央媒婆去说,谁料王碧玉要试过才貌双全者方许。公子无可,只得打扮华丽,同媒婆来到王家。用了名帖来见,礼毕,王老开言曰:"公子光临,蓬户生色。"张效贵曰:"闻千金要面试,故特到此领教。"王老曰:"请公子客厅少坐!"遂命碧玉隔屏听试,碧玉看他十分恶劣,心中出一个题目出来,乃帖上写灯谜道:

或如天兮或如地,或伴佳人兮或赠贵。或如忧兮或如喜,或笑春娇兮或逞媚。或悲白发老将至矣。

灯谜就是镜子,公子看了全然不解。便老着面皮道:"今日饮酒过多,心思不好,待明日再来。"说完急急往前而去。回至家中,自思一个提台公子,反被村女所难,好不苦恼,便心生一计曰:"量尔这女子有多大本领,明日起家丁二三十人抢了便回,岂不是好?"主意已定,过了一宿,即唤集二三十个的得力之人,手拿兵器,来至王家。不由分晓,将碧玉抢去,扬言王家欠他银两,将女抵债。路上看的人知他强抢,无人敢救,却好经过一人,亦是本处人氏,姓金名刚,专打不平。见公子强抢女子,好生无礼,知是提台公子,不敢动手,乃曰:"青天白日抢人家女子,怕于礼上说不去。请公子放了罢!"公子曰:"你这乞儿!"金刚曰:"我不怕你人多!"公子性生暴躁,上前便打,哪里是金刚敌手? 被金刚一拳打死,家丁逃回报知,提台气极不堪,即问凶手何人? 家丁答曰:"是金刚。"乃画影图形,四方追捕,各武营亦尽心捕缉,十分严紧。不知金刚性命如何,且听下回分解。正是:

安下铁笼擒猛虎,高挂图影捉强狼。

只因路见不平事,抛别家乡走四方。

伺候过,即请圣天子玩月。在窗前正看得高雅,忽一段怨悲琴声如怨如慕,如泣如诉,风声响处,纷乱难听,不知此悲怨歌从何而来,要知端的,且看下回分解。真个是:

　　风清月白夜当窗,琴韵悲哀数里扬。

第三十四回

命金刚碧玉共成亲　逢圣主许英谈战法

谁家琴韵响嘈嘈,如怨如悲惨切高。高韵听来如恼,低韵听得如诉。如恼如诉,任你金刚听得也哀怜,铁汉听之亦肯饶。

话说圣天子正与永清等众人推窗看月,听得远远一片凄凉琴韵,风送将来,正欲侧耳听真,被风起吹乱了。于是下楼安寝。至次夜又往窗前听候琴韵。果然初更以后,便闻琴韵悠扬,分明听得清楚,道:

琴声弄出怨时乖,丑命生来八字排。年老双亲今已谢①,怨仇虽息将人累。累着金刚忠义汉,如今遇祸走天涯。天涯海角何方觅?碧玉情愿结和谐。

圣天子听罢曰:"原来此女弹琴自怨,是因金刚救他,累伊逃难。不若明日访知,我做主,叫金卿娶了他,岂不是好,而且了却也是心中之愿。"想罢已完,下楼安睡。一早起来,即唤黄府家人请公子出来,于是永清出来问安毕,叩问有何圣训?圣天子曰:"前金刚所救之王碧玉,即夜来弹琴者是也。朕因听出,琴者说道双亲俱谢了,她云多蒙金刚搭救,情愿配他为妻。你可叫一个伶俐家人,代个老妇前去,对她说知金刚今已游府武员,叫她来这里住下。再发旨来,召金刚到此,暂借府中成亲可也。"

永清听罢,即命人去寻着王碧玉,将言对她说知,原来碧玉自得金刚救之后,逃往于此,不幸父母双亡,正是十分苦处。只得依着邻妪同住,日夕做些针指度活。今闻此言,喜之不胜。乃辞了邻居,与黄府家人来至永清家中,自有妇人招接入内,自不必说。是日圣天子召金刚来。把此言对他说知,金刚大悦,谢过起来,永清代他办了酒食什物,就择了黄道吉日与碧玉成亲,真是夫妻恩爱,向众谢礼已毕,夫妻一同上任去了。我且不提。

再说圣天子见事已毕,与日青别了永清众人,取路往探别处而去。话说松江府留仙市上,有个文武双全之人,姓许名英,生得唇红齿白,相貌超

---

① 谢——指去世。

休要见怪！请问二位贵客官尊姓大名，从何处至此？乞道其详。"圣天子答曰："吾乃北京人，姓高名天赐，与舍亲周日青来到贵处探友，闲行到此，见三位如此英雄，令人敬爱。何不与朝中出力？"秦宝曰："有此心久矣！争奈无人荐引，只得守株而已。如欲在科场上取功名，只因多是家贫，亦难事也。"圣天子曰："英雄失志，千古同悲。我与本省庄巡抚大人是世家，如有例职，即来荐引便是。"说罢，五人来至酒店坐下，吩咐排下些酒馔，席间谈些兵机战策之事，他三人对答如流。席上把平生志略尽行讲出来，五人论得有味，极其相投。酒罢，秦宝三人俱向圣天子谢过留心荐引之意，各各辞别去了。

次日，又与日青来至一所息劳亭，是来往生民车马倦歇之处。有人摆卖什物，谈古说今，引经据典，极其有致。听有人说《水浒传》，于是慢步上前，听他正说高俅与那柳士雄报仇，执罪王庆之事。天子与日青坐下，听了半日，忽然天降大雨，平地水深尺余，于是各各散了。圣天子在遇安客店住下，甚是忧闷，只见附近海边因之而水患遭难者不少，有低陷庐舍尽为倾波焉。

有个张孝子，父母年近六旬，娶妻李氏，生有二子，约有四五岁，家贫，挑负为食。所住是低舍茅庐，而且近海边之地，一日见水骤至，无可如何，搬运不及，乃急于背其父，妻背其母，两儿幼小，亦难再负，只得救了父母，两儿不顾矣。谁知水退，左右庐舍荡然，唯此家独存。数日间，夫妻同父母回家，两个儿子安然无事，岂非孝感天心者哉！茫茫大水中，唯子无恙，谁谓天公无皂白耶？暂且不提。

且说松江府有个人姓胡名凑，其父孝廉早卒，其弟胡二尚幼。胡凑娶妻陈氏，小字碧连。极其贤孝，然家姑①悍恶不仁，碧连无怒色。每早旦必靓妆②往朝，适值夫病，家姑谓其冶容诲淫，怒呵责之。不知碧连如何，且听下回分解。

---

① 家姑——即婆婆。
② 靓(jìng)妆——美丽的妆饰。

第三十六回

碧连孝感动家姑　紫薇遗宝赐佳儿

话说碧连以为干洁,虔诚往朝其姑。不知那恶婆反谓其冶容诲淫,乃呵责之。碧连退而毁妆以进,姑益怒,拔颡①自挝②。胡凑素孝,乃鞭其妻,母怒始解,自此益憎妇。妇虽奉事唯勤,终不交一语,生知母怒,亦寄宿他所,即示与妇绝,久之,母终不快,触物类而骂,之意皆在碧连。生曰:"娶妻以奉姑嫜③,今若此,何以妻为?"遂出碧连,使老妪送诸其家。方出里门,碧连泣曰:"为女子不能作妇,归何以见双亲!"在于袖中取出剪刀刺喉,急救之,血溢沾襟,扶归生族婶家。婶王氏寡居无偶,遂纳之。妪归,生嘱隐其情而心窃恐母知。过了数日后,探知碧连创渐平,复登王氏门,使勿留碧连。王乃召之入,不入,但盛气逐碧连。无何,碧连出见生,便问:"碧连何罪?"生责其不能事母。碧连亦不作一语,唯俯首咽泣,泪皆赤,素衫尽染。生亦惨恻,不能尽言词而退。

又数日,母已闻之,怒诣④王,恶言吵嚷,王傲不相上下,反数其恶,且言:"妇已出,尚属你家何人? 我自留陈氏女,非留胡家妇,何烦强理人家事?"母怒甚,而穷于词,又见其意气汹汹,惭沮,大哭而退。碧连意不自安,思别而去。思想生母姨于媪,生母之姊也,年六十余,子死,只剩一幼孙及寡媳,又尝善观。碧连遂辞了王氏,往投于媪处。

媪诘⑤得其情,极道妹子昏暴,即欲送还碧连,碧连力言其不可,兼嘱勿言。于是与于媪居,如姑妇焉。碧连有两兄,闻而怜之。欲移之归而嫁

---

① 颡(sǎng)——额头。

② 挝(zhuā)——打。

③ 姑嫜(zhāng)——即公公和婆婆。

④ 诣(yì)——到……去。

⑤ 诘(jié)——盘问。

有仁而不忍者,有志而心快者,有谋而懦弱者,有勇而轻死者,可暴也;心急而意重者,可入也;识而情缓者,可袭也。'《论坚势篇》曰:'古之善闻者,必先揣敌情而后图之。凡师老粮绝,百姓愁怨,军令不习,器械不修,计不先破,外救不至,将吏刻剥,赏罚轻重,营阵失措,战胜而骄,可以攻之。若任贤授能,粮草足备,甲兵坚利,上邻和睦,大国应接,敌人有此者,引而避之。'此是论其大略而已。孔明行军调将,历代军师能及之乎? 但小弟未得其真耳!"

言罢圣天子亦深服其论,乃曰:"夫用兵之道,即如马幼常云:'攻心为上,攻城为下,心战为上,兵战为下也。'故诸葛孔明亦服其言,此兵法所无也。是绝妙兵法,可在孙吴之上。"于是谈至天晚。

次日,圣天子对许英曰:"吾与本省庄巡抚是至交,我有书一封,荐你到彼,自有好处。或得一官半职,须要尽忠报国,惜士爱民为是。千万勿负我言!"说罢,即手写一诏,付与许英,他接过了,即上前拜谢相荐之恩,辞别二人,投庄大人去了。正是:

　　　　蛟龙得志风云会,全忠仗义报君恩。

圣天子见许英已去,乃与周日青别了店主,往寻胜景而去。不知所到何处,且听下回分解。

第三十五回

三英雄庙前逞力　两孝子遇水无灾

话说圣天子与日青二人别了店主,一路寻山问水,观之不足。一日,来到一个地方,抬头见一座古庙,上有金字匾额云:"土谷城隍之社。"一人走进里边,房屋宽大,可惜荒落无人,未免东坍西倒。正在观看殿廊,听得外面有人进来,仔细一看,见走进三个人来,个个生得形容古怪,十分丑陋。两眼露出金光,亦是铁汉金刚模样。白面者道:"我三人看谁举得起这两只石狮!"黑面者道:"你这个瘦弱书生,量不能举起,看我二人各举一狮,与你看看。如果举不起来,我从今再不习武,二人入山修真去了。"白面书生曰:"你二人先举我看,我随后再举与你看便了。"

原来这白面者姓秦名宝,黑面者姓徐名刚,魁梧者姓王名化,三人俱有谋略,而且勇力过人。于是徐刚向那石狮四面看过,然后下手。乃用坐马之势,把那石狮拦腰用力一移,却又移不动。再用尽平生气力,把石狮扳侧,再用一个爬山塞海之势,把石狮抱起来,紧行三步,已是气力不加,只得放下。秦宝曰:"不算好力!"再着王化上前,把石狮左手挟住,揽在腰间,随手在腰一顶,又把石狮移向右边来。左换右换,转得四五回,方才轻轻放下,毫无声响,面不改色。那秦宝道:"此有何难!二位且看我把左边狮子移向右边去,把右边狮子移向左边来。"二人道:"此易事耳!能将此石狮单手抱起,丢在前边戏台上,不许抖手,仍要放回原处,可能做得否?"秦宝曰:"此亦易事耳!"于是整衣卷袖,扎定坐马势,把石狮用右手夹定,将膝一顶早已夹起,一步步行往戏台上来。再回庙前,把这一只用左手夹住,又走往戏台上,面不改色。复后即将石狮照前搬回旧位,气息不喘,神色不变。

圣天子与日青看了,伸舌道:"真是重生项王了。"心内好不钦敬,乃上前问曰:"请问三位贵姓大名?贵乡何处?"秦宝曰:"我姓秦名宝,这位姓徐名刚,这位姓王名化,俱是本处人氏。自小学习些武艺功夫,不期今日闲行到此,故略一试耳!偶然举起石狮一项,适逢二位看见,十分失礼,群。文赛周郎，武如吕布，六韬三略，无所不晓，性好交接天下英雄，唯是未逢知己。慷慨好施，挥金如土，家财百万，后至父母亡故，把那家资渐渐弄得干净。有钱时，便多人相识，及至穷了，向亲朋相借一毫不得。无可奈何，只得将产业都尽变卖了，正合着古人有云：

　　人世交结多黄金，黄金不多交不深。
　　纵金言诺暂相许，终是悠悠行路心。

　　那许英挨穷不过，只得在留仙市上关帝庙前做卖武艺功夫，引动来看的人，如蚁般围拢来，他便老着面皮言曰："列位请了，某因平生性好挥霍，把父母遗资尽用了，只得在此耍枪刀拳棍功夫，列位看的指教，万望勿取笑为幸！"说罢双刀舞动起来，好似寒天下雪一样。初时还见了使得有层次。再后见他舞得一团雪花，滚滚来去，甚是好看，见刀不见人，不一时把刀舞完，复又弄棍。但见弄得：

　　上打雪花盖顶，下打老树盘根，左打金龙出海，右打猛虎归山。
　　前打金鸡独立，后打美人佩剑。左插花，右插花，金较剪，玉搔钗。或
　　则将军捧印，或则美人照镜。有呼风落叶之势，泣鬼惊神之技。真是
　　武艺无双，人材绝品。

　　看的人齐声喝彩，也有赠银的，也有赠钱的，然而尚且难够用度。若别的卖武，有些银钱，便可够用，唯许英是有钱的子弟，使惯食惯，故嫌打彩的少，便曰："小弟本来尚有扒叶拳脚未弄，欲再耍全与诸君共看，无奈诸君但好看耍功夫，不好出钱，故小弟无心弄了。"

　　早恼了旁边一人姓常名恶，因他是一个恶棍无赖，故地头上叫他做常恶。他便大喝曰："看你这人，卖武本是出外往别处去，为是在本处自己门口地方，嫌打彩微少，岂有此理！我知你是旧家子弟，到如今穷了，清茶淡饭也就罢了，尚作此态，我劝你快快收拾了去罢！"一席话，恼得许英红面赫耳，大喝曰："老子在此耍功夫，应该来问候，尚敢得罪于我，就下收拾你便怎样。"常恶曰："你不收拾，我就将你打个大餐！"于是看的人越多，看他二人你言我语，就相打起来。常恶如何敌得许英过！只得败走去了。许英一路追来，正遇着圣天子与日青偶游此地。见他二人顶头撞来，急上前将二人挡住，便曰："二位壮士，少停，有话好说，何必定要相打。究竟因甚缘故，请道其详。"于是许英把上项事说了一遍，天子闻言，便将常恶喝退了，即与许英、日青共来至酒楼坐下，即叫酒保排上酒菜来，许英

道："待小弟往庙前收了场，再来奉陪！"日青跟至关王庙前，帮他收了物件，即往酒楼而来。

许英问曰："请问二位高姓大名？"圣天子答曰："吾姓高名天赐，乃北京人氏，与舍亲周日青到此探友，路经此地，见足下如此英雄，何不考取功名？上与国家出力，何必在此露面抛头，请问贵姓大名？请道其详。"许英道："二位有所不知，某乃此市人氏，姓许名英，家财百万，只因不附生业，专一学习文章、书史，并武艺功夫，故无出息而且性好使费，故把家财要尽。双亲已亡过了，剩得单身一人，借贷无门，只得在庙前献丑。偶遇着二位如此高义，恨小人相见之晚也。"圣天子曰："原来富家子弟偶遭落魄，如足下有意投军，待我举荐，未知心下如何？"许英听罢大喜，曰："万望贵人指引，感恩不忘。"说罢同饮，至晚方散。

于是许英跟了天子一同回昌泰客店安歇。一宿已过，次日用过早膳，三人谈论兵机法略，圣天子曰："孙武子十三篇兵法，佐吴王姬光雄占一方，诸侯不敢加兵；张良得黄石公传授兵法，助汉高祖灭楚兴刘，此皆兵法之功也。至于汉末诸葛孔明辅佐刘先主，战必胜，攻必克，多因兵法而行。足下曾闻其说乎？"许英答曰："诸葛孔明乃第一人才，功盖天下，有鬼神不测之机，唤雨呼风之术，只是后人少得其传耳。小子不才，颇学武侯典籍，日夕诵读，一字不忘，若二位不嫌，小弟诵与兄听。"圣天子曰："愿听高论。"

许英曰："《武侯新书》有五十余数，变通有法，逐一分说。内中妙法无穷，深利兵家之用。《胜败篇》云：'夫贤才居上，不屑居下，三军悦乐，士卒畏惧，相议以勇，相望以威，相劝以刑，此隐胜之理也。若三军数惊，士卒惰慢，不恩威并施，人不畏其法，此必败之道也。'《大势篇》曰：'夫行兵之要有三：一曰天，二曰地，三曰人。天势者，日月星辰，五星合度，风气调和也。地势者，城峻重崖，洪波千里，石门幽洞，羊肠曲径。人势者，君圣将贤，三军用礼，士卒用命，粮草足备，善用兵者因天之时，察地之势，依人之力，则所当者无敌，所击者万全矣。'《地势篇》曰：'夫地势者，兵之助。不知战地而欲求胜者，未之有也。高山峻岭，曲径深林，此步兵之地；平原荒野，大地沙漠，此车骑之地也。倚山附涧，高林深谷，此弓弩之地也，草浅土平，可前可后，此长战之地；芳草相密，竹树交横，此枪矛之地也。'《论情势篇》曰：'夫将有勇而轻死者，有急而速死者，有贪而好利者，之。碧连执不肯,唯从于媪,纺绢以自度。生自出①妇,母多方为子谋婚,而悍声流播,远近无与为偶。

积三四年,胡二渐长,遂先为毕婚。胡二妻丽姑,骄悍戾沓②,尤倍于母。母或怒以色,则丽姑怒以声。胡二又懦,不敢左右袒,于是,母威顿减,莫敢撄犯③,反望色笑而迎承之,犹不能得丽姑欢。役母若婢,生不敢言。身代母操作,涤器、洒扫之事,皆与焉。母子乃于无人处相与饮泣。无何,母已郁积病,委顿在床,便溺转侧,皆生侍,生昼夜不得寝,两目尽赤,呼弟代役,甫④入门,丽姑即唤去之。生乃奔告于媪,冀媪临存。入门饮泣,具诉未毕,碧连自帏中出,生大惭,嗫声,欲出。碧连以两手叉扉,生窘,急自肘下冲出而归,亦不敢以告母。

无何,以媪至。母喜之,由此媪家无日不以人来,来辄以甘脂饷媪。媪寄语寡媳:"此处不饥,复勿后你。而家中馈遗,卒无少间。媪不肯少尝,辄留以进病者,母病亦渐愈。媪幼孙又以母命,将佳饵来问疾,生母叹曰:"贤哉,妇乎!姊何修乎?"媪曰:"妹已出妇,何如?"妹曰:"噫!诚不失已氏之甚也!然乌如甥妇贤?"媪曰:"妇在,尔不劳,汝怒,妇不知怨,恶乎⑤不如?"生母泣下,且告之悔,曰:"碧连嫁也未?"媪曰:"不知,乞访之。"又数日,病良已,媪欲别去。妹泣曰:"恐姊去,我仍死耳。"媪乃与生谋析⑥胡二居,胡二告丽姑,丽姑不乐,语侵及伯,兼及媪。生愿以良田悉归胡二,丽姑乃喜,立析产书已,媪始去。

明日,以车乘迎姊至其家。先求见甥妇,极道甥妇贤。媪曰:"小女子百善,何遂无一疵,余固能容之。子即有妇如我妇,恐亦不能享也。"妹曰:"呜呼,冤哉!谓我木石鹿豕耶!具有口鼻,岂有触香臭而不知者?"姊曰:"被出碧连,不知念子作何语?"曰:"骂之耳!"媪曰:"诚反躬无可骂,亦恶乎而骂之?"曰:"瑕疵人所时有,唯其不能贤,是以骂之也!"媪

---

① 出——赶出。
② 骄悍戾沓(lìtà)——骄横凶悍,乖戾多言。
③ 撄(yīng)犯——触犯。
④ 甫——刚刚。
⑤ 恶乎——哪里?
⑥ 析——此处指分家。

曰："当怨者不怨,则德者可知;当去者不去,则贤者可知,向之所馈事而奉上者,固非予妇也。"妹惊曰："何如?"曰："碧连寄此居矣! 向之所供,皆碧连夜绩之所积也。"妹闻之,泣下数行,曰："我何颜见吾妇矣!"乃呼碧连,碧连含涕而出,伏地不起。母惭痛自挝,媪力劝始止,遂为姑媳如初。十余日,共归家中。

家中薄田数亩,不足自给,唯恃生以笔耕,妇以针耨①稍佐升斗。胡二称饶足,兄不求之,弟亦不知顾也。丽姑以嫂之出也,鄙之。嫂亦恶其悍,置不齿。兄弟隔院居,丽姑时有凌虐,一家尽掩其耳。丽姑无所用虐,虐夫乃婢,婢一日自缢死,婢父讼丽姑,胡二代妇质理,大受朴责②,仍坐③拘丽姑。生上下为之营脱,卒不免。丽姑械十指,肉尽脱,官贪暴索望良奢④。胡二质田贷资,如数纳入,始释归,而债家责负日急,不得已,悉以良田鬻⑤于村中任翁。翁以田半属胡凑,所让要生署券。

生往,翁忽自言："我胡孝廉也,任某何人敢买吾业?"又顾生曰:"冥间感汝夫妻孝,故使我暂归一面。"生出涕曰："父有灵,急救吾弟!"曰："逆子悍妇,不足惜也! 归家速办金赎吾血产!"生曰："母子仅存自活,安得多金?"曰："紫薇树下,有藏金可以取用。"欲再问之,翁已不语,少时而醒,茫不自知。归告母,亦未深信。

丽姑已率数人发窖,坎地四五尺,只见砖瓦,并无所谓金,乃失意而去。生闻其掘藏,嘱母与妻勿往视。后知其无所获,母窃往窥之,见砖石杂土中,遂返。碧连继至,则见土内皆白镪⑥,呼生往验之,果然。生以先人所遗,不忍私有,召胡二至,共分之。胡二囊金归,与丽姑共验之。启囊,则瓦砾满中。大骇,疑丈夫为兄所愚,使二成往窥兄。兄方陈金几上,与母相庆,因实告兄,生亦骇而心甚,举金而并赐之。胡二乃喜。往酬债讫,甚德兄。丽姑曰："即此乃知诈! 若非自愧于心,谁肯以瓜分者复让

---

① 针耨(nòu)——替人做针线来维持生计。
② 朴(pū)责——受刑。朴:打人用的工具。
③ 坐——犯罪。
④ 良奢——很过分。
⑤ 鬻(yù)——卖。
⑥ 白镪——即白银。

人乎?"胡二疑信半之。

次日,债主遣仆来言,所偿皆伪金,将执以首告。夫妻皆失色,丽姑曰:"如何哉? 我固谓兄贤不至于此,是将以杀汝也!"胡二惧,往哀债主,主怒,不释胡二,乃券田于主,听其自售,始得原金而归。细视之,见断金二锭仅裹真金一韭叶许,中尽铜矣。丽姑因与胡二谋,留其断者,余返其兄,以观之。且曰:"屡承让德,实所不忍,薄留二锭,以见推施之义,所存物产,尚与兄等。余无庸多霸也,业已弃之,赎否在兄!"生不知其意,固让之,胡二辞甚决,生乃受秤之,少五两余,命碧连质奁以满其数,携付债主。主疑以旧金,以剪断验之,纹色俱足,无少差谬。遂收金与生易券。

胡二还金后,意其必有疑差,既闻旧业已赎,大奇之。丽姑疑掘时兄先隐其真金,忿诣兄处,责数诟厉。生乃悟返金之故。碧连笑曰:"产固在耳,何怨焉?"使生出券,付之胡二。一夜梦父见之曰:"汝不孝不悌,冥限已迫,寸土皆非己有,沾赖将奚为?"醒告丽姑,欲以归兄。丽姑嗤其愚,是时胡二有两男,长七岁,次三岁,无何长病痘死。丽姑惧,使丈夫退券于兄,言之再三,生不受。未几,次男又死,丽姑益惧,自以券置母所,春将尽,田芜秽不耕。生不得已而种治之。丽姑自此改行,定省①如孝子,敬嫂亦至情。未半年,而母病卒。丽姑哭之恸,至食不入口。向人曰:"姑早死,使我不得事,是天不许我自赎也!"产十胎,皆不育②,遂以兄子为子。生夫妻皆寿终,生三子,举两进士,人以为孝友之报云。不知下卷如何,且听下回分解。

---

① 定省(xǐng)——此处指晨昏侍奉。
② 不育——此处指没有养活。

第三十七回

报恩寺和尚贪财　广法庵女尼死节

话说苏松界口一座报恩寺,乃是国初有个善士安盛邦所建。主持智广禅师,年已八十余岁,生得红颜白发,飘飘逸逸,甚是雄伟。而法行清高,手下共有五十多个和尚,俱是遵戒守法的人。唯是人多,未免有一二个违戒的人了。有个姓常名未法,年方二九,生得十分凶恶,口善心刁,贪财好酒,无所不为。师父不知其行为,若知其如此,寺中焉能容得此等和尚!三两月便下乡一回,专恃自己本领,抢掠的钱财回来,以济饮食之中。时时周全,并无知者。

一日,有过往商人路过借宿,乃入寺来,参拜过如来佛祖,四大金刚,在方丈谒见了智广禅师。茶罢,智广禅师便曰:"请问客官从何至此?请示贵姓尊名。"客曰:"小子姓牛名勇,乃本处人氏,贩卖绸缎为生,今因与伙人分路,各投亲友去了。故单剩小子一人,欲前探亲友,不过三五里路。只为有银子数百在身,恐于路上遇见强徒不便,故求宝寺一宿,明日便行。"说罢取出一锭数两重白银来,送与佛爷香油之用。智广推辞曰:"些些小事,何足言酬?请客官收回了罢。"无奈牛勇坚意,智广只得命小沙弥收下。吩咐厨下备斋,款留牛勇,留在东园中客房安歇。是夜牛勇因在路上行得困倦,就在客房中略坐片时,便睡下去了。不提。

且说常未法是日窥知牛勇有数百两银子,乃起了不良之心。是夜候至三鼓,众人熟睡,即前往东园而来。至牛勇房口,悄悄一看,见室内便尚微有灯光,只听见鼻息之声,已知牛勇酣睡。乃拔出短刀,将房门弄开,轻轻将台上用指一弹,看牛勇又不闻声,乃大着胆揭开帐门,把他四围一摸,即将那数百两一袋银子偷了,依旧把房门掩上,复弄好如前一样,回到自己房中睡下。

次日,牛勇起来,把布袋看见,已不知去向。乃在房中连地皮都反转,却不知那银何处去了。于是喧嚷起来,智广得知,便问今早有人出寺否?"曰:"无之!"那常未法恐防查出来,在房中急计,将床下阶砖揭开,把银子一袋藏在砖下，依旧盖好，人不知鬼不觉。于是智广与牛勇召众僧来至东园，四围踏看，并无形迹可疑之处。无奈，把寺门关上，向合寺僧房一一搜觅，总是不见。智广道："想必客官在路上露了歹人之眼，必是跟踪到此，窃去了。"牛勇嗟叹无言，则索付之无奈，自恨运途塞滞，以至如此。

是日，早饭后，在佛前求一签，望求佛爷指出失银来由，乃点起香烛，低头参拜已毕。祝曰："弟子姓牛名勇，乃本处人氏，偶因路过贵寺，带有银子数百，未敢夜行，故在此处借宿。昨夜失去银两，恳求佛祖早赐灵签，以明弟子之怀。幸甚之至。"说着哀哀哭哭的，拿了签筒，低头下拜，拈看摇了一签，上写道：

常常安分营生，未必苍天亏负。法律如此森严，偷窃何能脱路。
于是细细反复看了，不解其意，只得拜别佛祖并智广禅师、众寺僧等，出门而去，不提。

且说常未法此日见牛客人去了，并未露出形迹，心中十分安乐。至次日，又拈出银来，改了装束，到酒妓馆散荡。乃在留痴院，与一个颜妓名唤迎儿，生得有些姿色，是与常未法相熟的。今日一见他来，便笑口而迎，二人相拥上楼而来，即吩咐办上等好菜来。原来此妓乃是重富欺贫的一个刁猾妇人，故客人若有钱的，她便极意承迎；如若使用稍减的，她眉锁春山，做着恼人之样。是日见常师父如此大使大用，不知他在何处得许多银子来，正要求惠些。于是二人在席上说的风流谑话，当晚即尽绸缪之乐。

到了次日，仍舍不得她别去，又被迎儿缠住了，两人心内自相爱悦，弄得那常和尚把心事尽吐出来，把谋窃牛客人银两之事，说了一遍。那迎儿正开言曰："似此真算你手段高强了！刚遇奴有个会期，欲借大师数十两银子，未知可否？"未法应允，即在囊中解下来，交与迎儿。迎儿接了，喜之不胜。谁知迎儿口疏，把这话传说出来。那些鸨儿皆是趋权附势之人，次日见了常大师来，便笑口而迎。说道："今日有的东西与大师一玩。"即把一个玉小孩出来，送与常未法，看了大喜，曰："世上有如此好宝，真是美玉无瑕了。"因问："从何得来？"答曰："是在玉器店朋友处买的，如法师见爱，随便发些价银便可矣。"未法曰："三十金未知可否？"鸨儿曰："足矣。"于是，未法即交清银子，又同迎儿二人排下佳酿快乐，正是：

欢娱夜夜嫌更短，快乐时时愿夜长。
话说人生乐极必生悲，乃真言也。那些做强盗的人，目前虽是快乐，终要弄出祸来。一日合当事发。那常未法在寺中与一个火官和尚不睦，被他窥出行为，乃悄悄将此事禀与智广知道，那智广闻言，曰："怪道数日少见他出入。"次日，遇未法回来，便将此事向他盘诘，他初不肯认，后来见智广说出真情，只得认了。智广先用善言安慰他曰："自此之后，不可乱为了，此次便可放过。若再有这等，弄出来外人知道，连我都有些不便处。"未法听了，唯唯而退。

是晚，智广等未法熟睡，弄开门房，把未法捆绑起来，送本县审过，追回用剩之银约有百余，暂贮在官处，且听失主告发再行决断。于是将常未法依正国法办了，续后牛勇将此告发官，将余银还了他，不提。

且说圣天子在路上闻得官清民乐，心上十分喜悦。乃日日与日青闲游玩景。时值秋初，爽气侵人，凉风入户，正是"春光最易催人老，怎似秋光长更好。"不说圣天子与日青游玩，话说松江府西南有座广法庵，内有一个尼姑，年可七十余岁，生得童颜鹤发，貌若五十多岁人。法号慧法，专一济困扶危。遇有富家到此做功德，不甚勤值。手下有个徒弟，名唤妙能，生得十分姿色，真有沉鱼落雁之容，闭月羞花之貌。

本府有个财主，叫做王百万，夫人张氏，生下一个孩子，年方十七岁，因拣择过苛，尚未定亲。父母爱如珍宝，叫唤王宝珠，生得相貌丑陋，而且懒于读书，专好妆饰衣服，在花柳场中行走。见了女子有姿色者，即便口角流涎，千方百计定要弄上手方休，乃是一个大花炮，外面甚辉煌，肚里一肚草。常在广法庵内闲行，把妙能看在眼里，唯是未敢传言，总是巧言令色，谁想妙能无意于他。

一日，宝珠诈作许愿，禀过母亲张氏，张氏乃与儿子并几个家人同到庵来。慧法接着，分宾主坐下。茶罢，慧法曰："不知夫人到此，有失迎候，望勿见怪。"张氏曰："不敢，不敢！今因小儿欲保平安，故与我说知，在佛前许下一愿，求老法师代为主办为幸。"说完张氏取出一封银子，约有数十两，交与师父上佛前香油。慧法接了，即命人排下素斋，是晚备办什物，大吹大擂，作法起来。那宝珠在趁此盘桓数日，俾得与妙能讲话，相机下手。不想妙能全不会意，见了他就即便离开，故宝珠无从下手。一晚，妙能因做了三四晚法事，十分眼倦，到夜便在自己房中睡下，和衣就枕。于是宝珠至三更，悄入房中，看见银灯暗暗，乃拔开罗帐，见妙能熟睡好似一朵鲜花模样。情欲难禁，踏上床来，正在动手，谁知妙能一时醒来，看见王相公,便大喊道:"有奸贼在此。"即下床欲走,那王宝珠恐闹出事来,未免累事,起了狠心,把那妙能一脚踢死。将她仍放床上,与她落了帐子,依旧出来。

次日慧法起来,许久尚未见妙能出来。初时以为他做了两晚的功夫,揎了睡眼,及至日已将晏,还不见她起来。即使小尼入房呼唤,小尼走入房来,叫了三声,却不见答应。乃把帐子拨起,用手来推,方知已死。便大叫一声道:"不好了,师兄死了!"三两步跑出房来,对师傅说知,慧法不禁大惊,大叫一声,昏倒于地,半晌方苏,乃大哭曰:"不知何故,好端端的竟死了!"于是与众人来到妙能的卧房,命人抬她出来,看过并无伤痕。无奈何,既死不能复生,而且慧法是最了事的人,只得从厚收殓了罢。这个没良心的宝珠,心上甚是不安。唯是无可奈何。数日,好事已做完,张氏辞了慧法与众,回家去了。

且说那妙能阴魂不散,游游荡荡欲寻王宝珠索命。无奈宝珠旺气正盛,难以下手,且待时而行。乃在左右常常显灵。慧法因她死了,心中不时吐血,那妙能阴灵亦时时在她房内出现,并保护众人,不提。且说宝珠在家,日日游荡,概不知法律如何,兼且忤逆父母,惹是招非,不时有人告其父母。一日,在书房中得了一病,父母忧虑,急请医调治,一连请了十数个先生,俱未见效。一日,宝珠蒙眬睡去,见妙能来,咬牙切齿地索命,唯是未敢近前。如此数晚,俱是如此。父母见势沉重,夜夜不敢离儿子左右。一夜睡至三更光景,闻宝珠大叫一声,不知生死如何,且听下回分解。

第三十八回

王宝珠贪淫损命　录金言警世除顽

话说王宝珠正见妙能索命,被他阴魂拈着一根铁棍,把宝珠一棍打去,已是昏绝,大叫一声,早已死了。于是王老夫妻见了悲哭不止,想我二人单生他一个,今眼见得死了,如何是好?正是大限已到,怎能脱!王老即命家人备办棺箱,收拾已毕。这是好色贪淫的收成结果,此后望我朝官商士庶人等,千万莫学这宝珠也。

万恶淫为首,百行孝为先。

那贪淫之事更甚于杀人。夫杀人必有所困而后杀之,或仇、为偷、为怒不等也。而贪淫一事,非谓其有仇于己,而后淫之也。故虽妓女亦不可淫。虽曰:"我有钱,然后得淫,"曰:"不然,此亦女人也。彼因父母贫穷,或因负累所致而卖身者也。故曰妓亦犹人耳,且不可犯,何况闺门处女,寡妇尼姑哉!"夫嫠妇①寡妻形单影只,遥遥岁月,守节原难。或以非礼犯之,或用巧计诱之,使他数载贞心片时扫地,新奸欢于黑夜,故夫哭于黄泉,祖宗发竖,鬼神皆怨。淫罪滔天,天地断难宽宥者也。若云僧、道、尼姑,已经出家,永断情根,若加淫亵,与寻常淫恶又加一等。削发披缁,晨钟暮鼓,戒律何等森严!以既归空门之钵,而与之行淫,纵菩萨低眉,暂且由汝而逆天败礼,此心自得过乎?此所以有无间地狱也。

又有闺房处女及笄②之年,情事未知,欲心已启,或遇勾挑而断臂已见贞,剖心以自烈,如此刚志能有几人?是以钻穴逾墙,较已嫁之女为易重,岂知一旦失身,终身抱垢,有惭花烛之宵,殊愧奠雁③之礼,琴瑟④必

---

① 嫠(lí)妇——寡妇。
② 及笄(jí)——笄,古代束发用的簪子。古代指女子满十五岁,女子满十五才把头发绾起来,戴上簪子。
③ 奠雁——古代婚礼,新郎到女家迎亲,献雁为贽礼,称"奠雁"。
④ 琴瑟——比喻夫妻感情和谐。

乖,家道非吉,淫罪滔天,天地断难宽宥者也。且妇人一生名节,自处女始,无如设计圈诱,是恣我片刻之欲,而损人终身之节。后来婚嫁,便为残体。使其父母暗伤体面,夫家现被丑名。纵使临婚混过隐微,常觉羞惭。苟遇曾经识面,踧踖①难施面目。即能教子成名,不节终归亏损。即令守贞一世,已是清白玷污,岂不于女可恨,于男则罪大恶极矣!

婉娈少妇,贞心未固,烈志未坚。况且朝夕引诱,食物投其所好,衣服迎其所爱,容止笑貌得其欢心,况人心既非木石,孰能无情!但邪肠一软,而苟合遂成。于是而玷门风、坏名节,夫耻以为妻,子耻以为母,翁姑耻以为媳,父母耻以为女,族党因之而含羞,戚友因之而蒙垢,辱及祖宗,污流数代,谁职其咎?淫罪滔天,天地断不容者也。

有夫妇容后于父子兄弟淫人者,不独乱夫妇之伦,并乱人父子兄弟,甚至使彼祖先有不韵非类之痛,神诛鬼责,岂能追乎?乃有为人饥寒躬苦,万不得已,将女卖于他人,原是痛心切齿之事。为人主者,当如己女看待,勿行污辱。若以盆里食,阶前草,随身近便,恣意淫欲,且久遭幽闭,不使婚配,此亦重于寻常淫恶。当与寡妇处女同遵明训。

又人家女婢,最易淫奸,皆以此为世俗寻常,无伤阴德,不知婢亦人女乎?特贫于我女耳!其受惜之心,实与我女无所异者。以礼遣嫁,则亦良家夫妇矣。苟从而乱之,是即淫人之妻女矣。天地又岂得能宽假而不加谴责乎?人于婢女不肯留心于恤,稍有姿色,即行奸淫,但情衰爱驰,又复转卖,但取价值,无问失所。甚或死于毒妇之手,沦于淫娼之家,而独不思彼离其父母而归于我者,即以我为父母矣,忍令摧残弃掷若如此者乎?平心思之,通身汗下矣。婢女二十岁即当择配,不宜禁锢终身,以损无穷之德也。

又每见少年仆妇,执役房帏②,见其有色,即肆意淫乱,使其夫知之,小则萌跋扈之心,大则怀杀主之意。即或不知,而或奸而生子,是使我为父也。忍乎哉?即不生子,而堂堂七尺则与奴隶下贱受此败柳残花,屑乎哉?则其罪即轻于良家妇,而祸之烈殆有甚焉!然阴律断淫罪未当,曰淫婢女仆妇者减一等论,则其罪无异于良家。臧获妇女,多被凌逼以为分,

---

① 踧踖(jú jí)——形容畏缩不安。
② 房帏——寝室、闺房。

固然耳。试思此辈，皆良民，因贫穷鬻身，或因官势投充，既役其身，复乱其妻母，作何消受？及乱而生子，则沦主为仆，使此子事我之子，是兄弟相主仆也；万一生女有色，已复乱之，是父奸其女也；己之子侄复乱之？是兄弟姊妹相奸也。聚尘宣淫，廉耻尽丧，后遂不可穷诘。

嗟乎！今有人于此骂其子女为藏获者，必怫然怒，攘臂而起矣！以淫色之故，乃使祖父相承之血脉自我而乱，岂不伤哉！今之主人者，多以非礼辱使仆妇，甚至宿其将嫁之女，奸其初婚之媳，使其含忍耻不可对人。至于贫人之妇，或资乳食糊口，彼既抚抱我之子，不为无功，我反从而淫乱之，其为神之所怒，不亦宜乎？凡雇乳妇择其少艾者，冀其多乳，非渔色①，彼应募而来，舍其子女，离其夫妻，三年鞠育，倍劳于嫡母。午夜凄凉，尤苦于孀居；其夫鳏守空床，心忧失节，困于穷苦，无可奈何。为主人者，诚以礼自待，戒勿相犯，子女必昌。

夫世间男女之事，最易濡染，然形极势阻，或禁其欲而不得肆，至若花街柳巷以为风月场中，不任妓妇取乐，余以为不然。夫娼优须贱，然当其初幼，父母一般爱惜，指望日后嫁一好人，永远作一亲戚往来，迨年齿稍长，或为官粮所逼，或为官债所凌。随入火坑，脱身无计，独居则泪眼愁眉。逢人则强欢假笑，欲舍此而从良，鸨母从而压制之。稍有人心者，正宜深恻悯；而乃视为闲花野草，岂非与于不仁之甚者也？举世所习为不怪者，无如狎妓。意殆谓既酬以金，淫不为害，岂知其害甚大，且无论破家伤身，能保妓不孕乎？孕而产女，则己之女为娼；即孕而生男，人皆非笑；羞不肯认，则己之子亦得沦于污贱下流矣。嗟乎！以淫色故而乱祖宗相承之血脉，岂不伤哉！

世有别种狂痴，渔猎男女，往往外借朋友之名，阴图夫妇之好，以同形体，创天地，未有之杀，淫其幼者，何异吾子吾孙；淫其稍长者，何异吾弟吾侄？兄与之谓何而沦污若此？而稍知礼义者，当必翻然改悟矣！夫男女私媾，已同禽兽哉。更比昵娈童，以同形体，巧为淫合，倘私心窃思，成何面目？且群小狎邪，变乱家规，引狼入室，害更有不可胜言者。此皆戒邪之妙旨。子因谬拟此传，实欲天下人皆以忠孝廉节为心，为善去恶，少怒勿淫为望。故抄其大略以为警世之小补云尔。

① 渔色——猎取女色。

　　闲话休提,且说圣天子与日青在路上东游西玩,甚是自得。一日行至一处叫段家庄,但见:

　　　　苍松栖鹤枝枝秀,绿竹交加数百竿。

　　　　老树龙吟声彻耳,风移林影渐生寒。

又只见那农夫在陌上鼓腹讴歌,欣欣自乐;牧童在树阴之下踏踏歌声,悠悠笛韵。正是:

　　　　太平天子乐,盛世庶民安。

　　欲知以后事,下回细详传。

第三十九回

叶公子通贼害民　柴翰林因任会主

诗曰：

> 越奸越狡越贫穷，奸狡原来天不容。
>
> 富贵若从奸狡得，世间呆汉吸西风。

这首诗乃前圣所作，因见世风日下，人心浇漓①，借此以讽，无过劝人守分，安命，顺时，听天，切不可存奸险念头，以贪不义之富贵，反丧其身，臭名万载，悔之无及矣。闲话休提，书归正传。

且说仁圣天子在松江府，与日青穿州过县，游山玩水，又暗中访察各官贤愚，见文武俱尽职，十分欢悦。因见日中闲居无事，自觉烦恼，复同周日青四处游玩。

是日午牌时候，偶然行至扬州府属邵伯镇地方，屋宇美丽，百货俱全，往来负版充塞街道，三教九流，无所不有。此时仁圣天子与日青且行且看，见此繁华喧闹，不觉心花大放。猛抬头，看见聚利招牌，写出海鲜妙卖，酒宴常便，随即与日青步入酒楼。见其地方清洁，铺设清幽。又有时花古玩及名人字画，尽皆入妙。因此仁圣天子拣一副座头靠街，以便随时观玩景致。斯时十分大喜，连忙呼唤酒保："有甚佳肴美酒，即管搬上来，待我们尝过，果然可口，定必多些赏银与你。"酒保一闻有赏，心中大喜，即时答应一声："客官请坐，待小的送来就是。"随即下楼，拣择上好珍馐美酒，陆续送上楼去，说曰："请二位老爷开怀慢酌，若还要什么东西，即管呼唤小的，便有送来！"斯时仁圣天子与日青二人举杯畅饮，谈笑欢娱。

正饮之间，忽见一汉子大踏步上楼而来，满面怒容，睁眉哭眼，连呼："酒保，快拿酒菜来！快拿酒菜来！"酒保见他如此性急，又带怒气，不敢怠慢，随时将酒肴送上。那人自斟酌饮，自言自语，满肚劳苤，似乎怒气冲

---

① 浇漓——浮薄不厚。多用于指社会风气。

冠。那时仁圣天子睹此情形,十分诧异,因暗思忖曰:"这汉子如此举动,莫非有甚冤情不能申雪? 抑或被人欺压,难以报仇?"左思右想,不明其故。复又见其越饮越怒,此时仁圣天子便不能忍耐,连忙起身问曰:"你这人甚不通情,今日在此饮酒,系弟取乐起见;何以长嗟短叹,怒发冲冠? 连累旁人扫兴,何苦如此?"这是仁圣天子一团美意,欲问他有甚冤屈,好代他出头报复。不料此汉子积怒于心,一闻仁圣天子动问,越发火上加油。

　　怒从心上起,恶向胆边生。

这汉子登时反面说道:"你有你取乐,与我何干? 我有我生气,焉能扫你兴? 其实你自己糊涂,反来骂我!"因此你一言,我一语,争斗起来。这汉子举拳乱打,仁圣天子急急闪过拳,还三拳两脚,将汉子打倒在地。日青看见恐怕伤人,急忙相劝。仁圣天子放手,这汉子起来,一肚子怒气无可发泄。自思如此晦气,不如死了倒为干净。因此欲行自刎归阴。

　　仁圣天子见其情景,殊属可救,急夺回他手内钢刀,再三问他缘何寻此短见,如有什么冤屈,天大事情不妨对我真说,或者可以共你干办得来,亦未可定。若何在此忧愁? 那人曰:"我系小生意之人,日间负服为生,有时卖菜做活,祸因兵部尚书叶洪基之子叶振声,屡欲代父报仇未得其便。是以私通山贼,两下往来,同谋大事。皆因粮草不足,不能举事,故而私设税厂,抽收厘金,刻剥民财,以致货物难卖,觅食艰难,万民嗟怨。今日经此地路过,却被税厂巡丁截住货物,加倍抽收。我因心中不服,与他们理论,谁料他们人多,众寡不敌,却被他们抢去货物,血本无归,仍旧如狼似虎,我只得急急走开,避其凶恶。适因走得心烦意闷,特地入来饮酒消遣,谁知酒入愁肠,更加火盛,又值客官多言问我,未识详察,致有冲撞,多多得罪了!"

　　仁圣天子闻言,说道:"有这等事? 小哥,你系高姓大名? 说与我们知道,待我与你报仇雪恨就是!"那汉曰:"我乃前翰林院柴运松之嫡侄柴玉是也。"仁圣天子曰:"胡说! 你令叔既系翰林,兄就不该卖菜了。"玉曰:"客官怪责不差,事因家叔在翰林院当侍讲学士之职,并无罣误①之处。所为祭扫皇陵,被昏君贬调回乡,累得一贫如洗,以致米饭不敷。不

---

　　① 罣(guà)误——被别人牵连而受到处分或损害。

得已教馆度日,又叫我们日中做些小买卖,欲谋升斗,藉资帮补而已。"仁圣天子闻言,暗自忖曰:"果是吾之错也!"原来柴翰林当年,因随仁圣天子祭扫皇陵,各文武官员一齐都到陵上,那仁圣天子系好动喜事之人,又系多才博学之辈。因见石士石马排列两旁,偶然欲考究柴运松学问,因指石人问:"士唤甚名字,取何意思?"柴翰林对曰:"此系上古忠臣,名叫仲雍,生平忠义为怀,所为思念故主,自愿在此守陵,以报高厚鸿慈耳。因此传至今时,仍旧肖立其像,无非欲壮观瞻,为勉后人忠义而已。"仁圣天子闻言,龙颜不悦,曰:"翰林学问如此哉! 既知此事,而颠倒其名字,由功夫未能专究,学力尚觉荒疏,所谓差以毫厘,谬之千里也。这石人乃姓翁名仲,确系上古贤臣。而仲雍乃系孔门之弟子,与此事毫不关系,何得如此梦呓,殊属糊涂之极矣! 焉能坐翰林之堂?"因而意贬调,即口吟一诗曰:

> 翁仲将来唤仲雍,十年窗下少功夫。
>
> 从今不许为翰林,贬去江南作判通。

仁圣天子这首诗明系贬削运松官爵,由正途而过佐贰①之班,虽则降调微员②,犹幸不执妄奏欺君大罪。运松只得隐姓埋名,授徒度日。因有这个缘故,今日柴玉无意说出情由,仁圣天子想到此事,皆因朕一言之误,致累他如此艰难。问心良不自安,即时对柴玉道:"我高天赐,向在军机房办事,与你令叔有一面之交,你可先行回去通报,说我高某前去烧了税厂,即来拜候也。"柴玉闻言大喜,放下愁怀,告辞先去。我且慢表。

再言仁圣天子见柴玉去后,自与日青商量:"说起叶振声恃势横行,立心不轨,胆敢私设税厂,害国殃民,殊堪痛恨也! 况朕已经许了柴玉报仇,不如趁早算清酒钱,我二人即去看看税厂如何? 再行设法烧毁,你道如何?"日青曰:"甚是道理! 就是这个主意可也。"说完,忙到柜前结清酒菜银两,二人举步出了聚利酒楼,往前而去。

过了邵伯镇,来至十字路口,二人即住了脚步,日青说道:"不知那条路可去税厂?"仁圣天子闻言,说曰:"是呵,可惜未曾细问玉兄,如何是好?"日青曰:"不妨,路在口边,逢人即问,岂有不知? 况此处系通衢大

---

① 佐贰——辅佐主司的官员。

② 微员——职位卑下的人员。

路,一定来往人多,无容心急也。"二人正在言谈,尚未讲完,忽见有数人挑担前来,言语嘈杂,不知所云。忽闻一人大言曰:"原来上官桥税厂系叶公子私设,并非奉旨抽厘。"日青闻说,忙走上前拱手问曰:"凡所言上官桥,未知从哪条路去,远近若何? 伏祈指示,感领殊多!"

那人将日青上下一看,说道:"客官想是远方来的,待我说与你知,那上官桥地方,系甘泉县管辖,由这条路直去,转左而行,便是上官桥了。离此不过五里之遥,因系水陆通津,往来大路,所以五方杂处,商贾云来,竟成一大镇头,十分闹热,客官到那里一游,便知详细了。"日青闻言,拱手答曰:"如此多劳了!"话完即与仁圣天子依他所说,直向前行,无心玩景。偶然来至三岔路口,依住他转左而行,忽然望见远远一度大桥,行人如织,热闹非常。日青道:"想此处地方上官桥了。"天子曰:"行前便知,何用测度?"正言间,不经不觉,来至桥头。立一石牌,上写着:"上官桥"三个大字。桥下湾泊大小船艇,不计其数。过去便是一大市镇,两边铺户牙排,百货流通,无所不有;高楼酒馆,色色俱全。其税厂就设在桥旁码头。

仁圣天子一见,登时发怒,随即往市上大声言曰:"尔等众百姓须听吾言,吾乃高天赐,向在刘墉军机处办事,因与同伴周日青到此,闻得叶振声在这里私设税厂,害国殃民,为害不浅。况我专喜锄强扶弱,好抱不平,今日特地到来,烧他税厂,以免商民受其所累。唯恐独力难支,故此对你们说及,如系被他害过,若有胆量呢,前来助我一臂之力,放火烧他;倘有天大事情,系我高某一人担待,保你等无事。"

说完即同日青往税厂。入门,假意问曰:"贵厂系奉何官札谕开办? 有无委员督抽? 因我带有上等药材百余箱,欲行报验,未知与扬州钞关同例否? 抑或另立新章办理? 请道其详。"斯时税厂各人见他言语举动大是在行,且有许多货物前来报税,众人十分欢喜,不敢怠慢于他。连忙说曰:"客官请坐,待我细言其故。缘此税厂系因兵部里头缺少粮食支放兵丁,所以兵部大人准奉当今天子,颁发开办,现已半年有余,俱系按月起解税银入库,以充兵饷。因此与钞关旧例不同。客官若系报税,在此处更觉简便,从中可以省俭些须,又不致担延时日,阻误行期。"仁圣天子闻言,大声喝曰:"胡说! 看你等蛇鼠同眠,奸谋诡计,只能瞒得三岁孩童,焉能瞒得我高某过? 你等须好好照直说来,如若不然,我们即禀官究治,取你等之命也。"各人闻言大怒,骂曰:"你是何等样人,敢在太岁头上动土?

莫非你不闻我家主大名的？看你如此斯文，胆敢言三语四，莫不是遇了邪祟？抑或心狂病懵①？你须快些走去，饶你狗命；倘若再在此混账，我们请家主出来，你二人有些不便！"仁圣天子与日青闻言，十分大怒，即时无名火高有三千丈，大骂曰："你这狗头，不知好歹，等我俾②些厉害你们见吓，方知我柴某之手段也。"说罢连忙举步向前，将厂内什物推倒在地，日青急忙取出火来，将蓬厂烧着。各百姓见此情形，料他有些脚力，连忙多取来柴以助火威，税厂各人见不是头路，必然寡难敌众，不如走回报知公子，再作道理。斯时，乃十月天时，又值北风大起，正是：

　　火凭风越猛，风动火加威。

　　登时将税厂蓬寮烧毁干净，余烬恐防连累民间，急着众百姓扑灭，诸事停妥。仁圣天子与日青临行，复大言曰："我系北京高天赐，住在柴连松翰林庄上，因叶振声私抽剥民，我等特来除害，现今虽已烧了，唯恐他起兵报仇，反害了你们百姓。问心难安，故特说与你等知道，若系他有本事呢，尽管叫他前来会我，不可难为别人。"说完，即与日青直望柴府而去。我且慢提。

　　回言柴玉得闻天子这些言语，口虽欢喜，肚内狐疑，又不知他系何人，有此回天手段。因此急急举步回庄。及至入得门来，气喘不定。运松见此情形，不知何故，急问玉曰："今早你上街买卖，何以这个样子跑走回家？"玉对曰："侄今早出门买卖，时经过上官桥，被税厂各人抢去菜担，加倍抽收，后在聚利酒楼遇着高天赐老爷，与周日青二人，如此长，如此短，及后来说起我叔名字，他说有一面之交，故此着侄儿先回通报，他随后就来拜会等语，因此赶急回家，走得气喘呼呼也。"运松曰："原来如此！你道他是何人？这就是当今天子。因前年有人对我说及，主上私下江南，改名高天赐，四处游行，访察奸官污吏，与及民间冤恶，至于奇奇怪怪事情，不知做过多少。是以我得知道。今日圣驾降临，务要恭敬迎接，方免失仪也。"说完，即刻着人打扫地方，预备酒席款待，不提。

　　再说仁圣天子与日青行行走走，不觉到了柴府门前。即令日青入去通报说："高天赐亲来拜会！"门子闻言，即特入内报知家主。那运松闻

①　懵（měng）——糊涂。
②　俾（bǐ）——使。

说,立即带同子侄,各人衣冠齐整,走至庄门,鞠躬迎接。仁圣天子见他行此大礼,恐防传扬出外,反惹是非,连忙将嘴一撮,眼色一丢,运松即时明白,会意说曰:"高老爷驾临敝庄,请进,请进!"三人谦逊,一面携手入到中堂,分宾主而坐。运松唤人看茶,茶罢,开言说曰:"久别金颜,时荣梦寐,今日幸睹天颜,实慰三生之愿也。"当时仁圣天子答曰:"好说了!我因遇见令侄,得悉仁兄近日景况,故此特来一候耳。"运松连忙答曰:"足见高情,不胜感激之至!"即有仆人前来禀曰:"刻下酒筵已备,请高老爷入席。"运松曰:"知道了!"随即请仁圣天子与日青一同入席,畅饮琼浆,谈些世事。

忽闻炮声震地,喊杀连天,三人吓了一惊,不知何故。忽见柴玉起报说:"叶振声起了许多人马,前来把庄上重重围住,水泄不通。想必系因烧他税厂,到来报仇也!"仁圣天子闻说,开言问曰:"如此,他们有多少人马?系叶公子亲带兵来否?抑或另招贼寇?玉兄可悄悄出去看个明白,前来回话。我自有主意。"柴玉领言,即出了庄外门楼,暗中打探,见他们安下营盘,团团围住。又见叶振声在庄前耀武扬威,十分勇猛。手下有七八名教头,另有数千兵丁,随后簇拥前来。开言骂曰:"闻得高天赐藏匿你们庄上,因他将我税厂烧了,故此到来取他狗命,你们快些入去通报,若系有本事不怕死的,速速叫他出来会我,就算为豪杰;如若不然,我等打破庄门,铲为平地,寸草不留。你等死无葬身之地,悔之晚矣!"柴玉闻得此言,即刻入堂报说:"叶公子带齐教师陈仁、李忠、张丙、黄振、何安、苏昭、卢彪等,公子亲身前来督战,口出不逊之言,如此如此,这般这般。登时仁圣天子气得二目圆睁,须眉倒竖,连忙开言说曰:"自古兵来将挡,水来土掩,他既胆大寻仇,我一不做,二不休,索性把他们杀了,免却一方大害,岂不妙哉!"

三尸神暴跳,七窍内生烟。

仁圣天子当时立刻发号施令,着柴运松在敌楼上擂鼓助威,周日青行头阵,柴玉保住圣驾,攻打第二阵。倘若打破重围,可以走出,便有救星了。如系被他拿住,务奋勇冲出重围,报知官兵取救,方不致误也。"吩咐停妥,周日青连忙齐集庄客,共有数百余名。随即开门冲出阵前,有陈仁手执画戟,连忙挡住,日青喝曰:"来者通名!"仁曰:"某姓陈名仁,系叶公子府上第一位教师。你是何人,敢来纳命?"日青曰:"放屁!你不是我对手,快些叫叶振声出来! 待我一刀!"手中画戟照面刺来,日青急忙闪开,二人交上了手,战有二十余合,不分胜负。天子见日青不能胜敌,急忙同柴玉冲出接战,敌营内有李忠、何安、卢彪截住斗杀。未知胜负如何,下回分解。

第 四 十 回

陈河道拯民脱难　邹按察救驾诛奸

却说仁圣天子见日青战至两个时辰不能取胜，又见陈仁枪法厉害，始终并无破绽，料日青决难敌得住，急忙率同柴玉冲出阵前助战。柴运松自在门楼上擂鼓助威。谁料敌阵上教师李忠、何安等一齐围裹上来，截住厮杀，不容帮助日青。此际仁圣天子与柴玉只能急架忙迎，刀来枪挡，枪去刀迎，相杀两个时辰，战经二十余合，看看不能取胜，只有招架之功，并没还刀之力。此时仁圣天子且挡且走，拼命奔逃，岂料敌人众胜，喝喊声团团前来，竟将仁圣天子与柴玉困在垓心①。那里日青见天子与柴玉被困，一时心慌意乱，手略一松，却被陈仁一枪刺来，日青急忙闪过，不提防张丙横扫一棍，将日青一跤跌倒在地，仰面朝天。陈仁等急赶上前拿住，用绳捆缚，解送营中，候叶公子发落。陈仁等翻身复来夹攻天子与柴玉，谁料又有黄振、苏昭各生力军冲出帮助，更加厉害。杀得七零八落，庄丁十去其七。柴玉见势不好，恐防有失，不能取救，慌忙撇了圣驾不顾，独自提枪，奋勇左冲右突，欲出重围。那仁圣天子亦因重重围困，水泄不通，谅难两下相顾，只得东奔西走，冒险冲围。往来数次，力倦筋疲，仍旧不能冲出。

这是仁圣天子该定有这场惊险，所以碰着。叶振声见教师战了许多，尚未能捉获仇人，犹恐被他走脱，因此带齐亲兵及税厂巡丁，亲自出营观战，却被这班巡丁指圣天子说道："这人就是为首烧毁税厂凶徒高天赐也。本事非常，十分厉害。"叶公子一闻巡丁言，十分大怒，正是仇人相见，分外眼明。忙着家丁火急前去报知各教师，务要生擒高天赐，方消此恨，切勿放走于他。各教头闻知公子吩咐，不敢怠慢，各欲争功，发声喊，四围追赶过来，齐声喝曰："公子有命，快些捉拿高天赐！"犹如铜墙铁壁一般，围将上来。仁圣天子闻言道："不好了！"亡命奔逃，无处躲避，恨无

---

① 垓(gāi)心——重重围困的中心。

两翼，飞出重围。看看追近身边，勉强支持抵挡，不想仁圣天子战了这半日，肚饥力乏，遍体疲倦，却被长枪大棍横扫而来，竟将仁圣天子打倒在地，李忠急忙上前将他擒住，解送公子营中。那柴玉即拼此机会，即刻奋起精神，冲出围外，无心恋战，急忙逃走，取救兵去了。正是急急如丧家之狗，忙忙然若漏网之鱼。一口气不知跑了多少路。

适值江南分巡、淮扬海河漕事务兵备道陈祥，系陕西省人，由翰林出身，荐授此职。是日乃三八堂期，应到臬司衙中禀事，正在鸣锣喝道而来，那柴玉所因跑得势猛，留脚不住，横冲了宪台道子，恰被差役拿住，问是何人，柴玉正思首告叶振声奸恶，苦无门路，抬头见是兵备道牌扇，极口喊冤。道宪喝曰："你有何冤事，在此叫喊，快快照直说来，饶你之罪！"柴玉道："小人是避难逃出来的，有天大事首告，不敢当着众人明言，求大人带小的到私衙密禀。"大人吩咐带他回衙，一进衙门，便把柴玉带入内堂，问他首告何事，柴玉连忙跪禀曰："小的系前翰林院柴运松之嫡侄，名玉是也。因奸恶叶振声私通山贼，开设税厂，刻剥小民。小民心中不服，不肯遵抽，被他欺压。备然遇着高天赐老爷，问起情由，将他税厂烧了，以除民害，后到小人庄上与家叔叙会。小的方知高天赐即当今天子，谁想叶振声狠心，贼性未肯甘休，知对头在小人庄内，立刻聚集山贼喽啰及亡命凶徒家丁等众，约有数十人马，杀到前来，四面围困，水泄不通。家叔闻报大惊，即奏知仁圣天子，设法退敌。天子见奏，圣心大怒，即时命周日青打头阵，着家叔在望楼上擂鼓助威，又吩咐日青如系战败，你即刻冲围，走往各衙报知，调兵剿贼；若系胜仗，朕随同柴玉出来帮助杀贼。嘱毕，各人束装停妥，日青先行出战，经有三十余合，不分胜负。仁圣天子即忙与小人一同冲出接应，却被他们人众我寡，看看越战越多，不能抵敌，以致日青被擒，仁圣天子被捉，小人唯恐失陷无人取救，迫得冲出重围，拼命逃生，致有闯道之罪，乞大人恕罪。"

陈道台闻说，如冷水淋头，一惊非小，即忙请起柴玉，坐下说曰："令叔与我同年，彼此系属年家①，无用拘礼也。现在既系仁圣天子被捉，比各有无受伤？"玉曰："无伤，盖因叶振声发下号令，要擒生功，故以未有致伤，还算不幸之幸。大人宜急急设法调兵救驾为要。若稍迟延，犹防误了

① 年家——科举制度中同榜登科者互称"年家"。

大事。"陈道台曰："然也。为今之计,我们火急到臬台处禀明,调集各营武弁,点齐各路军兵,赶速前去救应,方免失误事机。年侄你道如何?"玉曰:"着极,就是这个主意。"话完,陈道台即时传令,着本署带兵官速速点齐兵马,即去臬台署前听调,毋得延迟违误。

令毕,随即与柴玉上马,先行直程来至按察头门。柴玉下马,走至报事鼓旁,双手拿锤将鼓乱击,把衙慌忙喝问何事,玉曰:"有军机大事密禀大人,速速通报!"衙役闻言,不敢怠慢,急忙入内报知。邹按察闻报大惊,未知什么机密,忙传语请见。柴玉陈祥一同步入中堂,邹按察见陈道戎装打扮,复又吓了一惊,连忙问曰:"这是何人? 有何机密,因何如此装束? 快些说来!"陈道忙禀曰:"伊乃柴运松翰林之侄柴玉是也。缘圣驾下临柴府,却被奸贼叶振声统带山贼将柴府前后重重围住,仁圣天子与日青刀战不能抵挡,先后被捉。如此这般,尽情说上。现因事关紧要,不能延缓须臾,因此卑职先将本衙弁兵调齐,在辕门候令。请大人定夺。"臬台听禀如情,立传:"值日书差上堂,着令草檄文呈上观看。"其檄云:

> 钦命江南等处原提刑按察使兼理驿传事邹。为檄饬各营弁兵遵照事:现据淮扬海兵备道陈祥赴辕禀覆,有奸贼叶振声系前任兵部尚书叶洪基之子,祸因本年贼子叶振声串同山贼私设税厂,祸国殃民,情同叛逆,偶值圣驾微行至此,洞烛其奸,特将税厂烧毁,以除强暴而安善良。讵料贼子豹虎性成不知悔过,胆敢聚集山贼亡命等众借报仇为名,围困柴府第,因此触怒天颜,亲临退敌。奈贼党众多,轮流诱战,以致仁圣天子及周日青将军力怯被获,有惊圣躬。本司据各情惊惶倍切,合亟出檄传报,为此檄,尔各营弁兵知悉,檄到即便遵照立即点齐官兵前去救援,事机紧急,毋稍延缓,致干罪戾,须至檄者速速。
>
> 乾隆　　年　　月　　日檄

各差役接了檄文,赶急分了各营,催取救兵。不消一日,各路勤王之兵一齐俱到邹臬台处禀见。参将冯忠、游府陈标、都司周江、守备李文剑四营将官,一同叩见。其千总、把总、什长、队长并四营马步兵俱在辕门安礼候令,共计约一万有余。臬台见将勇兵强,满心欢喜,即时传令,放炮起行,登即拔营俱起。正是:炮响三声,旗分五色,人马浩浩荡荡,杀奔叶府而来。

话分两头,不能并说,只得放下此边,再讲那边周日青与仁圣天子先后遭擒,被陈仁、李忠等解到叶公子案前,公子大喝曰:"你二人胆敢将吾税厂烧毁,今日被擒,有何话说?"日青骂曰:"你这奸贼,目无国法,罔上横行,刻下死罪临头,犹未知悔,你好好将我二人放出,万事甘休;如若不然,我们手足知吾二人被陷在此,一定前来救应,斩草除根,尔等死无葬身之地矣,悔之何及!"振声闻言,只激得怒气冲冠,即以手指二人骂道:"今日你等肉在砧上,任我施为,尚敢胡言乱语,直正死有余辜!"即对陈仁等说曰:"某本欲取二人置之死地以报深仇,奈他们余党尚多,未曾落获,恐防为害不浅,故欲待其余党前来接应,然后切力捉拿,一并治罪,尚未为迟。你等主意如何?"各人皆曰:"吾等亦欲如此也!"正是:

　　预备窝弓擒猛虎,安排香饵钓鳌鱼。

公子即时吩咐家丁,将二人带往左面囚房监押住,他又拨家丁二十名轮流看守,以防疏虞走脱。说完,随与陈仁、李忠等人宽怀畅饮,庆叙战功。忽闻炮响连声,惊天震地,各人正在狐疑,只见家丁走来跪报公子:"不好了!小的听得邹臬台会同四营将兵得有万余人马,杀到府来了。不敢不报,请令定夺。"振声闻说,大惊失色,陈仁劝曰:"公子不必惊慌,自古道,兵来将挡,水来土掩。何用惧他?趁他刻下兵马未到,宜早预备迎敌,杀他片甲不回,方显我们劲敌也。"公子曰:"全仗调遣!"当时陈仁、李忠等各教头俱各装束停当,又传齐丁壮,着令各持器械,预备敌人一到,立即冲营截救,我且不提。

回言邹臬台率领四营兵勇赶急前行,不消一日,前哨官禀报:离叶府不远,请令定夺。臬台闻禀,即时传令人马慢行,着四营将官前来听令。冯忠、陈标、周江、李文剑四人一同上帐请令,臬台吩咐道:"你四人各领本营兵马,分为四路攻打。若一路胜仗,即合兵帮助,使敌人首尾不能相照,料必然大胜。又令柴玉同兵备道陈祥带领本管兵丁,俟敌人出战,趁势打入府中,救脱高天赐、日青二人之难,会齐再来助战,我自领中军往来救应,捉拿奸贼,方无脱漏也。"各人遵令前行,看看将近叶府门前,尚未扎下营寨,突遇陈仁、张丙由东面冲击而来,冯忠先到,急忙接战,李忠、黄振又从西面冲来,陈标急忙迎架,又有何安、卢标自南面冲来,周江即刻上前挡住,又见叶振声率领苏昭从北方杀来,却撞了李文剑,两家接住厮杀,不提防,邹臬台中军兵又到,连忙左冲右撞,四处帮助去了。

那里柴玉与兵备道陈祥兵到,见那边正在酣战,料想府外无人把守,趁势冲入府中,逢人便杀,各丁庄仆妇人人惜命,个个逃生,柴玉杀得兴起,不分男女老少,枪到就亡,血流满地,陈祥见此情形,又不能拦阻,因不见高、周二人,恐防有误大事,满心焦燥,左思右想莫可为谋。正是人急计生,偶然想出一条计策来,急忙冲入内堂,适遇一人慌张奔走出来,却是官样装扮,陈祥自忖:此人必定知此来历,待我捉住他,哪怕他不说真情? 即忙将他拿住,那人便如杀猪一般叫喊起来,又值柴玉赶到,见了便叫:"快将这奸党杀了,何用多言!"陈道台对曰:"不可,我自有用处。"随转口问曰:"你是叶府何人? 快把高周二位老爷困在何处从真说来,饶你一死,不然,即取你狗命也!"那人慌忙告曰:"好,好汉,饶,饶命! 我,我,我姓莫,名问谁,充当叶府师爷。你,你们高周二位老爷,现下押在囚房里头,因公子欲尽获余党,然后报仇,故未有伤害也。"陈祥闻言大喜,即着莫问谁引至囚房内,即将兵丁赶散,打破囚门,救出仁圣天子与周日青二人。回头将莫问谁一刀结果了,连忙跪伏地下说曰:"圣驾受惊,皆小臣来迟之罪,伏乞宽恕!"仁圣天子曰:"卿等救驾有功,何言有罪?"即扶起陈祥问曰:"奸党曾否捉获?"陈祥对曰:"臣因奉令救驾,故未知外面胜负如何。"

仁圣天子闻言,急着柴玉、陈祥先去助战,"朕与日青后行,四围接应。"陈祥等领命,即忙举步向前。仁圣天子与日青随后赶到。那叶振声及各教头见高天赐等与周日青在阵,一时摸不着头恼,又遇了力兵上来助战,于是不能抵挡,俱各大败。叶公子与苏昭力敌两军,并无怯战。却遇仁圣天子与日青来助阵,正是仇人相见,分外眼明,叶振声一见,惊慌无措,却被李文剑一枪刺去,正中咽喉,结果了他性命。日青将双铜照苏昭头上打来,丢了半个天灵盖,呜呼一命哀哉。其余家丁一众,各自逃生。日青等不来追赶,仁圣天子回头见余党尚众。即与日青等赶急上前,分头帮助捉贼。陈仁等被冯忠追逐,正在力怯,且挡且走,却撞了日青冲来,拦腰一铜,把陈仁打下地来,冯忠上前一刀,取了首级。张丙欲来接应,反被日青敌住,一来一往,一冲一撞,不提防冯忠取了陈仁首级,从后追来,举刀一撇去了张丙一只左手,负痛而逃,日青复奋勇赶上,一铜结果了张丙。那边李忠、黄振又遇了仁圣天子生力军,自思断难抵挡,急急奔逃,却撞着冯忠,合兵上来,与陈标首尾夹攻,生擒李忠、黄振去了。这里周江与何安、卢彪战了多时,未能取胜,恰值三路官兵得胜,围上前来,将何安、卢彪困在垓心,四面受敌,纵有七手八臂,焉能抵挡得住？欲待冲围,又不能得出。况且枪挑刀劈,乱砍下来,杀得何安、卢彪二人汗流浃背,眼目昏花,手下兵丁七零八落。正是上天无路,入地无门,自知抵挡不来,束手受缚,各兵丁即将何安、卢彪二人捆绑,即时解送上仁圣天子案前,请旨发落。

斯时,仁圣天子见奸党剿除殆尽,十分大喜,即传令鸣金收军,安下营盘,再作商议。邹臬台闻命,立即传齐冯忠等四营将官,点视三军,有无受伤情事。于是各自回营查明,一同禀复道："各营弁兵托赖大人恩荫,又籍天威下临,所以奸贼一律肃清,兵丁并无伤损,皆国家鸿福所致也！"邹臬台闻禀,十分欢喜,即将擒来奸贼李忠、黄振、何安、卢彪等四名奏明,请旨定夺。"再叶振声等四名均系在阵上当场杀毙,如何办理之处,出自圣裁,臣等理合一并陈明。恭请谕旨发落,不胜待命之至。"此时仁圣天子闻奏,天颜悦道："卿等救驾有功,朕心嘉尚,可恨这班奸贼害国殃民,复欲谋害朕躬,实属罪大恶极,不容宽救。至首恶叶振声等,业经杀毙,着无庸议。唯李忠等四名,着即行正法示众,以儆奸暴效尤,而安善良。"

邹臬台等即将四贼遵旨正办,割下头颅,揭竿示众。仁圣天子见诸事办妥,十分大喜,着令各官将兵勇散回营中,以重职守,又令邹文盛暂行回衙供职。俟有旨下之日,另行升赏,以奖励劳,兼注销此案。朕与日青仍旧要往别处游行,不能在此耽搁,卿等切勿扬言出外,致生事端。"说完,正欲与日青出营,恰遇柴运松寻看回来,正碰个着。原来当日柴翰林在望楼上擂鼓助威,因见仁圣天子与日青被陷,一时心慌意乱,无计可施,迫得以走为上着,急忙下楼微服逃遁,往亲戚家暂时躲避,俟慢慢访明仁圣天子下落,再来相会,预早定这个念头,今日邹臬台督率许多人马捉拿奸贼,满城中沸沸扬扬,喧传远近,远松如何不知？因有这个机会,自己再细细打听清楚,故特到营相会也。仁圣天子一见柴运松之面,大喜曰："卿家究竟往哪里去来？累朕日夕悬望,现朕已草下密旨一道,柴卿可作速回京,带往军机处,交刘墉开读,自然仍着你在翰林供职。待朕回京之日,再行升赏。卿家作速回庄打点可也。"说完,即与日青别了各官,出营前去。邹臬台欲率同文武远送一程,有仁圣天子不准,各官也就罢了。暂且搁起天子往别处游行,后有交代。

回言柴翰林见天子已去,因自己有王命在身,急急与柴玉拜别各官,回庄打点去了。然后邹臬台饬令兵备道陈祥及四营将官,各各带领兵勇回衙供职,恭候旨下,不提。再说柴运松叔侄回到庄上,见四处墙垣破坏,屋宇悄然,不觉潸然泪下。说曰:"古道:圣驾临臣宅,一定有斗杀,语非诬也。今日虽然家散人离,伏幸歼除多贼,报还此恨,又领天颜,复还原职。"正在思想,忽见家人妇子陆续回来,运松因一家团聚,十分欢悦。随即吩咐玉曰:"我现有圣旨在身,不能耽搁,克日就要起程进京。你可在家谨守田园,照应家务,并赶紧催工匠回来修茸各处墙垣为要。我因京差紧急,不能亲自在家经理。"再三叮嘱,然后吩咐家人柴禄收拾行李马匹齐备,别了家门,主仆二人往北京进发,沐雨横风,日行夜宿。

正是有话则长,无话则短,不一日来至皇都内地,已是黄昏时候了。主仆二人商议,现在日已西平,不如寻所客店,歇过今宵,明晨再到军机处可也。主仆速忙入店,用过晚膳,一宿无辞。次日清晨起个黑早,梳洗已毕,用过点心,运松穿好衣冠,着家人柴禄带齐手本,同往军机处。柴禄领命,即时引路到军机房来,将手本传入。传递官拿起一看,上写着:"前翰林侍读柴运松禀叩。"见是太史公手本,不敢延慢,急忙上前禀明各大人得知。刘墉闻禀,满腹狐疑:"他系被革翰林,何以又来此地? 莫非有甚机密?"立着传帖官请见。运松一闻请字,急忙举步入堂,即有陈宏谋、刘墉等一班大臣接见道:"不知先生远临,有何见教?"柴运松拱手对曰:"不敢! 学生有密旨在身,不能全礼,请刘军机跪接。"刘墉闻说大惊,不迭传达,即排列香案,恭接谕旨。不知刘墉如何迎接之处,且听下回分解。

第四十一回

扬州城府宪销案　金华府天子救民

　　却说刘墉大学士见运松说有密旨颁来,着他迎接,因此传令,排开香案,自己朝北跪下,恭请天使大人宣读。运松即刻面向南而立,双手捧定诏书,高声朗诵曰:

　　奉天承运皇帝诏曰:朕自下游江南,原欲察吏安民,锄强诛暴,以安善良。偶于上年十月,行至扬州府属邵伯镇地方,得悉已故叶洪基之子叶振声,因思报仇,横行霸道,好恶异常,胆敢交通山贼,私设税厂,在上官桥蠹①国殃民,朕因心怀不忿,特地亲自与他理论,将伊税厂烧毁。后在柴运松庄上居住,那贼子闻知,率领贼兵数千,教师七名,声言复仇;将庄上重重围困,触怒朕心,目击凶横,一时难奈。致此,朕与贼战,众寡不敌,遂被擒陷。得柴玉冲出重围,适与河道陈祥苦救,禀明邹文盛枭台,调集四营兵马一鼓而来,将奸贼尽行剿灭,余众招降遣散。朕见各营弁兵尚属勤劳王事,救应朕躬,为此特谕尔军机刘墉知悉:谕到之日,即便遵旨着柴运松仍回翰林本任,并行知江南巡抚庄有恭立将此件查明注销,并将叶氏家产查抄充公,以奖勤劳主事。所有此次出力文武各员,俱着加三级,另行升用,以励戒行而收士效。钦此!

　　钦遵柴天使读完圣旨,刘墉朝北叩头谢过了圣恩,然后立起身来,与柴天使见礼毕,一同坐下说曰:"恭喜天使大人,奉旨开复原官,可贺,可贺!但不知圣驾何时降临府上?因何闹出如此事情?请道其详。"运松曰:"一言难尽!盖因晚生谪官归里,设帐糊口,使子侄等负贩自助。叶振声欲报父仇,独据一方,谋为不轨,致有设税厂私抽,刻剥小民,舍侄不服其抽,遭他毒打。适值仁圣天子问起情由。"原原委委,如此这般,从头至尾细说一遍。刘墉闻言道:"怪不得天颜动怒,原来叶振声如此横行!

---

　　① 蠹(dù)。

所谓有其父,必有其子也。前者伊父叶洪基怙恶不悛,触怒天颜,幸得圣
恩高厚,念彼助有微劳,作为功臣犯法而论,止戮其身,而不及其妻孥①,
犹不幸中之大幸也。今振声不知感激悔过,反欲与国为仇,真正死有余辜
了!"谈罢二人相别,各自回衙。

且不言运松回翰林院供职,单表刘墉回到私衙,即刻备下咨文,着值
日官速速传塘提局差官,立刻赴辕,领咨文递往江南巡抚庄有恭开拆。快
马加鞭,不得延滞,致滋罪戾。差官领命,即时带了夹板咨文,赶紧起身,
离了京城,直望江南巡抚部院。当宿毋敢延迟,不一日,行至江苏省城,立
即入城前到抚院衙门,将这咨文当堂呈递。庄抚台见是夹板,大惊,急忙
拆开一看,方知其故。原来邹枭台已经申详明白,今日既奉谕旨查办,务
要认真办理,方无负圣心眷顾也。即着巡捕官传扬州府上来问话,并传参
游都守四营将官赴辕听候。适遇邹枭台上衙请安,陈河道亲到禀事。随
后扬州府四营将官陆续俱到,均一齐跪禀曰:"不知大人传唤卑职有何吩
咐? 乞示其详。"庄抚台曰:"贵府叶洪基子振声,谋为不轨,业经父子同
正典刑,家人共罹②法网。今因奉到圣旨查抄家产充公赏勇,故特着贵府
查明叶氏田地家产该若干,列明清单来验。"着扬州府领命查封叶宅去
了。庄抚台又对按察曰:"贵司调兵救驾,大悦圣心,现奉上谕,邹文盛着
赏加头品顶戴在任,遇缺即补布政使司布政司;陈祥着补授江南提刑按察
使司按察使;冯忠着以副将尽先补用,并赏戴花翎;陈标着以参将补用,并
赏戴花翎;周江着以游击,遇缺即补,并赏戴花翎;李文剑着以都司,遇缺
即补,并赏戴花翎。其余随征兵勇,均着有微劳,着每名加恩赏给粮食银
一个月,即在叶氏抄产内报销可也。至柴玉此次拼命向前冲围取救,大有
功劳,唯伊自行呈明,不愿出仕,着加恩赏五品蓝翎衣顶荣身,以奖其忠勤
王事之心。"各官领受皇封巨典,随着庄抚院朝北行礼,望关叩头,谢过圣
恩,然后各各禀辞回署。庄有恭见各事办妥,即令禀启房做下文书,复部
销差不提。

且说浙江省金华府有一客商,姓李名慕义,系广东广州府番禺县人

---

① 妻孥(nú)——妻子儿女。
② 罹(lí)——遭受。

氏。因藓赀①来此金华贸易,已历二十余年,手上颇有余资,娶过一妻一
妾,生有一子一女,且有义气,乐善好施,济困扶危,怜贫惜老。如有义举,
虽耗破千金,并无难色。因此,士大夫咸重其名,妇孺亦争识其面,其名日
噪,其望日隆。忽一日,自思到此贸易多年,虽然各行均能获利,唯是人生
在世,岁月无多,光阴易逝,白发难留,若不谋些大势界,如何能得出色?
况且现有洋商招人承充,不如独自干了出来,或者借此发积二三十万,亦
可束装归里,老隐林泉②,以享暮年之福,岂非胜此远别家乡、离宗失祖?
况古人有云:发达不还乡,如衣锦夜行。此言自己身荣人不能见,真乃惊
目长言也。斯时,李慕义想到高兴之处,不觉雄心勃发,恨不得一刻就成,
免被别人兜手,枉费了一片心机。随即托平日最知己得力朋侪③前往托
情,又亲自具禀陈说身家清白,自愿充作洋货商头。关官准了呈词,立即
饬县查明禀复,系家赀丰厚、人品忠诚,即刻悬牌出示,准其充作洋商,并
谕各行户一体遵照办理。

　　谓世上无难事,最怕有心人。那李慕义日思夜想,左求右托,毕竟被
他做成了。今日奉到札谕开办,李慕义欢喜异常,十分满意,以为富贵二
字指日可期。斯时,又有姻亲、戚谊、乡宦、官绅、行商等众亲来恭喜,恭
贺。正是车马临门,李慕义招呼不迭,只得摆酒致谢,足足忙了十余天,方
才事竣。况洋商系与官商交处,自然另是一番气象。出入威严,不能尽
述。谁料李慕义时运不通,命途多舛。自承充洋商之后,各港洋货一概滞
销。日往月来,只有入口洋货,并无承办出口,不上两年,越积越多,又无
价值。左右思维,迫得贱价而沽,反缺去本银数十万。虽然目下尚可支
持,若再做二三年,仍系如此光景,那时恐怕倾家未够偿还,岂不反害了自
己?思想起来,不觉心寒胆落,悔恨不已。唯是现下虽耗多金,务要设法
脱身,方可免了后患。

　　正在胡猜乱想,忽见门子入报张员外拜会。李慕义闻言,满心欢喜,
连忙迎接入座。相见毕,开言说道:"久别芝标,时深荆慕。今日甚风吹

---

①　藓赀(xié zī)——藓,通"挈"携带,赀这里通"资"。

②　林泉——指隐退之地。

③　侪(chái)——同辈,同类的人。

得大驾光临也?"张员外答曰:"暌违①尘海,每切时思,别绪依依,流光冉冉,不觉握手尊颜,两载有余矣。想兄台福祉②时增,财源日进,健羡③难名。弟入京两载,今始还乡。因契阔④多疏,特来领教,以叙久别渴怀,并候仁兄近况耳。"李慕义闻言,抖声大气,张员外反吃了一惊。忙问曰:"吾兄有何事故,如此愁烦,乞即明白示知,或可分忧一二。"李慕义曰:"弟因一时立心太高,欲发大财,是以承充洋商。不料一连两年,洋货滞销,兼无市道,唯有入口,并无办出。而且两年之内,积货太多,不能转动,不得已贱价而沽,以致耗拆本银数十万两。倘再如此,犹恐倾家难抵,所以愁烦也。"张员外曰:"这事非同小可!若再耽延,恐防遗累不浅。趁势计清所欠饷项,具呈缴纳,然后禀请告退,另招承充,免致拖累,方为上策。千万早早为之。所目下虽耗多金,犹望再展鸿图,重兴骏业,始为妙算也。弟意如此,未知尊意若何?"

李慕义道:"方寸已乱,无可为谋。祈兄代弟善筹良法为幸。况弟刻下银两未便,焉能清缴饷银? 还求仁兄暂为挪借帮助,感恩不尽也。"张员外曰:"此事倒易商量,唯是兄既告退洋商,此后有何事谋生,倒要算定。因弟有知交陈景升,广东南海县人,与兄同乡,在此承充盐商发财,目下欲领总埠承办所,因独力难支,故欲觅伴入股同办,系官绅交处,大有体面商人,似与阁下甚为相配,更胜过别行生意一筹。弟因分身不开,所以不能合股,故特与你商量。如果合意,待我明日带同陈景升到来,与你当面订明各项章程,明白妥当,两家允肯,然后合股开办。若系兄台赀本未便,待我处移转过来就是。未知尊意如何? 还祈早为定夺。"李慕义曰:"好极,好极!弟一生事未成俱,藉贵人指引,此次洋商几乎身家不保!幸赖仁兄指点迷津,脱离苦海,已自感恩殊多。况复荐拔提携,代创生财之业,此恩此德,没齿难忘。而且人非草木,岂有不遵台命之理?"张员外闻言,答曰:"好话咯! 我与你知己相交,信义相友,虽云异姓,更胜同胞,何必多言说谢也! 总之急缓相通,患难相顾,免被外人笑话就是了。又因

---

① 暌违——久别。
② 福祉——此处指福气。
③ 健羡——非常仰慕。
④ 契阔——久别。

见你洋商耗折大本,从何处赚回?故此荐你入股盐商,想你借此再发大财,复还旧业,方酬吾愿也。"说完,起身辞别,订期明日与陈景升再来面叙各情,再酌道理。李慕义连声唯唯,随即送至门口,一拱而别。

原来那张员外名禄成,系金华府人氏,家财数百万,向做京帮汇兑银号生理,与李慕义交处十余年,成为知己。两相敬重,并无闲言。正是情同管鲍,气若蔺廉,若遇亟需,挪借无不应手。因有这个缘故,是以情愿借银与李慕义再做盐商,想他充复前业,乃是张禄成一片真心扶持于他。闲话少提,再说张员外,次日即与陈景升同到李府相会,叙谈些寒暄之事,梓里乡情,然后说及盐埠一事。二人谈论多时,情投意合,李慕义即着人备办酒席款待张陈二客。三人抱杯谈心,直饮至日落西山,方才分别。从此日夕往来,商量告退洋商、承办盐埠各事。李慕义通盘计算,必费银五十万两方足资用,随对张员外说明,每百两每月行息三毛算,立回揭单,交与李慕义收用。果然财可通神,不上半月,竟将洋关商名告退,又充回总埠,盐商开办,暂且搁过慢表。

再言李景字慕义,生有一子一女。子名流芳,居长,年方三七,平日随父在金华府贸易。其女适司马瑞龙为妻,亦系武举。那流芳正当年富力强,习得一身武艺,适值大科之年,因此别父亲回去广东乡试。三场完满,那主试见流芳人材出众,武艺超群,竟然中了第十三名武举。报捷家中,母子十分欢喜,随即赏了报子,回身便写家书,并报红,着家人李兴立刻赶去浙江金华府报喜。家人领命去了,即有诸亲戚到来贺喜。于是忙忙碌碌,足闹了十余天方才了事。连忙打叠进京会试,并顺道到金华府问候父安。随即约齐妹婿司马瑞龙,一同入京,放下慢提。

回言李慕义、陈景升二人同办总埠,满望畅销盐引,富比陶朱①,不想私枭②日多,正引反淡,销路更不如常。及至年底,清算报销,比常减销三分之一,仅敷盘费,并无溢息。连长年老本息亦无着落,倒要纳息出门。一连数载,一年望归一年,依然如此。陈李二人见这个情形,料无起色,十分焦躁愁烦,因此二人商量道:"我等合理数十万本银承办总埠,实欲发达兴家,光耀门墙,不想年复一年,仍然缺本。即使在家闲居,卖银出门以

---

①　陶朱——即陶朱公范蠡,后泛指大富者。

②　私枭(xiāo)——旧时私贩食盐的人。

救利息,亦有盈余可积,不致有缺无盈,耗入赀本。况埠内经费浩繁,所有客息人工,衙规节礼统计,每年需数万两始足敷支。若系销路稍淡,所入不敷所出,反致耗折本银。此生意甚为不值。正如俗语所云:贴钱买罪受,不如早些罢手,趁势收兵。虽然耗缺些须,不致大伤元气;倘若狐疑不决,犹恐将来受累不浅。你道如何?"陈景升曰:"此说甚合道理。但我自承商以来,所遇皆获厚利,未有如此次之亏折也。今既如此,必须退手为高。"于是二人商酌妥当,将埠内数目通盘计算明白,约共缺去老本银十万有余。现在所存若干,均派清楚,各自回家而去。

正值李景退股回家,恰遇李兴家人到来报喜,说公子高中乡科十三名武举,并将家书呈上,李景看了家书,忽然心内一喜一忧。喜的是流芳幸中乡科,光宗耀祖;忧的是所谋不遂,耗缺多金,以致家业陵替①,且欠下张禄成之项。自忖倾家未够偿还,不知何日方能归款。问心良不自安。心中喜忧交集,越想越烦,况李景年届古稀之人,如何当得许多忧虑?因此忧思过度,饮食不安,竟成了怔忡之症,眠床不起,日夕盼望流芳,又不见到,思思意意,病态越加沉重,只得着家人李兴赶紧回粤催促公子刻即赴浙看视父病,着伊切勿延迟耽搁,致误大事也。李兴领命,连夜起身望广东进发。日夜兼程行走,不敢停留。

不一日,行至广东省城,连忙回府呈上家书,并说家主抱病在床,现下十分沉重,特着小的赶急回来报知,并着公子刻即赴浙相会。那时流芳母子看了家书,吃了一大惊,急忙着李兴收拾行李,雇便船只而去。于是流芳与母亲妻子各人数口,赶紧下船开行,前往金华府,以便早日夫妻父子相会,免致两地悬悬挂望。随又嘱咐船家水手,务须谨慎,早行夜宿,更宜加意提防,用心护卫,他日平安到岸,我把多些酒钱赏你就是。船家闻言欢喜,领命开船长行。正是有话则长,无话则短。不一日,船到金华府码头,湾泊停当,流芳即命李兴押住行李,先到报信。李景得闻举家齐到,心中大悦,即时病减三分,似觉精神略好,急忙起身坐在厅上,听候妻子相会。不一刻,车马临门,合家老少俱到。流芳入门,一见父亲,即时跪下禀道:"不孝流芳,久别亲颜,有缺晨昏侍奉,致累父亲远念,抱病不安,皆儿之罪也。"李景此时见一家完聚,正是久别相逢,悲喜交集,急忙着儿子起

---

① 陵替——衰落。

来,说道:"我自闻你中武举,甚是欢喜。唯是所谋不遂,洋盐两商,耗缺本银数十万两,以致欠下张姓银两,未足偿还,因此心中一喜一忧,焦思成病,至今不能痊愈。今日得闻合家全来,骨肉完聚,即时病态若失,胸膈畅然,真乃托天福荫也。"说完,着家人备办酒席为团圆之会,共庆家庭乐事,欢呼畅聚,直饮至日落西山,方才席散,各归寝所,不提。

　　且说张禄成员外自借银李景分别之后,复行入京,查看银号数目,不觉两年有余,搁延已久,又念家乡生理,不知如何,趁今闲暇赶紧回乡,清查各行生理数目,并催收各客揭项为要。因此,左思右想,片刻难延。即时吩咐仆从,快些收拾行李回乡,不分昼夜,务要水陆兼程前进。不消几日,已至金华府地方。连忙舍舟登陆,到各店查问一次,俱有盈余,十分大喜。约有盘桓半月,然后回家。诸事停妥,即行出门拜客。

　　先到李景府中叙会。知李景因病了数月,颜容消减,大非昔比。禄成一见吃了一惊,连忙问曰:"自别尊颜,倏①已三秋,未审因何清减若此?恳祈示知。"李景答曰:"自与仁兄分别想必财福多增为慰。弟因遭逢不偶,悲喜交参,致染了怔忡之症,数月未得痊愈,以致如斯也。势因日重一日,只得着家人催促妻子前来,以便服侍。及至家人齐集,骨肉团圆,心胸欢畅,登时病减三分,精神略好。唯是思及所欠仁兄之项,殊觉难安。"禄成曰:"兄既抱病在身,理宜静养为是,何必多思多想,以损元神?这是兄之不察,致怡采薪之忧,今既渐获清安,务宜慎食加衣,以固元气,是养生之上策也。但仁兄借弟之项,已经数载有余,本利未蒙清算,缘刻下弟处急需,故特到来与兄商酌,欲求早日清数,俾得应支为幸。"李景闻言,心中苦切,默默无言。禄成见此情形,暗自忖度,犹以为银数过多,若要他一次清还,未免过于辛苦,莫非因此而生吝心?我不若宽伊限期,着伊三次摊还,似乎易于为力。着,着,着,就是这个主意,方能两全其美。随又再问曰:"李兄何以并无一言?但弟亦非过于催讨,实因汇兑紧急,不得已到来筹画也。如果急猝不能全数归款。无妨直对我陈,何以默然不答,于理似有未妥,反致令人疑惑?况我与你相信以心,故能借此巨款,而且数年来并没半言只字提及。今日实因弟帮被人拖欠,以致如此之紧也。"

　　李景闻言,即时面发赤,甚不自安,连忙答道:"张兄所言甚是道理。

──────────

　　① 倏(shū)——极快地。

弟并非存心贪吝,故意推诿不欲偿还,实因洋商缺本,盐商不能羡长,又耗食本,两行生意,共计五年内耗破家财数十万,故迄今仍未归赵。况值吾兄紧用之际,又不能刻即应酬,极是忘恩负义,失信无情,问心自愧,汗颜无地矣。殊不知刻下虽欲归款,奈因措办不来,正是有心无力,亦属枉然。唯求再展限期,待弟旋乡变卖家产,然后回来归款,最久不过延迟半载,断无图挞不偿之理。希为见原,幸甚,幸甚!"张员外听了这番言语,如此圆转,心中颇安。复又说道:"李兄既言如此,我这里宽限与你,分三次偿还罢。"李景道:"如此说,足感高情了。"二人订实日期,张员外即时告别。

李景入内对妻子说:"张禄成重义疏财,胸襟阔达,真堪称为知己也。我今允他变产偿还,他即千欣万喜,而现在我因精神尚未复原,欲待迟一两个月,身体略为强壮,立即回广东将田庐产业变卖清楚,回来归款此数。收回揭单,免累儿孙,方酬吾愿也。"流芳曰:"父亲所言也是正理,本应早日清楚,方免被人谈论。奈因立刻措筹不足,迫得婉言推诿耳。至于倾家还债,乃是大丈夫所为。即使因此致穷,亦令人敬信也。"夫妻父子直谈至夜静更深,方始归寝,一宿晚景休提。到了次日,流芳清晨起来,梳洗已毕,用过早膳,暗自将家产田庐物业等项通盘计算,似乎仅存花银三十余万,尚欠十余万方可清还。流芳心中十分焦躁,又不敢令父亲知道,致他忧虑,反生病端。只得用言安慰父亲,并请安心调理元神,待等稍为好些,再行回广东筹措就是了。

不觉光阴似箭,日月如梭,倏忽之间,已经两月。李景身体壮健如常,唯恐张禄成复来催取,急急着家人收拾行李,顾船还乡而去,不提。

回言张禄成因日期已到,尚未见李景还银音信,只得复到李府追讨。流芳闻说,急忙接见,叙礼毕,分宾主坐下。说起情由,前者令尊翁曾经当面订准日期清款,何以许久并无声气,殊不可解也。况令尊与我相处已久,平日孚信义重言诺,决无此糊涂。我是信得他过的,或者别有缘故,也未可知。流芳对曰:"父亲回广东将近半年,并无实信回来,不知何故。莫非路上经涉风霜,回家复病?抑或变卖各产业未能即时交易,所以延搁日期,亦未可定也。仍求世伯谅情,再宽限期,领惠殊多。"禄成道:"我因十分紧急,故特到来催取,恐难再延时日。今既世兄面上讨情,我再宽一月之期,以尽相好之义务。祈临期至紧归款,万勿再延,是所厚幸。倘此次仍旧延宕,下次恐难用情。总祈留意,俾得两全可也。"话完告别而去。

　　流芳急忙入内对母亲说知。禄成到来催取银两,如此这般等说,孩儿只得求他宽限一月之期,即行清款。若临期无银偿还,犹恐他不能容情,反面生端,又怕一番焦累,如何是好?"其母曰:"吾儿不必担心,凡事顺时安命,祸福随天所降就是。何用隐忧? 倘他恃势相欺,或者幸遇贵人相救,亦未可知。"流芳只得遵母教训,安心听候而已。不觉光阴易逝,忽已到期,又怕禄成再到,无可为辞,十分烦闷。迫得与母亲商量道:"目下若遇他再来催银,待孩儿暂时躲避,母亲亲自出堂与其相会,婉言推他,复求宽限,或者得他圆情允肯,亦可暂解目前之急,以俟父亲音信,岂非甚善,你道何如?"其母曰:"今日既系无可为计,不得已依此而行,看他如何回答,再作道理。"流芳见母亲一口应从,心中欢喜不尽,即时拜辞母亲,并嘱咐妻妹一番,着其小心侍奉高堂,照应家务,我今暂去陈景升庄上避过数天,打听禄成声气,即便回来,无用挂心。再三叮嘱而去。我且不表。

　　再讲张禄成看看银期又到,仍未见李景父子之面,心中已自带怒三分。及候至过限数天,连影儿也不见一个。登时怒从心发,暴跳如雷,连声大骂李景父子背义忘恩,寡情失信。况我推心置腹,仗义疏财,扶持于他,竟敢三番五次甜言推诿,当我系小孩子一般作弄? 即使木偶泥人,亦难哑忍,叫我如何不气嚘? 李景呀李景,你既如此存心不仁不义,难怪我反而无情。我亲自再走一遭,看他们如何应我,然后设法摆布于他,方显我张禄成手段。若系任从他左支右吾,百般推宕,一味迁延岁月,不知何时始能归款,岂非反害了自己? 这正如俗语所云:顺情终害己。相信反求人,真乃金石之言,诚非虚语也。

　　随着家人备轿伺候,往李府而来。及至将近到门,家人把名帖报上,门子接帖即忙传递入内,禀知主母。李安人传语:"请见!"门子领命来至门前,躬身说到,家主母有请张老爷相会。禄成闻说家主二字,心中暗自欢喜,以为李景一定回来,此银必然有些着落。急忙下轿步入中堂,并不见李景来迎,只见家人让其上坐,献上香茶,禄成心内狐疑,带怒问曰:"缘何你主人不来相见,却着你在招呼,甚非待客之礼!"家人禀曰:"小的主人尚未回来,前月小的少主亲自回粤催促主人,至今未接回音。昔才小的所言家主母请会,想必张老爷匆忙之间,听语未真耳。"二人言谈未了,忽报李安人出堂相见。此际张禄成迫得离坐站立等候,只见丫环仆妇簇拥着李安人缓步行来。禄成连忙施礼,说道:"嫂嫂有礼了!"那李安人不慌不忙，从容还礼让坐，然后叙些寒暄客套久别言词，谈了好一会，家人复献上香茶，二人茶罢，禄成开言问曰："前者景兄所借本银五十万两，至今已阅数年之久，本利未蒙归款。数月前愚因小店亏空紧支，迨来索讨；嗣因景兄婉言推诿，许我变产清还，只得再候数月。谁想至期杳无音信。及再来询问，得会世兄之面，据云夫返粤并无音信，不知作何究竟也？又因世兄求我缓期，不得已再为展限，迨今复已月余，仍未见有实信。原此借项实因景兄承办洋商，不上二年，欠款太多，不能告退，恐他再延岁月，岂非破耗甚多？一时动了恻隐之心，起了扶持之念，特与他缴清官项，告退洋商，更代他谋充总埠，承办实缺，甚借风便，想厚获赀财，大兴家业，以尽我二人交情。且不料三推四挡，绝无信义，即使木偶，亦应惊骇发怒，况我有言在前，此项为数甚巨，若一次不能清款，可分三次归还，似我这样容情，尚可什么侥幸？请嫂嫂将此情理忖度一番，定知孰长孰短也。"李安人道："老身未知丈夫失信，久仰！难为叔叔，但我丈夫平日最重义信，决无利己损人，所因两次承商亏折过多，难以填补，即将此处生意估计银仅五万之数，家中田园铺户核算所值约二十余万之间，两处归理备足三十万，仍未够还叔叔一款之项。以我忖度，或者丈夫因此耽搁时日，欲在各处张罗揭借，或向诸亲眷筹划，必欲凑足叔叔之项，始行回来归款，以全信义。这是丈夫心意，所以许久尚无实音，盖缘筹措银两不足之故，殊非有心匿避，致冒不洁爽信之名，受人指摘，应该他断断不为也。况承叔叔一团美意，格外栽培，岂敢忘恩负义，唯是耽延。叔叔自问，亦觉难安。总之非有心推诿，故意延迟，实因力有未逮耳。请叔叔放心，自然有日清还，无容挂怀也。"禄成闻此无气力之言，又无定期，不知何时方能归款。不觉勃然生怒道："我不管你们有心无心，总系以今日情形而论，即是存心拖沓，果能赶紧清还，方肯甘休。若再迁延，我就要禀官追讨，将你家业填偿。如有不足之处，更要把妇人、女子、婢仆等辈，折价准账，你需早早商量，设法了事，才得两全其美。若待至官差到门反讨，那时悔之晚矣！"说完悻悻而去。

李安人听到此言，心中伤感，自怨丈夫差错，不肯预早分还。况且数十万之多，非同小可，叫我如何做主筹还？急着家人即往陈景升府上，叫公子回来商量要事。家人连忙前去，道及奉了主母之命特来相请。流芳闻言，急与景升分别回家。李安人见了回来，放声大哭，流芳不知其故，急忙问曰："母亲所为何事，如此悲伤？请道其详。"其母曰："我儿哪里得知，因张禄成到来催账，说你父亲忘恩负义，立意匿避拖沓，立定主意禀官追讨，更要将你妻妹准账。我想他是本处员外，交官交宦，有财有势，况系银主，道理又长，如何敌得他过？那时官差一到，弄得家散人离，如何是好！因此悲伤耳。"流芳用言安慰母亲一番，复回头劝慰妻妹，并着他小心服侍母亲，凡事有我当头调停，断不致有累及家门之理。你等尽管安心。"说完，独自走往书房。那流芳先时当着母亲妻妹面前，迫得将言语安慰，其实他听了这些言语，已自惊慌无主，甚不放心。况且公账，向例官四民六，乃系衙门旧规旧矩。若遇贪官污吏，一定严行勒追，这便如何是好？

因此左思右想，弄得流芳日不思食，夜不成眠，时时长嗟短叹，苦切悲啼，暂且搁过不表，后文自交代。

回书再讲仁圣天子与周日青自从扬州与各官场分别，四处游行，遇有名山胜迹，无不登临眺览，因此江南地方山川形胜，被他游览殆遍。偶然一日，行至海旁，仁圣天子叫日青雇船，从水路顺流游览，果然南船轻浮快捷，十分稳当，如履平地一般。又是海上繁华喧闹，心中大喜，随对日青道："你可曾着船家预备点心酒菜，以便不时取用否？"日青闻言，忙唤船主。那船主急急来到中舱，低声问道："不知二位老爷呼唤，有何吩咐？"仁圣天子问曰："这条水路比如通往哪处地方？"船家对曰："过了此重大海，就系金华府城。未知老爷欲往何处？"仁圣天子道："我等正是往金华府城，但不知要几天才能得到？"船主曰："以顺风而计，不消二日，即抵府城，若无风，亦不过三天而已。"斯时，仁圣天子闻言，十分欢喜。即着船家快些备办酒筵，预备饭用。船家领命而去。仁圣天子与日青二人日夕消闷，或则饮酒观景，或则叙谈往事。于是，日行夜泊，不觉船到金华府码头。船家湾泊停当，即来请二人上岸游行。仁圣天子即着日青把数日船费交他，然后起岸。

那时正值黄昏时候，日青忙对契父说知："日已将西，不如趁早赶入城中，寻寓歇过一宵，明日再往各处游玩，不知契父尊意如何？"仁圣天子曰："甚是道理！"于是二人赶入城中，经过县前，直街而行。抬头看见连升公馆招牌，写着接寓往来官商。二人忙步入门，馆人一见慌慌接入堂中，叙礼坐下。问曰："二位客官高姓大名？盛乡贵省？"仁圣天子答道：

"某姓高名天赐,此系周日青,系北直顺天人氏,因慕贵省繁贵热闹,人物商庶,特来游览。欲找洁静房子一所,暂寓数天,未知可有?总以幽静为佳,房租不拘多少。"馆人曰:"有,有!"随即带往靠南那边一间房子,果然十分幽静。原来此边仅有这所地方,不同外边左右相连,人声嘈杂,是以寂静。仁圣天子又见地方宽阔,摆设精致,心中欢悦。随即着馆人备办二人酒饭,有甚珍饼、异味美酒醇醪,即管搬来。馆人答应一声"晓得",即呼唤小二上来伺候二位老爷晚膳,回头又对仁圣天子说道:"老爷有甚取用,一呼就来。"说罢,告辞而去。即有小二上来服侍,送上香茶。二人茶罢,仁圣天子对日青道:"这所房子甚合朕心意,欲久住些时,以便游览各处山川胜迹。"日青对曰:"妙极,妙极!"正在谈谈笑笑,忽见酒保搬上酒肴来,说不尽熊膳鹿脯,禽美鱼鲜,二人入席,开怀畅饮,咀嚼再三,细啖其味,果然配制得法,调和合度,于是手不释盏,直饮至月色东方,方才用饭。日青已自酩酊大醉,伏几而卧。小二等将杯盘收拾,送上浣水香茶,诸事停当,复请曰:"高老爷路上辛苦,莫若早安歇精神。"仁圣天子道:"晓得!你们有事,即管自便,无容在此等候也。"小二领命告退。

且说仁圣天子见日青大醉,独坐无聊,寝难成寐,因此拾出一本书在于灯前展看,恰好看得入神,忽闻嗟叹之声,十分苦切。不知声自何来。急忙放下书本,倾耳细听,知出在隔邻。欲再听他何故悲伤,乃闻言不甚清。又闻醮楼方打二鼓,尚未夜深,趁早往隔邻一坐,便知详细了。于是出堂而去,馆人一见,问曰:"高老爷如此夜候,欲往那里?"仁圣天子曰:"非为别事,欲到隔邻一坐便回。"馆人曰:"使得,使得!"仁圣天子随即往李家叩门,门子接入问曰:"不知尊驾到来,又何事故?"天子答曰:"特来探望你家主人,有要事。"门子急忙引入内书房,与流芳相见。流芳问曰:"何人?"仁圣天子曰:"我也因在隔邻,闻仁台嗟怨悲伤,梦寐不安,特来安慰。"流芳曰:"足领高情!请问客官高姓大名?"仁圣天子曰:"我姓高名天赐,系在北京大学士刘墉门下帮办军机。未知仁台高姓尊名?贵乡何处?"流芳曰:"吾乃广东番禺县人氏,姓李名流芳,新科第十三名武举。父名李景,尚在此处贸易发财,已历三十二年,无人不识。"仁圣天子曰:"仁台既中武举,令尊创业发财,正是财贵临门,理应欢喜重重,何反悲伤嗟怨?"

流芳曰:"客官有所不知。事因前数年,家父充办洋商,缺去花银数十万。后因张禄成推荐,充办盐商,因此借过张禄成花银五十万。不料命运不济,百谋难遂。办了数年,复缺大本。是以至今无银还他,前数月父亲允他回粤变产清还,他亦容情宽限。唯是倾家未足欠数,所以至今犹未回来。张禄成屡次来催,限吾分三次清还。昨又到来催讨,因家母出堂相会,婉言推诿,求再缓期。他因此反面,说我父亲忘恩负义,立意拖沓是真,如谓不然,何以有许多推挡?但今决意将揭单据禀缴金华府,求官出差追讨。若有不足,更要将我妻妹准账,叫我哪得不苦切悲伤?"

仁圣天子曰:"有这等事?欠债还钱,本应道理。唯是欠账要人妻妹,难道官员不理,任他妄为?"流芳曰:"民间告账,官四民六,此系定规。奸官哪有不追?若系禄成起初肯减低成数,亦可将就还清;无奈他要收足本利,就使倾家变业,未足填偿,故延至今时,致有这番焦累也。"仁圣天子曰:"不妨!你不用悲伤,待我借五十万与你,还他就是。但你们可有亲眷在此否?"流芳曰:"只有对手伙伴陈景升,家财约有三五万,并无别的亲眷也。"仁圣天子曰:"做得咯,你先与陈景升借银一万五千,作为清息;其余本银五十万,待高某与你还他。明日我同你往景升家说明,看其允否?再与你往金华府取回揭单,注销此案,以了其事。仁台便可入京会试。"流芳闻言,心中欢喜不尽。急忙呼唤家人,快备酒筵款待高老爷。正是:

承恩深似海,戴德重如山。

须臾摆上酒筵,二人入席畅饮,成为知己。你酬我劝,各尽宾主之情。不知后事如何,且听下回分解。

第四十二回

仁圣主怒斩奸官　文武举同沾重恩

仁圣天子与流芳直饮至夜深,方才分散,回去连升客寓,歇宿一宵,晚景休提。次日清晨,流芳梳洗已毕,急忙亲到连升客寓。并约齐同往陈景升家。仁圣天子应允,又令日青与流芳相见,各叙姓名,然后三人一同用了早膳,随即吩咐馆人照应,三人同过陈家庄而来。

景升迎入,叙礼坐下。各通姓名,流芳起身说曰:"弟因张禄成催银太紧,无计可施,幸遇高老爷慈悲极救,愿借花银五十万与弟还他,故特来与兄商量,欲在兄处再借银一万五千,清还息项,未晓兄意允否?"景升曰:"现在弟处银两未便,如之奈何?"仁圣天子说曰:"陈景升不借,是无乡亲之情?"景升曰:"吾非不借,奈因现无银便耳!既然高老爷五十万亦能借得与他,何争此些须小费不借贷于他,成全其事,流芳兄感恩更厚了!"仁圣天子闻言,心中大怒,说道:"陈景升真小人也!你既不愿借银,可暂认我为表亲,待我到公堂说起情由,推迟三两日,待等银到还他债主就是。"景升对曰:"这个做得!"仁圣天子即叫流芳快把家属细软搬到陈家暂时躲避,免致受官差扰累、恐吓。

流芳闻言,急跑回家,对母亲妻妹说明其故,然后收拾细软等物,一齐搬去陈家,仅留家丁仆妇看守门户。仁圣天子见诸事停当,随即对流芳说曰:"待高某先往金华府探听消息,看其事体如何,回来商议。二位仁兄暂在此处候我,顷刻便可回来。"说完,乘轿向府署而去。

适值知府坐堂,仁圣天子连忙下轿,迎将上去,将双手一拱道:"父台在上,晚生恭见了。"知府抬头,见他仪表不俗,礼貌从容,不敢怠惰,即答曰:"贤生请坐。高姓尊名?有何贵干?"仁圣天子见问,离座对曰:"某乃刘中堂门下帮办军机高天赐是也。兹因李流芳欠张禄成之项,闻说揭约单据,存在父台处,未知是否,特自亲来,欲借一观。"知府道:"贤生看他则甚!"仁圣天子道:"父台有所不知,因他无力偿还,高某情愿将五十万本利清还于他,交还禄成。故来取回揭单。"那知府听了此言,暗自思想:

"高天赐系何等样人,敢夸如此大口? 又肯平白代李家还此巨款,看他一味荒唐,绝非实事。待我与他看了,然后问他银两在何处汇交,即知虚实。"

这是府尊心中着实不信,故有此猜测,并非当面言明。因而顺口说道:"高兄既系仗义疏财,待弟与你一看就是。"回头叫书办快将禄成案卷内揭单取来。书办即时检出呈上府尊,复递与仁圣天子,接转一看,见揭约上盖着盐运使印信,写着:

> 江南浙江两省盐关,系总商执照,立明揭银约李景系广东广州府番禺县人氏,缘乾隆某年,在金华府充办通省洋商,缺去货本,国课未完。兹因复承盐商,不敷费用。自行揭到本府富绅张禄成花银五十万两,言明每百两第月加息三钱算计,用三周为期,至期清算本利,毋得多言推诿,爽信失期,至负千金重诺,此系二家允肯,当面订期,并呈准金华府又加盖印信为证。又系知己,相信并非凭中荐引,恐口无凭,故特将盐运使发出红照写立揭约,交张禄成收执存据。一实李景亲手揭到张禄成花银五十万两。
>
> 乾隆　　年　　月　　日李景的笔。

仁圣天子将揭单从头至尾读完,府尊正欲问他银两在于何处汇交归款。忽见他将单据揣入怀中,说曰:"父台在上,高某现因银两未便,待回京汇足到来,然后还他就是。"知府闻言大怒,道:"胡说! 你今既无银两,何以擅来取单? 分明欲混骗本府是真!"回头呼唤差役:"快些上前与我绑了这个棍徒,切莫被他逃走去了!"

仁圣天子闻言,十分气怒,连忙赶前一步,将金华府一手拿住,道:"贵府真是要绑高某么? 我不过欲宽数天,待银到即行归款,何用动怒生气? 你今若肯允我所请,万事甘休;如有半字支吾,我先取了你命也。"当时知府只气得三尸神暴跳,七窍内生烟。况又被他拿住不能脱身,顶硬大声喝曰:"你这该死棍徒,胆敢将本府难为吗? 我若传集兵勇到来,把你捉住,凌迟处死,那时悔之晚矣!"仁圣天子斯时听闻此语,心中暗着一惊,诚恐调齐练兵来围,寡不敌众,反为不美。不如先下手为强,急向腰间拔出宝刀一口,照定知府身上,一刀即刻分为两段。各各差役见将本府杀死,发声喊,一齐上前,却被仁圣天子横冲直撞,打得各人东逃西散,自顾性命。

那时，仁圣天子急忙走回陈家庄，说与景升知道："因某杀了知府，现在起齐官兵追赶前来，我们须要趁势上前迎敌，大杀官兵一阵，使他不敢来追，然后慢慢逃走，又可免家人受累，你道如何？"流芳善言曰："事不宜迟，立刻就要起行。"于是，仁圣天子与日青结束停当，先行迎战。行不上二里，却遇官兵追来。急忙接住厮杀，原来各练兵起初闻说有一凶徒闯入大堂，杀死本官，打伤差役，令各兵追捉凶手，众兵以为一个强徒容易捉捕，乃不曾预备打仗，因此吃了大亏，致被日青与仁圣天子二人刀剑交加，上前乱杀，又陈景升、流芳从后杀来，首尾夹攻，把官兵杀得大败，四散奔逃，各保性命。仁圣天子四人亦不追赶，望北而去。行了五十里路，仁圣天子即与景升、流芳二人作别。陈景升闻言，心中苦切不舍分离，求高老爷与我等一同到京。仁圣天子说："使不得！高某有王命在身，要到浙江办事，不能陪行。总系你们急往北京赴科会试，若得金榜题名，便有出头之日，各宜珍重自爱，毋惰其志。余有厚望焉！就此分别，后会有期。"说完与日青回身望后行走，放下不提。

且说陈景升、流芳仍旧依依不舍，回望二人去远，方才向北前行。餐风宿水，夜住晓行。不止一日，行抵天津地界。是日，入店投宿。偶然遇见司马瑞龙亦系入京会试，到此投店，正是不期而会。三人同寓一房，酒保送入晚膳，三人用毕，促膝而谈，叙些往事。流芳与瑞龙系属郎舅至亲，尽吐露心事。于是将父亲先时揭借张禄成花银五十万，今已数年，追讨再三，无可推辞，从头至尾尽情细述。瑞龙闻知，亦觉担忧，迨后讲到高天赐仗义疏财，代还欠款，又亲自到府衙面见知府，假说现下代李景清还银两，求父台将李景的笔揭约借来一观，及骗得单据，即收入怀中。对知府道："该项俟京中汇到，即便交他。俯尊不允，要立刻价还清楚，不然就要将人留下，因此激怒高老爷无明火起，将知府一刀杀了，却被官兵追逐。我们只得合力同心杀散各兵，然后逃走来京，所以不能多带盘费。现在将已用尽，如之奈何？"瑞龙道："不妨！弟处尚有余资可用，待到京都会馆，再作商量。"二人谈至夜深方寝。次日清晨用了早膳，算还店钱，一起同行，赶到皇城内城，三人同入广东会馆居住不提。

且说陈宏谋、刘墉同理军机，权摄国政，是日早朝，两班文武齐集，礼兵二部奏道："今值会试大典，理宜开科取士，现在文武举子均已齐集京城，而且场期已近，循例具奏，恭请大人钧命，派放试差，并内外帘各官。"

陈宏谋闻奏，即对众文武道："老夫年老，兼之耳目重听，实难应此重任。况自圣驾下幸江南，业经数载，未见回銮。老夫与刘相爷同受密旨，着在军机参赞国政，吾等朝乾夕惕，犹惧弗克此任，有负重托。唯愿圣驾早回朝，以安吾二人之心，而慰天下臣民之望，老夫幸甚。但今揽才大典，本系出自圣恩，不能延缓，莫若着礼兵二部先行牌示各省文武举子，齐集静候场期。待老夫等权代主试会考，再候仁圣天子回朝，然后殿试，众卿以为如何？"诸大夫皆曰："应依此议施行。"陈、刘二相见无异议，即着礼兵二部先行牌示，悬牌晓谕，各文武退班散朝，礼兵二部牌示云：

礼部尚书管理太禅寺务同典馆正总裁，世太子少保兵部尚书、武英殿，正总裁赵，晓谕各省文武举子事：兹奉到内阁大臣行知，现届会试之年，开科取士，乃皇上恩典多士。正值科期，咨文到部。为此谕尔各省文武举人知悉：自示之后，务宜齐集静候场期，点名入试，以便遴选真才，照额取中。至揭晓日，恭呈御览，再候旨下，召见殿试，拔选鸿才，为他年朝廷柱石，各宜肃静观光，以敦士行，而重廉隅①。倘有不法之徒滋生事端，着三法司严行究治不贷。各宜凛遵毋违，特示。

乾隆　　年　　月　　日示。

这牌示一出，各文武举子看见，心中甚是不安。况且万岁又未回朝，不知何时始能考试，因此三五成群，私相议论，放下慢提。

单讲司马瑞龙自从入京寄寓广东会馆以来，又值景升、流芳染病，无钱调理，瑞龙因他二人系逃难来京，所以盘费短少，迫得将自己银两与他们使用，因此床头金尽，告借无门，十分烦闷。一日与王监生坐谈，偶然问及北京城内有多少殷户②，何人最富？兄在京都日久，想必知其详细了。王监生道："计起京中富户，约有百余家之多。唯忠亲王府广有金银珠宝，堆积如山，算为北京通省第一富贵。即王宫内院亦无此珠宝玩器也。"瑞龙闻说，心中大喜，暗自忖度现在银钱用尽，景升、流芳病体未痊，又无银医理，如何是好？既然王府有许多金银，不如今夜三更时候，暗入王府盗取金银，以充费用，岂非甚善？这是瑞龙意中之言，并非明白说出。

---

①　廉隅（yú）——原指棱角。在此处指端方不苟的行为、品性。
②　殷户——殷实的人家，富户。

于是捱至夜深静，由瓦面潜忠亲王府内，躲入暗处，欲俟人静，方才下手，不料王府宫官众多，分头巡缉，彻夜游行，瑞龙数次不能下手。迫得转过东边而去。偶见内侍手执提笼写着金宝库巡查。又见内侍守官四员出来巡夜，瑞龙忙闪过一边，暗思此处必定是他收藏金库房，不如就在此处撬开库门，盗些金宝回去，以救目下之急，再作道理。于是闪埋黑处，嗣内侍将近来到身边，突然撞出，把内侍杀死，宫官一见，忙呼有贼，瑞龙随即上前，一刀一个将宫官杀个干净。回身走入库房，暗中摸索，随手拾得金银珠宝，收在身中。急忙跳上瓦面，走回会馆。将赃物藏埋床底，不敢泄露风声，连景升、流芳亦不知其事。

且说王府内原有定规，各处地方派定宫员看守巡查，因此各守地段，不敢远去，以致金宝库宫官被杀情形，竟然并无一人得知。直至明朝，方才知觉。一见杀死许多毙骸，内侍各官，均吓了一大惊。即查点明白被盗各物，开列失单，禀报王爷说道："昨晚四更时候，却被贼人走入金宝库房，杀死宫官五员，盗去金银珠宝。因系夜深时候，各归守管之所，又不闻喊叫，故此未曾觉察救护，及至今晨方知被盗，乞求王爷开恩，恕卑职等失察之罪，职等就沾恩不浅了。谨将开列清单呈览。兹查明被失各物，开列清单：

黄金二十板，计重二百两。金锭一十锭，共重五十两。大珍珠十串。

右列所失各物，均经查点明确，并无遗失别样宝贝。现将失盗之物，估计约共值价银数千余两，谨此禀明，求恳王命定夺。"那忠亲王闻禀，吃了一惊，说道："有这样事？我王府内官兵不少，巡察极紧，尚有贼人敢来行窃，真正本事非凡！"常随即命宫监往各衙门报案，着令立即缉防贼匪，务获究办，并暗查赃物。宫监领命，分头而去，不表。

且说司马瑞龙自从在王府盗得金珠，走回会馆，将赃物埋在床底。过了数天，不见缉捕动静，又有紧银使用，迫得拿些金锭前往金铺找换。适值金店东主朱光谅看见，心内狐疑，即问曰："客官高姓大名？尊居何处？"瑞龙即将姓名住址说毕，并道："弟因到兵部会试，目下听用，故将金锭找换耳！"光谅闻言即答曰："待弟看明金色高低，再定价值就是。"原为朱光谅常在忠亲王府内走动，因此认得这些金锭确系王府中物。况经知道王府被盗，连忙吩咐伙伴，将瑞龙捉住，连赃物解往王府领功。各伴闻言,急忙把瑞龙围住。正欲捉他,瑞龙见势色不好,知事已泄,忙忙起身,放开手脚,将金铺伙伴打散,回身一脚踢去,正中光谅下阴,登时倒地,哀哉! 瑞龙见踢死光谅,心中大惊,急急逃回会馆。斯时金铺各伴见打死东家,众人受伤,凶手逃去,即时齐集商议,禀官请验捉凶,以申枉屈而慰冤魂。

兵马司闻报大惊,急忙摆道出衙,到金铺相验,填写尸格,讯问口供已毕。随即带了赃物,亲往忠亲王府禀明千岁,并将赃物呈上,请令发兵缉贼。王爷闻禀,即传令箭,着侍卫带兵按址捉拿凶手司马瑞龙回来定罪。侍卫领命,立刻点齐王府亲兵,赶到广东会馆,四面围住,水泄不动。然后入内,说明奉王府令箭,前来捉匪。各人闻言,吃惊不小,又不知为甚事情,不敢上前拦住,只得任从官兵把瑞龙捉去,俟查明所问何罪,再行联名设法保释,方为上策。是时,广东会馆各武举虽则如此说话,见捉了瑞龙,各人心中仍属带怒三分。

正是兔死狐悲,物伤其类,如何不气。于是沸沸扬扬,议论不一。你言如此,我说这般,一味喧哗嘈吵,并无善法奇谋,保救瑞龙出来。终是纠纠之徒①,胸无经济②之故耳。及至流芳、景升,细细打听明白,方知其事。二人回来,即将瑞龙盗窃王府金珠因拿金锭出去找换,致被金店东主朱光谅认出,此系王府物件,如何落在民间? 其中必有缘故。莫非被盗偷窃出来。越看越真,因此欲算计瑞龙,去王府领赏,却被瑞龙醒觉,登时怒气冲冠,接手打伤各伴,踢死朱光谅。瑞龙吃了一惊,连忙分开各人,逃走脱身,飞跑回来。斯时金铺各伴见捉凶手不住,无可为据。幸有金锭放下为凭,迫得将赃物呈禀兵马司,李文清见禀,大老求请相验尸身,那兵马司李文清见禀大惊,即时唤役伺候,摆道出衙,到金铺勘验已毕,随即带了赃物,亲到王府详禀王爷,请令捉贼。

因此,王爷命侍卫立刻带兵来捉瑞龙回去,先行讯问,有无同党,抑或自己一人行窃,各情由对众人说知,各乡亲方才明白。皆曰:"似此,如之奈何? 若果有其事,则全省同年亦觉出丑矣!"流芳又曰:"后复追问余赃放在何处,幸得瑞龙口供尚好,声声说道:这些金锭系昨日在城外撞见不

① 纠纠之徒——此处指有勇无谋的人。
② 经济——原指治理国家,此处指奇谋大略。

识姓名之人所卖,武举因见价值甚贱,一时立了贪字念头,故此误买贼赃耳。这是实情,并无虚语。若说盗窃二字,举人并不知情。如果系举人自行偷盗得来,断不敢在城内变卖。况武举身受国恩,岂有不知自爱而为名教罪人乎?宪台明察秋毫,难逃洞览。"等语。各人闻了此言,反忧为喜,皆说如此口供,又觉易于为力保救。流芳道:"他系小弟至亲,今在缧绁之中,既非其罪,眼见蒙冤不白,还祈念乡里亲情,设法保释出来,非独弟一人戴德,舍亲处亦感恩不浅矣。"

于是各人低头想计,景升说曰:"莫若我等先行联名求王爷开恩释放瑞龙,或者允准,亦未可知。倘然不允,再作道理。况今年系值会试年期,会馆中各武举每日在教场马路上跑马射箭,操演技艺,待忠亲王出街经临此地,我等就可趁此求情,如果是真不允请,便是拂了众人之心,然后约齐同年,齐心反乱科场,不肯入兵部会试,哪时闹到朝廷知道,再与他面圣。明白回奏,看孰是孰非,方为万年之计也。列位意见如何?"各人皆曰:"此计甚妙!本应依议而行,乃能救援也。"流芳闻言,眉头略展,即请陈景升代写呈词,联名保领。不料王爷接了禀词,从头看过,见系联名保状,犹恐系恃众胁制,故此冷笑一声,竟然不准。众举人见此情形,心中发怒,即刻知会众人,联名到兵部大堂,具呈禀明广东全省新旧武举等,均不愿赴科会试。恳请大人将咨文送考名字一概注销,感恩不浅。

兵部大人闻禀,吃了一惊,连忙问曰:"尔等因甚事情,到此半途而废?况虎榜标名,一则光宗耀祖,二则荫子封妻,荣华富贵,岂非人生快乐之事乎?因何尔等竟不思到后来而犯国法,殊不可解!倘若尔等被人欺压,或被人诬陷,抑有什么不白之冤,不妨直禀上来,自然与你们排解事,尔等就可仍旧赴科,不必注销名字,岂非两全其美?又可免了违旨罪名,你等可急急照直禀来,无容后悔!"众武举见大人如此恩典护卫,于是将瑞龙自拿金锭出去找换起,至被忠亲王府侍卫捉获诬捏为盗各项情由,尽行诉上。兵部堂官闻禀,方才明白,随即说道:"原来贤生等却因瑞龙被王爷冤枉候斩,不肯释放。瑞龙又系同会试,亦是缙绅中人,理宜存些体面,大约贤生等因联名保放,见王爷并无怜悯体恤之情,所以你等心灰志惰,不欲求名。若果为此件事,待老夫亲到千岁府上,当面求放瑞龙。若蒙谕允释放,万事罢休;倘仍执迷不悟,恃势亲王,势于任性妄为,老夫明早上朝,然后率同贵省会试众举人,具奏参他恃势横行,诬绅作盗,看千岁如何辩驳？谅想王府断不敢将瑞龙难为也。贤生等趁此同回会馆，勤习弓马技艺，安心静候场期，以图上进，荣耀家门。切不可滋生事端，老夫亦有厚望焉！"众举人见大人如此说来，乃是十分辅助，即时一齐上前，连称："老师大人，如此栽培治门生等，而且叮咛训诲，复又嘱咐再三，不啻金石良言，治门生等敢不恭遵台命，以书诸绅？则日夕奉作南针①，俾得遵循有自，何幸如之！"说完，即时一同跪将下去，叩谢鸿恩，随又告辞回广东会馆，不表。

且讲兵部尚书赵崇恩吩咐内班传令着值日伺候出衙拜会忠亲王爷千岁。值日领命，传集各役摆道前往王府而来。不一时，已到府前，即将拜帖传入，那千岁见帖，传令开门，请会。赵兵部闻请，急忙下轿步入堂中，一见千岁亲来迎接，即时上前下礼请安，忠王将赵兵部扶住，二人重复施礼，分宾主坐下，献上香茶。二人茶罢，赵兵部离位拱手禀曰："擅闯藩府，多多有罪，伏祈见宥，幸甚，幸甚！"忠亲王道："好说了！彼此均是朝廷臣子，何必如此谦言？且请坐下，有事慢慢细谈，无用拘拘矣。"赵兵部闻说道："谨遵台命！"于是将手一拱，回身坐下，开言说曰："小弟日前闻知贵府被窃之案，误将武举司马瑞龙捉获诬指为盗，未知是否？缘昨日广东全省入京会试文武举人，均皆签押名字，到弟衙门，呈控诉冤。

据禀千岁藉势欺凌，诬绅为盗，屡求弗恤，枉屈难伸等情，到部弟处问再三，未知执实。复查，阅该犯口供，始知因误买贼赃致被诬捏等语，确近情理。因此安慰各举子一番，着他们不必生事，故亲来拜会千岁，欲求千岁看小弟薄面，将瑞龙释放，以全缙绅名节，不致玷辱斯文，致受万民议论。可否合理？仰祈钧鉴统候卓裁。如蒙允准，非特本省文武绅士感领殊恩，在小弟亦受赐良多矣！"忠亲王听了这些言语，无可回答，只得暗自忖度："瑞龙身为武举，或者委实误买贼赃，亦未可定。不如趁此顺水推船，做个人情，将他超释，则他们亦领我殊恩，岂非好事？"于是对赵兵部道："起初某误听人言，未暇详察，以致将他错拿，反累贵部费心。今日既然前来说情，孤就依大人所请，将他释放便是了。"说完，即传侍卫提瑞龙出来，当堂超释。赵兵部一见瑞龙，欢喜无限，随吩咐瑞龙上前叩谢王爷恩典。着他即刻回去会馆，以慰各乡里挂望之心。然后好好勤习弓马刀

---

① 南针——即指南针，比喻正确的指导和准则。

石,静候场期,以图上进,而伸今日之气,切勿懒散闲游,致负所学,更不可惹是招非,有伤名教,乃余之切嘱,亦有厚望焉!"瑞龙道:"学生谨遵大人明训,日后倘有寸进,皆赖大人栽培之力。定思所以图报活命深恩!"说完,连忙拜辞回去。赵兵部随后告辞千岁回衙,不提。

回文且讲会馆中各武举聚谈间,正在思念瑞龙困在狱中,不知赵兵部可能求准王爷释放否? 斯时,尚未讲完,忽见瑞龙回来,众人一见大喜,齐声说道:"今日全仗赵大人怜悯我等,故此出头保救。不然未知何日方得出? 真正不幸中还算有幸也。"瑞龙道:"须仗大人鼎力,还赖列位兄台齐心,故能转祸为福。若非如此,则弟之贱躯不知落在何处矣! 真是恩同再造,德戴二天。感激之忱,莫能言状,唯有日夕颂祝,公仆万代,以报答厚恩而已。"是时,会馆众人皆曰:"彼此俱要一望相助,言行相顾,始无负梓里亲情,况这些须小事,瑞龙兄何用挂怀? 从今切勿多言提及也。"于是备下酒筵,与瑞龙起彩祓濯①不祥,众人欢呼畅叙,直至更阑方才散席,各各回房安寝,一宵晚景休提。

且说新科解元宋成恩系东莞县人,因场期已近,遂约齐新旧武举各带弓箭同往教场,在本省马路上轮流跑马射箭,预备临场有准。每日清晨均是如此练习,业经跑了数天,并无别事争论。原来京城教场,连广东共得四条马路。因初时皇上发帑②筑建马路,分派十八省应用,或均四省一路,或分五省一路,是时广东各绅士见路少人多,不如自建马路一条更为舒畅便捷,因此奏准朝廷自行捐资筑道路,归广东一省跑马,别省不得争用。故有此路。宋成恩等率同众人日日在此跑马,突遇山东武解元单如槐,约同各武举跑马练习。缘山东省派在西边马路,广东省马路却在南边,正与山东马路贴近相连。

那单如槐等见本省马路人多拥挤,分拨不开,却南边马路自在从容,并无拥塞。单如槐等以为均系朝廷地方,无分畛③域,我等既欲跑马射箭,不如向静处为佳。是以过南边马路而来。到得官厅头门,方欲进去,忽见有人阻住,问:"何处来的?"众人皆曰:"我等系山东武举,到来跑

---

① 祓濯(fú zhuó)——除垢使洁,清除污毒。

② 帑(tǎng)——国库里的钱财。

③ 畛(zhěn)——范围,界限。

马。"把门道："这是广东马路,你系山东武举们,应往西边方合。"单如槐等闻言,即发大怒,说道："均系皇上地方,何得据为己有? 况兼皆系同来会试,哪有分开省路之理? 我等因见此处人疏,故特地到来此处练习而已。你等敢明白欺我,不容进去么?"于是你一言,我一语,喧哗嘈吵,大闹不休。

是时,宋成恩正在跑马,忽闻人声鼎沸,不知因何事故。随即率同各人前来一看,方知山东各举子欲争马路,心中不忿,在此辱骂。宋成恩等道："有这等事! 此系广东马路,各省周知,他是何人,敢恃强到此争论? 待我们与他理论。"忙步上前喝曰："你们敢争我马路么? 有甚本事? 即管上来!"山东各举子大怒道："你系何人? 快把狗名报上,待我来取你命。说这是王家地方,又非你私家之业,敢如此恃霸横行!"你言我语,两下争斗起来。广东各武举一齐上前,把山东各举子围住。宋成恩思欲设计打败山东举子,不知何如用计,可能胜得单如槐等否? 且听下回分解。

第四十三回

安福战败飞龙阁　赵虎收服金鳌吼

且说宋成恩等见众人齐集攻打山东各举子,成恩忙率同各人回到厅上,商议定计,首先败了单如槐,使他不敢正视我们,方无后患。各人均曰:"甚是！俾如用什么良计方能胜他?"宋成恩道:"在弟鄙见,意欲约定各人诈败,诱他们追赶,引至喜峰山边,待我等率领人马埋伏此处,俟他们到来,等我即刻出来接应,两头夹攻。"是时,众人皆曰:"此计大妙！可速速依计而行。"着急暗报各人知道,宋成恩等即着人分头办事,不提。

且说山东各举子初时不过与广东众人碎打,到后来一见敌人众多,恐难取胜,即时齐涌前来,将广东举子围住相斗,忽见广东各武举纷纷冲围逃走,单如槐等一见,以为敌人力怯,所以逃奔,急传知各人,速速追赶上前,将他们捉获一人回去,方得他心服,不敢相欺我等也。于是一齐赶上敌人而去。看看赶了七八里远近,将到喜峰山前,忽见宋成恩等横冲直撞,远近将如槐等战住,而诈败之举子回身来战,两头夹攻。是时,单如槐等首尾不能相顾,竟被广东举子战胜。单如槐心中一惊,不能招架,急忙落荒逃走而去。众武举亦不来追赶,一齐收队回会馆商议,不提。

再说山东单如槐与众举子被广东设计诱败,各人急忙逃走,一直跑了十余里远近,回顾无人追赶,方敢住步。那时查点各人,幸喜并无伤损,于是急急走回会馆,商议报仇。单如槐等今日被他们预先算计埋伏喜峰山前,引诱我等追赶,一时未及细察,致将我们众人杀败也。现在决然难甘,况各处马路俱系朝廷地方,哪有限制、派定各省之理? 而广东一省反派一条马路,不过广东宋成恩、白安福等恃强谋占耳。不如待我亲到广东会馆与他们理说,要回此路。倘有不肯,就约他到飞龙阁见个高下;若系他们战胜我等,将马路让伊跑走;如系被我们战胜,其马路即归山东所用,与伊无涉。弟之鄙见若此,未知列公有甚良谋妙策。可能折服广东等众也否? 众举子闻单如槐所言,齐声说道:"单兄所谋甚合道理！所谓先礼后兵,德力两全之善法也。宜急传知众人,依此行事,务要与他们打仗,方能得还此路。"如槐见众人应允，依计而行，自己即时装束妥当，复对各同年等众说道："现在弟想一人独往，又恐孤立无援；欲求数位有胆识者、谋勇者同去，方为上策。庶不致误失算！列位尊意如何？"各举子答道："着！"极连忙议定，某人有急才，应答快捷；某人有勇略，智谋均可同去。于是叫齐各人，装束停妥，连单如槐共有七人，即刻赶到广东会馆，请宋成恩并各武举相会议事。

宋成恩闻报，见他以礼来拜，只得约齐各人接见，迎入馆中，分宾主坐下，送上香茶。茶罢，如槐开言问曰："我等因敝省马路道派在西边，与贵省之路相连，因见西边马路派有六省之多，以致人嘈杂马塞，挤拥不开。又见贵省马路只派一省，十分从容，是以各人欲在南边跑马，因被众人拦住，故此争论起来，致有冲撞，现在敝省各举子仍旧不服，心尚不忿，皆说均系朝廷马路，何以广东一省独占南边一路，而我等数省止得西边一路，岂有个皇恩亦分厚薄乎？弟见他们如此不平，只得将言安慰住他，特来一会众人先生，讨个人情，彼此皆系求名起见，况系朝廷地方，何妨暂借我们跑马，亦觉感领殊恩。"成恩闻言答曰："老兄可谓是善于说事矣！虽然如此说来唯是其中缘故，兄尚一概未知。无怪乎欲争我们马路！"白安福连忙说曰："宋兄何必多言与他细辩！且四边马路均有标红写于某省字样，岂有不见南边写于广东之标红乎？他们不过假意求请，故下说词，实则欲争马路，切勿顺情受其愚弄，方免后悔也！况奉旨派定，不许更移。各位兄台回去对众人说知，叫他切勿生妄想之心，欲在南边跑马，恐防惹祸烧身。除非广东众举子被山东打服时让路，亦未可知。以今日而论，若有哪个不肯，即管叫他到来会我，待我俾些厉害与他，方才心服。"如槐等七人齐声说曰："我等七人明知众人草莽，故此特来说情，以敝省众人而计，非止三两人，不假所来会试。各武举俱有忿色，皆欲与列位在飞龙阁比较武艺高下，弟恐有伤和气，是以拦阻不使前来。今既不能用情，任从诸公主意就是。弟等就此告辞。"即时起身出门，分别而去，不提。

且言宋成恩等对白安福说曰："适才你对他说了硬话，若不去飞龙阁比武，岂非失了威风？若果真去，恐非他们敌手，即有战败之虞，似此进退两难，你道如何是好？"安福道："成恩兄，为甚这般怕事，长别人之志气，灭自己之威风？如果真来比武，待弟先去与他比武，众位一齐助战，务要他们大败，不敢欺藐我等，正得他心悦诚服也。倘自己打败，那时再设别法报仇,方能争气耳。"是时,李流芳病愈,及香山赵虎均在座中,所闻白安福所言,大声曰:"福兄所算,可称万全,众人总要齐心协力,守望相助,不致吃亏,乃是上乘妙策。"于是着人即速往飞龙阁探听虚实。

再说单如槐等七人回到山东会馆,众武举接着问道:"兄等到广东会馆,酌量事体如何?"如槐摇首道:"不成不成。起初与宋成恩叙话,尚可求情,后遇白安福口出大言,不允所请,着我等仍在派定之路跑马,不得妄想掾赚。弟恐此次争无了期,还须早筹妙计败他,始得其输服也。宜急商量,庶无致误。"众闻言,皆曰:"单兄,用何妙计,方能胜他?"如槐曰:"自古道,一人计短,二人计长。务须想到万全计策,始能操必胜之权。倘欲侥幸成功,反为累事。所谓兵凶战,危谨为贵。就是此意也。"各人听罢,低头算计,或言如此,或说这般,议论纷纷。如槐答曰:"诸公所谋亦善,但恐不能出乎敌人所料耳。弟素间飞龙阁地方险恶,树木丛杂,一带近山路途弯曲,嶙峋难认。意欲先据右边,在山曲茂林中埋伏数十人,预备硝磺,单把引火之物,然后外边用数十人轮流与他们相斗数合,辄败,诱他追入茂林中,自己兄弟预先认熟路口,走往别道,即行施放号炮,山中一闻炮响,立刻发火烧着树木,回身从横路赶来,追杀诱敌,各人由别道从后掩杀过来。那时,广东等辈虽插翅亦难飞越,何愁不获大胜哉?弟之鄙见若此,未知众兄之意如何?"众人听了此言,齐声称赞曰:"果然妙计!单兄有此奇谋,真是胸藏韬略,腹贮兵机,不愧名居榜首!弟等甘拜下风矣。"如槐曰:"诸兄太为过奖,实在不敢当。"说完,即刻传齐各人,同往飞龙阁会战。适遇广东探事又到,尽悉其详,急跑回会馆报知。白安福等闻报,约齐众人,赶忙前去。一见山东各举子在阁右扎下营盘,自己只得在左边安营下寨。原来单如槐等自到飞龙阁,即吩咐各人依计埋伏,预备拿人,所以宋成恩、白安福等以为他们在右边驻扎,实不知他预定计谋,故此后来大败。

闲话不提,再讲次日两边约定在阁前比武,广东白安福、司马瑞龙、宋成恩、李流芳等一班先出,随后单如槐率领众人陆续齐集。安福一见,即忙上前接住相战。战经三四合,忽见山东人败,不能招架,如槐急急上前救护,那人败走去了。安福敌住如槐又战数合,复又败去。司马瑞龙、李流芳见此光景,一齐冲杀,山东各举子分头接住相战,俱不数合,均皆败走。安福等不舍,连忙从后追赶,不觉走了五六里路,到山曲中,抬头不见敌人,只见四面树木浓密。忽然省悟诱敌须防用火攻,急着各人速退,已是迟了。忽闻炮声一响,前后树木均已烧着,正是火乘风势,顷刻间烈焰冲天,只将后作前,将前作后,急急寻路退出。不想四围路口皆是一般难于认识,追得左冲右撞,谁想又遇敌人到来。于是勉强招架,不料诱敌之兵又从后追杀过来。吓得白安福等魂不附体,一齐叫苦不迭。那时首夹尾攻,安福如何招架? 只得且战且走,寻路逃生去了。

汝槐等见安福大败,谅他不敢相欺,因此不来追赶,各自收队回馆而去。宋成恩等说道:"现在我们被他们战败,与伊等此马路须另想胜法,收服他们,方免他来相争也。你等意见若何?"安福道:"弟想起一人,可能收服汝槐等众,亦免我们劳心劳力。"众人急问:"何人有此回天手段?"安福道:"此人就是弟之亲眷陈希颜,因他现充武场同考官,有万夫不挡之勇,又为该管之官,若请得他来报仇,一定收服汝槐等辈,并可拿稳,取回马路。独怕他不肯来耳!"众人闻言,如梦初觉,说道:"果然不差,况系当地官员,可以制得他住,何愁如槐等不服也? 福兄快些请令亲到来商量,以解此结。"安福随即亲往希颜府中拜会,将本省各人与山东争斗皆因争马路起见,从头至尾,尽把情由说与他知,请希颜设法代本省众人报仇,以尽梓里①之情,不致被人耻笑也。希颜答曰:"我亦颇知此事所为,自避嫌疑,不敢出头帮助。今既受山东相欺,岂有坐视不救之理? 你们一面回去,我自有法子收服他,使他不敢争此马路。"说完,安福等告别而去,满肚思疑,不知希颜如何收服汝槐等众。及至次日,即有人来报说,山东各举子不知因何事故不敢在广东马路上跑马,现在纷纷散回会馆而去。安福等闻言,十分欢喜,明知如槐被希颜打服,报全省之仇,于是众人商量,备办礼物,送谢希颜,会馆中开筵庆叙,放下慢表。

且说海边关总兵官姚文升因平伏海波国王,上表称臣,愿年年入贡,岁岁来朝,并进上本国土产山兽一只名曰金鳌熊,身高四尺,自首至尾长八尺,其身似牛,其头如鼠,金毛遍体,力大无穷。文升见此异兽,不敢自主,故此率领海波国使臣并入贡各物,回朝奏明,请旨定夺。不到一日,来到顺天府城,即有驿丞等官前来迎接。姚文升使臣入皇华馆暂住。原来本朝定例,凡遇外国入贡使臣经临地方,统归所属官员供应护送。其所用

---

①　梓里——指故乡。此处特指同乡。

银两,报部开销。今日姚文升因带领人员使经回京,与此相符,系属公事,故此沿路均有供应。及至京城内地,各官更不敢怠慢。

是时,话分两头。缘颜汝琛剿灭叛臣高发士有功,因奉密旨内调回朝,俱各大喜。急忙迎接入座,重新摆设筵席,与他先坐。偶然谈起山东汝槐等恃强欲夺取我们马路,如此长短,兹因得回马路,是以演戏酬神,大家畅叙耳。汝琛道:"他们如此敢恃强,莫非不畏王法乎? 自后不来争取就罢,若系再来相争,待我入朝面奏,何惧他哉!"各人闻说,欢喜不已,以为得其帮手,可以安枕无忧矣。不料山东举子等仍是心怀不忿,屡欲再争,恨无帮手。忽姚文升回来,他系弟之亲眷,若弟亲到伊处说明被广东欺压,争取马路,求他出一妙计得回马路,料文升无有不允之理! 如得他首肯,何愁不得回此路也?"众人闻言大喜,随即催促如槐快些前去问计。如槐应允,别了众人,赶到皇华馆,拜会姚文升。寒暄已毕,即将上项事细说一番,并求设计报仇。文升听罢,说道:"有这样事? 自今在辇毂之下①,尚敢如此胡为,况在别处,更不知其何等凶横! 他既恃强欺辱,待我明早入朝,将此事奏明,请令将为首数人定罪,以儆凶顽,看他尚敢再来相争否?"汝槐等闻言,十分欢喜,连忙齐声:"多蒙指点,感领殊恩。"即时拜辞回去山东会馆,不提。

听候再说文升、汝琛二人,一为帮山东各举子,一为救广东众武举。二人同一心事,均于是晚听候五更入朝面奏。一到四更打点上朝,两人在朝房内不期而遇,彼此相见已毕,文升说广东宋成恩等恃强各事,汝琛回说实系山东恃强争夺,与敝省众人无干。因此各执一词,两相争论。忽闻钟鼓声响,两位军机大臣临朝摄政。文升、汝琛急忙上朝。文升先奏海波国王上表投降,并进上金鳌熊一只,臣今率领使臣入朝,现在午门候旨,云云。汝琛又奏,奉命出镇,现因剿灭叛臣高发士,奉调回朝,另行升用。复奏山东如槐等恃强霸占广东马路,以致酿起争端,仰祈明降饬旨,饬令山东人不得争此马路,以安两省之民而免酿祸,小臣不胜感激之至。文升上前奏道:"颜大人此奏差了! 余自入京以来,即闻广东恃强欺压山东,现在金銮殿上犹敢饰词混说,甚不通情,臣启奏摄政大人,他们恃强夺马路是真,并非如槐等倚势横行也。大人明见万里,定能洞烛其奸,恳祈仍旧

---

① 辇毂(gǔ)之下——指在皇帝车舆之下。代指京城。

断还山东全跑此路,非仅臣一受恩,即该省军民,亦感德矣。"汝琛见文升奏言,登时生怒,与他争论,因此尔一言,我一语,在金殿争闹起来。陈宏谋与刘墉无计可施,又因万岁不在朝,某等欲劝不能,讲和不得,如何是好?宏谋忽然想得一计,说道:"二人亦不用争论,虽然某等不能做主,目今海波国进有金鳌熊过来,现在午朝门外,明日将金鳌熊带往御教场,着两省举子齐往,有能打胜金鳌熊者,得回马路;如不能胜或被伤死,各安天命,无得多言!尔等可能输服否?如各人允肯,准于明日到教场定夺可也。"文升、汝琛俱皆应允,连忙退朝,各回会馆,约齐众人,明日到教场收服野兽。

　　众人闻言,心中大喜,各各摩拳擦掌。次日各皆到教场伺候,陈刘二军亦到,即传众人得知:"今日因两省为争马路起衅,祸无了期,是以特着尔等到此,与金鳌熊比较,如有能收服金鳌熊者,准他得回马路;倘被咬伤死亡者,各安天命,先此申明。倘两省心愿者,即上来报名为据就是。"姚文升听罢,上前唱名毕,即到金鳌熊面前,欲一拳打去取了性命,不料金鳌熊缩身一闪,文升却扑个空,一跤跌在地下,金鳌熊用足抓住文升,咬开两截。单槐正欲上前救护,自来不及了。是时,激怒单槐,即率领各武举围敌金鳌熊,欲当场打死。一则与文升报仇,一则得回马路。谁想山东人虽众,难敌金鳌熊,反被金鳌熊爪伤举子无数,是时山东人皆逃走,无敢近前。于是广东成恩、安福上前,双敌金鳌熊。几乎被伤,幸得香山赵虎眼快手急,从后面追来,向金鳌熊尾骨一拳打下,那金鳌熊受这一拳,登时四肢麻软,喊叫如雷,赵虎乘势擒上金鳌熊背,一手揪住鬃毛,双足将它夹住,一手照头乱拳捶下,问它肯服否?他觉古怪,竟晓人言一般,四足伏下,把头乱叩,如服教一样。赵虎见此情形,亦不伤它性命,放手不打,带它往陈刘二大人案前,两大人见赵虎打服金鳌熊,应得回马路,判断归广东所用,别省不能争夺,如有不遵,重惩不贷。下押年月日,当堂批判,并饬兵部存案,著为成例。判毕,广东众举子上前谢恩,唯有单如槐等十分扫兴,而且姚文升又死,更为无趣。各人暗自逃走,散去。教场并无山东一人,陈刘两大人回朝,颜汝琛率众人回会馆,演戏酬神,庆叙畅饮,不提。

　　且说次日两大臣陈、刘临朝听政,文武百官齐集,朝参已毕,忽见文班中两位官员,口称有事启奏,执笏举步上前,这一奏,有分教:

　　　　十年苦志虽窗下,一旦题名雁塔中。

　　不知两位是何等官员,所奏何事,且听下文分解。

第四十四回

老大人开科取士　白安福建醮复仇

却说文班中两位官员,原来是礼兵二部尚书,因前奉命出示谕,悉各省文武举人齐集,听候示期会试。现在试场正期已逾两月,尚未见圣驾回朝,唯恐再延时日,滋生事端,反为不美。又山东、广东两省相争马路,犹且械斗多端,这就是前车可鉴矣。二尚书日夜担心,是以约定今日入朝,将此事奏明两位大人得知,请命定夺。陈刘两大人闻奏,点头称是。果然十八省举子文武屯集京城,人数过多,良歹不一,若是再延时日,又恐惹是生非,不如趁早开科,先考文,后考武,待老夫权代万岁主试,以了此大典,方为上策。二人商量妥当,随命礼兵部尚书分头出示试期,先文后武,俟会试后,即选入朝殿试。复考真才,评定甲乙,庶不致枉屈之弊。

礼兵二部领命回衙,出示晓谕。十八省士子一见,纷纷到部注册投卷。及至文场广东会馆陈景升、李名流、张正元、黄钰、何文炳等共百余人一同入场,归号静候出题。及题纸一出,景升、名流二人素称老手,认定题解,顺笔就写三篇,一连入满三场,均是如此,颇称得意。出场后会馆摆酒,与同乡洗笔,景升、名流二人同席谈论多时,酒过数巡,食供三度,景升因请名流默念文章,以开茅塞,名流答道:"拙作不堪污先生之听,敢求先生大作,以新眼界是真。"景升答道:"好说了!阁下如此吝玉,小弟尚敢班门弄斧乎?"是时,同座四人见他们你推我让,一味虚谈,激怒一人说曰:"你二人竟不似同乡兄弟,彼此均是读书人,何必如此秘吝?即使念出来,果属佳文,我亦替兄欢喜。所谓奇文共欣赏者,此也。"二人见他说来合理,景升即说曰:"待弟先献丑。"于是将头场三篇并诗,从头至尾朗念一遍,名流听至他念首文起讲。即赞曰:"探骊得珠①,当行之作!"再听景升背念下去,随念随赞,每诵至终篇之时,击节叹赏不止。及诵至三篇尾对,名流复赞曰:"到底不懈的是抡元②文字,小弟甘拜下风。"景升曰:"兄太过奖,令弟难以克当,还求大作指教。"名流曰:"有此珠玉在前,拙作何堪再诵?"四人又大言曰:"先前曾经说过不秘,况弟等听陈兄之文,恰可听到入神,又被你冲淡,何不一气念出来,使弟等听听,亦可知两位鸿才也!"名流将三文并诗背诵,景升听了赞曰:"握定题神,一丝不溢,不可多得,乃出色之作,高发无疑,可为预贺也。"名流谦逊一回,复举杯向景升曰:"弟借此一杯,作为预贺吾兄抡元之敬,请满三杯!"景升递回一杯,复敬名流道:"兄之文掷地有声,应上弟上,理宜兄先饮三杯,弟方敢从命。"四人劝曰:"两位先生文才相并,齐胜可也。何必区区!"于是二人各饮三杯,并请四人陪饮三杯,四人见他二人交相称赞,定然高中,因此心中十分欢悦。你酬我劝,直饮至更深方才散席。看戏会馆中,忙忙碌碌,热热闹闹,庆叙两三天方才安静。

　　不觉过了数日,又值武科开射之期。兵部大堂每日往教场阅箭,四条马路分歇辰宿,列张四个围,派定本部左右侍郎分阅马箭,射中三矢,方准跪射地毯。广东派在列字围会馆内。宋成恩、李流芳、白安福、赵虎、司马瑞龙共有百余人同往跑马,宋成恩、李流芳、白安福均中六矢,赵虎中五矢、瑞龙中三矢,其余或二矢,或四五矢不等。仅有十余人中一二矢,不得入门,余皆准射毯步,一连数日始完。头场中全箭者,宋成恩、白安福、李流芳三人,其余十二矢,十矢不等,九矢十矢者多。迨至内场技勇,默写武经,三场完竣,各回会馆,静养精神,预备复试大弓,以图上进,放下慢表。

　　再言礼部大堂复阅十八省举子文章,评定甲乙,入朝定了揭晓日期,随即挂牌,谕各省举子。一到揭晓前一日,京城内外拥塞不通,人人企望报子临门。是日,广东会馆预先悬灯结彩,候接喜红。方才布置停当,接

---

①　探骊得珠——《庄子·列御寇》上说,黄河边上有人泅入深水,得到一颗价值千金的珠子。他父亲说:"这样珍贵的珠子,一定是在万丈深渊的黑龙下巴底下取得的,而且是在它睡时取得的。"骊(lí):黑龙。后来用于比喻做文章扣紧主题,抓住要领。

②　抡(lún)元——科举考试中选第一名。

连三四人走来报喜,齐说恭喜列位老爷,陈景升老爷高中第六名贡士!"众人闻报大喜,景升心中欢悦,随即打发报子出门,众人复与景升道喜,此时会馆中热闹非常,车马盈门,往来不绝。到了黄昏,复又报子走来,报说:"李名流老爷高中三十八名贡士!"连接又报何、黄二位大老爷高中了,于是会馆众人欢喜振地,四名新贵俱系在会馆居住,因此馆中摆酒会客,一连数日,诸事已毕。陈、李、黄、何四人,约定同往顺天府学官拜会同年,听候复过试,然后朝考。

光阴迅速,不觉过了数天。忽然日见礼部挂牌,奉定期四月十八日复试新科贡士,入保和殿殿试分用,二十七日朝考,钦定等第授职。众新贵见了日期,齐到礼部学习朝拜仪注,至期考试已毕,各回寓所静候,缘圣天子下游江南尚未回朝,因陈、刘二军机系代摄国政,是以权为主试。就命各王公部院将各进士殿试策卷,公同阅取,进上复览。分列三甲。次早,各新贵俱穿宫服,顶带,礼部带领入朝,行礼叩谢皇恩毕,然后依排班站立,静听胪唱①。不一刻,忽闻金殿传呼钦定一甲第一名状元严我斯,系江南省人;二名榜眼浙江省人;三名探花山西省人;二甲进士陈景升、李名流,系广东人,钦点翰林庶吉士;三甲进士各授职已毕,当殿簪花,赐宴琼林。随即退班散朝,各回公寓,不提。

再讲广东会馆,众人见陈、李点翰林,何、黄归班即用知县,立即带齐鼓乐,热热闹闹齐到皇城内迎接。陈李黄何四位新贵,骑了骏马,威威扬扬,簇拥回会馆而去。及到门前,鼓乐喧天,炮声振地,所有乡亲戚友,齐来恭喜。其即开筵款客,自不必说。足忙了十余天,诸事方才停当,又值武场放榜之期,复又沸沸扬扬,京城中十分热闹。那些武馆中伙头,各想捞头报花红,预先走到兵部里用些小费,买通门路,听候名字走报。闲话少提。

回表广东会馆众武举各各欢喜,齐集等候捷音。忽闻人声喧嚷,报到李流芳高中榜眼,又报宋成恩、白安福同中进士,及后复报赵虎亦中了,是时会馆众人十分大喜,见目下已经报中四名。大约在后还有一二名,亦未可知。因此各人加倍欢悦,谁想本科广东额限四名,不能过额多中。直至揭晓之时,方才明白。是时,广东各武举在会馆迎宾宴客,忙忙碌碌,闹了

---

① 胪(lú)唱——科举时代,进士殿试后,皇帝召见,按甲第唱名传呼,称胪唱。

些时。李流芳等四位新进，殿试后授职，再写家书报喜。光阴似箭，不觉过了十余天。兵部牌示殿试日期。各新进闻知至期，齐集武英殿考试。众大臣挑取技勇超群者，进呈陈、刘两大人复阅定甲，然后命各进士朝考授职。广东李流芳、宋成恩点花翎侍卫，赵虎拨归营用守府，白安福点蓝翎侍卫。是科武状元系山东省人，各新进受职已毕。退朝回寓。

再说广东会馆内，新贵那白安福系锦纶行内人，因前者胡惠乾在少林寺习学武艺，专打机房行内诸友，被胡惠乾打伤丧命不知其数。安福见屡受其欺，所以转行投师习武，今日幸喜点了侍卫，谅该可以报仇。一来与行内众朋友泄忿，二则与锦纶堂争气。是非一举两得乎？唯是计将安出？当时再三思想，偶然想起妙计，连忙请齐众乡亲，并新科翰林陈景升、李名流等，出堂商议。各人询问："安福有何大事酌量？"安福道："无事不敢惊动！缘弟本系锦纶行内之人，前者因被胡惠乾欺压，经讼多年，其中冤抑事情，弟虽不然，众位亦必尽知详细了。即如弟之转行习武，亦欲一旦侥倖，好与敝行出气。今藉老天眼开，成就功名了，尚恐独力难支，故请诸公商酌，实欲一人计短，二人计长，筹万全之策，问列位尊见如何？"陈景升道："此事兄即不说，弟等素知胡惠乾凶恶，但未悉吾兄怎么设法？"安福道："弟现思得一计，欲奏明某等告假回乡祭祖省亲，并在锦纶堂建醮酬神，欲借重陈李二位先生名字，文武连衔入奏陈刘两大人，系本科主试，与某等有师生之情，若见本章，必然询及锦纶堂细事，建醮何用，入奏请旨，弟即陈奏胡惠乾恶迹倚势横行。官民畏惧，唯恐临时被其拦阻，酿成巨祸，故特明请谕旨，如蒙硃批允准，方敢举行。倘遇胡惠乾怙恶不悛，再来闯祸，我等即禀明督抚，求恳拨兵护卫，乾虽强横，焉能奈何我哉！如此乃能争气也。"众人闻言，齐赞妙计，果然高见，不差！安福随即拜谢景升、名流二位，连夜商量写定奏本，待明早入朝具奏。众人晚膳已毕，各各回房安寝。

那陈李二人酌议妥当，连夜修起本章，一闻朝楼五鼓，连忙唤起家人，催请各位快些梳洗，赶急上朝具奏。是时文武五位新进一同前往朝房听候，忽闻钟鸣鼓响，即见内侍拥着二位摄政大臣临朝理事，百官朝参已毕，只见黄门官说："有事出班早奏，无事捵声退临。"话未说完，即见左班中闪出新科翰林陈景升，手捧本章，忙步上前，又见右班中新科侍卫数人出班跪下，口称，臣陈景升、李名流、白安福、宋成恩等有事启奏，恳请鸿恩，伏乞谕允,不胜欣幸,待命之至。那陈刘两军机闻奏,即命内侍将奏章取来一看,书悉各情均宜允准。唯据称请假省亲款,与例相符;至建醮酬神这些细事,何须上渎震聪①,那白安福闻此论言,急忙回奏道:"臣安福原系锦纶堂人,因被凶恶胡惠乾数年扰累,以臻伤损人命,闻声惧怕,逼得通行歇业,暂被其凶。臣是以转行习学弓马,今幸邀天眷,侍卫内廷,臣等回籍定必建醮酬答神恩,恐再受胡惠乾恃强拦阻,有玷朝上官威,故特奏明,请旨。"

陈刘两军机听罢安福所奏,说道:"有这样凶恶之人,地方必受他所害。"随即批准本章,着礼部颁发文凭一道:"准广东新科翰林侍卫五人旋乡祭祖建醮酬神,如有土豪势恶恃强,拦阻滋生事端,准该翰林等指名具禀督抚衙门,恭请王命,将该豪惩办,以儆效尤而挽刁风也。钦此,钦遵。"白安福领了护身文凭,即刻叩谢天恩,祥朝别驾,同回会馆,将硃批允准各情,对各乡亲说知。然后着人雇便船只,随身收拾行李下船,趁着风色开行,夜即湾泊。光阴迅速,日月如梭,船已行了一月有余,所有阴恶滩头并皆捱过,唯是向须半月程途,才能到埠。幸他们每日在船内论古谈今,说说笑笑,不觉寂寥。忽一日,见船家报说,已入西南地界,各人闻报大喜,即着家人预先收拾行李,免至临时匆忙,有遗落失脱之思。各从人领命,加意检点,不到一日,船至羊城码头。将船湾泊停当,下了铁锚,搭起扶手板,各人即着挑夫担齐行李,起岸回去。按下慢提。

再讲白安福回到家中,即命人通知众行友。众人闻知安福回来,十分欢喜,以为此次一定可报前仇。虽有十个胡惠乾亦无须挂虑。众人正在你言我语,忽见安福亲来会馆,各人急忙迎接说道:"弟等受胡惠乾所欺忍气已久,今喜白兄钦点侍卫回来,想必能报胡惠乾仇恨矣。"安福道:"弟在京时,业已立定主意,更兼得新科翰林帮助,因此大众商量妥当,欲借名在会馆建设天醮酬答神恩,那时乾贼闻知,定然生气,料定他不准我们会馆高处,所以弟等奏闻朝廷,幸蒙批准,这就是奉旨建醮了。即如本省文武各官,不知此事便罢,若知此事,上至督抚,下至州县,亦必拨兵到来护卫,弹压。盖恐闹出事端,他们亦有干系也。"

众人听了这些言语,十分心安,速忙着人分头办事,立刻在锦纶行会

① 震聪——皇帝的听闻。

馆前盖搭棚厂,限期九月中旬开坛建设大醮酬恩,不得延迟误期。是时胡惠乾仍在西禅寺开设武馆,终日闯祸招灾,恃强凌弱,晚间出入,手提专打机房灯笼,附近居民人人畏惧,个个心寒。兼之聚集狐群狗党恣意横行,殊无忌惮。今日闻锦纶行会馆搭盖大棚建醮,十分热闹,美丽繁华,随即对各友说道:"他们设此醮会,不知因甚事情,系何人担待?竟然不怕我们生事。伊既如此大胆,待我胡惠乾放些厉害与他扫门高庆,你等意下如何?"众人齐声说曰:"甚妙!若果如此,使他众行友白费多金,又不能成事,反被我等丢架,那时更显我们名声,谅他不敢与我相抗也!"胡惠乾曰:"正是这个主意,今日我等齐到他们会馆,责成各值事要他保护邻里平安,方准举行;如不肯担待,就要立刻拆棚,不准滋事。倘有哪个不允,即将伊打破头脸,看他如何答我?"众人听他,齐道:"是,趁此即刻起行可也。"

是时乃九月初五,会馆各人正在手忙脚乱分理事务。突遇胡惠乾率领一班无赖顽徒赶到会馆,言三语四要值理出来相见,又令搭棚匠人立刻停工,不准搭盖。如有不遵命令,我等就要放火烧棚。是时,数十匠人正在赶紧加工搭盖,以期早日完工,不致误期,不料被他一喝,又不敢不遵,恐怕激怒他们,真个放起火来,连累街坊邻舍,反为不美。若我们暂且停工,待伊两边讲妥,我等再来与工,方免干系。众人商量定了,即时一哄散去,把会馆各人气得呆了。众值理等见了,心中大怒,白安福急忙上前喝问道:"你等是何方来的?我们会馆建醮酬神,是件大事,与你无涉,何得擅自恃强阻止?甚属无理之至!"胡惠乾笑道:"你这厮敢是不认得我了?我便是新会胡惠乾,就是专打机房之太岁,你等是何方来的识我了?既然想设醮还神,若能保得街邻平安无事,又无火烛之虞,任你所为;倘有半些不妥之处,我就要把你会馆拆为平地,你担待得起,即管做来,再有多言不尤者,叫他出来会我,待我取他狗命!你们识性,急宜早早令人拆棚敛事,免生后悔;如再滋事,勿谓我言之不先也。"

说完,即领众人大踏步回去西禅寺了,把白安福等气得目瞪口呆,出声不得,眼光光看他们回去,众行友拥着安福等回会馆坐定,抖下了气,再作商量,道:"现在光天化日之中,尚被胡惠乾如此欺负,情难哑忍!"安福道:"不妨!胡惠乾等不过恃自己凶恶,料我们不敢与他对敌而已。此次必须请齐陈李二翰林,联名在督抚衙门控告,准了再与他们理论,尚未为迟。目下断断不敢与他争论是非,恐怕失了眼前威势,被人耻笑,务宜计出万全,方免被他逃脱,始能除却后患也。"说完,即着家丁持帖往请陈、李两位太史驾到会馆。白安福等即忙迎接入堂,分宾主坐下,奉茶。

茶罢,安福开言说曰:"无事不敢惊动两位老师,因小弟敝行建醮还神之事,前者在京时,已蒙尊驾联名奏准,今日突被奸恶胡惠乾率领无赖等辈来到,倚刁恃强,不准举行,并将搭棚工人赶散,口出不逊之言,如此这般激到各友怒气勃发,即欲与他们相斗,见个高低。弟恐众人非是敌手,防有性命之虞,故此劝止各人暂时忍耐,任其百般辱骂,并不与伊较量。况系奏准上谕之事,自官代我办理,何用自己先行出头招惹祸端?因此,敬请台驾到来,商量此事。弟欲在督抚处递一呈,说胡惠乾等谋为不轨,将他们众凶拿获正办,以除民间大害,而绝祸根,非独敝行诸友戴德,即万姓亦受恩矣!未知太史公尊意以为然否?"陈景升道:"若以胡惠乾多行不义而论,殊不为过,况这班凶徒平日草菅人命,不知多少,实属死有余辜!"李名流道:"据弟看来,此事实有天意存焉。盖胡惠乾屡次行强,伤毙人命,指难屈数,必然恶贯满盈。鬼神差使他出来拦阻,故惹祸烧身,实属天欲收这班凶徒,是以假手某等耳!我故云是天意也。再此次某等不肯将他拿办,则后来之祸更无底止。这正是势不两立之理矣!"安福道:"所虑不妄,甚是道理。就请两位商妥禀词,明晨劳驾亲会督抚,当面交禀,更为机密,庶不致泄漏风声,被众凶徒走脱。"景升、名流齐道:"是极!兄可出去知会各友,不可闹事。若胡惠乾再来吵骂,切莫理他,待禀准之后,再与他理论就是。"安福闻言,随即出来安慰众人一番,着令静候,切勿性急生事。众友领命不提。

第四十五回

白安福设坛恩建醮　胡惠乾恃恶又寻仇

话说这部书前四集中是说李流芳中了榜眼，白安福、宋成恩中了进士，用了侍卫，欲代锦纶打机房中人出气。因胡惠乾打死牛化蛟、雷大鹏、吕英布等三人以后，虽有冯道德由武当山来报仇，怎奈五枚道姑与至善禅师交情甚厚，且见方世玉弟兄与他母亲皆是心爱之人，故胡惠乾虽被冯道德踢伤右手，她却用了仙丹神药将他医好，后又与冯道德讲情认错，暗赔牛、雷、吕三家恤银数万两。冯道德知五枚本事厉害，只得依允和事，然后各人回山。

其时，胡惠乾就该改邪归正，不必惹祸招非，奈他见五枚与冯道德俱走广东一省，无人敢与他争行，就任意地打架凶殴，专与机房中人作对。那些被打的人皆知他的厉害，个个不敢回手，忍气吞声，已非一日。后来白安福万分气愤，说："我等皆是皇家子民，谁能让谁？他既明狠，我就暗地狠。"便发愤请了几个教师，皆精通武艺的好手，每日在公所内学习武艺，学了一年上下，居然各艺精通，却好那年乡试之期，他就将行中各店主请来说："胡惠乾如此作恶，我们本业中声名被他丧尽，同他用武，又打他不过。除非用国法来治他，无如我们又是平民百姓，不能与朝廷官员来往，想来想去，只有学武可以报他的仇，可以上进，倘能博得一两步功名，即可与官府来往，我所以苦心耐劳学了这一年武艺，虽不能定取头名，也还可以将就应考。但非捐纳武监，不能下场，是以将诸位同业请来，说明在先，非是我浪费公中款项，却是为大众起见，在公款中拨些银两，为小生捐纳一个武监生，以便今年下场乡试。"

那锦纶行众人皆同声说道："难得白先生如此立志，莫说用这几两银子，就是多用一千八百，能值几何？即如牛化蛟、吕英布以及冯道德三人，请他们前来，先是三千一人，已是六千，后来到武当山又是六千。一共一万二千银子，连来往盘川，酒席酬应，加之棺木等费，计共足有二万多银子，仍是落在水里，气也不得出，仇也不得报，到今日仍然被惠乾这狗娘养的撒野。今日你老人家如此,正是我们同业中福气。你老人家预备几时动身,我们大众好来送行!"当时众口同声皆如此说,随即到捐输局代白安福缴了捐项,取回宝收。过了两日,白安福摆了日期,就由公所内搬在教场一带,就近地方居住,每日与宋成恩等跑马射箭,刻苦用功,恰好这年就中了武举。次年进京会试,又中了进士,用了侍卫。适值陈景升、李名流、张正元、何文炳等人中了进士,钦点翰林院庶吉士,白安福就在京中约他三人将机房吃亏的话说了一遍。他三人也晓得这段事故,大家就联名请假,奏明回籍,在锦纶行建醮超度亡魂,陈宏谋与刘墉二位大臣,问明缘故,准其回籍行事,并颁发文书与两广总督,请他札饬司道各地方官认真查察保护,不准胡惠乾再行恃强蛮横。

白安福得了这件公事,自然欢喜非常。与陈景升等约定日期,仍然回省。到了省中,那些机房中人俱来贺喜,个个说我们本业中也出了一个能人,居然奉旨代亡魂建醮,加之白安福又将陈、刘二位大人行文到督抚札饬司道地方官查察的话告知众人,说道:"这番不怕胡惠乾再怎样行凶,有了地方官前来弹压,他不能不畏王法!"就嘱令众人赶速起造神坛,挂灯结彩。一班人听了这话,个个高兴,皆道:"这一次总要出气了!"哪知胡惠乾却仍在西禅寺武馆内教传徒弟,听说白安福由京内回来,大为热闹,公所内搭台起造道场,挂灯结彩,预备超度亡魂,他就大怒起来。说:"白安福以为中了武进士,用了侍卫,就回乡如此热闹,眼中无人,不怕我去争斗,想必他与我有意为仇!我偏要与他作斗!"次日,就带了一班狐群狗党的徒弟,到了锦纶行公所里面,却值众人甚为高兴,自在那里铺陈一切,他就上去打了个七零八落,随后高声喊道:"你们这班贱货,一两月不来寻找,你们就忘了你胡祖宗的厉害!现在白安福那囚囊的由京回来,不过中了武进士,就想在太岁头上动土,要想建醮,也不来祖宗面前讨饶,就敢妄作妄为?今日祖宗前来送个信与他,若定要建醮,只要他保得广东城内三年之内太平无事,没有死人、失火的事故,祖宗就高抬贵手,让他一个初犯。不然,不怕再是什么侍卫,只要在家乡父母之邦,也不能以官势欺人!听他怎么起造,祖宗总要拆。他当时就将公所内物件打得干干净净,那些人多皆知道他的手段厉害,谁敢吃他的眼前亏?"皆说:"是了!是了!现在我们白董事不在此地,等他回来,我们将你这话告诉他便了。"胡惠乾说了这一番话,仍然回到西禅寺那里,三德和尚听到胡惠乾今日又出去与机房中人作对，他就上前劝道："古人有言，话不可说尽，恶不可作尽，你已将牛化蛟师兄弟三人打死，也算报得杀父之仇，雪了自己之恨。后来遇见机房人就打，即斗死在你手下也不知其数，他们已是怕你极了。现在谁还敢与你争斗？此刻白安福超度亡魂，是他们不能代同业杀仇，又不能令死者含冤地下，故此做这道场，与众人超度阴灵，这也是不得而已之苦衷。你就随他便了。当真把人家闹急了，莫说我们少林支派拳法精通，可知强中更有强中手，设若再来一个如冯道德师叔那个本领，难道仍有五枚师伯前来救你？人总要放宽一着才好，所以气不可使尽，话不可说尽，我劝你从此算了罢！"胡惠乾听了三德这番话，也觉有理，居心也不想再去寻斗。

哪知白安福被公所里的人跑到他面前，就将胡惠乾在公所内拆毁神台打坏灯彩，以及保广东不能死人失火的话，全行告知白安福说道："从前我们皆是平民百姓，被着他欺负，无人给我们出气；现在你老人家已做了官，且这事是奉旨办的，若再不在此时做个出人头的事，将这狗头如法究办，下次更加撒野了。"白安福本来要在同行众人面前要个脸，偏偏胡惠乾又与他作对。加之众人你言我语，当时脸上急得飞红，说道："我若不将这狗头究治，不但难见众人之面，我这武进士也是白中了。随即取了名帖，叫人将陈景升、李名流及何、张二人一齐请来。不一时，众人已到。白安福已气哼哼地将胡惠乾又来拆毁打斗的话说了一遍。道："我在京时，就怕这厮不肯甘休，特地请你们大众看家乡之谊，为地方除害，连名具奏，奉旨回籍建醮，超度亡魂。今日还未开建道场，已先被他得了个先着，全不把我们丢在眼中。若再不以王法治之，那更不得了。故特将众人请来，以便做个禀稿，令人缮好，明日我与大众一同去谒见督抚，将这话请他札饬司道府县，派人前来弹压，谅陈刘二位军机大臣的公事已到本省了。"

陈景升也气愤不过，一齐答应道："我等明日定与白兄前去，地方上有这等凶徒，这还得了？若不早为除去，过后还要弄出大事。至禀稿，我们就在此议论好了，请人代写，免得再为转折。"白安福见众人已允，甚是得意。即叫人摆了酒席，请四个翰林饮酒。那些机房中人听见白董事与陈景升等人议论，一个个皆感激不尽，说："四位能如此出力，我辈机房中人皆要朝夕颂寿了！"陈景升又谦逊一番，说："皆为地方上起见，何必如

此谦厚!"说着,入席饮酒,文武翰林进士在席内斟酌了一会,散席之后,就请陈景升主稿,以后给与众人观看,只见上面写道:

> 翰林院庶吉士陈景升、武进士二等侍卫白安福等,为恶霸不法扰害地方,叩求捕获究罪,以伸国法而安闾阎事。窃职等于上年见锦纶行机房公所,有牛化蛟等人被恶霸胡惠乾恃强争斗,当场打死三人,后又将机匠打死一二十口,纠众械杀,通省皆知。只因各户属畏其凶横,忍气吞声,自具棺木收殓,不敢报官追缉。职等见其沉冤不白,故于今岁进京时,面禀陈刘两位军机大臣,缮呈奏牍,申奏朝廷,于回粤时在机房公所建醮超度亡魂,此不过为死者超生,并不敢向生者出气,当蒙陈刘两大臣批准,代奏,并着在原籍建醮。仍一面移知本省督抚,札饬司道府县派差弹压等,因职等遵于回籍时在公所设坛建醮,乃于昨日始将神坛筑完。该恶霸胆敢目无法纪,复行纠众拥入公所,打伤机匠多人,所有陈设器具,毁折一空,似此不法,较强盗打劫为害尤甚。视人命如儿戏,视国法如弁髦①,若不据情缮禀,特恐酿成大事,火势燎原,不可向迩,为害非浅。叩求大帅俯念民害,札饬所属严拿正法,以靖闾阎,而伸国法,实为公便。上禀。

众人看毕,说道:"究竟陈兄是翰林出身,笔墨与人不同,此禀不但缕晰分明,且面面俱到,将国法民害以及原被告实情劣迹,皆呈明纸上,大约这禀进去,任你甚人,总要准情照办的。"众人谈了一会,便请人缮写,以便明日同去面呈。哪知早被胡惠乾晓得,闹出一件大祸来。不知后事如何,且看下回分解。

---

① 弁髦——弁,黑色布帽;髦,童子眉际垂发。古代男子行冠礼,先加缁布冠,次加皮弁,后加爵弁,三加后,即弃缁布冠不用,并剃去垂髦,理发为髻。因以"弁髦"喻弃置无用之物。

第四十六回
说闲言机匠起祸　夸武艺恶霸兴兵

　　话说白安福与陈景升等将禀稿作成，预备明日上院面呈。当晚陈、张、何、李四人也就各自回家。那机房中也非安分之人，平时被胡惠乾敲打，虽他可怜，此时见白安福众人代他们出气的，登时就得意起来。捉风捕影，添盐加醋的，乱说一阵。等他们五人去后，就三个一堆，五个一块，到了街上，逢人便道，只知我们这几时吃胡惠乾狗娘养的苦，可知现在我们业中也出了能人，硬铮铮的代我们本业出气么？那些人听说，也疑惑真有个出色惊人的能人。当时就问道："你们业中究竟出了何人，有这样脚力与胡惠乾作对？想必这人本事还比那冯道德更狠了？你们快说，好代你们欢喜。"机匠见这些人又如此高兴，便把白安福如何奏明在案，回籍建醮，以及今日又被胡惠乾厮打，现在请了陈景升做了禀稿，以便明日到督辕投递的话，说了一遍。那人也就恭维了一番，说你们从此要出头了，不怕胡惠乾再厉害，也不能与军机大臣及督抚为难，机房中以听他这样说，更是眉开眼笑，说："你明日到督辕里看胡惠乾吃苦，到了临时，他就再求饶些，叫我们业中人祖宗，立下交单来，世世代代做我们子孙，那时都不饶他的！只恨他太恶了！"

　　诸如此类，你在这条街上说，他在那条街上说，总是抓肉望脸上放，以为自己机房内人都是厉害的。哪知隔墙有耳，他们多是要面子的话。谁料胡惠乾的一班徒弟，晚间也在街上闲逛，惹祸招非。恰巧日间胡惠乾又打了机房中人，这些徒弟格外街谈巷嚷，说我家师父怎样厉害，现在又把机房公所的神坛多拆毁了，打伤多少人，连一个回手的皆没有。非是我门夸口，广东除了我师父，谁敢如此？我们投在他门下，哪敢有人欺我们这些徒弟？正在夸他师父的本事，可巧遇见个刻薄嘴，在旁边冷笑了一声，说道："你们倒是不摆架子的好！打量我们不知道，将这话来吓谁？人家用的缓兵计，你们还不知道，所谓好汉不吃眼前亏。现在禀帖已经做好，专等明日到督抚衙门里投递，请官治罪，眼见得死在头上，师父倒要断头，徒弟还在这里说嘴呢！你道可笑不可笑？"这班人被这刻薄嘴说了这些冷话，如何忍得下去？登时反过脸来骂道："你这杂种王八羔子，老爷师父要断头，你在哪里听来的，好好说过证据来，老子同你没事；若不说出来，就一拳先将你这杂种打死，看你胡说不胡说了？"那人被他说话，打急只得说道："你不要在此撒野，你到前面巷子里听去，他们还在那里说呢。"这个徒弟听说如此，也就半信半疑，说道："如果不确，回来再同你算账！"说着，转身走到对过巷内，果然一丛的人在那里谈论。

这个徒弟因一人势孤，不敢上前争斗，低着头气冲冲的就跑到西禅寺，寻着胡惠乾说道："师父，我们这个地方不能住了！少林的威名被这班机匠丧尽，还有什么脸在此地？"胡惠乾生性不怕，人用激工一激他，虽刀里火里，总要去走一回。说道："你这人好胡说，在机房公所出的那口气，你还不晓得？现在又听谁的话，如此来说？"这徒弟就将街上听的话说了一遍，胡惠乾已气得目瞪口呆，这人还未走开，接着又进来两个，皆如此说。胡惠乾哪里容得下去？登时要就前去找他。这班徒弟上前说道："师父，不要如此性急，此刻前去，他们已经散去，最好明日等他们到会馆聚齐的时候，师父前去，那时一个走不了，便将他这班人打死，看是谁厉害？"胡惠乾听了说道："话虽有理，只是又令我多气一夜！"众徒弟也不回去，各人就在西禅寺住宿，三德和尚听了这话，也是动怒道："我已解劝下来，免得仇越结越深，他们又如此胆大，这就不能怪我们手毒了。"当时也是怒冲冲的回转方丈，一夜无话。

次日，白安福因要与众人同上督辕，天方明亮就起来到了会馆，专等陈景升等人前来。不多一会，众人已到，各人入座，用了点心，随即唤了轿夫，复将昨日所缮禀稿看了一回，揣在怀中，方要起身上轿，急听门外喊叫不止。远远的听人喊道："我们快走罢，不能将命与他拼呀！"话犹未了，早有看门的人跑进里面，向陈景升等人说道："不好了！请你们快躲起来，你们俱是文墨人，不必同他争斗。胡惠乾现在已带了徒弟打进门来了。"陈景升等一听，才要起身望后面逃走，早见胡惠乾如凶神一般，带着如狼似虎的徒弟，冲进门来，一眼看见白安福，骂道："你这打不死的王八羔子，倚着你中了进士，回来就眼下无人，还要想断老子的头，老子今日就来看你怎样断法？"说了，跑上来就把白安福擒过来，就要往门外跑，居心想到大街上丢他的脸。此时陈景升与李名流等人，早趁着大闹的时候，躲到后面去了。一个个面如土色，浑身发抖，说道："只听见他们说胡惠乾厉害，今日见了，真是话不虚传。"

不表他们在里面躲藏，再表白安福被胡惠乾擒过来，欲往外跑，早有那班机匠见了这样，晓得出去没有好讨，赶忙一个个上前说道："胡大爷，你请放手，有话说话，何必如此动怒。果真是他不好，然后再打不迟；有你大爷如此本领，还怕他跑了不成？"胡惠乾见这班机匠如此说法，心上想到："我昨日来时，他们本来就低头，怎么晚上忽然就变了。莫要我那些徒弟造言生事，叫我来与他们争斗，好代他们争面子？这事倒要细细查点，不如将他放下，说明白了，看他怎样！"随即将白安福往地下一摔道："我昨日来此是怎么说的？叫这杂种保我广东省内一年之内平安无事，就准你们建这道场；你们这班人也是答应，为什么我走之后，倚势欺人，将官来吓我？约人递禀帖，想断我的头，既然如此，老子就送来与你断，看你可认得老子？"说了，又要上来，那些机匠深怕白安福要吃大苦，内中有两个会说话、胆子大的，赶忙上来说道："原来你老人家听了这个闲话，怪不得如此气法？但我会馆内真不敢说这话，必是有人与我们作了对，晓得你老人家本事好，有心胡言乱语，撺弄你老人家前来厮打，就在旁边着闲，你想我们如敢同你老人家作斗，昨日来时，我们倒不求你老人家了。你不信，现在白先生正请了几位陪客，打发我们去请你老人家，说昨日多多罪欠，晓得自己冒失，未曾先到你老人家那里打招呼，特地备下酒席赔个不是，你看厨子已经来了，担子还歇在门口。"

胡惠乾被这人说了一番好话，气已平了一半，回头果见门口放着两担酒席，不敢进门，你道这酒席是哪里来的？正是白安福叫来准备与陈景升上衙门之后，回来吃的，却遇胡惠乾前来一闹，酒席挑来到了门口，不敢进来。这个机匠机灵，借此说了一番鬼话，胡惠乾此时说道："你们不必用这鬼话谎我，要想人不知，除非己莫为。我那徒弟向来是不会说谎的，老子既来了，谅想不得空拳，先尝我两下再说。"说了，举起手就将白安福翻倒，伸开蒲扇手，左右开弓，两个嘴巴，早听白安福哎唷一声，口中早吐出血来。机匠看了这样，深怕再打，赶忙来道："胡大爷，你可高抬贵手，打人不妨事，却要打得服。人家一团的好意，想赔不是不能，反因此被打，你老人家说，令徒听见人说的，请令徒将说的人寻来，三面对证，真假就知了。真的，听你老人家处治；若是假的，不但你老人家被他骗，不能饶这狗娘养的,就是我们这班人,除却服你老人家,其余任什么人,也要将他打个七死八活。"胡惠乾听了这话,就叫昨日晚上说的那两个徒弟指出人来,那两个徒弟本是在街上听的闲话,也认不得那人姓甚名谁,哪里去寻?急了半天,说道:"我们明明听见的,师父不要听他赖!"这些机匠见他说不出人来,赶忙又说道:"大哥,君子成人之美。古人说的好,低头就是拜,我们已经如此赔小心,若你老哥再在令师前讲我们的坏话,怪不得胡太爷生气,只是今番打得冤枉,请你老人家松手罢。"胡惠乾见徒弟交不出来,果然自己冒失,将他打冤枉了,说道:"多是你们无事生非。从前结下仇来,他们也不如此说法;现在我既来了,你们也该晓得,不能不把面子给我的。要我不打容易,只要白狗头在这会馆门口磕四方头,说我白安福从此安分,再不与胡太爷作对,这就饶了他;若是不肯,无论冤枉不冤枉,只要老子打得兴起,生死也不知道。"众人听了这说,不知白安福肯磕头否,且看下回分解。

第四十七回
递公禀总督准词　缉要犯捕快寻友

　　话说胡惠乾叫白安福在会馆门口磕四方头,方才罢休。众机匠见他已经改口,只得又上前说道:"胡大爷,今日被你这一阵恶打,已是冤枉。人人有脸,树树有皮,何必还叫他在门外现丑? 你老人家这威名有谁不知? 何必定要如此? 由我们大众谢个罪罢!"说了上来三四个人,将胡惠乾拖了过去,这里白安福已是气得目瞪口呆,见胡惠乾放了,便走过几个人来,将他送往后面去了。外面胡惠乾还是大叫大骂,又经众人连连作揖赔罪,才把他弄了出去。这里众人见他已走,大家抱怨道:"昨日究是谁人在外面乱说,被他的徒弟听见,闹成这个样子?"那些乱说的人,听见这个风声,久已躲到别处去了。白安福在后赶上了好一会,方才开口道:"这里全无天日,岂不造反么! 他既将我打伤,我此刻就到辕门,看制宪如何说法?"陈景升道:"去总要去的,倒是叫人出了看看,胡惠乾哪里去了? 可有人在此地,莫要再被他得个现的法。"众人都说有理。早有三四个人跑了出去,回来说道:"他们已经去远了,要去趁此去罢。"三人一听,只得又将轿子唤来,三人乘轿来至辕门,叫人拿了治晚生的帖子投递进去。

　　原来两广总督姓曾,名必忠,此人也是个翰林出身,平生嫉恶如仇,十分清正。当时家人呈上名帖,说新科翰林侍卫共六人,皆至辕门求见,说有地方上要话面禀。此时曾必忠早已得着军机的公事,因绅士尚未禀上来,故未札发。此刻见陈景升同白安福来拜,吩咐有请。家丁领命出去,陈景升虽是京官,但因本籍的督抚,不敢由正门而入,众人皆在大堂口下轿,向暖阁穿进里面,家人引入花厅,早见曾必忠衣冠济楚,站在堂口,笑脸相迎。陈景升见了,走上一步,彼此行礼已毕,两旁设了座位,送了茶然后大家坐下。陈景升先说道:"晚生等由京回籍,理应早赴辕门谒见。适因俗冗纷繁,有疏礼貌,罪甚,罪甚!"曾必忠也谦逊道:"诸公玉堂清贵,老夫早想趋贺,因未知诸公已否荣归,是以稍迟,歉疚之至!"说毕,又向李流芳、张、何二人挨次谈论。到了白安福面前，因他是个武进士，虽然用了侍卫，却比不得陈景升等清贵。乃问道："白兄高居金榜，武艺超群，令人可羡。"

白安福本是个机匠学武，又是改行，今虽用了侍卫，见了大人先生，总有些不脱俗言语，也就接大人上来。见曾必忠奖誉他几句，也不知如何是好，急了半会，方才说道："不敢，不敢！"本来被胡惠乾打了两个巴掌，已是红肿不堪，此时答不出话，又一急，脸上格外绯红。把那个肿的地方都发出亮光来了。曾必忠向他说道："白兄如此气概，将来必专阃戎行。你看脸上如此光彩，可见就是预兆，可贺，可贺！"白安福见如此夸奖，实在不安之至。陈景升与李名流听见这话，又将白安福瞧了一眼，彼此实在好笑。胡惠乾打了他两下，肿到如此地步，还说他好气概，若再打两下，连眼睛肿起来，那还更好看呢！此时白安福见众人皆谈闲话，不说正文，自己也就顾不得无耻了。接着说道："大帅奖誉晚生，晚生脸上并非是光彩，却是红肿。"曾必忠诧异道："白兄何以如此，请道其故。"陈景升见问，趁着说道："晚生等今日前来，一则为大帅请安，二则为地方上有一恶霸，此人姓胡名惠乾，乃是少林寺恶僧的徒弟，拳棍十分凶勇。前已打死十数人命，是以晚生等在京联名具奏，蒙陈、刘两军机批准，在原籍建醮，并请大帅札饬下属，一体弹压。想这公事，大帅处谅早得着了。"曾必忠听说，急忙答道："老夫于前日已经接到此件公文，既诸位为地方起见，即请照办便了。"白安福道："晚生固已奉旨准办，故而回籍后就招呼人在会馆起造神台，不想胡惠乾目无法纪，胆敢将神台拆毁，将晚生殴打，是以晚生等前来面禀，叩求大帅恩裁！"说着，就在身上取出禀帖，递了上去。曾必忠开展一看，说道："这胡惠乾如此不法，地方受害不浅，府县竟不通报上来严拿究办，实属疲玩已极！诸位先请回去，老夫立刻飞饬州县，派捕查拿。一面派差在会馆弹压便了。"陈景升等谢道："大帅如能照此办法，不独晚生等感激，即广东全省百姓也沾德惠了。"曾必忠谦逊一番，然后众人告辞，不提。

且说曾必忠见众人去后，当即传了广州府陆树云、南海县王有量两人前来，先将军机的来文与他看过，然后又将陈景升等人所具禀状交他带去，从速施行。陆树云回了衙门，又将番禺、顺德两县令传来。番禺乃是曹永森，顺德就是严武城。三首县得着这件公事，明知胡惠乾是著名的恶霸,虽在境内,却是不容易拿获。且西禅寺仍有他一班师兄弟,皆是武艺高强,一经举动,恐怕捕快亦无能为力。只得各回衙门,将所有的马快皆传集一处,分一半在机房会馆巡防、弹压,一半在西禅寺侦伺,如见胡惠乾将他拿获,赏银五百两,另有功牌奖誉,务必缉获到案,不准松懈。

各捕快接了这堂谕下来,虽然是三县的人,却皆通气的。其中有个极好的快头,其人姓方名魁,两臂有四五百斤的勇力,那拳棍功夫,在广东省内公门中,也算推他第一。手下各捕快,不是他的徒子,就是他的徒孙,众人因他武艺好,年纪大些,俱尊他为班头,一切事务皆听他主使。当时接下这件公事,众人因问他如何办法,方魁道:“这事上院衙门虽然紧急,但须把脚跟站妥,方可行事。我听说胡惠乾,他以前也非歹人,因他父亲被机房中人打死,所以他立志投入少林,习了这一身武艺,此刻机房中人打不过他,故想出这的主意。我们虽可要代他出力,但是他们也要谢谢我们的劳,方可行得。你们在此守等,我先去一趟,看是如何说着。”别了众人,立刻来了锦纶行会馆门口,见陈景升等轿子还在那里,晓得此时还在那里。进了会馆向门丁说道:“老哥,请你上去同陈老爷回一声,说我是南、番、顺三县的快头,面见老爷们,有要话动问。”那看门的老头子听说快头两字,知是陈景升等人到督辕去过,所以县里就差人前来弹压,急忙起来到了厅上,向众人禀明。白安福听说,忙道:“叫他进来!”

那人答应出去,领着方魁到了厅口,向众人请了个安,站立一旁,说道:“小的叫方魁,奉三位首县大老爷命,招呼带领众人捉拿胡惠乾的。请诸位老爷示下:还是单在此门口巡防保护,还是带人到西禅寺去。”陈景升道:“本来公事上招呼府县,一面派人缉获,一面弹压,理应依着公事,当差为何反来动问?”方魁见陈景升抱定公事两字,忙笑脸回道:“老爷的明见!小的等人虽然充当差役,但这件案非若寻常凶手可比。胡惠乾的手段,这会馆里是知道的。人不多,手段不好,也不能前去。若仅在此弹压,这点饭食,小的还报效得起。若再分头寻获,必得用厚聘请人同小的等前去,就这一层,望诸位老爷恩典!小的虽有差遣,只是没有这厚聘。”陈景升还未开口,白安福被胡惠乾糟蹋了两次,恨不得立刻捉了他来消这口气,忙道:“这事也难怪,你究竟要多少银子为聘,你快快说来,好给你前去!”方魁见他已经答应,乃道:“要聘这人,非三千银子不可。随后果能拿到,还要三千谢劳,这就是六千。其余小的们手下人,听凭老爷们赏赐便了。"白安福道:"这也是件小事。"说着,就在身边取出一张银票,交给方魁,道:"你此刻就去,过后总不难为你的。"方魁接了过来,打了个千儿退出。

你道方魁是假的么?实在他一人知道胡惠乾的厉害,不敢单去。因吕英布有个好朋友姓马名雄,其人与吕英布是生死弟兄。当初英布未曾学武时,与这人比屋为邻,彼此性情相合,就拜了异姓弟兄。随后英布到武当山冯道德那里学武,他就到四川峨眉山白眉道人那里学武。两人不忍相别,立下交单,现在欲夺一方,习练武艺,他日名成之日,务必患难同扶,福禄同享。后来吕英布在水月台被胡惠乾打死,他还在四川未曾接得此信。方魁也是白眉道人的门徒,本领却不及马雄。心想:要捉胡惠乾,必须把他请来,方可稳便。主意想定,回到班房,将这话与众人说了。次日大早,复行找了牛化蛟的儿子牛强,说代他去请马雄为他父亲报仇,约定同去,路上有个伙伴,牛强自然情愿。两人商议妥当,又到会馆里,向白安福说知,请他们稍缓半月二十天,再行起造醮坛,免得胡惠乾见我们不在此地,又来寻事。白安福也就答应。到了第三日,方魁与牛强前往四川不提。

再表圣天子在金华府结断了张禄成一案,与陈景升、李流芳别后,便同周日青往浙江而来。这日到了杭州省城,择了个福星照的客寓住下,闻说天竺山同西湖两处景致极佳,次早起身,用过点心,与日青两人预备到西湖游玩,哪知这一去,又引出许多事来。且看下回分解。

第四十八回

印月潭僧人不俗　仪凤亭妓女多情

话说圣天子与周日青两人出了福星照的客寓,问明路径,来到西湖。只见一派湖光,果然是天生的佳境。行不多远,有座丛林,上写着一方匾额,乃是"三潭印月"四字。圣天子与日青说道:"可见人生在世,总要游历一番,方知天下的形势。若非亲目所睹,但知杭州西湖胜景,却不知美景若何? 地势若何? 岂非辜负这名湖的绿水?"

两人站在庙外,远远见那湖光山色,果然一清到底。圣天子说道:"怪不得从前苏东坡题句有云:水光潋滟①晴方好,山色空濛雨亦奇。若非亲到此地,哪知这湖光所以好、山色所以奇的道理呢?"日青听圣天子如此说法,也就抬头去看,见这湖面有三十里宽阔,三面环山,一碧如玉。适当昨夜小雨将山洗得如油一般,一种清气直对湖心,彼此相映,任你什样俗人到此,也是神清气爽。

两人观了一回,步进印月堂的方丈,早有知客和尚出来迎接,邀入内堂坐下。早有人献茶。日青向和尚问道:"上人法号? 今日得晤禅颜,实深欣幸。"和尚连称不敢,道:"僧人名叫六一头陀。"圣天子听他说出这两字,忙笑道:"闻其名即知其人。可见法师是清高和尚,不比俗僧乩动的,但不知法师何以取这'六一'两字? 当日欧阳修为扬州太守,修建平山堂住址。遥望江南诸山,拱揖槛外,故起名平山。又平日常在客堂挟妓饮酒,以花宴客,往往戴月而归,后来又起望湖楼,无事即便居楼上,因自称'六一居士'。这是当日欧公的故事,和尚今日亦用这两字,谅必也有所取了。"和尚道:"檀越所见不差,但欧阳公起这别号虽在扬州,此地却也有一处胜迹,不知檀越可晓得?"天子、日青道:"我等初到此地,倒还不知。和尚既有用意,何不明道其详,好去游览?"和尚道:"这湖西有座孤

---

① 潋滟(liàn yàn)——形容水光流动。

山,山上有口泉,与扬州平山堂茆①五泉仿佛,从前苏东坡常到此地汲水煮茶,品这泉水的滋味,却与第五泉不相上下。因慕欧公为人,乃当时的贤太守,适又在此品泉,所以命名取义,起了个'六一泉'三字。僧人因欧、苏二公专与空门结契,曾记东坡诗云:白足赤髭迎我笑。又与道通和尚诗云:为报韩公莫轻许,从今岛可是诗奴。当时虽是戏笔,可见出家人也有知文墨的,不能与酒肉僧一例看待。僧人虽不敢自负,却也略知诗赋。又因俗家也姓欧阳,故此存了个与古为徒的意思,也就取名叫六一头陀。”

圣天子听他说了一大篇,皆是引经据典,一点不差,满心欢喜,说道:“原来是这个用意,但不知这六一泉现还在么?”和尚道:“小僧因此取名,岂肯听其湮没？檀越既肯赐顾,今日天色尚早,可先叫人将泉水取来,为二公一品何如?”天子道:“如此,则拜惠尤多了!”说着和尚即叫人前去。这里又谈论一番,甚是投机。和尚见他二人虽是军士打扮,那种气概却是与人不同。心下疑道:“这两人必非常人,我同他谈论这一会,尚未询及姓名,岂不当面错过?”因说:“檀越皆才高子建,学媲欧苏②,僧人有幅五言对联,敬求檀越一书,以充禅室,不知可蒙赐教否?”此时天子已是高兴非常,本来字法高超,随口应道:“法师如不见弃,即请取出,俾高某一书。”和尚听了,即在云房里面取一幅生纸五言对联,铺在桌上,那笔墨多是现成,因时常有人在此书画。天子取起笔来,见门联上是“云房”两字,触机写道:“海为龙世界,云是鹤家乡。”虽只得十个字,那种圆润飞舞的魄力,真是不可多得。和尚见他联句写毕,上面题了上款“六一头陀有道”,下面是“燕北高天赐书”。写了递与和尚,和尚又称谢一番,复向周日青问道:“这位也姓高么?”日青道:“在下姓周名日青,这位却是干父,因往江南公差,从此经过,特来一游。”此时六一泉的水已经取来,和尚就叫道人取上等茶叶烹了一壶好茶,让二人品了一回,却是与扬州平山堂第五泉的水相仿,天子因天已过午,加之腹中又饥,就在身边取出一包碎银,约有五两多重,作为香仪。和尚谦逊一番,方才收下。

两人告辞出了山门,复行绕过湖口,来到大路。只见两旁酒肆饭馆,

---

① 茆(máo)。

② 欧苏——唐宋八大家之欧阳修、苏轼。

不一而足。那些游玩的人，也有乘船的，也有骑马的，仍有些少年子弟吹弹歌舞的，妓女翩翩，一时也说不尽那热闹。天子到了前面，见有一座酒楼，上面悬着金子招牌是"仪凤亭"三字。见里面地方极大，精美洁净，就与日青走进，在楼上拣了付座头坐下。当有小二上来问道："客人还是请客，还是随便小酌？"日青道："我们是随便小吃，你店内有什么精致酒肴，只管搬取上来，吃毕一齐给钱与你。"小二答应下楼，顷刻间，搬上七八件酒碟，暖了两壶酒，摆在面前，说道："客人先请用酒，要什么大菜，只管招呼。小人不能在此久候，仍要照应别桌的客人，请你老人家原谅。"天子见小二口话和平，说道："你去你的，我们要什么喊你便了。"两人就此上下坐定，你一杯，我一杯，对饮起来。

　　忽见上首一桌拥了五六个妓女，三四个少年人，在那里猜拳。内有一个妓女，年约二八光景，中等身材，一双杏眼，两道柳眉，雪白的面儿，颊下微微的红色，晕于两旁。虽不比沉鱼落雁，也算得闭月羞花。那些少年都在那桌上歌弹欢笑，却不见她有一点轻狂体态。就是旁的妓女勉强猜拳饮酒，也不过略一周旋，从不自相寻闹。天子看了一会，暗道："这妓女必非轻贱出身，你看这庄重端淑颇似大家举止。只可怜落在勾栏之中，岂不可惜？"正在疑惑，忽见另有一妓将她拖在下面桌上，低低说道："你们那件事可曾说好么？你的意中人究竟肯带你出去否？"这淑女见问，叹了一口气道："姐姐你不必问了，总是我的命苦，所以有这周折。前日那老龟已经答应说定五百两身价，你想他一个穷秀才，好容易凑足这数目前来交兑，满想人银两交，哪知胡癞子听了这个风声，随即添了身价，说把一千两。老龟见又多了一倍，现在又反齿不行了。他现在如同害病一般，连茶饭皆不想吃，这些人要他同来，也都不肯。我见了他这种样子，焉得不伤心！因众人要代我两人想法，不得不前来应酬。我看这光景，也想不出什么法来，就便大众出力，也添五百银子。若小胡再添一倍，还不是难成么？弄来弄去徒然将银子花费，把我当为奇货可居，我现在立定主意，如老龟听众人言语，松了手，无论一千、五百，还可落点银子；若是拣多的拿，不肯轻放我，姐姐，我同你说的话，我虽落在这大坑里，出身究竟比那些贱货重些，我也拼作这条命，尽个从一而终罢了。小胡固然不能到手，老龟也是人财两空。他此时还在我那里等信，你想想看，好容易遇见这个人，又遭了这番磨折，这不是我的命苦么！"说着眼眶已红，早滴下几点泪来。那个妓女见她如此，也是代她怨恨，说道："你莫向这里想，看他怎样说，总要代你想个善处之法。"说毕，两人又到那张桌上，向众人斟了一回酒，那个妓女望着一个三十多岁少年说道："你们今日所为何事？现在只管闹笑，人家还在那里听信呢。我们这一位已是急煞了，你们也看点情分，究竟怎样说？"众人被她这句话一提，也就不闹，大家侃侃地议论了一会，只听说道："就是这样说，他再不行，也就怪不得我们了。难道人就被他占住不成？"众人又道："如此极好，我们就此去呢！"说着，大家起身。携了妓女的手，下楼而去。

天子与日青听得清楚，心下已知了八九分。说道："这姓胡不知是此地何等样人？如此可恶，人家已将身价说定，他又来添钱，我看这妓女颇不情愿。先说什么穷秀才，后说什么胡癞子，这两个称呼，人品就分高下了。"日青道："我们问问店小二就晓得了，看是哪院子里的，如可设法，倒要出点力，我看这女子倒不是个下流。"二人正说之间，小二已端了一碗清炖鸭子上来，日青问道："适才那桌上一班妓女，是哪个院子里的？离此有多远？"小二道："客官是初到此地，怪不得不知道。这里有个出名的院子，叫做聚美堂，就在这西湖前面一里多路，有个福仁街，这街内第三家朝东大门就是聚美堂。凡过往官商，无不到那里瞻仰瞻仰。方才在这边谈心的那两个妓女，一个叫李咏红，一个叫蒋梦青，皆是院内第一等有名的妓女。不但品貌兼全，而且诗词歌赋，无一不佳。就是一件，不随和寻常人。任他再有钱，她也不在眼内，现今这李咏红新结了此地一个秀才，叫徐璧完，却是个世家子弟，听说文才极好，家中又无妻室，李咏红即想随他从良为室，前日已经说定身价，不知何故，又反齿不行，被胡大少爷加价买去？现在这些人皆是徐璧完的朋友，不服气，一定要代他两人设法，我看是弄不过胡家的。胡家又有钱，又有势，地方官皆听他用。徐璧完不过一个秀才，有多大势力？"天子听小二说了这番话，忙问道："这姓胡的究竟是谁？"不知小二说出何人来，且看下回分解。

第四十九回
夺佳人日青用武　打豪奴咏红知恩

　　话说小二将李咏红的原委说了一遍，日青问道："究竟这姓胡的是此地何人？如何这么有势？"小二道："客官不知，这姓胡的他老子从前做过甘肃巡抚。叫个胡用威，生性贪酷。后来在任上贪赃枉法，被京城里御史知道，参奏上去，皇上勃然大怒，就将他革职，永不起用。他得了这个旨意，就由甘肃回转家乡，争奈他赚银太多，回来就连阡带陌的买了几万良田，就在家中享福，地方官因他有许多家财，凡到每年办奏销时，钱粮不足，就同他借。他又因自己是革职人员，怕人看不起，乐得做人情。官要多少就借多少，等到下忙，官又还他，次年春天又借，如此措办，已非一年。官因占他这大情，无论他的佃户欠了租，竭力代催，一毫不得缺少。即是这杭州城内再有大面子的人，只要得罪这胡用威，地方官也是帮着他说话的，所以无势力之人，见他如见鬼一般，万不敢与他争论。他的儿子就是方才李咏红说的那个胡癞子，见他父亲如此行为，他就格外为非作歹，终日寻花问柳，无所不为，见人家有好女子，任他什么人家的，总要想出主意来顺了自己的心意。否则，不能动抢，就是说人家欠他的钱，请官追缴，闹到终局，总是将人抵钱。平日在这一带酒馆内，天天闹事，吃了酒席不把钱也就罢了，还要发脾气，摔碗碟，我们也不敢与他争论，只好忍气吞声。我看他总有一天报应，这样凶恶太厉害了。现在因李咏红被众人抚住，晓得动武不行，故而用钱压人。只要鸨儿一答应，他就抬人，随后银子还不知道在哪里付呢。聚美堂龟头现在贪多，到后来就要吃苦了。只可怜李咏红遇了这种人，怕要自尽的。你们两位客官未见过这胡癞子，既癞且丑，莫说李咏红这种美人，就是干净的猫狗，也不肯跟他的。"说着，旁边桌上又喊添菜，小二只得跑到那边照料去了。

　　圣天子与日青说道："我道谁的儿子，原来是胡用威这匹夫之子！从前本来是格外施恩，免他一刀之罪，哪知他在此地仍是如此作恶，这样纵子为非，若不将他治罪，何以除地方之害？"日青道："干父且先饮酒，店小二的话,也不能全信。我们吃了酒,再到寓处内歇一会,然后到聚美堂去看看,好在聚美堂离我们客寓相隔不远,从前不知道,所以未留神,此刻既晓得便可叫客寓内的人将我们送到堂子里游玩一会,顺便打听打听,如李咏红被那秀才带去,也就罢了,免得再生事端。若胡癞子果真蛮横,然后与他争论不迟。"圣天子听说,也是有理,就随便用了些饭,又叫小二打了手巾,擦脸已毕,日青算了酒钱,会账已毕,二人下楼,直望福星照客寓而来。行不多远,只见一撮人拥着一个女子而来,嘴里说道:"你这人好不知好歹,我家公子好意要你,花了许多银钱,将你赎出这火坑,别人求之不得,你还嫌好怨恶的,此时不去也要去的!你母已经将卖身纸早立下了,还怕你跑去不成,我看你快些去罢,从前有轿子与你坐,你不坐,也不能怪我们了。"说着,一个吃喝,将那女子横抬起来,往前就跑。

日青便上前一看,不是别人,正是方才在仪凤亭的妓女李咏红。只见她嘴里骂道:"你们这班狗奴,撮弄得主人做得好事!要想我从他,就便他死了,来世为人,总是未必。也不想姑奶奶是谁?我与他拼着这条命便了!"日青听道这番话,知道是胡癞子的家人来劫李咏红。到了此时,不由气往上冲,便分开众人,上前喝道:"你们这班狗才,全无王法,这样青天白日,敢在街上抢劫女子,我看你们早早放下,免汝等一死;若再胡行,老爷虽可饶你们的狗命,咱这两个拳头是不肯饶的。"说着,将众人一分,已推倒五六个。还有十多个人拖住李咏红,皆被日青上去两边一推,倒在下面。不由的,大家把咏红放下,转身向日青骂道:"你这强人,是哪里来的?我家公子买妾与你何干?要你前来阻挡?岂不是白讨苦吃么!你若识时务,快赔个不是,各人走各人路;若再这样横行,访访我们公子是谁?怕你两腿作贱,讨板子打!"日青听见这话,哪里容耐得下?即抡起两拳,向着众人乱打一阵。那些家人起先还动手动脚,声称捉人,不到一刻功夫,被日青几拳一打,早是头青眼肿,没命地逃走去了。还有几个腿脚慢的,已被打伤,睡在地下。

圣天子见日青将人打散,便上前向李咏红问道:"你这女子,究竟是何人家出身?方才在仪凤亭已知道你这缘故,胡癞子你既不肯从他,他是一个恶少,必不甘心。此时这班家奴打走,稍停一会,定然复来。你在此地总是不妙,不如跟到我寓处稍坐。现在徐璧完到哪里去了?让我叫人寻他来,将你带去,方为稳当。若在这里,终是不妥。"李咏红见他二人如此仗义,便含泪谢道:"奴家乃是前任秀水县吴宏连之女,因父亲为官清正,所以临终一贫如洗,只剩奴家与母亲二人。前数年,母亲已死,勉强将衣物典卖,买棺入殓。因有一姑母在金陵,拟想前去投亲,奈不知路径,被乳媪①骗至此地,售与聚美堂为妓。奴家几次自尽,皆遇救不死。近来遇见此地徐公子,其人也是世家子弟,乃祖乃父,俱身入翰林,只因家道清寒,苦耕度日。一日,为朋友约至聚美堂饮酒,奴家见他品学俱优,加之尚未授室,是以情愿委身相从。满想离此苦海,不料鸨母重利要身价银五百。徐公子本是寒士②,哪里有此巨款? 后来各朋友凑集此项,以便代交。哪知这胡姓无赖,见奴家有几分姿色,便与鸨母添价,愿给纹银一千。方才奴家在仪凤亭回来,他已先兑了五百两,鸨母也不问何人,即将卖卷书好,逼令奴家相从。奴家实不甘愿,所以这班如狼似虎的家奴前来啰唣。今蒙两位恩公搭救,真是感激不尽了。"说着就拜下去。日青道:"你不必如此,目今依我们说的为是,且到客寓坐一会,想那里人总要复来的。"李咏红见说,只得跟着进了客寓。日青问了徐璧完的住处,就去寻找。

　　哪知他去未多时,早听客寓外面人声鼎沸,说道:"这两人是在这里面,莫让他走了! 我们进去先将李咏红抢出,然后再将那两人捆送到官。"圣天子见这个情景,知是前来报复,就将李咏红往客房里一送,自己站出房门外面骂:"你这班混账狗才,方才打得不够,现在又来寻死! 我在此间,谁敢上来?"那些人见一个京腔大汉拦在门口,说道:"你这人好大胆,你明明在半路抢人,还说我们不是,莫要走,吃我一棍!"说着,一个四十多岁的家人,拿了一条木棍,向里面打来。圣天子见他动手,不由的无名火高起三丈,怒气冲天,提起左腿,早把那人踢倒在院落以内。那人高喊道:"你们众人全行进来,这人在此动手了!"话犹未了,外面又来了七八个大汉,蜂拥抢进,皆被圣天子拳打脚踢,倒在地下。开客寓的主人见闹了这样大祸,连忙上前作急,说道:"高客人,你是过路人,何必管这闲事? 你一怒是小,我们可要吃苦了。这些人不好惹的,他的主人在此地谁不怕他? 出名叫胡老虎,你将他家人打得如此,如何是好?"圣天子笑

① 乳媪——奶妈。
② 寒士——指贫穷的读书人。

道:"你不必怕,一人做事一人当。不怕他再有多大势,皆有高某承当。"

话还未了,门外又喊呐一声,看见一个少年,约有二十四五岁光景,邪眉歪目,斜戴着小帽,一脸的癞皮,带着许多打手,冲进客寓,向店主人骂道:"你这没眼珠的王八羔子,也不知公子爷的厉害,乱留些歹人在这里居住,连公子将钱买的人都抢起来了!这人现在哪里,快快代我交出来,与你无涉;若不交出,先打断你这狗腿,然后将那人捆送到官究治!"店主被胡癞子一番怒骂,战兢兢地说道:"公子爷开恩,小人实不知情,抢公子的人现在这里,公子捆他便了。"胡癞子抬头一看,见来的人一个个多倒在地下,打伤爬不起来,只见喊道:"公子爷,快叫打手,将这强人捆起来,小的们受伤重了!"胡癞子一听,怒不可言,喝道:"你们还不代我拿下!"

说着,众人一拥而进,有二三十人,将院落围住。内有几个身手好的,上前就打,圣天子到了此时也顾不得什么人命,飞起两拳,或上或下,早又打死数人。无如寡不敌众,胡癞子带来的有三四十人,打了一班又来一班,打了半会,精神已渐渐不足。加之饮食又多,这一番用力,酒性全涌上来,登时力量不足,手脚一松,上来几个人已经按住,后面各人见大众得胜,复又一涌而进,七手八脚抬了出去,往着钱塘县衙门而去。到了大堂只见胡癞子也到,说道:"你们在此看守,我进去会李官,说明缘故,请他立刻坐堂,拷问这厮为什么如此凶恶!"众人答应,就在大堂下伺候。过了一会,果然里面传出话来,招呼伺候。只见三班六房差役人纷纷进来,站立两旁。又过了一会,听见一声点响,暖阁门开,县官升堂。不知问出何情,且看下回分解。

第 五 十 回

入县衙怒翻公案　到抚辕请进后堂

　　话说钱塘县升堂已毕,坐在公案上面,喝令带人上来问讯。早有几人将圣天子领到堂上,叫他跪下。圣天子冷笑一声,喝道:"这样狗官,不问情由,只听一面之词,就来坐堂,于国体何在? 上不能为朝廷理政,下不能代百姓申冤。一味贪财枉法,交结绅士,欺负良民,这样狗官要他何用? 还叫俺前去跪他,岂不叫他折死?"知县听他如此痛骂,喝道:"左右还不拖下重打一百!"两边吆喝一声,方要动手,圣天子怒气冲天,纵步上前,早把公案推开,隔着桌子就要伸手去打。那知县见来势凶猛,从未见如此厉害。已吓得跌倒公案下面。圣天子又上前,将公案踢开,即将他举起说:"你叫众人打俺,如若动手,先叫你送命!"知县生怕被他打死,赶着说道:"好汉,快放手! 我叫众人打俺便了!"那些站堂的差人,见本官如此,也就一哄而散。圣天子将知县放下,说道:"今日权且饶汝狗命,从速将癫子交出,免汝一死;不然,连汝这狗官也莫想做!"说着根根地在堂上坐下,要知县交人。知县见他放手,已早一溜烟躲入后堂。即刻命人从墙上出去,到巡抚衙门投报,说强人白日打抢,被获到官,又复咆哮公堂,殴打本官,请即派兵前来捉拿。

　　且说这浙江抚台乃是龚温如,听见这个消息,吃了一惊,说道:"省垣里面有如此奇事,这还了得?"立刻发了令箭,传了中军,带了标下二百名亲兵,前往拿获来辕办讯。中军得令前去,早见钱塘县堂上仍坐着一人,在那里喊叫,向知县要人。中军一见,喝道:"你是哪里的蠢夫,皇上家公堂,竟敢混坐,难道不知王法么? 快走下来,免得老爷动手!"圣天子怒道:"你这有眼无珠的狗才,这小小知县堂上,俺坐坐何妨? 就是巡抚堂上,我坐了也无人敢问! 你既奉命前来,就此将知县与胡癫子捉拿辕门,好叫龚温如重办!"这中军见圣天子如此大话,不将你重责,你不知国家的王法! 即叫众兵丁上前拿获,圣天子此时一想,我此时若再动手,徒然伤人性命,这是何必! 且日青不知可寻着徐璧完,设若未曾寻到,他回寓见了这样,又必不肯甘休,李咏红见是他的事情弄出这样大祸来,假使一急,寻了短见,更是不好。我此刻不如跟他前去,见了龚温如,他必定认得孤家。那时叫他传令拿人,将胡用威父子治罪,免得多一番周折。想罢,向中军喝道:"你们休得动手,若无体统,莫说一二百人,就有一千八百,俺也打得开去。既是龚温如派你前来,待我见了他,就明白了。"说着站起身,下了大堂,直往门外就走。

中军见了这样,不是个寻常之人,也就跟在后面,出了县衙,指点着路径,到了巡抚衙门。先叫人看守,然后自己穿过暖阁,到了后堂,对龚温如说明,人已捉来,请大人就此坐堂。巡抚见案情重大,不能不自己审问,随即叫人传书,差衙役大堂伺候,自己就立刻换了衣冠,从里面出来。但见暖阁门开,三通炮响,龚温如到了堂上,叫中军带人上来。中军领令下来,将圣天子领到堂上。圣天子向上一望,见龚温如虽已年老,精神却比陛见时还强。当即高声喊道:"龚年兄,可认识高某否?"龚温如一闻此语,就有疑惑,但见是个熟脸,想不起名姓。听见说高某,心内一动,想到当今常在近省游玩,听说改名高天赐,莫非就是此人? 再凝神细细一看,吓得魂不附体,赶忙要下来磕头。

圣天子见着,连摇头道:"不必如此,既然认得高某,就请退堂便了!"龚温如见说,知道圣天子不露真名,怕的被人晓得。登时走下堂来,站在旁边,让了进去。然后又传中军,吩咐书差等各退。此时堂上差役人等,究不知这人是何官职,连巡抚大人皆如此恭敬,也不敢问,只得退了出来,在门口打听。龚温如见书差已退,走进里面向着圣天子纳头便拜,道:"臣罪该万死! 不知圣驾到此,诸事荒唐,罪甚,罪甚。"圣天子笑道:"这又何罪之有? 倒是胡用威,赶快差人捉拿,将他父子拿下,此刻不必声张,外面耳目要紧。朕还要到别处游玩,有人询问,只说是陈宏谋的门生,与卿同年,前来公干。朕此时回寓,看那徐璧完究竟来否?"龚温如此时已晓得胡用威之子抢夺妓女,被圣天子遇见,只得跪下问道:"圣上回寓,臣还立刻签拿胡用威父子正法,还是等圣旨到来施行?"圣天子道:"日青还未回来,看璧完那里究竟如何,一同候旨便了。"说着,圣天子起身出来,龚温如只得遵旨,不敢声张,在后堂跪送圣驾。

不表他在抚辕候旨。再说圣天子回到寓所,客店主人见他回来,忙问道:"客官前去未吃苦么?"圣天子笑道:"谅这巡抚敢将我怎样? 可恼这知县,如此狼狈为奸,胡家父子自然放纵。待我回京之后,总要将他调离此地方,可为百姓除害!"店主见他说了这番话,在先众人托到县里,后来又到抚辕,不但无事,反而大摇大摆地回来,心下实是不解。忙上前问道:"客官,你老人家自昨日来寓,今早就匆匆的出去及至回来,又问了这事。究竟你老人家尊姓? 听你口音,是北京人氏,现在到此有何公事?"圣天子道:"某乃姓高名天赐,与这里巡抚是同年,京中军机大臣陈宏谋是我的老亲。现在有公事到江西,路过此地,闻说西湖景致甚好,所以绕道一游。但我同来的那人可曾回来? 那个妓女到哪里去了?"店主人道:"那个客人,见他匆匆回来,听见你老人家遭了这事,他也问李咏红到何处去,我因胡家人多,不敢与他争论。客官走后,胡家就带人来,将咏红抢去。我将这话告诉他,他就怒不可言,在后追了前去。"圣天子听见这话,大约日青到县里寻我,不然就跟着胡用威家中要人,谅他也不妨事,我且在此等他。

此时已是上灯时候,店小二掌上灯来。圣天子就一人在房中闲坐,又要了一壶酒,在那里小饮。过了一会,送上晚饭,圣天子也就一人吃毕。忽然店小二进来说道:"外面有人问高老爷呢,请示一声,还见不见?"圣天子想道:"我到此地,从无熟人,还是何人问? 我倒要见他谈谈。"说道:"你且将他带进来,究是何人?"小二出去,领着一个三十上下后生,走到里面,向圣天子一揖,道:"小生萍水相逢,素无交谊,乃蒙慷慨如此,竭力相助,可敬,可敬!"圣天子将他一望,见他衣服虽不灿烂,却非俗恶的公子。那一种清贵的气象,见于眉宇。听他所说这话,乃道:"老兄莫非就是徐璧完么?"后生赶答道:"适蒙令郎见召,特来请安。但不知尊公将胡姓家丁驱逐之后,曾否又有人来? 妓女咏红现在何处?"原来徐璧完早间在聚美堂同李咏红说明:"如众朋友能代他出力,也凑一千银子与老鸨,则就完全无事,若仍有别故,只得各尽各心,我今生也不另娶。"李咏红听了这话,格外伤心,说:"你不必如此,我已经心死了,果真不能如愿,我拼一死以报知己而已。你此时且在我这里等信罢!"

哪知咏红才到仪凤亭,胡家已趁此时将银子交了,逼令鸨母写卷尽押。徐璧完见事已如此,谅不能挽回,所以气恼,一人回去。及至周日青寻到他那里,说明来历,才知咏红被圣天子阻挡下来,在这福星照客寓里,他就请日青先行,自己随后前来面谢。谁知咏红又被胡家抢去。

　　此时圣天子见他询问,笑道:"老兄在此稍坐,立刻就有消息。但这事已惊动官府了,不是老夫有些手脚,自己且不能摆脱,而况老兄的贵宠?"徐璧完惊问道:"现在究何说法? 令郎到何处去了?"圣天子就把胡癫子带人前来,以及闹到县衙,后来到抚辕的话,说了一遍。徐璧完方才知道,起身称谢道:"失敬,失敬! 原来先生也是文教中人,现官何职? 既是如此,寒舍不远,何不光降数日,便可叨教,较胜客馆寂寞。"圣天子也甚欢喜说道:"且等日青回来,再定行止罢。"徐璧完嘴里虽是如此说,心里仍是记着咏红。

　　正在房内盼望,日青已走了进来。圣天子问道:"那里事情如何处置? 现在李咏红何处去了?"日青道:"我因干父被人拖到抚辕,怕不了事,赶着到了那里,见辕门口全无声息,心内疑惑,就闻人说,抚台已坐过堂了,有一姓高的是个大位,抚台见了随即退堂,我想此事也无妨了。故而问明路径,便到胡用威家中,见他门口有许多人拥着。到了那时,也不问情由,打了进去。哪知龚温如已派人到胡家,将李咏红带至抚署去了。我想这事既是龚抚台做主,谅无意外之虞,所以也就回来。但是此间被干父打的这些尸身,店家如何说法?"圣天子被他这句话提醒,连忙将小二喊来,问道:"方才胡家打死的那几口尸身,到哪里去了? 何以到我回来,一点事没有?"主人道:"是钱塘县那里着人抬到前面草庵收拾去了,小人也不知何故。"圣天子一听,知是钱塘县听见抚台不问这案,退入后堂接见,晓得不是寻常人,故而预先收尸,免得又生枝节。因道:"既钱塘县抬去,那就是了。但是我们住了两天,多少房钱,说来好与你钱! 我们要到徐公子家去呢!"不知真去与否,且看下回分解。

第五十一回

杭州城正法污吏　嘉兴府巧遇英雄

圣天子叫小二将房钱算明,预备给他银两,搬到徐璧完家居住。当下店主人算明房钱,就由日青给还,一同徐璧完出了店门,信步而去。约有一里远近,已到门首,只见小小门墙,起居不大,璧完先进去招呼,复又出来迎接。圣天子到了里面,见是朝南两进住宅,旁边一道腰门,过去是两间书室,内里陈设颇觉雅洁。壁上名人字画,亦复可观。圣天子坐下,当有短童献茶,已毕。

圣天子问道:"老兄既通经史,何不立志诗书,作此狭邪之事,有何意趣?"璧完道:"先生之言何尝不是。乃小生自博一衿,屡试不第,又以家道贫苦,不得不谋食四方,所以那用功两字,无暇及此。去岁由他省归来,偶遇朋友聚会,遇此名姝,一见倾心,令人难舍。不料多情却是无情,惹出这番祸来。思之再四,也是羞愧。"圣天子见他言语不俗,心下念道:"他口才倒如此灵捷,但不知腹中如何。若能内外兼美,这是个有用之才。且试他一试如何,再作道理。"想罢,向璧完道:"老兄如此说来,虽是一时抛荒,从前佳作谅皆锦绣。老夫虽不弹此调,然眼界还不至大讹。何妨略示一观,借叨雅教?"璧完见他是个作家,本来自己手笔又好,此时又承他周旋,岂能指意?说道:"小生俚语方言,不足为大雅一粲。既蒙指示,只好遵命献丑。"说着,就将平日所做的诗调歌赋,全行取出。

圣天子展开一看,真是气如游龙,笔如飞凤,看过一回,称赞不已。说道:"老兄有如此才华,困于下位,可惜,可惜!但不知历年主试有一二人赏识否?"璧完道:"上年岁试,郭大宗师曾拟选拔,未及会考,宗师病故,以后又为捷足者先得。"圣天子听说,赞叹交集,说道:"老兄终年游学,无可上进,何不取道入京,借图进步?"璧完叹了一口气道:"一言难尽!小生先父也曾供职在京,只因清正自持,一贫如洗。及至临终之日,勉强棺殓。家中又有老母,小生若再远离,来往川资既无此巨款,且家母无人侍奉,我所以想将李咏红娶回,一来内顾有人,二来小生可以长途远去。不料事又如此,岂非命不如人么?"天子见他如此说法,倒也是真情。乃道:"你不必为此多虑,老夫与龚温如既是同年,他将李咏红接去,定有好音。老夫明日须赶往他处,我有两书信,你明日可取一封,先到抚辕投递,自然咏红归来。另一封可速往京师,到军机陈宏谋处交递,信中已历历说明,着他位置。我乃是他门生,见了此信,断无不位置之理。如问某何日回京,即说不日就回。到抚辕里面也是如此说法。"徐璧完一一答应,此时日青已由客店回来,三人谈论了一回,已是三更时分。徐璧完的母亲听见外面有客,已着小童送出一壶酒来,并八个下酒的菜碟,当下三人饮了一会,各自安歇。

次日一早,圣天子就在书房内下了两道旨意,写毕,恰巧璧完已由里面出来,见天子与日青早往起身,赶着叫人送出点心,让他两人吃毕。天子就将两封信交与璧完道:"老兄,等我们走后就去,定有佳音。如果到京,再在陈宏谋府中相会了!"说着,与周日青告辞,向嘉兴而去。

这里徐璧完等他走后,也来将书信拆开观看,谅非谎话,就与人借了衣冠,一直来到抚辕。先在门上说道:"昨日来的那位高老爷有书信在此,嘱我面呈大人,望即代回一声。"府上见他说是高老爷哪里来的,怎敢怠慢?随即去回明龚温如。抚台一听,连忙叫开中门,升炮迎接。门丁也不知何人,如此尊贵,因是本官吩咐,只得出来招呼。对璧完说道:"大人有请!"只听三声炮响,暖阁大开,龚温如早已穿了公服,迎下阶来。璧完此时实在诧异,我不过一个生员,何以抚台如此恭敬!就使看高某之面,也不必如此!只得上去,彼此行礼,分宾主坐下。

龚温如随叫人紧闭宅门,所有家人,一概屏出。璧完格外不解,也只得听他摆布。龚温如见人退尽,便向璧完问道:"天使有何圣命,可先说明,好备香案!"璧完见问,诧异道:"生员并非天使,只因高某昨日为生员之事,投入辕门。后即在生员家中居住,说与大人是同年至友,今早因匆匆欲赴江南,未能前来告辞,今有亲笔书信一封,属生员来辕投递。"龚温如道:"老兄有所不知,昨日并非高某,乃是当今天子,游历江南,来此看西湖景致。昨日老夫方见圣驾,既有旨意,请天使稍坐,着人摆香案开读。"说着喊进两人,招呼赶速大堂摆设香案,恭请圣旨。那些家人个个惊疑不定,只得忙忙地传齐职事,摆设已毕,进来相请。龚温如就请徐璧完出了大堂,当面站定,行了三跪九叩礼,然后跪在下面,请天使开读。徐璧完只得将圣天子与龚温如的信恭读一遍。读毕，将着旨意当中供奉。龚温如起来，又将徐璧完请入后堂，设酒款待。问何日前来领人。徐璧完此时知是天子恩旨，也就望关谢恩，向龚温如道："生员不知是天子，而草草前来，此时既知圣命，也不敢故为粗率，只来择日迎娶。"

二人席散之后，徐璧完告辞出来，龚温如立即传了藩司，将钱塘县革职撤任，委员署理。然后传了仁和县，带同辕门亲兵，将胡用威父子捉来正法。所有家产，抄没入官。隔了数日，徐璧完反用了衔牌职事，花轿鼓乐，到抚辕将李咏红娶回，然后择日进京，按下不提。

且说天子与日青别了徐璧完，听说嘉兴府属人物繁华，地方秀雅，就同日青两人取道而行。不一日，已到境内。进入府城，只见六街三市，铺面如林，虽不比杭城热闹，却与松江仿佛。当日在府衙前东街上，择了个万公安客寓住下。小二招呼已毕，拣了单房，打开行李，问道："客官还是在家吃饭，还是每日假馆？"日青道："你且讲来，吃饭怎样，不吃饭怎样？"小二道："我们店例，不吃饭单住房，每天房价大钱四百；吃饭在内，却是加倍。"圣天子听说道："那里能一定！ 每日你照旧在家吃饭预备便了。将来一总算账，但是房屋饭食多要洁净。"小二听说，知道是个阔佬，答应连声，出去打脸水，送茶。诸事已毕，拿上灯来，天子道："此时天晚，也不能出去，你且暖两壶酒来，照寻常饭菜外，多弄两件进来，一总给钱与你。"小二格外欢喜，忙道："我们小店自造嘉兴肉，美味合口，老爷们要吃，就切一盘来下酒。"日青道："好极！ 我们在外路，久听说此地有这件美肴，不是你提起，倒忘却了。"说着，小二出去，随切了一盘进来，二人饮酒大嚼，实是别有风味。

吃了一会，还未收去，忽听丁当一声响；接着有人骂道："老子在你这店中暂住，也不是不把房饭钱的，为什么人家后来的要酒要菜，满口答应，老子要嘉兴肉，就回没有，这是何故？ 究竟有与没有？ 再不送来，老子就连家伙摔了！"说着，又是丁当丁当乱响。外面掌柜的听见喊道："王大爷，你不必如此闹法，你虽是把钱，也该讲个情理。我们这嘉兴肉虽卖与客人吃，不过是应门面才来的。这位客人因他是初到此地，不能不给他一盘。你每日每顿要吃嘉兴肉，哪里有这许多？ 你不情愿住在此，嘉兴偌大的地方，客寓非我一家，尽管搬到别处居住，也没有人硬拖住，你这样发脾气，来吓谁？"那人被掌柜的一顿抢白，哪里忍得下去？ 接着冲了出来，揪住掌柜就是两拳,骂道:"你这杂种,先前同我说明这缘故,老子也是吃饭的,谁不讲理? 为什么来的时节,你就说我家房屋洁净,饮食俱全,要什么有什么,既你说得出这话,就不应将我作耍。方才我要就没有了,果真没有也罢,为何奉承别人,独来欺负我? 说两句,还道我发脾气,你难道开黑店么? 我就打你一顿,看你申冤去!"说着又是几拳打下,那个掌柜的先还辩嘴,后来被打不过,只得乱喊救命。

此时天子听得清楚,知道为饮食所致,赶忙与日青出来观看。见那人四十岁上下,长大身材,大鼻梁,阔口,两道高眉,一双秀目,身穿绉纱短衫,丢裆马裤,薄底快鞋,那种气象,甚是光彩。不是下等人样子。忙上前拦道:"老兄尊姓? 何必与小人动怒? 有话但须说明,拳脚之下,不分轻重,或若打出事来,出门的人反有耽误,请老兄放手,招呼他赔你不是便了。"那人见天子如此说,也就松手,说道:"不是在下好动手脚,实是气他不过,方才所说,诸公谅皆听见,可是欺人不是?"着松下手来,日青也就上前答话问他姓名。不知此人说出什么话来,且看下回分解。

第五十二回

害东翁王怀设计　见豪客鲍龙显能

话说嘉兴府客寓内有人闹事,揪住掌柜的乱打。圣天子赶将那人劝开,问他的姓名,那人道:"在下是安徽人氏,姓鲍名龙,不知二位尊姓大名,何方人氏?"天子道:"某乃姓高名天赐,这是某的继子姓周名日青,直隶北京人氏。阁下既住安徽,到此地有何贵干?"鲍龙道:"在下本在安徽军营内当个什长,只因有个表弟,居住此地,广有家财,因念军营太苦,欲想投奔到此。筹办川资,想往广东另谋进身。不料表弟被人攀害,坐入县牢。家中皆女眷,不便居住,是以住在这店内。哪知道掌柜的与小二如此欺人!"天子见他出话豪爽,说道:"他们小人类多如此,足下不必与他较量。且请到某房中,聊饮两杯。"说着,就将鲍龙邀入自己房中,复叫小二暖了一壶酒来,将嘉兴肉多切两盘。

小二此时被这一闹,也无法想,只得又切了一大盘来,放在桌上与他三人饮酒。天子见鲍龙毫不推辞,举杯就饮,你斟我酌,早将一壶酒吃完。复又喊添酒,天子问道:"鲍兄说令表弟为人攀害,但不知究为何事?不妨说明,如可援手,大家也好设法,四海之内皆兄弟也,岂可坐视其害?"

鲍龙道:"高兄有所不知,舍表弟姓郭名礼文,乃是贸易之人,就在这府衙前大牌坊口开个钱米铺,他是个生意人,自然各事省俭,店中有个王怀,乃是多年的伙计。所有账目,全在他手里。每年到年终,除薪水外,表弟必多送数十千文,以作酬劳。在舍表弟意见已是加丰,哪知这王怀还说太少,明地里不好与表弟讲论,暗地就在账上东拖西拉,不到半年工夫,欠到八百数十千文。那日被我表弟查出,起初,因他是旧友,或者一时讹错,也未可知,不过问他一声,请他弥补。不料他自己露出马脚,就把心偏过来,口里答应照赔,到了一月之后,又空二三百元。我表弟见他如此,知他有意作弊,就将他生意辞去。他不说自己对不起东家,反因此怀恨。恰好隔壁有个小客店,不晓那日无意落出火种,到了二更以后,忽然火着起来,顷刻间将客店房烧得干净。当时表弟等人从梦中惊醒,自己店面还保护不及，哪里还有功夫去救人家呢？这小客店的店东不说他不谨慎，反说我表弟见火不救，次日带了妻小到店中吵闹，表弟本来懦弱，见他如此闹法，也是出于无奈，从来只有个宽让窄的，因道：'你不必如此胡闹，我这里送你二十两银子，你到别处租些房屋，再做生意去罢。'这小客店的人见有了钱，也无话说。不知怎么被这王怀知道，他就去寻小客店主的老子，说郭礼文有怎样家财，你不讹诈？你去讹诈谁二十两银子，只能算个零数。我这里有个好讼师，请他代你写张讼词，包你到县里一告就准，不得一千，也得八百。那老头子是个穷人，被他一番唆使，就答应照办。王怀当时寻了这里一个出名讼棍，叫汤必中，却是文教中的败类，说明得了钱，三人瓜分。就捏词嫁祸，写了词状，说我表弟放火害人，恃财为恶。到了告期，那小客店的老头子就去投告，起初嘉兴县吴太爷还清楚，看了一遍，就摔了下来，说郭礼文既然有钱，断不肯做这事，显见有意诬害！哪知汤必中又做了第二张状词，说郭礼文因自己有钱，怕小客店设在间壁，人类不齐，恐怕偷窃他店中物件，故此用些毒意放火烧了。不然，何以郭礼文情虚，肯给纹银二十两，令他迁让。这个状子告进去，那些差役人等，皆知郭礼文有钱，在县官面前加意进了些谗言，说得县官批准提讯。这日，我表弟胆又小，见公堂上那等威武，格外说不出话来。县官因此疑惑，竟致弄假成真，将他收入监牢，要遵律治罪。在下前月到此，因他家别无亲友料理这事，故而具了一禀，想代他翻案。奈至今日还未批出。你二公想，这不是不白之冤么？在下不是碍着表弟在监内，怕事情闹大，更难属办，否则，早将这王怀打死，天下哪有这样坏心术的人？"

天子听了他说了这番话，又见他英雄赳赳，倒是个热肠汉子。说道："老兄不必焦虑，明日等某到县里代你表弟申冤。我看你如此仗义，断不是个无能之辈。从前曾习过武艺？有何本领？何妨略示一二？"鲍龙道："不怕二位见笑，我鲍龙论武艺二字，也还不在人下。只因性情执拗，不肯卑屈于人，所以在军营内一向仍是当个什长。那些武艺平常的会巴结会奉承，在我上面。就是一层，到了临阵交锋的时节，就显分高下了。"天子听说，也是代他负气，道："我道京外文官是这等气岸，哪知武营中也是如是。岂不可恼！我看后面有一方空地，现在无事，何以略施拳棍，以消永夜？某虽不甚娴熟，也还略知一二。"

鲍龙谈得投机，也不推辞。三人就出了房门，来到院落，将袖子卷起，先使了一起腿,然后开了个门户,依着那醉八仙的架落,一路打去。在先还看见身子手脚,到了随后的时候,哪里见有人影?如同黑圈子一般。只见上下乱滚,吁吁风响,天子此时赞不绝口,道:"有此长才,困于下位,真令英雄无用武之地了!"一路打毕,将身子往上一纵,复行向下一落,手脚归到原处,神色一点不变。说道:"见笑大方!"天子道:"有此手段,已是可敬,岂有见笑之理!但不知老兄愿进京么?"鲍龙道:"怎么不愿?只是无门可投,故而不作此想。若早有人荐引,也等不及今日了!"天子道:"既如此,明日先将你表弟事理清,高某与军机大臣陈宏谋是师生,将你托他位置,断无不行之理。大小落个官职,较此似觉强些。"鲍龙大喜,道:"若得你老兄提拔,那就感恩不尽了。"三人复由外面进来,谈论一回,然后各回房歇,一夜无话。

次日早间,天子起来,梳洗已毕,先到鲍龙房内,见他已经出去,心下想道:"我同他约定一齐到嘉兴县去,何故他一人先走了?"只得复又出来,回到自己房中。日青已叫人将点心做好,二人用毕,见鲍龙走进来。天子问道:"方才前去奉访,见老兄已不在那里,如此绝早,到何处公干?"鲍龙道:"昨因老兄说今日同在下赴县里结这事,唯恐衙门内须费使用,故到舍亲处将老兄的话说与家姑母表弟妹知道,他们感激万分,嘱在下先行叩谢,待表弟出狱后,再行前来趋叩。"天子道:"哪里话来!大丈夫在当世,以救困扶危为事,况此又为地方上除害,一举两得,有何不可?我们就此同去罢!"鲍龙答应,三人一齐出了客寓。

行不多远,到了嘉兴县衙门。只见头门外挂了一扇牌,是'公出'二字。因向鲍龙说道:"来得不巧,县官出门去了!也不知上省,也不知因案下乡勘验,鲍兄何不打听打听。"鲍龙道:"既是县官公出,此刻就是进去也是无用,还是让我打听明白,究竟到哪里去了,几时回来。"讲毕,请天子日青二人在外面稍等,他便自己寻了那承行的书办,问道:"县太爷往哪里去了?"书办道:"进省公干,昨日奉到抚台公事,调署钱塘首县,因此地交代难办,暂时不能离任,所以进省将这话回明上宪。"鲍龙道:"钱塘县难道没有县官么?何以要调他前去?"那书办道:"你还不知道呢,现在当今皇上南巡,见有贪官污吏,轻则革职,重则治罪。这钱塘县因断案糊涂,恰值圣上在杭游玩,下了旨意,将钱塘县革职,着抚台另委干员署理。我们这位太爷声名还好,所以将他调署首县,大约两三日后,也就可回来的。"

　　鲍龙打听清楚,转身出来,详细说了一遍,天子知是龚温如接着圣旨,依旨照办,当时也未提起。说道:"我们只好再等一两天,等县官回来,再来便了。但我在京闻此地有座苏小小坟,在这城内,不知鲍兄可曾去过么?"鲍龙道:"晓却晓得,并非专为游玩而去,只因在下由本籍到此,曾从那坟前经过,故而知之。二位如欲去游玩,鲍某引路便了。"天子听了大喜,就约他同去游玩。鲍龙答应,三人信步而来。约有三四里光景,已到前面。只见远远的一派树木将坟绕住,坟前一块石碑,石块上写"苏小小墓"四字。天子向日青说道:"可见人生无论男女、贫贱、富贵,多要立志,然后那忠孝节义上,方各尽其道。你看苏小小当年,不过一个名妓。一朝立志,便千古流传,迄今成为佳话。我看那些贪财爱命的人,只顾目前快活,不问后来的声名,被人恨,被人骂,到了听不见的时节,遗臭万年,岂不被这妓女所笑!"鲍龙在旁说道:"你老兄所见不差,只是当今之世,被苏小小笑的人多着呢!但为妓女不如,他也就罢了;最恨那一班须眉男子,在位官员,也学那妾妇之道,逢迎谄媚,以博上司欢悦,岂不为苏小小羞死?"两人正在坟前谈论,早又闹出一件事来。不知后事如何,且看下回分解。

第五十三回

重亲情打伤人命　为义士大闹公堂

话说鲍龙正在议论，天子见苏小小坟上地势风景十分美雅，与鲍龙谈论一番，就在坟前席地坐下。忽见对面来了两人，低低在前面说话。见那神色，却非正道。天子因不知是何人，自然不甚留心。唯有鲍龙一见，赶忙蹑着足悄悄走到那人背后窃听。

只听那人道："你为何今日到这里来？"又一人道："我因你那张状词虽然告准，不料以假成真，现在虽想他几百银子了事，还差远呢！这位官实在古板，若说一句反悔话，他又翻过脸来，我们又吃不落。本是想他的钱文，现在钱想不到手，他虽吃了苦，我却把那二十两银子都贴用完了。今日在家实在没法，因来此地看有什么游玩客人，如有认识的，想与他告帮，凑几文度日。"那一个道："你这人多糊涂！做事也不打听，现在我们这里的县太爷调首县去了，难道换个新官来，也像他么？只要在稿门上放个风，说郭家的家财极多，现在的官，谁不要钱？若走上了这条路，还怕郭礼文不肯用钱吗？那时我们也好想法了。"

话未说完，早把鲍龙气得忍耐不住，跳上前去骂道："你这两个死囚，已经害得人家下狱，现在又想这恶念，郭礼文究竟与你们何仇，如此害他？"说着走上前去，早把一个四五十岁老者揪住，往地下一放，举起拳头在背脊上就打，不过几拳，早把那人打得口吐鲜血。那一个见鲍龙如此凶猛，一溜烟早跑开去了。天子见鲍龙如此毒打，深怕将老者打死，又是一件命案，便赶忙上来解劝。见那人睡在地下，已是不能开口。鲍龙道："这就是我对你老说的那个王怀，他将我表弟害到这步地位，他还乱想心思，等新县官来复行翻案，这种人不将他打死，留他何用？"说着又是几脚，早将那人打得呜呼哀哉。天子道："这人已经打死，他家岂无眷属？定然前来理论，报官相验，你是凶手，怎么逃得过去？"鲍龙道："大丈夫一人做事一人当，岂有逃走之理？我此刻就去自行投道！"说着，将王怀两脚提起，倒拖着就走。天子与日青说道："此人倒是个有胆量的汉子，孤家若不救他，甚是可惜。"

正要喊他站住，前面早来了八九个人，手中执着兵器，蜂拥而来，喊道："凶手往哪里走！你打死人不算账，还将尸首倒拖，这是何故？"说着，上来三四个，将鲍龙捆住，往前面抬去。天子大喝一声道："你们这班狗才，这人明明是他自己身死，为何将这好人认作凶手？难道听你们胡闹的么？若早将他放下，免得眼前吃亏；若有半个不字，叫尔等死在目前！"那一班人听他说了这话，皆道："他必是同谋之人，我们也将他带去，好轻我们的身子，如不然，他何以代鲍龙掩饰。"说着，又上来几个，就想动手，早被天子两脚一起踢倒几个，后面日青接着也是一阵乱打，早又打倒几个。众人见势不佳，只得将鲍龙放下，又不敢将他放走，只得跟着他三人后面而行。

到了城内，鲍龙果然是英雄，绝不躲避，一直往县衙而来。到了门首，往大堂上喊道："今日是谁值日？苏小小坟前那个王怀是我鲍龙打死的，你们快来代我报官！"那值日差听说，赶忙上来问明缘故，那班捉他的人，正是当方的地保。因小客店的店主见王怀已死，赶着逃走到地保那里送信，所以众人将鲍龙拿住。此时见差人来问，他们就将打死情由说了一遍，差人只得先将鲍龙收入班房，等县官回来相验。正闹之际，已有一匹马骑着一人跑到面前，在大堂下骑，匆匆地到了里面，不多一会功夫，里面传出话来说，老爷已抵码头，快些预备伺候。值日差一听，就将鲍龙带入班房，喊齐职事，到码头去接。

此时天已正午，天子怕鲍龙肚饿，赶在身边取出一锭银两，叫日青买了些点心馒头，送到班房，与鲍龙充饥。就与日青回转客寓，吃了午饭，复行到了县衙。见大众纷纷皆说老爷回来了，顷刻就要升堂。二人走到前面，果见公案已在大堂上设下，两边站着许多皂役。天子与日青站在阶下专待县官出来，听他审问。如不公正，再上去与他理论。主意想定。只听得一声点响，暖阁门开，嘉兴县早走出来，天子往上一看，这人有五十多岁，中等身材，黑漆漆面孔，一双乌灵眼，两道长眉，是个能吏的样子。升座已毕，先传地保上前，问道："你既为地方上公人，他两人斗殴，你即应该上前分解，为何坐视不救，以至闹成人命？凶手现在何处？姓甚名谁？"地保禀道："大老爷明见！这凶手不是别人，即是郭礼文的表兄，因他表弟被王怀唆人控告，收入监禁，路见王怀，挟仇寻衅，打中致命身死。

凶手现在班房,求老爷提他到案,便可知道底细了。"县官听说,随即吩咐带凶手。下面差人答应,当由值日差到班房内将鲍龙带至堂上跪下。县官问道:"你姓什么?你表弟因放火害人,本县已问明口供,收监治罪,汝是何人,胆敢挟仇打死人命,快快从实招来,免致吃苦!"鲍龙也全不抵赖,就将对天子的话,一五一十,在嘉兴县堂上说了一遍。县官道:"这明是你挟仇相害,若说郭礼文冤枉,本县连刑都未用,他就直认不讳,可见显系实情。尔之所供,显见不实,本县先将你收禁,等相验之后,再行刑讯。"

说着,叫人钉镣,将鲍龙收监,一面打轿起身到苏小小坟前相验。到了当地,早已尸场搭好,县官登场相验,仵作上前细验已毕,只听报道,确系斗殴致命,三处俱是拳伤,下面伤痕二处,亦是致命。县官听报,复行离座,亲视一周,当命填了尸格,标封收殓已毕,打道回衙。

此时,郭礼文的母亲已听见说鲍龙将王怀打死,自己首告收禁起来,赶忙到县衙打听,果然不差,更加痛哭不止。天子见这样,忍耐不住,见县官才进内堂,他就将大堂上的鼓乱敲起来。那些差人吓了一跳,说道:"不好了,这件案子未清,又有人来喊冤了!"赶忙跑过去问道:"你是何人,在此地胡闹?有何冤枉,快快说明,老爷立刻升堂!"天子道:"你就进去禀知你家本官,说我高天赐代朋友申冤,快些令他来见我。"那些差人听他如此大话,已是可恶之极,说道:"我们就进去代他回一声,若是没有冤枉,官是必定动怒,免不得有个扰乱公堂的罪名,重则治罪,轻则也要打几十板。"说着到了里面,回道:"外面有一姓高的,不知何故击鼓,问他也不肯说,只请大老爷坐堂,请老爷示。"

嘉兴县听有人喊冤,怕他真有冤情,随道:"招呼他不必再击鼓,我立刻升堂便了。"差人走出,县官果又具了衣冠,坐了大堂。传击鼓人问话,天子听说,走到面前立而不跪,向着县官拱手道:"请了!高某因有两个友人皆遭无妄之灾,为人扳害,收入监牢。望汝看高某之面,将他放出。"县官喝道:"胡说!还不代我下去,此乃人命重案,你是何人,前来作保,岂不自投罗网?本县姑不深追,好好下去取结,以后不得再行击鼓。"天子听说笑道:"莫说你这小小知县不能阻我,就是督抚亦不能奈高某怎样。王怀实死有余辜,若再不将鲍龙放出,高某一时性起,也不问你何人,将你乱打一阵,看你可认得高某手段!"知县被他这一番话,不禁大怒喝道："你这人好不知厉害,莫非有些疯癫么? 若再在此乱说,这公堂之上,也不问你何人,可就要治罪行刑的!"天子笑道："我高天赐也不知见过几多大小官员,岂畏你这一小小知县? 若以势力压某,先送些厉害与你?"说着举起右腿在暖阁上打去,早把屏门打倒。知县此时也顾不得什么,忙把惊堂一拍,说道："左右还不代我拿下!"那些差人一声吆喝,拥上前来,就要动手,早被天子一连几腿打倒几个。众人因在苏小小坟前吃过他的苦,晓得他的厉害,也不敢再上前来。知县见如此情形,又将惊堂大拍起来,叫快拿人! 天子哪里容他威武,打得性起,窜到堂上,伸手就想前去寻他,县官见势不妙,赶着入后堂去了。毕竟后事如何,且看下回分解。

第五十四回

周日青力救郭礼文　李得胜鞭伤鲍勇士

话说嘉兴县跑入后堂，周日青见不可以理喻，即将原差擒住一个，先打了几拳，只听得那原差叫喊连天，但求饶命。周日青堂下说道："你快将鲍龙、郭礼文交出，万事甘休，不然，咱将你这狗头打死！"那原差被打不过，哀求说道："此事我等不敢专主，等本官答应，才可放他两人。"周日青不由分说，即拖着原差勒令交人。原差也是无法，只得将他带入监中，早听见鲍龙在内骂声不止，日青听见，高声喊道："鲍兄在哪里？我周日青前来救你！"鲍龙听见，真是意想不到。忙答道："我在这里！"

日青听说，立刻进内，早见鲍龙带着刑具，不禁大怒，走上去，将刑具打下，随即问道："你那表弟现在哪里？"鲍龙道："就在这隔壁。"随喊道："表弟，现在周老爷前来救我们了，你可快出来！"郭礼文在内听见有人前来劫监，反吓得如鬼一般，浑身乱抖，周日青作急，跑了过去，也就将他这刑具打下，叫鲍龙背着，自己在前开路，不一会已到大堂。天子看见他们出来，聚在一起，望着堂上说道："高某今日饶汝狗命，下次若再如此糊涂，定不饶恕！"说着便与周日青、鲍龙出了县衙，问道："你们预备往哪里去？"鲍龙道："闹到这个地步，谅想此地也不能住了，小人拟想先回表弟家中，将所有细软收拾起来，连夜奔往他乡暂避。"天子道："如此岂不将郭家产业闹个干净？不必如此，总有高某担当！你仍将他送回去居住，无论有天大的事情，高某总有回天之力。"

鲍龙见说这话，也就依着说道："你老在客寓也不称便，倒不如也搬至我表弟家中，就是有些动静，彼此也有个照应。"天子也就许可，叫日青到客寓搬运物件，自己却与鲍龙一起到了郭礼文家。此时他母亲妻子见礼文回来，真是喜出望外，赶忙出来，问他怎样放出来的？鲍龙怕他们女眷担不住事故，不敢将实话与他说知，但说是这高老爷设的法，把表弟救出来的，你们只谢高老爷便了。郭礼文的母亲也不知是何人，只得依着鲍龙的话，上前称谢，天子也就谦逊了两句，坐不一会功夫，已看日青将物件运来,就在郭礼文店堂后面一起住下,店里一班伙计见主人出来,先倒欢喜,哪知到街上一看,只见众人纷纷乱跑,说县里有北京人大闹公堂,把监犯劫出了,此刻县里已紧闭四门,禀了府太爷,传齐城守营前来搜获,难保不出事。我们快些走的好!说着,大家各跑回去。顷刻间,街上店面皆关起门来。有个伙计见了这样,知是鲍龙他们的事,飞奔回来,向郭礼文说道:"不好了,城门现在都闭了,城守营已经调兵前来我们这里,怎说?要走就快走,还可赶得及。不然,此次被他捉住,就是你三人有本事,恐怕敌不过这些人。"

郭礼文听说,只吓得魂飞天外,说道:"我一人招了,这横事不过一人受罪,家小还不妨碍。承你三人将我救出来,闹了这大祸殃,连累你们,仍是逃不了这祸,怎样是好?"鲍龙先前也还不怕,此刻被礼文说了这话,看见他两眼流下泪来,也就不免惊慌。天子见了说道:"你们不必大惊小怪!我此刻写封书信,叫日青赶奔杭城,来往也不过五日功夫,包管你们无事。现在虽然闭城,只要他前来,先打他一个精光;然后,让我亲到嘉兴府去见了府官,与他说明,谅他不敢怎样!过两日等日青的回信前来,就可没事了。"众人听他如此说法,到了此时,也只好听他摆布。遂即取过文房四宝,天子就避着人,下了一道旨,用信封封好,交日青收好。又叫郭礼文摆上饮食,让日青赶快吃一饱,奔到杭城抚辕投递。日青答应,又招呼鲍龙小心服侍干父,自己一人就前去不提。

且说嘉兴府官姓杨叫长祺,也是个两榜出身。向做京官,记名道府。恰巧这嘉兴府出缺,例归内选,就将他补了这缺。其人四十五岁,虽是个文人,手脚上甚有功夫。因他父亲杨大本是个武状元出身,他从小就随着父亲在任上,所以习文之下,兼之习武。这日正在衙内料理上下公事,忽见值日差匆匆地同着门丁家人进来,说道:"请老爷赶快出门,现在嘉兴县内有一姓鲍的,叫鲍龙,同一个高天赐在大堂上将县官周光采老爷打入后堂,又将犯人郭礼文由监内劫去,还在城外苏小小坟前打死一人。"杨长祺一听,自然悚吓起来说:"府城白日里有如此事,这还了得!快备马来!"手下赶着将平日他所骑的一匹白骏马上了鞍辔,带了亲兵小队,杨长祺就上马飞奔而去。

到了县衙,见城守已到那里,忙问周光采怎样了?周光采赶着上来禀道:"卑职由省里回来,还到大人那里禀见。只因苏小小坟地方,地保人证前来喊控,王怀被鲍龙打死,报请相验。卑职以事关人命,只得飞身前去,回来将凶手鲍龙获住才钉镣收禁,忽然来了两人,不遵听断,殴打公差,将大堂暖阁俱皆打倒,卑职才要擒捉,差役又被他打倒逃走。随即到监内将鲍龙及前次放火的监犯郭礼文一起劫去,是以卑职飞禀大人请闭城门,将城守营调来,沿家搜获,谅这三人必在郭礼文家,务必擒获正法。"杨长祺道:"既然如此,可快前去!"说着自己先带了小队前去。此时,周日青已将天子书信藏在身上,出了大街,见远远人声鼎沸,飞奔而来。自知道寡不敌众,只得绕到小路,向城外走去。将到城门,正要下锁,他大喊一声,举起右腿将门兵打倒,开了城门,如飞而去。

这里天子见日青走后,叫鲍龙找了两根铁棍,自己取一根,在店门外站立,叫鲍龙取一根,在里面保护家眷。所有店内的伙计,早已逃走无踪。分拨已定,见街上百姓纷纷逃奔,说今日总有一场大祸,城守营同府太爷俱来了。天子抬头向前一看,果然呐喊一声,当中一人骑着一匹白马,手中提着一根杆子,后面也有一人骑马,提了钢鞭,带着手下兵丁,一路而来。天子不等到面前,就迎上去,向嘉兴府杨长祺喝道:"你为一郡的太守,全不精心察吏,听凭僚属冤枉百姓,高某已将郭礼文与鲍龙两人由监内带回,汝此时前来何干?"杨长祺听得他自称高某,说将犯人带回,谅必就是此人。吩咐一声:"快代我拿下!"那些兵丁听见府大老爷叫拿,一个个如狼似虎,拥上前来。虽然人多,哪比天子的威灵? 只见大喝一声:"休得动手! 高某送汝等回去!"提起铁棍,上三下四,盘旋如舞,早把那些兵丁纷纷打散。这嘉兴府内虽是个府城,从未经过这事,所有那些亲兵小队,平时见着威武,哪知全是些架子,到了临时,一个有用的没有。杨长祺见了这样,只得自己舞动杆子,向天子面前戳来。天子见他来得骁勇,大喝道:"狗官有我在此,敢如此恃勇?"谁知皇上福气真大,杨长祺一时武艺实是高强,就被天子这一喝,究竟是个君臣,不能侮犯,陡然两膀一酸,那根杆子如千斤之重,再也提不起来。又怕中了天子的棍子,只得把马一领,往后退去。城守营李得胜接着上来,舞了几下钢鞭,也是如此,又不能竟自回去,只得马上喊道:"这人武艺高强,战他不过,快将这店房围住,到里面仍将郭礼文捉住要紧!"

众兵丁答应一声,蜂拥前去,将店堂拆毁一空,冲到后进,鲍龙见众人已到,也就大喊起来,举棍迎上前去。杨长祺见又有一人,只得复奔上来,

与鲍龙对敌。两人一上一下,杆去棍来,战了有三四十合,鲍龙渐渐战他
不过,要想奔逃,接着李得胜上来夹攻双敌。鲍龙手中的铁棍稍松了一
下,被李得胜一鞭打中肩头,负痛跌下。当有兵丁抢上将他捆了起来。天
子见鲍龙被擒,深怕众人到后面啰唣郭礼文的家小,赶着转身又跑进来,
想挡住杨长祺,哪知人数太多,城守营与府衙的亲兵小队还未退去,嘉兴
县又带着马步通班前来。随有天子神勇英武,也就的有力怯。

哪知护驾尊神见天子受困,遂即大喊一声:"当方土地何在?还不即
遣能人救驾!"土地听了这话,吓得魂不附体,就到城隍神那里报信,请派
功曹查点有何人可以救驾,功曹听见,随与土地出了庙,走到吕祖宫门口,
见有一人睡在地下,鼻息如雷,身体壮大,随即将这人唤醒,前去保驾。欲
知此人是谁,且看下回分解。

第五十五回
醉大汉洪福救主　旧良朋华琪留宾

　　话说城隍神派了值日功曹与土地走到吕祖宫门口,见有一个大汉睡在地下,鼻息如雷,满脸酒气。功曹向土地说道:"此人可以救驾!"说着,两人上去将那汉一推,道:"你贫苦了这许多年,今日该你发迹。现在前面困住真龙,尔快前去救驾。"说着又踢了两脚,把那人惊醒,吓了一身冷汗,说道:"这不是见鬼? 我到哪里去救驾?"正在惊疑之际,只听人声鼎沸,许多人往前跑去,说拿住一个了,还有一人在那里战住呢,大约也是跑不了。那大汉一听,也不问情由,就将平日用的一根生铁扁担,跟着众人飞奔前去。

　　你道此人是谁? 乃是嘉兴县内第一条好汉叫做赛金刚洪福。其人祖上也是军功出身,做过甘肃提督,到了他这代,已是中落。偏生他又不上进,专门舞枪弄棍,与些江湖上朋友往来,早年家中还有点薄产可以度活,自从他父母亡故之后,就终日吃酒赌钱,那些酒食朋友见他有几个钱,又甚慷慨,就有三朋、四友许多人靠着他养活,不到一二年,把家私用得干干净净。那些无赖朋友见他无钱,也就不理他了。幸而他力大无穷,见无钱用,别项生意又不会做,见嘉兴城外一带俱是山林树木,他就将平日用的铁棍子改做扁担,拿一把大斧上山砍柴,变卖度日。得几个钱,就在这吕祖宫门口打酒买肉饮食,晚间无事,一人就早早睡觉。

　　此刻正是饮酒之后,恰巧天子、鲍龙等人闹了一天,此刻已是天晚,他正在这里睡觉,被值日功曹将他惊醒,朦朦胧胧地爬将起来,带着铁扁担跟着众人跑到郭礼文店前,见官兵差役已捉住一人在那里捆绑,店堂外面仍有一人被府大老爷与城守营困住,洪福上前一看,就将铁扁担一舞,横扫起来,嘴里骂道:"你们这班杂种,这许多人战他一人,岂有此理! 是有本领的,一人战一人,老爷最打抱不平,不能让你们人多欺人!"说着,那扁担已打倒了五六个人。到了天子面前喊道:"尊公你莫怕,有我赛金刚在此,也不惧这些鼠辈!"说着早一扁担把杨长祺的杆子削去半段,李得胜见又来了一人,举鞭来迎,怎经得洪福是个生力,前舞后摆,早把李得胜两眼舞得昏花,本来李得胜与鲍龙战了好一会,力量已是不足,加之洪福本领又厉害,所以战了二三十合,败了下来。洪福见李得胜要走,也不去赶,将扁担向四面一旋,用了个雪花盖顶,把那些营兵打得跌跌爬爬,早倒十数个。有的腿上受伤,有的肩头打伤,忽呐喊一声道:"我们走呀!这人厉害不过呀!"说着早将鲍龙放下,各自逃命去了。李得胜与杨长祺两人见了这样,只得又上来拼战洪福。争奈鲍龙又从地上爬起来,拾起铁棍帮着洪福力战。

天子见二人可以敌住众人,就抽身到了后面,叫郭礼文道:"你将母亲妻小安排在一处,此地你是不能住了。等事平服你再回来,此刻先同我三人冲出城去,暂且寻个地方住下,不然,我们容易走,你这一家就没有命了。"郭礼文到了此时,也顾不得家产房屋,只得自己背着母亲,所幸妻小是双大脚,尚能走路,天子就在前开路,招呼一声:"鲍龙,你不必斗了,同我走罢!"说着,举起棍子,冲开一条路,与鲍龙前后保住郭礼文一家人口,出了重围。后面洪福已经赶到,说道:"你们慢行,等我一同走罢!"大家就此聚在一起,直往东门而来。城上虽有兵把守,见了鲍龙与洪福,久已吓得软在面前,城门锁又是朽烂不堪的,鲍龙上前一扭,早扭下来。共计四男两女,赶忙一齐出了城门。

行有五六里地面,天子问道:"这里是什么地方?可有熟人家么?"郭礼文道:"此地叫做王家洼,前面再走一里多路,就有个华姓的朋友,家住在那里,可以到他家暂住一宵,明日再做主意。"众人齐道:"有此人家,我们就去投奔便了。"于是众人又走了一会,已到了一所村庄,郭礼文认得路径,领着众人进到庄里,因天色漆黑,只得高喊了两声,里面有人接声问道:"来者可是郭大哥么?"礼文应道:"华哥,可赶速出来,小弟招了横事,特到你处暂避一宵!"里面听说,赶着掌了火把迎出来,将大众接至里面。在正宅旁边三间草房内住下。见众人皆是仓皇失措,忙问:"因何此刻到来,究为何事?"郭礼文就将自己被诬害的话,以及鲍龙与天子救他的话说了一遍,华家虽然担惊害怕,无奈他们俱已进来,也不好推他们走。说道:"你们在此虽不妨事,但不可露了风声,那时官府派人前来,仍是躲避不住。"

天子见那人怕事,忙问道:"这位尊姓大名?"郭礼文道:"这就是我至好的朋友叫华琪。"天子道："既是至好,何必如此惧怯? 已经从城里到此,我与鲍龙都未害怕,难道此地比在城中还碍事么?"洪福在旁说道："若那些狗头再来,我洪老爷这根扁担也就够他些人受的了。华兄只管放心。"华琪被众人一顿说,也没奈何,只得备了酒饭,请众人饮食安歇。所有郭礼文的母亲妻小,自有里面女眷接待,我且不表。

且说城里杨长祺与李得胜战了一阵,仍是未将鲍龙、郭礼文获到,彼此闷闷不乐,说："我们如此本领,也曾经过大敌,何以这三四人就敌他不住,岂不可恼?"周光采道："现在各犯既被他逃走,唯有先将这店房封锁,明日再添兵追赶,务要捕捉到来,谅他们一夜功夫,也不走远去。"说着,就与知府城守三人,当将郭礼文店内所有一切货物财产封锁起来,准备随后冲公,回衙歇息。次日大早,又添调合城兵丁,前去追赶了一日,哪里看见这一班人? 只得出了海捕文封,通详上宪,请兵拿获。

哪知这里公事还未到,省杭城巡抚衙门早接到圣旨。这日龚温如正在内堂办事,忽听巡捕进来禀报："圣旨下,请大人接旨!"龚温如吃了一惊,赶着设了香案,在大堂上叩礼已毕,请天使宣读。周日青就在堂上将天子的书信取了出来,高声读了一遍。龚温如听毕,谢恩起来,将周日青请入后堂,彼此分宾主坐了,龚温如道："圣上既到了嘉兴,天使来时究是怎样,请道其详,好这里飞速派人前去。"日青又将郭礼文如何被王怀陷害,光采如何听信家丁准了状词,将礼文收下监牢,如何在客寓遇见鲍龙,乃救出郭礼文,前后的话,说了一遍。又道："天子旨意上叫大人如何办理? 就请大人遵办便了。"龚温如道："天子招呼调周光采来省,另委员署理。郭礼文锁案,除王怀已死外,仍访拿讼棍汤必中,审明照例审办。但不知天使来杭之后,杨长祺与知县及城守可否惊动圣驾?"日青道："既是大人放心不下,请大人立刻备文,差人星夜至嘉兴府投递,无论如何也就可以完事了。"龚温如见催促甚紧,只得随即传稿,备好文书,派了中军星夜驰往嘉兴府投递,仍留日青在衙门内饮酒。日青道："天子在那里盼望,怕中军一到,嘉兴地方官知道天子在本地,然必前去请罪,那时众人晓得,天子必不肯在那里耽搁,仍要往别处而去,那时小侄不在面前,天子岂不一人独往?"龚温如听这话有理,也就不敢苦留。一面打发中军前去,这里日青就告辞出去。

真是急如星火,不一日,已到嘉兴府内。已是上灯时节,赶紧进城,走到郭礼文的店门首,见已上了封条,吃了一惊,说道:"难道天子已被这班狗头请去? 倒要打听明白,方好放心。"说着,见那面来了一人,日青上前一把抓住,问道:"你是什么人? 也在这里盼望? 你大约是郭礼文的一类,我将你捉去县里,同你要人!"那人被他一吓,赶忙跪下道:"老爷撒手,我不是郭礼文家的人,乃是郭礼文朋友家的长工。"周日青道:"不管你什么朋友不朋友,只要说出郭礼文现在走哪里去了,老爷就放你;若有虚言,便将你捉到县里问罪!"那人被他一吓,赶紧跪下求道:"老爷,你千万莫说,我慌的,我告诉你便了。"日青见他知道细底,甚是欢喜。乃道:"你果真说出来,我不但不捉你到县里,还重重地赏你!"那人便将郭礼文与天子、鲍龙、洪福那日晚上一齐奔到华家的话说了一遍,日青大喜道:"你不必怕了,我实对你说罢,我就是高老爷的继子,正要寻他们说话,你既晓得,就带我去,自有重赏。"那长工见他如此说,方把愁肠放下,就带着日青复出了城,来到华琪家内,果天子在内,日青上前说明巡抚的话。不知后来各事若何,且看下回分解。

第五十六回
周日青小心寻圣主　杨长祺请罪谒天颜

　　且话说周日青到了华家见天子,将龚温如的话说了一遍,天子又把洪福前来救驾的话告知。日青见洪福果是英雄气概,两人谈论一番,彼此皆甚投机。次日天子与日青仍要到京华游玩,就顺道回京。当日晚间,就与鲍龙、郭礼文等说明,预备明早动身。郭礼文上前说道:"恩公为小人费了如此心理,应等事平之后,酬谢一番,方是道理。为何就急急要去? 且此间捉拿甚紧,小人的家小还恐难居此地,拟想到他方躲避,恩公此时就走,小人仍是没命。"说着流下泪来。天子见他如此忠厚,乃道:"你不必愁虑,我已经代你将前案注销,明日包有府县官前来寻我谢罪。请你进城复行开店,我怕牵留难走,所以明早动身牵延误事,我实对你说,现在军机大臣陈宏谋乃是某的老师,浙江巡抚龚温如某亦与他同年,他那里已经有了公事下来,叫嘉兴府捉拿讼棍,代你申冤,你也不必搬往别处,明早就可进城的。"郭礼文一听方转悲为喜,乃道:"原来是位大老爷,小人有眼无珠,多多得罪!"天子道:"汝等不知,何罪之有!"鲍龙听见是个京官,格外欢喜,道:"在下失敬了! 既是你老明日要去,我等也不敢强留。但是萍水相逢,竟蒙拔力相助,此恩此德没世难忘。但不知此后可能再睹尊颜否?"说着英雄眼内也早流下几点泪来,大有好汉惜好汉的意思。

　　天子见他如此,乃道:"鲍兄既不忍与某相别,我便写封书与你,进京投递,博一个大小功名罢。"鲍龙感激不已,洪福在旁听见鲍龙如此,也是高声说道:"若高老爷能荐人进京,我洪福也求一荐,好让我与鲍龙一同前去。"天子见他二人皆如此说,乃道:"既然如此说,我今晚就写信一封,你二人先可到浙江巡抚衙门投递,那里自会招呼。虽你二人盘川不足,他也可帮助你们的。"说着,鲍龙与洪福喜欢无限,天子等众人睡觉之后,在灯下写了两道旨意,一着龚温如打发折差一同带他二人进京,路上较有照应;一道是把陈宏谋,着他知会兵部,将洪福用为都司之职,鲍龙着赏给巴图鲁勇号记名总兵,遇缺即补。两道旨意写毕,次日一早起来,就将这两道旨意封好,交与鲍龙,说道:"你等嘉兴府县来后,将你表弟仍搬至城里,照做生意,然后与洪福赶赴杭城,到抚辕投递。自可上进。"说毕,两人纳头便拜,称谢不已。郭礼文知款留不住,只得领着妻小,前来磕头叩谢。华琪也摆了一桌酒席送行,稍尽地主之情。天子与日青见众人如此实心,也就用了几杯酒,然后别了众人,与日青向金华而去。

这里嘉兴府杨长祺自被天子与鲍龙等人打伤众衙差役逃奔出城之后,次日早间,派差添兵出城寻获,只因那些兵丁未经过大敌,又因个个皆有身家,明知郭礼文家小住在华琪庄上,却不敢去捉拿,所以一连数日,庄上一点没事。

这日杨长祺又要比差勒限缉获,忽见外面有人进来禀道:"抚台大人派了中军,有要紧的公事前来,与大老爷商议。"杨长祺一听,甚为诧异,赶忙请进,到了花厅,彼此见礼已毕。问道:"抚宪有何要事,烦老兄前来?"那中军说道:"请将尊管暂退一步,方好谈心。"杨长祺疑有机密事,随即屏退众人,问道:"抚宪有何见谕,请道其详。"中军道:"并非抚宪有事,因贵府人类不齐,嘉兴县又听断糊涂,圣上有旨意到抚宪处,属令赶速派人前来。"说着将圣旨并龚温如的文书一并取出,与杨长祺看。杨长祺接了过来,前后看毕,只吓得面如土色。说道:"臣罪该万死!"随即跪了下去,望阙叩头不止。然后起来与中军说道:"这事还求老兄在抚宪前成全,请其代奏。只因责有攸关,不知圣驾亲临,故尔如此,现在唯有自请罪名,候旨施行。但郭礼文如此冤枉,周光采并不禀报,所以未能晓得。现在郭礼文已经出城逃走,只好赶速着人密访。如天子仍在此地,就可面自请罪了。"

说着,随即喊了几个心腹家丁,叫他不必声张,赶速到城外访问,如有实信,飞速前来。一面又传号房,立传首县,不多一会,周光采已到。杨长祺也就将他请到后堂,与抚标中军见礼已毕,杨长祺命周光采坐下,将文书与他看过。自然也是魂飞天外,口称有罪。当时就将顶戴除了下来,磕头不已。中军又说道:"周老爷也太不留心,前日还在省中胡用威那一案,抚宪也曾说明天子改易高天赐名号,也该晓得,为何回来乃竟闹到这地步,岂非罪由自取?"周光采更是无言可对,只得自己认罪。过了一会,那打听的家人已回来,说道:"小人访得清楚,郭礼文与众人并未远去,就在这东门外王家洼地方,有个姓华的人家躲着,离此地也不过五六里路,老爷可去不去呢?"那中军道:"只怕不知,既知踪迹,何能不去? 且有重罪在身,能当面请罪,圣恩宽大,不予深究,那就可以无事了。"杨长祺道:"大人所见的甚是,小弟就立刻前去!"说着,起身与周光采两人步行前去。中军道:"某既到此,也只好陪你两人前去一行,好去销差。"杨长祺见中军肯去,甚合己意,就此三人带了几个亲随,又将朝服携着,预备到庄上再穿。由午后走起,到王家洼面前,已是申牌时分。

到了华琪庄上,杨长琪怕手下亲随说不清楚,自己与周光采走到里面,见有一个长工在门口打扫,他就上前问道:"长工,你家家主可是姓华么?"那长工见他好似是个熟脸,犹如在哪里看见过的,就是一时想不起来,说道:"这里正是姓华,你这人找华家谁人?"杨长祺道:"不找华家的人,因华家有个朋友住在此地,姓郭,叫郭礼文,我与他有话说,特地由城里求见他,请你进去向这位老爷说一声,说我是嘉兴府知府杨长祺,问他天子哪里去了。可在此地?"那长工听他说是知府,又问郭礼文,只吓得乱抖不止地跪了下去,说道:"小人不知大老爷前来,求大老爷息怒。"杨长祺见那人甚是忠厚,也就用好话敷衍他道:"你不必如此,我不过前来要见天子,故尔问你究竟晓得不晓得? 可快说来!"长工道:"这里郭大爷与鲍龙、洪福三个人俱在此地,却没有个天子。"杨长祺见这人如此,知道不可理解,乃道:"你先进去说一声,待我见了面,自然晓得,断不难为你便了。"

那长工只得奔到里面与郭礼文说知,当时鲍龙与洪福听见,也就着慌道:"怪不得他如此大话,乃是一朝圣主,真是有罪,有罪!"杨长祺见长工久不出来回信,等得着急,也就一人在外面将朝服穿好,与周光采走了进去。先向郭礼文问道:"天子现在何处? 请你带我一见,说罪臣杨长祺前来面请圣安,领罪!"郭礼文见了这样,格外说不出话来,不知如何是好。鲍龙究竟在军营内过的,到了此时,只得上来说道:"此地只有一位高天赐老爷,是北京人,前日在城中救了我弟兄,来至此间,住了数日,并不知是一位天子。已于昨日早间,到金华去了。"杨长祺见天子已走,且连鲍龙等人皆不知道,心下虽然害怕,料想圣恩浩大,似可以不知不罪了。当时就将旨意与巡抚的文书说了一遍,然后众人方才知是天子,唯有郭礼文听说自己无罪,仍然回家生理,所有案情一并注销,仍一面访获之唆讼人问罪,嘉兴县知县心地糊涂,着即行撤任,另委员署理。其余着毋庸议。

鲍龙听说,也就与郭礼文望北谢恩,华琪此时亦出来了,个个皆感恩不尽,皆说是圣明天子,如此英武,自然四方太平。杨长祺见天子已到金华,只得仍与中军回衙,捉拿唆讼之人问罪,郭礼文家产仍然给还开张,各事已毕,中军乃回省垣。不知后事如何,且看下回分解。

第五十七回
方快头叩问吉凶　高相士善谈休咎

话说郭礼文仍然回城开店,鲍龙此时知是当今的天子,萍水相逢,着他进京投信,因恐他盘川不足,叫他先到抚辕投信,真是感激万分,望北谢恩。次日,就与郭礼文说明此事,道:"愚兄可算祸中得福,不是为老弟这番祸事,也不能得此机遇。愚兄准备明日与抚辕中军官一齐动身,较为便捷。今日特告知姑母与老弟,明早是要起身的。"郭礼文当时也代他欢喜,当晚就摆酒代他送行,又送出一百两银子与他为盘费,道:"此款到杭州足可敷用,如进京时不足,可再来信与我,这里总接济你便了。"次日一早,洪福听见他要动身,也就前来与他作伴前去。郭礼文见他衣服太为褴褛,又送了他一百银子,俾①他添补衣服。同鲍龙齐到府衙,见了中军,说明来历。中军因他是有圣旨,也不敢不同行。当日,就在府衙等了一日,第二日,中军始一同动身前往。随后鲍龙与洪福皆身居提镇,到后来大破少林寺,方有他的交代,此时暂且不表。

再说天子与日青由华琪家动身,向金华而来,在路与日青说道:"你知道我前番由金华到杭州,由杭州又到此地,辗转数月功夫,又要到金华何事?"日青道:"继子实不知。"天子道:"只因我将张禄成的欠据在金华府取了过来,以后闹了那样大事,及至与陈景升、李流芳相别之后,他进京会试前,在杭城抚辕阅见京报,见陈景升已经点了翰林,李流芳亦中了进士,我想陈景升此时谅该回杭,倒要前去找他问问京中各事。朕已心想回京,若陈景升在杭他也要进京供职,也好一同前往。"日青道:"原来干父如此用意!这里到金华也不过数日路程,即可到了。若他尚未回来,臣儿之意,干父离京已久,且这伯达大人以及庄有恭那里早得陈宏谋、刘墉两人的书信,令他觅访天子,请早日回京。"天子道:"我也有此想。"

两人在路看山玩水,不一日,已到金华。不敢进城,怕为人看见,惊动

---

① 俾(bǐ)——使(达到某种效果)。

地方官前来迎接，亲在城外择了个客店住下。次日，天子叫日青进城，先
到李景店内打听，问李景曾由广东回转此地？如不知道，再到陈景升家中
一问即明白了。日青答应前去。到了午后回来，说："李景升自从那日到
广东，直至今日未曾回来。他的儿子流芳是中了进士，陈景升也点了翰
林，现在已回广东修墓，多时不到此地。这皆是他店中人所说，现在这店
因亏本太多，已经闭歇，只有一两人在那里卖脚货，再问他别事，他也不能
深知。在臣儿看来，还是就此回京罢！"天子道："既如此，从此地回京，仍
须绕道苏州，从无锡丹阳过江，自扬州清江浦以上起岸。陈景升既不在
此，明日就往苏州，顺便也好游玩一番，然后回京。"日青答应，就出去雇
了一只船，讲明到苏州阊门，计共八两银子。次日一早，天子与日青下船，
从内河进发，一路之上，过了许多热闹所在，幸得风平浪静。约有半月光
景，已抵苏垣。先着日青上岸，在元妙观左近择了鸿运来的客寓，讲明包
一进住宅每天银子五两。说定之后，回到船上，并发了船钱，请天子进城。

只见街市繁华，人烟稠密，有开店面的，有摆地摊的，那些苏州口音实
在清轻灵巧，更有那班倡寮妓女，背陀而来。其中虽无苏小小、关盼盼的
才华，身价也有一二可观。唯这班人衣服首饰，比北路风光较为华美，但
是南头北脚却是实言。苏州女人，大都鞋脚不甚纤小，非前半歪斜，即后
跟倒卸，所幸高头云髻，滑亮无比，加之水色清腴，肌肤细腻，再穿上绫罗
绸缎，也可将裙下双钩遮掩起来。看了一会，信步已到客寓。进入内堂，
早有小二招呼酬应。究竟是个热闹地方，较之嘉兴却繁华几倍。天子坐
下，小二送上茶来，然后问道："客官尊姓？请示下登牌。"天子不解问道：
"你要登牌何事？难道怕我欠少你店中银钱么？"小二笑道："客官是初到
此地，不知此规矩。我们这苏州是五方杂处之地，人类不齐，往往有匪人
混迹。地方官怕扰害百姓，所以清查保甲，无论客寓、寺院庙宇，每日来往
之人，皆有名姓记簿，轮流送县待查，并非怕客官少钱。客官请示明白。"
天子听道："原来如此！某姓高叫高天赐，这人姓周名日青。"小二听明登
牌，随即搬了上等酒肴，请天子与日青饮食。此时天色已晚，加之由金华
一路而来，不无受了点风尘，困倦起来。当晚就一早安歇。

次日早间，周日青出门，先在酒馆内吃了酒面，然后来到元妙观门首。
只见茶房酒肆，多如林密。那些游玩之人亦甚不少，都在这左右各处玩
耍。观内一带所有那些三百六十行，竟无一件没有。正望之间，只见北首

栅栏面前拥着一撮人,在那里站立,天子就上去一看,只见布棚之下,设了一张方桌,桌上有许多书卷,两边摆列椅凳,棚上挂了个软布招牌,上写着"高铁嘴"三字,下面五个大字是"善相天下士"。天子看见道:"原来是个相面先生,某倒要请他相相面,看他可相得出来。"就分开众人,旁边椅子坐定,只见高铁嘴先说上了几句江湖话,道:"八字生来不可移,五行内外有高低。欲知祸福先注定,须向高人叩指迷。某高铁嘴,乃四川成都府人氏。少习诗书,壮精相法,柳庄麻衣,各家通晓。只因路过此地,欲结交几个英雄豪杰,故尔在这元妙观卖相。如有赐教的,不妨请过来谈谈。相金不拘多寡,若不灵验,分文不取。"

话犹未了,只见上首一人,身高七尺以外,黄烟烟面庞,腮下一部短须,年约四十以外,公门中打扮。上前说道:"先生既精相法,请代小子一相,究竟随后吉凶如何?"高铁嘴见有相面,转身过来,先将两手取出一看,然后看了头脸、额角,说道:"老兄相虽不是个富贵中人,却生平在公门中办事,两眼有威,鼻高口阔,是个武教中的朋友。近来印堂有光,黄中现出红影,却主得财。老兄近来财爻①如何?"那人道:"先生既看得出,但这财爻非一人所有。究竟从何而来?以后各事吉凶如何?"铁嘴又看了一会,道:"照这面相看来,眼角发赤,两颧高耸,应有争衡之兆。"再细细一看,忽然惊道:"哎哟! 老兄财是有的,只怕险事太多。本月之内,府上必遭奇祸,就因这财上而起。可惜,可惜! 我看老兄不是此地人氏,能早早回府,或可挽回。但看此时回去,已经迟了。"那人被他这番话一说,吓得面如土色,说道:"先生,可是真情? 在下乃是广东人氏,因上宪差委往四川公干,不知此祸究在何事? 前途可另有险事?"铁嘴道:"照相看来,应是家破人亡,就应这三四天上。前途虽有些险事,却皆化险为夷,后福倒还不坏。大祸之后,尚有吉星照命,应该大小得步功名。"

那人听见这番议论,登时间愁眉不展,付了相金,正要走去,天子在旁看见,说道:"这相面的言语不定,忽而大祸,忽而发财,忽而又有功名,我看这人也无甚本事。这广东人,虽是个公差打扮,气度倒甚好,我且问问他是那一府人氏!"说着就招呼道:"朋友,贵府是广东,还是省城,还是外府?"那人听见有人招呼,忙立起身回道:"在下是广东省城。"说着究竟是

---

① 财爻(yáo)——财运。

个公门中人,眼力高超,见天子不是寻常之辈,忙称呼道:"老爷贵处何方?尊姓大名?"天子道:"某姓高名天赐,北直顺天人氏。不知朋友尊姓何名?"那人道:"不敢!小人姓方名魁,是番禺南海两县的快头。现奉本官差遣,到四川寻友,因航海到了申江,适值江水浩大,长江不好行船,是以绕道此地。由内河到镇江,过汉口、襄阳入川,昨因在路微受风寒,是以耽搁一日,到此盘桓,不料高先生代小人相面,说有大祸,实为烦闷。"两人对面谈说,高铁嘴将天子一看,赶忙将布棚收下,桌上书卷以及一切物件,皆打好包袱,向他两人说道:"二位尊寓在何处?此地非谈心之所,小人一同到尊寓行礼罢!"天子见高铁嘴如此说法,心下甚是疑惑。莫非这人果有本领?竟将我看出至尊来了?乃道:"既先生欲临,敝寓离此不远,即请一行,借可叨教。"高铁嘴应道:"小人理当前去。"方魁见这形像,已是猜着几分,但不过拿不定是何人,也说道:"小人也去拜寓!"天子见他两人皆要去,并不拦阻,即叫日青在前引路,高铁嘴将物件收拾完全,携着包袱,将桌椅寄存人家,跟天子出了元妙观。行不多远,已到鸿运来客寓。日青将房门先开了,请天子先进去,随后高铁嘴与方魁也走了进来。铁嘴就将包袱向桌上一放,见外面无人,纳头便拜。不知高铁嘴何故磕头,且看下回分解。

第五十八回

识真主高进忠显名　访细情何人厚得信

　　话说高铁嘴与方魁进了客寓，到房内将包袱放下，见外面无人，纳头向天子就拜，说道："臣接驾来迟，罪该万死！圣上何以亲自出来？保驾臣现在何处？"天子见他如此，乃道："先生莫认错平人！某乃北京高天赐，并非万岁。忽以尊称万岁，设若为人听见，岂不造言生事？"铁嘴道："万岁不必遮掩！臣相法无差，除了万岁，谁能有此贵相？"此时天子已为他说破，乃道："卿且起来，朕因往江南游玩，路过此地，既为卿相认，千万不可声张，免得地方官前来惊动。"此时方魁见是天子，也就上来叩头，说："小人有眼无珠，不知圣驾，罪死无赦！"天子道："不知者不罪！汝且起来，为何广东公案反至四川寻人，究是何故？"

　　方魁就将胡惠乾在广东打死牛化蛟、吕英布等人，与机房人为仇，现在陈景升、白安福等人联名上禀，请在锦纶行建醮，并请派人捉拿胡惠乾。方魁因胡惠乾本领高强，西禅寺人数又多，且有少林寺诸人接应，自己虽是快头，难以争斗，故往四川峨眉山请白眉道人的徒弟马雄前来帮助的话，说了一遍。天子方才知道，问道："陈景升可就是向在金华府居住，与李景的儿子武举李流芳他们至好朋友么？"方魁道："何尝不是！因白安福进京会试，中了武进士，在会馆内与他们会见。平时陈景升也知道胡惠乾的恶迹，就在军机大臣那里递了公禀，回籍在机房公所建醮，又被胡惠乾闹了两次，所以两广总督曾必忠雷厉风行，饬县捉拿。"

　　天子听见这原委。说道："省中有如此恶霸，岂不为害地方？理应从速严拿。既汝要往四川，朕有旨意一道，汝过镇江时交与漕运总督伯达，他若回京，着他与陈宏谋说知，不日朕即回京，并着他赶由驿站，行文到粤，饬令曾必忠火速派兵严拿胡惠乾正法，无任漏网。汝往四川，见得马雄，也须迅速前去，俟事竣之日，亦着曾必忠论功列奏，议叙恩赏。"说毕，就在房内写了一道旨意，交方魁谨慎带在身边。当时方魁谢恩起来，高铁嘴听他要往四川，乃上前说道："方兄欲往峨嵋，可知白眉家师现在成都？

此次前去,仍然空往!"方魁还未答言,天子说道:"如此讲来,卿与马雄乃是同门兄弟,似此路途遥远,与其空跑,何必乃尔? 卿既是白眉门徒,谅本领决不寻常。若能即此赴粤,朕定加恩奖赏。"方魁听他说出原籍来,忙道:"失敬失敬! 但不知白眉大师改居成都,马雄贤弟现在何处? 若能高兄同往,为地方除了这害,一则是国家洪福,二来百姓也感恩不尽了。"

高铁嘴道:"某虽略知一二,却与马雄是两路的功夫。他是用的内八着的功夫,我乃是外八着的功夫。若得两人同去,与事方可有济! 现在马贤弟亦在成都,方兄此刻赶速前往,不过一个月功夫,也可到了。回往再加一月有余,亦可到粤。小弟既蒙恩旨饬令前去,只得先行到粤,托着朝廷洪福,将这胡惠乾捉住,也免得许多周折。且见尊相府上定有大祸,能小弟到府,或可解免,也未卜可知。但是这胡惠乾是少林门徒,谅来手脚高超,唯恐将他治死,至善禅师前来报仇,那人虽武当冯道德、肇庆五枚,皆在他之下,非得白眉大师方是他的对手。我这里写封信,请你带去,能马贤弟将师尊一齐请下山来,这事就万全无虑了。"天子道:"既汝知此厉害,信中即传朕意,务着白眉与马雄一同赴粤,随后定加恩赏。"高铁嘴当时也就代他师父谢恩,写好书信,交与方魁。方魁当时别了圣驾,回到自己店中,次日一早前往不提。

这里圣上就向铁嘴道:"卿既有此本领,为何流落江湖,不求上进? 你究竟是何名号? 铁嘴两字乃是九流中浑名,岂可作为名号?"高铁嘴道:"臣名进忠,久思投入军营,为国家出力,奈无门可入,只得做此生涯。今日得见天颜实是三生之幸!"天子听他说是进忠两字,甚是欢喜,道:"愿汝终久守此两字,始终不改!"高进忠就在地下叩头,说:"谨遵圣命!"从此遇见人皆名进忠。闲话休提,此时已交午后,客寓内送上午饭,天子就命进忠与日青吃毕,说道:"本拟择地试汝手段,因寓中房屋窄狭,不便施展。广东既有恶霸扰害,汝即明日前往。今有旨意一道,交汝带去与曾必忠,并传知陈景升等,着他于营中先行为汝位置,俟后争战如何,仍着曾必忠随时具奏。"说着,将旨意写毕,交与高进忠收好。进忠叩辞圣上,亦已回自己寓内。这里圣上在苏州游玩一番,然后绕道扬州,转回京都。今且按下一头。

再说白安福见方魁领了银子到四川去后,果真不敢先行建醮,专等方魁转来,方才要搭台起造。哪知胡惠乾耳风甚长,自在机房会馆打了白安福之后,回到西禅寺内,反把自己几个徒弟痛骂一顿,说:"我与机房人为仇,因他同我有杀父之仇,故尔与他作对。自打死牛化蛟、五枚师叔解劝以来,虽时常见机匠就打,总有词可借,才与他动手。昨日白安福众人已经如此叩求,将他东西打毁,已是十二分面子,你们又来用闲话撮弄我前去,带累我被人问住,交不出人来,岂不可恼?下次若再如此造言生事,先将你们痛打一顿,然后再与那班狗头动手。"那些徒弟被他这顿骂,甚是不服,暗地说道:"我明明在街上听见,怎么被他赖过?偏要将这根寻了出来,好让师父动起气来,将这些狗头打死。"随即与一班师兄弟商议,背着师父打听,来看锦纶行众人是何举动。

到了次日,几个人来到锦纶行门首,一些动静也没有。再到里面一看,所有家伙物件搬让一空,只有看门的住在里面。心下疑惑道:"莫非这些人被我师父打得寒心,不敢起这道场?"一连几日,皆是如此,连他们会馆的行情也不能议论,以为是真惧怕了。又过半月光景,内中有个徒弟叫何人厚,本是当地好人家子弟,亲戚朋友不是文教中人,即是官场中书吏。有个姐丈是督辕书办,听见上宪要捉拿胡惠乾,知这何人厚跟他学拳棒,怕后来连累,就回去同他妻子说知。他妻子一听,自然格外吃惊,随即叫人去找何人厚,一连寻找几天,俱未寻着。

恰巧这日何人厚与一班师兄弟在街上闯祸招非,走他姐丈门口经过,就说道:"你们先行一步,我到亲戚家一行就来。"那些人不阻拦,他就分路走开。这何人厚走进里面,见了乃姐,他姐姐就连忙说道:"你姐夫找你几天,真是令人望煞了!你一向只顾在外闯祸,也不知道大祸临身,命还保不住呢!"这何人厚听见这话,甚是诧异,道:"姐夫找我有何事件?我又未杀人放火,为什么命都不保?莫说未曾闯祸,就是闯了祸,有我师父那样本领,怕谁同我作对?"他姐姐一听,登时哭道:"你也不顾父母生尔所为何事?终日吃酒用钱,都是小事,能够娶妻生子,传了后代,我也不问你了。你今年才一二十岁的人,父母全不问,单倚着你的师父行凶霸道,你还不知你师父,现在捉拿他的?"何人厚听了这番话,忙道:"你们究竟听了什么话,好说明了,也叫人晓得。现在谁人捉拿我师父?"两人正哭闹之时,他的姐夫已走进门来。见何人厚在他家中,忙道:"你不晓得,我告诉你就知道了。"随将陈景升、白安福那日被胡惠乾在会馆打闹之后,联名上院,将在京奏请回籍建醮,派人捉拿胡惠乾的话,与曾必忠说明,曾必忠因是军机来文,随传了府县,派差弹压。因快头方魁知胡惠乾本领高强,不敢一人动手,现在到四川峨眉山请白眉道人的门徒马雄前来同拿,所以会馆内物件全行收回,叫做缓兵之计。你既为胡惠乾的徒弟,将来岂不受虑? 所以你姐姐着急寻找你几天,你此时既知道了,我看不必落在这是非窝内,就同我一齐进衙门住几时,过了这个风波,然后再出来。你说你师父本事好,可知强中自有强中手,冯道德那种厉害,还怕五枚,何况胡惠乾是他们的后辈!"

何人厚听他姐夫这一番话,心下恨不得立刻到锦纶行,把白安福擒出来,三拳两脚打死。说:"大丈夫要做事光明,不应用暗箭伤人。前日被打的时节,那等饶讨,却是假的,代累我们被师父骂了几日,岂知他用这毒计? 我不将这班机匠打断命根,也不知道我们少林支派的手段!"因想:我此时如说明,告知我师父,姐夫同姐姐必不让我去。乃假问道:"你说这话可是真的么?"他姐夫道:"谁同你说谎! 你不信,我明日带你到衙门里看公事去!"何人厚道:"既是这样,连我师父性命还不保,我怎敢再去拿命同他们拼? 我此刻回去同母亲说知,明日就同你到衙门居住。"他姐姐听见如此说法,也甚欢喜。随又叮嘱了几句,叫他不可走露风声。何人厚答应,匆匆而去。哪知他奔到西禅寺,告知胡惠乾,闹了一场大祸来。不知后事如何,且看下回分解。

第五十九回

施毒计气煞惠乾　挡凶锋打走方德

　　话说何人厚听他姐夫说白安福等人递禀曾必忠札饬府县捉拿胡惠乾，他就说谎回家，别了他姐夫，出了大门，一溜烟奔到西禅寺。恰巧众弟兄已回来，正在那里习练拳棒。何人厚走到面前说道："你们不必练了，现在祸事不小！不是我今日出去，大众的命还不知在哪里呢！现在师父到何处去了？"众人说："在大殿后面，你究竟何事，这样大惊小怪？"何人厚道："我没功夫同你们谈，你们只跟我来见了师父，自然晓得！"说着，忙忙地过了大殿，见胡惠乾正与三德和尚在那里闲谈，说："白安福连日将会馆一切物件全行收回，连机房行情也不议论，想必被我们打得寒心，故尔如此。"三德和尚道："人家既怕你们，你们大仇已经报过，前日又是误听人言将他羞辱了一番，以后也可不必再闹了。"

　　正说之间，何人厚走上去说道："三师叔只会代人家说话，还不知人家的毒计！前日我们众兄弟明明在街上听见的，后来师父将白安福打倒，他们那些人怕白安福吃苦，故意地说没有这话，叫我们交人对证，试问：在路上听的话，到哪里交人去？师父回来还将我们骂一顿。今日可是有水落石出了！"胡惠乾道："你刚才到哪里去了？现在来说这话？"何人厚道："徒弟被你老人家冤屈死了，故这几日常在外面打听着白安福那里为什么如此了。哪知他用了缓兵之计，已经下了毒手。不是我今日遇见我姐夫，打听出来，临时被他要了性命，还不知道呢！"胡惠乾见他如此说得确有可据，乃道："你既晓得，究竟白安福下了什么毒手？可告知与我，也好准备！"何人厚就把他姐夫对他说的话说了一遍，胡惠乾两眉倒竖，怪眼圆睁，骂道："这班狗头，竟敢如此！我不将他送命，也不知我胡惠乾的厉害！"三德和尚道："你不可一时任性，惹了大祸出来。方魁是我知道的，这人手段也甚厉害，再加上白眉道人的首徒前来，虽我们少林支派，怕的也不及他。因白眉道人从前与我师父至善禅师在武当山冯道德师叔那里比过武艺，斗了三天，至善禅师终究输了他一脚。我看这事甚是不妥，如白眉自己不来,也还好想法;若自己前来,就要吃亏。莫若你此时让过风头,仍是到福建少林寺暂避,等此地稍平,你再出来,那时白眉及马雄也该回去,你再慢慢地报仇,岂不为美?"

胡惠乾听了这话,也知道白眉的厉害,当时说道:"师兄不必如此害怕,我看白眉师伯未必肯来! 记得师父说过,他发誓再不下山多管闲事。就是马雄到此,也还有个争论,而且方三弟身体骨节是经练过的,请他前来助你一臂,也还可以勉强。只是这方魁同白安福气他不过,不出这口气,也灭了我们少林的威风!"三德和尚见他如此说,知是拦不下来,只得说道:"要办,此时就办,趁方魁不在家,得个先着,将这口气出过之后,仍是往福建的好。古人云:打人怕打急,杀人怕杀绝。你将方魁的家小送命,他回来与你怎肯甘休? 天下总是一理,你的父亲被机匠打死,至今日这样报仇,人家老小被尔打死,也是要报仇的!"胡惠乾道:"先将这事办过,随后再说!"当时气冲冲地出去,叫徒弟打了些好酒,在厨房端出了几件菜出来,对众徒弟说道:"前日冤屈你们,是我师父的不是,今日你们在此痛饮几杯,明日同我一阵先到白安福那里,将那狗娘养的打死,然后再至方魁家,与他算帐!"众徒弟听见师父如此说,本来是些亡命之徒,也不知什么王法,齐声答应,这个说我先进门,那个说我断后路,议论纷纷。吃得酩酊大醉,一夜无话。

次日,众徒弟一早就在寺内聚合,胡惠乾见人已到齐,就脱了长衫,穿上一件元色短袄,窄窄的袖子,胸前排门密扣,脚下穿一双班尖快靴,丢裆马裤,头扎元色湖绉包脑,当中打个英雄结,腰间挂了一把单刀。那些徒弟皆是短衣扎束。胡惠乾在先,领着众人一个吃喝,出了庙门,直望锦纶行而来。到了门口,先叫一个徒弟道:"你先进去看了,安福这狗头可在里面?"大家答应一声,拥到里面,只见仍是昨日两个看门的,忙上前喝道:"你这两个不怕死的狗头,白安福现在到哪里去了? 为何不在此地? 老子有话问他,你快快说来,免得老子动手!"那两个看门的知道他是胡惠乾的徒弟,早已吓得呆了,抖了一会,说道:"白安福未来!"那个徒弟骂道:"你这混账东西! 老子难道不知他不在此地? 原是问尔他现在在何处? 叫你说明,好让老子找他!"那个人道:"我真不晓得! 他从那日被打之后,至今未到此处。你要找他,到他家里找去。"这徒弟见他说不出根由,只得出来,对胡惠乾说道:"白安福不在这里,谅他跑不了! 我们已经来此,难道空回去不成? 不如径到他家去,将他捉出来,虽不把他打死,也要打个半死。"胡惠乾听了这话,又是呐喊一声飞奔而去。

不多一会,已到白安福门首。只见门楼内站着许多人,在里面都是公门的打扮,你道这些人前来何事? 只因方魁临动身时,对白安福说明,手下伙计徒弟,自己一人供养饭食,供应不起。白安福只要他前去请马雄,当时就允他去后,我这里按名给发,每天二钱银子饭食,等你回来将事办毕,再重重相酬。故此五天发一回,今日是第四次,故早间方魁的儿子方德带着一班人前来领饭食,恰巧胡惠乾走来,见了这些人,更是千真万确,立刻无明火高三千丈,大步进门骂道:"白安福你这杂种,要同你胡祖宗作对,便出来与老子比个手段,老子在此等你!"说着,骂不绝口。那些差役见胡惠乾闹到门首,自己拿着白安福的钱,所为何事? 不得不上前阻拦,说道:"胡大哥,你前日在会馆闹了一场,人家已经被你吃亏足了,到今日连场也不敢再做,也不过是惧怕你。此刻又来,这是何必? 难道天下就是你一人有本领,听你在广东省猖狂?"胡惠乾不听则可,听了这话,再是火上加油,走上前去,不问青红皂白,提住那说话的就是一拳,骂道:"你是哪里来的王八羔子? 老子的事与你何干? 要你这杂种管我的闲事? 打量你们的鬼事,老子不知道那个混账方魁到哪里去了!"说着第二拳又打了下去,这个人虽是个快班,本领甚是平常,两拳一打,已是挣扎不起,接着又是一拳,早已呜呼了。

此时方德在里面听见,还疑惑是伙计争闹,跑出来一看,胡惠乾亦已把个伙计打死,登时火冒起来,喝道:"胡惠乾你所犯之事,还未拿你治罪,你反自投罗网,前来送死,不要走,吃我一拳!"说着,一个箭步由门里窜了出来,灵快非常,把外面长衫一掀,露出短襟,一拳早认定胡惠乾面门打来。胡惠乾见方德动手,顺手将那个差伙往旁边一摔,用了个武松独手擒方腊架势,伸出左手,望上一拳就要来刁方德的手腕,方德着见他前来,赶着将手缩进了身子,一纵,一飞腿,对胡惠乾裆下踢去。胡惠乾也就向前一纵,窜到前面,顺手用了个单刀下马势,一皮掌向方德腿上削来,方德也是个会手,就把腿顺到右边,脚腿向下,脚尖向上,反向胡惠乾的手脉上踢来。胡惠乾复又收回,发腿出去开打。彼此一来一去,战有一二十合,方德虽然是他父亲方魁教传,究竟抵不上他父亲武艺,渐渐地只能招架躲让,欲想还手,也是不能。胡惠乾此刻也甚诧异,说道:"方魁的儿子尚且如此能斗,若方魁与马雄自己前来,更可想了。倒要防备他些!"此刻就格外一步紧一步,直往方德致命上打来。方德经了这大敌,脸面上渐渐流下汗来,口中吁吁的乱喘,知道战他不过,赶忙打了一拳,胡惠乾正要招架,他趁势,见他未曾防备,脚一跺,已上了房屋,往前逃走。胡惠乾哪里肯舍? 接着后面也就上屋赶去。

　　下面那些徒弟喊道:"师父,防他暗算! 不必追赶,这里捉拿白安福要紧!"胡惠乾听得这话甚是有理,骂道:"老子今日权留你过一日,先办了这杂种,再与你算账!"说着,跳下房来,冲进白安福门里。此时那些捕快见方德尚且斗胡惠乾不下,个个怕他动手,早将飞奔逃走了。胡惠乾冲到里面喊了两声,见无人答应,打得兴起,不顾什么物件,举手就摔,动手就倒,一阵打到厅上,不见一人。心下想道:"莫非白安福趁乱走逃么?"看见厅上陈设甚好,也是拳打脚踢,毁折了一阵,复行骂道:"白安福,你这乌龟王八,躲在里面再不出来,老子就打进来了!"正骂之际,忽见外面走来一人,望见胡惠乾就打,不知此人是谁,且看下回分解。

第 六 十 回

伤母子胡惠乾狠心　调官兵曾必忠设计

　　话说胡惠乾正在白安福家厅上冲打物件,忽然后面进来一人,望着胡惠乾就打。你道这人是谁? 原来是方德的兄弟、方魁的次子方兴。因在家听见逃回去的伙计说方德在此与胡惠乾交手,他怕哥哥有失,故此飞奔赶来。行到半路,已遇见方德,叫他赶速前来敌住惠乾,好让白安福逃走。所以此刻就由厅外屋上飞窜下来。惠乾看得清楚,一个大转身,两人对了面,将前脚一进,左边身子偏了过来。用了个海底捞月,由下望上,把拳翻起,直往方兴的手肘打来。方兴知道他的手段,不等他到面前,已改用了雪花盖顶,五个指头疏开,放开手掌,直望胡惠乾拳头上直纳下去。两人就在厅上动起手来,只见窜跳纵飞,如同两个活猴一般。

　　斗了有一二十合,惠乾见方兴无一点破绽,心下着急起来,说道:"我不将你弟兄打死,枉为了我一世英雄名!"想罢,随即改用了花拳,高下前后,但见他一人纵跳,两个拳头捣来捣去,真与猴子无异,不到一刻功夫,早把方兴跳得眼花,手脚一慢,被胡惠乾一拳捣在胸前,登时往后一倒,口中鲜血直流,如同死的一样。胡惠乾接着前去又是一脚,送了性命。转过身子,又往里跑过了大厅,到了上房里面,哪里有个白安福? 只见些老年女仆,乱往门后桌子下藏躲。胡惠乾看见大喝道:"你们究是谁人? 好好说明,白安福现在何处? 老爷不与你们没用的作对,只要将白安福交出,就饶汝等性命。"说着将脚一踢,早将桌子掀去多远。那些女仆见藏躲不住,俱皆跪下,叩求饶命,说:"我家老爷已由后门逃走了。"胡惠乾仍不相信,拖住几个女婢,叫她带到各处搜查,哪里有安福的影子! 只得恶狠狠地说道:"老子改日与你算账,除非你不住在这广东省城,或可保你这狗命,不然,今日被你逃走,还有明日,老子每日到尔这里来几次,看尔往哪里藏躲!"说毕,两手一挥,又把内屋里陈设的物件打得粉碎,然后跑出厅来。见方兴死在地下,胡惠乾大笑道:"你那老狗同老爷作对,去寻人来,哪知尔这狗头倒先送在老爷手里了。你阴灵有知,只好恨尔的老子,与老爷无干!"说着,招呼众徒弟往方德家内去。

　　那些徒弟听一声招呼,比圣旨还灵,顷刻间,呐喊一声,蜂拥地往着前面跑去。到了方德家内,也不顾人命关天,飞起手脚,冲进门去,见屋内坐着一个四五十岁的女眷,谅必是方魁妻小,便上前一把揪住头发,提了过来,骂道:"你这贱货,你那杀材的丈夫要想与胡爷作对,你也不拦阻他,只顾听他妄为,到白眉那里请人,他既不在家,我先拿你开刀,等他回来,再与他拼个你死我活!"说着,抓住头发一摔,已跌倒在地,便由腰间取出刀来,一刀结果了性命。旁边见有两个小孩子,顺手一刀一个,也见了阎王。再向里跑,方德已由外面跑了回来,见母亲与儿子俱被他杀死,真是心如刀割,大哭道:"胡惠乾,我与你势不两立!将我母亲杀死,拼命吧!"说着上前一步,取了一根铁棍,望胡惠乾当头打来。胡惠乾把刀往上一迎,两个各自拼命,一个是为亲报仇,步步伤其致命;一个是因人害我,着着得其先机。你来我去,我去你来,战了有两时辰,只听了门外人声鼎沸,喊道:"我们一起上去!"早有一二百人拥进门来,各执兵刃,直望胡惠乾厮杀,乃是方魁的一班差伙徒弟。先前见方德逃走,各人也自奔去逃命,及至方兴被胡惠乾在白安福厅上打死,他们还不晓得。后说道:"老爷留尔狗命,好让尔老子回来,告诉他我的手段,叫他少生妄想!"

　　方德见他逃走,还要去追,被众拦住道:"后事要紧!"方德被众人拦住,只得大哭道:"我母亲死在他手里,此仇焉能不报?诸公可撒手,让我前去拼得一命,以尽我心!随后等我父亲回来,再去报仇便了!"众人道:"不可如此!他的手段岂不晓得?你兄弟已经伤在他手,你若再有错误,这些尸首何人来问?"方德被众人拖住,大哭一番,然后请人到街上置买棺木,又叫人到白安福家里收殓他的兄弟,他自己便在家中等衣衾棺木齐备,将他母亲换了衣服,妥为入殓,又在灵前祭奠了一番,只哭得死去活来。诸事办毕之后,复到白安福家内,见方兴胸前一个大洞,鲜血仍流不止。望见这样焉来?白安福家的家人见胡惠乾走后,出来找人到他家送信,遇见众人,方才知道。一齐到了门首,只见胡惠乾的门徒把守大门,不准他们进来,又听见方德大哭连天,说:"你杀我母亲,我同你把这命拼了!"众人吃了一惊,知道方魁的老母、妻子又被胡惠乾打死。内中也有几个好手脚的,将胡惠乾的徒弟打散,领着众人拥到里面,果见方德的母亲倒在地下,鲜血直流,望见实在可惨。就个个咬牙切齿,直往上杀。胡惠乾见人太多,一人难以兼顾,主意想定,用力一刀,将方德的棍子打开,纵身上屋,方德伤心哭道:"兄弟呀! 为兄的只好等父亲回来,一同拼命代你报仇雪恨了!"此时白安福见胡惠乾不在此地,也就从后面地板内爬了出来,一见如此,也不免伤心,说道:"广东城内有如此凶手,竟不能将他捉住,仍是杀伤人命,岂不是天道无灵!"说着取出三百两银子,交方德置备一切。

此时已是第二日的事,所有广东大小衙门,无一不知胡惠乾又杀伤人命。方德收了银子,将方兴收殓起来,随即叫人择了一所庙宇,将方兴的灵柩抬到庵内供奉,自己先到番禺县衙门报案,请县官详上宪派兵帮同捉拿。因自己虽是快头,人少力单,不足济事。县官准词,当即乘轿到了抚辕,禀见曾必忠。此时亦已得信,见番禺县来禀见,随请在签押房便会。番禺县进见已毕,曾必忠忙问道:"贵县前来可是为胡惠乾杀伤方兴母子之事?"县官道:"正为此事! 省城之内,恶霸如此横行,地方怎能安静? 现在方魁到四川未回,方德禀呈,一人之力万难对敌,叩求大帅派兵同拿。卑职见他猝遭大故,因公杀伤母弟,情殊可悯,求大帅恩典,示下!"曾必忠道:"此事虽如此,但闻胡惠乾仍有余党,若此时遽然派兵去拿,特恐激而生变,且民间格外不安。贵县回衙,可先着人暗暗打听,究竟西禅寺有多少凶徒,赶速前来面复,以便斟酌施行。"彼时番禺县也猜不出曾必忠是何用意,只得退了出来,回转衙门,将此话对方德说知,仍着他派人前去访探。

且说胡惠乾杀死多人,得意洋洋与众徒弟回到西禅寺内,对三德和尚说知。三德道:"你做事也太孟浪①了! 方氏父子,也是上命差遣,身不由己,你将方兴打死,也是恶贯满盈,理应从此回来,然后再寻白安福厮打。俗语说得好:冤有头,债有主。他们的事皆是白安福闹出来的,你不该又将方德的母亲杀死,这仇越结越深,方魁回来,怎得开交? 依我主意,现在气已出了,最好到福建去暂躲数月,将这风头让过,然后回来不迟。"胡惠乾哪里答应? 说道:"我不把白安福这班人打死个干净,也不甘心! 你怕你就到福建去,莫要将热血泼在你身上!"三德和尚被他抢白几句,晓得拦他不住,只得暗暗的写了一封书信,专人到福建少林寺,投递禀知至善

---

① 孟浪——鲁莽。

禅师,请他前来以救寺内众人之命,暂且不提。

　　单表县官叫方德打听西禅寺中究竟有多少凶徒,方德回来,那里自己能去?只得寻了几个师弟,招呼他一番话,叫他快快打听清楚,好来回报。因要回禀督宪,预备派兵围拿。那几个师弟听了此话,立刻出来,先将西禅寺的地保传来,又将这话与他说道:"尔是专管的地方,有了此等凶徒,不早早报县,禀请驱逐,现在养虎成害,杀死许多人命,现在督抚那里派兵捉拿这胡惠乾,不知他的余党现有多少?住在那里面?快去打听实在,前来报信。"地保听了这话,说道:"此事无须前去打听,我是尽晓得的。自从冯道德走了之后,只有三德和尚与这胡惠乾住在里面,其余那些人皆回家去了。所有那些徒弟,皆是无能之辈,不过依着胡惠乾名下,在外惹是生非,以为无人敢欺他们。加之胡惠乾专门袒护,若是他徒弟闹出祸来,他就出面与人理论。人家因他本领高强,所以忍气吞声,不敢与他争论。果真督抚派兵前去捉拿,胡惠乾本领再好,也敌不过这许多人!"那个差役听了这话,随即回家与方德说知,方德又回明了本官,番禺县立时就乘轿到督辕,将这话与曾必忠说知。曾必忠道:"既是如此,就好办了。"立刻传中军进来,发了令箭一支,叫他带领三百名亲军小队,先将西禅寺四面把守起来,另带二百弓箭手,在外等候复令。方德前去诱敌,等他出来,即用乱箭射死。中军领令前去施行。不知胡惠乾性命如何,且看下回分解。

第六十一回
急调兵拟困西禅寺　请会议协拿胡惠乾

话说曾必忠命南海番禺两县打听西禅寺究竟有多少有拳棒的凶徒，南海县仍命方魁之子方德前去打听。方德却不敢自去，另又请了别人打听清楚，实在西禅寺除三德和尚与胡惠乾二人，此外皆是胡惠乾的徒弟，并无甚厉害，本领也是平常。不过平时借着胡惠乾的势在外行凶作恶，实叫做狐假虎威。方德即将此话先到南海县据实禀报，南海县又据方德的话去到抚院禀报，巡抚曾必忠据报后，密令中军及三大营，各带亲兵一千名，弓箭手一千名，多备强弓硬弩，即于今夜三更，悄悄衔枚①疾走，驰往西禅寺，将该寺团团围住，如见寺内不论何人出来，即用乱箭射去，务令寺内不准一人逃脱。又令方德带领有技艺膂力的人，随着中军及三大营的统兵官一齐进去搜捕，格杀勿论。又令内外人等不准稍泄风声，如有泄漏，定按军法从事。曾必忠分拨已定，真个是关防严密，军令森严，不必说，一点风声皆不知道，就连本署内，除中军三大营及南海番禺两县外，也是一个都不知道。各官奉了密令，专待夜静了出兵，进围西禅寺，拿胡惠乾，按下慢表。

再说高进忠自在苏州元妙观卖相认出圣天子，后来同着方魁到了客寓，说出胡惠乾的话，因要去请白眉道人，高进忠又说出白眉道人现在不住峨眉山，迁住成都府，马雄也住在那里。方魁因问他如何知道，他才说出也是白眉道人的徒弟。方魁因此就认了师兄，请他写信，由自己带往。高进忠又说："胡惠乾虽然勇猛，自己尚可助一臂之力，能将捉住，也可为广东省城百姓除害。不过方魁的家中恐有大难，即使前去，恐怕也来不及相救。"圣天子听了此话，一面写了一道谕旨，着方魁带上交与四川总督，并谕令白眉道人赶紧前来，同去福建破少林寺；一面写了一道谕旨，着高

---

① 衔枚——古代军队秘密行动时，让兵士口中横衔着枚（像筷子的东西），防止说话，以免敌人发觉。

进忠即日动身，火速驰往广东，将旨意交与广东巡抚曾必忠，令他火速调兵，并派令高进忠协拿西禅寺三德和尚并胡惠乾等人。

高进忠奉了圣旨，即日动身往广东而去。在路行程，非止一日。这日已到，当即到了巡抚衙门，先与辕门巡捕官说明原委，请巡捕官进去禀报。那巡捕闻有圣旨，哪敢怠慢？立刻禀报进去。曾必忠闻得圣旨到来，赶着命人设了香案，将高进忠请进。高进忠此时便将圣旨高捧在手，曾必忠行了三跪九叩首。高进忠将圣旨请下，摆在香案之上，曾必忠敬谨拆开宣读一遍，当将香案撤去，高进忠给他行了个礼，曾必忠即邀高进忠至内书房款待。因他是奉特旨前来，不敢怠慢。当又命人设宴相待，筵宴之间，高进忠问道："民人有一事奉问：此间南海县快头方魁，现在家属有无被胡惠乾残害？"曾必忠见问，惊讶道："足下何以得知？"高进忠就将在元妙观代方魁相面的话说了一遍。

曾必忠因叹道："足下不必提了，只因方魁前往峨嵋去请白眉道人，不知怎的露了风声，被胡惠乾知道，即带领众门徒先至白安福家寻找白安福，哪知方魁次子当时在白安福那里，一见胡惠乾去，便上前阻拦，竟被胡惠乾这恶贼杀死，还不甘心，复又寻至方魁家内，将他家属全行杀毙。所幸方魁长子未遭残害，事后由方魁的长子方德去县里禀报，由南海、番禺两县前来面禀了。本部院闻言，以省垣重地竟有此等凶徒，白日杀毙快差一家数口，如此横行，实不法之已极，若不严拿正法，何以为民除害？拟即发兵去往西禅寺捉拿，后又知他系少林一派，这西禅寺内不知有多少凶徒。若不审慎周详，又恐画虎不成，反受其害。因此面饬两县密令干差细为探听，今早两县来报，据县称探听清楚，西禅寺只有胡惠乾与三德和尚两人武艺高强，不易擒捉，其余皆是他门徒，不过是些狐假虎威之辈，不难就获。本部院闻两县这样说法，当即密令本标中军及三营统兵官，命他们带领亲兵一千，弓箭手一千，多备强弓硬弩，于今夜三更暗暗前往，将西禅寺围住，捉拿胡惠乾及三德和尚。如寺内有人出来，不论何人，皆用乱箭射去，务使不放一人逃出。又令各统带不准稍露风声，务要机密，唯恐胡惠乾等闻风逃脱。现已派令停当，专待夜间前去。今足下既奉旨前来协助，旨意又示明足下系白眉道人门徒，与方魁是师兄弟，则足下的武艺自然是高妙的，但愿此去即将胡惠乾擒住，正了国法，除去民害，本部院定然为足下具奏进京，请旨给奖，将来也可为朝廷一员武将，唯望足下不避矢石,努力协拿,本部院甚有厚望。"

曾必忠说了这一番话,高进忠躬身说道:"民人既奉圣天子面谕前来,又蒙大人如此恩待,民人敢不努力? 唯胡惠乾武艺精强,拳棒出众,民人却不敢操必胜之券,唯有竭尽力量上报圣天子赏识之恩,及大人恩待之德便了。"曾必忠见高进忠虽然是个白衣,出言颇觉不俗,甚为赏赞。于是又饮了一回酒,用饭已毕,便留高进忠早为安歇,以备夜间前去西禅寺协拿胡惠乾。高进忠又向曾必忠说道:"大人既派令各位统兵大老爷前往,这一番布置,民人正是钦佩,唯求大人能否再将统兵各位大老爷传来,俾民人统兵见一见,然后前去行事,方保无错认之误,并可会议各节,如何围困,如何进内捉拿,那时小民方有把握。"曾必忠见他说得有理,也就答应立刻命人仍是密传中军及三大营统领暨方德到辕面谕。当有差官分头前往,一霎时,中军各官及方德等均齐集辕门,由巡捕官禀报曾必忠,即命传他们进来,由中军各官依次一闻见传,一个个登时进来。曾必忠先与中军各官说明高进忠奉旨前来协拿胡惠乾的话,各官自是欢喜。曾必忠又将方德喊到面前,方德便随向曾必忠磕下头去,口中说道:"蒙大人赏赐,发兵捉拿强徒,代小的一家母子妻弟报仇雪恨,小的虽万死皆感激大人的大德!"

曾必忠听了方德的话,也觉可惨,因道:"现在有个高进忠在苏州遇见你父,说起原委,他也是白眉道人的门徒,与尔父是师兄弟,适值圣天子微服南巡,也在苏州,高进忠会相面,识破圣天子,后来说起胡惠乾所作所为,他又相尔父家中应遭大难,因此圣天子命他前来协拿胡惠乾正法,今日才到这里,待本部院令他出与诸位及尔等会议一番,究竟如何拿法。"方德见说有师父的亲兄弟奉圣旨前来协拿,心中好不欢喜,恨不能即刻见了来人,问明父亲现在何处。不一刻,高进忠已由书房内出来,曾必忠先命与中军各官大家相见,高进忠便行下礼去。中军各官见他虽是白衣,却是钦奉圣旨,不敢简慢,也就还了礼,然后,方德上来与高进忠见礼已毕,说明原委,因又认了世谊①,便喊高进忠为师叔,又问明父亲曾否前往四川,高进忠又将以往的话说了一遍,方德感激不已,于是高进忠便向中军各官说道:"民人方才闻得抚宪大人见谕,胡惠乾不法已极,拟请诸位大

————————

① 世谊——世交。

老爷带兵前往西禅寺围住,并用乱箭以备射他寺内逃出之人。抚宪大人的布置,民人却钦佩之至。但是胡惠乾不但拳棒精强,而且身体便捷,万一他见事不妙,即升高逃遁,虽周围皆有弩箭,亦不足济事。民人的愚见,莫若分三百名弓箭手,暗伏西禅寺附近民家屋上,专防他升高脱逃。一见他窜上房檐,即一齐放箭射去,方可使他插翅难飞。不知大人及诸位大老爷意下如何?"毕竟曾必忠能从其议,且听下回分解。

第六十二回

西禅寺胡惠乾惊变　大雄殿高进忠争锋

话说高进忠与中军各官会议已毕，当下曾必忠道："如此甚好！就照这样办法便了。诸位可即回署预备，一等三更，即便带队前往。高进忠是随中军同去，还是独自前往呢？"高进忠道："悉听大人吩咐。"曾必忠道："莫若仍同他们一齐前去较为妥当。"高进忠当下也就答应。此时天已傍晚，自中军依次均各告退回衙，高进忠也即随同中军而去。大家回了衙门，即将所带亲兵及弓箭手等皆暗暗传齐，听候三更拔队。方德回到家中，与他父亲的门徒伙伴言明一切，各人皆是摩拳擦掌，指望夜间将胡惠乾捉住，报仇雪恨。诸事备齐，皆到中军衙门取齐。大家饱餐了饭食，又稍睡片刻，养养精神，看看已到三更，当由中军发出令来。这令一出，即刻各人拔队起行，真个是人衔枚、马疾走。到了街上，但见两旁街铺俱已睡静，四无人声。中军督队驱赶，前行不一会，已至西禅寺。一声梆子声，所有一千名亲兵皆手执长枪大戟，将四面围绕起来。那一千弓箭手，挑选三百名能升高的，齐上了附近一带居民房屋，其余七百名，有站在西禅寺围墙上的，有在西禅寺各处墙门把守的，个个是弓上弦，刀出鞘，布置已定，只听一声炮声，高进忠与方德二人首先杀入。

且说胡惠乾此时已睡，忽听炮声响亮，又闻呐喊之声，不知何意。赶即起来提了单刀，跑出来看。才出房门，恰好三德和尚也提着刀出来，彼此问道："寺外人喊马嘶，却是何故？"三德道："恐怕不妙！说不定是官兵前来围困捉拿你我！"胡惠乾被三德和尚这句话提醒，登时也有些惊慌。强自说道："不管他什么官兵不官兵，我与你出去看一看再说。如果是官兵前来，不是我夸这大口，那些鼠辈有什么能！只不过平时贪食粮饷而已！我与你杀上前去，将他们杀个落花流水，叫这些狗官才不敢小视我们少林支派！"三德道："不是这样说法！自古道：一手难敌双拳。又道：重赏之下必有勇夫。众怒之下，必然死战。若果是官兵前来，必非一二百人，至少也有一千八百，任凭你我再有本领，能敌得他们如此之多？况且你那些徒弟,稍有武艺者,不过数人,其余皆是仗着你的势在外哄吓诈骗,胡作胡为,哪里能与官兵对敌?若非官兵到此,算是我们大幸。设若果应了我的话,今番就有些不妙,必得早定主意。如果实是官兵,万万不可与他拒敌,还是及早逃走,去往福建少林寺暂避风波,随后再看光景,或请至善禅师设法,贤弟今番可万万不能徒执己见,若再随着自己的性子,难保无杀身之祸!"两个人一面走,一面议论。

正往外去,忽见他的那些徒弟慌慌张张跑了进来,说道:"师父,不好了!外面不知有多少人马将我们这一座西禅寺围困得水泄不通,但听呐喊之声,皆道不要放走你老人家,请师父速速定夺!"胡惠乾一闻此言,也就吃惊不小。当下三德说道:"贤弟不必如此,我们可赶紧升高逃走,料想前后门是走不出的!"胡惠乾此时也只得答应。正欲转身而去,忽见大殿屋上两条黑影子一闪,噗一声跳下屋来,接着一声大喝道:"好强徒,往哪里走,认得爷爷么?"说着一刀便搠进来,胡惠乾一见,也就赶忙将刀架住,回言骂道:"尔这小子何人?老子向与你无仇无隙,尔胆敢前来与老子作对,尔可通下名来,待老子取你的狗命!"高进忠道:"该死的狗头!尔且听来,爷爷乃白眉道人门下高进忠的便是。只因咱在苏州途遇师兄方魁,知道尔在广东无恶不作,近与机匠日逐寻仇,残害百姓,爷爷又喜观相法。知咱师兄一家遭难,为尔残杀,似此残忍,若不将你拿住,未免有负上天好生之德!所以爷爷特奉圣旨前来会同抚宪,带兵捉拿与你,尔如放明白些,早早受缚,或可免碎尸万段;若再自恃,可不要怪爷爷无情了!就便尔与机房内的人有杀父之仇,又何致迁怒于白安福?即使白安福袒护机匠,尔因此迁怒也还勉强可说,为什么将方德的母子妻弟全行杀死?这是何说?而况他是奉公差遣,身不由己,尔只自恃其勇,不顾情由。天下哪里容的尔如此怙恶?似尔所为,天理何在?国法何在?"

胡惠乾听罢,不由地大怒道:"好小子!尔既是白眉道人的高徒,又何称是奉旨来的?老子回避你也不算是个好汉!老子且问你:咱两个还是比拳脚,还是比刀刃?"高进忠道:"爷爷不问什么拳脚、兵刃,只要将你捉住送官治罪!"胡惠乾不待高进忠说完,便一刀砍去,高进忠见他一刀砍到,说声:"来得好!"当下用了个凤凰单展翅,将他这一刀让了过去,随即用了个枯树盘根,这一刀向胡惠乾腰下籤来,胡惠乾见他这一刀来得厉害,即赶着使个燕子穿帘,跳出圈外。高进忠见他躲避,即刻改了鹞子翻身,又是一刀向胡惠乾肋下刺进。此时胡惠乾正掉转身来扑进忠,哪知高进忠的刀已到,即将手中刀向上一架,趁势向旁边一拨,掀在一旁,随即使了个老鹰探爪,直向高进忠心窝刺来。高进忠说声:"来得好!"即将刀向心窝让定,等他逼近,高进忠便一撒手用足了十二分力,拟把胡惠乾的刀望上一拨,准备将他的刀就此打落,哪里知道胡惠乾早看得清楚,知道他要用这毒着,便赶紧将刀收回,不使高进忠的刀沾靠。高进忠这一刀才要往上去拨,只见他刀已经收回,心中暗道:"这厮果然厉害! 若非我着着留心,就要上他的算了!"也就将刀按住不发出去,胡惠乾见他按刀不动,心中也是暗道:"看他这刀法精强,果然不愧白眉的徒弟,还比方魁的刀法强多了。"一面暗想,一面又是一刀砍来。

高进忠着着留心,赶着躲过。心中一想:"我何不如此如此,便可拿他。"主意已定,便将手中刀先向他下半身虚晃一刀,胡惠乾才要来隔,即刻就变了一手声东击西的妙法,向胡惠乾面门上砍来,胡惠乾也知道此法,于是赶即招拦架格,将高进忠一套声东击西刀法挡过。高进忠见此法仍不能取胜,又想换别法擒他。哪知胡惠乾早已想定,也用了一套花刀的妙法,向高进忠舞来。只见上八刀,下八刀,前后左右一路八刀,共计八八六十四刀,如雪花飞舞一般,真使得风雨不漏。高进忠一看,知他是用的花刀法,如在旁人说不能破他这花刀,幸亏高进忠是个会手,又是白眉道人的门徒,这花刀法怎的瞒得他过? 因大笑道:"好小子! 尔在爷爷面前班门弄斧,打量你这花刀爷爷不知道,不能破你的么? 你使好了,待爷爷就在这花刀上擒你便了!"说着将身子立定,把手中刀向中间分开,又似童子拜观音,又似金鸡独立的架式,只见他手这一送,将刀送进胡惠乾的刀光里面,也就一刀一刀飞舞起来。胡惠乾的花刀虽然厉害,哪知高进忠这一套刀法尤其厉害。原来他这刀法叫做雨打残花,是专破花刀的绝技,少林一派,除至善禅师、五枚大师、白眉道人,还有冯道德这四个人,此个就是高进忠晓得,其余便无人会使了。

胡惠乾虽会使那花刀,却不知有破这花刀妙法子。在对敌之时,也不招拦隔架,实在看不出是破他花刀的样子,那里知道末了一刀,只听得高进忠一声喝道,着胡惠乾吃惊不小。只见高进忠一刀向手腕砍来。如被他砍着,这只手腕定然砍截两段。胡惠乾知道不妙,若要去隔,万万来不及,若用旁法去解,又万万没有解法。是一个绝妙撒手的,胡惠乾知道厉害,只有一法,除将手中刀抛落下来,即弃刀而逃,再无别法。胡惠乾也只得如此,立刻手一松,将刀抛落,急往后一退,登时一缩身,已纵上大殿房檐,撒腿就跑。毕竟胡惠乾逃得性命否,且听下回分解。

第六十三回

破花刀惠乾丧命　掷首级三德亡身

话说胡惠乾被高进忠破了花刀,弃刀而走,登时跳上大殿房檐,预备撒腿就跑。哪里知道外面那些弓箭手一见寺内大殿屋上跳上一个人来,仔细一看并非自家人,原来高进忠虽穿着紧身靠衣,却有暗号。看得出来,在那临行时已招呼了合营的兵卒弓箭手,为的是仓促之中,恐有分辨不清,致有误射之事,因此那些弓箭手一见,知非自家人,当下一声呐喊道:"大殿上跳下一个强徒来,我们放箭呀,不要使他逃走了!"话犹未完,那些附近临屋上站的人及寺内院墙上站的人,一齐放过箭来,真是万弩齐飞,如雨点般削到。胡惠乾虽要逃走,无奈不能逃出箭林,正在凝思打点主意,高进忠已抢着预备窜上屋去捉他,恰好胡惠乾脑后中了一箭,腿上又中了一箭,屋上站立不住,只得复又跳落下来,立刻拔去箭头,口中说道:"老子再与你拼罢!"

说着正要往高进忠打去,却见高进忠已在面前手舞单刀,要砍过来。胡惠乾道:"是好汉将刀弃了与老子比一比拳脚。老子现在手中没有刀,你就便一刀将老子杀了,也不算是条好汉!"高进忠听道:"好小子!既是你如此说,不要说是爷爷欺你,爷爷就不用刀,与你比试拳脚,还怕你飞上天去不成?"说着,一面防着胡惠乾,怕他暗算,一面将手中刀在背上插定,旋即抢了上手,立定脚步,一声喝道:"胡惠乾你过来吧!"只见胡惠乾左脚曲起,右手挡在头顶,左手按在右腰,使了个寒鸡独步的架落,高进忠一见,也就将身子一偏,左手在胸,右手在膊之上,腾身进步,将右手从后圈转阴泛阳的一拳,使了个叶底偷桃,去破胡惠乾寒鸡独步。胡惠乾一见,即将身子一侧,起左手掀开他的拳头,右手还他一下。高进忠赶着让过,即使个毒蛇出洞,向胡惠乾劈心点来。胡惠乾看得分明,也就使了个王母献蟠桃,托将过去。高进忠又变了个鹞子翻身,复转过来,登时双手齐下,又改个黄莺圈丫掌,胡惠乾即望下一蹬,把头向左偏过,他的双拳趁势使个金刚掠地,将右脚旋转过来,高进忠又改了个泰山压顶,认定胡惠乾脑门打下。两个人就在大殿前院落以内，你来我往，脚去拳来，一个是如蛱蝶穿花，一个是似蜻蜓点水，足足打了一百余合，不分胜负。

此时高进忠打得兴起，暗道："这样打法，打到何时才可将他捉住？莫若用个煞手着，教他早早归阴罢了！"主意已定，立刻又变了几路，末了一着，高进忠先用了个蜜蜂进洞，将两拳向胡惠乾两太阳穴打来，胡惠乾便使了个脱袍让位的解数，将两手并在一起，从下泛将上来，向两边分去，把高进忠双手格开，所以他自己两双手便圈到腰间，高进忠本来这一着是个诱着，原要他如此来，他却趁胡惠乾两手开分之际，急急用了个独劈华山，便反手一劈，正对胡惠乾面门劈来了。此时偏避不及，将手来格，也是不及这着煞手拳，凭你什么英雄好汉，总避不过去。胡惠乾说声不好，还要挣扎，早被高进忠一反掌劈中脑门，登时脑浆迸裂，倒在地下，死于非命。也是他恶贯满盈，该应遇着高进忠送了他性命。若论高进忠武艺不过比他高了几分，就能将置之死地，所以棋高一着，满盘皆赢，这拳脚功夫的武艺也是如此。

闲话休提，高进忠虽将胡惠乾用了个独劈华山将他劈死，那三德和尚与那些众门徒怎么一字不提？现在究竟怎样？还是已经逃走，还是被箭射死，也要交待出来，不能就这样囫囵吞枣，混过去。诸公虽然如此说，也要知道我编书的只有一支笔，一张嘴，写不出两样事，说不出两句话，却要慢慢地说来。

如今且说三德和尚，同着胡惠乾走到大殿，见房檐上蹿下两人，高进忠便去与胡惠乾对敌，这里方德便去对敌三德和尚。彼此恶斗了一会，方德虽是家传的武艺，绝不能如三德的高强。看看方德抵敌不住，他那些师兄弟及伙伴等人一齐执着刀枪剑戟，奋身上来帮助，方德力战，你一刀，我一枪，他一剑，砍个不住，真是人人奋勇，个个争先。三德本领虽强，究竟一手难敌双拳，而且实在是寡不敌众，也就渐渐抵敌不住，大家正在那里杀得难解难分，恰好高进忠击杀胡惠乾，正欲去寻找三德。走到前殿，只见几十个人围住一和尚在那里拼命死斗，高进忠知是三德，便思上去助战，忽又想道："我何不将胡惠乾首级割下来去打和尚头，也叫他知道胡惠乾已被我杀死！"主意想罢，复回大殿，将胡惠乾头割下了，左手提头，右手执刀，复飞奔至前殿，在人丛外大喝一声道："秃驴！休得逞能，看家伙！"一面说，一面将胡惠乾的首级掷了进去。无巧不巧，偏有那种准头，刚刚打在三德和尚头上。三德在先闻得高进忠喊了一声看家伙,实以为他不是明刀,就是暗器,断不料以死人头掷来打和尚头。现在打中自己头,他不在意是一颗人头,但见一个滚圆东西打中头上,又滴溜溜滚了下去。

三德杀得兴起,顺手就是一刀砍下,恰好将胡惠乾的头不偏不倚,劈分两半。三德再一细看才知道是个人头,就在这个功夫,高进忠也跳了进来,复喝一声道:"好贼秃,你可知这颗首级就是谁的?你还在这里拒敌?你死在头上还不觉么?胡惠乾已被爷爷杀了,方才那颗首级就是他的,你如不信,再仔细看来!"三德听了这番话,方知胡惠乾已经丧命,又暗暗叫苦,你道为何?只因他将那颗头砍了两半,甚是伤此感!所谓兔死狐悲,物伤其类。此时三德却心中大怒,只见他两眉倒竖,双睁圆睁,大声骂道:"高进忠,本师父与你势不两立也!你既将惠乾杀死,这是他咎由自取,本师父也不免为他所累,你何以要行这毒计,要将他的首级掷来,令本师误将他砍为两半?你既如此残忍,也怪不得本师无情也!不得走,吃我这一刀!"说着,一刀就来,高进忠一见,说声"来得好",也就一刀架住,正要抽回还他一刀,那边方德又杀上来,接着那些伙伴等人又是你一刀,我一枪,他一剑,围住三德乱杀。三德此时虽执着单刀遮拦格架,上下护定,却无半点破绽,只是不能还刀,心中暗道:"我与方德这一起人已经难以取胜,何况又进来一个高进忠?今番我命定然休矣!前后总是一死,不若拼他们几个,我便死了,也还上算!"主意已定,又复大喝一声,舞动单刀先砍倒了两人,见众人大有欲退之意,他便想趁此逃脱,试问高进忠等人可能让他逃走么?只见高进忠大喝一声:"秃驴!还不给我早早受缚!"一声未完,那把刀已搠了进去,正中三德的右手。三德说"不好",手一松,只听哐啷一声,手中刀已抛落在地,接着方德就在这个当儿,又砍进一刀,在他左膊上用劲一下,三德哎呀一声,登时跌倒在地,当由众伙伴一齐上来,刀枪齐施,将三德砍为肉酱。胡惠乾那些徒弟见师父师叔俱被杀死,还有谁人敢上前厮杀?只得分头躲避去了。

外面众兵丁及弓箭手此时已知道胡惠乾、三德二人俱已杀死,中军各官也抢进寺来,附近居民屋上的三百名弓箭手一个个跳落下来,中军各官又带着各兵丁前后搜寻了一遍,又搜出胡惠乾几个徒弟,当时将他们绑缚起来,解回辕门,听候发落。此时天已大明,街上的人全都知道,顷刻间偌大的一座省垣,无人不知胡惠乾、三德和尚被高进忠杀死。真是人人称快,个个欢呼,唯有那机房中人及白安福最为得意,内中却有胡惠乾家属极其伤心。一闻此言,还怕株累,登时收拾了细软,逃出城外去了。毕竟有无捉拿胡惠乾的家属,且听下回分解。

第六十四回

绝后患议拿家属　报父仇拟请禅师

话说胡惠乾、三德既死，自然是人人称快，个个欢欣。当下抚辕各官将搜出的那几个徒弟绑缚起来，又留了百十名亲兵在寺看守，其余的兵卒，皆押着胡惠乾的徒弟，解往抚辕。中军各官及高进忠、方德等，也就回辕销差。此时，抚台曾必忠已经得报，好生喜悦，及闻中军各官与高进忠、方德等回来缴令，当即传他们进来问了一遍，高进忠便细细将如何擒捉、如何杀死的话，也就详细禀知，曾必忠大加赏识。中军又禀道："现在还有胡惠乾的几个徒弟，也绑缚起来，在辕门外候示。"曾必忠道："即着发交南海县审问，收监定案，详报。"随后由南海拟了个斩监候的罪名，到了本年秋间，也就问了大劈，趁此交代。中军又与抚宪说道："胡惠乾虽死，他还有家属住在省城，求大人钧示，可用再去擒获？"曾必忠道："随他去吧！古来圣王在上，罪人不拿。当今圣天子也是仁爱为怀，胡惠乾既已格杀身也算为地方除了一个大害，何必再去拿他的家属而况首犯就是他一人，首犯既除，家属便可恩免了。"高进忠在旁说道："以民人愚见，大人之意固以仁爱为怀，但是胡惠乾正身虽死，他家属断不以他罪有应得，一定怀恨方德及白安福等人，此时若不一网打尽，将来仍有报复之患。因胡惠乾的师父唤做至善禅师，现在少林寺称强无匹，门下众徒弟亦复不少，难保胡惠乾的儿子不去福建，面求至善禅师代他父亲报仇。况至善禅师又专门祖护徒弟，一听此言便即应允，那时不免又多一番周折。若趁此一网打尽，将他家眷永禁监牢，也不问他死罪，他们便不能去到福建少林寺求他的师父前来报仇，民人所见若此，不知大人意下如何？"曾必忠听这议论也甚有理，随即仍命中军官率同高进忠、方德前去捉拿胡惠乾的家属，及至到了那里，早已闻风逃走，无处寻拿。只得回辕销差，以后出了一道海捕文书，着令各地方官拿获，此亦不过奉行故事，只要上宪不紧，过一两月，各地方官也就松懈下来，此是千古一律。

闲话休表，抚宪又着两县去到西禅寺查明一切，将寺中所有田产物件,细细查明详报,以便另招高僧住持。南番两县当即前去,查勘已毕,详报上来,抚宪也就命南番两县出示,招僧前去住持,不表。曾必忠又因高进忠奋勇可嘉,当即赏了个千总,俟随后再行具奏请奖,并着高进忠就在抚辕充当巡捕,高进忠也甚愿意。当下诸事已毕,中军各官仍然回衙。次日,白安福、陈景升这一干人又至抚辕道谢,承赏发兵捉拿凶徒,为民除害。抚宪曾公接见之下,即将高进忠如何猛勇,如何本领精强的话告诉众人。白安福等才知道胡惠乾、三德之死,乃亏高进忠协助之力。当即告退出来,随至巡捕厅拜会高进忠,也就请见,彼此见过礼,分宾主坐下。白安福首先谢道:"某等方才知道,特地过来道谢,今胡惠乾已死,不但某机业中仰感,即合省人民也莫不受高兄之惠。如此大害,竟为高兄独力除去,真是万千之幸!"

高进忠道:"小弟有何德能,敢劳挂齿? 只因前在苏州,偶遇师兄方魁,初时并不相认,因相他面带恶煞,知他当有大难,后来说起,方知他是白眉大师的门徒,却与小弟同门。彼时适值圣天子也在那里微服游玩,小弟本稍知相法,一见圣天子那龙颜,自是与众人不同。因此问明圣天子的客寓,随即扈从一同前去。到了客寓,圣天子还掩饰其词,唯恐有人知觉,不免惊扰官绅士庶。小弟仰体圣意,未敢声张,后来圣天子知道胡惠乾作恶多端,方师兄前往四川延请白眉家师,因此圣天子一面饬令方师兄往四川延请,一面饬令小弟到此协助。今所幸不负圣旨,上体圣天子为民除害之意,但是胡惠乾现已除去,唯恨他家属闻风在逃,未经拿获,恐以后仍不免另起风波,诸君仍宜小心防备。"

白安福道:"惠乾既死,还有什么意外之事? 敢请示知。"高进忠道:"诸君有所不知,他的师父至善禅师为少林首屈一指,他家属见他被害,断不肯从此甘心,必然前往少林寺哭诉。至善禅师平时又专门袒护徒弟,一闻此言,又必恃自己武艺精强、功夫纯熟,前来与他徒弟报仇,这不是另起风波么? 唯愿方师兄将白眉家师请来,便可无虑,不然虽有小弟在此,亦无能为力!"白安福等听了这一番,本来是欢喜无限,因此却又顿起愁肠。因道:"尊兄既为白眉大师的高徒,方魁能将令师尊请来,这固好极;设竟不来,可否相烦辛苦一趟?"高进忠道:"且待方师兄回来再说。好在少林远在福建,旦暮亦未必即来。方师兄前往四川,计算日期回来亦复不远。万一家师未到,回来再作商量便了。"白安福等人复道谢了一回,这才告别而去。次日,又备了许多礼物送来,高进忠见他们来意甚殷,不便固却,只得收了。隔了一日,白安福又请高进忠筵宴,从此以高进忠为泰山之靠。

话分两头。再说胡惠乾的家属当日闻风逃走,先在省城外一个极僻静的地方暂住了几日,暗请人打听风声。后来闻说抚台于胡惠乾杀死次日,即派人前往捉拿家属,后因业已逃走,只得出了海捕文书,严饬各州县访拿。胡惠乾的家属听了此话,不敢出面,又不敢搬住他处,恐怕人觉察不便。因此住了有两三月,又打听得各处松懈下来,抚台亦并不紧摧。这日胡惠乾的儿子胡继祖便与他母亲陈氏说道:"现在外面风声已稍平静,儿子想父亲被害,此仇焉得不报?拟想前往福建少林寺,面求至善禅师代父亲报仇雪恨,但是儿子走后,母亲在家无人侍奉,还望你老人家自己格外保重!儿子此去,多则一月,少则半月,便可回来,能将至善禅师请来,这血海冤仇不难报复了。"他母亲道:"我儿有此孝心固然极好,但至善禅师未必肯来。我儿此去,岂不空跑一趟?况且外面风声虽稍平静,万一沿途有个不测,叫为娘倚靠何人?你父亲虽然身遭惨杀,也是他平日过于仗势,以致激成众怒,才有今日。在为娘之意,冤家宜解不宜结,就此算了吧!只要我儿随后一心向上,也可过日。虽然父仇不可不报,还是忍耐为高。况且你父亲死有余辜,咎由自取,也不能怨恨你儿子不代他报仇!"

胡继祖听了这话,因道:"母亲说哪里话来!父亲若不为那机房中人将祖父杀死,父亲也不与他等作对。今日父亲虽被高进忠所害,追本穷源,还是机匠留下的祸根。眼见得父亲身遭惨杀,放着儿子不能代父报仇,还要儿子做什么的?若说至善禅师不肯前来,儿子自然有法可想。即使至善禅师不看父亲师徒之情,还有三德和尚亦被惨杀,他两个徒弟同遭杀害,他岂有不怒之理?况且至善禅师又极重师徒之意,儿子此去包管他一定肯来,这件事母亲倒可不必虑得。若说沿途恐为人觉察,只要儿子格外小心,也无妨碍。就便粉身碎骨,是为代父报仇,也是甘心情愿,还可留一孝名,而况自古以来,官场中无论什么案件,皆是上不紧,下不追,千古一律。现在风声既已稍静,儿子此去也是断断不妨的,还望母亲准儿子前往才好。"不知陈氏果准儿子胡继祖前访少林否?且听下回分解。

第六十五回

奉旨访师方魁跋涉　应诏除害白眉登程

　　话说胡继祖定要为父报仇,前往少林寺哭诉至善禅师,他母亲陈氏听了一番议论,他也是至情至理,因即答应,准他前去。胡继祖欢喜无限,当下整顿了行装,也不带多物件,只扎束了一个小小包裹,内藏盘费。过了一天,次日即拜别他母亲动身,暂且休表。

　　再说方魁自苏州奉旨前往四川延请白眉道人的首徒马雄,在路行程不止一日,这日已到了四川。当至四川总督衙门赍①呈圣旨,宣读已毕,即将方魁传进,问明一切,又派令辕门差官,各处探听。方魁出了衙门,寻了客店住下,终日在茶坊酒肆,各处打听白眉道人及冯道德二人住处。探访了三五日,这日正在一座酒楼饮酒,忽见楼下走上一个人,远远地看见,好似马雄模样,他却不敢冒昧,恐怕误认。及待那人走至切近,再一细看,正是马雄。方魁心中喜出望外,因站起来极口喊道:"马兄,久违了!"马雄见有人招呼,当即抬头一看,见是方魁,因诧异道:"贤弟如何至此?"方魁答道:"一言难尽! 容小弟细细告知。"于是马雄便邀同座,即招呼小二添上酒菜,马雄因即问道:"向闻贤弟在原籍做了都头,现在不远千里而来,却有什么公干?"方魁见问,便道:"特来奉请!"马雄道:"呼唤愚兄却是何故?"

　　方魁道:"只因至善禅师的徒弟胡惠乾,在广东西禅寺招聚门徒,专与机房中人作对,日逐寻仇,闹得不成事体,万民受害,敢怒而不敢言。近由白安福、陈景升等人,具禀抚辕,靖示两首县派人拿捉,小弟当奉南海、番禺两县差遣,又奉抚宪面谕,特令小弟前去捉拿。小弟既为公门中人,又是快头,安能辞这差事? 奈胡惠乾这厮武艺精强,非小弟所能擒获。因此小弟面禀了抚台非求兄长前去协助不能为力。当奉两首县允准,又至抚辕面禀了抚台,当时抚台大人也就答应,并赏给川资,属令小弟飞赴到

---

　　① 赍(jī)——把东西送给人。

此。不料走至苏州,忽患小病,稍歇两日。这日散步街头,走入元妙观,遇见相士高铁嘴,小弟就请他相了终身。高铁嘴代小弟相了一回,他说小弟目前就有大难,并不在及身,却应在家人,恐有惨杀之祸。小弟见说,暗地就有些疑虑,唯恐胡惠乾这厮知道风声,要往小弟家中寻事。小弟虽自疑虑,却也半信半疑,哪里晓得同时还有一人站在那里。高铁嘴代小弟把相看过,一见那人,他便将所有物件全行收去,别的话一句都不成说,但问了那人客寓的住处,便要到那人客寓里有要话面说。那人也不推辞,就请他前去。高铁嘴又叫小弟同去,小弟也不知何意,只得一齐同行。及到了那人客寓里,进了房间,只见高铁嘴复向房外一望,见无人走过,便向那人纳头便拜,口中称道:'罪民不知跪迎圣驾,罪该万死!'小弟见了更加不解,又见那人见高铁嘴如此情形,也觉暗暗吃惊,道:'你切勿如此,莫要认错。我系姓高名天赐,顺道至此游玩,你何得如此称呼?'高铁嘴道:'圣上却勿隐瞒,除却当今天子,哪里有这样龙凤之姿,天日之表?'圣天子见他所说已经道破,只得自认。因微服南巡,改名高天赐,恐怕地方上知觉,惊扰百姓。当下圣天子又令高铁嘴切勿声张,彼时高铁嘴又令小弟叩见,圣天子因问他如何知道小弟家中恐遭大难,他便说了许多话。圣天子听他言语,复问小弟要到四川峨眉山何事,小弟就将胡惠乾恶霸一方、倚仗少林支派无恶不作,因奉抚台差遣,前去捉拿,因自己力不能敌,去请兄长相助的话,奏了一遍。当下高铁嘴即插口说道:'原来方兄是白眉师尊的门徒,我等幸列同门,真是幸会!但是方兄徒劳跋涉了。'此时圣天子听见他说,当又问了他名字,他说叫高进忠,与小弟同门,又向他说道:'你既与方魁同门又知他家中有难,何不相助?他赶往四川请到了兄长,驰回广东协拿胡惠乾,解他家中之难。'高铁嘴又道:'可令小弟一面先往四川寻访兄长,一面让其往广东去见机行事。'圣天子因此即写了两道旨意,一道交给他去往广东巡抚那里投递,一道交给小弟前来四川总督衙门赍呈。旨意上并有令本省督抚,赶即传旨,着白眉师尊及兄长赶紧前去,并着令本省督抚延请师尊与兄长即日偕同小弟就道。因此,小弟奉了圣旨趱赶前来,已经到总督衙门将圣旨赍呈进去,制台已饬令在省印委各官访寻师尊,并饬辕门差官各处探听所在。小弟到此已经六日,今得途遇,真是万千之幸,但不知师尊现在哪里?请兄长指示。"

马雄见了他说这番话,当下也就说道:"原来高进忠现在江南,但是他相法如神,能知过去、未来之事,即相贤弟家中有难,此话定然不差。所幸他已前来,或者尚可无碍。若问师尊,现住此地南门外广慧寺,且稍停,便与贤弟一同前去。所虑者,师尊不肯出门,只好临时再设计议了。"方魁大喜,彼此又饮了一回酒,算明酒饭钱,二人下得楼来,即一同前往广慧寺而去。不一会已到,一齐进入方丈。马雄先进去与白眉说知,白眉道人闻方魁前来,即传他进去。方魁入内行礼已毕,先叙了些寒温,然后将奉旨来请他的话说了一遍,白眉道人闻说,微笑道:"你今既竭诚而来,况又系明奉圣旨,本师亦何敢违逆谕旨,不看吾徒之情,争奈为师的已发誓在先,不多管闲事,好在马雄身手也过得去,可即着他与你同行,谅来一个胡惠乾也还不难处置。"方魁又哀求说道:"非是徒弟敢劳师父的大驾,奈圣上一再吩咐,嘱令徒弟务将你老人家请出去,同破少林寺,以绝后患,为天下除害。并且圣旨上有,着令本省督抚传旨请师父赶速驰往江南,并着督抚躬身延请,师父决意不去,不但徒弟有负圣意,就使督抚也难复奏。至于发誓在先,再不多管闲事,而况此事是扫除恶霸,殄灭凶徒,为天下除害,此系有功于民,有德于世,且奉旨前往,亦谁敢议论师父的不是?还请师父三思。若蒙俯允同行,不但不违君命,且于地方施惠不浅。"

白眉道人闻方魁说了这番话,仔细想来,却也在理。因道:"尔等且先行前往,先将胡惠乾这厮拿获治罪,若随后少林寺有人出来报复,或至善禅师袒护门徒,自己出来寻衅,那时尔等却也非他的对手,为师的再行出来帮助,尔等到了那时,不但为师前去,还要将五枚大师及冯道德请出来,一起同往,方可破他的少林寺。尔等但知至善本领高强,还不知道他有个首徒叫做方世玉,亦极其厉害,浑身筋骨自小练就如铜浇铁铸一般,不但跌打不伤,便是刀枪也不可入。虽至善那样本领,也不过比他略胜一筹,其余还有好些人皆是武艺精强,功夫出众。胡惠乾这厮还算是下下等呢。"方魁闻言,越发请他出去帮助,白眉道人也就答应。当下,方魁见白眉道人已允,即告辞出去。次日,便又往总督衙门禀明一切,四川总督也甚欢喜,当日即差中军府县前往广慧寺传旨,白眉也望阙谢了恩,中军以次皆在广慧寺略坐片刻而回。四川制台又赏给了方魁川资,凡事已毕,只待动身。方魁这夜便得了一梦,欲知所梦如何,且看下回分解。

第六十六回

闻家信方快头垂泪　探消息马壮士逞能

　　话说方魁诸事已毕,正拟日内即与马雄去回广东,这夜在客寓安歇,忽然得了一梦:只见他母亲妻子满身是血,站在床前,他母亲向他说道:"方魁,你急公好义,要想为民除害,远离家乡,却害为娘的与尔妻子好苦!尔现在凡事已毕了,还不及早回家,尚在这里耽搁什么呢?"说毕望他痛哭。方魁心中一急醒来,却是一梦。再一细听,正交三更,复将所梦仔细详察,知道家中有祸,应了高铁嘴的话。登时暗自流泪,再也睡不着。好容易挨到天明,起来梳洗已毕,急急地去寻马雄。到了广慧寺,恰好马雄起来,他因将所梦陈说一遍,乃道:"照此看,小弟家中定然多凶少吉,还请兄长即日起行才好。"马雄听说,也知道他这梦却不甚吉,也就说道:"我与你回明师父,即与你同行便了。"当下即同到方丈,与白眉道人说明一切,白眉道人道:"既然如此,尔等两人可即前去,为师不日随后也来。大约下月半前后,也可到了。届时尔等可到西禅寺寻我。"方魁、马雄二人就答应,即刻拜别出了方丈,马雄便到自己房中稍事料理,扎束了一个包裹,藏好兵刃,就与方魁出了寺门,回到客寓。方魁也就急急收拾,将包裹打好,算明房饭钱,即与方魁离了四川成都府,直奔广东省而去。

　　正是归心似箭,晓夜兼行,在路行程不止一月,已至广东境界。方魁就沿途打听,稍有风闻。这日,离省还有六七十里一个镇市上,二人腹中饥饿,就拣一座酒饭店用些饭食。进得店门,只见里面走出一个人来,一见方魁便喊道:"方老叔,你老人家回来了!"方魁见有人招呼他,扭头一看,却是熟脸,可记不得他姓甚名谁。当下问道:"你是何人?素不相识。"那人道:"你老人家怎么不认得我了?我叫徐三,现充番禺县东二班的皂伙。"方魁听他说才想起来,因道:"不错,不错!我实在眼瞪记不起来。既是我们班中人,你该知道胡惠乾的事,现在究竟如何?"徐三道:"你老不问也就罢了,要问起来,可是一言难尽!"方魁见他如此说,又道:"我们站在这里不便谈心,不若还进里面谈吧。"说着,就邀着马雄、徐三进了里面,自然店小二前来招呼,三人坐下,方魁因急欲问明各事,又记念家中如何,急急问道:"徐三,你快讲吧。"

徐三因叹道:"自从你老动身之后,过了一个多月,胡惠乾这厮并不知道消息。不知怎样露了风声,他便带了徒弟,先至白安福家寻仇,彼时我们及你老人家大哥皆在那里,当时见他去就阻拦他,他不允,大哥便与他争论起来,被胡惠乾打得过落花流水,大哥实在抵敌不住。"方魁听到此处,急问道:"莫非白安福被他害了?"徐三道:"大哥逃走之后,胡惠乾便进去搜寻白安福,正在搜寻之际,你老人家二哥忽然前来。因为见大哥逃回,恐怕白安福有伤,特来救护。哪里知道胡惠乾一见,就与二哥动起手来,杀了半会,并不分胜负。忽然胡惠乾改用了花刀,二哥被他那花刀法弄昏了。"方魁听到此处,又急问道:"莫非我二儿子被他伤了么?"徐三道:"可不是么,说也可惨,竟被胡惠乾所害。"方魁听说,只见他怒目圆睁,咬牙切齿,骂道:"胡惠乾,你杀我儿子,我与你势不两立!"说着不免流下泪来。徐三道:"你老不必如此,你老但知二哥被害,还不知尚有下文呢。"方魁道:"你且说来!"徐三道:"二哥既死,胡惠乾复又奔至你老人家屋里。"方魁道:"到我家里怎样?"徐三道:"那更可惨了!不到一会功夫,将你老人家的老太太并婶婶等人全行杀害。此时大哥正从外面约了伙伴回来,一见如此,便与他拼命。彼此大斗了一会,接着,众伙伴已激成众怒,大家一齐上来与他厮杀,胡惠乾见大家都上去拼命,他也寡不敌众,登时逃脱。大哥还欲赶去与他拼命,我等再三拦阻,叫他先将老太太等人收殓起来,然后再慢慢报仇。大哥没法,也只得如此。一面前去报县,彼时白安福已经知道,所有收殓各费,皆是白安福送来。诸事已毕,将柩寄住寺内,又去县里禀请拿获。当时两县即禀请抚台大人发兵,抚台大人也就允了,正派中军各营带兵去围西禅寺。"方魁闻到此处,又带泪说道:"难道又被他闻声逃去么?"

徐三道:"不是,不是,抚台调兵往拿,却是甚有机密。胡惠乾连影儿皆不知道,这个时节,却从苏州来了一个人唤作高进忠,说是奉圣旨来的。"方魁道:"高进忠此时到了,是怎样呢?"徐三道:"高进忠到了此地,我们大家都不知道,后来还是抚台当晚密传中军各营府县及大哥进去,说明原委,我们方才晓得,还是甚为机密。胡惠乾也还不知,就于当日夜间,将西禅寺围住,高进忠与大哥两人首先进寺拿捉,胡惠乾与高进忠大杀一

阵,胡惠乾敌不过高进忠,登时跳上屋而去。"方魁听说,咬牙切齿恨道:
"到了这步地位,还被他逃去,真是可恨。"徐三道:"你老不必着急,胡惠
乾不曾逃走得去。"方魁道:"这又是怎说?"徐三道:"胡惠乾上屋之后,急
急就要逃走,争奈抚台大人预先防备到此,四围已伏定弓弩手,一见他上
屋,即刻乱箭将他射住,不能脱逃,他又伤了两箭,复跳下来,又与高进忠
死斗。这一回却被高进忠用了个独劈华山的煞手,着将他劈死。"方魁听
了,心中方才稍快。徐三又道:"此时大哥还与三德那个贼秃在那里死
战,复被高进忠跳过去,又将三德打死。所有那些门徒,死的死,逃的逃,
也死伤的不少。你老人家屋里虽然老太太婶子二哥等人被他杀害,他被
高进忠这一场恶杀,不但自己伤命,连他的那些徒弟也死了好些。两边计
算,还不止直抵呢!算报了仇了!"方魁见说,胡惠乾、三德和尚俱被高进
忠并他大儿子杀死,才算息了这恨,然不免痛母情深,伤妻念切,恸子难
忘,当下又流了许多眼泪,经马雄深劝了一回,这才各用酒饭,方魁也还不
能下咽,只勉强吃了少许,算还酒饭钱,三人一同进城而去。到了家中,见
母妻幼子俱不能相见,免不得痛哭一番。此时方德因有公事尚未回来,方
魁即命媳妇打扫了偏屋,请马雄住下。一会,子方德得知赶即回来,见了
父亲,自然痛哭不已。又将各节细说了一遍,当由马雄将他父子又劝了一
回,他父子才算止住哭。方魁因又问道:"现在高进忠在哪里?"方德便将
抚台大人因他猛勇有功,现令他充当抚辕巡捕,并赏了千总职衔。因又问
道:"白眉师公可否肯来?"方魁也就告诉他一遍,然后方德进去,嘱令他
妻子预备酒饭。饭毕,各自安歇,一宿无话。

　　次日,即先去各衙门销差,并禀知马雄已来,又与马雄前往抚辕拜会
高进忠。高进忠闻说马雄已到,他们本是师兄弟,即刻请见。方魁一见,
便极口道谢,高进忠亦极口谦让,然后才与马雄叙了阔别,又将胡惠乾已
死并捉拿他的家属在逃未获的话,说了一遍。马雄道:"高贤弟你这话却
不错,现在我在此间好在无事,我明日便往福建探听一番,看那里究有什
么消息? 如得有信,好在福建离此不远,不过十日半月就可往返的。我一
经得信,即刻回来。我们大家预备那时师父也可到了,或是前去破少林
寺,或是如何,悉听师父主裁。高贤弟、方贤弟,你二位意下如何?"高进
忠、方魁二人一齐称好,毕竟马雄探听消息如何,且看下回分解。

第六十七回

旧地重游山僧势利　轻舟忽至姊妹翩跹

话说马雄拟往福建少林寺去打听消息,是否胡惠乾家有人前去。当下高进忠、方魁二人听了此言,皆大喜道:"能得师兄前往一走,这就好极了!打听的确,便请师兄即日回来,以便我等早有准备。"当下马雄答应,三人又谈了一会,高进忠即留他二人在署吃饭。饭毕,二人回去,马雄安歇一夜。次日,即带了盘川包裹前往而去。暂且不表。

再说圣天子在苏州自着令高进忠、方魁二人分头去后,过了两日,也就与周日青雇了船只,由内河取道镇江,渡江而北,预备仍在扬州耽搁数日,即行北上回京。这日,又到了扬州,当下开发了船钱,即刻登岸。在钞关门内寻了一家普同庆客店,与周日青二人住下。安住一夜,次日早间梳洗已毕,用了早点,即与周日青信步先在城里各处任意游玩。无甚可游之处,遂即步出天宁门,在官码头雇了一号画舫,就去重游平山堂。

沿途看来,觉得道路依然,两岸河房,即各盐商所造的花园,也有一两处改了从前的旧像,繁华犹是,面目已非。因不免与周日青说了些沧海桑田的话,一路行来,不到半日,已抵平山堂码头。圣天子即与周日青登岸,循阶而上,又一刻,已进了山门,直到了方丈堂,有住持僧迎接出来。圣天子一看见非从前那个住持,因至方丈厅上坐下,当有庙祝献茶上来,那住持便明道:"贵客尊姓大名?何方人氏?"圣天子道:"某乃北直人氏,姓高名天赐。和尚法号是什么呢?"那住持僧道:"小僧唤作天然。"又问周日青道:"这位客官尊姓?"周日青也就通了名姓。圣天子与周日青与天然说话时,就留意看他。觉得天然颇非清高之行,实在一脸的酒肉气,而且甚是势利。天然见着圣天子与周日青即未说出某官某府,又见连仆从都不曾带,便有轻视之心,勉强在方丈内谈了两句,坐了一刻,便向圣天子道:"两位客官还要各处去随喜么?"口里说这话,心里却是借此催他们走。圣天子宽宏大度,哪里存意到此?就便周日青也想不到天然有这个意思。圣天子便道:"和尚,即如此就甚好。高某本欲各处游玩一回,就烦和尚领某前去。"

　　天然见圣天子叫他领路,可实在不愿意。你道这是为何?原来无论什么地方,是凡这些在志的庵观庙宇、胜迹名山,游人必经之地,那些住持和尚、道士等人,在那有识见、有眼力及道行高深的,却另有一种气概。遇着贵官长者,极力应酬,自不必说;就便客商士庶,他也还不敢过于怠慢。如这些生成俗物,再加一无见识,但存了一个势利心,只知趋奉显达,只要是仆从如云,旗旌载道的,这般人他一闻知,早令庙祝预备素斋、素面,极好名茶,在那里等着;及至到了码头,又早早换了干净的衣服,站在码头上躬身迎接。那种趋奉的样子实在不堪言状。比及迎入方丈,茶点已毕,便陪着各处去游玩,然后供应斋饭。若遇着那些往来客商,连正眼也不曾看见,这方丈内是从来不放这些人进来的。再下一等,那就更不必说,唯有一种人他倒居心不敢轻慢,既非达官大贾,又非士庶绅商,却是他妇人女子。无论他红楼美女,绣阁名姝,金谷绿珠,山家碧玉,只要这等人到了这些地方,那些和尚道士即刻就殷殷勤勤,前来问长问短,小心伺候,只恐这些名姝美女碧玉绿珠不与他问话。若只要稍问一两句,他便倾山倒海,引着你问长问短,他又外做恭敬之容,内藏混账之心。千古一辙,到处皆然。现在天然见圣天子着他领道各处游玩,居心实在不愿。因假辞说道:"小僧本当领道,实因尚有俗事些须,不能奉陪,请客官自便吧!"

　　周日青闻言,也就甚觉不悦,因含怒说道:"和尚,你说这话俺好不明白,你既出家,已经脱俗,所谓四大皆空,一尘不染,还有什么俗事?今据你这等说法,和尚也有俗事,可谓千古奇谈也!但既有俗事,当日又何必出家,误入这清高的所在?实在可笑!"天然被周日青这句话问得个目瞪口呆,不能回答。圣天子究竟大度包容,因代天然说道:"日青,你算了吧。虽然和尚四大皆空,本无俗事,但是他既住持这个所在,他便为此地之主,难保无琐屑之事。他既说有事,俺们也不必勉强他,好在俺也是来过,你所有各处也还认得,便与你同去便了。"周日青虽见圣天子说,究竟心中不愿,却也不敢违逆,只得随着圣天子出了方丈,天然也是勉强送出来。圣天子便与周日青到各处游玩去了。这里天然心中甚为不乐,当时便命侍者道:"等一会儿方才在方丈里那两个人如果再来,你就说我有事下山去了,不必再来告诉我。"那侍者自然答应,天然也就退归静室。这静室在方丈后面,非至尊且贵的人不能放他进去。

　　可巧天然退入静室,不到片刻,那侍者进来报道:"现在城内王八老爷请了许多客前来,船已靠码头了。"天然闻言,听说是王八老爷前来,是本山的施主,而且是个极发财的人,怎肯不去迎逅?他便赶紧出了静室,前往码头迎接。你道这王八老爷究是谁呢?原来这王八从前本非世家,因后来在八大盐商家内做了都总管,所有这八大盐商的家事都要与他往来,因此就交接了在城里这一班富户,不到数年,赚的钱已经不少。该应他要转运,又得了一宗无意而得的横财,就此成了个大富户。虽不能与八大商总并驾齐驱,却也自立一帜,又兼着本地官绅见他发了财,居心想他些挹注①,也就与他时常往来,他见本地官绅都与他往来,他便以为是巴结他,瞧得起他,他也就趾高气扬的起来了。到后来,又报效国家二三万银子,朝廷赏他一个五品职衔。他更借此夸耀乡里,以为是钦赐的功名,因此更加居移气,养移体②,广置妻妾,精选娈童,在家时门前仆从强如虎,出外是道上旌旗去似龙。而且出入乘舆,绝不徒步。家中妻妾,因他如此也就光宠起来。

　　天然到了码头躬身站在那里鞠躬迎接。始以为是王八本人请客到此,哪知并非男客,只听船中一片笑语之声,即刻就斜着两只眼睛向船舱里溜去,只见一群女眷。天然已知是王八家的太太们请女客。正在心里打算,又见船头上站着两个家人,皆是二十岁年纪,踢跳非常,扎束干净,在那里招呼船户搭跳板,打扶手。不一刻,船户将跳板搭好,用竹篙子打了扶手,天然还站在那里埋着头,外似恭敬,那两只眼只管斜睨着向跳板上溜去。只见从船舱里先走出一人,年约十八九岁,容颜修美,体态轻盈,所有装束,自不必说。挽扶着一个二十三四岁的少年,那女妈子慢慢上了跳板,又听舱里一声娇滴滴的声音说道:"六妹妹,你走好了,防备着滑下水去。"只见在跳板上走的这个带笑容答道:"人家正是心悬悬的,你怕偏要来吓人家!"一面说,一面慢慢的,一步不到三寸,在那跳板上旁着身子,并着脚,一点一点的移开,好容易下了跳板,上了岸,口里还笑,说道:"我的妈妈,好了,走过来了。"接着舱里走出有五六个来,皆是二十岁左

---

①　挹(yì)注——比喻从有余的地方取些出来以补不足的地方。
②　居移气,养移体——地位改变气度,供养改变体质。谓人随着地位待遇的变化而变化。

右，一样的珠翠满头，绮罗遍体，衣香鬓影，环佩丁当。

　　天然尽管埋着头、斜着眼、呆着悄悄地偷看，末后舱内又走一个约在二十一二岁模样，却生得温柔明媚，倜傥风流，笔直的一对金莲刚有三寸左右。左手扶着一个首里俊俏的少年的女妈子，右手搀着一个十三四岁的婢女，那婢女双环丫髻却也极有可观，慢慢地走过跳板，登了岸，聚在一处。此时天然那两只眼睛却也不向船舱里去溜，可是掉过来，也不呆立在那里，便赶紧抢两步，走到那方才在船头上招呼水手的那两个家人面前，问道："请问管家，八老爷可来么？"那家人道："八老爷今日不来，这是我们家三姨太太来此请客。"天然听说即刻抢步跟到后面，一家女眷请入方丈，献茶。欲知后事如何，且听下回分解。

第六十八回

俗和尚出言不逊　猛英雄举手无情

话说天然和尚问明王八家的家丁，知是这起女眷是王八的三姨太太所请，天然心中明白，当即赶上前去，请她们进入方丈坐下，命人献茶，自己即靠着方丈内窗子口那张方杌子上坐下相陪，一起一起命人摆桌盒、拿点心，又叫人去汲泉水泡那顶上的雨前龙井茶叶，一面极力招呼，一面斜着眼向各人去溜。正在意乱心烦之际，忽听王八的第三个妾向天然说道："大和尚如此周旋，便我等实在不过意，下次我等倒不便来了。代累你大和尚忙得如此。"天然见说，赶答道："说哪里话来！姨太太是难得在此请客的，偶然到此，这是僧人应该，唯恐招呼不到，还请姨太太与众位太太少奶奶小姐们包涵些儿。僧人已招呼备了素面，还是先到各处游玩去过了，回来吃面；还是吃过面再去游玩？听太太们便！"只见王八的第三个妾又说道："大和尚你不必费事，我们已带了酒席来，不过借你这厨房里会一会菜就是了。现在请你大和尚领着我们到各处游玩一番便了。"天然道："小僧已招呼人备了，既是姨太太带了一席来，好在日天长，就留着午后做点心罢。现在太太们要去游玩，小僧自当领道。"说着就站起身来，让他们出了方丈，他就跟在后面指点着往各处游玩去了。你道王八这第三个妾为何到此请客？原来他本姓陆，名唤湘娥，是个妓女从良，因自己前三日过小生日，那五六个花枝招展般的女子，皆是他从前同院的姊妹，现在有从良的，有已经脱籍尚未择到主人的，陆湘娥过小生日那天，他们皆去送礼拜寿，陆湘娥要还请他们，家里的地方虽大，究嫌不甚爽快，不如请到平山堂还了席，因此与王八说明，王八又极其宠信陆湘娥，一说王八就应允，所以雇了船只，带了酒席前来。天然和尚带着陆湘娥等去各处游玩去了，先游了两处，并未遇着什么游客，忽然陆湘娥要去看第五泉。

刚走进去，可巧圣天子与周日青从欧阳文忠公祠内走出，迎面碰见，当时圣天子见是人家内眷，也就慢一步，让她们过去。及见天然在末后追随，圣天子并未与他较量，也就将前话忘了，倒是周日青在旁看见，不觉勃然大怒,暗道:"俺们叫他陪我们各处游玩,他说有俗事,原来就是这样俗事! 要陪伴女子闲游!"此时已是跃跃欲试,因见圣天子可以容纳,不与他较量,也还不便出头,只得忍耐,预备后再与他说话。心中虽如此想,此时天然已走了过去。不过片刻,陆湘娥等已过第五泉回来,周日青又仔细看天然是何光景? 只见他笑逐颜开,一面走,一面与陆湘娥等闲话,那一种故意卖风骚的样子实在不堪入目。此时却按捺不住,因低低的与圣天子说道:"父王可见这贼秃如此混账么!"圣天子也早已看见,今见周日青问,当下也就说道:"已看见了。"周日青道:"似此不法,必须警戒他一回方可稍出胸中之气。"圣天子虽未开口,却也有这意思。周日青微窥其意,当下就跟了下来,及至转了几过弯,又不见天然与那起女眷。周日青暗道:"光景又到别处去了,且等一会儿,到他方丈里与他算账。"主意已定,又与圣天子往各处游玩了一回,这才向方丈而来。

至方丈门口,只见那侍者上前拦道:"请你们两位客官就此止步吧,里面有女眷请客,客官们不便进去,请客堂里看茶罢。"圣天子见那侍者说得婉转,也就预备不进去,周日青在旁问道:"你方丈在哪里? 我要与他有话说!"那侍者道:"方丈现在里面招呼客呢!"周日青道:"他招呼什么客?"那侍者道:"是城里王八老爷家里的姨太太,借这里请女客,叫我家和尚在那里招呼酒席,我家和尚因为王八老爷是我们山上的施主,常布施功德的,故此不便相辞,只好在里面照应。"周日青听说,不由的三尸冒火,七孔生烟,当下一声喝道:"好大胆的贼秃! 尔可叫他快快出来,俺老爷与他讲话。倘若稍有迟延,托辞借故躲避不出,可不要怪老爷用武,管什么王八乌龟,俺老爷就冲进去了。"这一片声喧,那侍者已不知所措,若要进去通报,争奈和尚招呼过的;若不进去通报,看见周日青那种雄赳赳气昂昂,知道不是好惹的,怕他真个打进去,不但和尚要吃亏,连那些女客也要带些晦气。

正在为难之际,天然在方丈里早已听见外面喧嚷,已走了出来。一见是方才在方丈里的两个客人,在这里吵闹。当即上前说道:"不必如此! 要知道里面现有官家的女眷宴客,你们二位客人是不便进去的。天下事要讲理,胡闹是不行的!"周日青见他出来,已是怒不可遏,恨不得即刻上去痛打他一顿,又见他语言顶撞,试问可按捺得住么? 当下就抢一步上前,伸开巴掌,认定天然嘴巴上一掌,口中说道:"狗好贼秃! 尔敢顶撞你老爷么?"天然被他这一巴掌不但痛入骨髓,登时红肿起来,嘴里的牙齿已打落下两个,满口鲜血流下来,他还不知时务,以为这平山堂是奉旨敕建的所在,平时自己又与在城官绅素有来往,便仗着这点势,也就口中不逊起来,此时圣天子不免大怒,即命周日青道:"既然方丈里有人家内眷,不要惊吓她们,尔可将这贼秃特提到客堂里去,与他讲话。"周日青答应,立刻走过来,伸了一双手,将天然的衣领一把揪住,轻轻地一提,如同缚鸡一般,提着就走。天然死力挣脱,再也挣脱不开。不由的跟着周日青到了客堂,此时合山的和尚及庙祝人等已纷纷齐来,都站在客堂外面七言八语地乱说。又见圣天子与周日青盛怒之下,不敢进去。

只见圣天子一声大喝道:"好贼秃!尔还不给我跪下!"天然哪里肯依!周日青一听此言,叫他跪下,就不容他不跪,即将右腿一起,认定天然腿弯之上靠了一下,天然不由的就双膝跪下尘埃。圣天子便向他说道:"你这贼秃,太也托大!尔但知势利两字,为尔等本来面目,你可知道高某是何人?我且告诉与你,内阁陈宏谋、刘墉是高某老师,现任两江总督、江苏巡抚与高某同年,高某因奉旨前往江南密察要案,顺道过此,因慕平山是名胜之地,重来一游,所以仆从人等全未随带,只与这位周老爷同来,因他是我的继子,途中可以照应,方才在尔方丈内使尔陪高某各处游玩,尔见我等不是贵官显者,就不愿相陪,以俗事二字推诿。彼时周老爷也就暗含怒意,与你辩驳起来,若非高某在旁极力排解,尔彼时就不免吃苦。高某亦明知尔等存了个势利之心,所谓势利山僧,到处皆是,这也不是尔贼秃一个人,所以高某也不与你较量。为何尔因俗事不愿与高某陪游?又何以不因俗事追随着那班内眷各处游玩?还是对高某所说的俗事就是要去陪那班内眷?高某却不明白,这也罢了。或者因那班内眷他家的家主是尔的施主,平时常有布施,偶尔内眷来游,情不可却,不得不陪她们去闲游玩一回,只好将自己的俗事暂且撇下,非若暂时的过客。偶尔到此,即无功德,又无布施,可以简慢,果然如此,于情理上也还说得过去。不过太觉势利一点,为什么已经领着他们游玩过一番,他们借尔的方丈宴客,自有他的家奴仆婢在那里伺候,设再不敷所用,尔只应派两个老年的庙祝进去相帮才是道理,尔却依依不舍,借着这应酬题目,只管在里面追随,如此看来,尔这贼秃尚不仅在势利两字。及至周老爷唤你出来,尔不知自己有亏理之处,还敢出言顶撞,以为高某不过是寻常的过客,就顶撞他两句,绝不妨事。再不然就倚仗官绅向人压制。令高某也不与你在此地较量，我将你这贼秃送往地方官那里，勒令他处治尔个勾引妇女的罪名，看你怎样奈何我高某！"天然见说出这一番话，登时哀告起来。毕竟后事如何，且看下回分解。

第六十九回

还求恕罪前倨后恭　阅读来书惊心动魄

话说天然和尚到了这个地步,知道这两个客官是京中的大位,也吓得魄散魂飞,伏在地下磕响头,口中哀求说道:"小僧有眼无珠,言语冒犯,接待不恭,还求两位大人大老爷开格外之恩,宽其既往,小僧当从此洗心革面,不敢再以势利两字存在心中。若将小僧送往地方官衙门,惩治这勾引妇女的罪名,小僧是万万担当不起,而且小僧实在不敢存这恶念。今日实因王八老爷的家眷在此,饬令小僧招呼。小僧又碍于施主面上,不得不勉强周旋,还求两位大人大老爷恩鉴!虽然如此,小僧也自知犯法,罪不容辞,不过求二位大人大老爷俯鉴小僧不得已之苦衷,法外施仁,不咎既往,小僧当办香顶礼,日祝两位大人大老爷万代公侯,子孙昌盛!"天然在里面跪求,客堂外面那些和尚见方丈如此,也就跪下来哀求了一回。

圣天子见了这样光景,也倒好笑,从前那种势利,现在又如此卑微,前倨后恭,实在是山僧的本色,因暗想道:"他既然知罪,如此哀求,朕也不必与他较量了。就是他追随那班妇女,这也有他不得已的苦衷,他若不款待殷勤,又恐遭他施主之怪。只要他从此悔罪,也就算了。"心中想罢,又问道:"你家从前的那个方丈叫做了空,现在到哪里去了?你可叫他前来见我,他见了我,自然知道高某的来历。"原来圣天子初次南巡,在平山堂游玩,那时方丈便是了空。天然见问,复跪在下面禀道:"了空和尚已圆寂三年了。"圣天子听说了空已死,复叹道:"了空那和尚才算是个住持,如你这贼秃,实所谓酒肉和尚!高某当将你送往地方官,严加处治;姑念你已知罪,一再哀求,你家众僧又代你苦苦哀求,高某只得看众僧哀求情切,法外施仁,不予深究。以后若再如此,高某却万难容忍了!恕你无罪,且下去吧!"天然见说,这才把心放下来,当下又磕了个头,才站立一旁,鞠躬侍立。此时天已过午,天然复上前说道:"小僧蒙两位大人大老爷的恩,不予治罪,小僧真是感激不已。但是现在已有申牌时分,想两位大人大老爷也当用饭,小僧前去招呼,聊备一餐素面,求两位大人大老爷赏个脸,就在敝山稍用些须,免得再回城去用饭。"

圣天子与周日青二人当初来时,本有此意,预备在山上吃面,及见天然那种势利,便不高兴,就打算各处去游一回,也就开船回城吃饭。比及天然又闹了这一起乱子,圣天子又督责了一番,时候却甚不早。今见天然留住吃面,恰好腹中也有些饥饿,也就答应。当下,天然这一欢喜却出乎寻常之外,当即将厨子喊来,招呼下去,令他要做得格外精洁。那厨子自然不敢草率。天然当下又请圣天子仍去方丈里坐,周日青道:"怎么又请俺们到方丈里去?你那里有官家内眷,俺们是不便进去的。难道此时可以进去,不似从前不便了么?"天然复又跪下说道:"还求老爷不记前言,小僧感激无已。现在王家的内眷已经去了,因此还请老爷们到那里去坐。"圣天子见说,也就站起身来,与周日青同至方丈。你道王八家那个三姨太太陆湘娥并请来的那些同院姊妹为何去得怎快?原来陆湘娥一听外面吵闹,即令天然出来看视,不一会,见有人进去说天然被打,现已拖到客堂里去讲话,又见有人来说,那两位游客是京中的大员,到江南密察要案,因为和尚出言不逊,要将和尚送到地方官那里处治,问他一个勾引妇女的罪名。陆湘娥一闻此言,唯恐连累自己,连酒席都未终局,即同着诸姊妹吓得蝶散莺飞而去,所以那方丈内,始而为莺花金粉世界,一变为寂灭虚无之境。天然僧也算是个大晦气,就因陆湘娥等一来,他在先满心欢喜,以为这些女菩萨将她们应酬好了,必然有一宗大大的布施,哪知反遭了晦气,不但不能如心愿,反而遭了一阵毒打,将口内牙齿还打落了两个,还跪在地下磕了一阵响头,又贴了一顿绝好素面。

圣天子与周日青吃过素面以后,日已西斜,当即出了方丈,回船进城,天然此时自然恭送如仪,再也不敢怠慢。圣天子在船中与周日青道:"这和尚如此势利,在先那样怠慢,此时又如此趋奉,到底是个俗僧。"周日青道:"这和尚今日虽然经了这顿打骂,当时不敢违拗,再三哀求,特恐此后又故态复萌,但存势利二字倒也罢了,最可恶的见着那妇人女子,他的那种涎脸实在讨厌。若将他留在此地,将来闹出不尴不尬事来,究竟于这圣制名山大有关碍。依臣愚见,莫若写一封信与扬州府,令他札饬两县押逐这和尚离了此地,另招高僧住持,将来也可免尴尬之事。"圣天子听了此话,觉也有理,当时就也点头。不一会,已到天宁门,约有黄昏时候,当下开发了船钱,二人上岸进城。到了客寓,用过晚膳,圣天子就灯下写了一封信,固封好了,然后安歇。次日早间,一面命店小二代雇了船只,一面命周日青将这封信送往扬州府署,并不等他回信。当即回来,就与圣天子上船,开船而去。

这里扬州府接着这封信,看毕之后,只吓得汗流浃背。你道为何?原来这知府与浙江巡府龚温如亲戚,在一月前就接到龚温如的密信,说当今圣天子微服南巡,改名高天赐,说不定要重到扬州游玩,使他随时探听,不可怠慢,所以扬州府见信内有高天赐三字,便惊恐起来,不敢将这封书信作为平常书信,竟作为圣旨看待。当即排了香案,重行三跪九叩首,礼毕,一面飞传江、甘两县到署说明一切。

江、甘两县就惊恐异常,当下向扬州府说道:"大老爷既奉到谕旨,卑职等理应前往接驾,恭请圣安。"扬州府道:"某虽奉到圣旨,但圣上是微服南巡,因为不肯使臣下知道,恐惊恐百姓,劳民伤财,某等又不知圣驾驻跸何处,旨意之内又未说明,只好密派妥差赶急打听,是否圣驾仍在城内,打听清楚,某等才好前去。"江、甘两县只得唯唯。扬州府又道:"圣旨上说平山堂住持僧天然势利太甚,违忤圣颜,虽经圣天子格外加恩,当在该山略予薄惩,恐将来仍有不尴不尬之事,着令某转札贵县,将平山堂住持天然僧押逐出境,不准逗留等语,某想该僧竟敢如此势利,而又违忤圣颜,实系罪大恶极。虽圣天子格外加恩,但略予薄惩,着令某等押逐该僧出境,以免将来不尴不尬之事。虽然圣天子仁厚为怀,不予深究,到底有甚尴尬,须彻底根究一番。而且该僧竟敢违忤圣颜,仅略予薄惩,押逐出境,似不足以蔽其辜。贵县可即饬差速将该僧飞提到案,以便遵旨根究。"江、甘两县当下即便说道:"大老爷明见,在卑职看来,既是圣旨上但令将该僧押逐出境,并未着令大老爷有彻底之意,卑职的愚见,即便遵旨施行。该僧虽罪有应得,业蒙圣天子格外施恩,何必又不合圣意?不知大老爷以为何如?"扬州府听说,也觉有理,因道:"某不过因该住持大为放肆,竟敢违忤圣颜,所以要大加惩做,贵县既如此说,某等即遵旨施行便了。"江、甘两县当即唯唯退出,回至本署,即派差前往平山堂将住持僧天然提讯。毕竟讯出什么缘由,且看下回分解。

第 七 十 回

志切报仇心存袒护　出言责备仗义除凶

话说江、甘两县饬差将平山堂住持僧提到，即在江都县署问讯一堂，遂即押逐出境。那探听圣天子消息的差人回来，禀报未曾探听得出，不知圣驾驻跸何处。当下两县又去府里禀报，扬州府见探听不出，当时也就罢了。后来探听得圣天子即于是日已去府县，只得详报本省督抚，将奉旨押逐平山堂住持，现已押逐出境，请督抚转奏，这件事也就清楚。

回头再说马雄前往福建少林寺打听那里有什么动静。去了半个多月，这日，已打听回来，至善禅师因胡惠乾的儿子胡继祖到了那里，与他哭诉一番，请他报仇雪恨。当下至善禅师听了这番言语，不禁大怒，因道："高进忠他有何能略，胆敢仗他师父白眉道人，杀害我的徒弟，小视本师？若不将这高进忠捉住碎尸万段，也不算我至善的本领！当下有两徒弟在旁，一名童千斤，一名谢亚福。因道："师父不必怒，既然白眉的徒弟高进忠将胡惠乾、三德和尚两个杀死，不认同道的情谊，这件事不须师父前去，等徒弟同胡继祖亲往广东，不将高进忠这厮也照胡惠乾那样置之死地，誓不回来！"至善禅师道："你两个都如此说，但高进忠内功甚好，恐你两人敌他不过，为师却有些放心不下。"童千斤道："师父何得长他人志气，灭自家威风？你老人家但请宽心便了。"至善禅师也就答应。当下进去，二人料理一日，即与胡继祖三人追赶往广东而来。马雄打听清楚，也即赶回报信，将以上的话与高进忠、方魁备细说了一遍。高进忠已知预备，过了两日，高进忠正在辕门无事，忽然有个当差的进来，说道："现在辕门外有两个人，一唤谢亚福，一名童千斤，说是从福建来的，与老爷有话讲。请老爷面会他说话。"高进忠听说，知道来意，嘱令那差官出去回报，约他明日早间在西禅寺会话。当差的答应出去，童千斤、谢亚福也就答应，当日就在城内寻了客店住下，准备明日前去。

这里高进忠也就着人将马雄、方魁二人请来，将童千斤、谢亚福已经来过，并约他明日早间在西禅寺会话的话说了一遍。马雄道："这童千

斤、谢亚福二人,虽不知他们究竟有什么能略,料想本领也不过差。明日
与他交手,却不可存轻视之心,倒要慎重些才好。"高进忠道:"谅这二人
也没有三头六臂,现放着我等三人,还怕他两个死囚么? 马师兄,方师兄,
你们二位今日可去西禅寺先招呼一声,再打听师父可曾前来,如果师父已
来,那可好极了。"马雄、方魁当下答应出去,高进忠也就到里面将以上的
话与曾必忠说了一遍,就请曾必忠明日派令中军,带领亲兵数十名,前往
西禅寺督率。曾必忠当时也就答应。

却说马雄、方魁二人来到西禅寺,此时寺内已新招住持,他二人便走
到方丈,先问和尚道:"你这寺内这两月曾有什么异方过客住在此地? 我
等是奉本县太爷前来盘诘,你须说明,不可隐瞒。如有隐匿情事,本县太
爷是要严办呢!"那住持僧听说,道:"此地并无什么异方过客住在此地,
僧人亦不敢窝留匪人,只有前日由四川成都府来了一个和尚,前来挂单,
僧人因是我们法门中人,便将他留在这里。"马雄、方魁听说皆暗暗欢喜,
因问道:"现在哪里? 你可带我等前去一看。"那住持和尚不敢怠慢,即刻
带领马雄、方魁二人来到禅房,指着一个和尚说道:"这就是前日由四川
成都来的!"马雄、方魁一看,正是自家师父白眉道人。当下便上前给白
眉道人请了安,然后说明:探听少林寺至善禅师派令童千斤、谢亚福前来
报仇,高进忠约他们二人明日在此会话。白眉道人点头,那新来的住持和
尚见了他们如此说项,虽不知底细,听说少林寺派人到此报复,却也有些
惊恐起来。当下马雄、方魁又将如何捉拿胡惠乾杀死三德和尚,胡惠乾的
儿子去往少林寺求至善禅师代他老子报仇,如何至善禅师派令童千斤、谢
亚福前来,如何高进忠约他们二人明日在此相会的话说了一遍。那住持
僧这才明白。当下白眉道人复又说道:"五枚大师及三师父冯道德,为师
的已经请过他二人,本来约他同来,只因他们还有些事须得料理,大约不
日也就可到了,且等明日将童千斤、谢亚福二人处置过了,我们再作计
议。"马雄、方魁二人唯唯答应,当即告退出去,回至抚辕,告诉高进忠。
此时高进忠得知一切,也就进内禀知曾必忠,一宿无话。

到了次日,高进忠即禀知到西禅寺会晤童千斤、谢亚福,曾必忠随时
也就派令中军酌带亲兵前去,前往护卫。高进忠出了抚辕,又会同马雄、
方魁一起来到西禅寺。先给白眉道人行了礼,然后出来在方丈内坐了一
会,已有人传报进来说:"有童千斤、谢亚福二人请高老爷出去会话。"高

进忠见报,当即同马雄、方魁一齐出去,来到客堂外面,只见两个人坐在客堂里面。高进忠走进客堂向着那两人招呼说道:"二位莫非童道兄与谢道兄么?"童千斤道:"正是!"因问道:"来者可是高进忠么?"高进忠道:"正是在下!今二兄前来有何吩咐,敢请说明?"童千斤便道:"我乃奉师父之命,特来与你请话。只因胡惠乾、三德和尚与你往日无冤,向日无仇,何得恃你师父白眉道人的势利,将他二人杀害?不念我等同道之谊?古人说得好:兔死狐悲,物伤其类。你既不念同道,所以我师父派我等前来,一来与你比试比试,二来与胡惠乾、三德报仇。"

高进忠见说,便大笑说道:"二兄之言差矣!至善师伯但知胡惠乾、三德被我等杀害,他可知胡惠乾、三德二人所犯之法么?胡惠乾在这广东平时倚势欺人,残害百姓,本省居民畏之如虎。与机房中人任意寻衅,杀害好人不计其数,近又杀死在公快头方魁一家数口,胡作机房中人与他有杀父之仇,时寻报复。那方魁与他也是往日无冤,素日无仇,若因方魁欲设计擒他,也因是奉公差遣,身不由己。他平时若不为恶,本是当地的好子民,地方官又与他无仇,何必要拿他治罪?只因他无恶不作,扰害地方,罪大恶极,地方官不得不为民除害,前去拿他。若说与我无干,二兄可知我是奉旨到此,协助地方官除害。焉得不竭力报效,杀一残害百姓的罪魁,而除一省的地方大害?这才是我等的本分。若徒执己见,偏信人言,只知存着私心,不顾大义,任他再有多大的本领,有国法在,也断不能逃脱!二兄且请三思,勿徒错怪好人,偏信怂恿,徒存私心,忘却大义。要知二兄虽然本领精强,我高进忠也还不弱。二兄若能因我这番话即便省悟,我们仍系同道,彼此各不相投;若因我这话为非是,二兄可勿怪我高进忠不看同道之谊!"

这一番说罢,只见童千斤、谢亚福二人齐声怒道:"高进忠,你休得强辩!你既将胡惠乾、三德杀死,血海冤仇,何能不报?你不要逞强,我等便与你拼个你死我活便了!"高进忠道:"你等既要我与比试,我难道惧怕你不成?"此时马雄、方魁在旁,也就怒道:"你等既不知死活,这也是气数使然!我等就与你比试一回,拼个你死我活!"说着大家就站起身来,掀去长衣,一个个跳入院落,当下高进忠又道:"童千斤、谢恶福,你这两个不知好歹的匹夫!是先比拳脚,还是先比器械么?"童千斤、谢亚福齐声说道:"好不知分量的狗头!便与你先比拳脚,单看你有多大本领,妄自称强!"高进忠、马雄、方魁三人不禁大怒,当下马雄便抢一步在上首立定脚步,高进忠也摆开架式,那边童千斤就认定高进忠打来,谢亚福便认定马雄打来,四个人就在院落当中彼此交手。毕竟谁负谁胜,且听下回分解。

第七十一回

运内功打死童千斤　使飞腿踢伤谢亚福

话说高进忠、马雄、方魁三人,在客堂内与童千斤、谢亚福两个先说了许多话,后来一言不合,各人脱去长衣,跳在院落当中,各自摆开架式,立定脚步。童千斤便向高进忠打来,谢亚福便认定马雄打来,四个人你来我往,只见高进忠右拳一起,认定童千斤右肋下打来。童千斤赶着将身子一偏,也用右拳向高进忠磕下,高进忠见他来磕,即刻收回拳,起左脚又向童千斤右肋跳去。童千斤即刻一个转身,让过这一脚,便飞一拳向高进忠心窝点来。高进忠见他这拳来得厉害,急将右手掌偏在旁边,预备来刁他的手腕,童千斤看见他这个架式,哪里肯将手腕给他刁住? 也就不望下打,当下收回,起左手拳向高进忠右太阳穴打来,高进忠来得飞快,一面即将右手向上一托,一面飞一腿趁势向童千斤裆下踢去。童千斤知道这一脚唤作猛虎入洞,哪敢怠慢? 即刻收回左拳,身子一偏,将右股向着高进忠,随即飞起右脚,用了个枯树盘根的架落,一腿就扫来,实指望这一腿就将高进忠打倒,哪知高进忠身体灵捷,疾快非常,见他才要发腿来扫,他急急将两足一蹬,用了个燕子穿帘的架式,直向童千斤扑来。童千斤见来势勇猛,急转身向旁边一让,复飞一拳乘虚而入,直向高进忠左肋打来。这一拳是放着高进忠,要换了别人再也让不过去! 你道为何? 高进忠两足一蹬,向童千斤扑去,此时脚已离地,童千斤见他打来,便偏着身子让过,高进忠却扑了个空,两足尚未立定,童千斤即趁虚而入,一拳打到。要换个别人,哪里能让到底? 高进忠是个本领高强、内功极好的人,他见童千斤一拳趁虚而入,从肋下打进,知道让不过去,便将身子略一偏转,即刻运用内功,将自己的肚腹去迎童千斤的拳头。童千斤用足了力量,一拳打去,正中他的小腹。初打上去,便不觉得怎样,不过同寻常人一般,童千斤却暗暗说道:该应这匹夫要死在头上! 他不但不让,还将肚子来迎我的拳头,哪里知道打是打中了。就在这个工夫,高进忠已将内功运足,把童千斤的那个拳头吸在自己的腹上,童千斤并不知道。登时高进忠即将他拳头吸住,随即起两个指头向童千斤劈面点去,这个解数名为双龙取珠。童千斤一见,知道厉害,即欲收回右拳来挡自己的右眼,哪知运足了十二分力,那右拳只是吸定在他腹上,再也拔不回来,此时高进忠的二指已经到了面前。

俗语说的好,一手难遮两太阳,事已到此,童千斤知道不妙,只得起左拳来挡高进忠的二指,算是将高进忠的右手指头挡住,那左手指头却万万挡不过去,高进忠一声大喝道:"该死的贼囚!先借你这右眼内乌珠一用,看你可认得好人么?"说着指头一点,已将童千斤右眼珠挖出来。童千斤此时已是疼痛难忍,接着高进忠将内功运足,把小腹向外一挺,只听咕咚一声,不知不觉,已将童千斤放跌在地,再也没有那样跌法,真个是四仰八叉,整个的躺在地下。右手膀背如同折断一般,再也提不起来,而且疼入骨髓,只睁着一个左眼向上望,那右眼的鲜血亦复直流不止。高进忠杀得兴起,复一声大喝道:"尔既如此,还留着尔这残废何用?给我去见阎罗天子吧!"说着右脚尖一起,认定童千斤裆内那话儿上一踹,登时童千斤的两个卵子业已粉碎,只见他脸一苦,头两摇,已呜呼哀哉,伏惟尚飨①。

那边谢亚福仍与马雄在那里对敌,你来我往,正打得难解难分,真是一个半斤,一个八两,却好对手。正打之际,忽听高进忠大声喊道:"马师兄使劲儿,童千斤已被我打死了!这个谢亚福王八羔子,留与你给他归阴吧!"马雄闻言知童千斤已被高进忠打死,此时格外有力,而且存了一个好胜心,以为高进忠即能打死童千斤,我难道不能打死谢亚福?因即奋发精神,登时改了一套花拳,前后左右,直向谢亚福打去。谢亚福此时闻得童千斤已经丧命,心中也存了个心,以为他已被人打死,我若再不能胜得马雄,又有何面目回见师父之面?而且又灭了我师父的威名。若将马雄丧了,也还可以直扯。因也奋发精神,与马雄对敌。一见马雄改了花拳,在别人便难解这拳法,他却是个好手,也就一着一着解了过去。马雄见花拳还不能取胜,正要又改别法擒他,哪知谢亚福也改了拳法,只见他猛然往地下一倒,四仰八叉睡在地下,在那不懂拳法见他如此,必以为他打败

---

① 伏惟尚飨(xiǎng)——伏惟,表敬之辞。尚飨,旧时祭文,常用作结语。意谓希望死者来享用祭品。此处指人死了。

跌倒在地,如果存了这个心,再去乘虚而入,那可上了他的当了。他这四仰八叉睡在地上,实在不因打败跌落下去,他却是用的一套醉八仙。若果不识,必定遭他的毒手。马雄见了这样,便大笑道:"谢亚福,你这醉八仙打量我马雄不知道么?好个狗头,你只瞒得过别人,却瞒不过我。尔可使好,待俺就在你这醉八仙上送你的性命!"谢亚福闻言也怒道:"马雄你这匹夫,休得逞强!尔既认得爷爷这八仙拳,你有本事尽管来破!"马雄闻言,即刻打了进去,只见谢亚福睡在地,拳脚齐施,真使得风雨不透。马雄也是一着一着去解,打到末了一着,只见谢亚福将背拳在地上一拗,忽然离地有四五尺高,瞥眼间已脚踏实地,用了个蜻蜓点水的架落,直向马雄脑门上一拳打来。马雄一见,哈哈大笑道:"你使了一套醉八仙,也不过摆了些架子,你这煞手着还不能算高明,待你爷爷放发于你!"一面说,一面急将右手向上一托,这唤作力托泰山。只要被他托开,随后便有一着煞手,任你什么人再也躲避不及的。谢亚福知道厉害,赶忙收回,后又侧转身躯,预备另换妙法,再来斯打。哪知马雄又变了妙法,只见他换了一套连环腿,如疾风暴雨一般向谢亚福打来。这连环腿谢亚福也曾练过,只是功夫不能如马雄纯熟。现在见马雄改了这套腿法,心就有点吃虚。

　　这腿法共计九九八十一腿,并非只用一条腿去打,却是两条腿连珠而去,替换而打,只见马雄一腿连一腿,一腿紧一腿,谢亚福初尚能解,遮拦隔架,闪躲避让,也还不能丧他性命。打到五十余腿,谢亚福就有些抵敌不住,渐渐的气喘,到了末了几腿,谢亚福真个眼花缭乱,骨软筋酥,不能抵敌。只见马雄左腿一起,直向谢亚福右肋打来,谢亚福正要躲闪,还不曾躲过,马雄的右腿又从他左肋打来,谢亚福知道不妙,心中暗道:若不如此如此,被他打中,肋膊骨定然折断。主意已定,即刻将两条手膊护定左右两肋,两脚一蹬,便往后倒,直听咕咚一声,栽倒在地。说时迟,那时快,复一转身,已爬起来,一个箭步直跳过马雄的背后,预备趁他出其不意,抽当漏空,再认他的致命打他一拳,或踢他一脚,使他早早归阴。哪知马雄早料定他有此心意。当即一个转身,趁谢亚福还未立定脚步,他便使了一个旋风腿,一着绝命拳,先将一腿扫去,接着一拳,认定他胸膛去捣。谢亚福出其不意,也不料他如此快速。见他一个旋风腿扫来,正要躲避,胸膛上已打中一拳,只听哎哟一声,登时口吐鲜血,站立不住,两眼发昏,跌倒地下。

　　马雄居心不丧他性命,当即弯着腰用二指认定谢亚福两肩窝、两腿胫这四处穴道上点了几点,谢亚福虽不致伤命,但从此即成为废人,只能吃饭,不能做事了。谢亚福被马雄点丧穴道,睡在地上,向马雄骂道:"老子今被你如此,也算老子运气不好,你休得过于逞强! 待我师父到来,包管你碎尸万段便了!"马雄大怒,正欲上前送他的性命,忽见白眉道人出来喝道:"马雄休得丧他性命! 为师与他有话说!"毕竟白眉说出什么话来,下回分解。

第七十二回

道人寄语巡抚奏章　阁老知人英雄善任

话说马雄来结果谢亚福的性命,忽见白眉道人走出喝止道:"马雄,休得丧他性命!本师与他还有话说。"谢亚福闻言,急抬头一看,见是白眉道人,因带怒说道:"白眉师叔,你老人家纵徒行凶,不顾同道,与我有什么话说?请赶快说了吧!"白眉道人道:"本师倒非纵徒行凶,尔家至善才是居心偏护胡惠乾那种无法无天,残害百姓。尔家至善不说他徒弟横行霸道,反怪人与他为难,还要使你们前来报仇,尔等今又打败,我不叫我徒弟伤你性命,尔可赶快回去,与尔家至善知,就说我知会他,叫他及早回心,约束徒弟,不得再行霸道。若他不信,就叫他择定日期,送个信来,或他到广东会我,或我去福建会他,与他两人比试比试。他若胜得我一拳一足,我便拜他为师;若胜不得我,就叫他立刻身死,以代天下后世除害!尔可速回,叫他随时给我的信息!"

谢亚福听了这番话,心中大怒,恨不能爬起来就此一拳将白眉道人打死,才出心头之恨。奈心有余而力不足,已为马雄打伤,不但此时不能动弹,便终身也同废人一般,只得恨恨地说:"白眉,你不要把话说满了!难道我师还惧怕你不成?我此次回去,定然将你这话告知我师,使我师前来会你。那时将你打败,你可不要后悔!"白眉道人道:"就此一言,永无更改!叫他速速前来便了。尔虽被我徒弟打伤,不但不致送命,也还可以能走,不过不能与人厮杀,再也逞强不来罢了!尔就此回去吧!"说罢,白眉道人即带着马雄、高进忠、方魁三人,进入禅房去了。这里谢亚福见他们已走进去,只得爬起来跟踉而去。那中军在旁带领着数十名亲兵,见谢亚福独自跟踉而去,也不与他为难。因听见白眉道人叫他回福建去,所以不来拦阻。谢亚福出得西禅寺庙门,真个是好一场没趣,闷闷的一人转回客寓,当即算明房饭钱,即日携了包裹,走出城,雇了一只大船,直往福建少林寺而去,与他师父送信,暂且不表。

再说白眉道人羞辱谢亚福回转福建去约他师父至善禅师,当下又与高进忠道:"你此时回转抚辕,给我代抚台大人请安,就说我着你转禀,童千斤现已打死,谢亚福亦复受伤,终身成为残废。现在使他传知至善禅师到来,我与他比试,料他断不肯来,必然约我前去。那时我到了福建,必然将他少林寺破去,免得留着他袒护门徒为天下之害。虽然我已约定五枚大师、三师父冯道德,不日即可前来,但少林寺内武艺高强、本领出众的甚为不少,尽靠我等三人及尔等众人恐不能与他对敌,请抚台具奏进京,请旨遴派数人,即日出京,趱赶①到此,一俟至善禅师的信来,我等就可前去破寺,为世上除害。不然,若不将少林寺破去,将来必受害不浅!"高进忠答应,也就即刻退了出来,与中军一同出得寺门,回转抚辕而去。这里白眉道人又命方魁将童千斤尸身掩埋起来。

中军与高进忠回到抚辕,先将如何打死童千斤,马雄如何点伤谢亚福,备细说了一遍,后又将白眉道人所说拟往福建破少林寺,请抚台具奏请旨简派武艺超群的大员前来协助的话,也备细说了一遍。曾必忠闻言,先将高进忠奖赏了一回,又令他寄语马雄,俟将少林寺破去,再行升赏。先给他一个千总职衔,以示鼓励,又允他照白眉道人所说具奏,请旨简派武员帮同除灭恶霸。高进忠唯唯听命,告退出去,仍回巡捕房当差,听候差遣。当日又将马雄请到抚台,奖赏的话告诉他一遍,又叫他次日亲到辕门禀谢恩典。马雄也甚得意,次日即来谢恩。曾必忠又将他传了进去,奖励一番,当日曾必忠即照白眉道人所说之词,及高进忠如何打死童千斤、马雄如何点伤谢亚福各节,修成奏章,用了八百里加急,限日驰递进去。果然沿途驿站,马夫不敢稍行怠慢,真个是无分日夜,星飞驰送,不过十日光景,已驰抵到京。当由折差呈递值日官,转送内阁。

这日陈宏谋接到这本奏章,当即敬谨代拆开来看了一遍,此时难得着圣天子不日将次回京的消息,却未知圣上究竟定在何日回銮。曾必忠奏请简派武员,在朝如侍卫各官,又不敢擅自做主派他们前去,颇觉为难。因将军机大臣刘墉请来,彼此商议。二人计议了一会,忽然刘墉想起两个人来,因与陈宏谋说道:"一月前圣驾巡幸浙江,在嘉兴府得了两人,一名鲍龙,一名洪福,即着他们奉旨进京,着我等先将他二人留京听候简用,鲍龙着赏给巴图鲁勇号记名总兵,洪福着赏给都司。现在这两人尚在京中,

---

① 趱(zhǎn)赶——快走。

并无差遣之处,何不就着他二人前去广东协破少林寺呢?"陈宏谋说道:
"非老年兄提及,某倒忘却了。既有此两人在此,是好极了,正好着他们
前去,借此效力建功。"二人计议已毕,即着人将鲍龙、洪福传来,告诉他
们明白,即日发付咨文川资,又写了一封信,使他们二人星夜趱赶前去。
鲍龙、洪福见有此等差委,心中好不欢喜,当时就叩谢已毕,领了川资,回
至自己寓所,也无甚料理,只打了两个包裹,带了二人铺盖,即日起身。也
是不分晓夜,直往广东进发。

在路行程不过半月,已经到了广东。当即来到抚辕,将咨文书信投
进。曾必忠先将咨文看过,又将陈宏谋、刘墉二人的书信看了一遍,甚为
大喜,并知道圣驾尚未回銮,当下即传鲍龙、洪福进见。鲍龙、洪福闻得传
见,也就趋步进去,见了曾必忠,行礼已毕,曾必忠见他二人相貌魁梧,身
躯雄壮,却是暗暗夸奖。因又将胡惠乾如何恶霸,直至白眉道人拟往福建
捉拿至善禅师,破除少林寺的话,告诉了一遍,并命他二人务要竭忠尽力,
方不负圣天子知遇之恩。鲍龙、洪福也就禀道:"大人的栽培,总兵、都司
等自当竭效犬马,上报国恩,下除民害,但不知何日起行?"曾必忠道:"一
俟少林寺有信前来,即要一齐动身,你二人可即在本衙门住下,听候差往
便了。"鲍龙、洪福告退出来,便至高进忠那里往拜。

高进忠此时已经知道,闻他二人前来,随即请见。三人见了面,行礼
已毕,分宾主坐下,彼此先谈了几句浮文,然后高进忠又将少林寺至善禅
师如何本领高强,如何袒护门徒行凶作恶的话说了一遍。鲍龙道:"据老
兄所说如此,若不治以国法,则百姓受害非浅,即如方才小弟见着中丞的
时节,闻得他老人家所说胡惠乾那种作恶多端、行凶仗势,若非高兄前来,
将他置之死地,不但方魁一家数口屈遭杀害,就便省垣内的百姓也是受累
不浅。至善禅师既知他徒弟有此行为,就该早为约束,不准他们如此才是
道理,如何反去袒护他们? 无怪他一班门徒莫不倚仗他师父是少林寺中
的魁手,便在外行凶霸道,若不从为首的办起,何以惩恶霸而安贤良? 白
眉大师现在何处? 小弟等拟于明日亲自往拜,借识慈颜。并请他老人家
教导教导,指授些心法。"高进忠道:"家师现在西禅寺,即当日胡惠乾、三
德和尚盘踞之所,他两人被拿之后,即由两县另招了妥僧在那寺里住持,
家师就借住在那里。两位大老爷既然明日要去,待卑职领道便了。"鲍龙
道:"高兄你如此称呼,使某无立身之地! 我辈当略分言情,才是我辈的

本色。你何能闹这官样文章，什么大老爷长，卑职短，这可不是笑话？切勿如此！"高进忠道："在官言官，这是国家的定例，某何敢越分不论尊卑？这是当得的！"鲍龙决计不行，总要他以兄弟称呼才得为亲近，高进忠见他如此，只得也就答应。于是三人颇为合意，就痛谈起来。正是谈论，忽见方魁走了进来，向高进忠道："师父叫你立刻前去！"不知为着何事，且听下回分解。

第七十三回

约期比试锦纶下书　结伴同行白眉除害

话说鲍龙、洪福二人正与高进忠痛谈各节，忽见方魁走进来，向高进忠说道："师父叫你立刻前去，有话面讲。"高进忠闻言，因问道："方师兄，你知道所为何事？可是福建有信来么？"方魁道："正因此事。现在至善禅师差了一个徒弟，唤作李锦纶，叫他前来约定师父，下月二十到寺内比试，因此师父前来叫你说话。"高进忠道："这李锦纶可在这里么？"方魁道："他下书之后，便随即走了。但请师父不可违约，务要如期必到。"

高进忠听说，当时进去，将此禀知曾必忠，随即同着鲍龙、洪福出了辕门，来到西禅寺，见了白眉道人。先将鲍龙、洪福二人来意叙说了一遍，然后问明至善禅师那里差来的李锦纶如何说项。白眉道人就将方魁说的那番话告诉一遍，因道："他既约定日期，而且据来人所说，务要如期而至，但是五枚大师及冯道德两人不知为着何事，至今未到？我等若先行动身，又恐到了那里寡不敌众，况且他不来此地，就是以逸待劳的主意。再者，他那里必然预备妥当，专等我们前去。若欲等五枚大师与冯道德二人前来，一起同行，又不知他二人何时可到。即以今日算起，距出月二十不过只有二十余日，若他们二人在月内到来，还来得及；尽二十赶到，再迟还来不及。因此委决不下，所以叫你前来，可卜一卜，看他二人定于何时可到。"

高进忠闻言，即走到大殿上，在佛前诚心卜了一卦，将六爻①细看清楚，又参伍错综，解了一回，复至禅堂与白眉道人说道："抓卦所断，五枚大师与冯道德三师父二人，不出五日，定然来到。他二人因有一件意外的事缠住，所以耽延至今。"白眉道人听说，因道："既如此说，只好再等他们五日，若再不来，只好我等先行便了。"原来高进忠不但相法如神，而且卦理甚好，所卜无往不验。

---

① 六爻——爻，组成八卦的长短横道。《周易》共六十四卦，每卦六爻。

　　闲话休絮，此时高进忠又将鲍龙、洪福二人带入禅堂与白眉见礼。见毕，白眉道人见鲍龙、洪福二人生得颇为不俗，满脸的英雄，浑身的武艺，又见他二人颇有福相，将来必作栋梁之才，心中甚是欢喜。当与他二人谈了一回，又问了些武艺，鲍龙、洪福也就将平生所学的武艺，告诉白眉道人。白眉因道："据你二位所习的武艺，若论冲锋交战，绰有余裕；不过在于运用的功夫，一些未学，此时却也来不及，俟将少林寺破除之后，老僧尚可传授你二人那运用的功夫。"鲍龙、洪福正要请他传授，难得他先自说出，好不欢喜，当即就拜了下去，认白眉为师，请他随后传授心法。白眉见他二人来意甚诚，也不推辞，即收为徒弟。高进忠因衙门里还有事，只得告退出来，鲍龙、洪福见白眉道人已收他俩为弟子，当下就在禅堂内与马雄、方魁陪着白眉道人闲话，直至天晚，方各告退出来。

　　你道至善禅师为何不肯前来？竟不出白眉道人所料，却是何故？只因谢亚福受伤回去，自然哭诉一番，将白眉道人的话，细细告诉他一遍。当时他的徒弟方世玉就要请他同到广东来会白眉道人，代众家师弟兄报仇雪恨，至善禅师因道："尔等不知白眉的厉害，他不出来，就是你一人前去，也不怕他那些徒弟；他既能出来多事，不必说是你敌不过他，就是我再与他对敌，也还不能包管取胜，而况他这话，难保不存着诱我前去，他却暗暗再请两个有功夫的人来，如五枚大师、冯道德之类，他将诱我往广东与他对敌，暗地里差人到此来破我这寺，我若为他所诱，那可大上其当了！不若约他前来，我既得了以主待客之势，又可保全这少林寺。因此，他不肯前来，但使他徒弟李锦纶驰书送与白眉道人。约期出月二十前往福建比试。

　　闲话休表，再说白眉道人专待五枚大师、冯道德一到，便即起程。看看已至第三日，仍未见到，真是望眼欲穿，心中打定主意，若明日再不见来，只好后日先走。恰好第四日，五枚大师、冯道德二人已来。当下，白眉道人一见问道："你们二位何以直至今到？真是令人望穿秋水了！"五枚道："并非我耽搁日期，只因道德预备起程，不意他的尊阃①大病起来，他又伉俪情深，不忍见着他病倒，将他置之不闻，反出远门，只稍延数日，始以为不过数日便可痊愈，哪知一病半月，才算稍好，彼时我在那里，日逐

──────────
　①　尊阃(kǔn)——阃，特指妻子。尊阃，对别人妻子的敬称。

催促，争奈他恋恋不舍，直至等他尊阃病势痊愈，然后动身。却已二十余日。虽沿途趱赶，所以也要到今日才到。"白眉道："二位既来，我们就要明日前往福建了。"五枚道："何以如此匆促？"白眉道："只因高进忠到此，将胡惠乾、三德二人置之死地，胡惠乾的儿子前往福建哭诉至善禅师，当时就答应代他报仇，随即派了两个徒弟，一名童千斤，一名谢亚福，来到此地。童千斤被高进忠打死，谢亚福为马雄点伤，当时我便拦阻马雄不要伤他性命，就叫谢亚福带信回去，传知至善禅师，前来或使他寄信于我，约在何日，我便前去与他比试。当时我料他断不肯来，定然约我前去，果不出吾之所料！前五日他果派了他徒弟李锦纶前来下书，约定出月二十，请我前去比试，还要如期而至，不能有误日期。我因此盼望你们二位甚急，今日已到，所以明日就要起行，不然，二十便赶不到福建了。"五枚大师与冯道德二人也就答应白眉道人。见他们答应明日起行，即令马雄去抚辕送信。高进忠闻知五枚、冯道德皆来，当即进去禀知曾必忠，明日动身前往福建。曾必忠见说，也即随时命人到藩库内拨了一千两银子，交与高进忠，以为沿途盘费，及到福建的用度。又备了一角移文、一封书信，知会福建总督，又命人将鲍龙、洪福二人传进来，命他二人即刻预备，以便明日随行。鲍龙、洪福自然唯唯听命。高进忠又将一千银子收好，当时即打了包裹。此时白眉道人等已知曾必忠发给盘川，准于明日动身，当晚也就各人收拾，诸事已毕。

次日一早，高进忠便同着鲍龙、洪福，带了包裹行囊，来到西禅寺会齐，当下又与五枚大师及冯道德二人见过礼，于是白眉道人、五枚大师、冯道德、马雄、高进忠、鲍龙、洪福、方魁等八人一齐出了西禅寺，所有行囊包裹，自有挑夫扛着，不一会出了城，雇了海艇，大家上船，趱赶往福建进发。恰好风顺，到了十八日，已至马江。海艇便停泊下来，高进忠开发了船钱，大家上岸，不过半日，就到了省城。当下寻了客店暂且住下，高进忠即取出移文书信，亲往督辕投递。福建总督接着移文，先看了一遍，知系奉圣旨的要事，又将曾必忠的书信看过，即刻传高进忠进内问话。高进忠入见，先行了礼，然后将以上一切情节备细禀明。因道："卑弁等此来，系钦奉圣旨前来除灭少林寺。二十这日，还求大人酌派武员、带领亲兵前往护卫才好。诚恐卑弁等有兼顾不到之处，致该恶徒乘间逃脱。"福建总督当时也就允诺，高进忠退出，仍回客店。福建总督等高进忠走后，即刻传命中军:"亲选督辕亲兵五百名,于二十日一早,率领前往少林寺,将该寺四围围住,如见寺内有乘间逃出之人,务必妥当协拿,毋任漏网。此系奉圣旨要案,不可有误!"那中军答应,也就退出,挑选精锐亲兵,以备二十日前去围寺。高进忠回至客店,又将面请制台发兵护卫的话告知了白眉道人等众。白眉道人道:"我等后日一早前去,在大家主见,还是一齐进去,还是分头进去?"五枚道:"在我看来,我等分头进去。你可对敌至善,我便去敌方世玉,冯道德便去抵敌洪熙官,只要将这三人敌住,其余诸人,便让他们厮杀,谅也不难擒获。不过,所虑者,他寺内不知有无埋伏?"白眉道人道:"这倒不必虑!我等与他对敌,须同他说明,要在大庭广众之中比试,不许暗地伤人。至善是个好胜的人,既见我等说出此话,就便有暗地埋伏,也不肯用此。"大家齐道:"此说甚好!"毕竟如何大破少林寺,且听下回分解。

第七十四回

扫除恶霸不认同门　力敌仇雠①击杀至善

　　话说白眉道人等众，大家商议妥当，拟分头前往各敌各人，一宿无话。隔了一日，到二十日一早，大家便就扎束停当，各带兵器，饱啖了一食，即一齐前往，分头去敌。且说至善禅师自李锦纶下书回来，知悉白眉道人准于二十定到，早已预备起来，专等他们前来拼个你死我活。到了十五以后，即派众徒弟在各处打听。十八这日，已由他的徒弟打听回来，说是白眉道人还同着五枚大师、冯道德等共计八人，已经到了此地。至善禅师闻得五枚等也一齐同来，心中便有惧怯。因与众徒弟道："此次白眉约请多人，显系与我等有势不两立之意。他既不看同道，我等也须奋勇与他对敌，不可示弱与他。宁可一拳一脚被他们打死，一刀一枪被他们杀了，却万不可做出那种乞怜的情状。"众徒弟齐道："我本自当谨遵师命，只要心齐力固，又何怕他人多？我等当效死力与他们厮杀便了。"方世玉更自仗着自己有刀枪不入的武艺，他却毫不畏惧，大家也商议定了，只等二十日白眉道人前来。

　　到了二十这日，至善禅师一早便起来等，众徒弟也就各人扎束停当，无不摩拳擦掌，准备厮杀。正等待间，忽闻一阵呐喊之声，几乎震动山岳，至善不知何意，正要着人出去打听，只见有两个道人，匆匆忙忙进来报道："师父，不好了！现在总督衙门调了官兵，将这寺前后四面围困起来了。"至善一闻此言，便觉惊惶失措，暗道："官兵既围寺，我等今日必难逃得此难！但事已如此，不可挽回，只得与他们拼一拼吧！"正自暗道，又见有两个人进来说道："现在外面有七八人，指明定要师父出去会话。"至善一听，知是白眉等已来，当即带了徒弟方世玉、洪熙官、李锦纶、李亚松、邓亚红、林亚胜，共计七人，还有十数个小徒弟，皆手执兵刃，一齐出来。

　　到了大殿，瞥眼见白眉道人、五枚大师、冯道德等人站在大殿院落以

---

① 雠(chóu)——同仇。

内。白眉道人见至善率领众徒弟出来，当下喊道："至善，你约我今日比试，我等可谓不负你所约了。"至善见说，因带怒答道："白眉，我与你同门同道，你为什么不念师弟兄的情谊，任纵门徒杀害我徒弟胡惠乾三德，童千斤及谢亚福等人，这是何故？"白眉道人道："俗语说得好：人不知己罪，牛不知力大。你但责备我任纵门徒杀害你的徒弟，你可知你徒弟无恶不作，残害百姓？你不说严加约束，反任着他们任意行凶，还要给他们报仇雪恨，你既能袒护门徒作恶，我便能任纵徒弟除害，天道循环，理所必然之势。"五枚大师也说道："自从你徒弟将牛化蛟、吕英布打死，那时我再三排解，好容易着那件大祸消成无形，你就该从此约束门徒，再不准他们行凶霸道。乃胡惠乾竟敢那样作恶，广东省内被他残害的不知凡几，若再不将他除去，不但百姓受害不浅，亦非体上天好生之德！你并不知己罪，反要怪人任纵门徒，终不然，我等的徒弟也要与你的徒弟一样横行霸道，才算不是任纵么？"至善被他二人责备了这一番话，也知是自己徒弟不是，但事已至此，不得不恼羞成怒，因大怒道："你等休得巧辩！既已到此，难道我还惧怕不成？今日我便与你等势不两立！"说着，手舞朴刀，即飞奔白眉道人砍来。

方世玉见师父已经动手，也就舞动单刀，前来助战。白眉道人大声喊道："至善，我还有话！我们还是对敌，还是浑杀？若是对敌，我便与你二人比试一回，俟分了高下，或是你将我砍伤，或是我将你杀死，随后再换别人。若要浑杀，你我就大家一起杀起来，皆听你便！"至善见说道："既如此说，我便先与你比试！"说着，便命方世玉退下，自己就向白眉道人杀来，白眉道人即便招架，两个人皆是一样的朴刀。但见至善一刀向白眉劈面砍来，白眉将手中刀向开一架，拨在一旁，随即一刀还向至善肩膊砍去，至善也急急架开，两人一来一往，真个如蛟龙戏水，卧虎翻身，好不厉害。彼此战了有二三十回合，只见白眉道人将手中刀一起，一个进步，直奔至善胸膛刺进。至善便将手中刀在白眉刀上一磕，白眉见他来磕，即一个大翻身，刀口向上，刀背向下，即向怀中一收，复往外一送，认定至善咽喉刺来。至善见来势甚猛，不及招架，急往后一退，白眉一刀落空，用力过猛，便向前一倾，险些儿倾跌下去。至善一见，即刻将手中刀执定刀尖，向上噗一声直刺过来，白眉正向前倾，见至善的刀已到了面前，急急将刀向正一摔，不提防用力太甚，虽将至善刀打落在地，自己的刀也摔落尘埃。两人手中皆无兵刃,此时至善见手中刀被他打落,也不去拾刀,当即一拳认定白眉劈胸打来,白眉便举手相还,二人又使起拳脚来。只见白眉第一着用了个老鹰探爪,双手齐下,向至善两太阳穴点进。至善即转身,用了个鹞子翻身,让开了老鹰探爪,顺势一腿,名为棒打双桃。白眉即双足一顿,离地有五六尺高,躲过棒打双桃,顺手就是一着泰山压顶,向至善天灵盖压下。至善急急的将身子一纵,名为蜜蜂进洞,将泰山压顶让开,急转身,使个狂风扫落叶。白眉也就用个疾雨打残花。至善后使了个叶底偷桃,白眉又用了个风前摆柳,两个人真是棋逢敌手,将遇良才,不分胜负。

　　看看打到有五六十合,只见至善头一埋,向前一纵,直向白眉胸膛撞来。白眉见他用这头拳,知道他再无别法,用这煞手着了,当下也不让避,即将肚腹向外一挺,说声来得好,便迎了上去。恰好至善的头正撞在白眉小腹上,若是别人,被他这一头拳,已五脏俱裂,死于非命。你道为何?他这一头撞,至少有八百斤重。因他将浑身力量,全用在这头上,所以如此厉害。哪知白眉的内功却比至善好。至善的外功却胜白眉,内功却还不及白眉。在先,虽将肚腹挺起去迎他的头拳,直至至善一头撞来,他反将肚皮一吸,往后便退,说也奇怪,至善那颗头就同钉在他肚子上一般,再也拔不下来。不但拔不下来,还要跟着白眉倒退。至善此时心中暗悔道:"我大不该用这煞手着前去撞他!今番我性命难保了!"正在暗想,已被白眉拖了有一丈多远。忽然,白眉又运动内功,后将小腹往外一挺,只听咕咚一声,如同擂古牛一般,再一看视至善,已跌倒在地。原来就被白眉的小腹向外一挺,把他放倒下来。白眉见他已经倒在尘埃,暗道:"我此时再不用煞手着,还待何时?"一面暗道,伸出两个指头,正要去点他致命,那边方世玉见师父被白眉打倒,不禁怒从心上起,恶向胆边生,又见白眉手无寸铁,即刻舞动双刀,大声喝道:"白眉,你休得伤我师父性命!我方世玉前来与你对敌!"说着如风驰电掣般杀来。白眉正要招架,那边五枚大师也就喝道:"方世玉你休得逞强,本师前来会你!"说着即刻跳了过来,并不用刀,却是手执双股宝剑,只见他两口剑分开,直向方世玉两把钢刀迎来,方世玉便与五枚大杀起来。

　　白眉见五枚敌住方世玉,仍去结果至善的性命。哪知至善不等白眉结果,早已呜呼哀哉。你道为何?原来他的头撞在白眉腹上,先被白眉吸住,往后拖了一丈多远,那时他的脑髓已经受伤,后来又被白眉将小腹往外一挺,将他放倒在地,就这力量,至少也有六七百斤！他不曾提防,忽向后面一个坐地跌落下去,就此伤动五脏,所有心、肝、脾、胃、肾,全个儿崩裂开来,登时就死于非命。白眉道人再近前一看,见他已死,也就不再去点他的致命。当下便大声喝道:"你等听者,至善今已被本师打死,要命的,须速速求饶,立誓从此改邪归正;若再执迷不悟,也照你师的榜样,可莫怪本师下此毒手!"话犹未完,那边洪熙官早舞动戒刀,枪杀过来。不知洪熙官性命如何,且听下回分解。

第七十五回

众教师大破少林寺　高进忠转回广东城

话说洪熙官见白眉道人将至善打死，当下舞动戒刀，拼命杀来。其余如李锦纶、李亚松、邓亚胜、林亚红等人，皆蜂拥杀到，这边如冯道德、马雄、高进忠、方魁、鲍龙、洪福等人也一齐迎杀上去。当时也不问各人对敌，各人的话，大家便混杀起来。那边五枚大师敌住方世玉，只见他两人你来我往，真个是你要我的心肝，我要你的五脏。若论内功，是五枚大师胜于世玉；若论刀枪不入，铁首钢筋，是世玉胜于五枚。恰好两个人杀个对手，彼此杀得兴起，世玉着着认定五枚致命前去伤她，五枚亦处处留神，寻他的照门。你道这是何说？大凡有功夫的人，不论他内功外功练就得铁骨钢筋，刀枪不入，他却有一处照门，诸如浑身皆不怕刀枪乱砍，那照门上面不必说是刀枪，即用一个指头，那里点他这一下，即刻就要送命。所以凡是这种人，刻刻都要护着这个地方，唤作照门，其实就是致命。五枚大师寻了一会，只见方世玉尽管奋勇力敌，终不见他背转身来，五枚大师已看出破绽，便去试他一试，看他如何。

主意打定，即将手中双股剑先向他虚击一剑，复转身跳至方世玉的背后，脚一起，向方世玉的縠道①上踢来。方世玉见五枚一脚认定縠道①上来踢，心中吃了一惊，赶急掉转身躯，一面杀，一面骂道："无耻的贱货，你好不知羞！偏向老子这里来打？老子的这里与你这贱货前面的仿佛，老子不过是圆的，留着撒污，不像你那扁的要去养汉子。"原来五枚大师是个女尼，此时被方世玉这一番无耻的羞辱，她心中好生大怒，只见她柳眉倒竖，杏眼圆睁，也大声骂道："好大胆的畜生！你胎毛未干，乳牙未脱，胆敢戏辱本师！不要走，吃我一剑！"说着，一剑刺来，方世玉并不畏惧，只管招架，哪知五枚大师另有个主意，见他一刀迎接上来，即刻将手中剑用足十二分力先向回一收，复一剑击了过去，趁将他的刀打落在地，自己的

---

① 縠(gǔ)道——直肠到肛门的一部分。

剑也摔在地下,因道:"方世玉,你敢与我比拳脚么?"方世玉杀得兴起,只
想要送她的性命,哪里还顾得防人?当下也就说道:"五枚,你休得逞强!
我便与你比试拳脚,还惧怕你不成么?"五枚道:"你既敢与我比试拳脚,
你可即将手中的兵器抛下来,与本师较量。"方世玉听说,即刻将手中的
刀抛在一旁,五枚大师也就弃了手中的宝剑,两下分立了门户,你一拳,我
一脚,登时比较起来。

　　方世玉着着先,五枚大师却着着让后。方世玉不知她是何用意,却也
不管,只顾拳脚并施,五枚大师也只顾招拦格架,却一着不得让他沾身。
两人斗下有三十余个回合,猛然见五枚大师往后一倒,方世玉以为他是因
脚下物件绊倒,难得有这机会,便抢一步前追,右脚尖一起,便向五枚大师
裆下阴户上踢来,五枚大师看得清切,暗道:"好孽畜!你死在目前,还不
知道,尚敢前来戏弄本师!"一面暗想,一面口中喊道:"孽畜!来得好!
不要走,看本师的腿到了!"说着一个圈腿由方世玉背后两臀上打来,乘
势翻起脚尖向上一跳,认定方世玉的毂道向上踢去,方世玉毫不提防,就
这一脚踢中毂道的照门,只听方世玉喊一声道:"五枚,五枚!俺老子误
中你诡计!罢了,罢了!"说着往下便倒,五枚见踢中他照门,登时也就爬
起来了,复又认定他毂道再挑一脚,说也奇怪,方世玉登时也就呜呼哀
哉了。

　　大家此时见已将两个本领最好的置之死地,各人心内好不喜悦,只见
冯道德敌住洪熙官,高进忠战住李锦纶,鲍龙、洪福双敌邓亚红,马雄迎着
李亚松,方魁力敌林亚胜,看看方魁抵不住,欲败下来。白眉道人一见,正
上去相助,忽见林亚胜手起一刀,向方魁砍来,方魁不及招架,肩膊上中了
一刀,当下负痛赶着跳出圈外,林亚胜不舍,急急赶来,白眉道人一见,大
声喝道:"休得有伤吾徒!本师前来会你!"话犹未毕,已到了面前,手起
刀落,一刀向林亚胜砍来,林亚胜赶着招架,敌未数合,早被白眉道人一刀
砍中头颅,死于非命。邓亚红与鲍龙、洪福力敌,虽说邓亚红武艺精强,究
竟难敌两只猛虎,先被鲍龙打中一鞭,只打得口吐鲜血,复被洪福赶上,一
刀结果了性命。李亚松敌住马雄,两人也就不相上下。争奈李亚松见众
人大半皆死,心中不免惊恐,早被马雄抢进一刀,刺中大腿,登时跌倒在
地,当有人将他绑缚起来。只剩洪熙官仍在那里与冯道德恶斗,看看也抵
敌不住,正思虚砍一刀,急欲逃走,冯道德哪里肯舍他过去?也便翻起一

刀,向洪熙官胸膛刺来,洪熙官又赶着架过,此时冯道德见众人都在那里袖手旁观,唯有自己尚未取胜,心中一急,大喊一声道:"洪熙官,还不给我早早去见阎罗天子,尚在这里索命么? 不要让,看刀!"一声未定,早见一刀砍中肩窝,也就当时跌倒在地,再也动弹不得,当下也就有人将他绑缚起来。

于是白眉道人等见众恶徒俱已除灭殆尽,其余那些小徒也就不与他为难,便一同往寺内各处搜寻,看有无别人在此。搜寻一遍,并无窝藏旁人,当下高进忠便与督辕中军说道:"现在这少林寺业已破去,众恶徒亦复扫除殆尽,就烦大老爷上院,行先禀知,这寺院房屋是否焚毁? 抑留在此间,另招高僧住持。所有尸身,即请制台饬派首县前来验视,好给棺收殓。"那中军见说,即刻骑马回转辕门,禀知一切。当奉中军面谕:"少林寺不必焚毁,另招高僧住持。已死尸身,即请饬派首县前来验视,好给棺收验。"那中军见说,即刻骑马回转辕门,禀知一切。当奉制军面谕:少林寺不必焚毁,另招高僧住持。已死尸身,即饬该县官从丰收殓。中军复到寺内说明一切。白眉道人即同着五枚大师、冯道德等人出了少林寺,转回客寓。方魁虽中了一刀,所幸伤痕不重,白眉道人又取出刀伤药给他敷上,令他静养数日,好动身回转广东。所有寺内的尸身,自有闽侯两县前来料理,不必细表。

高进忠次日又至督辕禀见,请制台将大破少林寺、杀死至善禅师、方世玉等五名、拿获二名、现寄闽侯两县监中,并将破少林寺的人名,具奏请旨奖赏,又请移知广东巡抚,以便回去销差。当下制台俱皆应允,并奖赏高进忠一番。停了两日,高进忠便去亲领移文书信,制台赏给了五百两银子,作为川资。当时高进忠领了下来,叩谢已毕,即禀辞。即日动身回转广东销差。出了辕门,回至客店,与白眉道人说明一切,预备明日动身。白眉道人道:"我等现在不回广东,就此与五枚大师、冯道德、马雄四人径往四川较为便当,又何必再往广东,仍要由广东回去,这是何必? 就是你与方魁、鲍龙、洪福四人回去吧! 好在我等又不想做官,又不想受爵,何必返往路程呢?"高进忠见白眉道人等其志已决,也就不敢勉强,只得听其自然。唯有鲍龙、洪福恋恋不舍,白眉道人见他两人其意甚殷,因道:"你们二人不必如此,我们后会有期! 若因要跟我学习运用功夫,我看你二人有此本事,也可以博取功名富贵,不必再学运用功夫了。况且,至善已死,方世玉已亡,除了他两人,现在走遍天涯,没有再如我等的本领,我等俱是自家人,又有谁来与你作对?但是随后尽忠报国这四字须要刻刻在心,不可贪恋爵禄,有负国恩,要紧,要紧!切记,切记。此外无言可嘱,你二人好自为之便了。"鲍龙、洪福二人唯唯听命。次日,白眉道人、五枚大师、冯道德、马雄四人,即带了些盘缠,就由福建回转四川而去。高进忠等皆依依送别,不免都有一番惜恋之情,这也不必细表。白眉道人去后,高进忠、方魁、鲍龙、洪福,也就回转广东销差。毕竟后事如何,且听下回分解。

第七十六回
顽梗既除八方向化　帝德何极万寿无疆

话说高进忠等四人由福建动身，在路行程约有半月光景，这日已到广东，当即上院卸了行囊，即与鲍龙、洪福三人进内禀到销差。曾必忠一闻他们回来，随即传见他三人，见礼已毕，高进忠先将福建督总的移文书信取出来，呈递上去，曾必忠看了一遍，大喜，因又将大破少林寺的细情向高进忠备细问了一遍，高进忠也细细禀告。曾必忠又道："难得诸位建此大功，为民除害，本部院自当具奏请奖便了。"鲍龙当下说道："蒙大人的恩典，总兵虽未面奉谕旨前来协助，去破少林寺，但既陈、刘两位中堂的钧命，此时事已办毕，也当及早回京销差，求大人示下何日动身，俾总兵等遵行便了。"曾必忠道："你们二位请稍待两日，本部院拟将奏章修好，不派折差进京，就请你二位敬谨带去，也不过三五日便可修成，那时本院再招呼你们两位便了。"当下鲍龙、洪福也就唯唯退下，即住在抚辕，听候回京。方魁自然回家，不必细说。

那胡惠乾的儿子胡继祖，现在闻知至善禅师已为白眉道人杀死，又大破了少林寺，他那片报仇的心就不作此想。广东省垣内的人民闻知由白眉道人大破了少林寺，杀死至善禅师等人，无不欢呼载道，皆以为从此除了天下之害，唯有白安福及机房中人更加喜悦，大家又集资恭送抚台的匾额，并厚赠鲍龙、洪福、高进忠三人。方魁的酬劳较鲍龙等更加一倍。过两日，曾必忠的奏章业已修好，这日传出话来，着鲍龙、洪福次日动身回京。鲍龙、洪福得了这个消息，即日便进去禀辞，曾必忠也就传见，相见之下，曾必忠先奖赏了一番，然后取出两封书来，交与鲍龙，道："你回至京中，可将这两封书分投陈中堂及刘中堂，这书内皆是说你们的功劳，请他二位在圣上面前保举的。"鲍龙将书信收好，曾必忠就摆设香案，拜发奏章，也教鲍龙敬谨驰递，鲍龙当即收好表章，复又与洪福谢了曾必忠保奏之恩，然后告辞出去。到了次日一早，即出了辕门，高进忠等亦情殷送别，彼此难不免有些依依惜别之情，只得一揖而别。

鲍龙、洪福即刻上马，直往北京进发。在路行程非止一日，这日已驰抵到。先探听圣天子曾否回銮。恰好圣天子自从重游平山堂之后，就取道淮安，到了济宁，就舍船登陆，与周日青缓缓而行，在路上遇有名胜之地及民间的疾苦，无不游玩、拯救，真如古者天子巡狩的规模，但不过微服巡幸，与銮舆①戾止②不同。一路行来，走了有一个多月，已安抵京中。在京文武诸臣闻得圣驾已回，自然出郊跪接，恭请行安。诸臣见了圣颜，虽南巡日久，并无风尘之色。文武诸臣私心窃喜，莫不颂圣天子福德齐天，圣天子见诸臣恪恭将事，也是喜动圣颜。当下回宫以后，次日早朝，文武百官三呼已毕，圣天子垂询诸臣各事。当下陈宏谋、刘墉将广东巡抚曾必忠奏请派人协破福建少林寺，并在先已有高进忠将胡惠乾杀死各节，因即着令鲍龙、洪福二人前去的话，奏了一遍，圣天子大喜，因问道："近来曾接到福建广东两省督抚奏章，不知福建少林寺曾否破去，朕心甚念。"陈宏谋、刘墉又奏道："臣等一经接到该督抚奏章，自当敬谨恭呈御览，以舒宸念③。"圣天子退朝，百官朝退。

恰好次日内阁即接到福建总督的奏折，陈宏谋、刘墉当即呈送内殿，恭请圣览。圣天子将来折看了一遍，知少林寺至善和尚及方世玉等人均由白眉道人、五枚大师、冯道德等格杀殆尽，并知此次鲍龙、洪福、高进忠等人不避艰险，异常出力。圣天子看罢，当即着令陈宏谋先在军机处存记，俟接到广东巡抚表章，究竟高进忠如何出力，再行奖赏。陈宏谋退下。隔了有十日光景，鲍龙、洪福业已到京。当下鲍龙、洪福闻知圣天子已经回京，即日就到内阁，先递了表章，然后去谒见陈宏谋、刘墉两位大臣，又将曾必忠的书信取出传进，当下即蒙传见。鲍龙、洪福随即进见。行礼已毕，又谢了提拔之恩，站立一旁，禀道："总兵等蒙中堂提拔，前往广东协助高进忠等，去到福建，同破少林寺，捉拿至善和尚，刻已一律破灭。此次白眉道人、五枚大师及冯道德、马雄、高进忠等人，尤为出力，总兵等不过聊为帮助，并无微劳，乃蒙广东巡抚曾大人逾格保奏，请旨奖赏，总兵等实无微劳，足禄不敢妄邀圣恩，还求中堂钧鉴。陈宏谋、刘墉道："曾大人这

---

① 銮舆——即銮驾，天子车驾。亦借指天子。

② 戾止——来临。戾，同莅。

③ 宸(chén)念——皇帝的思虑。

信上甚夸你们功劳卓著,本阁亦甚可喜,想他的奏章上定然也是如此保举。你们既有此功劳,圣上自然要破格奖励的,你们也不必过于谦让,悉候圣意便了。"鲍龙、洪福当即又复叩谢,这才退出。次日早朝,陈宏谋、刘墉即将曾必忠的奏折呈递上去,圣天子便在龙案上展开一看,见上面皆是奏称高进忠捉拿胡惠乾、三德,如何勇猛,如何出力,以后破了少林寺,高进忠又如何出力,及白眉道人等,以及鲍龙、洪福皆是勇猛可喜,不畏艰险,与寻常出力不同。圣天子看罢大喜,当即说道:"高进忠等既如此出力,破除凶徒,朕心甚喜,另有旨奖赏。"当下退朝,百官朝散。后来高进忠用了总兵,并赏给巴图鲁勇号;鲍龙赏给记名提督,洪福也赏给副将,马雄、方魁均赏给都司,福建、广东两省督抚亦加一级。陈宏谋、刘墉均赏大学士,周日青亦赏给一等御前侍卫大臣。从此,君民一德,朝野同心,真个是一人劳而天下享其安,一人忧而天下享其乐。以致穆清交泰,一道同风。万邦蒙乐利之休,四海仰升平之福。

于是,蛮夷入贡,万国来朝,使天下之人爱之如父母,仰之如日月,敬之如神明,畏之如雷霆,此其所以穆穆皇皇,巍巍荡荡,垂亿万年有道之宏基,而且德并唐虞,道隆文武。朝有股肱①良弼,野无化外顽民,攘攘而来,熙熙而往,真个是天下一家,中国一人,国泰民安,风调雨顺。《书》有云:"一人有庆,兆民赖之。"此言真不虚矣!因作诗以颂之。

诗曰:

天子当阳抚万邦,一人有庆兆民康。
君推文武雍熙盛,臣迈夔龙②佐弼良。
四海胥③安歌帝德,九重高拱仰垂裳。
钦哉万寿无疆业,喜气赓歌拜手飏。

---

①　股肱(gōng)——比喻左右辅助得力的人。
②　夔(kuí)龙——相传为舜的二臣名。夔为乐官,龙为谏官。后用以喻指辅弼良臣。
③　胥(xū)——皆。